Dedico questa storia ai miei amati lettori coreani, al vostro lato oscuro,
alla segreta voce del buio che sussurra dentro di voi.
Benvenuti nell'ultima regione dell'anima umana.

DONATO CARRISI

사랑하는 한국 독자분들과 여러분 내면에 숨어 있는 어두운 존재,
그리고 그 속에서 속삭이는 비밀스러운 목소리에 이 소설을 바칩니다.
인간의 영혼 그 최후의 영역에 오신 걸 환영합니다.

도나토 카리시

—

속삭이는 자

IL SUGGERITORE by Donato Carrisi

Copyright © 2009 by Donato Carrisi
Originally published in Italy in 2009 by Longanesi
French translation copyright © 2010 by Anais Bokobza
All rights reserved.

Korean Translation Copyright © 2020 by Sigongsa Co., Ltd.
This Korean translation edition is published by arrangement with Andrew Nurnberg
Associates Ltd through EYA(Eric Yang Agency), Seoul.

이 책의 한국어판 저작권은 EYA(Eric Yang Agency)를 통해 Andrew Nurnberg Associates Ltd와 독점 계약한
㈜시공사에 있습니다.
저작권법에 의해 한국 내에서 보호를 받는 저작물이므로 무단 전재와 무단 복제를 금합니다.

속삭이는 자

IL SUGGERITORE
DONATO CARRISI

도나토 카리시

이승재 옮김

45호 감호구역

교도소장, 앨폰소 베린저
11월 23일

지방검사 사무실
J. B. 머린 검사님

안건: **기밀사항**

존경하는 머린 검사님

저희 교도소에 기이한 행동을 하는 수감자가 있다는 사실을 알리기 위해 이렇게 연락드렸습니다.

문제의 수감자는 RK-357/9라는 죄수번호로 불리는 자입니다. 죄수번호로밖에 부를 수 없는 이유는 자신의 신분을 밝히지 않기 때문입니다.

경찰에서 이자를 구속한 건 지난 10월 22일이었습니다. 한밤중에 알몸으로 혼자 XXXX에 소재한 시골길을 배회하던 중 경찰에 연행되었습니다.

범죄기록이나 미결사건에 관한 기록 등에서 지문조회를 해보았지만 전력이 전혀 없었습니다. 하지만 계속해서 신분 확인을 거부하고, 심지어 판사 앞에서도 여전히 자신이 누구인지를 밝히지 않아 4개월 18일에 달하는 구류형을 받았습니다.

교정시설로 이송된 뒤부터, 죄수번호 RK-357/9번은 규율 위반 한 번 없이 교도소 내부수칙을 모범적으로 따르고 있습니다. 게다가 혼자 있기를 좋아하는 성향이 있으며 사교성도 거의 없습니다.

바로 이런 이유들 때문에 그의 특이한 행동이 눈에 드러나지 않았었는데, 최근 교도관 한 명이 그의 행동에서 이상한 점을 발견했습니다.

죄수번호 RK-357/9번은 펠트 소재의 헝겊으로 자신이 만지는 모든 물건들을 닦을 뿐만 아니라 매일 자신의 체모를 주워 담고 있으며 수도꼭지나 변기 등도 사용할 때마다 광이 나도록 철저하게 소제하고 관리하고 있습니다.

위생에 관한 극단적인 결벽증 환자라고 볼 수도 있지만 무슨 일이 있더라도 자신의 '생체정보'를 유출하지 않으려는 소행일 가능성이 농후한 것으로 사료됩니다.

따라서 죄수번호 RK-357/9번은 과거에 중죄에 해당하는 특정범죄를 저질렀으며 그로 인해 자신의 신분이 드러날 수 있는 DNA 정보 유출을 사전에 차단하려는 의도가 있다고 의심되는 바입니다.

해당 수감자는 오늘까지 다른 수감자와 공동으로 감방을 사용했으며, 그 덕분에 자신의 생물학적 정보를 감추는 일이 수월했던 것으로 여겨집니다. 따라서, 일차적 조치로 문제의 당사자를 2인실에서 독방으로 옮겼음을 알려드리는 바입니다.

검사실에 이 전문을 보내는 이유는 검사님께 해당 수감자에 대한 수사 촉구를 요청드림과 아울러 필요할 경우 긴급영장을 통해 RK-357/9번의 DNA 테스트 강제 집행이 가능하도록 해주시기를 부탁드리기 위해서입니다.

아울러 해당 수감자는 109일 후면(3월 12일) 구류형을 마치고 자유의 몸이 된다는 점, 유념하시기 바랍니다.

교도소장
앨폰소 베린저

1

W 인근의 어딘가, 2월 5일

나방은 각인된 기억을 통해 어두운 밤하늘을 잘도 날아다닌다. 먼지 묻은 커다란 날개를 흔들며, 어깨를 마주 대고 잠든 거인처럼 우뚝 솟은 산들이 곳곳에 펼쳐놓은 덫을 피해나간다.

그 산 위로, 벨벳처럼 은은한 하늘이 펼쳐져 있다. 그 아래로는 숲. 아주 빽빽한 숲이 들어서 있다.

조종사는 탑승객을 돌아보며 전방에 보이는 지면의 하얀 구멍을 가리켰다. 마치 조명이 설치된 화산 분화구 같은 모습이었다.

헬리콥터는 그쪽으로 방향을 틀었다.

7분여 정도 더 비행한 후, 헬리콥터는 국도의 갓길에 내려앉았다. 도로는 폐쇄되었고 인근은 경찰들이 통제하고 있었다. 푸른색 정장의 남자가 바람에 날리는 넥타이를 힘겹게 붙잡으며 탑승객을 마중하기 위해 프로펠러 아래까지 다가왔다.

"어서 오세요, 박사님. 다들 기다리고 있습니다." 남자는 회전날개 소음을 뚫기 위해 큰 소리로 말했다.

고란 게블러 박사는 아무런 대꾸도 하지 않았다.

스턴 특별수사관은 말을 이었다.

"일단 가시죠. 가면서 설명해드리겠습니다."

두 남자는 요란스러운 소리를 내며, 마치 잉크가 뿌려진 것 같은 하늘 속으로 빨려 들어가듯 이륙하는 헬리콥터를 뒤로하고 울퉁불퉁한 오솔길로 접어들었다.

안개는 수의(壽衣)처럼 주변을 감싸고 있었고 그 너머로 비탈길이 드러나 보였다. 다양한 수풀 향기는 축축한 밤이슬과 어우러져 사람들의 옷 속을 파고들며 살갗에 냉기를 전했다.

"정말이지 이렇게 만들어놓기도 힘들었을 겁니다. 두 눈으로 직접 보셔야 하는 일입니다."

스턴은 게블러 박사보다 몇 걸음 앞서서 덤불 사이로 길을 트며 뒤도 돌아보지 않고 말을 잇고 있었다.

"모든 일은 오늘 오전에 시작되었습니다. 대략 11시경이었습니다. 어린아이 둘이 개를 데리고 이 길을 지나가던 중이었다더군요. 숲속으로 들어와 언덕을 넘자 여기 공터가 나왔답니다. 데리고 있던 개가 레브라도인데, 아시다시피 녀석들이 땅 파는 재주가 있지 않습니까. 아무튼 녀석이 미친 듯이 땅을 파더랍니다. 뭔가 냄새를 맡았던 거지요. 그래서 땅바닥을 팠는데, 뭔가가 발견된 겁니다."

게블러 박사는 수사관의 뒤를 따라가는 일에 정신을 집중했고, 두 사람은 점점 경사가 심해지는 언덕을 따라 무성하게 자란 식생지대를 파고 들어갔다. 게블러 박사는 스턴이 입고 있던 정장바지의 무릎 부위에 살짝 긁히고 찢긴 자국이 있다는 것을 깨달았다. 즉, 그날 밤만도 여러 차례 그곳을 지나다녔다는 뜻이었다.

"당연히 꼬마들은 그 즉시 줄행랑을 쳤고 지역 경찰에 신고를 했습니다." 수사관의 설명이 이어졌다. "경찰이 도착해 현장을 비롯해 이곳 지형을 살핀 뒤 단서를 찾아 나섰습니다. 거기까지는, 일상적인 업무였습니다. 그러다 한 친구가 계속해서 땅을 파보자는 생각을 했던 겁니다. 혹시 뭐라도 더 나오지 않을까 하는 생각에……. 두 번째로 똑같은 게 발견된 겁니다! 그러고 나서 이곳 경찰이 저희에게 바로 연락을 취해왔습니다. 저희는 새벽 3시부터 현장을 지키고 있습니다. 땅속에서 몇 개가 더 발견될지는 모르겠습니다. 자, 바로 이곳입니다……."

두 사람 앞으로, 서치라이트가 환하게 비추고 있는 숲속의 빈터가 펼쳐졌다. 불을 내뿜는 화산의 목구멍. 순간, 은은한 숲의 향기가 자취를 감추고 특유의 시큼한 냄새가 두 사람의 콧속을 파고들었다. 게블러 박사는 그대로 냄새를 맡으며 고개를 치켜들었다.

'페놀이야.'

그는 현장을 내려다보았다.

작은 무덤들로 만들어진 하나의 원. 그리고 화성을 연상시키는 듯한 할로겐 불빛을 받으며 하얀 작업복 차림으로 땅 파는 일에 여념이 없는 30여 명의 검시관들. 그들의 손에는 섬세하게 증거물을 확보하기 위해 야전삽과 브러시가 들려 있었다. 몇몇은 풀숲을 샅샅이 뒤지고 있었고, 몇몇은 사진을 찍고 있었으며, 또 나머지 일부는 조심스레 각각의 증거물을 분류하고 있었다. 그들의 동작은 자로 잰 듯 정확했고 최면에 걸린 듯 일률적이었다. 성스럽게까지 느껴지는 침묵 속에서 작업은 진행되고 있었다. 간간이 터지는 카메라 플래시 소음만이 유일하게 정적을 가를 뿐이었다.

게블러 박사는 또 다른 특별수사관을 알아보았다. 세라 로사와 클라우스 보리스. 로시 경감 역시 현장에 나와 있었다. 그는 박사를 보자마자 성큼성큼 걸어왔다. 그가 입을 열기도 전에 박사가 먼저 질문을 던졌다.

"몇 개나 나왔습니까?"

"다섯. 각각 50센티미터 길이인데, 서로 간의 간격이 20센티미터, 각각 안으로 50센티미터 깊이에 파묻힌 상태였소……. 박사 생각엔 저런 구멍을 파서 무얼 묻었을 것 같습니까?"

구멍 하나에, 하나씩. 똑같은 것.

범죄학자는 궁금한 표정으로 상대를 쳐다보았다.

대답이 이어졌다.

"왼쪽 팔이었소."

게블러 박사는 노천에 만들어진 정체를 알 수 없는 공동묘지에서 분주하게 작업하고 있던 하얀 작업복의 사내들 쪽으로 시선을 돌렸다. 땅이 되돌려준 것은 부패가 진행 중인 증거물뿐이었다. 하지만 악(惡)의 시발점은 멈춰버린 듯 비현실적으로 느껴지는 그 시간대 이전임이 틀림없었다.

"그 아이들 팔인가요?" 게블러 박사가 물었다.

하지만 이번에는 게블러 역시 그에 대한 답을 이미 알고 있었다.

"PCR 분석(Polymerase Chain Reaction. 소량의 DNA를 무한대로 복제하는 기술—옮긴이)에 따르면, 아홉 살에서 열세 살 사이의 백인 여자아이들의 신체 일부에 해당한다는군요."

철부지 어린아이들.

로시 경감은 아무런 변화 없는 무덤덤한 어조로 말하고 있었다. 너무 오래 담아두면 입안이 씁쓸해지는 욕지거리를 뱉어내듯.

데비. 에닉. 세이바인. 멀리사. 캐럴라인.

모든 일은 25일 전, 어느 지방 신문의 작은 기사에서부터 시작되었다. 부유층 자제들을 위한 고급 사립중학교의 여학생 실종사건이었다. 사람들은 단순 가출이라고 치부했었다. 당사자는 열두 살의 데비. 급우들은 수업이 끝나고 학교를 나서는 데비를 보았다고 했다. 아이가 사라졌다는 게 밝혀진 건 그날 저녁, 공동기숙사의 점호시간이 되어서였다. 대략 신문의 3면 정도에 중간 크기로 실려, 해피엔드로 끝나길 기다리며 다른 사건, 사고 속에 파묻힐 그런 기삿거리였다.

그리고 에닉이 사라졌던 것이다.

오두막집이 늘어서 있고 하얀 교회가 있는 작은 시골마을에서 벌어진 사건이었다. 에닉은 열 살이었다. 동네 사람들은 처음에 MTB 자전거를 즐기는 에닉이 숲에서 길을 잃었을 것이라고 생각했었다. 그래서 온 동네 사람들이 나서서 수색에 동참했다. 하지만 아무런 소득도 없었다.

도대체 무슨 일이 벌어지고 있는지 사태 파악도 되기 전에, 또 다른 사건이 발생했다.

세 번째로 사라진 아이의 이름은 세이바인, 가장 나이가 어린 여자아이였다. 일곱 살. 세 번째 사건은 어느 토요일 저녁, 도시에서 발생했다. 세이바인의 부모는 아이를 데리고 다른 가족들과 마찬가지로 놀이동산을 찾았다. 아이는 여러 아이들과 어울려 회전목마를 타고 있었다. 엄마는 회전목마에 앉아 한 바퀴를 돌며 손을 흔드는 아이를 보았다. 두 번째 바퀴를 돌 때도 아이는 엄마에게 손을 흔들었다. 하지만 세 바퀴째, 세이바인은 그 자리에 앉아 있지 않았다.

그 사건 이후, 사람들은 사흘 동안 세 명의 여자아이가 실종된 사건을 다른 시각으로 바라보기 시작했다. 분명 정상은 아니었기 때문이다.

대규모 수색작전이 벌어졌다. 도움을 호소하는 내용의 방송이 전파를 타고 전국으로 흘러나갔다. 사람들은 한 명, 혹은 다수의 납치범이 있을 것이라고도 이야기했고, 더 나아가 범죄 집단이 배후에 있을 거라는 이야기까지 불거졌다. 하지만 현실적으로, 보다 정확한 추정이 가능할 만한 증거나 단서는 그 어디에도 없었다. 경찰은 정보수집 차원에서 수사 전용 전화번호를 개설해 익명으로 걸려오는 전화까지 수사망을 확대했다. 신고는 수백여 건에 이르렀고, 그 내용을 확인하자면 몇 달이 소요될 정도로 제보가 잇달았다. 하지만 그 어디서도 실종된 아이들의 흔적은 찾을 수 없었다. 엎친 데 덮친 격으로, 사건 발생장소도 서로 다른 지역이었기 때문에 현지 경찰들의 수사관할권 문제가 대두되어 수사공조는 요원할 뿐이었다.

그 결과, 로시 경감이 이끄는 강력범죄 전담반 행동과학 수사팀이 투입되었다. 비록 실종사건은 그들의 소관이 아니었지만 전국적인 집단 히스테리 분위기가 예외를 만들어냈던 것이다.

로시 경감과 팀원들은 네 번째 실종사건이 발생하자마자 본격적으로 수사에 착수했다.

멀리사는 피해아동 중 나이가 가장 많았다. 열세 살. 또래의 여자아이를 자녀로 둔 여느 부모들과 마찬가지로, 멀리사의 부모 역시 딸아이가 온 나라를 공포의 도가니로 몰아넣은 미치광이 납치범에 의한 피해자가 되지 않을까 두려워 귀가시간을 엄격히 정해놓았다. 하지만 아빠의 외출 금지명령이 내려진 날은 공교롭게도 아이의 생일날이었고, 그날 저녁 멀리사에겐 나름의 계획이 있었다. 몰래 집을 빠져나와 친구들과 함께 볼링장에서 신나게 놀 생각이었다. 다른 친구들은 모두 약속 장소에 나왔다. 하지만 멀리사는 끝내 모습을 드러내지 않았다.

그 사건 이후, 전국 단위로 혼돈스럽고 즉흥적인 괴물 사냥의 분위기가 달아올랐다. 시민들은 끼리끼리 뭉쳐 자경단을 조직해 심판자의 역할을 자청하고 나섰고, 경찰은 도로 곳곳에 바리케이드를 설치했다. 뿐만 아니라 미성년을 상대로 한 범죄전력이 있거나 의심되는 사람들에 대한 불심검문까지 강화되었다. 부모들은 아이들을 밖으로 내보낼 엄두도 내지 못했고, 심지어 등굣길마저도 안심할 수 없다는 분위기가 팽배해졌다. 그 결과, 적지 않은 수의 교육기관이 대다수 학생들의 결석으로 인해 임시휴교령까지 내려야 했다. 사람들은 절대적으로 필요한 경우가 아니면 아예 집 밖으로 나가지도 않았다. 어느 시간대가 되면 도시나 시골마을이나 할 것 없이 썰렁해졌다.

그 후로 며칠간, 실종사건은 더 이상 발생하지 않았다. 사람들은 각종 예방책이 실시되자 기대효과로 인해 납치범이 범행을 포기했을 거라 생각했다. 하지만 그것은 속단에 불과했다.

다섯 번째 여자아이의 유괴사건은 정말 충격적이었다. 열한 살의 캐럴라인. 캐럴라인은 자신의 방 침대에서 자고 있다 납치되었다. 바로 옆방에서 자고 있던 부모는 아무런 인기척도 느끼지 못했다고 했다.

불과 일주일 사이에 다섯 명의 여자아이들이 납치된 것이다. 그리고 17일이라는 기나긴 침묵의 시간이 흘렀다.

그때까지는.

땅에 묻혀 있던 다섯 개의 팔이 발견되기 전까지는.

데비. 에닉. 세이바인. 멀리사. 캐럴라인.

게블러 박사는 다섯 개의 무덤이 만들어놓은 원을 둘러보았다. 다섯 개의 손이 그려놓은 죽음의 동그라미. 다섯 아이들이 손을 잡고 부르는 노래가 들리는 듯했다.

"자, 이번 사건은 단순 실종사건이 아니라는 게 이제 명확해졌다."

로시 경감은 주변에 머물러 있던 팀원들에게 짧은 브리핑을 하겠다고 손짓하며 말했다.

언제나 그런 식이었다. 로사, 보리스, 그리고 스턴은 경감 주변으로 모여 뒷짐을 지고 땅바닥을 내려다보며 상관의 말을 경청했다.

로시 경감의 설명이 이어졌다.

"오늘 밤, 우리를 이 자리에 불러들인 녀석이 있다. 바로 이 모든 걸 사전에 준비해온 녀석이다. 우리가 지금 여기에 있는 이유는 놈이 원했고, 또 놈이 이런 장면을 상상했기 때문이다. 놈은 우리를 위해 이 모든 것을 계획했던 것이다. 이건, 전적으로 우리를 겨냥한 사건이다, 제군들. 전적으로 우리를 노린 거라고. 놈은 이 모든 걸 공들여 준비했다. 우리의 반응이 나타날 때를 미리 음미하면서. 우리를 놀라게 하기 위해. 자신은 위대하고 전능하다는 메시지를 전달하기 위해서."

모두들 수긍하듯 고개를 끄덕였다.

정체가 뭐든, 범인은 침착하고 차분하게 계획을 실행에 옮겼던 것이다.

오래전부터 게블러 박사를 팀의 일원처럼 여겨왔던 로시 경감은 범죄학자가 자신의 이야기에 집중하지 않고 있다는 것을 간파했다. 그는 어딘가에 시선을 고정한 채 생각의 흐름을 따라가고 있었다.

"어떻소, 박사 생각은? 어떻게 생각해요?"

게블러 박사는 상념 속에서 빠져나와 이렇게 대답했다.

"새들이야."

처음에는 아무도 그 말뜻을 알아듣지 못했다.

박사는 냉담한 투로 말을 이었다.

"오면서는 몰랐었는데, 이제 깨달았어. 이상한 분위기였어. 다들 들어 보세요……."

숲속에서 수천여 마리의 새소리가 동시에 들려오고 있었다.

"새들이 노래하듯 지저귀는군요." 로사는 놀랍다는 투로 말했다.

게블러 박사는 로사를 바라보며 그렇다는 뜻으로 고개를 끄덕였다.

"서치라이트 때문이야……. 지금이 새벽이라고 생각하는 거지. 그래서 노랫소리를 내는 거예요." 보리스가 말했다.

"여러분들은 이 소리에 어떤 의미가 있을 거라 생각합니까?" 게블러 박사는 방금 전과 달리 수사관들의 얼굴을 바라보며 말했다.

"다섯 개의 팔이 땅에 묻혀 있었습니다. 신체의 일부가, 몸통도 없이 말입니다. 만약 마음만 먹으면 지금 이 상황이 전혀 극악무도하게 보이지 않을 수도 있습니다. 얼굴이 없으면, 신체도 없는 겁니다. 얼굴이 없으면, 사람도 없는 겁니다. 아무도. 단지 다섯 명의 아이들이 어디에 있느지를 먼저 생각해봐야 할 겁니다. 왜냐하면 그 아이들은 여기, 이 구덩이 속에는 없으니까요. 직접 눈으로 볼 수도 없습니다. 우리와 같은 인간인지 만져볼 수도 없습니다. 이 모든 상황 속에, 피해 당사자인 인간은 어디에도 없다는 말입니다. 그 '일부'가 있을 뿐……. 연민이나 동정도 일지 않습니다. 놈이 허락지 않았기 때문입니다. 우리에게 남긴 것은 오직 두려움뿐입니다. 다섯 명의 어린 희생자를 가엾게 여길 수도 없습니다. 놈은 단지 우리에게 아이들이 죽었다는 것만을 알리고 싶어 합니다……. 이 상황이 어떤 의미가 있는 것 같습니까? 어둠 속에서 노래하는 수천 마리의 새들. 뭔지도 모를 불빛의 주변에서 어쩔 수 없이 울어야 하는 새들. 우리는 그 새들을 볼 수 없습니다. 하지만 그 수천 마리의 새들은 우리를 지켜보고 있습니다. 그것들은 무엇일까? 답은 간단합니다. 하지만 속임수 같은 허상일 수도 있습니다. 그리고 이런 착시현상을 만들어내는 인간들을 조심해야 합니다. 간혹, 악은 가장 '단순한' 형태로 가장해 우리를 기만할 때도 있기 때문입니다."

침묵. 다시 한번 게블러 박사는 사소하지만 결정적인 상징적 의미를 간파해냈다. 다른 경찰들은 이번 경우와 마찬가지로 보지 못하거나 느끼지 못하는 그런 단서였다. 세부적인 것, 혹은 주변의 것, 그리고 어떤 의미들. 사물을 가리고 있는 그림자, 악이 도사리고 있는 어두운 아우라 같은 것.

모든 살인자들에겐 '그림'이라는 게 있다. 만족감과 자부심을 극대화시키는 치밀한 형식의 그림. 가장 어려운 것은 그들이 그려놓은 그림을 이해하는 일이다. 바로 그런 이유로 고란 게블러 박사가 수사팀에 투입되었던 것이다. 설명이 불가능한 악이라는 것을 과학이라는 개념의 틀 속으로 밀어 넣어달라고.

바로 그 순간, 하얀 작업복을 걸친 현장조사 검시관 한 사람이 그들에게 다가와 당혹스러운 표정으로 경감에게 직접 말을 건넸다.

"로시 경감님, 문제가 하나 발생했는데……. 방금 여섯 번째 팔이 발견됐습니다."

2

음악 선생이 말을 했다.

그 자체가 놀라웠던 건 아니다. 그런 게 처음도 아니었으니까. 많은 수의 외로운 사람들은 안전하다고 느끼는 자신의 집 안에서 종종 큰 소리로 자신의 생각을 이야기하곤 한다. 밀라 역시 자신에게 혼잣말을 하곤 했었다.

하지만 그건 새로운 것, 전혀 다른 차원의 것이었다. 일주일에 걸친 잠복, 밤새 집 앞에 세워둔 얼음장같이 싸늘한 차 안에서 소형 망원경으로 어느 40대 남자의 동정을 주도면밀하게 감시해온 것에 대한 보상이었다. 뚱뚱하고 희멀건 피부의 남자는 자신만의 정리된 세상 속에서, 항상 같은 동작을 반복하며 조용히 움직이고 있었다. 마치 자신만이 알아볼 수 있는 거미줄을 치는 듯한 분위기였다.

음악 선생이 말을 했다. 그런데 새로운 것은, 이번에는 그가 어떤 이름을 입에 올렸다는 사실이다.

밀라는 그 이름이 한 음절씩 그의 입술 위로 떠오르는 장면을 목격했다. 파블로. 확증이었다. 비밀스런 세계 속으로 들어가는 열쇠. 그제야 깨달았다.

음악 선생에게 초대 손님이 있었다는 것을.

불과 10여 일 전만 하더라도, 파블로는 여덟 살배기 어린아이였다. 밤색 머리에 부리부리한 눈동자를 가진 소년이 좋아하는 것은 스케이트보드를 타고 동네를 돌아다니는 일이었다. 나무판 위에 서서 몇 시간이고 이리저리 거리를 누비는 게 소년의 낙이었다. 창밖으로 지나다니는 파블리토—모두가 소년을 애칭으로 불렀다—의 모습은 이미 동네 사람들에겐 늘 볼 수 있는 익숙한 장면이었다.

그런 이유로 2월의 어느 아침, 모든 이웃이 서로의 이름과 집 주소를 알고 지내며 비슷비슷한 삶을 살고 있는 소규모 주거지에서 일어난 일을 목격한 사람은 아무도 없었을 것이다. 초록색 볼보 스테이션 웨건—음악 선생은 분명 일부러 그런 차를 골랐을 것이다. 그 차는 인근 도로에 주차되어 있는 여타 다른 차들과 다를 게 하나도 없어 보였기 때문이다—한 대가 도로에 모습을 드러냈다. 그보다 평범할 수 없는 토요일 아침의 정적을 가르는 것은 오직 자동차 타이어가 아스팔트 위로 서서히 미끄러지는 소리와 보도블록에 부딪혀 잿빛 상처를 남기며 내리막길에서 점점 가속이 붙은 스케이트보드뿐이었다…… 누군가 토요일 아침에 발생하는 음향효과 중에 뭔가 빠진 게 있다는 것을 알아차린 것은 그로부터 여섯 시간이나 지난 뒤였다. 잿빛 상처가 남긴 소리. 쾌청하지만 싸늘했던 그날 아침, 점점 커져가는 검은 그림자가 파블로를 집어삼키곤 다시는 되돌려주지 않으려 한다는 사실, 꼬마가 그토록 좋아했던 스케이트보드를 두고 사라졌다는 사실을 누군가 감지한 건 여섯 시간이 지난 뒤였다.

네 바퀴 달린 널빤지는 신고 접수를 받고 출동해 인근을 통제한 경찰들 한가운데 멈춰 서 있었다.

불과 10여 일 전에 발생한 사건이었다.

하지만 꼬마 파블로에게는 가망이 없을 듯한 상황이었다. 어린 나이로 버틸 수 있는 한계를 지난 상황. 트라우마 하나 없이 끔찍한 악몽에서 깨어나기엔 이미 늦어버린 상황.

이제 꼬마의 스케이트보드는 잠복을 서고 있는 여자 경찰의 차 트렁크에 들어 있었다. 아이의 다른 소지품과 장난감, 그리고 옷가지와 함께.

소년의 물건들은 수사방향을 설정하기 위해 밀라가 엄선한 물증이었고, 그것들은 현재 밀라가 바라보고 있는 밤색 은신처까지 그녀를 인도해주었다. 바로 음악 선생의 집으로. 그는 고등 음악원에서 강의를 하고 일요일마다 교회에서 오르간을 연주했다. 뿐만 아니라 매년 소규모로 모차르트 음악회를 개최하는 어느 음악협회의 부회장이기도 했다. 평범한 독신남으로, 숫기가 없고 안경을 썼으며 머리가 조금씩 벗어지기 시작했고, 땀에 젖어 축축하고 가녀린 손을 가진 남자였다.

밀라는 남자의 동태를 유심히 살폈다. 그게 바로 그녀의 재능이었기 때문이다.

밀라는 뚜렷한 목표의식을 갖고 경찰학교에 입학했다. 그리고 졸업후, 그 목표를 이루기 위해 전념했다. 범죄자들은 관심대상이 아니었다. 법적인 차원의 정의실현은 더더욱 아니었다. 그림자가 드리우고, 어둠이 소리 소문 없이 도사리고 있는 후미진 곳을 끊임없이 찾아다니는 건 그런 이유 때문이 아니었다.

'간수'의 입술에서 파블로라는 이름을 읽은 밀라는 오른쪽 다리에 통증을 느꼈다. 그때가 오기를 기다리며 차에서 너무 장시간 쪼그리고 앉아 있었기 때문인지도 모른다. 아니, 자신이 직접 두 바늘을 꿰맨 허벅다리의 상처 때문일 것이다.

'이것만 해결하고, 다시 치료해야겠어.' 밀라는 그러겠노라고 다짐했다. 하지만 무엇보다 사건을 해결한 뒤에. 그리고 그런 다짐을 하던 그 순간, 당장 집 안으로 들어가 악의 주술을 깨고 악몽에 종지부를 찍겠다고 결심했다.

"여기는 밀라 바스케스 수사관, 본부 나와라. 파블로 라모스 납치 용의자의 소재가 파악됐다. 주소는 비알 알베라스 가 27번지, 밤색 외관의 주택이다. 상황이 긴박해 보인다."

"알겠다, 바스케스 수사관. 그쪽으로 순찰차 몇 대를 보내겠다. 하지만 30분은 기다려야 한다."

그렇게 기다릴 순 없었다.

밀라에겐 그 30분의 여유가 없었다. 파블로도 마찬가지였다.

사건 경위 보고서에 '지원이 늦어지는 바람에'라는 말을 적어 넣어야 할 상황이 발생할지 모른다는 두려움은 저절로 밀라의 발걸음을 집 쪽으로 향하게 만들었다.

무전기에서 들려오는 목소리는 메아리처럼 점점 멀어졌다. 밀라는 두 손으로 권총을 거머쥔 채 자신의 몸 앞쪽에 무게중심을 실어 팔을 아래로 내리고는 주변을 경계하며 잰걸음으로 재빨리 주택의 뒤쪽을 둘러싼 크림색 담장에 도착했다.

거대한 플라타너스 한 그루가 주택을 마주 보며 우뚝 솟아 있었다. 바람이 불어올 때마다 색깔이 변하는 나뭇잎은 은빛의 윤곽선을 드러냈다. 나무로 만들어진 뒤쪽 출입문에 다다른 밀라는 울타리에 바짝 붙어 귀를 기울였다. 인근의 어느 이웃집에서 틀어놓은 록 음악 몇 소절이 바람을 타고 간간이 귓가로 흘러들었다. 잘 손질된 정원과 헛간, 그리고 뱀을 연상시키듯 잔디 위로 길게 늘어져 스프링클러에 연결된 빨간 고무 호스가 밀라의 눈에 들어왔다. 정원에는 플라스틱 가구 몇 점과 바비큐 구이대도 놓여 있었다. 모든 게 고요했다. 자줏빛 반투명 유리가 달린 문도 보였다. 밀라는 출입문 너머로 손을 뻗어 조심스레 빗장을 들어 올렸다. 찰칵하고 경첩 돌아가는 소리와 함께 정원으로 들어갈 정도로 틈이 벌어지며 문이 열렸다.

밀라는 안에서 내다보는 사람이 외부의 변화를 눈치채지 못하도록 다시 문을 닫았다. 모든 게 원상태로 있어야 했다. 그러고는 경찰학교에서 배운 대로 두 발에 힘을 주어가며―유사시에 즉각 뛸 수 있도록―

조심스레 잔디밭으로 걸어 나갔다. 발자취를 남기지 않기 위해 발뒤꿈치는 들어 올렸다. 잠시 뒤, 밀라는 뒷문 옆에 다다랐다. 측면에서는 그림자를 만들지 않고 몸을 숙여 내부를 들여다볼 수 있다. 밀라는 행동에 옮겼다. 반투명 유리창 때문에 명확히 구분할 수는 없었지만 배치된 가구의 형태로 보아 부엌인 듯했다. 밀라는 반대편에 달린 문고리로 손을 뻗었다. 그리고 손이 닿자 살짝 아래로 내려보았다. 자물쇠가 돌아가는 느낌이 손으로 전해졌다.

문은 열려 있었다.

음악 선생은 자신과 인질을 위해 마련해놓은 은신처에서는 안전하다고 생각한 모양이었다. 밀라는 이제 그 이유를 깨닫게 될 터였다.

바닥에 깔린 장판은 밀라가 신고 있던 신발의 고무 밑창이 닿을 때마다 신음하듯 소리를 냈다. 밀라는 큰 소리를 내지 않으려고 발걸음을 옮기는 일에 특히 신경을 쓰다가 아예 신발을 벗어 근처에 있는 가구 옆에 내려놓기로 결심했다. 그러고는 맨발로 복도 끝에 도달해 상대의 대화 내용에 귀를 기울였는데…….

"키친타월 한 롤도 필요합니다. 도자기 닦을 때 쓰는 세제도 있어야겠는데……. 네, 맞습니다. 그거……. 여섯 개들이 치킨수프 통조림, 설탕, 텔레비전 가이드지 한 부, 그리고 담배도 한 갑, 항상 피우는 라이트로……."

목소리는 거실에서 들려왔다. 음악 선생은 전화로 생필품을 주문하고 있었다. 너무 바빠서 나갈 수가 없었던 걸까? 아니면 멀어지기 싫어서, 초대 손님의 일거수일투족을 감시하고 싶어서였을까?

"네, 비알 알베라스 가 27번지. 감사합니다. 잔돈은 50짜리 지폐에 맞게 가져오시면 좋겠습니다. 그것밖에 가진 게 없어서요."

밀라는 목소리를 따라 움직이다 자신의 모습을 일그러진 형태로 반사하는 거울 앞을 지나갔다. 놀이동산에서 볼 수 있는 오목거울, 볼록거울 놀이 같았다. 목소리가 들려오는 거실 입구에 다다른 밀라는 권총을 앞으로 향하고 호흡을 가다듬은 다음, 갑자기 문턱으로 뛰어들었다. 기습으로 상대를 놀라게 할 생각이었다. 상대는 분명 등을 돌린 채 수화기를 손에 쥐고 창가에 서 있을 거란 계산이었다. 무방비 상태의 타깃처럼.

그러나 그곳에는 아무도 없었다.

거실은 텅 비었고, 수화기는 제자리에 고스란히 놓여 있었다.

싸늘한 총구가 자신의 목덜미에 입을 맞추듯 밀착되던 순간, 밀라는 그곳에서 전화를 건 사람이 아무도 없었다는 사실을 깨달았다.

상대는 그녀의 뒤에 서 있었다.

밀라는 속으로 자신에게 갖은 욕을 다 퍼부었다. 멍청한 짓을 했다고. 음악 선생은 은신처에서 만반의 준비를 해둔 터였다.

정원으로 들어가는 문에서 들린 경첩 소리, 장판의 신음 소리는 침입자가 있다는 것을 알리는 나름의 경보장치였던 셈이다. 그래서 먹이에게 미끼를 던지듯, 일부러 전화를 거는 척했던 것이다. 놀이동산용 거울을 가져다 놓은 것 역시 상대 몰래 후방을 치기 위한 수법이었다. 모든게 하나의 완벽한 덫을 구성하고 있었던 것이다.

자신을 향해 다가오는 남자의 팔이 느껴졌다. 그 팔은 그녀의 총을 가져가 버렸다. 달리 도리가 없었다.

"방아쇠를 당길 순 있겠지만, 네 운은 다했어. 조만간 경찰들이 들이닥칠 거야. 빠져나갈 길은 없어. 순순히 항복하는 게 좋을 거야."

사내는 아무런 대꾸도 하지 않았다. 곁눈으로 사내의 얼굴이 보이는 것 같았다. 웃고 있는 걸까?

음악 선생은 뒤로 물러섰다. 목덜미에 붙어 있던 총구도 따라 멀어졌지만 자신의 머리에 남아 있는 강한 자성이 언제든 탄창의 탄환을 잡아당길 것만 같은 여운을 남겼다. 사내는 밀라의 주변을 돌다가 드디어 그녀의 시야에 나타났다. 그는 한참 동안 밀라 쪽을 응시했다. 하지만 그녀를 바라본 건 아니었다. 그의 눈빛 속에서 뭔가가 느껴졌다. 어둠 속으로 이어지는 관문 같은 것.

음악 선생은 아무렇지도 않게 밀라에게서 등을 돌렸다. 그러고는 자신 있게 벽에 붙어 있는 피아노 쪽으로 걸어갔다. 피아노 앞에 선 남자는 의자에 앉아 건반을 살펴보았다. 그러고는 권총 두 자루를 자신의 왼쪽으로 멀찌감치 내려놓았다.

남자는 두 손을 들어 올리더니 잠시 뒤 건반 위로 다시 손을 내려놓았다.

쇼팽의 야상곡 20번 C샤프 단조가 실내에 울려 퍼졌다. 밀라는 거친 숨을 내쉬었다. 긴장감이 목의 힘줄과 근육을 타고 퍼져나갔다. 음악 선생의 손가락은 우아하고도 가볍게 건반 사이를 옮겨 다녔다. 은은한 곡조에 사로잡힌 밀라는 마치 최면이라도 걸린 것처럼 독주회의 관객이 된 듯한 느낌이 들었다.

밀라는 최면에 빠지지 않으려 애쓰면서 맨발을 옮겨 서서히 뒤로 물러선 뒤 다시 복도 끝에 다다랐다. 그녀는 호흡을 가다듬으며 요동치는 심장을 달랬다. 그런 다음, 피아노 멜로디에 쫓기며 재빨리 방들을 살피기 시작했다. 하나씩 살펴보았다. 서재. 욕실. 다용도실.

그러다 문이 잠긴 방에 이르렀다.

밀라는 어깨로 문을 밀어보았다. 허벅다리의 상처에서 통증이 느껴졌지만 밀라는 삼각근에 체중을 실어 강하게 부딪쳤다.

문이 뒤로 밀려났다.

복도를 비추는 희미한 등불이 가장 먼저 방 속으로 치고 들어갔다. 창문은 모두 막혀 있는 것 같았다. 밀라는 반사광을 따라 어둠 속을 훑어보다가 결국 자신의 눈에 시선을 고정한 채 공포에 질려 눈물을 흘리고 있는 두 개의 눈동자와 마주쳤다. 파블리토는 양손으로 두 다리를 감싸 안은 채 침대에 웅크리고 있었다. 팬티와 스웨터만 걸친 상태였다. 그 순간, 파블리토는 자신이 두려워해야 하는지 아닌지를 몰라 혼란스러워하고 있었다. 밀라가, 또다시 경험해야 하는 악몽의 일부인지 아닌지를 알 수 없었기 때문이다. 밀라는 감금된 아이를 찾아내면 항상 하는 말을 되풀이했다.

"이제 집으로 가자."

아이는 고개를 끄덕이고는 팔을 벌리며 밀라의 품속으로 뛰어들었다. 밀라는 계속해서 들려오는 음악 소리에 귀를 기울였다. 점점 위협적으로 느껴졌기 때문이다. 자신들이 밖으로 나가기 전에 음악 소리가 끊어지지 않을까 걱정스러웠던 것이다. 밀라는 또다시 두려움에 사로잡혔다. 자신의 목숨은 물론 인질의 목숨까지 위태로운 처지였기 때문이다. 이번에는 정말로 겁이 났다. 또다시 실수를 반복하지 않을까 하는 두려움. 마지막 단계, 즉 저주받은 악마의 소굴에서 벗어나는 단계를 뛰어넘지 못하면 어쩌나 하는 두려움이었다. 혹은, 끈끈이 같은 것에 달라붙어 영영 그 집에서 빠져나가지 못하리라는 사실을 절감하게 될까 두려웠다.

하지만 현관문은 스르륵 열렸고 두 사람은 희미하지만 마음이 놓이는 새벽의 여명을 받으며 집 밖으로 무사히 나갈 수 있었다.

미친 듯이 날뛰던 심장박동이 조금씩 정상을 찾아갈 즈음, 이제는 그렇게 두고 온 권총에 대한 미련을 버리고 자신의 몸을 방패 삼아 파블로를 꼭 끌어안고 안심시키면 되겠다는 생각을 하고 있을 때, 꼬마가 그녀의 귀에 대고 뭐라고 속삭였다.

"그 누나는요? 누나는 같이 안 가는 거예요?"

갑자기 발걸음이 무거워지며 땅이 아래로 꺼져버리는 것만 같았다.

밀라는 순간 비틀거렸지만 중심을 잃진 않았다.

밀라는 왜인지는 알 수 없었지만 끔찍한 현실을 절감하며 무조건 질문을 던졌다.

"어디 있는데, 누나는?"

꼬마는 팔을 들어 2층을 가리켰다. 집은 방금 그들을 내보낸 현관문을 활짝 열고 마치 비웃기라도 하듯 창문을 통해 그들을 내려다보고 있었다.

바로 그 순간, 그간의 두려움이 일순간에 날아가 버렸다. 밀라는 자신의 차까지 얼마 남지 않은 몇 미터를 단숨에 달려갔다. 파블로를 좌석에 앉힌 밀라는 엄숙한 목소리로 아이에게 한 가지를 약속했다.

"금방 다시 올게."

그러고는 다시 빨려 들어가듯 그 집으로 뛰어들었다.

위층으로 통하는 계단 아래에 도착했다. 밀라는 뭘 발견하게 될지 모를 위쪽을 흘깃 쳐다보고는 난간을 붙잡고 계단 위로 올라갔다. 쇼팽의 음악은 밀라가 다시 돌아와 집 안을 탐색하는 동안에도 배경음악처럼 냉정하게 계속되고 있었다. 계단을 오를 때마다 바닥으로 빨려 들어갈 것만 같았고 손바닥으로 붙잡고 있던 난간은 발걸음을 뗄 때마다 그녀를 꽉 붙드는 것만 같았다.

순간, 연주되던 음악이 멈춰버렸다.

밀라의 몸은 얼어붙고, 모든 감각이 경계태세에 들어갔다. 그리고…… 무뚝뚝한 총성의 격발음, 둔탁한 소리, 건반 위로 무너져 내리는 음악 선생의 무게에 짓눌려 발생한 끔찍한 불협화음. 밀라는 재빨리 위층으로 올라갔다. 또 다른 함정이 아니라고 확신할 순 없었다. 마지막 계단을 돌아나가자 층계참은 두꺼운 카펫이 깔린 협소한 통로로 이어졌다. 그 끝에는 창문 하나가 보였다. 그 앞으로 사람 하나가 나타났다. 역광에 비친 모습으로는 여리고 힘도 없어 보였다. 의자 위에 올라선 채 목과 두 팔은 천장에 설치된 매듭으로 향해 있었다. 밀라는 소녀가 그 매듭 속으로 머리를 밀어 넣으려는 것을 보고 소리를 질렀다. 그러자 밀라를 본 소녀가 자신의 행동에 가속을 붙였다. 그가 그렇게 말해주었기 때문에, 그렇게 가르쳐주었기 때문이었다.

'그들이 오면, 넌 자살해야 해.'

'그들', 외부세계에서 온 침입자. 둘만의 세상을 이해하지 못하는, 그리고 절대 용서하지 않을 그들이 오면.

밀라는 자살 행위를 막기 위해 절망적으로 소녀에게 달려들었다. 밀라는 가까이 다가가면 갈수록, 시간을 거슬러 올라가는 것만 같았다.

몇 년 전, 다른 생을 살았을 소녀는 꼬마아이였었다.

밀라는 그 사진을 온전히 기억하고 있었다. 이목구비 하나하나 찬찬히 뜯어 살폈고, 얼굴에 나타나는 주름의 모양도 마음속으로 외워두었다. 심지어 얼굴에서 보이는 미세한 피부 트러블을 비롯해 모든 특이사항들을 조목조목 분류하고 반복해서 머릿속에 집어넣었었다.

그리고 그 두 눈. 얼룩덜룩한 짙은 파란색 눈동자. 플래시 불빛까지 고스란히 담아둘 수 있는 그 두 눈. 열 살배기 꼬마, 엘리사 고메스의 눈동자. 아이의 아빠가 찍어준 사진이었다. 생일파티 날, 깜짝 선물을 개봉하기 바로 직전의 순간을 담아놓은 장면이었다. 밀라는 상상 속에서 그 장면까지 재구성했을 정도였다. 아이가 돌아보도록 부르는 아빠. 아이를 깜짝 놀라게 할 생각이었을 것이다. 그리고 아빠를 돌아보는 엘리사. 아이는 깜짝 놀랄 틈도 없었다. 그 순간은 아이의 표정에 고스란히 남아 있었다. 불멸의 순간이 되어, 육안으로는 절대 느낄 수 없는 뭔가로. 찬연히 피어오르기 직전의 기적 같은 미소, 입술에 막 깃들어 두 눈을 마치 갓 태어난 별처럼 환하게 밝히려던 바로 그 순간의 미소.

그랬기 때문에 밀라는 엘리사 고메스의 부모를 만나 마지막에 찍은 사진을 부탁했을 때 받아 든 그 사진을 보고도 그리 놀라지 않았던 것이다. 그 사진은 미아를 찾는 데 별로 적절하지 않은 사진이었다. 엘리사의 표정이 부자연스러웠고, 그로 인해 시간에 따른 변화를 반영하는 합성사진을 만드는 데에 아무런 도움도 되지 못했다. 수사를 맡았던 다른 동료들은 불평을 쏟아냈지만 밀라에겐 아무래도 좋았다. 그 사진에는 뭔가가 담겨 있었기 때문이다. 어떤 에너지 같은 것. 수사관들은 바로 그런 걸 찾아내야 했다. 그저 그런 얼굴, 그저 그런 아이가 아니라 바로 그 아이, 두 눈에 파란 빛을 품은 바로 그 아이를. 찾을 때까지는, 아무도 그 빛을 꺼뜨리지 못했기를 희망하며…….

밀라는 제때에 소녀의 행동을 막았다. 소녀가 자신의 온 체중을 밧줄에 담아 몸을 던지기 바로 직전에 두 다리를 받쳐 들었던 것이다. 소녀는 몸부림치고 날뛰며 고래고래 소리를 질렀다.

"엘리사." 밀라는 한없이 부드러운 목소리로 소녀의 이름을 불렀다.

그 순간 소녀는 자신이 누구인지를 깨달았다.

소녀는 자신의 정체를 잊고 있었다. 감금되어 있던 몇 년 동안, 소녀의 정체성은 하루하루 서서히 지워지고 사라져갔었다. 그러다 납치범이 자신의 가족이라고 믿게 되었던 것이다. 외부의 세계는 소녀를 완전히 잊었기 때문에. 외부세계는 절대로 소녀를 구하러 오지 않을 거라 생각했기 때문에.

엘리사는 믿을 수 없다는 눈빛으로 밀라의 눈을 바라보았다. 그러고는 침착하게 밀라가 뻗는 구원의 손길을 받아들였다.

3

여섯 개의 팔. 다섯 명의 이름.

특별수사팀은 수수께끼 하나를 품고 숲속 빈터를 벗어나 국도변에 세워놓은 이동 수사본부 차량으로 향했다. 준비되어 있던 커피와 미니 샌드위치가 사건의 심각성과는 다소 어울리지 않았지만 적어도, 허울뿐이긴 하더라도 제법 지휘본부 같은 인상을 풍기는 데는 일조했다. 하지만 2월의 추운 아침, 준비된 음식에 손을 대는 사람은 아무도 없었다.

스턴은 주머니에서 박하 드롭스 통을 꺼내 흔들어보더니 두세 알을 입에 털어 넣었다. 그렇게 하면 생각하는 데 도움이 된다고 말하곤 했었다.

"어떻게 이런 일이 가능한 거지?" 그렇게 질문을 던졌지만 다른 사람이 아닌 스스로에게 하는 독백에 가까웠다.

"빌어먹을……." 보리스는 참을 수 없다는 듯 한마디를 내뱉었다.

하지만 들릴 듯 말 듯한 소리였기에 아무도 듣지 못했다.

로사는 캠핑카 안에서 뭔가에 집중하듯 한군데를 주시하고 있었다. 게블러 박사는 그녀의 반응을 눈치챘다. 그럴 만도 했다. 그녀에겐 희생자 또래의 딸아이 하나가 있었기 때문이다. 어린아이들을 상대로 한 범행을 접하게 되면 가장 먼저 떠오르는 생각이 바로 그런 것이다. 자식 걱정. 만약, 아주 만약에 그런 일이……. 하지만 끝내 그런 생각에는 마침표를 찍지 못한다. 생각 자체만으로도 고통스럽기 때문이다.

"놈은 우리에게 나머지 일부도 저런 식으로 찾게 만들 계획인 거야." 로시 경감이 말했다.

"그건가요, 저희 역할이? 사체들을 하나씩 그러모으는 거?" 보리스가 불쾌하다는 듯 대꾸했다.

행동이 앞서는 남자였기에 보리스는 자신이 단순히 무덤 파헤치는 일꾼으로 전락한다는 사실에 불쾌감을 감추지 않았다. 그는 범인을 꼭 잡고 싶었다. 다른 수사관들 역시 마찬가지였다. 보리스의 말에 다들 동의하듯 고개를 끄덕였다.

로시 경감은 대원들의 불만을 잠재울 카드를 꺼내 들었다.

"최우선 과제는 언제나 범인 체포다. 하지만 고된 나머지 과정들을 피할 순 없어."

"의도적이었습니다."

모두들 그 말에 동작을 멈추고 게블러 박사를 돌아보았다.

"레브라도가 팔 냄새를 맡고 땅을 팠다는 것. 그것 역시 범인이 그려놓은 '그림'의 일부입니다. 범인은 분명, 개를 데리고 산책 다니는 두 아이를 유심히 지켜봤던 겁니다. 그 아이들이 숲으로 향한다는 것도 알고 있었습니다. 그래서 정확히 저 장소에 무덤을 만들어두었던 겁니다. 간단한 계획이지요. 자신의 '작품'을 완성한 뒤, 그걸 우리에게 보여준 겁니다. 그게 답니다."

"그럼, 그 자식을 잡을 수 없다는 겁니까?" 보리스는 믿을 수 없다는 듯 성을 내며 물었다.

"이런 사건이 어떻게 돌아갈지는 여러분이 저보다 더 잘 알고 있을 겁니다."

"그렇게 할 거예요, 안 그래요? 다시 살인을 시작할 거라고요……." 로사 역시 그런 사실을 받아들일 수 없다는 듯 말했다. "이렇게 하고도 멀쩡했으니, 다시 시작할 거라고요."

로사는 누군가 자신의 말을 반박해주길 내심 바랐지만, 게블러 박사는 아무런 대답도 하지 않았다. 설사 어떤 의견이 있다고 해도 그런 끔찍한 죽음을 애도함과 동시에 살인범이 다시 범행에 나서주기를 바라야 하는 잔혹한 생리를, 도저히 인간적으로 납득할 만한 그 어떤 단어로도 설명할 수 없었다. 왜냐하면—모두가 알고 있다시피—범인을 잡기 위해선 그가 범행을 멈추지 말아야 하기 때문이었다.

로시 경감이 다시 말을 이어나갔다.

"우리가 아이들의 시체를 찾아낸다면, 적어도 유가족들이 제대로 된 장례를 치를 수 있고, 찾아가 눈물이라도 흘려줄 무덤이라도 세울 수 있잖아."

언제나 그렇듯, 로시 경감은 문제의 본질을 뒤집어 노골적일 만큼 '정치적으로 올바른' 방식으로 상황을 포장했다. 기자회견장에서 할 말을 미리 연습하는 행위에 불과했다. 사건의 심각성을 살짝 끌어내리고, 자신의 이미지를 부각시키기 위해. 애도와 비탄의 심정을 앞세워 우선은 시간을 벌고, 그다음으로 본격적인 수사와 용의자 분석으로 들어가는 것이다.

하지만 고란 게블러 박사는 그런 식의 방법은 통하지 않을 거란 생각이었다. 기자들이 추잡한 사항까지 낱낱이 까발리며 온갖 양념에 조미료까지 쳐가며 사건을 파고들 게 뻔하다는 것 또한 잘 알고 있었다. 무엇보다 그런 시점에 다다르면, 경찰의 실수 하나조차 용서받을 수가 없게 된다. 그들의 행동 하나, 말 한마디가 약속이나 엄중한 선포의 의미를 갖게 되는 것이다. 로시는 자신이 언론을 상대로 그들이 원하는 정보를 조금씩만 흘리며 쥐락펴락할 수 있을 거라 믿고 있는 듯했다. 그리고 게블러 박사는 로시 경감이 모든 걸 통제할 수 있으리라는 깨지기 쉬운 환상 속에 살도록 내버려두었다.

"일단 범인에게 그럴싸한 이름부터 붙여야 하는 게 아닌가 싶군. 언론에서 미리 선수 치기 전에 말이야." 로시 경감이 말했다.

게블러 박사 역시 같은 생각이었다. 하지만 경감이 생각하는 그런 이유 때문은 아니었다. 경찰과 공조하는 여타 범죄학자들과 마찬가지로, 그에게도 나름의 철칙이 있었다. 무엇보다 범인에게 특징을 부여하는 일. 비록 추상적이고 불확실하다 할지라도 범인에게 인간적 실체를 부여하는 일이 최우선이었다. 사실 이번 사건처럼 잔혹하고 무자비한 사건을 다루다보면 범인이 희생자와 마찬가지로 엄연한 인간이라는 사실, 대부분 지극히 정상적이고, 직장에 가족까지 딸린 평범한 인간이라는 사실을 망각하는 과오를 범하기도 한다. 게블러 박사는 자신의 이론을 뒷받침하기 위해 대학에서 자신의 강의를 수강하는 학생들에게 매번 연쇄살인범을 잡아놓고 보면 이웃들이나 주변 사람들이 어리둥절해한다고 설명해주었다.

"우리는 이런 범인들을 '괴물'이라고 부릅니다. 우리 같은 인간과는 거리가 먼 존재라고 느끼기 때문입니다. 그러니까, 우리와는 다른 차원의 존재라고 믿고 싶어 합니다." 게블러 박사는 학회에 참석할 때마다 그렇게 설명했다. "그런데 정반대로, 그들은 우리와 완벽히 똑같은 인간입니다. 하지만 우리는 우리와 비슷한 주변 사람이 이런 끔찍한 짓거리를 벌였을 거라는 건 상상조차 하고 싶어 하지 않습니다. 아마 우리가 지닌 원죄에 대한 대가일 수도 있습니다. 인류학자들은 이런 현상을 '범죄자적 이인증(depersonalization)'이라고도 말하는데, 이는 연쇄살인범 식별에 난관으로 작용하는 경우가 많습니다. 왜냐하면 인간에겐 약점이라는 게 있고 꼬리를 잡힐 수도 있습니다. 하지만 괴물은 그렇지 않기 때문입니다."

그래서 게블러 박사는 자신의 강의실 벽에 항상 흑백의 꼬마 아이 사진을 붙여두었다. 포동포동하고 온순하게 생긴 사내아이 사진이었다. 학생들은 강의실에 들어올 때마다 그 사진을 보게 되었고, 결국엔 그 사진 속 아이에게 애정을 갖게 되었다. 학기 중간쯤이 지나자, 한 학생이 용기를 내어 사진 속 인물이 누구인지에 대한 질문을 던졌다. 그러자 게블러 박사는 학생들에게 과연 누구일지 맞혀보라고 도전 과제를 제시했다. 다양한 대답이 쏟아져 나왔고 모두들 상상의 날개를 펼쳐 보였다. 그러면 그는 사진 속 아이가 아돌프 히틀러라는 사실을 알려주며 학생들 반응을 살피는 걸 즐기곤 했다.

전쟁이 끝나자, 나치 수장은 모든 인간의 집단 상상 속에서 끔찍한 괴물이 되어 있었고 치열한 전쟁에서 승리한 국가들은 수년간 괴물 이외의 다른 시각은 절대 인정하지 않았다. 그런 이유로 퓌러(Führer, 총통이라는 뜻의 독일어지만 주로 히틀러를 지칭하는 단어로 사용된다. —옮긴이)의 어릴 때 사진을 알고 있는 사람은 거의 없었다. 괴물은 천진난만한 아이였을 수가 없기 때문이다. 증오 외에 다른 감정을 가질 수도 없고, 또래의 아이들, 결국 그에 의해 피해자가 되어버린 여타 수많은 아이들과 비슷한 경험을 했을 리가 없다는 논리였다.

"히틀러를 인간적으로 묘사하는 행위는 대다수의 사람들에게 뭔가를 '해명'하는 행위로 비쳤습니다." 게블러 박사는 수업시간에 그렇게 말했었다. "하지만 사회는 절대악은 해명될 수 없을 뿐만 아니라, 이해될 수도 없다고 주장합니다. 그런 시도는 단지 정당화 행위와 마찬가지로 치부되었습니다."

이동 수사본부가 차려진 캠핑카에서 보리스는 옛 사건과의 유사성을 떠올리며, 다섯 개의 팔을 묻은 범인에게 '앨버트'라는 이름을 붙이는 게 어떻겠느냐고 제안했다. 그의 아이디어는 모든 팀원들의 미소와 함께 만장일치로 받아들여졌다.

앨버트는 하루하루 형체를 갖추게 될 터였다. 코 하나, 눈 두 개, 얼굴, 그리고 그 나름의 생활까지. 모두가 각자의 몽타주를 그리게 될 터였다. 더 이상 바람처럼 스쳐가는 그림자로 남겨두지 않으리라.

"앨버트라, 이거지?"

회의 끝 무렵, 로시 경감은 그 이름이 언론에 알려지면 어떤 반응이 나올지를 계산하고 있었다. 계속해서 앨버트란 이름을 되뇌면서 고유의 맛을 찾아보았다. 제대로 먹힐 것 같다는 느낌이 들었다.

하지만 경감에겐 한 가지 고민거리가 있었다. 그는 게블러 박사에게 털어놓았다.

"솔직히 말하자면, 나 역시 보리스의 생각과 마찬가지입니다. 빌어먹을! 미친 사이코패스 새끼가 우리를 병신으로 만들고 다니는데, 내 팀원들에게 그저 시체나 주워 담으라니, 이게 말이나 되느냐고!"

게블러 박사는, 로시 경감이 '내 팀원'이라고 말은 했지만 그건 자기 자신을 지칭하는 표현이라는 사실을 잘 알고 있었다. 아무런 성과 없이 앞에 나서서 자랑도 할 수 없게 되진 않을까, 그게 두려웠던 것이다. 마찬가지로 용의자 확보에 실패할 경우, 누군가 연방경찰의 무능함을 꼬집지나 않을까 걱정하는 것 역시 그의 몫이었다.

그다음에야 여섯 번째 피해자의 팔이 화제에 올랐다.

"일단 언론에는 여섯 번째 피해자의 존재에 대해서 알리지 않았으면 합니다."

게블러 박사는 적잖이 당황했다.

"그럼 그게 누군지 어떻게 알아냅니까?"

"다 생각해둔 게 있으니, 박사는 걱정 안 해도 돼요."

경찰이 된 뒤, 밀라 바스케스는 89건의 실종사건을 해결했다. 훈장을 세 번이나 받았고 온갖 찬사는 다 받아보았다. 실종사건에 관한 한 최고의 전문가로 여겨졌으며 자문을 구하는 전화 요청이 끊이지 않았다. 심지어 외국에서도 그녀의 의견을 구했다.

그날 아침, 파블로와 엘리사를 자유의 몸으로 만들어준 밀라의 작전은 눈부신 공과로 인정받고 지나갈 수도 있었다. 밀라는 아무런 토를 달지 않았다. 하지만 그 점이 더 꺼림칙했다. 자신의 실수를 인정하고 싶었다. 지원 병력도 기다리지 않고 무턱대고 혼자 납치범의 은신처로 들어갔다는 점. 사태의 심각성을 과소평가하고 만약의 사태에 대비하지 못했던 점. 용의자에게 무기를 빼앗기고 총구가 목덜미를 향해 들이닥치는 상황을 만들어 자신의 목숨은 물론 인질들의 생명까지 위태롭게 했던 점. 마지막으로 음악 선생의 자살을 막지 못한 점.

하지만 상관들은 그녀의 과오를 찬사 일변도로 뒤덮었고, 오히려 그녀의 공과를 강조하며 의례적으로 본인들이 언론의 플래시 세례를 독차지했다.

밀라는 단 한 번도 언론에 자신의 얼굴을 공개한 적이 없다. 공식적인 이유는 차후의 수사를 위해 익명성을 유지해야 하기 때문이었다. 하지만 사실은, 그녀가 사진 찍히는 일을 죽기보다 싫어했기 때문이다. 밀라는 거울 속에 비친 자신의 모습도 바로 보고 싶지 않은 사람이었다. 외모에 문제가 있어서는 아니다. 정반대다. 하지만 서른둘의 나이에, 몇 시간이고 지칠 줄 모르고 체력 단련실에서 시간을 보내다 보니 어느새 여성성이 온데간데없이 사라지고 말았다. 곡선미와 은은함도 마찬가지였다. 심지어 여성성을 갖추는 일을 싸워 물리칠 대상으로 여기는 듯한 인상까지 풍겼다. 밀라는 남성복을 즐겨 입곤 했다. 그렇다고 남자처럼 옷을 입었던 것은 아니다. 단지 성정체성을 부각시키려는 생각 자체가 없었을 뿐이다. 그녀는 그렇게 보이고 싶어 했다. 밀라의 옷은 대부분 중성적이었다. 꽉 달라붙지 않는 청바지, 편안한 운동화, 가죽 소재의 재킷. 한마디로 그저 옷이면 그만이었다. 옷의 기능은 추위를 막고 몸을 보호하는 걸로 족했다. 옷을 고르느라 시간을 낭비하는 일도 없었다. 그냥 사서 입으면 끝이었다. 같은 옷을 여러 벌 사는 경우도 비일비재했다. 아무래도 상관없었다. 그런 게 밀라의 방식이었다.

투명인간 속의 투명인간.

아마 그래서 남자들과 탈의실을 같이 쓰게 되었는지도 모를 일이다.

10분 전부터, 밀라는 문 열린 자신의 사물함을 노려보며 그날 있었던 사건을 하나하나 돌이키고 있었다. 해야 할 일은 있었지만 정신은 온통 다른 곳에 팔려 있었다. 그러다가 찌르는 듯 쑤시는 허벅다리의 통증 때문에 현실로 돌아왔다. 상처가 다시 벌어졌던 것이다. 솜과 접착테이프로 출혈을 멈춰보려 했지만 소용없었다. 베인 곳의 살점이 너무 짧아서 실과 바늘로는 제대로 꿰맬 수가 없었다. 이번만큼은 제대로 된 의사에게 치료를 받아야 할 것 같았지만 병원은 가고 싶지 않았다. 질문 공세를 퍼부을 게 뻔하니까. 결국 출혈이 멈추기를 바라면서 붕대를 더 조여 감은 다음 다시 꿰매기로 결심했다. 그래도 혹시 감염의 위험이 있으니 항생제 정도는 먹는 게 낫겠다고 생각했다. 허위 처방전은 역 주변에 나타나는 노숙자들에 대한 정보를 전해주는 정보원으로부터 쉽게 구할 수 있으리라.

기차역.

'이상한 곳이야.' 밀라는 그렇게 생각했다. 누군가에게는 단지 스쳐 지나가는 곳이지만, 멈춘 뒤 다시 떠나지 않는 누군가에게는 종착지가 되는 곳. 역은 어찌 보면 지옥으로 가는 대기실과도 같다. 길 잃은 영혼이 모여들어 누군가 자신을 데려가 주기를 기다리는 그런 곳이기 때문에.

하루 평균 20~25명이 종적을 감춘다. 통계자료 정도는 밀라도 잘 알고 있다. 그렇게 사라진 사람들은 어느 날부터 갑자기 아무런 연락도 취하지 않는다. 예고도 없이, 가방 하나 없이 홀연히 사라지는 것이다. 마치 무(無)의 세계로 증발해버린 것처럼 감쪽같이.

밀라가 아는 바로는, 그런 사람들의 대부분은 소외된 사람이거나 마약에 찌들어 사는 사람들, 닥치는 대로 일하며 사는 사람들, 언제든 이런저런 범죄에 연루되어 수시로 감옥을 들락거릴 사람들이었다. 하지만 그중에는—이상하게도 소수에 해당하지만—어느 순간, 모든 것으로부터 떠나기로 결심한 사람들도 있었다. 장을 보러 나갔다가 집으로 돌아오지 않는 가정주부, 기차에 올라탔지만 목적지에 도착하지 않는 어느 집 아들이나 형제.

밀라는 인간에겐 누구에게나 각자의 길이 있다고 생각했다. 자신이 사는 곳으로, 주변 사람들에게로, 가장 가까운 사람들에게로 연결되는 길. 대부분 그 길은 단 하나의 똑같은 길이다. 어렸을 때부터 그렇게 배우고 또 평생을 따라가는 그런 길. 하지만 살다 보면, 그 길은 끊어지기도 하고, 엉뚱한 곳에서 다시 시작되기도 한다. 간혹 그렇게 뒤틀린 길을 따라가다 보면 이전에 끝났던 곳으로 다시 이어지기도 한다. 아니면, 그냥 그렇게 멈춰버리기도 한다.

하지만 때때로 그 길이 칠흑 같은 어둠 속으로 사라져버리는 일도 발생한다.

밀라는 사라졌던 사람들의 절반 정도가 다시 나타나 들려주는 이야기를 잘 알고 있다. 어떤 이들은 들려줄 사연 하나 없이 그 이전의 삶을 다시 멀쩡히 살아간다. 하지만 운이 없는 어떤 이들은 깊은 침묵 속에 잠긴 육신만 겨우 부지하고 살아가게 된다. 그리고…… 어떻게 되었는지, 무슨 일이 있었는지 전혀 알 수 없는 그런 사람들이 있다.

그들 중에는 항상 어린아이가 포함된다.

자식들에게 무슨 일이 생긴 것인지 알아내기 위해 자신의 목숨까지 기꺼이 던질 부모들이 있다. 자신들이 어떤 실수를 저질렀는지, 무엇에 대해 방심했기에 그토록 고요한 비극 속에 빠져들어야 했는지, 자신의 자식들에게 무슨 일이 벌어진 건지, 누가 데려갔는지, 그리고 왜 그래야 했는지를 알아내기 위해. 무슨 죄를 지었기에 벌을 받는 거냐고 신에게 따져 묻는 사람들도 있다. 그 대답을 찾기 위해 남은 생을 평생 머리를 쥐어뜯으며 사는 사람들이 있는가 하면 그 질문에 매달리다 목숨을 끊는 사람들도 있다. "적어도 우리 아이가 죽었는지나 알게 해주세요." 부모들은 말한다. 몇몇은 그렇게 되기를 간절히 원하기도 한다. 단지 눈물을 흘리고 싶기 때문이다. 그들의 유일한 바람은 포기하고 체념하는 게 아니라, 간절히 희망하기를 멈추는 것이었다. 희망은 서서히 고통스럽게 심장을 옥죄어오기 때문이다.

하지만 밀라는 그런 남들의 구구절절한 사연 따위는 믿지 않는다. 처음으로 실종사건을 해결했을 때, 그런 확신을 갖게 되었다. 그리고 그날 오후 파블로와 엘리사를 집에 돌려보냈을 때도 다시 한번 자신의 생각이 옳았음을 깨달았다.

꼬마 파블로가 집으로 돌아오자 온 동네가 떠나갈 듯 기쁨의 탄성이 메아리쳤다. 사람들은 차를 타고 몰려나와 경적을 울리며 카퍼레이드까지 펼쳤다.

하지만 엘리사의 경우는 달랐다. 그동안 너무나 많은 시간이 흘러버렸기 때문이다.

밀라는 엘리사를 구출한 뒤 일단 전문 사회복지 기관으로 데려갔다. 사회복지사들은 소녀에게 먹을 것과 깨끗한 옷을 지급해주었다. 밀라는 그런 곳에서 주는 옷들은 왜 항상 한 치수나 두 치수 정도 큰 것일까 의아했다. 실종된 기간 동안 제대로 못 먹어 몸이 말라버린 것일 수도 있으리라. 혹은 영영 사라져버리기 바로 직전에 발견되어서 그런 건지도.

엘리사는 단 한마디 말도 꺼내지 않았다. 그저 남들이 해주는 걸 받기만 할 뿐이었다. 그러고 난 뒤, 밀라가 집에 데려다주겠다고 말을 건넸을 때도 여전히 묵묵부답이었다.

열린 사물함을 쳐다보던 밀라는 소녀와 함께 현관 벨을 누른 뒤 마주친 엘리사 고메스 부모의 표정을 머릿속에서 떨칠 수가 없었다. 두 사람 모두 당황한 표정이 역력했고, 심지어 곤란해하는 눈치였기 때문이다. 아마 부모는 열 살짜리 계집애를 데려다줄 거라고 생각했지, 전혀 생소한 10대 청소년을 데려오리라곤 예상치 못했었기 때문이리라.

엘리사는 어렸을 때부터 총명하고 조숙한 아이였다. 말문도 일찍 터진 편이었는데 가장 먼저 말한 단어는 아이의 곰인형 이름인 '메이'였다. 아이 엄마는 엘리사가 남겼던 마지막 단어도 생생히 기억하고 있었다. 친구 집에 자러 가면서 현관 문턱을 넘어서며 남겼던 "내일 봐요"라는 말. 하지만 그 내일은 영영 돌아오지 않았다. 엘리사 고메스의 '내일'은 아직까지 찾아오지 않았다. 반대로 아이의 '어제'는 종지부를 찍고 싶지 않은 듯 계속해서 시간을 늘려가고 있었다.

시간은 계속 흘렀지만 엘리사의 부모는 여전히 딸아이를 열 살배기 소녀로만 기억하고 있었고, 아이의 방은 각종 인형으로 들어찼을 뿐만 아니라 벽난로 주변에는 크리스마스 선물이 매년 수북이 쌓여갔다. 아이는 부모가 기억하고 있던 그 모습으로만 남아 있어야 했다. 그들의 기억 속 사진에 갇힌 불멸의 모습으로, 마치 마법에 걸린 것처럼.

밀라가 소녀를 찾아 데려왔음에도 불구하고, 두 부모는 여전히 자신들이 잃어버린 딸아이를 기다리는 것 같았다. 잠시도 평안을 찾지 못하는 눈치였다.

눈물이 동반된 포옹과 다소 의례적이라는 게 티가 날 정도의 감정을 드러내 보인 고메스 부인은 밀라와 소녀를 집 안으로 들이고 차와 과자를 내왔다. 그녀는 딸아이에게 마치 손님 대하듯 했다. 방문이 끝나면 저 외부인이 자신과 남편, 단둘만을 안락한 부재 상태로 남겨놓고 돌아가 주기를 은밀히 바라는 것만 같았다.

밀라는 이런 서글픈 상황을 낡은 서랍장에 비유하곤 했다. 처분하고는 싶은데 항상 그 자리에 놓여 있는 서랍장. 그러다 결국 방구석에서 퀴퀴한 냄새만 풍기는 신세로 전락하는 서랍장. 시간이 지나면서 적응하기 마련이고, 결국 자신들이 그 냄새의 일부가 되어버리고 마는 그런 서랍장.

엘리사가 돌아왔다. 부모는 그간의 애도를 접고 몇 년의 세월 동안 그 애도의 대상이었던 딸에게 연민과 동정의 감정을 쏟아부어야 할 터였다. 더 이상 슬퍼할 이유가 없어 보였다. 집 안에 낯선 사람을 받아들여야 한다는 또 다른 불행을 세상에 알리려면 용기보다 더한 게 필요할 터였다.

한 시간 남짓 되는 만남이 끝나고 밀라는 인사를 건넸다. 엘리사 엄마의 눈빛에서는 구조의 신호가 느껴졌다. '이제, 나보고 어떻게 하라고?' 엄마는 침묵을 지키며 그렇게 외치고 있었다.

밀라에게도 직면해야 할 진실이 있었다. 엘리사를 구한 것은 전적으로 우연이었다는 것. 만약 납치범이 그토록 오랜 시간 동안 파블리토까지 포함한 '가족'을 꾸릴 생각이 없었다면 실제로 무슨 일이 어떻게 벌어졌을지는 아무도 장담할 수 없다. 그리고 엘리사는 그 아이를 위해 만들어진 세상에 갇힌 채 '보호자'의 집착 속에 지내야 했을 것이다. 처음에는 딸처럼, 그다음에는 순종적인 아내의 역할을 하며.

밀라는 그런 생각을 하면서 사물함의 문을 닫았다. "잊어라, 잊어. 그게 유일한 약이다." 그녀는 그렇게 되뇌었다.

직원들이 거의 퇴근한 무렵이었기에 밀라 역시 집으로 돌아가고 싶었다. 샤워를 한 다음, 포트와인 한 병을 준비하고 군밤을 안주로 즐기리라. 그러고는 거실 창가에 서서 나무를 바라보리라. 그러다가 운이 좋으면 생각보다 일찍 소파에 누워 잠이 들겠지.

하지만 포상이라 부를 수 있는 외로운 밤 속으로 걸어 들어갈 준비를 마쳤을 때 동료 경찰 한 명이 탈의실 문을 열고 고개를 내밀었다.

모렉수 경사가 그녀를 찾고 있다는 것이다.

2월의 그날 저녁, 반짝이는 서리가 도로를 뒤덮고 있었다. 게블러 박사는 택시에서 내렸다. 그는 차도 없고, 운전면허도 없는 사람이다. 그래서 어디를 가야 할 일이 생기면 다른 사람들이 데리러 오도록 했다. 운전을 해보려는 시도를 아예 안 했던 건 아니다. 오히려 우수한 성적으로 운전면허 시험에 합격했었다. 하지만 수시로 깊은 상념에 빠지는 사람은 운전대를 잡지 않는 게 신상에 이로웠다. 그래서 게블러 박사는 운전을 포기했던 것이다.

박사는 택시 요금을 지불한 뒤 보도블록에 발을 내디뎠다. 그는 외투에서 그날 들어 세 번째 담배를 꺼내 들고는 불을 붙여 두 모금 정도 피운 후 던져버렸다. 담배를 끊기로 결심한 뒤부터 생긴 버릇이었다. 니코틴 결핍 현상에 대한 눈속임으로 자신과 맺은 일종의 협정이었다.

게블러 박사는 유리창에 자신의 모습이 비치고 있다는 것을 깨달았다. 그는 잠시 동안 그 모습을 유심히 살펴보았다. 턱수염은 피곤으로 초췌해진 얼굴을 덮고 있었다. 눈언저리는 퀭해 보였고 머리는 헝클어진 상태였다. 외모에 전혀 신경을 쓰지 않았다는 사실을 새삼 깨닫는 순간이었다. 하지만 평소 그의 차림새에 신경을 써주어야 할 사람은 이미 자신의 의무를 저버린 지 오래였다.

게블러 박사가 지닌 놀라운 점은―모두가 그렇게 말한다―길고도 영문을 알 수 없는 침묵이었다.

그리고 커다랗고 날카로운 두 눈.

저녁식사 시간이 가까웠을 때, 게블러 박사는 서서히 집으로 향하는 계단을 올랐다. 그리고 집으로 들어간 뒤 귀를 기울였다. 얼마간의 시간이 흐르고, 또 다른 침묵에 적응할 때쯤, 방에서 장난감을 가지고 노는 토미의 소리가 들려왔다. 친숙하고 반가운 소리. 토미를 안아주러 가다가 그냥 문턱에 멈춰 섰다. 방해할 엄두가 나지 않았기 때문이다.

토미는 근심 걱정이라고는 없는 아홉 살 남자아이였다. 밤색 머리를 가졌고 빨간색과 농구, 아이스크림, 그리고 겨울을 좋아했다. 가장 친한 친구의 이름은 베스티언이고, 그 친구와 같이 학교 운동장에 환상의 '사파리'도 만들어놓았다. 두 친구 모두 보이스카우트에 가입했고 여름이 오면 같이 캠핑을 떠나기로 약속도 했다. 최근 들어 두 아이의 유일한 관심사는 오직 여름 캠프뿐이었다.

토미는 놀랄 정도로 엄마를 쏙 빼닮았지만 부리부리하고 날카로운 눈매만큼은 아빠를 닮았다.

아빠가 왔다는 것을 깨닫자 아이는 고개를 돌려 미소를 지어 보였다.

"늦으셨어요." 토미는 나무라듯 말했다.

"나도 알아. 미안하다." 게블러 박사는 방어 자세를 취했다. "루나 아줌마가 가신 지는 한참 된 거니?"

"한 30분 전에 아들이 와서 모셔갔어요."

갑자기 화가 났다. 루나 부인이 그 집에서 가사도우미 일을 시작한 건 벌써 몇 년 전 일이다. 그러니까 자신이 돌아오기 전에 토미만 홀로 남겨놓고 먼저 퇴근하는 걸 싫어한다는 것쯤은 이미 잘 알고 있을 터였다. 다른 불편한 건 둘째 치더라도 이런 일이 발생할 때마다 가끔은 사는 것도 지겨워졌다. 게블러 박사 혼자 모든 문제를 해결할 순 없었다. 그런 신비로운 능력을 지닌 유일한 사람이 마법의 주문이 담긴 마법서를 전해주지도 않고 영영 사라진 것 같은 기분이었다.

아무래도 루나 부인에게 그 점을 확실히 해두고, 가능하면 좀 더 엄하게 대해야겠다는 생각을 했다. 앞으로는 자신이 집에 돌아올 때까지 기다리라고 말이다. 토미는 아빠의 생각을 읽었는지 시무룩한 표정을 지었다. 게블러 박사는 즉시 분위기를 바꾸기 위해 아들에게 말을 걸었다.

"배고프지 않니?"

"사과 하나하고 크래커 먹었어요. 물도 마셨고요."

박사는 재미있다는 표정으로 고개를 가로저었다.

"저녁식사로는 별로인 것 같은데."

"원래 간식거리였어요. 저녁은 다른 걸 먹고 싶은데……."

"스파게티 같은 거?"

토미는 박수로 대답을 대신했다. 게블러 박사는 아들의 머리를 쓰다듬어 주었다.

두 부자는 파스타를 준비하고 식탁을 차렸다. 서로 물어볼 필요도 없이 알아서 각자의 역할을 분담하는 숙련된 커플 같았다. 그의 아들은 무엇이든 빨리 배웠고, 박사는 그 점이 자랑스러웠다.

두 부자의 생활은 산산이 부서질 위기를 겪었었다. 그래서 박사는 허울뿐일지라도 일관성을 갖추고 부서졌던 부분부분들을 끈기 있게 다시 모아 붙였다. 그는 자신의 부재를 질서로 채워 넣었다. 규칙적인 식사, 정확한 시간관념, 거르지 않는 습관. 그런 점에서만 본다면, '이전의 생활'과 다를 게 없었다. 모든 게 예전처럼 반복되는 상황이 갖추어졌고, 그런 생활 덕분에 토미는 안정을 되찾을 수 있었다.

두 부자는 결국, 공허함 속에서도 현실을 부정하지 않고 서로를 의지하며 사는 법을 터득했던 것이다. 오히려 둘 중 누군가가 그 빈자리에 대한 이야기를 꺼내고 싶어 하면 툭 터놓고 같이 대화를 나눌 정도가 되었다.

다만, 둘 사이에도 금기사항이 있다면 그 빈자리를 기존의 고유명사로 부르지 않는다는 거였다. 해당 고유명사는 두 사람의 단어 목록에서 완전히 지워졌기 때문이다. 다른 방법, 다른 표현으로 대신했다. 이해할 수 없는 문제였다. 자신이 다루었던 온갖 연쇄살인범들에게는 공을 들여가며 이름을 붙여주는 반면, 한때나마 자신의 아내였던 사람을 어떻게 불러야 할지 몰라 그 아들이 엄마를 '탈인격화'시키도록 내버려두고 있다는 것. 박사는 자신의 아내를 마치 매일 밤 아들에게 읽어주는 동화 속 인물처럼 그리고 있었다.

토미는 고란 게블러 박사가 이 땅에 발을 붙이고 살 수 있게 만들어주는 유일한 평형추였다. 아들이 없었다면 아마 당장이라도 매일같이 들여다보는 저 깊은 심연의 세계 속으로 뛰어들었을 것이다.

저녁식사를 마친 뒤 게블러 박사는 서재로 향했다. 토미도 아빠의 뒤를 따랐다. 두 부자가 저녁시간을 때우는 의례적인 방식이었다. 아빠는 삐걱거리는 낡은 의자에, 아들은 바닥에 엎드린 채로. 그렇게 두 부자는 상상의 대화를 이어나갔다.

게블러 박사는 자신의 서가를 유심히 살펴보았다. 범죄학, 범죄인류학, 법의학 관련 서적들이 칸마다 늘어서 있었다. 책등에 무늬가 들어간 금박 장정의 책들이 있는가 하면 갓 제본된 형태만 갖춘 책들도 있었다. 해답은 바로 그 책들 속에 있었다. 하지만 가장 어려운 것은—언제나 학생들에게 하는 말이지만—제대로 된 질문을 찾아내는 것이었다. 책 속에는 온갖 혐오스러운 사진들이 가득했다. 부상을 입거나 멍들었거나 고문의 흔적이 남은 사체, 불에 타거나 조각조각 절단된 사체의 특정 부위까지. 그 모든 사진들이 상세한 설명과 함께 반짝이는 아트지 속에 엄격하게 봉인되어 있었다. 존엄한 인간의 생명이 냉정한 연구대상으로 전락한 모습이었다.

그런 이유로 불과 얼마 전까지만 해도 게블러 박사는 토미에게 자신이 관리하는 일종의 성소 같은 서재에 발도 들이지 못하게 했다. 행여

아들이 호기심에 못 이겨 서재로 들어와 책을 펼쳐 드는 순간, 인간의 존재가 얼마나 폭력적일 수 있는지를 배우게 되지나 않을까 걱정스러웠기 때문이다. 그런데 한번은 토미가 아빠의 말을 듣지 않았던 적이 있다. 게블러 박사는 오늘처럼, 아이가 바닥에 엎드린 채 서가에 있던 책을 들춰 보고 있는 모습을 발견했었다. 그 장면은 여전히 머릿속에 생생히 남아 있다. 토미는 한겨울에 강에서 건져 올린 여성의 사체 사진에 시선을 고정시켰다. 나체의 여성은 피부가 보랏빛이었고 두 눈은 초점 없이 멍한 모습이었다.

하지만 그 사진을 본 토미는 질겁하는 모습이 아니었다. 오히려 아빠를 나무라는 듯한 표정을 짓는 것 같았다. 박사는 책상다리를 하고 아들의 옆자리에 앉았다.

"이게 무슨 사진인지 알겠니?"

토미는 무덤덤한 채로 한참 뜸을 들이다가 자신의 눈에 보이는 것들을 제법 상세하게 묘사하며 대답했다. 팔은 가늘고 머리카락은 성에가 낀 것처럼 뭔가를 바른 듯하고, 생각에 잠긴 듯 멍해 보인다고. 그러고는 그 여자의 일상을 비롯해 친구관계, 어디 사는지에 대해서 횡설수설 가당치도 않은 이야기를 늘어놓기 시작했다. 게블러 박사는 그때 깨달았다. 토미가 사진 속의 모든 것을 볼 수 있다는 사실을. 단, 그것이 죽음이라는 것만 모른 채.

아이들은 죽음을 보지 못한다. 왜냐하면 아이들의 삶은 단 하루에 불과하니까. 아침에 일어나 잠들기 전까지의 하루.

그때 깨달았다. 아무리 애쓰고 노력한다 해도 이 세상의 악에서 아들을 완전히 보호하는 건 불가능하다는 것을. 몇 년 전, 아이의 엄마가 벌인 행위에서 아들을 구해내지 못했었던 것처럼.

모렉수 경사는 밀라의 위에 군림하는 여타 상관들과는 성향이 달랐다. 그는 명예욕이나 사진으로 신문을 장식하는 행위 따위는 안중에도 없었다. 그랬기에 음악 선생의 집에서 벌어졌던 일에 대해 엄중한 문책이 있을 거라고 예상했었다.

모렉수 경사는 쉽게 화를 내고 쉽게 풀어지는 성격이었다. 자신의 감정을 몇 초 이상 억누르는 법이 없었다. 그래서 어느 순간엔 불처럼 화를 내고 퉁명스럽다가도 금세 미소를 지으며 믿을 수 없을 정도로 상냥해지는 사람이었다. 게다가 시간 낭비는 딱 질색인 사람이라 여러 가지 동작을 동시에 하는 스타일이었다. 예를 들어 누군가를 위로해야 할 일이 생기면 상대의 어깨에 한 손을 올리고서 사무실 문 밖으로 나가는 길을 안내하거나, 전화 통화를 하는 도중에도 수화기로 관자놀이를 벅벅 긁기도 한다.

하지만 이번만큼은 달랐다. 서두르지 않았다.

경사는 자신을 찾아온 밀라를 책상 앞에 세워두고 앉으란 말도 하지 않았다. 그러더니 책상 아래로 다리를 쭉 뻗고 팔짱을 낀 채로 밀라를 뚫어지게 쳐다보았다.

"오늘 무슨 일이 벌어졌었는지 자네도 아는지 모르겠어……."

"알고 있습니다. 제가 바보짓을 했다는 것 정도는요." 밀라는 상관보다 앞서 나갔다.

"무슨 그런 소리를. 자넨 세 명의 아이들을 구했다고."

상사의 반응에 밀라는 한동안 멍하니 아무 말도 못했다.

"셋이라니요?"

모렉수 경사는 의자에 앉은 채로 상체를 일으켜 세우며 두 눈을 책상 위에 놓인 종이 쪽으로 향했다.

"음악 선생 집에서 찾아낸 거라더군. 그 인간, 아이 하나를 더 데려올 생각이었나 봐……."

경사는 밀라에게 다이어리 한 페이지의 복사본을 건넸다. 날짜를 적
는 칸 아래에 이름 하나가 쓰여 있었다.

"프리실라라고요?" 밀라가 물었다.

"그래, 프리실라." 경사가 따라서 대꾸했다.

"그게 누굽니까?"

"운 좋은 여자아이지."

그러고는 더 이상 아무 말도 덧붙이지 않았다. 그 역시 더는 아는 게
없었기 때문이다. 성(姓)도, 주소도, 사진도, 아무런 정보도 없었다. 단
지 이름뿐이었다. 프리실라라는.

"그러니까 중죄를 지은 사람처럼 죽을상 하고 있지 말라고. 아까 기
자회견장에서 보니까 완전히 관심 밖이더군." 경사는 밀라가 뭐라고 대
꾸할 틈도 주지 않고 말을 이었다.

"네. 사실 관심 밖이었습니다."

"이봐, 바스케스! 자네가 구해준 아이들이 얼마나 자네한테 고마워하
고 있는지 알기는 하는 거야? 애들 가족들은 말할 것도 없고 말이야!"

'엘리사 고메스란 아이 엄마 표정은 못 보셨잖습니까!' 밀라는 그렇게
대꾸하고 싶었다. 하지만 그냥 고개만 끄덕거리는 것으로 만족했다. 경
사는 고개를 가로저으며 밀라를 뚫어지게 쳐다보았다.

"자네가 이쪽으로 발령받은 뒤로, 자네에 대한 불평은 단 한 번도 들
어본 적 없어."

"그게 좋은 일입니까, 나쁜 일입니까?"

"그걸 스스로 깨닫지 못한다면 자네한테 문제가 있는 거야, 이 아가
씨야……. 그래서 말인데, 자네한테 팀플레이를 할 수 있는 기회를 주기
로 결정했어. 도움이 될 거야."

밀라는 절대 동의할 수 없었다.

"왜 접니까? 전, 제 일이 있습니다. 유일하게 잘할 수 있는 일입니다. 이제는 혼자 일하는 데 익숙해진 상태입니다. 그런데 제 방식을 남들에게 맞춰야 하면, 그걸 어떻게 다 말로 설명을……."

"가서 짐이나 싸." 모렉수 경사는 부하의 불만을 단칼에 잘라버렸다.

"왜 그렇게 서둘러야 하는 겁니까?"

"오늘 밤에 당장 떠나야 하니까."

"징계의 일종입니까?"

"징계는 무슨 징계. 그렇다고 포상휴가도 아니야. 전문가 의견이 필요한 사건이야. 자넨 제법 유명한 친구잖아."

밀라의 표정이 사뭇 진지해졌다.

"어떤 사건인데요?"

"납치된 다섯 여자아이들."

텔레비전 뉴스에서 대충 흘려듣긴 했었다.

"그런데 왜 접니까?" 밀라가 물었다.

"왜냐하면 여섯 번째 납치 아동이 생긴 것 같은데, 그게 누구인지 신원파악이 불가능한 상황이라서……."

그 외에 추가적인 설명을 더 듣고 싶었지만 모렉수 경사는 대화는 그걸로 끝이라고 종지부를 찍었다. 경사는 다시 원래 성격대로 부산을 떨며, 서류철 하나를 건넴과 동시에 사무실 문을 가리켰다.

"그 안에 기차표도 들어 있어."

밀라는 파일을 받아 들고 문으로 향했다. 하지만 사무실을 벗어나려다 뒤로 돌아 경사를 보며 한마디를 던졌다.

"프리실라라고요?"

"그래……."

4

〈더 파이퍼 엣 더 게이츠 오브 돈(The Piper at the Gates of Dawn)〉이 1967년. 〈어 소스풀 오브 시크릿츠(A Sauceful of Secrets)〉가 1968년. 〈움마굼마(Ummagumma)〉가 1969년인데, 영화 〈모어(More)〉의 영화음악 앨범하고 같은 해에 출시된 앨범이었지. 1971년에는 〈메들(Meddle)〉. 그 전에 뭐가 하나 있었는데……. 1970년도에 분명 한 장의 앨범이 출시된 건 확실했다. 하지만 앨범 제목이 기억나지 않았다. 표지에 젖소 한 마리가 서 있는 건데. 빌어먹을, 그게 왜 계속 기억이 안 나는 걸까?

'기름을 넣어야 해.' 남자는 그렇게 생각했다.

연료 눈금이 바닥으로 향해 있었고 경고등은 깜빡임마저 사라진 채 아예 빨갛게 불이 들어온 상태였다.

하지만 남자는 멈추고 싶지 않았다.

벌써 운전대를 잡은 지 다섯 시간이 훌쩍 지났고 지나온 거리만 해도 6백 킬로미터에 달했다. 어젯밤 일이 벌어진 곳과 충분한 거리를 둔 상태였지만 전혀 안심이 되지 않았다. 운전대를 잡은 두 팔은 경직될 대로 경직된 상태. 목 근육이 뻣뻣해지자 통증까지 느껴졌다.

그는 주변을 한번 살펴보았다.

'생각하지 말자……. 생각하지 말자고…….'

남자는 기억 속에 남아 있는 친숙한 것들, 안심이 되는 것들을 사정없이 끄집어내며 정신을 분산시켰다. 10여 분 전부터는 핑크 플로이드의 음반들을 하나씩 떠올리던 터였다. 그리고 그 이전 네 시간 동안은 자신이 가장 좋아하는 영화 제목, 자신이 응원했던 하키 팀에서 지난

세 번의 시즌 동안 최고의 선수상을 차지한 선수 이름, 옛날 학교 친구들 이름, 그리고 선생님 이름을 계속해서 떠올렸다. 그러다가 버거 선생님의 이름까지 거슬러 올라갔다. 지금은 무얼 하고 계실까? 다시 만나 뵙고 싶다는 생각이 들었다. 모든 게 그 '생각'을 밀어내는 데 도움이 되고 있었다. 그런데 젖소 사진이 있는 그 빌어먹을 앨범 이름에서 갑자기 콱 막혀버렸던 것이다.

또다시 그 생각을 밀어내야만 했다. 그날 밤에만도 벌써 여러 차례 꼭꼭 가두어둘 수 있었던 머릿속 한구석에 '그 생각'을 처박아 넣어야 했다. 그러지 않으면, 다시 비 오듯 땀을 흘리거나 이따금씩 미친 듯이 오열하며 자신의 상황을 절망적으로 바라보곤 했다. 하지만 그런 과정은 그리 오래 지속되지 않았다. 두려움이 뱃속을 뒤틀고 있었지만 그는 억지로라도 정신을 놓지 않기 위해 애썼다.

'〈아톰 하트 마더(Atom Heart Mother)〉였어!'

드디어 앨범 이름을 기억해냈던 것이다. 잠시뿐이었지만 행복하기까지 했다. 하지만 그런 감정 역시 오래가지 않았다. 그가 처한 상황은 절대 행복할 수 없었기 때문이다.

남자는 다시 뒤를 돌아보았다.

'기름을 꼭 넣어야 하는데.'

이따금씩 발밑에 있는 매트에서 암모니아의 산패한 냄새가 솟구치며 그가 이성을 잃고 있다는 사실을 일깨워주었다. 두 다리에는 근육통이 시작되었고 장딴지의 감각이 점점 사라지고 있었다.

거의 밤새도록 고속도로를 무섭게 휩쓸고 지나간 폭우가 산 너머로 멀어지고 있었다. 남자는 수평선 사이로 푸르스름한 미광을 볼 수 있었다. 라디오에서는 몇 번째인지도 모를 정도로 계속해서 일기예보를 전하고 있었다. 조만간 여명이 밝아올 터였다. 남자는 한 시간 전에 톨게이트에서 빠져나와 국도를 타고 달리는 중이었다. 통행료도 내지 않고 그대로 통과했었다. 현재 그의 머릿속에는 오직 멀리, 여전히 더 멀리 가겠다는 생각뿐이었다.

메모지를 통해 전달받은 지시사항을 따르면서.

남자는 몇 분간은 멍하니 딴 데 팔린 정신을 굳이 바로잡으려 하지 않았다. 하지만 필연적으로 전날 밤의 기억으로 되돌아갔다.

그는 전날, 모디글리아니 호텔에 도착했다. 그때가 오전 11시였다. 오후 내내 시내를 돌아다니며 영업 업무를 한 뒤, 예정대로 저녁에는 몇몇 고객과 함께 호텔 식당에서 식사를 했다. 방으로 돌아온 건 밤 10시가 조금 넘은 뒤였다.

남자는 방문을 걸어 잠그자마자 거울 앞에 서서 넥타이의 매듭을 느슨하게 풀었다. 바로 그 순간, 거울에 비친 남자의 모습은 땀에 젖어 축축하고, 붉게 충혈된 눈에 강박증 환자 같은 그의 실체였다. 욕망의 꼬임에 빠져들 때의 바로 그 모습.

그는 거울 속 자신을 바라보며 자신도 놀랍다는 듯, 어떻게 저녁시간 내내 고객들과 식사를 하면서 머릿속을 지배하던 생각들을 그렇게 감쪽같이 숨길 수 있었는지, 계속해서 자기 자신에게 질문을 던졌다. 남자는 고객들과 대화를 나누고, 골프와 요구사항이 많은 자신들의 부인에 관한 무미건조한 이야기에 귀를 기울이며, 듣기 거북한 음탕한 농담에 장단을 맞추고 웃어주기까지 했었다. 하지만 그는 다른 세상 속에 있었다. 남자는 방으로 돌아가 문을 잠그고 넥타이를 느슨하게 풀, 그 순간을 미리부터 음미하고 있었다. 숨 막히도록 목구멍을 조이던 시큼한 덩어리를 끌어 올려, 마치 땀에 젖는 듯 얼굴 위에 터트리며 숨을 헐떡이고 음흉한 시선을 짓고 싶은 욕구 속에 빠져들 계획이었다.

가면 뒤에 숨어 있는 그의 진짜 얼굴.

자신만의 은밀한 공간인 호텔 방에 돌아온 남자는, 자신의 상체와 바지 속에 꾹꾹 눌러 담아두었던 욕망에게 숨통을 틔워주었다. 그 욕망이 순식간에 터져버릴까 두려웠었다. 하지만 그런 일은 없었다. 아주 잘 참았던 것이다.

왜냐하면 조만간 밖으로 나가게 될 테니까.

언제나처럼, 이번이 마지막이라고 다짐했었다. 언제나처럼 그 약속은 '전에도' 그리고 '후에도' 계속 반복될 것이다. 그리고 언제나처럼 이번에도 그 약속은 지켜지지 않은 채 다음번으로 미루어질 것이다.

남자는 자정 무렵 호텔에서 나왔다. 흥분이 극에 달한 상태로. 그러고는 주변을 맴돌았다. 예정보다 서둘러 나온 까닭이었다. 오후 시간, 두 차례의 미팅을 갖는 사이에 모든 걸 계획대로 진행시키기 위해 미리 주변 답사를 마친 상태였다. 방해받을 일이 없도록. 사전계획에만 두 달이 걸린 일이었다. 또 그 기간 동안 '나비'와의 관계 유지에 공을 들였다. 기다림은 쾌락에 대한 선불금과도 같았다. 그리고 그는 그 순간을 만끽했다. 세세한 부분까지 꼼꼼히 챙긴 터였다. 왜냐하면 언제나 그런 부분들에서 문제가 발생하기 때문이다. 하지만 그는 아니다. 절대로. 그런 일은 벌어지지 않을 것이다. 지금껏 벌어진 적도 없었다. 비록 다섯 개의 팔이 묻힌 공동묘지가 발견된 사건이 있었지만 추가로 예방책을 더하면 그만이란 계산이었다. 거리에는 경계태세로 순찰을 도는 경찰관들이 깔려 있었다. 하지만 남자는 투명인간이 될 정도로 남들의 시선을 끌지 않을 자신이 있었다. 걱정할 게 조금도 없었다. 긴장만 풀면 그만이었다. 전날 미리 정해둔 대로 근처에서 그만의 나비를 곧 만나게 될 테니까. 언제나 나비들이 생각을 바꾸지 않을까 노심초사했다. 각자가 맡아야 할 역할에 어떤 문제가 발생하지 않을까 걱정스러웠다. 그런 일이 발생하면, 이루 말할 수 없을 만큼 슬프다. 쓰디쓴 회한까지 느껴져 그런 기분을 털어내는 데만 며칠이 걸릴 정도다. 심할 경우, 그 감정을 숨길 수조차 없다. 하지만 그는 이번에도 역시 모든 게 순탄하게 풀릴 것이라고 계속해서 되뇌었다.

나비가 곧 날아올 터였다.

재빨리 차에 태워 언제나처럼 환대해주리라. 그 나비는 기쁨을 전해줄 뿐만 아니라 두려움에서 비롯된 의심까지 날려주리라. 나비를 태우고 오후에 미리 봐두었던 장소로 가리라. 샛길로 접어들어 호수가 보이는 바로 그곳으로.

나비들에겐 언제나 코를 찌르는 향수 냄새가 났다. 껌과 운동화, 그리고 땀 냄새까지. 하나같이 싫어할 수 없는 향기. 어느 순간부터, 그가 모는 차의 일부가 되어버린 체취.

그 냄새가 다시금 코를 찌르는 것 같았다. 오줌 냄새와 뒤섞인 그 체취. 남자는 다시 울음을 터뜨렸다. 그 순간부터 얼마나 많은 일이 벌어졌던가. 흥분에서 행복으로 치닫던 감정이 그 이후의 악몽으로 뒤바뀐 것은 순식간이었다.

남자는 다시 뒤를 돌아보았다.

'무슨 일이 있어도 주유소에 들러야 해.'

하지만 남자는 이내 그 생각을 뒤로하고 실내의 탁한 공기를 들이켜며 그 이후의 악몽 같은 기억 속으로 빠져들고 말았다.

남자는 차를 세웠었다. 나비를 기다리기 위해서였다. 희끄무레한 달빛이 간간이 구름을 뚫고 나왔다. 남자는 두려움을 쫓기 위해 자신의 계획을 다시 되짚어보았다. 맨 먼저 대화를 할 생각이었다. 하지만 처음에는 듣는 일에 집중할 것이다. 왜냐하면 나비들은 언제나 다른 곳에선 기대할 수 없는 대우를 받고 싶어 한다는 것을 잘 알고 있었기 때문이다. 바로 자신들에 대한 관심. 남자는 그 역할에 일가견이 있었다. 가슴을 열고, 자신의 작은 먹이가 털어놓는 이야기를 끈기 있게 들어주다 보면 먹이는 스스로 허물어진다. 경계를 완전히 풀고 아무런 제약 없이 남자가 자신의 영역 안으로 들어오도록 모든 걸 허락하기 마련이다.

굽이진 영혼의 깊은 곳까지.

남자는 언제나 상황에 적절한 말을 골라 했다. 매번 그랬었다. 그런 식으로 나비들의 주인이 될 수 있었다. 상대가 자신들의 욕망에 눈뜰 수 있도록 인도하는 일은 기쁘기 그지없는 작업이었다. 그들에게 어떤 일을 치러야 될지, 또 어떻게 해야 하는지에 대해 설명하는 과정까지. 매우 중요한 과정이었다. 그들의 학교가 되어주고, 그들의 운동장이 되어주는 일은. 그리고 편안한 환경을 조성해주는 일은.

은밀한 공간의 문을 활짝 열어줄 마법의 비법을 갈고 닦던 남자는 아무 생각 없이 룸미러로 자동차 후방을 힐끗 쳐다보았다.

남자가 그것을 본 건 바로 그 순간이었다.

그림자보다도 흐물거리던 그것. 상상 속에서 바로 뛰쳐나왔기에, 직접 눈으로 본 게 아닌 그것. 남자는 즉시 자신이 본 게 신기루, 아니 환상이라고 생각했다.

차창을 두드리는 주먹의 존재가 다가오기 전까지는.

철컥하는 묵직한 소리와 함께 차문이 열렸다. 그런데 차 안으로 밀고 들어온 손은 남자의 목을 움켜잡더니 꽉 조이기 시작했다. 손쓸 틈도 없었다. 싸늘한 바깥 공기가 차 내부로 스며 들어오자 머릿속에 그런 생각이 들었던 것 같다. '문을 잠근다는 걸 깜빡했어.' 그래, 잠금장치! 마치 그 생각만으로도 상대를 저지하기에 충분할 것처럼……

상대의 손아귀는 가공할 정도로 무시무시했다. 그는 한쪽 팔만으로 운전석에 앉아 있던 남자를 밖으로 끄집어냈다. 시커먼 방한모가 얼굴 전체를 가리고 있었다. 상대가 자신을 붙잡고 있는 동안 남자는 온통 나비 생각뿐이었다. 곁으로 불러들이기 위해 그토록 공을 들였던 소중한 먹잇감이었는데⋯⋯. 순식간에 날아가 버렸던 것이다.

그 자신이 먹잇감 신세가 되어버렸다는 건 의심할 여지가 없었다.

상대는 목을 누르던 손에 힘을 빼고 남자를 바닥에 내동댕이쳤다. 그러고는 남자의 반응은 아랑곳하지 않고 차로 돌아갔다. '흉기를 가지러 간 거야. 그걸로 날 끝장낼 생각이라고.' 절망적인 생존본능에 자극받은 남자는 축축하고 차가운 땅바닥을 기기 시작했다. 그래 봐야, 방한모의 사내가 발걸음 몇 번만 옮기면 그를 따라잡고 하려던 일을 마칠 수 있는 아주 짧은 거리에 불과할 뿐이었다.

'어떻게든 죽음을 모면하려는 인간들은 쓸데없이 힘 빼는 일만 골라서 하는 것 같아.' 혼자 운전을 하고 가던 남자는 그런 생각을 했다. '어떤 이들은 괜히 총구로 손을 뻗어 막다가 손바닥에 관통상을 입잖아. 또 어떤 이들은 불을 피할 생각으로 창문 밖으로 몸을 던지기도 하고⋯⋯. 모두가 피할 수 없는 것을 피하려 드는 셈이야. 결국엔 우스운 꼴만 될 텐데.'

남자는 자신이 그런 부류의 인간이 되리라고는 꿈에도 생각지 않았었다. 언제나 죽음이 찾아오면 근엄하게 맞설 수 있을 거라 확신하며 살아온 그였다. 적어도 그날 밤, 구더기처럼 바닥을 기며 속으로는 온전히 목숨만은 구할 수 있기를 바랐던 그날 일이 있기 전까지는. 그렇게 애를 써가며 움직인 거리는 불과 2미터도 채 되지 않았다.

그러고는 의식을 잃어버렸었다.

두 번에 걸쳐 얼굴로 날아든 둔탁한 주먹질에 정신이 번쩍 들었다. 방한모를 뒤집어쓴 사내가 다시 돌아와 있었다. 사내는 무표정한 검은 눈동자로 남자 앞에 서서 그를 내려다보고 있었다. 흉기를 들고 있지는 않았다. 사내는 고갯짓으로 차를 가리키며 이렇게만 말했다.

"지금 당장 떠나되 절대 멈추면 안 돼, 알렉산더."

방한모의 사내는 그의 이름을 알고 있었던 것이다.

처음에는 당연히 그럴 법도 하다는 생각이 들었다. 하지만 곱씹어볼 수록 머리털이 삐죽 곤두설 정도로 무서워졌다.

떠나라니……. 그때까지만 해도 남자는 그 말을 곧이곧대로 믿지 않았다. 남자는 바닥에서 일어난 뒤, 사내가 생각을 바꾸지나 않을까 두려워 최대한 빠른 걸음으로 비틀거리며 자신의 차로 향했다. 그렇게 운전석에 무사히 앉았지만 앞도 제대로 보이지 않았고 시동을 걸 수 없을 정도로 두 손이 부들부들 떨렸다. 갖은 애를 써서 겨우 차에 시동을 건 순간, 고속도로 위에서 펼쳐진 기나긴 악몽의 밤이 시작되었던 것이다. 아주 먼 곳으로 향하는, 최대한 아주 멀리…….

'기름을 꼭 넣어야 해.' 남자는 현실감각을 되찾으며 생각했다.

연료탱크는 거의 바닥을 드러낸 상태였다. 남자는 눈으로는 주유소 겸 휴게소 간판을 찾으면서 머릿속으로는 자신이 하려는 일이 전날 밤 자신에게 주어진 임무의 일환인지 아닌지에 대해 생각했다.

멈추지 말라는 말.

새벽 1시가 될 때까지 두 개의 질문이 그의 머릿속을 떠나지 않았다. 왜 방한모 사내는 남자를 그냥 떠나게 내버려두었을까? 정신을 잃었던 사이 무슨 일이 벌어졌던 걸까?

반쯤 정신이 들어 그 '소리'를 들었을 때, 이미 남자는 해답을 알고 있었다.

뭔가로 차체를 문지르듯 규칙적인 기계음—덩, 덩, 덩—을 동반한 둔탁한 소음이 들려왔다. '차에서 부속 같은 걸 빼버린 게 틀림없어. 조만간 차축에서 바퀴 하나가 빠져나갈 거고, 난 차를 제어하지 못해 그대로 가드레일을 들이받게 될 거야!' 하지만 그런 일은 전혀 벌어지지 않았다. 왜냐하면 그 소리는 기계 소리가 아니었기 때문이다. 그게 무슨 소리였는지는 나중에 깨닫게 될 터였다……. 비록, 본인은 절대 인정할 수 없을 테지만.

바로 그 순간, 가장 가까운 주유소 겸 휴게소가 8킬로미터 전방이라는 표지판이 남자의 시야에 들어왔다. 거기까지는 갈 수 있다. 하지만 순식간에 주유를 마쳐야만 할 것이다.

그런 생각을 하며 남자는 다시 방금 전과 마찬가지로 뒤를 돌아보았다.

그런데 남자는 자신의 뒤로 이어지는 국도는 전혀 살펴보지 않았다. 그 길을 달려오는 자동차들 역시.

그랬다. 그의 시선은 바로 뒤를 향해 있었다. 멀지 않은 그곳.

그의 뒤를 쫓는 것은 도로 위에 있지 않았다. 그보다 훨씬 가까운 곳에 있었다. 바로, 그 소리의 정체였던 것이다. 절대로 그 소리를 벗어날 수 없었다.

그것은 트렁크 속에 자리 잡고 있었다.

그가 끊임없이 돌아본 것은 바로 그것이었다. 그 안에 무엇이 들었는지 생각하지 않으려 애를 쓰긴 했다. 하지만 알렉산더 버먼이 마지막으로 뒤를 돌아보고 전방을 주시했을 때는, 이미 돌이킬 수 없는 상황에 이르렀던 것이다. 갓길에 서 있던 경찰관이 그에게 차를 세우라는 수신호를 보내고 있었기 때문이다.

5

밀라는 기차에서 내렸다. 표정은 밝았지만 잠을 제대로 못 자 눈이 통통 부은 상태였다. 밀라는 지붕이 드리워진 승강장 아래로 걸어 나갔다. 역사는 19세기풍의 장엄한 본관 건물과 초대형 쇼핑몰로 구성되어 있었다. 모든 게 깨끗하고 질서정연했다. 하지만 불과 몇 분도 지나지 않아, 주변의 후미진 곳들이 눈에 들어왔다. 왠지 익숙했다. 실종된 아이들을 찾아 헤매었을 그런 곳이었기 때문이다. 사람의 목숨이 거래되고, 웅크리거나 숨어드는 그런 곳.

하지만 밀라가 그곳을 찾은 건 다른 이유 때문이었다.

얼마 뒤면, 누군가 그녀를 역에서 먼 곳으로 데려갈 터였다. 두 명의 경찰 동료가 철도경찰 사무실에서 그녀를 기다리고 있었다. 대략 40대로 보이는 작달막한 체구의 여자 수사관은 올리브빛 피부에 머리칼이 짧았고 엉덩이가 펑퍼짐해서 청바지가 꽉 긴 모습이었다. 서른여덟 정도로 보이는 남자 수사관은 거구에 장신이기까지 했다. 남자 수사관을 보자 어렸을 때 시골마을에서 어울렸던 덩치 큰 사내 녀석들이 떠올랐다. 중학교 때는 그 친구들 중 두세 명하고 친하게 지냈었는데, 자신과 가까워지려고 어쭙잖게 수작을 부리곤 했다.

남자 수사관은 밀라에게 미소를 짓고 있었지만 여자 수사관은 눈썹을 치켜 올리며 노려보기만 했다. 밀라는 일상적인 자기소개를 하기 위해 그들에게 다가갔다. 세라 로사는 자신의 이름과 계급만 밝히고 끝이었지만, 남자 수사관은 정반대로 악수를 청하며 말했다.

"특별수사관 클라우스 보리스라고 합니다." 그는 절도 있는 말투로 인사말을 건넨 뒤 밀라가 들고 있던 여행가방을 들어주겠다고 말했다.

"가방은 제가 들어드리지요."

"고맙지만 괜찮습니다. 제가 들고 갈 수 있어요." 밀라가 대답했다.

하지만 남자는 거듭 호의를 베풀었다.

"문제 될 거 없습니다."

말투에서 느껴지는 분위기는 고집스런 미소와 마찬가지로 보리스에게 돈 후안 같은 면이 있음을 느끼게 했다. 만나는 여자는 누구든 자신의 매력으로 사로잡을 수 있다고 착각하는 돈 후안. 그가 멀리서 자신을 보는 순간부터 작업을 걸어보기로 작심했을 것이란 확신까지 들었다.

보리스가 역을 벗어나기 전에 커피라도 한잔 하자고 제안하자 세라 로사가 그를 쏘아보았다.

"왜 그래요? 내가 뭘 어쨌다고?" 남자는 항변하고 나섰다.

"우리한테 그럴 시간이 없다는 거 몰라서 하는 말이야?" 여자는 단호한 말투로 대꾸했다.

"동료 수사관이 먼 걸음을 하셨으니까, 난 그저……."

"그러실 필요 없습니다." 밀라가 끼어들었다. "별로 피곤하지도 않은데요. 아무튼 감사합니다."

밀라는 세라 로사와 앙숙이 되고 싶진 않았다. 하지만 상대는 이미 그녀의 투입을 달가워하지 않는 눈치였다.

세 사람은 주차장에 세워놓은 자동차로 향했고 보리스가 운전대를 잡았다. 로사가 조수석에 앉았고, 밀라는 여행가방과 함께 뒷자리에 올라탔다. 자동차는 차도를 미끄러지듯 달려 강변도로로 접어들었다.

세라 로사는 자신이 직접 객식구를 마중 나가야 했던 상황이 기분 나쁜 듯 보였다. 반면 보리스는 그 일이 전혀 싫지 않은 분위기였다.

"어디로 가는 겁니까?" 밀라는 조심스레 질문을 던졌다.

보리스가 룸미러로 쳐다보며 대답했다.

"일단 본청으로 갑니다. 로시 경감님이 당신을 만나고 싶어 하시니까요. 아마 별도의 지시사항이 있을 겁니다."

"연쇄살인범 케이스는 한 번도 다뤄본 적이 없습니다. 오늘까지는요." 밀라는 자신의 입장을 명확히 해두고 싶어 말했다.

"당신한테 누굴 잡아 오라는 게 아니야." 로사가 무뚝뚝하게 받아쳤다. "그건 우리 일이니까. 당신은, 단지 여섯 번째 피해아동의 이름만 밝혀내면 그만이야. 사건 파일 정도는 읽어보고 왔으면 좋겠군."

밀라는 거드름 피우는 듯한 상대의 말투는 전혀 신경 쓰지 않았다. 왜냐하면 그 지적 덕분에 하얗게 지새운 간밤의 기억이 되살아났기 때문이다. 땅속에 묻힌 채 발견된 팔 사진. 피해아동의 나이와 관련된 빈약한 법의학 자료, 그리고 사망 순서에 관한 내용.

"무슨 일이 벌어졌던 겁니까, 그 숲에서?" 밀라가 물었다.

"최근에 발생한 강력범죄 중에서도 가장 대형사건입니다!" 보리스는 운전대에서 손을 떼고 큰 손동작을 해 보이며 말했다. 마치 잔뜩 흥분한 꼬마 같았다. "이런 사건은 난생처음입니다. 개인적인 생각이지만, 이번 사건 제대로 해결 못하면 높으신 양반 여럿이 옷 벗어야 할 겁니다. 그래서 로시 경감님이 그 인간들 밑 닦아주려고 사건을 맡게 된 거지요."

밀라는 경감이라는 사람을 만나본 적은 없지만, 부하직원들에게 그리 존경받지 못하는 상사라는 것만큼은 확실히 알 수 있었다. 보리스가 세라 로사 앞에서 저속한 표현으로 상사에 대한 이야기를 한다는 것은, 비록 로사가 드러내놓고 동조하진 않았지만 그녀 역시 어느 정도는 동의함을 의미했다. 이상하다는 생각이 들었다. 밀라는 남들의 의견과는 별도로, 자신이 직접 로시 경감과 그의 방식을 보고 판단하리라 다짐했다.

로사는 똑같은 질문을 반복하고 있었다. 그제야 밀라는 그게 자신에게 하고 있는 이야기라는 걸 깨달았다.

"그거 당신 피야?"

세라 로사가 뒤쪽을 돌아다보며 아래쪽의 어느 지점을 가리키고 있었다. 밀라는 자신의 허벅다리를 쳐다보았다. 바지가 얼룩져 있었다. 상처가 다시 덧난 모양이다. 밀라는 즉시 그 부위를 손으로 가렸다. 뭔가 변명거리를 찾아야 했다.

"조깅하다가 넘어진 겁니다." 밀라는 거짓말로 둘러댔다.

"상처 치료 제대로 하라고. 당신 혈액이 증거물과 뒤섞이면 곤란하니까."

밀라는 상대의 지적에 순간 당황할 수밖에 없었다. 특히 룸미러로 쳐다보던 보리스 때문에 더더욱 난감했다. 그 이야기는 거기서 끝나길 바랐지만 로사의 훈계는 계속해서 이어졌다.

"한번은 어느 신참 하나가 성폭행 범죄현장에서 근무를 서다가 피해자가 사용하던 변기에 볼일을 본 적이 있었어. 그 일 때문에 우리는 반년이 넘도록 엉뚱한 인간을 찾아다니느라 개고생만 했지. 살인범이 변기 물을 안 내린 걸로 판단했었거든."

보리스도 기억이 나는지 피식 웃었다. 밀라는 다른 쪽으로 대화를 유도했다.

"그런데 저한테 지원 요청을 한 이유는 뭡니까? 최근에 접수된 실종신고만 뒤져봐도 피해자가 누구인지 알 수 있지 않습니까?"

"그런 건 우리한테 물어보지 마." 로사는 공격적인 말투로 대꾸했다.

'대타를 뛰라는 거군.' 밀라는 그렇게 생각했다. 지원 요청이 들어온 이유는 성가신 잡일을 떠맡기기 위한 수작이라는 게 뻔히 보였다. 로시 경감은 자신의 팀과 그리 가깝지 않은 외부 인력을 동원해 그런 업무를 위탁하려 했던 것이다. 여섯 번째 피해아동을 찾아내지 못했을 경우 자신의 명예에 흠이 가지 않도록 말이다.

데비. 에닉. 세이바인. 멀리사. 캐럴라인.

"다른 다섯 피해아동의 가족들은요?" 밀라가 물었다.

"다들 본부로 오는 중이야. DNA 검사가 필요해서."

밀라는 가련한 부모들을 떠올렸다. 자신들의 피를 물려받은 자식이 무참히 살해당하고 팔까지 잘려 나갔다는 사실을 확인하기 위해 어쩔 수 없이 DNA 복권 당첨대 앞에 서야 하는 그들의 신세를. 조만간 그들의 삶을 송두리째, 그리고 평생토록 뒤바꿀 변화가 일어날 것이다.

"살인마에 대한 정보는요?" 밀라는 부모들에 대한 생각을 털어내기 위해 다른 질문을 던졌다.

"우리는 '살인마'란 말을 쓰지 않습니다." 보리스가 해명에 나섰다. "그런 호칭은 범인을 비인격화시키기 때문에 실체를 밝히는 데 도움이 되지 않기 때문입니다." 보리스는 그 말을 하면서 로사와 서로 눈빛을 주고받았다. "게블러 박사님이 별로 좋아하지 않거든요."

"게블러 박사님이라고요?" 밀라가 따라 말했다.

"곧 만나게 될 거야."

불안감이 몰려들었다. 사건에 대해 아는 게 전혀 없기 때문에 다른 팀원들에 비해 수사에 뒤처질 게 뻔했고, 그 때문에 놀림감이 될 거란 확신까지 들었다. 하지만 이번에도 역시 스스로를 변호하는 어떤 말도 입 밖으로 꺼내지 않았다.

로사는 밀라를 가만둘 생각이 전혀 없는 듯했다. 그녀는 너그러운 말투로 밀라에게 은근한 협박을 가했다.

"이봐, 젊은 친구. 일이 어떻게 돌아가고 있는지 이해 못해도 당황하지는 말라고. 당신 분야에선 당신이 확실히 최고일지 모르지만 여긴 엄연히 다른 세상이야. 왜냐하면 연쇄살인범들에겐 나름의 패턴이 있거든.

희생자들도 마찬가지야. 그들은 희생자를 자청하지 않았어. 유일한 잘 못이 있다면 대부분 적절치 않은 시간에 적절치 않은 장소에 있었다는 것뿐이지. 아니면 하필 다른 옷이 아닌 특정 색깔의 옷을 입고 외출을 했다는 것. 아니면 이번 경우처럼 단지 백인에다 아홉 살에서 열세 살 사이의 나이 어린 소녀였다는 것 정도……. 그러니까 기분 나쁘게 듣지 는 말라고. 당신이 다 알 수는 없는 거니까. 개인적인 감정은 없어."

'행여나 그러시겠어요.' 밀라는 그렇게 생각했다. 처음 만나던 바로 그 순간부터, 로사는 매번 개인적인 감정으로 상대를 대하고 있었다.

"전 빨리 배우는 편입니다." 밀라가 대답했다.

로사는 뒤로 돌아 엄한 표정으로 밀라를 노려보았다.

"아이가 있나?"

밀라는 잠시 당황해하다 대답했다.

"없어요. 왜요? 그게 무슨 상관입니까?"

"왜냐하면 여섯 번째 피해아동의 부모를 만나면 무슨 '이유' 때문에 그들의 사랑스러운 아이가 이토록 끔찍한 일을 당했는지 설명해주어야 하거든. 그런데 당신은 그들의 심정을 상상도 못할 테지. 그 아이를 기르 고 교육시키기 위해 얼마나 많은 희생을 했는지, 열이 나고 아플 때마다 얼마나 많은 밤을 지새웠는지, 좋은 교육을 시켜주고 더 나은 미래를 보 장해주기 위해 얼마나 절약하고 살았는지, 얼마나 많은 시간을 아이들 과 놀아주고 숙제를 봐주었는지를 말이야."

로사의 말투는 점점 감정적으로 격해지고 있었다.

"당신은 절대 알 수 없을 거야. 왜 세 명의 여자아이들이 손톱에 반 짝이 매니큐어를 칠하고 있었는지, 그중 한 아이의 팔꿈치에 왜 오래된 상처가 남아 있는지. 다섯 살 무렵에 자전거를 타다 넘어져서 그랬을 수 도 있겠지. 그리고 그 아이들이 얼마나 예쁘고 귀여웠는지, 도대체 왜 천진난만한 아이들의 꿈과 희망이 이토록 더럽혀져야 하는지를 모를 거라고! 당신은, 그런 걸 절대로 알 수 없어. 모른다고. 왜냐고? 당신은 엄마였던 적이 없기 때문이야."

"홀리였어요." 밀라는 냉담하게 대꾸했다.

"뭐라고?" 세라 로사가 무슨 말인지 모르겠다는 표정으로 밀라를 쳐다보았다.

"반짝이 매니큐어 상표는 '홀리'라고요. 색상은 펄이 들어간 진홍색이고요. 한 달 전에 나온 청소년 잡지 부록으로 딸려 있던 거예요. 그래서 세 아이의 손톱에 똑같은 매니큐어가 칠해져 있었던 거고요. 인기가장난 아니었거든요. 그리고 한 아이는 행운의 팔찌를 차고 있었어요."

"하지만 현장에서 팔찌는 나오지 않았습니다." 보리스는 상대의 반응에 흥미를 느꼈는지 대화에 동참했다.

밀라는 사건 파일에 끼어 있던 사진 한 장을 꺼냈다.

"이건 두 번째 피해아동, 에닉의 사진입니다. 손목 부분의 피부가 선명하지요. 그건 그 부위에 뭔가를 착용하고 있었음을 의미합니다. 범인이 강제로 벗겼거나, 납치 과정에서 혹은 저항하는 과정에서 떨어져 나갔을 수도 있고요. 세 번째 피해아동만 제외하면 모든 오른손잡이였죠. 세 번째 아이는 왼손 검지에 잉크 얼룩이 묻어 있었어요. 그 손으로 글씨를 썼을 테니 왼손잡이일 테고요."

보리스는 감탄사를 연발했고 로사는 어안이 벙벙한 표정을 지었다. 밀라는 거기서 멈추지 않았다.

"마지막으로 여섯 번째 피해아동, 그러니까 아직 신원이 밝혀지지 않은 그 아이는 첫 번째 피해아동인 데비와 아는 사이였어요."

"그걸 당신이 어떻게 확신하지?" 로사가 물었다.

밀라는 첫 번째와 여섯 번째 피해아동의 팔 사진을 꺼내 들었다.

"두 아이 모두 검지 끝에 붉은 점 같은 게 있습니다……. 피를 나눠 의자매를 맺은 거예요."

연방경찰의 행동과학 수사팀은 잔혹범죄를 주로 도맡아 처리했다. 로시 경감은 8년 전부터 팀을 이끌어왔고 그 기간 동안 수사방식과 기법에 혁명의 바람을 몰고 왔다. 사실 게블러 박사처럼 민간 자문위원에게 수사의 문을 연 것 역시 그의 공과였다. 게블러 박사는 다양한 관련서와 연구실적으로 첨단을 달리는 이 시대 최고의 범죄학자로 추앙받는 사람이었다.

수사팀의 일원인 스턴은 공보관의 역할을 했다. 최연장자이자 계급도 가장 높았다. 그의 업무는 프로파일 작성에 도움이 되고 유사범죄와 관련된 자료들을 수집하는 일이었다. 그는 팀에서 중추 '메모리'의 역할을 하고 있었다.

세라 로사는 군대의 병참장교 역할과 동시에 컴퓨터 전문가 역할을 담당하고 있었다. 그녀는 대부분의 업무시간을 첨단 컴퓨터 기술 습득과 활용에 몰두했으며 경찰작전 계획에 관한 특수훈련 과정을 거친 사람이었다.

마지막으로 클라우스 보리스는 취조 전문가였다. 그의 업무는 다양한 이유로 사건에 연루된 관련자들을 심문하는 일과 유력한 용의자에게 자백을 받아내는 일이었다. 그는 목적 달성에 필요한 다양한 기술을 섭렵하고 있었는데, 거의 대부분의 사건에서 범인의 자백을 받아냈다.

로시 경감이 명령을 내리는 위치에 있는 건 사실이지만 실질적으로 팀을 이끄는 것은 수사방향을 설정하는 게블러 박사의 직감이었다. 경감은 형사이기 이전에 정치인에 가까웠으며 그의 결정은 주로 그 자신의 경찰경력과 밀접한 관계가 있었다. 언론에 노출되는 일을 즐기는 편이었으며 무사히 종결된 수사를 대부분 자신의 공으로 돌리는 일에도 탁월한 소질이 있었다. 반대로, 수사에 진척이 없을 때는 모든 팀원과 함께 책임을 나누려는 경향이 있었다. 그래서인지 '로시 사단'이라는 표현을 즐겨 사용했다. 그런 이유로 더더욱 비호감의 대상이었고 부하직원들에게는 간혹 멸시의 대상으로 취급되었다.

행동과학 수사팀은 시내 한복판에 위치한 건물 6층에 자리 잡고 있었다. 전 팀원은 회의실에 모여 있었다.

밀라는 맨 뒤쪽에 자리를 잡았다. 화장실에 들렀을 때 허벅다리의 상처가 생각나서 두 겹으로 압박붕대를 감아두었다. 그러고는 입고 있던 청바지를 갈아입었다. 물론 똑같이 생긴 바지로.

밀라는 자리에 앉아 여행가방을 바닥에 내려놓았다. 깡마른 남자가 로시 경감이라는 건 한눈에 알아보았다. 그는 허술한 차림에 묘한 아우라를 풍기는 남자와 열띤 대화를 나누고 있었다. 상대 남자의 주변에는 회색빛 분위기가 깔려 있는 듯했다. 밀라는 그 남자가 만약 회의실을 벗어나 현실세계로 나가면 유령처럼 홀연히 사라질 수도 있을 것 같다는 강한 느낌을 받았다. 그만큼 평범해 보이는 사람이었다. 하지만 회의실에 한자리를 차지한 그의 존재는 분명 어떤 의미가 있었다. 그가 바로 로사와 보리스가 차 안에서 말했던 게블러 박사임이 분명했다.

그런데 그 남자는 구겨진 옷차림과 헝클어진 머리의 너저분한 이미지를 순식간에 날려버리는 뭔가를 지니고 있었다.

바로 부리부리하고 날카로운 두 눈이었다.

그는 로시 경감과 계속 대화를 주고받으면서도 시선은 밀라에게로 향하고 있었다. 마치 범죄현장을 덮친 듯한 눈빛으로. 밀라는 얼마간 그의 눈을 바라보다가 거북해져서 애써 시선을 돌렸다. 그 역시 시선을 돌리고 그녀와 멀지 않은 곳에 자리를 잡고 앉았다. 그러고는 그녀의 존재를 완전히 잊은 듯 행동했다. 몇 분 뒤 공식적인 회의가 시작되었다.

로시 경감은 연단에 올라서서 단지 다섯 명의 팀원이 아닌 대규모의 청중에게 연설하듯 엄숙한 손동작을 곁들여가며 말을 시작했다.

"방금 과학수사에 관한 결과를 들었다. 우리가 찾는 앨버트는 현장에 아무런 단서도 남기지 않았다고 한다. 대단한 놈이야. 팔 무덤에서는 지문이나 족적 등 아무것도 나오지 않았다. 단지 여섯 명의 아이를 찾아보라는 숙제만 내준 셈이지. 여섯 구의 시체……. 그리고 이름 하나."

그러고는 발언권을 게블러 박사에게 넘겼다. 그는 연단에 올라서진 않았다. 팔짱을 끼고 두 다리를 앞자리에 놓인 의자 위에 올린 채 자리에 그대로 앉아 있었다.

"앨버트는 처음부터 상황이 어떻게 돌아가게 될지를 알고 있었습니다. 아주 사소한 부분까지도 미리 내다보고 있었던 겁니다. 게임을 이끌어가는 건 바로 앨버트입니다. 게다가 6이라는 숫자는 연쇄살인범들의 세계에서도 완벽한 수에 해당하는 숫자입니다."

"666은 악마의 숫자니까요." 밀라가 끼어들었다.

모두가 나무라는 눈초리로 동시에 밀라를 쳐다보았다.

"그런 단순 상식들은 일단 배제합시다." 게블러 박사는 밀라를 염두에 두고 말했다. 그녀는 땅속으로 숨고 싶은 심정이었다. "여기서 완벽한 수라는 개념은 사건의 용의자가 그 이전에도 이미 한 차례, 혹은 다수의 연쇄살인을 저질렀음을 의미합니다."

밀라는 지그시 눈을 감는 듯한 표정을 지었고 게블러 박사는 그녀가 이해하지 못하고 있음을 깨닫고는 부연설명을 달았다.

"보통 '연쇄살인범'이라는 호칭은 어느 개인이 동일한 수법으로 최소한 세 건 이상의 살해 행위를 저지른 경우에 사용합니다."

"시체가 두 구일 경우 다중 살해사건에 해당하고요." 보리스가 끼어

들었다.

"따라서 피해자가 여섯일 경우 두 건의 연쇄살인이 성립됩니다."

"일종의 관례에 해당하는 겁니까?" 밀라가 물었다.

"아니. 그건 당신이 세 번째로 살인 행위를 저지르면 절대 멈출 수 없다는 걸 의미하는 거야." 로사가 끼어들어 설명에 종지부를 찍었다.

"억제력이 느슨해지고 죄책감이 줄어들게 되고, 그때부터 기계적으로 살인을 하게 되는 겁니다." 게블러 박사는 그렇게 결론을 내리고 다시 모두를 향해 설명을 이어나갔다. "그런데 왜 아직도 여섯 번째 피해아동에 대해선 아는 게 하나도 없는 겁니까?"

로시 경감이 나섰다.

"하나 있긴 합니다. 들은 바에 따르면, 상황을 전달받은 우리 동료 경찰이 단서 하나를 제공해주긴 했는데 내 생각엔 그게 아주 중요한 것 같습니다. 여섯 번째 피해아동과 첫 피해아동인 데비 고든 사이에 연관관계가 있다는 내용입니다." 로시 경감은 마치 밀라가 지적한 단서가 실제로는 자신의 머리에서 나온 것인 양 설명했다. "자, 바스케스 수사관, 귀관의 직감에 대해 어디 들어봅시다."

밀라는 다시 집중 관심의 대상이 되었다. 설명을 하기 전에 생각을 정리하기 위해 들고 있던 노트로 시선을 내리깔았다. 로시 경감은 밀라를 향해 자리에서 일어나 달라는 손짓을 보냈다.

밀라는 자리에서 일어났다.

"데비 고든과 여섯 번째 실종아동은 서로 아는 사이였습니다. 물론 아직까지는 추측 단계일 뿐입니다. 하지만 이 단서로 두 팔의 손가락에서 발견된 동일한 표식을 설명할 수 있습니다."

"정확히 어떤 표식입니까?" 게블러 박사가 궁금해하며 물었다.

"뭐……. 안전핀 같은 걸로 손가락 끝을 찌른 후 피가 나오면 서로 맞대며 피를 나누는 의식의 흔적입니다. 청소년판 혈맹의식이라고 할까요? 대체적으로 평생 우정을 맹세한다는 뜻으로 하는 행위입니다."

밀라 역시 그런 경험이 있었다. 단짝 친구 그라시엘라와. 두 사람은 안전핀 따위는 천생 계집애들이나 쓰는 거라며 녹슨 못을 사용했었다. 갑자기 당시의 기억이 머릿속을 휘감았다. 그라시엘라는 소꿉친구였다. 서로가 서로의 비밀을 알고 있을 정도로 가까운 사이였고, 한번은 동시에 한 남자아이를 번갈아가며 만나기도 했었다. 남자아이로 하여금 자신이 여자애들 몰래 양다리를 걸치고 있다는 착각 속에 빠트렸던 것이다. 그라시엘라는 어떻게 되었을까? 연락 없이 지낸 게 벌써 몇 년이 되었는지 기억나지 않을 정도였다. 어렸을 때 헤어졌는데 그 뒤로 다시 만난 적이 없었다. 두 친구는 평생 우정을 간직하자고 맹세한 사이였다. 그런데 어떻게 그토록 쉽게 잊을 수 있었을까?

"만약 그게 사실이라면 여섯 번째 피해아동은 데비와 동갑일 수 있습니다."

"골조직 석회화 분석 결과에 따르면 여섯 번째 팔의 주인은 열두 살 정도로 추정된다고 합니다." 한시라도 빨리 밀라에게 점수를 따고 싶었던 보리스가 끼어들었다.

"데비 고든은 부유층 자제들이 다니는 사립중학교 기숙사에서 생활하고 있었습니다. 그런 의식을 같이 치른 친구가 같은 학교 학생일 가능성은 희박합니다. 결원이 한 명도 없기 때문입니다."

"그렇다면 학교 이외의 장소에서 자주 만났던 친구가 분명하겠군요." 보리스가 다시 끼어들었다.

밀라도 고개를 끄덕거렸다.

"데비는 8개월 전, 그 중학교로 전학 왔습니다. 집에서 멀리 떨어져서 혼자 외로웠을 테고 친구 사귀는 것도 힘들었을 겁니다. 따라서 피를 나눈 친구는 분명히 다른 상황에서 만났을 겁니다."

"자네가 직접 학교로 찾아가 피해자의 방을 한번 둘러봤으면 좋겠군." 로시 경감이 치고 나왔다. "분명 뭔가 나오는 게 있을 거 같은데."

"데비의 부모님과 대화를 했으면 합니다. 가능하다면요."

"물론이지. 자네 보기에 도움이 될 만하면 그렇게 하도록 해."

로시 경감이 뭐라고 한마디 덧붙이려던 찰나, 누군가 문을 두드렸다. 다급한 세 번의 연타였다. 문이 열리자, 흰 가운을 걸친 키 작은 남자가 황급히 회의실로 들어왔다. 들어오라고 허락한 사람은 아무도 없었다. 덥수룩한 머리에 신기하게도 아몬드 형 눈동자를 가진 남자였다.

"아, 챙 박사." 로시 경감이 그를 반겨주었다.

사건을 담당하고 있는 법의학 박사였다. 밀라는 그의 외모를 보자마자 그가 아시아계 사람이 아니라는 걸 알아차렸다. 하지만 알 수 없는 유전적인 이유로 그는 동양 사람의 신체적 특징을 지니고 있었다. 본명은 레너드 브로스이지만 모두들 그를 챙 박사라고 불렀다.

그는 로시 경감 바로 옆에 서서 보고서 하나를 넘겨주었다. 경감은 즉시 펼쳐 보았다. 사실 이미 다 외우고 있던 내용이었기 때문에 굳이 읽어볼 필요는 없었을 것이다.

"모두들 챙 박사의 소견을 주의해 들어주기 바랍니다." 로시 경감이 말을 꺼냈다. "여러분들이 이해하기 어려운 내용이 몇 개 있을 수도 있다는 점 알아두기 바랍니다."

밀라를 겨냥한 말이었다. 밀라는 그렇다고 확신했다.

챙 박사는 셔츠 주머니에 들어 있던 작은 안경을 꺼내 쓰고 목을 틔우기 위해 기침을 한 뒤 설명을 시작했다.

"땅속에 매장된 상태였음에도 불구하고 발굴된 신체 부위의 보관상태는 대단히 양호한 편입니다."

즉, 여러 개의 팔을 땅에 묻은 시각과 현장이 발견된 시점의 간격이 그리 길지 않다는 사실을 입증하는 내용이었다. 그리고 몇 가지 세부적인 내용을 상술하더니 곧바로 여섯 아이들의 살해방식에 대한 설명으로 넘어갔다.

"범인은 아이들 팔을 잘라 살해한 것입니다."

상처는 그들만의 언어를 지니고 있다. 그 사실은 밀라도 잘 알고 있었다. 법의학 박사가 보고서에서 확대한 한쪽 팔 사진을 펼쳐 보이자 밀라의 눈에는 잘려 나간 부위와 뼈의 절단면에서 붉은 반점 같은 것이 그 즉시 눈에 들어왔다. 피가 피하조직으로 스며들었는지의 여부는 우선 그 상처가 치명적이었는지 아니었는지를 규명하는 첫 번째 단서이다. 만약 사망 이후에 가해진 상처일 경우 심장박동이 이미 멈춘 상태이기 때문에 피가 주변 조직에 머물러 있지 않고 뜯긴 혈관 밖으로 서서히 밀려나간다. 반대로 피해자가 살아 있는 상태에서 가해진 상처일 경우 동맥과 모세혈관의 혈압이 치솟게 된다. 왜냐하면 심장이 손상된 조직 쪽으로 혈액을 몰아내기 때문이다. 어떻게든 상처를 아물게 하겠다는 절망적인 노력으로.

챙 박사는 설명을 이어나갔다.

"상처는 상완근육의 중앙에서 발견되었습니다. 뼈가 부러지지 않았고 절단면도 매끈합니다. 따라서 매우 예리한 톱을 사용했을 가능성이 높습니다. 그런데 상처 부위 주변으로 줄밥 하나 발견되지 않았습니다. 혈관과 힘줄이 일정하게 절단된 점으로 미루어보아 거의 외과술에 가까운 정교한 솜씨로 팔을 잘라낸 것 같습니다. 사망에 이르기까지 끔찍한 순간이었을 겁니다."

그 말에, 밀라는 애도의 뜻으로 시선을 아래로 내리깔고 싶은 강한 충동을 느꼈다. 하지만 그 즉시, 그런 사람이 자기 혼자이리라는 사실을 깨달았다.

챙 박사의 설명이 계속되었다.

"범인은 아마 피해아동들을 납치하자마자 바로 살해한 것으로 추정됩니다. 살려두어야 할 필요성도 관심도 없었기 때문입니다. 단호히 실행에 옮겼을 것입니다. 피해자 전원, 동일한 살해방식으로 사망한 것으로 추정됩니다. 단 한 명의 예외가 있긴 합니다만······."

그의 말은 잠시 동안 허공에 떠 있는 것 같더니 얼음물 벼락처럼 수사관들 머리 위로 쏟아져 내렸다.

"그게 무슨 말입니까?" 게블러 박사가 물었다.

챙 박사는 코에 걸쳐놓았던 안경을 추켜올리더니 범죄학자를 똑바로 바라보았다.

"예외의 경우, 결과는 참혹했습니다."

일순간 회의실에 정적이 감돌았다.

"독성물질 검출 결과, 혈액과 조직에서 일부 의약품 성분이 발견되었습니다. 디소피라미드 같은 항부정맥제, ACE 억제제, 그리고 베타 차단제 역할을 하는 아테놀롤까지······."

"범인은 피해자의 심박수를 끌어내림과 동시에 혈압까지 낮추려고 했던 거군요." 고란 게블러 박사는 상황을 이미 다 파악한 듯 말했다.

"왜 그랬던 겁니까?" 그게 무슨 뜻인지 이해할 수 없었던 스턴이 물었다.

챙 박사의 입술이 일그러지며 마치 쓰디쓴 회한의 미소를 짓는 듯 보였다.

"서서히 죽이기 위해 출혈을 최대한으로 늦췄던 겁니다······. 그 상황을 오래 즐기고 싶었던 거지요."

"몇 번째 피해아동입니까?" 로시 경감은 모두가 답을 짐작하고 있는 질문을 던졌다.

"여섯 번째 피해아동입니다."

밀라로서는 그 말을 이해하는 데 군이 연쇄살인범 전문가까지 될 필요는 없었다. 법의학 박사는 살인범이 살해방식을 바꿨을 가능성이 높다는 결론을 내놓았다. 다시 말하면, 범인이 점점 자신감을 갖게 되었음을 의미했다. 새로운 영역을 개척했던 것이다. 그리고 그 결과에 흡족했던 것이다.

"범행수법을 바꾼 이유는 결과가 만족스러웠기 때문입니다. 범행을 거듭하면서 수법이 점점 진화한 겁니다." 게블러 박사가 말했다. "그리고 결과를 종합해볼 때, 흥미까지 붙인 것 같습니다."

밀라는 이상한 기분이 들었다. 목덜미로 흐르는 전율. 매번 실종사건의 해결이 임박할 때마다 동일한 부위에 드는 느낌이었다. 말로 설명할수 없는 그런 느낌이기도 했다. 평소였다면 장시간 지속되었을 느낌이었지만 이번에는 제대로 느껴보기도 전에, 챙 박사의 말 한마디에 순식간에 사라져버렸다.

"그리고 한 가지 더……." 박사는 정확히 밀라를 향해 말하고 있었다. 그는 밀라를 개인적으로 알진 못했지만, 그녀는 그 자리에서 유일하게 낯선 인물이었다. 그리고 그녀가 왜 그 자리에 앉아 있는지는 이미 전해들었을 것이다.

"옆방에, 피해아동들의 부모들이 와 있습니다."

한적한 산 중턱에 자리 잡고 있는 고속도로 순찰대 사무실 창문을 통해 알렉산더 버먼은 탁 트인 주차장 전경을 바라볼 수 있었다. 그의 차는 다섯 번째 줄의 맨 구석에 주차되어 있었다. 그가 있는 자리에서는 한참이나 멀어 보였다.

하늘 꼭대기에 걸린 태양은 차체가 반짝일 정도로 환하게 내리비치고 있었다. 간밤의 폭우를 생각하면, 도저히 믿기지 않는 청명한 날씨였다. 마치 봄이 다시 찾아왔다는 착각이 들 정도로 따사롭기까지 했다. 열린 창문 틈으로 실바람이 불어 들어오자 마음이 평온해졌다. 버먼은 이상할 정도로 자신이 처한 상황이 만족스러웠다.

새벽녘, 그는 검문용 바리케이드를 마주 대했을 때 당황하지 않았다. 질겁해 허둥대지도 않았다. 다리 사이가 축축해지는 불쾌한 느낌은 있었지만 침착하게 운전석에 앉아 있었다.

운전석에서는 순찰차 옆에 서 있던 경관들을 잘 볼 수 있었다. 그중 한 명이 버먼의 자동차 관련 서류를 담은 비닐 케이스를 한 손에 들고 살펴보며 필요한 내용들을 다른 경관에게 불러주었고, 그는 그 내용을 받아 다시 무전기로 전달했다.

'조만간 트렁크를 열어볼 거야.' 버먼은 그렇게 생각했다.

그를 멈춰 세웠던 경관은 아주 친절한 편이었다. 사나운 폭우에 대한 이야기로 우선 상대를 편하게 해주었다. 자기라면 그런 날 밤새도록 운전해야 하는 사람이 전혀 부러울 것 같지 않다고도 말했다.

"이곳 분이 아니시네요." 경관은 번호판을 확인하면서 물었다.

"네. 여기 살지 않습니다." 버먼이 대답했다.

대화는 거기서 멈췄다. 순간적이었지만, 경관에게 모든 걸 털어놓고 싶다는 생각이 들었다. 하지만 이내 마음을 고쳐먹었다. 아직 그럴 때가 아니었다. 경관은 다시 동료에게 돌아갔다. 알렉산더 버먼은 앞으로 무슨 일이 일어날지 알 수 없었지만, 그때까지 핸들만 있는 힘껏 꽉 쥐고 있던 양손에서 처음으로 힘을 뺄 수 있었다. 손 주변으로 피가 돌자 혈색이 돌아오기 시작했다.

그러고는 머릿속으로 나비들을 떠올렸다.

자신들이 가진 주문의 위력도 모른 채 한없이 연약하기만 한 존재들. 그는 그 나비들을 위해 시간을 멈추고 나비들에게 그들이 지닌 매력의 비밀을 깨닫게 해주었다. 다른 이들은 나비의 아름다움을 벗겨내는 데 그쳤지만, 그는 그 아름다움을 보듬어주었다. 그런데 어떻게 그를 탓할 수 있겠는가?

자신의 차로 다시 다가오는 경관을 본 순간, 머릿속을 차지하고 있던 그런 생각들은 일순간에 사라져버리고 순간적으로나마 풀어졌던 긴장이 다시 머리끝까지 조여왔다. 경관들이 필요 이상으로 시간을 끈다는 생각이 들었다. 차로 다가오는 경관은 한쪽 손을 벨트가 있는 허리춤에 올린 상태였다. 버먼은 그 자세가 뭘 의미하는지 잘 알고 있었다. 유사시에 권총을 꺼낼 준비를 하고 있었던 것이다. 차창으로 다가선 경관은 알렉산더 버먼이 전혀 예상치 못한 뜻밖의 한마디를 내뱉었다.

"버먼 씨, 죄송하지만 서까지 같이 가주셔야겠습니다. 서류에 자동차 등록증이 빠져 있습니다."

'이상하네. 분명히 같이 넣어뒀었는데.' 버먼은 확신했다. 하지만 그 순간 깨달았다. 그 남자, 방한모의 남자가 자신이 의식을 잃었을 때 빼내 간 거라는 사실을……. 그리하여 지금, 버먼은 계절에 어울리지도 않는 산들바람과 따스한 햇살을 맞으며 고속도로 순찰대 사무실의 협소한 대기실에 와 있게 된 것이다. 경찰은 우선 차를 압류하고 그를 대기실에 가두다시피 하여 기다리게 했다. 그가 걱정하는 최후의 고민은 단지 벌금형 같은 행정처분에 그치는 거라는 것도 모른 채. 아무것도 모르는 경찰들은 사무실에 죽치고 앉아서 버먼이 더 이상 중요치 않게 여기는 것들에 대한 결정을 내리는 중이었다. 버먼은 자신이 처한 묘한 상황을 곱씹어보았다. 더 이상 잃을 것도 없는 한 남자의 삶 속에서 우선순위를 뒤바꿀 수 있을까? 왜냐하면 그 순간 그에게 가장 중요한 것은 창문으로 들어오는 산들바람이 멈추지 않는 것뿐이었기 때문이다.

버먼은 기다리는 동안 창문을 통해 주차장을 오가는 경관들만 바라보고 있었다. 그의 차는 여전히 같은 자리에 있었다. 모두가 볼 수 있는 그 자리에. 은밀한 비밀을 트렁크에 숨겨둔 채. 그리고 아무도, 잘못된 뭔가를, 알아차리지 못하고 있었다.

자신이 처한 기이한 상황을 다시 한번 되돌아보고 있을 때, 커피를 마시며 수다를 떨다 주차장을 가로질러 건물로 돌아오는 한 무리의 경관들이 그의 눈에 들어왔다. 남자 셋, 여자 둘. 모두 정복 차림이었다. 그중 한 경관이 경험담이라도 들려주는지 몸짓, 손짓을 동원해가며 동료들에게 이야기를 하고 있었다. 그의 말이 끝나자 나머지 동료들이 박장대소를 하며 웃었다. 무슨 내용인지는 한마디도 알아들을 수 없었지만 웃음에 전염성이라도 있는지 버먼 역시 자신도 모르게 웃고 있었다. 그런데 무리 중 가장 키 큰 경관이 다른 동료들과 달리 갑자기 걸음을 멈추었다. 뭔가를 감지했던 것이다.

알렉산더 버먼은 즉시, 그 표정이 무엇을 뜻하는지 알 수 있었다.

'냄새야.' 그는 생각했다. '냄새를 맡은 거라고.'

키 큰 경관은 동료에게 아무런 말도 없이 주변을 둘러보기 시작했다. 그러고는 방금 전, 자신의 감각을 경계태세로 바꿔놓은 보이지 않는 뭔가의 흔적을 찾는 듯 코를 킁킁거렸다. 그 흔적을 발견한 경관은 자신의 주변에 있던 자동차 쪽으로 몸을 돌렸다. 그리고 그 방향으로 몇 걸음 걸어간 뒤 굳게 닫힌 트렁크 앞에 멈춰 섰다.

그 장면을 지켜보고 있었던 알렉산더 버먼은 안도의 한숨을 내쉬었다. 고맙기까지 했다. 우연히도 그를 경찰서로 데려와 준 점에 대해서. 산들바람을 선물로 준 점에 대해서. 그리고 그 빌어먹을 트렁크를 자신이 직접 열어보지 않도록 해준 점에 대해서 고마울 따름이었다.

얼굴을 쓰다듬어 주던 바람이 멈췄다. 알렉산더 버먼은 창가 자리에서 일어나 자신의 휴대전화를 꺼냈다.

전화를 걸 시간이 되었던 것이다.

6

데비. 에닉. 세이바인. 멀리사. 캐럴라인.

밀라는 유리창 너머로, 신원이 확인된 다섯 피해아동의 부모들을 살펴보며 속으로 아이들의 이름을 계속해서 되뇌었다. 부모들은 사망자 신원확인을 위해 그곳, 법의학연구소의 시체안치실에 와 있었다. 고딕식 건물로 대형 유리창이 달려 있고 주변에는 황량한 공원이 자리 잡은 곳이었다.

빈자리 두 개가 눈에 들어왔다. 아직 누구인지 찾아내지 못한 아빠, 엄마의 빈자리.

밀라는 무슨 수를 써서라도 여섯 번째 왼쪽 팔에 이름을 찾아주겠다고 다짐했다. 앨버트가 죽음을 최대한으로 늦추기 위해 약까지 먹여가며 잔인하게 살해했던 그 아이의 이름을.

"그 상황을 오래 즐기고 싶었던 거지요."

밀라는 꼬마 파블로와 엘리사를 구해냈던 음악 선생 사건을 다시 떠올렸다. "자넨 세 명의 아이들을 구했다고." 모렉수 경사는 범인의 다이어리에 언급되어 있던 이름을 보며 그렇게 말했었다. 그 이름……

프리실라.

상관의 말은 일리가 있었다. 그 아이는 운이 좋았던 것이다. 밀라는 프리실라란 아이와 여섯 명의 피해아동들의 엇갈린 운명을 돌이켜보았다.

프리실라는 '사형집행인'에 의해 선택된 몸이었다. 하지만 먹잇감의 운명을 벗어날 수 있었던 건 전적으로 우연의 결과였다. 지금은 어디에 있을까? 어떻게 지내고 있을까? 깊고 은밀한 내면의 어느 곳에서는 자신이 끔찍한 운명을 피할 수 있었다는 사실을 지각하고 있을까?

음악 선생의 집에 발을 들이던 순간부터, 밀라는 그 아이를 구해냈던 것이다. 하지만 아이는 그 사실을 평생 모르고 지나갈 것이다. 자신에게 주어진 제2의 삶이 축복과도 같다는 것을 평생 모른 채 살아갈 것이다.

프리실라 역시 데비, 에닉, 세이바인, 멀리사, 캐럴라인과 같은 운명을 타고났었다. 하지만 그 아이들을 따르진 않았다.

프리실라 역시 여섯 번째 피해아동처럼 얼굴 없는 피해자다. 하지만 적어도, 프리실라에겐 이름이 있었다.

챙 박사는 단지 시간문제일 뿐이라고 단언했다. 조만간 여섯 번째 피해아동의 신원은 파악될 거라고. 하지만 밀라는 가망이 없을 거라 생각했다. 그리고 아이를 영영 찾을 수 없을 거란 생각 때문에 다른 가능성을 떠올리는 게 쉽지 않았다.

그래도 지금으로선 정신을 바짝 차리고 수사에 집중해야 했다. '내가 하기에 달려 있는 거야.' 밀라는 이미 이름을 가진 피해아동들의 부모와 자신을 가르고 있는 유리창을 보며 그렇게 생각했다. 그 장면은 마치 인간 수족관과도 같았다. 밀라는 침묵 속에서 괴로워하고 애통해하는 피조물들의 움직임을 유심히 살폈다. 조만간 자신이 직접 그곳으로 들어가 데비 고든의 아빠와 엄마를 만나 그들의 고통이 극에 달할 수도 있을 소식을 전해야 했기 때문이다.

건물 지하에 위치한 시체안치실 복도는 길고 어두웠다. 계단이나 소형 엘리베이터를 통해 접근할 수 있지만 엘리베이터는 고장 난 상태로 방치될 때가 대부분이었다. 천장의 양쪽 측면에 달린 좁은 창문을 통해서만 빛이 들어왔다. 벽은 반짝이는 흰색 타일로 덮여 있었는데 빛은 반사되지 않았다. 의도적으로 그렇게 건축된 것 같았다. 그 결과, 시체안치실은 낮에도 어두웠고 천장에 달린 형광등은 웅웅거리는 특유의 미세한 소음으로 을씨년스런 적막감을 채우며 하루 종일 켜져 있었다.

'아이를 잃었다는 소식을 접하기엔 이보다 끔찍한 장소가 없겠군.'

밀라는 슬픔 속에 잠긴 가족들을 보며 생각했다. 유족에게 위안의 말을 전해야 하는 곳에는 그저 평범한 모양의 플라스틱 의자 두 개와 웃는 표지의 오래된 잡지가 놓인 테이블 하나만 덩그렇게 놓여 있었다.

데비. 에닉. 세이바인. 멀리사. 캐럴라인.

"잘 지켜보게." 어느새 등 뒤에 나타난 게블러 박사가 말했다. "뭐가 보이나?"

방금 전에는 다른 동료들 앞에서 웃음거리로 만들더니, 이젠 반말까지?

밀라는 한동안 부모들을 유심히 살펴보았다.

"고통스러워하는 모습이 보입니다."

"더 자세히 들여다봐. 그게 전부가 아니야."

"죽은 아이들이 보입니다. 비록 저 자리엔 없지만, 아이들의 얼굴은 부모 얼굴의 축소판과 같습니다. 그리고 역시나 피해자인 유족들이 보입니다."

"내 눈에는 다섯 단위의 핵가족이 보여. 각각의 가족은 서로 다른 사회적 환경에 속해 있어. 수입이나 생활수준이 서로 다른 집단이야. 그리고 이런저런 이유로 다들 한 명의 자녀만 둔 부부들이 보여. 어림잡아도 마흔은 훌쩍 넘어 보여서 적어도 생물학적으로는 다시 임신하기 힘든 여성들이 보이고……. 내가 보는 건 그런 거야." 게블러 박사는 밀라를 바라보며 그렇게 말했다. "진짜 피해자는 바로 저들인 거야. 범인은 저 부부들을 연구했고, 그들을 골랐던 거지. 외동딸만 가진 부부들. 그들에게서 슬픔을 극복하고, 상실감을 달랠 기회마저 박탈하고 싶었던 거야. 저 부모들은 죽는 날까지 범인이 한 짓을 떠올릴 수밖에 없을 거야. 범인은 저들의 미래를 앗아가면서 고통을 가중시켰어. 미래를 기약할 기회를, 죽음을 극복할 기회를 모두 빼앗아버린 거지······. 그리고 자신은 그걸 보고 즐기는 거고. 그게 바로 범인의 사악함이 가져오는 보상이고 기쁨의 원천인 거야."

밀라는 시선을 돌렸다. 범죄학자의 말이 옳았다. 피해아동 부모들에게 가해진 사악한 행위 속에는 대단한 유사성이 숨어 있었다.

"일종의 작품인 셈이지." 게블러 박사는 자신의 생각을 바로잡으며 확신에 찬 어조로 말했다.

밀라는 다시 여섯 번째 아이를 떠올렸다. 그 아이를 위해 눈물을 흘려줄 사람은 아무도 없었다. 나머지 아이들과 마찬가지로, 누군가는 그 아이의 죽음을 슬퍼해주어야만 한다. 고통이라는 것도 하나의 역할이 있다. 고통은 살아 있는 사람들의 세상과 죽은 사람들의 세상의 관계를 재구성하는 역할을 한다. 고통은 말을 대신해주는 언어이다. 그리고 문제의 표현방식을 바꾸는 언어이기도 하다. 유리창 반대편에 있는 부모들이 보여준 것은 바로 그런 것이었다. 고통 속에서, 생명력을 잃어버린 존재의 일부에 대해 세심하게 관계를 재정립하는 일이었다. 희미한 기억들을 뒤섞어가며, 과거의 하얀 실과 끊어질 듯 가느다란 현재의 실을 엮어가며.

밀라는 단단히 마음의 무장을 하고 문턱을 넘어섰다. 그 즉시, 부모의 시선이 그녀에게로 쏠렸다. 적막감마저 흘렀다.

밀라는 데비 고든의 엄마를 향해 다가갔다. 남편은 자신의 옆에 앉아 있는 부인의 어깨에 한 손을 올리고 있었다. 다른 부모들을 지나쳐 가는 밀라의 발소리는 침울하게 울려 퍼졌다.

"고든 씨, 그리고 고든 부인. 저하고 잠시 얘기를 좀 나누시겠습니까······."

밀라는 손짓으로 길을 안내했다. 그러고는 그들의 뒤를 따라 작은 방으로 향했다. 그곳에는 커피메이커와 다과류를 파는 자동판매기가 설치되어 있었다. 낡은 소파는 벽에 붙어 있었고 하늘색 플라스틱 의자 몇 개가 딸린 테이블, 그리고 플라스틱 컵이 담긴 바구니가 놓여 있었다.

밀라는 두 부부를 소파로 인도하고 자신은 의자 하나를 가져다 앉았다. 앉은 채로 다리를 꼬자 허벅다리의 상처에서 통증이 느껴졌다. 하지만 전처럼 쑤시고 아프진 않았다. 나아가고 있다는 증거였다.

밀라는 마음을 굳게 먹은 뒤 자신이 무슨 일을 하는 사람인지 설명했다. 그리고 수사 진행과정에 대해 이야기했지만 그들이 이미 알고 있는 내용에 대해서는 굳이 상세한 설명을 달지 않았다. 무엇보다 두 부부가 심리적으로 동요하지 않도록 분위기를 조성한 뒤에 몇 가지 질문을 던질 생각이었기 때문이다.

고든 부부는 마치 밀라에게 그들의 악몽에 종지부를 찍어줄 능력이 있기라도 한 것처럼 단 한순간도 그녀에게서 시선을 떼지 않았다. 남편이나 부인이나 근사한 차림에 세련된 모습이었다. 두 사람 모두 변호사였다. 시간당 고액의 수임료를 받는. 밀라는 저택에 살며 친구들을 가려 만나고 유복한 생활을 할 그들의 모습을 그려보았다. 명망 있는 사립중학교에 외동딸을 보낼 능력을 가진 사람들. 밀라는 이미 간파하고 있었다. 두 사람 모두 업계에서는 냉정한 사람들이라는 것을. 자신들이 일하는 세계에서만큼은 제아무리 위험한 상황이 닥쳐도 해결할 능력을 가지고 있으며, 적에게 치명타를 날리는 일에 익숙할 뿐만 아니라, 시련 속에서도 용기를 잃지 않는 사람들이라는 것을. 하지만 그 자리에 선 두 부부는 완전히 허를 찔린 모습이었다.

대충의 상황 설명을 끝낸 밀라는 본격적으로 자신이 궁금해하는 내용에 대한 질문을 던졌다.

"혹시 데비에게 학교 친구 말고 특별히 친하게 지내던 친구가 있었습니까?"

부부는 대답하기 전에 마치 이런 질문이 나올 그럴듯한 이유를 찾는 듯 서로를 바라보았다. 하지만 뚜렷한 이유를 떠올릴 순 없었다.

"저희가 아는 바로는 없었습니다." 아빠가 말했다.

대답은 나왔지만 밀라는 갑작스런 자신의 질문을 거기서 멈출 수 없었다.

"혹시 데비가 전화로라도 학교 친구 말고 다른 친구 이야기를 한 적이 없었습니까?"

아이의 엄마가 지난 기억을 되짚어보려 노력하는 동안 밀라는 그녀의 차림새를 유심히 살폈다. 군살 하나 없는 배, 근육으로 단련된 두 다리. 그것만으로도 즉시 알 수 있었다. 그들 부부가 아이를 하나만 낳은 것은 철저히 계산된 선택이었다는 사실을. 그녀는 두 번째 임신으로 몸이 불어나는 걸 원치 않았을 것이다. 하지만 이제는 너무 늦었다. 쉰을 바라보는 나이로는 아이를 다시 갖기도 힘든 일이니까. 게블러 박사의 직감이 옳았다. 앨버트는 그냥 되는대로 희생양을 골랐던 게 아니다.

"없었던 것 같아요……. 그런데 마지막 통화에서 느낀 점은 아이가 평소보다 많이 차분해졌다는 거였어요." 엄마의 말이 이어졌다.

"집에 돌아가고 싶다고 했겠군요……."

밀라는 정곡을 찔렀다. 하지만 진실을 밝히려면 피해 갈 수 없는 길이었다. 데비의 아빠는 죄책감이 느껴지는 목소리로 그렇다고 말했다.

"맞습니다. 적응하는 게 힘들다고, 우리가 보고 싶고 스팅도 보고 싶다고……. 아이가 키우던 애완견입니다." 아빠는 의아해하는 눈초리의 밀라에게 설명을 덧붙였다. "데비는 집으로 돌아오고 싶어 했습니다. 전에 다니던 학교로 돌아가고 싶어 했습니다. 뭐, 그게 사실이긴 합니다.

하지만 한 번도 그렇게 말한 적은 없었습니다. 엄마, 아빠가 실망하는 모습을 보고 싶지 않아서였겠지만……. 분명합니다. 목소리만으로도 알 수 있으니까요."

밀라는 그들이 어떤 식으로 행동할지 눈에 보였다. 그 부모는 집으로 돌아가겠다고 애원하던 하나밖에 없는 딸자식의 마음을 알아주지 못했다는 죄책감으로 평생을 자책하며 살아갈 것이다. 하지만 고든 부부는 무엇보다 자신들의 야망을 앞세워버렸다. 마치 그 야망이 대물림이라도 되는 것처럼. 잘 들여다보면, 그들의 결정도 이해는 갔다. 하나밖에 없는 외동딸에게 최고의 교육을 시켜주고 싶었으리라. 사실상 그들은 단지 좋은 부모의 역할을 자청했던 것 뿐이다. 만약 일이 이런 식으로 끝나지 않았더라면, 언젠가 데비가 자란 후에 부모님의 결정에 고마워했을지도 모를 일이었다. 하지만 그런 날은, 애석하게도 그 부부에게 찾아오지 않을 것이다.

"거듭 이런 질문을 드려 죄송합니다. 두 분이 얼마나 힘드실지 저도 상상은 갑니다만, 데비와 나누셨던 대화내용을 다시 한번 잘 떠올려보시기 바랍니다. 학교 외에 어디를 자주 갔는지, 누구를 만났는지 알아내는 게 사건 해결에 중요한 열쇠가 되기 때문입니다. 부탁드립니다. 다시 한번 잘 생각해보시고, 뭔가 생각나는 게 있으시면……."

두 부부는 동시에 고개를 끄덕이며 기억해보겠다고 약속했다. 바로 그 순간, 밀라는 문에 달린 유리 뒤에 누군가가 서 있음을 발견했다. 세라 로사가 그녀의 주의를 끌려 하고 있었다. 밀라는 고든 부부에게 잠시 실례하겠다고 말하고 방을 나갔다. 복도에서 일대일로 마주 대하자, 로사는 몇 마디 말을 툭 던졌다.

"외출 준비해. 나가야 하니까. 여자아이 시신 한 구가 발견됐어."

스턴 특별수사관은 언제나 넥타이에 정장 차림이었다. 밤색과 베이지색, 혹은 감색을 선호했고 얇은 줄무늬 와이셔츠를 즐겨 입었다. 밀라는 남편에게 다림질이 잘된 정장을 입혀 내보내는 건 부인의 취향일 것이라고 짐작했다. 그의 외모는 언제나 깔끔했다. 머리는 살짝 기름을 발라 단정히 뒤로 빗어 넘겼고, 매일 아침 면도를 거르지 않았다. 게다가 얼굴 피부는 매끄러운 걸 넘어 부드럽고 좋은 향까지 풍겼다. 스턴은 아주 꼼꼼한 성격을 가진 남자였다. 한번 길들인 습관은 절대 바꾸지 않고 유행을 따라가기보다는 단정한 면을 더 중시하는 그런 사람.

그렇기 때문에 정보 수집에는 분명 탁월한 능력을 발휘할 것 같았다.

시체가 발견된 곳으로 향하는 차 안에서, 스턴은 박하 드롭스를 빨아 먹다가 현재까지 밝혀진 내용에 대한 간략한 설명을 시작했다.

"체포된 남자의 이름은 알렉산더 버먼. 나이는 마흔, 세일즈맨인데 섬유 쪽 기계설비 전문이었습니다. 실적도 꽤 괜찮았다고 합니다. 기혼이고 별 잡음 없이 평범한 생활을 했습니다. 이웃들에게는 평판 좋은 사람으로 알려져 있고요. 수입도 괜찮았습니다. 부유층은 아니지만 그 비슷한 수준으로 살았던 것 같습니다."

"대충 보면 모든 면에서 모범적인 사람이네요." 로사가 말했다. "의심의 여지가 없을 정도로요."

그들이 고속도로 순찰대 사무실에 도착했을 때 시체를 발견했던 경관은 사무실 한쪽에 있는 낡은 소파 위에 멍하니 앉아 있었다. 쇼크 상태였다.

현지 경찰은 범죄현장 관리를 행동과학 수사팀에 인계했다. 그들은 게블러 박사와 밀라의 지원을 받으며 수사에 착수했다. 두 사람의 역할은 사건 해결에 적극적으로 개입하는 것이 아니라 팀이 사건을 해결하는 데 있어 쓸 만한 증거가 있는지의 여부를 확인하는 일이었다. 로시 경감은 팀원들이 현장에서 사건의 경위를 파악하는 동안 사무실에 남아 있었다.

밀라는 세라 로사가 자신과 거리를 두고 있음을 간파했다. 아니, 그렇다는 확신이 들었다. 하지만 그런 상황이 반갑기만 할 따름이었다. 비록 상대가 자신을 감시하며 실수할 틈만 노리고 있다 해도.

젊은 경위 한 사람이 그들을 시체가 발견된 장소로 안내했다. 그는 자신 있게 보이려고 애쓰면서 사건 현장에서 움직인 건 아무것도 없다는 점을 강조했다. 하지만 모든 팀원들의 눈에는 그가 이 같은 범죄현장을 경험하는 건 처음이라는 사실이 뻔히 들여다보였다. 외진 곳에 위치한 시골 경찰서에서 이처럼 잔혹한 사건을 다루는 일은 흔치 않기 때문이다.

현장으로 향하는 길에 경위는 정황의 세세한 부분까지 일일이 설명했다. 변두리 시골 형사의 이미지를 심어주지 않으려고 사전에 준비한 것 같았다. 마치 미리 적어둔 보고서를 읽는 듯한 모습이었다.

"용의자 알렉산더 버먼이 어제 아침 여기서 제법 먼 거리에 있는 작은 마을의 호텔에 투숙한 사실은 저희가 확인했습니다."

"6백 킬로미터나 떨어진 곳이군." 스턴이 덧붙였다.

"아마 밤새도록 차를 몬 것 같습니다. 기름도 아주 바닥이었습니다." 경위가 추가설명을 달았다.

"호텔에서 누구를 만났습니까?" 보리스가 물었다.

"고객들과 저녁식사를 함께 했다고 합니다. 그러고는 자신의 방으로 돌아갔다는데……. 자리를 함께 했던 사람들에게 확인한 내용입니다. 그래도 지금 사실관계를 확인 중입니다."

로사는 내용을 수첩에 받아 적고 있었다. 밀라가 어깨너머로 슬쩍 훔쳐본 내용은 다음과 같았다. '사실관계 확인, 고객들, 호텔, 시간.'

게블러 박사가 끼어들었다.

"버먼은 묵비권을 행사하고 있겠군요."

"용의자 알렉산더 버먼은 변호사 없이는 한마디도 안 하겠다고 합니다."

수사팀은 주차장에 도착했다. 버먼이 타고 다녔던 승용차 주변으로 쳐진 하얀 천이 게블러 박사의 눈에 들어왔다. 끔찍한 장면을 감추기 위한 시도였다. 하지만 그건 언제나 반복되는 위선적인 예방책일 뿐이었다. 일부 잔혹한 범죄 앞에서 정신적 충격은 일시적인 가면에 불과하다. 고란 게블러 박사는 일찍이 그 사실을 깨달았다. 죽음은 잔인하면 잔인할수록, 살아 있는 사람들을 묘하게 끌어당긴다. 한 구의 시체는 사람들의 호기심을 발동시킨다. 죽음은 치명적인 매력을 지닌 여성과도 같다.

팀원들은 범죄현장으로 들어서기 전에 신발에 비닐 덮개를 씌우고 머리카락이 떨어지지 않도록 머리에도 비닐모자를 썼다. 뿐만 아니라 필수적으로 멸균장갑을 착용했다. 그러고는 강력한 허브향 연고가 든 통을 서로 돌려가며 각자 손가락으로 찍어 콧구멍 아래에 살짝 발랐다. 악취를 견뎌내기 위함이었다.

말이 따로 필요 없을 정도로 알아서 진행되는 익숙한 의식이었다. 그건 하나의 문제에 제대로 집중하기 위한 방편이기도 했다. 보리스에게서 통을 받아 든 밀라는 마치 기이한 영성체 의식에 참가하는 듯한 기분이 들었다.

팀원들을 안내해야 했던 고속도로 순찰대 경위는 어느 순간부터 갑자기 자신감을 잃더니 한동안 뜸을 들였다. 그러다가 결국 그들에게 길을 내주었다.

미지의 세계로 들어가는 문턱을 넘기 전에 게블러 박사는 밀라를 한 번 쳐다보았다. 그녀가 괜찮다고 고개를 끄덕이자 박사는 더욱 침착하게 발걸음을 옮겼다.

첫걸음은 항상 어려운 법. 밀라 역시 그 기억을 쉽게 잊지는 못할 것이다.

그것은 마치 다른 차원의 세상으로 넘어가는 것 같은 느낌이다. 태양으로부터 나오는 자연광과 할로겐램프에서 나오는 싸늘하고 인공적인 빛이 교차하며 비추는 불과 몇 평방미터의 땅은, 우리가 살고 있는 세상과는 다른 규칙과 물리법칙을 보유한, 전적으로 다른 세상을 구성하고 있었다. 높이와 넓이, 그리고 깊이의 삼차원 세상에 사차원적 요소 하나가 더해진다. 바로 공허함. 모든 범죄학자들은 범죄현장을 구성하고 있는 바로 그 '공허함' 속에 사건 해결의 열쇠가 숨겨져 있다는 것을 잘 알고 있다.

바로 그 빈 공간에 피해자와 가해자의 존재를 채워 넣음으로써 범죄를 재구성할 수 있으며 폭력이 어떤 식으로 발생했는지를 규명하고 미지의 것들을 밝혀낼 수 있는 것이다. 즉, 시간을 뒤로 잡아당겨 최대한 확장하는 것인데, 이때 발생한 팽팽한 긴장상태는 일순간만 유지될 뿐, 다시 반복되지 않는다. 그렇기 때문에 범죄현장에서는 언제나 첫인상이 가장 중요하다.

밀라가 경험한 그 첫인상은 후각적인 부분이었다.

코에 바른 허브 연고에도 불구하고 끔찍한 악취가 코를 찔렀다. 죽음이 내뿜는 향은 욕지기가 나면서도 동시에 은은했다. 비상식적인 향이었다. 처음에는 복부를 한 대 얻어맞은 느낌이 들다가, 곧이어 뭔가 또다른 느낌을 발견하게 된다. 그 향이 그렇게 싫지만은 않다는 사실을 발견하게 되는 것이다.

팀원들은 순식간에 버먼의 승용차 주변으로 자리를 잡았다. 각각의 팀원들은 새로운 방위점을 찍으며 나름의 관찰지점을 잡았다. 마치 자신들의 눈에 현장의 구석구석을 하나도 놓치지 않고 세밀히 관찰할 수 있는 격자의 좌표가 달린 듯 행동하고 있었다.

밀라는 게블러 박사를 따라 차 후미로 갔다.

트렁크는 시체를 처음 발견했던 경관이 열어둔 그대로 열려 있었다. 게블러 박사는 트렁크 내부를 들여다보았다. 밀라 역시 따라 했다.

하지만 시체는 볼 수 없었다. 트렁크에는 시체로 추정되는 윤곽선이 드러난 검고 커다란 비닐봉투만 들어 있었다.

여자아이의 시체일까?

봉투는 시체에 완벽히 착 달라붙어 있어서 얼굴 형체를 그대로 알아볼 수 있을 정도였다. 입은, 마치 소리 없이 절규하듯 쩍 벌린 상태였다. 그 시커먼 구멍이 주변의 공기를 빨아들이고 있는 듯 보였다.

경우에 어울리지 않는 불경스러운 수의를 걸친 모습이었다.

데비, 에닉, 세이바인, 멀리사, 캐럴라인……. 아니면, 여섯 번째 아이?

눈구멍의 위치가 보였고 고개가 뒤로 젖혀진 상태라는 걸 알 수 있었다. 시체는 그 자리에 사뿐히 놓인 상태가 아니었다. 반대로, 사후강직이 진행된 상태였다. 마치 갑작스럽게 움직이다 즉사한 느낌이 들었다. 살이 붙은 조각상의 모습에서 뭔가 하나 눈에 띄는 부분이 있었다. 한쪽 팔이 없었던 것이다. 그것도 왼쪽.

"자, 분석을 시작해봅시다." 게블러 박사가 먼저 입을 열었다.

범죄학자의 방식은 팀원 각자에게 질문을 유도하는 방식이었다. 단순하고 겉보기에 사소한 거라도 상관없었다. 그렇게 던져진 질문들에 대해 머리를 맞대고 해답을 찾아갔다. 그때도 역시 어떤 의견 제시도 가능했다.

"우선 '위치'에 대한 문제로 시작해봅시다." 게블러 박사가 먼저 질문을 던졌다. "우리는 지금 왜 이곳에 와 있는 겁니까?"

"제가 먼저 시작하겠습니다." 운전석 쪽에 있던 보리스가 자청하고 나섰다. "여기까지 오게 된 이유는 자동차 등록증을 지참하지 않은 운전자 때문이었습니다."

"여러분들 생각은 어떻습니까? 설명으로 충분하다고 생각합니까? 여러분들 의견을 들어봅시다." 게블러 박사는 다른 사람들을 향해 질문을 던졌다.

"바리케이드가 있었습니다." 세라 로사의 말이 이어졌다. "아이들 실종사건 이후로 곳곳에 수십여 개의 바리케이드가 설치되어 있었습니다. 언젠간 이렇게 걸려들 일이었는데, 정말 걸려든 거니까……. 운이 좋았다고 볼 수 있습니다."

게블러 박사는 고개를 가로저었다. 운이 좋다는 말을 전혀 믿지 않는 눈치였다.

"자신의 발목을 잡을 물건을 싣고 무슨 이유로 위험을 자초했겠습니까?"

"혹시 시체를 유기하려던 생각은 아니었을까요?" 스턴도 가세했다. "아니면, 경찰이 찾아올까 두려워 범행흔적을 자신에게서 최대한 먼 곳으로 옮길 생각이었는지 모릅니다."

"제 생각도 그렇습니다. 자신과의 연관성을 없애기 위해 물타기를 시도했던 겁니다." 보리스가 또다시 대답했다. "하지만 미수에 그친 거지요."

밀라는 다른 팀원들이 이미 결론을 세워두고 있다는 사실을 새삼 깨달았다. 그들은 알렉산더 버먼을 앨버트로 보고 있었던 것이다. 유일하게 게블러 박사만이 그 상황을 난감하게 받아들일 뿐이었다.

"용의자의 계획이 무엇이었는지 파악하는 게 중요하다고 생각됩니다. 현재로선, 그의 트렁크에서 발견된 사체 한 구가 유일한 증거입니다. 맨 처음 던진 질문은 이게 아니었습니다. 아직 그 해답도 찾아내지 못했습니다. 우리가 왜 이곳에 와 있느냐는 겁니다. 처음부터, 우리는 이번 사건의 범인이 대단히 영악한 놈이라고 가정을 했었습니다. 우리 수사진보다 훨씬 고단수일 가능성도 배제하지 않았습니다. 사실상 전 국민이 경계태세에 있던 상황에서도 놈은 아이들을 납치하며 여러 차례 경찰을 농락했습니다. 그런데 어이없게도 자동차 등록증 하나 때문에 범행 사실을 이렇게 만천하에 공개한다는 게 말이 된다고 생각합니까?"

그 말에 모두가 묵묵히 다시 생각 속에 잠겼다.

범죄학자는 그동안 뒤로 물러나 있던 고속도로 순찰대 경위에게 다시 질문을 던졌다. 아무 말 없이 지켜보고 있던 그의 낯빛은 제복 안에 입은 하얀 와이셔츠만큼이나 창백하게 질려 있었다.

"경위님 말에 따르면, 버먼은 변호사를 대달라는 요구를 했습니다. 그렇지요?"

"맞습니다."

"국선 변호인이면 충분할 것 같습니다. 용의자 심문은 저희가 직접 하겠습니다. 여기 현장분석이 끝나는 대로 그 결과에 대해 반박할 기회를 주면 될 것 같으니 말입니다."

"지금 당장 그렇게 하시겠다는 말씀입니까?"

경위는 게블러 박사가 자신을 사무실로 돌려보내 주기를 바라는 눈치였다. 박사 역시 그의 희망사항을 들어줄 분위기였다.

"버먼은 이미 자신만의 진술내용을 준비하고 있을지 모릅니다. 불시에 기습하는 게 효과적일 겁니다. 달달 외워서 완벽하게 다듬기 전에 스스로 자기 무덤을 파게 해야 합니다." 보리스가 말했다.

"감히 드리는 말씀이지만, 저기 갇혀서 그동안 자기반성이라도 좀 하고 있었으면 합니다."

그 말에 팀원들은 어이가 없다는 듯 서로를 쳐다보았다.

"그 인간을 혼자 가두어놨다는 말입니까?" 게블러 박사가 물었다.

경위는 당황하며 대답했다.

"가둔 게 아니라 절차에 따라 격리시킨 상태입니다만, 무슨 문제라도……"

그는 자신의 질문을 마칠 틈도 없었다. 가장 먼저 움직인 것은 보리스였다. 그는 펄쩍 뛰어 현장에서 벗어나 미친 듯이 달려갔다. 연이어 스턴과 세라 로사가 뒤따랐다. 수사관들은 뛰어가다 미끄러지지 않으려고 가는 길에 신발에 씌운 비닐을 황급히 벗겨냈다.

밀라 역시 고속도로 순찰대 경위와 마찬가지로 어떤 상황이 진행되고 있는지 알 수 없었다. 게블러 박사는 팀원들의 뒤를 쫓아가며 말했다.

"그는 위험인물입니다. 감시대상으로 잡아넣었어야 합니다!"

그 말에, 밀라와 경위는 그 위험이 무엇에 관한 것인지 뒤늦게 깨달았다.

잠시 후, 모두가 용의자가 갇혀 있다는 대기실 문 앞에 모여 섰다. 보리스가 신분증을 꺼내 들자, 문 앞에서 경비를 서던 경찰이 황급히 문구멍을 들여다보았다. 하지만 좁은 구멍으로는 알렉산더 버먼의 위치를 확인할 수 없었다.

'사각지대인 구석을 골랐을 거야.'

게블러 박사가 생각했다.

경찰이 묵직한 자물쇠를 푸는 동안 경위는 다른 팀원들을 안심시키려고—사실은 본인이 안심하고 싶은 심정이었을 것이다—절차를 그대로 따랐다고 설명했다. 시계와 벨트, 넥타이와 심지어 신발끈까지도 압수했다고. 자해를 할 도구는 어디에도 없다고.

하지만 철문이 열리자마자 경위의 말은 사실과 다르다는 게 입증되었다.

남자는 구석 자리에 널브러져 있었다.

등을 벽에 기대고 양팔은 무릎 위에 올린 채 두 다리를 쩍 벌리고 있었다. 입은 피범벅이 된 상태였고, 신체 주변으로 시커먼 피웅덩이가 만들어져 있었다.

그가 택한 자살방식은 가장 원시적인 방식이었다.

알렉산더 버먼은 자신의 이빨로 손목의 살점을 물어뜯고는 과다출혈로 죽을 때까지 기다렸던 것이다.

7

그들은 아이를 집에 데려다줄 계획이었다.

하지만 지킬 수 없었던 약속을 뒤로하고, 그들은 주검이 된 아이를 데려갔다.

그들은 아이를 위해 정의를 바로잡을 계획이었다.

하지만 버먼의 자살로 그 약속마저 지키기 힘들게 되었다. 그래도 시도는 해볼 생각이었다.

그래서 아이의 시신은 그곳으로 오게 된 것이다. 법의학 연구소로.

챙 박사는 철제 검시대와 완벽한 수직을 이루며 천장에 걸려 있는 마이크를 조절했다. 그러고는 녹음기를 작동시켰다.

박사는 먼저 메스를 들어 신속하게 비닐봉투에 밀어 넣고 정확하게 일직선을 그었다. 다음 동작은, 메스를 내려놓고 두 부분으로 나뉜 비닐을 아주 조심스레 뜯어내는 일이었다.

부검실 내 유일한 조명은 검시대 위에 달린 전구 불빛뿐이었다. 주변은 온통 암흑세계 그 자체였다. 그리고 그 심연 속에서 '불안정한 균형'을 이루며 게블러 박사와 밀라가 지켜보고 있었다. 다른 팀원들은 그 의식의 대열에 굳이 참가할 필요성을 느끼지 않았다.

법의학 박사와 두 참관인은 증거 훼손의 위험을 피하기 위해 무균 가운과 장갑, 그리고 마스크를 착용하고 있었다.

챙 박사는 식염수를 동원해, 착 달라붙어 시신과 완전히 한 몸을 이룬 비닐 끝을 붙잡고 서서히 벗겨냈다. 한 번에 조금씩, 아주 서서히.

초록색 줄무늬 코르덴 스커트가 드러나기 시작했다. 연이어 흰색 블라우스와 모직 니트, 그리고 블레이저코트의 보풀보풀한 플란넬 부분이 밀라의 눈에 들어왔다.

챙 박사의 손은 조심스레 움직이며 한쪽 팔이 없는 흉부까지 이르렀다. 상처 부위의 윗옷에는 혈흔이 전혀 묻어 있지 않았다. 옷은 왼쪽 어깨 높이에서 잘려 나간 상태였고, 절단된 신체의 나머지 부분이 그곳으로 불거져 나와 있었다.

"이 옷을 입힌 상태에서 살해한 게 아니군요. 살해한 후에 시체에 다시 옷을 입혔어요." 법의학자의 설명이 이어졌다.

'살해한 후'라는 말이 부검실에 형성된 어두컴컴한 심연 속으로 메아리가 되어 사라져갔다. 마치 깊이를 알 수 없는 우물 속으로 던진 돌멩이가 물속에 떨어진 뒤 들리는 소리 같았다.

챙 박사는 사체의 오른쪽 팔을 살짝 들어 올렸다. 손목에 열쇠 모양의 펜던트가 달린 팔찌가 채워져 있었다.

목 부위에 이르자 법의학자는 잠시 동작을 멈추고 손수건으로 이마에 흐르는 땀을 닦아냈다. 그제야 밀라는 챙 박사가 비 오듯 땀을 흘리고 있다는 사실을 깨달았다. 가장 섬세하게 다뤄야 할 부분에 도달했던 것이다. 얼굴에 달라붙어 버린 비닐을 떼어내다 자칫 외피까지 덩달아 뜯겨 나올 위험이 있기 때문이다.

밀라는 이전에도 몇 번의 부검을 지켜본 일이 있었다. 일반적으로 부검의들은 자신들이 조사해야 하는 시체를 챙 박사처럼 조심스레 다루지 않았다. 확인할 곳을 가르고 대충 꿰매놓는 경우가 대부분이었다. 하지만 챙 박사는 피해아동의 부모들이 가능한 한 보기 좋은 상태로 마지막 모습을 마주 대할 수 있기를 원했던 것이다. 밀라는 법의학자에 대한 경외심이 들었다.

무한대로 느껴졌던 몇 분간의 시간이 흐른 뒤, 드디어 법의학자는 피해아동의 얼굴에 찰싹 달라붙어 있던 검은 비닐봉투를 완벽히 떼어내는 데 성공했다. 밀라는 그 즉시 그 아이가 누군지 알 수 있었다.

데비 고든. 열두 살. 최초로 실종된 아이.

두 눈은 휘둥그렇고 입은 여전히 쩍 벌어진 상태. 절망 속에서 뭔가를 말하려 애쓰는 듯한 분위기였다.

데비는 하얀 백합 장식이 달린 머리핀을 꽂고 있었다. '놈이 머리를 빗겨준 거야.' 어처구니가 없었다. 범인은 살아 있는 여자아이보다 시체에게서 연민과 동정을 느낀단 말인가! 밀라는 다시 한번 냉철히 생각해보았다. 범인이 공을 들여가며 시체에 옷을 입히고 머리를 손질했다면, 거기에는 분명 그만한 이유가 있었기 때문이다.

'우리를 위해 단정하게 준비시켜 놓았던 거야!'

그런 직감이 들자 분노가 치밀어 올랐다. 그리고 그 순간의 분노가 자신이 느낄 감정이 아니란 것도 깨달았다. 그건 다른 사람이 느껴야 할 감정이었다. 곧 있으면 밀라는 깊고 깊은 심연의 세계를 벗어나 그 충격을 뒤로한 채로, 이미 파괴된 삶을 살고 있는 두 부모에게 그들의 여생이 완전히 파탄 났다는 사실을 알려야 했다.

챙 박사는 게블러 박사와 눈짓을 주고받았다. 그들이 상대해야 하는 살인범이 어떤 유형의 인물인지를 규명할 시간이 온 것이다. 검시대 위에 누워 있는 소녀를 노린 이유가 일반적인 것인지, 아니면 그 아이가 특정 타깃이었는지를 밝히는 순간. 달리 말하자면, 사체에서 성폭행의 흔적이 있었는지를 밝혀내는 일이었다.

부검실 안에 있던 모든 사람들의 심정은 아이가 그 마지막 '고문'만큼은 피해갔기를 바라는 마음이 간절했지만, 동시에 그 반대의 결과도 내심 기대하고 있었다. 왜냐하면, 만에 하나 실제로 그런 경우 범인이 신원 파악에 결정적인 DNA 관련 단서를 어딘가에 흘렸을 가능성이 매우 높기 때문이었다.

성폭행 사건의 경우 검시는 엄격한 절차에 따라 진행된다. 그럴 가능성을 전혀 배제할 이유가 없었던 챙 박사는 사건의 정황과 범행수법을 재구성해볼 수 있도록 환자의 병력부터 확인했다. 하지만 현실적으로, 피해자에게 어떤 병력이 있었는지 묻는 게 불가능하기 때문에 사실관계를 확인할 방법은 없었다.

다음 단계는 객관적인 실험이었다. 일반적인 인체 진단으로 사진자료가 동원되는데 시신 전체에 대한 일반적인 기술에서 시작하여 납치나 폭행 당시 거부나 반항의 흔적으로 볼 수 있는 외상을 식별하는 것으로 끝난다.

원래는 시신의 옷가지를 수거해 목록을 작성하는 일로 시작된다. 다음으로 피해자의 의복에서 의심스런 얼룩이나 섬유 조각, 모발 혹은 나뭇잎 조각의 유무를 확인하는 과정으로 넘어간다. 그러고 난 뒤에야 손톱 밑을 긁는 과정으로 넘어가는데, 이쑤시개처럼 생긴 도구로 손톱 아랫부분을 긁어서 혹시 남아 있을지 모를—피해자가 격하게 반항했을 경우—가해자의 외피 조각이나 흙의 성분 혹은 각종 섬유 조각 등을 채취해 살해된 장소 파악에 이용한다.

이번에도 역시 결과는 부정적이었다. 시신의 상태는 단지 팔 한쪽만 없을 뿐, 흠 하나 없이 완벽한 상태였다. 옷가지 역시 말할 필요도 없었다.

마치 비닐봉투에 집어넣기 전에 정성스레 씻겨주었다는 생각이 들 정도였다.

세 번째 단계는 가장 직접적인 단계로 부인과 검사가 포함된다.

챙 박사는 자궁경부 내시경을 준비하고 우선 혈흔이나 정액, 혹은 기타 분비물이 나오기를 바라며 넓적다리 중앙의 외피를 살펴보았다. 그러고는 금속 트레이에서 질검사 도구를 집어 들었다. 피부용 탐폰과 점

막용 탐폰으로 구성된 도구였는데, 챙 박사는 채취한 시료를 두 개의 슬라이드 위에 얹은 다음 첫 번째 것은 시토픽스에 적시고, 두 번째 것은 그대로 공기 중에 건조시켰다.

밀라는 그 과정이 가해자의 유전적 특징 유무를 규명하는 실험이란 걸 알고 있었다.

마지막 단계는 가장 노골적인 과정이었다. 챙 박사는 스테인리스 검시대를 뒤로 젖혀서 시체의 두 다리를 버팀목 위에 얹었다. 그러고는 스툴 위에 앉아 질 내부에 상처가 남아 있는지를 살펴보았다.

몇 분 뒤, 법의학자는 게블러 박사와 밀라 쪽으로 고개를 돌리며 무덤덤한 목소리로 한마디를 던졌다.

"범인은 아이를 건드리지도 않았습니다."

밀라는 고개를 끄덕이고는 데비의 시체로 다가가 손목에서 열쇠 모양 펜던트의 팔찌를 빼낸 뒤 부검실을 나섰다. 아이가 차고 있던 팔찌는 데비가 성폭행을 당하지는 않았다는 소식과 함께 고든 부부가 가지고 돌아갈 유일한 유품이었다.

챙 박사와 게블러 박사에게 먼저 가보겠다는 인사를 건네자마자 빌려 입은 가운을 당장이라도 벗어버리고 싶은 충동이 일었다. 그 순간, 뭔가에 의해 더럽혀졌다는 느낌이 들었기 때문이다. 밀라는 탈의실로 들어가 세라믹 세면대 앞에 멈춰 섰다. 그러고는 뜨거운 물을 틀어 양손을 대고 벅벅 문질렀다.

밀라는 미친 듯이 손을 문지르면서 자신의 바로 앞에 있는 거울을 들여다보았다. 거울 너머로 탈의실 문을 열고 들어오는 데비가 보였다. 초록색 스커트와 청색 블레이저코트, 그리고 백합 머리핀 차림의 10대 소녀. 데비는 하나 남은 팔을 의지해 벽에 붙어 있는 벤치에 앉았다. 데비는 두 발을 앞뒤로 흔들며 밀라를 바라보고 있었다. 아이는 두 눈을 커다랗게 떴다가 다시 감았다. 마치 대화를 시도하려는 것 같은 분위기였다. 하지만 데비는 아무 말도 하지 않았다. 밀라는 피를 나눈 단짝 친구가 누구인지 묻고 싶었다. 여섯 번째 피해아동으로만 불리는 그 아이가 누구냐고.

그러다가 환영에서 깨어났다.

수도꼭지에서는 계속해서 물이 흐르고 있었다. 거대한 소용돌이처럼 솟아오른 김은 거울 전체를 뒤덮고 있었다.

밀라는 그제야 통증을 느꼈다.

아래를 내려다본 밀라는 뜨거운 물세례를 받고 있던 두 손을 본능적으로 뒤로 뺐다. 손등의 피부가 벌겋게 익은 상태였고 손가락에는 벌써 물집까지 잡힐 지경이었다. 밀라는 두 손을 수건으로 감싼 뒤 붕대를 찾아보려 비상약 서랍장으로 향했다.

밀라가 무슨 일을 겪었는지는 아무도 모르고 지나가야 했다.

밀라가 눈을 떴을 때 가장 먼저 떠오른 건 화상을 입은 자신의 두 손이었다. 밀라는 그대로 상체를 일으켜 앉은 자세로 문득 자신이 누워 있던 침실이 현실세계인지를 분간하기 위해 두리번거렸다. 눈앞에 보이는 서랍장 위에는 금 간 거울이 달려 있고, 왼쪽에는 콘솔이 놓여 있었다. 덧문까지 내려놓은 창문으로는 몇 줄기의 푸르스름한 빛이 새어들어오고 있었다. 밀라는 옷을 입은 채 그냥 잠이 들었었다. 싸구려 모텔 방의 이불과 시트가 더러운 얼룩투성이였기 때문이다.

왜 잠에서 깨어났을까? 누군가 노크를 했었을 수도 있다. 아니면 단지 누가 노크하는 꿈을 꾸었던가.

또다시 누군가 문을 두드렸다. 밀라는 침대에서 일어나 문으로 다가가 빠끔히 문을 열어보았다.

"누구세요?" 밀라는 미소 짓는 보리스를 보면서도 그렇게 물었다.

"같이 가야 할 일이 생겼습니다. 한 시간 뒤에 버먼에 대한 가택 수색이 있을 예정입니다. 다른 수사관들은 미리 가서 기다리고 있거든요. 그리고 아침 식사 배달도 겸할까 해서요."

보리스는 밀라의 코앞에서 커피와 크루아상이 들어 있음 직한 봉투를 흔들었다.

밀라는 황급히 자신의 차림새를 살폈다. 말 그대로 엉망이었다. 하지만 나쁠 것도 없었다. 상대의 테스토스테론 분비 저하에 도움이 되기 때문이다. 밀라는 보리스를 방으로 들였다.

수사관은 방 안으로 몇 걸음 걸어 들어오더니 당혹스러운 표정으로 주변을 둘러보았다. 한편 밀라는 세수라도 하려는 듯 구석에 있는 세면대로 향했지만, 손에 감은 붕대를 감추는 게 주목적이었다.

"이 모텔은 마지막으로 왔을 때보다 훨씬 더 엉망이 되어버린 것 같습니다. 퀴퀴한 냄새도 여전하고."

"좀약 때문인 것 같은데요."

"제가 처음으로 이 팀에 들어왔을 때, 아파트를 구하기 전까지 근 한 달을 여기서 보냈었거든요. 여기는 열쇠 하나로 모든 방을 다 열 수 있다는 거 모르시죠? 숙박비를 안 내고 도망가는 사람들도 많고, 주인도 그때마다 자물쇠를 바꿔 다는 게 귀찮았는지 그렇게 되었더라고요. 밤에는 콘솔을 밀어다 문을 막아놓는 게 신상에 이로울 겁니다."

밀라는 세면대에 달린 거울로 그를 쳐다보았다.

"충고 고마워요."

"심각하게 하는 말입니다. 혹시라도 수사가 끝날 때까지 지낼 곳이 필요하다면, 제가 직접 도와드릴 수도 있습니다."

밀라는 의아한 표정으로 그를 쳐다보았다.

"지금, 그쪽 집에서 같이 지내자고 말하는 건 아니겠죠?"

보리스는 당황하며 부리나케 해명하고 나섰다.

"아니, 그러니까 제 말은 그게 아니라, 다른 여자 동료 중에 방이 남는 사람이 있는지 찾아보고 부탁할 수 있다는 말입니다."

"그런 신세까지 져야 할 정도로 오래 걸리지 않았으면 하는 바람이네요." 밀라는 어깨를 으쓱하며 말했다.

얼굴의 물기를 닦은 밀라는 보리스가 가져온 봉투를 가리켰다. 그리고는 거의 빼앗다시피 낚아챈 뒤 침대 위에 책상다리를 하고 앉아 내용물을 살펴보았다.

밀라의 기대대로 크루아상과 커피였다.

보리스는 상대의 행동에 순간 당황했고, 손에 감은 붕대를 보자 어쩔 줄 몰라 했다. 하지만 아무것도 묻지 않았다.

"배가 고팠나 봐요?" 보리스는 겸연쩍은 듯 물었다.

밀라는 입에 빵을 가득 문 채로 대답했다.

"이틀 동안 아무것도 먹은 게 없거든요. 그쪽에서 이렇게 안 왔다면 아마 여기서 나갈 기력조차 못 찾았을 거예요."

밀라는 마지막 말만큼은 하지 말았어야 했다는 걸 잘 알고 있었다. 상대의 작업 본능을 부추길 수 있는 말이었기 때문이다. 하지만 밀라로서는 고맙다는 뜻을 전할 다른 말이 순간 떠오르지 않았다. 그리고 정말 배가 고프기도 했다. 보리스는 만족스럽게 씩 웃었다.

"지내는 건 어때요?" 보리스가 물었다.

"어디든 쉽게 적응하는 편이니까, 견딜 만해요."

'날 싫어하는 세라 로사라는 당신 동료만 빼면 말이지요.'

"그나저나 피해아동들이 피를 나눈 사이였다는 지적, 그거 괜찮았습니다."

"운이었던 거죠. 어렸을 때 기억을 더듬는 걸로도 충분했으니까요. 그쪽도 10대 때, 그런 유치한 장난 같은 거 하지 않았어요? 다들 그런 거 정도는 있잖아요?"

밀라는 뭐라고 대답해야 할지 몰라 우물쭈물하는 상대를 보자 웃음이 절로 튀어나왔다.

"농담이에요."

"아, 물론 그런 적이 있었죠." 보리스는 얼굴을 붉히며 대답했다.

밀라는 마지막 한 조각을 삼키고 손가락까지 빨아 먹은 다음 봉투에 남아 있던 두 번째 크루아상, 그러니까 보리스가 먹으려 했지만 밀라의 왕성한 식욕 앞에서 감히 소유권을 주장할 수 없었던 빵을 덥석 집어 먹었다.

"보리스, 한 가지만 물어볼게요. 왜 팀에서는 용의자를 앨버트라고 부르게 된 거예요?"

"사건과 관련된 흥미로운 사연 때문이에요." 보리스는 스스럼없이 밀라의 옆자리로 다가와 앉으며 설명을 시작했다. "5년 전에 기이한 사건 하나를 맡은 적이 있었어요. 연쇄살인범인데, 여자들을 납치하고 강간한 뒤 교살하고는 오른쪽 발목까지 절단한 사체를 보내왔습니다."

"오른쪽 발목요?"

"네. 그런데 그게 무얼 의미하는지 도대체 알 수가 없었습니다. 그런데다 범행수법이 얼마나 예리하고 깔끔했는지 범인은 단서 하나 남기는 법이 없었어요. 단지 발목을 절단한다는 것밖에는. 그리고 범행대상 역시 일관성이 전혀 없었어요. 아무튼 그렇게 다섯 명의 피해자가 사체로 발견될 때까지도 손을 쓸 수가 없었습니다. 그러다가 게블러 박사님이 한 가지 아이디어를 내놓기에 이르렀던 겁니다."

밀라는 두 번째 크루아상까지 해치우고 커피로 손을 뻗었다.

"무슨 아이디어였는데요?"

"발과 관련된 모든 사건을 다시 훑어보라는 주문을 했었어요. 사소한 단순잡범까지 빼놓지 말고요."

밀라는 당혹스러운 것 이상으로 황당해하는 표정을 지었다.

상대가 잠깐 말을 멈춘 사이에 밀라는 설탕 세 봉지를 일회용 컵 속에 털어 넣었다. 보리스는 설탕 범벅이 된 끔찍한 커피 맛이 떠오르는 듯 인상을 구기면서도 설명을 이어나갔다.

"처음에는 나도 어이가 없었어요. 그런데 일단 조사에 착수해보니까 언젠가부터 신발 매장 외부 진열대에서 신발이 사라진다는 신고가 여러 건 접수됐었다는 사실이 드러났습니다. 보통 디스플레이 전용으로 외부에 진열하는 신발들은 사이즈 별로 한 짝씩만 내놓거든요. 도난의 위험 때문에요. 그리고 대부분 오른쪽 신발이에요. 손님들이 쉽게 신어볼 수 있도록 말이죠."

밀라는 컵을 들고 마시려던 순간, 그대로 동작을 멈춘 채 게블러 박사의 독창적인 아이디어에 감탄을 금치 못했다.

"그래서 신발 매장에 잠복해 있다가 그 신발 도둑을 잡아들였는데……."

"그게 앨버트 핀리였습니다. 서른여덟의 엔지니어였는데 결혼까지 했고 꼬마 애들이 둘이나 있었습니다. 휴가 때면 캠핑카를 몰고 가족들과 시골 별장을 찾는 그런 사람이었어요."

"전형적인 평범남 스타일이네요."

"집에 딸려 있던 차고에서 냉동고 하나가 발견되었는데 그 안에서 셀로판지로 정성스럽게 포장한 여성의 발 다섯 개를 찾아냈던 겁니다. 앨버트는 훔친 구두 등을 그 발에 신기며 흥분을 느꼈던 거지요. 일종의 페티시 대상이었던 겁니다."

"오른쪽 발, 왼쪽 팔, 그래서 앨버트가 된 거군요!"

"그렇습니다!" 보리스는 잘했다는 뜻으로 밀라의 어깨에 손을 얹으며 말했다.

그러자 밀라는 손을 뿌리치고 소스라치게 놀라며 침대에서 일어나 버렸다. 젊은 수사관은 기분이 상한 눈치였다.

"미안해요." 밀라가 말했다.

"아니, 괜찮습니다."

거짓말이었다. 밀라는 그 말을 믿지 않았다. 하지만 아무렇지 않다는 상대의 말을 받아들이기로 했다. 밀라는 등을 돌리고 세면대 앞에 다시 섰다.

"당장 준비할게요. 1분이면 충분하니까, 바로 나가요."

보리스는 자리에서 일어나 문으로 향했다.

"서두를 필요 없습니다. 밖에서 기다릴게요."

밀라는 문을 열고 나가는 보리스를 바라보았다. 그러고는 다시 거울로 시선을 돌렸다. '도대체 언제까지 이러고 살아야 하는 거지?' 밀라는 자신에게 물었다. '언제가 되어야 남들이 내 몸에 손을 대도 아무렇지 않을 수 있는 걸까?'

버먼의 집으로 가는 내내 두 사람은 한마디 말도 나누지 않았다. 밀라는 차에 오르면서 라디오가 켜져 있는 걸 알아차렸다. 이동 중 실내 분위기가 어떻게 전개될지에 대한 의도적 표현임을 밀라는 깨달았다. 보리스는 아까의 일이 불쾌했던 것이다. 그 덕에 이제 적 하나가 더 늘어난 셈이었다.

한 시간 반 정도 달린 끝에 목적지에 도착할 수 있었다. 알렉산더 버먼의 거처는 한적한 주택가에서도 녹지대로 둘러싸인 집이었다.

인근 길목에는 이미 바리케이드가 설치되어 있었다. 저지선 뒤로는 호기심에 몰려나온 이웃사람들과 기자들이 무리 지어 서 있었다. 밀라는 그들을 보면서, 이제 겨우 시작일 뿐이라는 생각을 했다. 밀라는 차를 타고 오는 도중 라디오 뉴스를 통해 데비 고든의 시체가 발견되었다는 소식을 전해 들었다. 경찰에선 버먼의 이름조차 언급하지 않은 시점이었다.

언론이 들떠서 취재에 열을 올리는 이유는 간단했다. 그만큼 소녀들의 팔 무덤은 모든 사람들에게 충격적인 사건으로 다가왔고, 이제 그 악몽의 실체가 밝혀졌기 때문이다.

전에도 그런 일을 몇 차례 본 적이 있다. 언론은 탐욕스럽게 사건을 파헤치고 삽시간에 버먼이 살아온 인생의 모든 측면을 남김없이 짓밟아버릴 것이다. 그의 자살은 자백과도 같은 효과를 발휘했다. 언론은 저 나름의 스토리를 양산해낼 태세였다. 한 남자에게 자기들 식으로 거침없이 괴물의 탈을 씌워놓고 나머지 문제는 다수결의 힘으로 밀어붙이는 식이었다. 언론은 그 남자를, 마치 피해아동들에게 행한 짓을 상상이라도 한 듯 조각낼 터였다. 자신들 역시 그 범인과 똑같은 짓을 하고 있다는 역설적인 상황을 인식하지도 못한 채 말이다. 언론은 이 사건을 통해 상상을 초월할 정도로 피를 뿌려댈 것이다. 보다 자극적인 1면 기사로 구매욕을 부추기기 위해 아주 강한 향신료로 양념을 해댈 것이다. 배려도, 형평성도 없이. 그리고 누군가가 그런 사실을 지적하기라도 한다면 시사성이 강하고 편리하기 이를 데 없는 '알 권리'를 방패 삼아 자신들의 비인간적인 욕망을 감춰버린다.

밀라는 차에서 내려 무리 지어 서 있는 기자들과 구경꾼들 틈바구니를 비집고 들어가 경찰이 쳐놓은 저지선을 넘어 출입로를 향해 성큼 걸어갔다. 그녀는 눈부신 카메라 플래시 세례를 받으며 현관문에 이르렀다. 그 순간, 밀라는 창문에서 자신을 바라보고 있던 게블러 박사와 시선이 마주쳤다. 이상하게도 순간적으로 죄책감이 들었다. 보리스와 같이 오는 모습을 그가 보고 있었기 때문이다. 하지만 그런 생각이 들자마자 말도 안 된다는 생각이 바로 뒤따랐다.

게블러 박사는 집 내부로 관심을 돌렸다. 잠시 뒤 밀라는 버먼의 집 문턱을 넘어섰다.

스턴과 세라 로사를 비롯한 몇몇 수사관들은 이미 한참 전부터 일개미처럼 이리저리 옮겨 다니며 집 안을 뒤지고 있었다. 모든 게 뒤죽박죽이었다. 수사관들은 가구며 벽을 비롯해 사건의 실마리를 제공할 수 있는 주요단서를 숨기고 있을 만한 장소를 이 잡듯 샅샅이 뒤지고 있었다.

이번에도 역시 밀라는 직접 수색에 참여할 수 없었다. 뿐만 아니라, 세라 로사는 밀라의 면전에 대고 참관인 자격으로 구경이나 하라며 큰소리를 친 터였다. 어쩔 수 없이 밀라는 집 안을 둘러보기 시작했다. 붕대를 감은 이유를 굳이 해명할 필요가 없도록 양손은 호주머니 속에 찔러 넣었다.

그녀의 관심을 끈 건 몇 장의 사진이었다.

가구들 위에 나무나 은으로 테를 두른 고급액자 10여 개가 놓여 있었다. 사진 속에는 버먼과 부인의 행복한 한때가 담겨 있었다. 이제는 아주 멀어진, 다시 돌아갈 수 없는 그런 순간들. 밀라는 두 부부가 적잖은 곳을 여행하고 다녔다는 점에 주목했다. 사진 속 배경은 전 세계 구석구석에 해당했다. 하지만 최근의 사진으로 넘어와 부부의 얼굴에 세월의 흔적이 묻어날수록, 그들의 표정은 가면을 쓴 것 같은 느낌이 들었다. 그 사진 속에는 분명 뭔가 이상한 점이 있었다. 확신은 있었지만 그게 뭔지는 자세히 알 수 없었다. 그 집에 들어설 때부터 이상한 기분이 들던 터였다. 이제 그 기분이 정확히 무엇에 대한 것이었는지 알게 되었다.

존재감.

이리저리 오가는 수사관들 사이에서 밀라는 또 다른 관객 하나를 발견했다. 사진 속의 여인, 베로니카 버먼, 살인용의자의 아내. 밀라는 그녀를 보자마자 자존심이 대단히 강할 것이라는 느낌이 들었다. 생면부지의 사람들이 떼로 몰려와 허락도 없이 세간을 뒤집어엎고 부부 소유의 물건, 소중한 기억이 담긴 사적인 영역을 짓밟고 있는 와중에도 베로니카 버먼은 위엄 있어 보일 정도로 초연한 표정이었기 때문이다. 체념한 분위기는 어디에도 보이지 않았다. 오히려 정반대로 동의하는 눈치였다. 베로니카 버먼은 세라 로사의 질문에 자신의 남편은 이런 상황에 처할 사람이 아니라고 태연스럽게 대답하며 수사에 협조하고 있었다.

밀라는 계속해서 그녀의 태도를 관찰하다 뒤로 돌아서면서 뜻하지 않은 장면을 발견하게 되었다.

'박제된 나비들'이 한쪽 벽면 전체를 차지하고 있었던 것이다.

나비들은 유리 진열관에 전시되어 있었다. 신비롭고 환상적인 나비 표본들도 보였다. 개중에는 서식지와 이국적인 이름이 새겨진 동판이 달린 것들도 있었다. 가장 흥미를 끄는 나비들은 아프리카와 일본에서 온 것이었다.

"저것들이 화려해 보이는 이유는 모두 죽어 있기 때문이야."

게블러 박사의 설명이었다. 범죄학자는 검정 점퍼에 비쿠냐 바지 차림이었다. 그는 벽에 걸린 나비 표본들을 자세히 관찰하기 위해 밀라의 옆자리로 다가왔다.

"이런 화려한 장면을 마주 대하면, 우리는 가장 중요하면서도 자명한 사실 한 가지를 망각하게 되지. 이 나비들은 더 이상 하늘을 날 수 없다는 거……."

"자연을 거스르는 행동이에요." 밀라도 인정했다. "하지만 그래도 매력적이긴 하네요.”

“죽음이란 것이 바로 그 점에서 인간을 잡아끄는 거야. 그래서 연쇄 살인범들이 존재하는 거고.”

게블러 박사는 살짝 손짓을 했다. 그러자 모든 팀원들이 즉시 그 주변으로 모여들었다. 모두들 각자의 일을 하고 있었지만, 사실은 한 눈으로 박사를 주시하며 그의 말과 행동을 살피고 있었던 것이다.

밀라는 수사팀이 그의 직감에 무한한 신뢰를 보내고 있다는 사실을 확신할 수 있었다. 그건 참으로 이상한 일이었다. 게블러 박사는 경찰 소속도 아니고, ‘짭새’들은—적어도 밀라가 아는 한—외부의 민간인을 여간해서는 믿지 않기 때문이다. 엄밀히 말하자면, 행동과학 수사팀은 ‘로시 팀’이 아니라 ‘게블러 사단’이라고 불리는 게 마땅했다. 로시 경감은 언제나처럼 사건현장에 나타나지 않았기 때문이다. 버먼에 대한 명백하고 결정적인 증거가 발견될 때에만 모습을 드러낼 터였다.

스턴, 보리스, 그리고 로사는 지난번과 마찬가지로 게블러 박사를 중심으로 각자 자신들의 자리를 잡았다. 밀라는 한 발짝 뒤로 물러났다. 괜히 끼어들었다 배척당하느니 스스로 물러서는 게 낫겠다는 생각이었다.

게블러 박사는 작은 소리로 먼저 말을 시작한 뒤 모두에게 들릴 정도로만 다시 목소리를 낮춰 대화를 이끌어나갔다. 아마 베로니카 버먼을 배려한 행동이었을 것이다.

“발견한 특이사항이 있으면 말해봅시다.”

선봉에 나선 스턴이 고개를 가로저으며 대답했다.

“버먼과 여섯 피해아동들을 연관시킬 만한 단서는 하나도 나오지 않았습니다.”

“부인은 아는 게 하나도 없는 것 같습니다. 여러 가지 질문을 던져보았지만 거짓말하는 것 같진 않습니다.” 보리스가 뒤를 이었다.

"수색견을 동원해 정원까지 샅샅이 뒤지고 있습니다." 로사가 말했다. "하지만 지금까지 나온 단서는 하나도 없습니다."

"지난 6주간, 버먼의 모든 이동경로를 재구성해보는 게 좋겠습니다." 게블러 박사가 말하자 모두가 고개를 끄덕거렸다. 하지만 거의 불가능하다는 건 모두가 아는 일이었다.

"스턴, 다른 건 뭐 없습니까?"

"의심스러운 자금의 이동은 한 건도 없었습니다. 가장 액수가 큰 지출은 작년에 아내를 위한 인공수정 시술 비용밖에 없는데, 적당한 비용에 해당하는 거래였습니다."

스턴의 말에 귀 기울이던 밀라는 집에 들어오면서 들었던 이상한 기분의 원인을 이해할 수 있었다. 그녀는 다시 사진으로 시선을 돌렸다. 그건 먼저 생각했었던 어떤 존재감이 아니었다. 그녀의 생각이 틀렸던 것이다.

오히려 '빈자리'였다.

아이의 존재가 보이지 않았다. 개성적이진 않지만 값비싼 고급주택을 차지하고 있었던 유일한 존재는 평생 서로만을 바라보며 늙어갈 것이란 사실을 잘 알고 있는 두 부부가 전부였다. 그랬기에 스턴이 방금 전 지적했던 인공수정에 관한 이야기는 앞뒤가 맞지 않았다. 왜냐하면 그 어디에도 초조하게 아이가 태어나길 기다리는 부부의 불안감이 느껴지지 않았기 때문이다.

스턴은 버먼의 사생활에 관한 간략한 설명으로 자신의 수사내용을 마무리했다.

"마약에 손댄 적도 없고, 술과 담배는 가까이하지 않는다고 합니다. 인근 헬스클럽과 비디오 대여점 회원으로 등록되어 있고, 주로 빌려보는 장르는 곤충에 관한 다큐멘터리가 대부분이었습니다. 게다가 루터교도이며 한 달에 두 번, 요양원에서 자원봉사자로 활동하고 있었습니다."

"성스러운 인간이군." 보리스가 비꼬며 말했다.

게블러 박사는 베로니카 버먼에게 고개를 돌려, 그녀가 보리스의 마지막 말을 들었는지 분위기를 살폈다. 그러고는 다시 로사를 바라보며 말했다.

"다른 거는요?"

"집과 사무실에 있던 컴퓨터에 남아 있는 하드디스크를 분석해봤습니다. 복구프로그램을 돌려서 삭제된 파일도 모두 복원해봤습니다만 사건과 연관된 자료는 하나도 없었습니다. 그저 일, 일, 일. 버먼은 일중독자였던 것 같습니다."

밀라는 게블러 박사가 갑자기 다른 데 신경이 분산되어 있음을 간파했다. 몇 초간 멍하니 있다가 그는 다시 대화에 집중했다.

"방문한 인터넷 사이트 기록은 어떻습니까?"

"인터넷 공급업체에 연락해 버먼이 최근 6개월간 들락거렸던 사이트 주소 목록을 받았습니다. 하지만 거기도 별다를 게 없었습니다. 언뜻 보기엔, 버먼이 지대한 관심을 보인 것들은 자연과 여행, 동물들이었습니다. 그리고 온라인으로 몇 점의 골동품과 수집용 나비 박제를 주문했습니다. 자주 사용한 사이트는 이베이였습니다."

로사의 설명이 끝나자 게블러 박사는 또다시 팔짱을 끼고 팀원 하나하나를 쳐다보았다. 그리고 밀라까지. 밀라는 그제야 자신도 팀의 일원이 된 듯했다.

"어떻게들 생각합니까?" 게블러 박사가 모두를 향해 물었다.

"눈이 부실 정도입니다." 보리스는 두 손으로 자신의 눈을 가리며 과장된 몸짓으로 표현했다. "모든 게 너무 깨끗합니다."

다른 사람들 역시 고개를 끄덕였다.

밀라는 그들이 어떤 사건과 연관 짓는 건지 알 수 없었다. 하지만 그 내용에 대해서는 묻지 않을 생각이었다. 게블러 박사는 손을 들어 이마를 닦고 피곤한 듯 두 눈을 비볐다. 또다시 그의 얼굴은 어딘가에 홀린 듯한 표정을 지었다. 1, 2초 동안 머릿속의 생각이 그를 다른 곳으로 데려가는 것 같았다. 그런데 무슨 이유에선지는 알 수 없지만 범죄학자는 그 생각을 머릿속에 계속해서 담아두는 눈치였다.

"용의자의 뒤를 캐는 첫 번째 이유는 뭡니까?"

"누구에게나 비밀은 있기 때문입니다." 보리스는 여느 때처럼 주저하지 않고 대답했다.

"맞습니다." 게블러 박사가 말했다. "인간은 평생을 살면서 최소한 한 번은 누구에게도 알리고 싶지 않은 비밀을 갖게 됩니다. 우리 모두 크든 작든, 절대로 말할 수 없는 비밀을 가지고 있을 겁니다……. 주변을 한번 살펴봅시다. 버먼이란 남자는 건실한 남편이자 독실한 신앙인, 그리고 억척스런 일꾼의 전형적인 모습을 갖추고 있습니다." 박사는 손가락을 꼽아가며 각각의 특징을 말했다. "봉사정신이 남다르고 자신의 건강도 잘 챙기는 데다 다큐멘터리 영상물만 대여하며 악행을 한 적도 없고, 취미라곤 나비 표본을 수집할 뿐이다……. 여러분들 눈에는 이런 남자가 있다는 게 쉽게 믿깁니까?"

이번에는 대답이 눈에 보였다. 아니요. 쉽게 믿을 수 없었다.

"자, 그렇다면 이런 남자가 자신의 차에 여자아이의 시체를 넣어두고 무슨 짓을 했을까요?"

스턴이 나섰다.

"시체를 씻겼습니다……."

게블러 박사는 고개를 끄덕였다.

"버먼은 그렇게 완벽하게 다져놓은 이미지로 우리에게 주문을 걸어 다른 곳을 쳐다보지 못하게 한 겁니다. 그렇다면, 지금 우리가 놓치고 지나간 부분은 어디에 있겠습니까?"

"그럼 이제 뭘 해야 합니까?" 로사가 물었다.

"처음부터 다시 시작합시다. 해답은 거기에 있습니다. 여러분들이 이미 조사하고 지나가 버린 그 물건들 속에. 다시 샅샅이 뒤져봅시다. 번듯한 외관을 벗겨내야 합니다. 완벽한 외양이 보여주는 환영에 넘어가선 안 됩니다. 이 화려한 빛은 우리의 관심을 호도하고 우리의 생각을 흐트러트립니다. 그리고 가능하다면……."

게블러 박사는 다시 어딘가에 정신 팔린 사람처럼 말끝을 흐렸다. 그의 관심은 분명 다른 곳에 가 있었다. 이번에는 모두가 눈치를 챘다. 그의 머릿속에서 뭔가가 형체를 지니고 자라나기 시작했다.

밀라는 주변을 살피던 그의 시선을 좇아보기로 결심했다. 그는 멍하니 다른 생각만 하고 있던 게 아니었다. 그는 뭔가를 찾아보고 있었던 것이다.

아주 작은 LED 램프에서 규칙적으로 빨간 불이 반짝이고 있었다. 마치 누군가의 관심을 끌기 위해서인 듯 또박또박 나름의 박자를 지닌 불빛이었다.

게블러 박사는 큰 소리로 물었다.

"자동응답기를 확인한 사람 있습니까?"

그 순간, 거실에 있던 모든 사람들은 동작을 멈췄다. 그리고 그들의 시선은 빨간 눈으로 윙크하고 있는 자동응답기로 쏠렸다. 모두가 하나같이 망각의 현행범이라도 된 듯 죄책감을 느끼고 있었다. 하지만 게블러 박사는 그런 분위기에는 아랑곳하지 않고 유유히 자동응답기로 다가가 재생 버튼을 눌러 작동시켰다.

얼마 후 어둠 속에서, 이미 죽은 사람의 목소리가 흘러나왔다.

알렉산더 버먼이 마지막으로 그의 집을 방문했던 것이다.

"음…… 나야……. 저기…… 남은 시간이 별로 없어, 여보……. 하지만 당신한테는 미안하단 말을 하고 싶었어……. 미안해, 모든 게 다 미안해……. 진작 미안하단 말을 했어야 했는데, 그때는 할 수가 없었어……. 당신이 날 용서해주면 좋겠어. 모든 게 내 잘못이야……."

거기까지였다. 다시 거실에 바위같이 묵직한 침묵이 내려앉았다. 모두의 시선은 자동으로 베로니카 버먼에게 쏠렸다. 그녀는 마치 동상이라도 된 듯 무표정한 얼굴이었다.

고란 게블러 박사만이 유일하게 거실을 돌아다닐 뿐이었다. 그는 베로니카 버먼의 곁으로 다가가 그녀의 어깨를 붙잡고 다른 여성 경관에게 인도해 옆방으로 보냈다.

스턴이 침묵을 깨고 입을 열었다.

"그럼 이제 자백은 받아낸 것 같군그래."

8

아이의 이름은 프리실라.

그녀는, 자신이 쫓고 있는 살인범에게 특정 이름을 붙이는 고란 게블러 박사의 방법을 따르기로 했다. 실체를 가진 대상으로 만들고, 어둠 속으로 사라지는 그림자가 아닌, 눈에 보이는 실체처럼 현실성을 부각시키기 위한 방법. 그래서 밀라는 여섯 번째 실종 소녀에게 운이 좋았던 아이의 이름—어디 사는 누구인지는 알 수 없었지만—을 붙여주었다. 자신이 어떤 운명을 비켜갔는지도 모른 채, 여타 또래 아이들처럼 천진난만하게 지내고 있을 그 아이의 이름을.

밀라는 모텔로 돌아가는 차 속에서 그렇게 결심했다. 경관 한 명이 그녀를 모텔까지 바래다주었다. 보리스가 기사 역할을 자청하지 않았지만 그렇다고 그를 탓할 수만도 없었다. 그날 아침, 그렇게 소스라치며 그의 손길을 밀어냈으니 말이다.

여섯 번째 실종 소녀를 프리실라라고 이름 붙인 것은 확실한 인간적 실체를 부여하기 위한 것만은 아니었다. 거기에는 또 다른 이유가 있었다. 더 이상 번호로 아이들을 구별하는 상황을 견딜 수 없었기 때문이다. 밀라는 여섯 번째 아이의 신원을 밝혀내는 일에 관심을 쏟고 있는 것은 자신뿐이라는 생각이 들었다. 특히 버먼이 남긴 마지막 메시지를 확인한 뒤, 수사의 우선순위가 달라졌기 때문이기도 했다.

경찰은 차 트렁크 안에서 시체 한 구를 발견했고 거의 자백에 가까운 자동응답기 메시지를 확보한 상태였다. 그런 상황에서 필요 이상으로 고민할 이유가 없었다. 남은 건, 이 세일즈맨과 남은 피해아동의 연결고리를 밝혀내는 일이었다. 그리고 동기를 찾아내는 것. 하지만 그 동기는 이미 다 알고 있지 않을까…….

"피해아동들은 단순한 여자아이들이 아니야. 저들의 가족이야."

시체안치실의 유리 너머로 보이던 피해아동들의 부모를 보면서 고란 게블러 박사가 말했었다. 이런저런 이유로 아이를 하나밖에 갖지 않았던 부모들. 마흔은 훌쩍 넘어 적어도 생물학적으로는 다시 임신하기 힘든 엄마. "진짜 피해자는 바로 저들인 거야. 범인은 저 부부들을 연구했고, 그들을 골랐던 거지." 이런 말도 했었다. "외동딸만 가진 부부들. 그들에게서 슬픔을 극복하고, 상실감을 달랠 기회마저 박탈하고 싶었던 거야. 저 부모들은 죽는 날까지 범인이 한 짓을 떠올릴 수밖에 없을 거야. 범인은 저들의 미래를 앗아가면서 고통을 가중시켰어. 미래를 기약할 기회를, 죽음을 극복할 기회를 모두 빼앗아버린 거지……. 그리고 자신은 그걸 보고 즐기는 거고. 그게 바로 범인의 사악함이 가져오는 보상이고 기쁨의 원천인 거야."

알렉산더 버먼은 아이가 없었다. 아이를 가져보려고 노력했고 인공수정까지 시도했었다. 하지만 소용없었다. 아마 그런 이유로 자신의 분노를 그 가련한 가족들에게 발산했을지도 모른다. 불임이라는 자신의 운명에 대해 그 가족들에게 복수를 한 것일지도 모른다.

'아니, 이건 단순한 복수가 아니야. 뭔가 다른 이유가 있어…….' 밀라는 복수에 대한 생각을 받아들일 수 없었다. 하지만 그런 느낌이 어디서부터 오는지는 알 수 없었다.

자동차가 모텔에 도착하자 밀라는 차에서 내려 태워다 준 경관에게 인사를 했다. 경관은 가볍게 고개를 숙이고 차를 돌려 떠났다. 밀라는 황량한 자갈밭 주차장에 홀로 남게 되었다. 뒤로는 여러 채의 방갈로가 숲 쪽으로 늘어서 있었다. 제법 쌀쌀한 날씨에 눈에 보이는 불빛이라고는 '빈방 있음'과 '주문형 텔레비전'이라는 문구가 들어간 모텔의 네온사인이 전부였다. 밀라는 자신의 방으로 향했다. 불이 들어온 창문은 하나도 없었다.

밀라가 유일한 투숙객이었던 것이다.

밀라는 관리인 사무실 앞을 지나쳐갔다. 텔레비전 불빛만 희미하게 새어 나올 뿐, 무음으로 해두었는지 소리도 들리지 않았고 사람도 없었다. 밀라는 관리인이 화장실에 갔을 거라 생각하고 자신의 방으로 향했다. 다행히 열쇠는 가지고 있었다. 그렇지 않았으면 그가 돌아올 때까지 꼼짝없이 기다려야 했을 것이다.

밀라는 탄산음료 한 캔과 치즈 샌드위치 두 개―그날의 저녁식사였다―와 뜨거운 물에 덴 상처를 치료할 연고가 든 봉투를 손에 들고 있었다. 숨을 쉴 때마다 입김이 찬 공기와 만나 얼음으로 변할 것만 같았다. 밀라는 추위를 피하기 위해 발걸음을 재촉했다. 어둠 속에서 들리는 유일한 소리는 자갈밭을 걸어가는 그녀의 발소리였다. 밀라의 방갈로는 맨 끝에 위치해 있었다.

'프리실라.' 밀라는 법의학자 챙 박사의 말을 다시 떠올렸다. "범인은 아마 피해아동들을 납치하자마자 바로 살해한 것으로 추정됩니다. 살려두어야 할 필요성도 관심도 없었기 때문입니다. 단호히 실행에 옮겼을 것입니다. 피해자 전원, 동일한 살해방식으로 사망한 것으로 추정됩니다. 단 한 명의 예외가 있긴 합니다만……." 게블러 박사가 물었다. "그게 무슨 말입니까?" 챙 박사는 그를 똑바로 바라보며, 여섯 번째 아이는 보다 참혹한 최후를 맞이했을 거라고 대답했었다.

그 마지막 말이 밀라의 뇌리에서 떠나지 않았다.

"서서히 죽이기 위해 출혈을 최대한으로 늦췄던 겁니다……. 그 상황을 오래 즐기고 싶었던 거지요."

마지막 피해아동이 다른 아이들보다 더 혹독한 대가를 치러야 했다는 생각 말고도 분명 뭔가가 더 있을 것 같았다. 살인범이 살해방식을 바꿔야 할 이유가 있었을까? 챙 박사가 부검 결과를 말해주던 그때처럼, 목덜미로 전율이 몰아쳤다.

방갈로를 몇 미터 앞에 두고도 밀라는 계속해서 그 느낌의 근원지를 찾기 위해 집중하고 있었다. 이번만큼은 그 이유를 알 수 있을 것 같았기 때문이다. 그러다 땅바닥에 파인 작은 구멍 때문에 넘어질 뻔했다.

바로 그 순간, 뭔가가 그녀의 귓전을 스치고 지나갔다.

뒤에서 들려온 작은 소리에 머릿속을 지배하고 있던 생각이 순식간에 날아가 버렸다. 자갈밭을 걸어오는 발소리. 누군가 그녀의 발걸음을 똑같이 흉내 내고 있었던 것이다. 밀라가 눈치채지 못하도록 그녀의 발걸음에 맞춰 걷고 있었던 것이다. 밀라가 넘어질 뻔한 순간, 뒤따라오던 누군가의 리듬이 깨져버렸고 그렇게 존재감을 드러내게 되었던 것이다.

밀라는 당황하지 않았고 발걸음을 늦추지도 않았다. 미행자의 발걸음은 또다시 밀라와 엇박자를 냈다. 밀라는 대략 자신과 괴한의 거리가 불과 10여 미터밖에 되지 않는다는 결론을 얻었다. 다른 해결책을 궁리해내야 하는 처지였다. 벨트 뒤에 차고 있던 총을 뽑아 드는 건 아무 의미 없는 행동이었다. 미행자가 무장한 상태라면 뭘 해도 먼저 총을 쏠 수 있는 위치였기 때문이다. '관리인! 빈 사무실에 텔레비전만 켜져 있었어!' 밀라는 머릿속으로 생각했다. '관리인을 먼저 해치운 거야. 그리고 이제 내 차례인 거라고!' 밀라는 자신의 방갈로 바로 앞까지 왔다. 결단을 내려야 할 시점이었다. 그녀는 결심을 굳혔다. 달리 선택권이 없었기 때문이었다.

밀라는 주머니에서 열쇠를 찾으며 포치로 이어지는 계단 세 칸을 훌쩍 뛰어올랐다. 그러고는 양쪽을 한 번씩 재빨리 둘러본 다음 문을 열고 방으로 들어갔다. 심장이 미친 듯이 박동질을 해댔다. 밀라는 총을 꺼낸 다음 한 손으로 전등 스위치를 올렸다. 침대 옆에 있던 스탠드에 불이 들어왔다. 밀라는 움직이지 않고 가만히 서서 어깨를 문에 대고 귀를 쫑긋 세웠다. 괴한은 그녀를 공격하지 않았다. 하지만 포치를 밟는 발소리가 들리는 듯했다.

보리스는 모텔의 열쇠가 모두 만능키의 역할을 한다고 말했었다. 숙박료를 지불하지 않고 도망가는 손님들 때문에 주인이 자물쇠를 바꾸지 않고 그대로 두기 때문이라고. 괴한도 그 사실을 알고 있을까? 분명 그자 역시 밀라와 똑같은 열쇠를 가지고 있을 것이다. 밀라는 만약 괴한이 방 안으로 들어오면 뒤를 노리겠다고 다짐했다.

밀라는 무릎을 꿇고 얼룩진 카펫 위를 기다시피 해서 창가까지 다가갔다. 그리고 벽에 등을 기대고 한 손을 뻗어 창문을 열었다. 추위 때문에 경첩이 얼어붙어 있었다. 밀라는 있는 힘을 다해 겨우 한쪽 덧문을 열 수 있었다. 그녀는 자리에서 일어나 창문을 뛰어넘어 밖으로 나가 다시 어둠 속으로 들어갔다.

밀라의 앞으로 숲이 나타났다. 숲을 이루는 나무의 우듬지가 리듬을 타듯 동시에 흔들거렸다. 모텔 뒤로는 각각의 방갈로를 연결해주는 돌길이 있었다. 밀라는 상체를 숙인 채 주변의 움직임이나 소리에 유의하며 돌길을 따라 걸었다. 밀라는 빠른 걸음으로 옆 방갈로를 지나쳤고, 다시 그 옆 방갈로도 지나쳤다. 그러다가 걸음을 멈추고 방갈로 사이에 있는 공간으로 숨어들었다.

그 위치에서 방갈로 포치를 확인하려면 몸을 숙여야 했다. 하지만 위험이 따르는 행동이었다. 밀라는 양 손가락을 모두 동원해 권총을 꽉 거머쥐었다. 화상으로 인한 통증은 생각도 나지 않았다. 밀라는 재빨리 셋을 세면서 세 차례 깊이 심호흡을 하고 권총을 전방으로 겨누며 코너에서 튀어나왔다. 아무도 없었다. 상상으로 인한 착각은 절대 아니었다. 분명히 누군가 뒤따라오는 사람이 있었다. 표적의 뒤를 따라 움직이면서 표적의 발소리 안으로 숨어들 수 있는 누군가.

포식자 같은 존재.

밀라는 주변에 상대가 남기고 간 흔적이 있는지 살펴보았다. 그자는 바람과 함께 사라져버렸다. 모텔을 둘러싼 나무들을 계속해서 춤추게 만들던 그 바람과 함께.

"실례합니다만⋯⋯."

밀라는 한마디 말에 소스라치게 놀라 뒤로 돌아서서 말을 건 남자를 바라보았다. 얼마나 놀랐는지 총을 들이댈 생각도 하지 못했다. 그 남자가 모텔 관리인이라는 사실을 알아차리기까지는 몇 초의 시간이 걸렸다. 관리인은 자신이 상대를 겁먹게 했다는 사실에 이번에는 사과의 뜻으로 같은 말을 반복했다.

"실례했습니다."

"무슨 일이세요?"

밀라는 여전히 방망이질하는 심장을 달래며 물었다.

"손님을 찾는 전화가 걸려와서⋯⋯."

남자는 자신의 사무실에 있는 전화를 가리켰고 밀라는 남자가 앞장 서기도 전에 먼저 사무실로 향했다.

"밀라 바스케스입니다." 밀라는 수화기를 들고 말했다.

"나, 스턴입니다⋯⋯. 게블러 박사가 당신을 만났으면 한답니다."

"저를요?"

밀라는 놀랍기도 했지만 살짝 우쭐한 기분이 들어 되물었다.

"그렇습니다. 아까 모셔다 드렸던 경관에게 연락해서 다시 그리로 보냈습니다."

"알겠습니다. 뭐 발견된 거라도 있습니까?" 밀라는 상대가 자세한 설명을 달지 않는 게 이상해서 혹시나 하는 마음으로 물었다.

"알렉산더 버먼이 뭔가를 숨겨두었더군요."

보리스는 길에서 눈을 떼지 않고 내비게이션에 목적지를 입력했다. 밀라는 아무 말 없이 앞만 바라보고 있었다. 게블러 박사는 뒷자리에서 낡은 코트 속에 웅크리고 앉아 두 눈을 감고 있었다. 그들은 기자들을 피해 동생의 집으로 간 베로니카 버먼을 만나러 가는 중이었다.

게블러 박사는 버먼이 자동응답기에 남긴 메시지를 통해 뭔가를 숨기려 했었다는 결론을 이끌어냈다. 알렉산더 버먼이 마지막으로 그의 집을 방문했던 것이다. "음…… 나야……. 저기…… 남은 시간이 별로 없어, 여보……. 하지만 당신한테는 미안하단 말을 하고 싶었어……. 미안해, 모든 게 다 미안해……. 진작 미안하단 말을 했어야 했는데, 그때는 할 수가 없었어……. 당신이 날 용서해주면 좋겠어. 모든 게 내 잘못이야……."

통화 목록 조회를 통해 버먼이 전화를 건 지점은 고속도로 순찰대 대기실이었다는 것을 알아냈다. 대략 데비 고든의 시체가 트렁크에서 발견된 시점이었다.

게블러 박사는 알렉산더 버먼과 같은 상황에 놓인—트렁크에 시체 한 구를 싣고 있다 잡히자마자 자살을 결심한—남자가 무슨 이유로 아내에게 전화를 걸었는지 갑자기 궁금해졌다.

연쇄살인범은 절대 사과 따위는 하지 않는다. 그들이 미안한 마음을 내비치는 건, 본모습과 다른 인상을 심어주려고 할 때뿐이다. 왜냐하면 거짓말을 밥 먹듯 하는 것도 그들의 본성이기 때문이다. 연쇄살인범의 목적은 진실을 호도하고 자신의 주변으로 연막을 치는 데 있다. 하지만 버먼의 경우는 왠지 다른 것 같았다. 그의 목소리에서는 다급함이 느껴졌기 때문이다. 뭔가를 끝마쳐야 한다는 강박관념에 사로잡혀 있었다. 더 늦기 전에.

알렉산더 버먼은 무슨 행동에 대해 용서받고 싶었던 걸까?

게블러 박사는 그게 버먼의 부인과 어떤 관계가 있을 것이라고 판단했다. 그들 부부간의 관계.

"다시 한번 설명해주세요, 게블러 박사님⋯⋯."

범죄학자는 눈을 뜨더니 뒷자리로 몸을 돌리고 자신에게 시선을 고정한 채 대답을 기다리는 밀라를 쳐다보았다.

"베로니카 버먼이 뭔가를 발견했을 가능성이 높다는 거야. 그 일로 두 부부가 언쟁을 벌였을 테고. 남편은 아마 그 문제 때문에 아내에게 용서를 구했던 거고. 내 생각은 그래."

"그런데 그런 사실이 저희한테 뭐가 그렇게 중요한 겁니까?"

"얼마나 중요한 건지는 나도 모르지⋯⋯. 하지만 버먼 같은 처지에 놓인 남자가 단지 부부싸움에 관한 문제나 해결하자고 그 아까운 시간을 허비했을 이유는 없어."

"그래서요?"

"아내는 자신이 뭘 알고 있는지 정확히 모를 가능성이 높아."

"남편은 그 전화 한 통으로 상황을 통제하려고 했던 거군요. 아내가 그 실체를 드러내지 못하도록 막기 위해서. 아니면, 관련된 내용이 경찰의 관심을 끌지 않도록⋯⋯."

"그렇지. 내 생각도 그래. 베로니카 버먼은 지금까지 수사에 협조적이었어. 만약 남편이 하려고 했던 말이 경찰이 두고 있는 혐의와 상관있는 게 아니라, 단지 부부만의 문제라고 생각했다면 우리에게 군이 밝힐 이유가 없었을 거야."

그제야 밀라는 보다 명확히 상황을 이해할 수 있었다. 범죄학자의 직감은 단지 수사방향만을 제시하는 것은 아니었다. 그걸 직접 확인해야만 했다. 그래서 게블러 박사는 로시 경감에게는 이 일을 알리지 않았던 것이다.

그들은 베로니카 버먼과의 만남을 통해 뭔가 의미심장한 내용을 발견할 수 있기를 바랐다. 증인심문에 관한 전문가인 보리스가 비공식적인 취조를 맡는 게 당연한 일이었다. 하지만 게블러 박사는 자신과 밀라가 버먼의 부인을 만나겠다고 했다. 보리스는 민간 자문위원이 아닌 직속상관의 명령이라도 되는 듯 게블러 박사의 뜻에 순순히 따랐다. 하지만 밀라에 대한 적대감은 점점 더 커지는 것만 같았다. 그녀가 왜 범죄학자와 동행해야 하는지 의문스럽다는 눈치였다.

밀라는 긴장되기 시작했다. 사실 밀라 역시, 게블러 박사가 왜 자신을 지목했는지 그 이유를 알 수 없었기 때문이다. 보리스에게 주어진 임무는 밀라에게 대화를 이끄는 기술을 전수해주는 것뿐이었다. 목적지까지 그들을 무사히 인도해줄 내비게이션과 씨름을 하기 전까지, 그가 했던 것도 바로 '기술 이전'이었다.

밀라는 스턴과 로사가 알렉산더 버먼에 대한 프로파일링을 하는 동안 보리스가 했던 말을 떠올려보았다. "눈이 부실 정도입니다. 모든 게 너무 깨끗합니다."

완벽한 모습은 신뢰를 떨어뜨리는 법. 어딘가 연출의 냄새가 났다.

"인간은 누구나 비밀을 가지고 있어." 밀라는 혼자 되뇌었다. "나에게도."

인간은 항상 뭔가 감출 거리를 가지고 있다. 밀라의 아버지가 어렸을 때 이런 말을 해준 적이 있다. "인간은 누구나 코딱지를 판단다. 대부분 아무도 보는 사람이 없을 때 코를 후비지만, 아무튼 누구든 그런 행동을 하는 거야."

그렇다면 알렉산더 버먼의 비밀은 과연 뭘까?

부인은 무엇을 알고 있을까?

여섯 번째 아이의 이름은 과연 무엇일까?

목적지에 도착했을 땐 여명이 밝은 시각이었다. 교회 뒤로 보이는 마을은 곡선을 이루며 이어지는 제방에 인접하여 강을 내려다볼 수 있는 곳에 자리 잡고 있었다.

베로니카 버먼의 여동생은 선술집이 딸린 건물의 위층에 살고 있었다. 세라 로사가 전화로 미리 방문 사실을 알린 상태였다. 예상했던 대로, 베로니카 버먼은 거부반응을 보이거나 주저하지도 않았다. 미리 연락하기로 결정했던 건 그들의 방문이 어떤 심문이나 취조의 성격을 띠지 않고 있다고 상대를 안심시키기 위해서였다. 그러나 베로니카 버먼은 로사의 배려 따위는 관심도 없었다. 아마 고문을 해도 그대로 받아들일 것 같은 분위기였다.

버먼의 아내가 밀라와 게블러 박사를 맞이한 건 아침 7시경이었다. 그녀는 드레싱 가운과 슬리퍼 차림으로 아주 편안해 보였다. 베로니카 버먼은 두 사람을 거실로 안내했다. 거실은 들보 같은 것들이 천장으로 연결되어 있었고 수공예 가구들이 들어차 있었다. 버먼의 아내는 뜨거운 커피를 내왔다. 밀라와 게블러 박사는 소파에 앉았고 베로니카 버먼은 안락의자에 걸터앉았다. 그녀의 시선은 수면을 취하지도, 울지도 못한 사람처럼 광채를 잃은 모습이었다. 무릎 위에 가지런히 올려놓은 손을 보며 게블러 박사는 그녀가 긴장하고 있음을 간파했다.

낡은 스카프로 전등갓을 만들어놓은 스탠드에서는 온화한 노란빛이 흘러나와 거실을 밝혔고, 창문 난간에 줄지어 놓여 있는 관상용 식물들의 향이 제법 안락한 분위기를 연출하고 있었다.

베로니카 버먼의 여동생은 커피를 따라준 뒤 빨간 쟁반을 들고 사라졌다. 게블러 박사는 밀라가 먼저 말문을 열도록 기다렸다. 그들이 가지고 온 질문들이 고난도의 기술을 요하는 내용이었기 때문이다. 밀라는 커피 향을 음미하며 시간을 약간 끌었다. 서두를 필요도 없었고 질문을 시작하기 전, 상대가 완전히 경계를 풀도록 분위기를 조성하기 위해서였다. 보리스의 설명에 따르면, 부적절한 말 한마디로 상대가 마음의 문을 완전히 닫아버리고 협조를 거부하는 경우도 더러 있다고 했다.

"버먼 부인, 지금 이 모든 상황이 상당히 버거우실 거라고 생각합니다. 그리고 이런 이른 아침부터 불쑥 찾아오게 된 점, 저희도 유감스럽게 생각합니다."

"괜찮습니다. 어차피 잠도 잘 못 자는데요."

"저희는 남편분이 어떤 분인지 더 자세히 알아야만 합니다. 그래야 실제로 사건의 어느 부분까지 연루되었는지 밝혀낼 수 있으니까요. 이번 사건은 여러 측면에서 너무나 많은 의문점이 남아 있습니다. 남편분에 대해서 말씀을 좀 해주셨으면 합니다……."

베로니카 버먼의 얼굴 표정은 한 치의 변화도 없이 굳은 상태였지만, 눈빛만큼은 점점 강렬해지고 있었다. 그녀는 입을 열었다.

"알렉산더와 저는 고등학교 때 처음 만났습니다. 저보다 두 살 많았고 학교 하키 팀 선수였어요. 실력이 대단한 건 아니었지만 모두들 알렉산더를 좋아했어요. 남편은 제 친구들과 잘 어울려 지냈는데 그러다가 만나게 된 겁니다. 단둘이 외출할 때도 있었고, 다 같이 모여 놀 때도 있었어요. 그냥 단순한 친구 사이처럼요. 그때까지만 해도 저희 두 사람 사이엔 별 교류가 없었습니다. 서로 더 발전적인 관계를 이루게 될 거라고는 상상도 못 할 정도였으니까요. 사실 남편이 절 그런 식으로 '점 찍어둔' 적은 한 번도 없었을 거라고 생각해요. 그러니까, 결혼을 염두에 둔

배우자감으로요. 저도 마찬가지였지만……."

"그 이후에 진행된 일이군요."

"네. 좀 이상하죠? 고등학교를 졸업하고 그 사람에 대한 소식은 전혀 듣지 못했어요. 몇 년간 서로 연락도 주고받지 않았고요. 같이 알던 친구들 덕에 대학에 진학했다는 얘기는 들었어요. 그런데 어느 날, 그 남자가 제 인생에 다시 나타난 거예요. 전화번호부에서 우연히 제 연락처를 찾았다며 전화를 걸어왔어요. 그런데 다른 친구들을 통해 나중에 알게 된 사실이지만, 남편은 대학을 마치고 다시 고향으로 돌아와서 제가 어떻게 지내는지 근황을 물어봤다고 하더라고요."

그녀의 말을 경청하던 게블러 박사는 베로니카 버먼이 단지 옛 추억을 떠올리는 일에 빠져 있는 게 아니란 사실을 알아챘다. 어떻게 보면 그녀의 이야기는 분명한 의도를 가지고 있었다. 마치 그들을 어디론가 의도적으로 데려가려는 것 같은. 현재로부터 먼 곳. 그들이 밝혀내려는 그 뭔가를 찾을 수 있는 곳으로.

"그 전화를 받은 뒤로 다시 만나시게 된 거군요." 밀라가 말했다.

게블러 박사는 보리스의 지침을 잘 따르는 젊은 여자 수사관을 만족스럽게 바라보았다. 밀라는 전문가에게 배운 대로 베로니카 버먼에게 아무 질문이나 던지는 게 아니라 상대가 대화의 마무리를 짓도록 유도하고 있었다. 그들의 만남이 심문이라기보다 일상의 대화에 가깝게 느껴지도록 할 의도로.

"그 전화를 받은 뒤로 다시 만나게 된 거예요." 버먼 부인은 밀라의 말을 따라 했다. "알렉산더는 자신과 결혼해달라고 집요할 정도로 구애를 했어요. 결국 전 청혼을 받아들였고요."

게블러 박사는 그녀의 마지막 말에 주의를 기울였다. 어딘가 어울리지 않았다. 남이 모르고 지나가 주길 바라면서 자신의 말 속에 급조해

126

끼워 넣은, 자만심이 빚어낸 거짓말 같았기 때문이다. 그는 자신이 베로니카 버먼이라는 여자를 처음 봤을 때의 인상을 다시 떠올려보았다. 예쁜 얼굴은 아니었다. 아니, 평생 그런 찬사를 받아본 적은 없었을 것이다. 상대에게 애수 따위의 감정을 불러일으킬 수 없는, 그렇고 그런 여자의 인상이었다. 반면 알렉산더 버먼은 제법 미남에 속했다. 맑고 파란 눈동자, 자신의 매력을 잘 다룰 줄 아는 듯 자신 있는 미소의 남자. 범죄학자는 그런 남자가 저런 여자한테 열렬히 구애를 했다는 게 믿기지 않았다.

바로 그 순간, 밀라는 대화의 고삐를 다시 쥐기로 결심했다.

"그런데 최근 들어 관계가 원만하지 않으셨던 거군요……."

버먼의 아내는 잠시 말을 멈췄다. 밀라가 미끼를 너무 일찍 던졌다고 판단한 게블러 박사에겐 길게 느껴지는 침묵이었다.

"문제가 있긴 있었어요."

베로니카 버먼은 결국 밀라의 말을 인정했다.

"아이를 가지려고 하셨었지요, 과거에……."

"한동안 호르몬 주사까지 맞았어요. 그리고 인공수정도 시도했었고요."

"아이를 얼마나 원하셨는지 상상이 갑니다."

"아이를 원한 건 알렉산더였어요."

그의 아내는 방어하는 투로 대꾸했다. 그 문제가 부부 사이에 가장 큰 불화의 원인이라는 증거였다.

목표에 거의 다가간 셈이었다. 게블러 박사는 결과가 만족스러웠다. 베로니카 버먼과의 대화상대로 밀라를 선택했던 이유는 여성 증인에겐 여자 수사관을 붙여 서로 간에 교감하는 부분을 끌어내는 게 효과적이란 판단 때문이었다. 심리적 저항을 무너뜨린다는 계획이었다. 물론, 세라 로사를 투입할 수도 있었다. 그 점이 오히려 전문가인 보리스의 심기를 덜 불편하게 하는 선택이었으니까. 하지만 이번 사건만큼은 밀라가 더 적격으로 보였다. 그리고 그의 판단은 적중했다.

밀라는 티 나지 않게 게블러 박사와 눈짓을 주고받기 위해 자신들이 앉아 있던 소파와 베로니카 버먼의 안락의자 사이에 놓인 작은 탁자에 커피 잔을 내려놓으며 조금 과장된 동작으로 몸을 숙였다. 게블러 박사는 그 의미를 알아듣고 고개를 끄덕였다. 탐색전은 거기서 끝내고 본격적으로 핵심을 찌르겠다는 신호였다.

"버먼 부인, 남편분께서는 자동응답기에 남긴 메시지에서 정확히 어떤 행동을 용서해달라고 하신 건가요?" 밀라가 물었다.

베로니카 버먼은 고개를 돌렸다. 자신의 감정을 주체하지 못해 와락 흘러내릴 것 같은 눈물을 감추기 위해서였다.

"버먼 부인, 저희는 믿으셔도 됩니다. 솔직히 말씀드릴게요. 그 어떤 경찰이나 검사, 판사도 그 질문에 대한 답을 강요할 순 없습니다. 사건 수사와 직접적인 관련이 없기 때문입니다. 하지만 저희는 그 부분을 꼭 알아야 합니다. 그래야 남편분께서 결백할 수도 있다는 사실을 밝혀낼 수 있습니다."

결백이란 단어에 베로니카 버먼은 다시 밀라를 쳐다보았다.

"결백이라고요? 알렉산더는 누구도 살해한 적 없어요……. 그렇다고 아무런 죄가 없다는 건 아니라고요!"

깊이 눌러두었던 분노가 자신도 모르게 튀어나와 목소리까지 변해버렸다. 게블러 박사는 기다리던 순간이 왔다고 확신했다. 밀라도 그 사실을 깨달았다. 베로니카 버먼은 그들을 기다렸던 것이다. 그들이 찾아와 주기를 바랐고 별 의미 없이 오가는 대화 속에 숨겨진 질문들을 기다리고 있었던 것이다. 두 사람은 자신들이 대화를 주도하고 있었다고 생각했지만, 정작 이야기를 준비해놓고 그들의 갈증을 해소해주었던 것은 버먼 부인이었다. 그녀는 누군가에게 꼭 그 이야기를 해야만 했다.

"전 알렉산더에게 여자가 있다고 의심했어요. 한 남자의 아내가 되면 언제나 그럴 가능성을 염두에 두게 됩니다. 그리고 정말 그 순간이 오면 과연 그 사실을 용서할 수 있을지 없을지를 결정해야 해요. 하지만 언제든 아내는 그 사실을 확인하고 싶어 하죠. 그래서 저도 어느 날, 작정을 하고 그의 소지품을 뒤져봤어요. 뭘 찾아야 할지는 몰랐어요. 그리고 증거를 찾아낸다 해도 어떻게 행동해야 하는지도 몰랐고요."

"무얼 찾으셨습니까?"

"확신을 갖게 됐어요. 알렉산더는 업무용으로 사용하는 전자수첩과 똑같은 모델 하나를 숨겨두고 있었어요. 왜 똑같은 물건을 두 개나 사야 했겠어요? 나머지 하나는 은밀한 용도가 아니겠어요? 그렇게 남편의 애인 이름을 알게 되었던 거예요. 만났던 날짜를 빠짐없이 기록해두었더라고요! 그래서 그 증거를 코앞에 들이댔어요. 남편은 발뺌을 하더니 그 즉시 두 번째 전자수첩을 꽁꽁 숨겨버렸어요. 전 포기하지 않았죠. 그래서 그 여자 집까지 따라가 봤어요. 그 불결한 곳을 말이에요. 정작 가긴 했지만 들어갈 엄두가 나지 않더군요. 문 앞에서 멈춰 섰어요. 사실 그 광경이 보고 싶지 않았으니까요." 과연 그게 알렉산더 버먼의 말할 수 없는 비밀이었을까? 게블러 박사는 의아한 생각이 들었다. 숨겨둔 애인? 겨우 그런 일로 여기까지 왔단 말인가?

다행히 게블러 박사는 로시 경감에게 자신의 방문 사실을 알리지 않은 터였다. 안 그러면, 이미 끝난 사건이라고 여기고 있는 경감으로부터 빈축을 살 게 뻔했기 때문이다. 그러는 동안 베로니카 버먼의 흥분은 극에 달해가고 있었다. 그녀는 남편에 대한 원망과 분노를 다 쏟아내기 전까지는 두 사람을 절대 놓아주지 않을 기색이었다. 자신이 몰던 자동차 트렁크에서 시신이 발견된 뒤에도 꿋꿋하게 자기방어를 펼친 버먼의 행동은 그저 단면에 불과했었던 것이다. 비난의 부담에서 벗어나고, 진창에 처박히는 신세를 면할 수 있는 기회였던 것이다. 베로니카 버먼의 입장에서도, 부부 사이의 고리를 끊고 해방감을 누릴 힘을 갖추게 되자 다른 사람들과 마찬가지로 남편이었던 사람의 주변에 커다란 구멍을 파는 일에 사력을 다해 매달렸다. 알렉산더 버먼이 한 번 빠지면 다시 빠져나올 수 없을 정도로.

게블러 박사는 밀라에게 최대한 신속히 대화를 마무리하라는 눈짓을 보냈다. 바로 그때, 게블러 박사는 밀라의 얼굴에 나타난 커다란 변화를 감지했다. 놀라움과 의심의 중간을 오가는 감정이었다.

다년간의 경험을 통해 게블러 박사는 공포심으로 인한 얼굴 표정의 변화를 어느 정도 읽을 수 있게 되었다. 뭔가 밀라의 마음속에 커다란 충격을 주었던 것이다.

그건 바로 이름이었다.

범죄학자는 밀라가 베로니카 버먼에게 이렇게 말하는 걸 들었다.

"남편분의 애인 이름을 한 번만 더 말씀해주시겠습니까?"

"정확히 알려드리지요. 그 빌어먹을 년의 이름은 프리실라였어요."

9

단순한 우연의 일치라고 넘길 수 없는 일이었다.

밀라는 다시 한번 함께 있던 사람들에게 자신이 마지막으로 맡았던 음악 선생 사건과 관련된 특이한 점들을 설명했다. '괴물'의 전자수첩에서 발견한 이름 '프리실라'에 대해 모렉수 경사가 했던 말을 전달하는 동안 세라 로사는 눈을 치켜뜨며 하늘을 바라보았고 스턴은 고개를 가로젓는 행동을 반복할 뿐이었다.

그들은 밀라의 말을 믿을 수 없었다. 그럴 만도 했다. 그래도 밀라는 분명히 무슨 연관성이 있을 거란 생각을 포기하지 않았다. 단지 게블러 박사만이 그녀의 직감을 풀어낼 기회를 제공할 뿐이었다. 그가 과연 무슨 생각을 하고 있는지는 알 수 없었다. 밀라는 무슨 수를 써서라도 눈앞에 떨어진 우연의 관계를 파헤쳐보고 싶었다. 하지만 베로니카 버먼과의 대화를 통해 얻어낸 것이라고는 보고서도 간신히 작성할 정도로 미약한 정보가 전부였다. 버먼의 아내는 남편의 뒤를 밟아 애인의 집까지 갔었다고 말했다. 그들 역시 지금 그곳으로 향하고 있었다. 또 다른 참상의 현장이 발견될 가능성을 배제할 수 없었다. 나머지 아이들의 시체가 숨겨져 있을지도 모를 일이었다.

그리고 여섯 번째 피해아동의 실체까지…….

밀라는 다른 동료들에게 자신이 여섯 번째 피해아동에게 프리실라라는 이름을 붙여주었다고 말하고 싶었다. 하지만 그렇게 하지 않았다. 그 상황에서 피해아동에게 프리실라란 이름을 붙여주는 건 모욕행위와도 마찬가지였기 때문이다. 마치 그 이름을 붙인 장본인이 살해범인 알렉산더 버먼이라도 되는 것처럼.

문제의 건물은 도시 외곽의 어느 허름한 건물이었다. 1960년대, 산업 지대가 형성되는 과정에서 필연적으로 생겨난 전형적인 빈민가에 자리 잡고 있었다. 잿빛의 낮은 건물들은 시간이 흐르면서 인근의 제강소에서 날아온 붉은 먼지를 옷처럼 뒤집어쓰고 있었다. 상업적 가치는 형편없이 낮고 당장 유지 보수가 시급해 보이는 건물들이었다. 기반이 취약한 소외계층이 그곳에 몰려들어 살았는데 이민자나 실업자, 혹은 정부의 보조금으로 생활하는 기초생활 수급자 가족들이 대부분이었다.

게블러 박사는 다른 수사관들이 밀라를 제대로 바라보지 못하고 있다는 사실을 간파했다. 그들은 밀라와 어느 정도 거리를 유지했다. 왜냐하면 뜻밖의 단서를 제공하면서 그녀가 넘을 수 없을 거라 생각했던 한계를 뛰어넘었기 때문이다.

"도대체 왜 이런 곳에 들어와 살 생각을 하는 건지 모르겠군." 보리스는 흉측하단 표정으로 주변을 둘러보며 구시렁거렸다.

그들이 찾고 있던 번지수는 가옥이 몰려 있는 블록의 맨 끝이었다. 중이층 구조였는데 외부계단이 유일한 출구였다. 현관문은 철문이었다. 유일한 창문 세 개는 모두 도로 쪽으로 나 있었고 철창이 설치된 데다가 안에서 나무판으로 막아놓은 상태였다.

스턴은 양손을 동그랗게 말아 눈에 대고 바지가 더러워지지 않게 엉덩이를 뒤로 뺀 우스꽝스러운 자세로 창문 앞에 매달려 안을 들여다보았다.

"밖에선 안이 들여다보이지 않는군요."

보리스, 스턴, 그리고 로사는 동시에 고개를 끄덕거린 뒤 현관 앞에 모여 섰다. 스턴은 밀라와 게블러 박사에겐 뒤로 물러서 있으라고 했다.

보리스가 현관 가까이 다가갔다. 그는 초인종이 보이지 않자 손바닥으로 있는 힘껏 문을 두드렸다. 두드리는 소리는 제법 위협적이었지만 보리스는 의도적으로 침착한 목소리를 냈다.

"안에 계십니까? 경찰입니다. 문 좀 열어주십시오."

내부에 있는 사람을 당황하게 만드는 일종의 심리전이었다. 큰 소리로 은근히 압박을 가하면서 느긋한 목소리로 말을 거는 방법. 하지만 이번만큼은 작전이 통하지 않는 것 같았다. 어딜 보아도 그 집에는 아무도 없어 보였기 때문이다.

"들어갑시다." 가장 초조해 보이던 로사가 말했다.

"로시 경감님이 영장 발부받았다고 연락해줄 때까지는 기다려야 해요." 보리스는 시계를 들여다보며 말했다. "늦어지진 않을 겁니다."

"영장은 무슨 개나발, 그 인간 그걸로 쌈이나 싸먹으라 그래!" 로사는 버럭 화를 냈다. "안에서 지금 무슨 일이 벌어지고 있는지도 모르잖아!"

게블러 박사가 끼어들었다.

"로사 수사관 말이 맞습니다. 들어갑시다."

그의 의견이 결정적으로 받아들여지는 과정을 지켜본 밀라는 팀 내에서 로시 경감보다 오히려 그가 더 중요한 사람이라는 사실을 다시 한 번 확인했다.

모두가 문 앞으로 모여들었다. 보리스는 주머니에서 드라이버 하나를 꺼내 자물쇠를 만지작거렸다. 잠금장치가 순식간에 백기를 들었다. 그는 한 손으로 권총을 꽉 쥐고 다른 손으로 철문을 밀었다.

언뜻 보기엔 아무도 살지 않는 것 같았다.

안으로 들어가는 복도는 협소하고 아무런 장식도 없었다. 햇빛만으로는 실내를 들여다볼 수 없었다. 로사가 손전등을 꺼내 비추자 세 개의 문이 드러났다. 왼쪽으로 두 개가 있었고 오른쪽 맨 끝에 또 하나의 문이 보였다.

세 번째 문은 잠겨 있었다.

그들은 서서히 내부로 발걸음을 옮겼다. 보리스가 맨 앞, 그리고 로사, 스턴, 게블러 박사가 차례로 그 뒤를 따랐다. 밀라는 맨 뒤에 섰다. 범죄학자를 제외하곤 모두 무장한 상태였다. 밀라는 '참관인' 자격이었고 이론상으론 무기를 사용할 수 없었지만 청바지 뒷주머니에 권총을 넣어두고 손가락으로 개머리판을 잡아 언제든 꺼낼 태세를 갖췄다. 그랬기 때문에 맨 뒷자리를 마다하지 않았던 것이다.

보리스는 벽에 붙어 있는 전등 스위치를 올려보았다.

"전기는 끊긴 것 같습니다."

그는 첫 번째 방문을 열고 손전등을 비췄다. 텅 비어 있었다. 바닥에서부터 올라온 습기가 만들어낸 큼지막한 얼룩이 마치 암 덩어리가 전이되듯 벽면 전체로 번져 있었다. 천장에는 난방관과 오수관이 교차하여 지나가고 있었고, 바닥에는 오수가 물거름을 만들어놓았다.

"악취가 진동하는군!" 스턴이 말했다.

인간이 거주할 수 있는 그런 환경과는 거리가 멀어도 한참 멀었다.

"아무리 봐도 애인이 살던 곳은 아닌 것 같아." 로사가 뒤이어 말했다.

"도대체 여긴 뭔 짓거릴 하는 곳이야?" 보리스가 불평을 뱉어냈다.

그들은 두 번째 방으로 옮겨갔다. 문은 녹슨 경첩에 착 달라붙은 채 살짝 열린 상태였다. 그 뒤로, 누군가 숨어 있기 딱 좋은 정도의 공간이 만들어져 있었다. 보리스가 발로 문을 차고 들어갔지만 문 뒤에는 아무도 없었다. 두 번째 방 역시 첫 번째와 다를 게 없었다. 바닥에 깔린 타일은 군데군데 떨어져 나가서 시멘트가 들여다보였다. 철제 뼈대만 남은 소파를 빼고는 가구조차 없었다. 그들의 방문은 계속되었다.

마지막 남은 방은 복도 오른쪽 끝에 있었고, 문이 잠긴 채였다.

보리스가 왼손의 엄지와 검지를 치켜들더니 자신의 눈높이로 가져갔다. 스턴과 로사는 그의 신호를 알아듣고 각자 문의 양옆으로 자리를 잡았다. 그러자 보리스가 뒤로 한 발짝 물러섰다가 정확히 문고리를 향해 발차기를 날렸다. 문은 그대로 안으로 밀려 들어갔고 세 명의 수사관은 그 즉시 사격자세를 취한 채 내부로 들어가 손전등으로 사방을 훑었다. 역시 아무도 없었다.

게블러 박사는 수사관들 사이를 비집고 방으로 들어가 멸균장갑을 낀 손으로 벽을 만져보다가 전등 스위치를 찾아냈다. 두 번 정도 깜빡이더니 천장에 달린 전구에 불이 들어왔다. 온 방 안으로 먼지가 날아들었다. 세 번째 방은 나머지 것들과 확연히 달랐다. 우선 너무나 깨끗했다. 벽에는 습기로 물든 얼룩도 없었다. 그 대신 방수 코팅된 벽지로 깔끔하게 장식되어 있었다. 바닥의 타일도 깨진 곳 없이 말끔했다. 창문은 없었지만 시간이 조금 지나자 에어컨이 작동하기 시작했다. 전기배선이 벽 안으로 설치되지 않았다는 점은 그 방이 나중에 용도가 변경되었다는 것을 의미했다. 플라스틱으로 피복 처리된 여러 개의 전선이 게블러 박사가 불을 켠 전등 스위치에 연결되어 있었고, 방 오른쪽으로는 콘센트 하나가 벽에 붙어 있었다. 그리고 그 앞으로 작은 책상 하나와 사무실 의자 하나가 놓여 있었다. 마지막으로 책상 위에는 전원이 꺼진 상태의 컴퓨터 한 대가 설치되어 있었다.

왼쪽 벽면에 붙어 있는 낡은 가죽의자를 제외하면 유일한 가구였다.

"아무래도 여기가 유일하게 알렉산더 버먼의 관심을 끈 곳이겠군요."

스턴은 게블러 박사에게 말했다.

로사는 컴퓨터 앞으로 다가섰다.

"우리가 찾는 답은 분명 이 컴퓨터 안에 들어 있을 겁니다."

하지만 게블러 박사는 로사의 팔을 붙잡으며 제지했다.

"아니, 일단 절차대로 처리합시다. 이 방에서 더 이상 습도 변화가 일어나지 않도록 어서 나갑시다." 그러고는 스턴을 향해 몸을 돌렸다. "크렘에게 팀원들을 데리고 와서 지문을 떠달라고 연락해주세요. 전 로시 경감에게 알리겠습니다."

범죄학자의 눈동자에서 반짝이는 빛을 보며 밀라는 그가 분명 중요한 뭔가에 아주 가까이 다가섰다는 사실을 감지해냈다.

그는 손가락을 머리 사이로 집어넣었다. 비록 남은 머리는 거의 없었지만 그래도 마치 머리 모양을 다듬는 듯 보였다. 남은 머리털이라곤 그나마 목덜미를 덮고 등까지 내려오는 말총머리였다. 초록색과 붉은색이 뒤섞인 뱀 한 마리가 오른쪽 팔뚝을 휘감았고 손 쪽으로 주둥이를 벌리고 있었다. 다른 쪽 팔에도 비슷한 문신이 새겨져 있었다. 입고 있던 셔츠 사이로 보이는 가슴 쪽에도 역시 다른 문신이 드러나 보였다. 얼굴을 뒤덮고 있는 여러 개의 피어싱 사이로 들여다봐야 겨우 알아볼 수 있는 그 남자는 크렘, 과학수사대의 전문가였다.

밀라는 평범함과는 거리가 먼 60대 남성의 외모를 흥미롭게 관찰했다. 그러면서 그 옛날 펑크족들이 그대로 나이를 먹으면 저 모습이 되겠다고 생각했다. 하지만 크렘은 불과 몇 년 전만 하더라도 지극히 평범한 중년의 남자로서 다소 엄격하기도 했고 단조로운 톤의 옷만 입고 다니던 사람이었다. 주변 사람들은, 그가 이성을 잃고 미치지 않았다는 것을 확인한 뒤로는 달라진 그의 외모에 대해 뭐라고 토를 달지 않았다. 과학수사 분야에선 자타가 공인하는 최고 전문가였기 때문이다.

현장의 습도를 원래대로 유지해놓은 게블러 박사에게 고맙다는 말을 한 후 크렘은 즉시 작업에 착수했다. 그는 팀원들과 한 시간 정도 증거물을 수집했다. 모두들 가운을 걸치고 얼굴에는 마스크를 착용하고 있었다. 지문 채취를 위해 사용하는 약품의 향이 강했기 때문이다. 크렘은 작업을 끝내고 밖으로 나와 범죄학자와 뒤늦게 도착한 로시 경감에게로 다가갔다.

"어떻게 지냈어요, 크렙?" 경감은 인사말을 건넸다.

"팔 무덤 사건, 이거 아주 미치고 환장하겠어." 과학수사대 전문가가 대답했다. "발견된 팔에서 쓸 만한 지문이 나오는지 분석해달라고 보냈었잖아. 아직도 그 작업을 하고 있다니까."

게블러 박사는 인간의 피부에서 지문을 채취하는 게 얼마나 어려운 일인지 잘 알고 있었다. 오염의 가능성이나 분석관의 땀이 섞여 들어가는 경우 때문이다. 특히 이번 사건처럼 시체의 일부에서 지문을 채취하는 일은 부패현상 때문에 더더욱 어려운 일이었다.

"옥도가스에 크롬코트 시트, 심지어 전자 전사장비까지 동원했다고."

"그건 뭡니까?"

"피부에 남아 있는 지문을 뜨는 데는 현재로선 최신장비야. 한마디로, 전자파 엑스레이라고나 할까······. 그런데 그 앨버트라는 자식, 아주 고단수야. 나오는 게 아무것도 없어." 크렙이 말했다.

그런데 밀라는 범인을 앨버트란 이름으로 부르는 건 크렙 혼자라는 사실을 발견했다. 나머지 사람들에겐 이미 알렉산더 버먼이 그 자리를 대신하고 있었다.

"여기선 뭐 좀 건진 거 있어요, 크렙?" 자신에겐 쓸모없는 이야기를 듣는 게 좀 짜증이 났던 로시 경감이 물었다.

전문가는 장갑을 벗고 여전히 바닥을 내려다보며 자신들이 찾아낸 걸 묘사했다.

"닌하이드린을 사용했어. 레이저로는 효과가 확실치 않아서, 염화아연으로 좀 보강을 해봤지. 일단 전등 스위치 주변의 벽지하고 책상의 다공질 외장제에서 일련의 지문들이 나왔어. 컴퓨터는 좀 까다로웠는데,

지문들이 다 겹쳐져 있는 거야. 그래서 시아노아크릴레이트를 써야 하나 생각했는데 그냥 키보드를 압력실로 가져가면 될 것 같고……."

"그건 나중에 하세요. 지금은 다른 키보드가 올 때까지 기다릴 수가 없습니다. 당장 컴퓨터 내용을 확인해봐야 합니다." 로시 경감은 궁금증을 못 참겠다는 듯 끼어들었다. "그나저나 발견된 지문들은 한 사람, 그러니까 동일인의 지문입니까?"

"그래. 전부 알렉산더 버먼의 지문이었어."

그 말에, 이미 답을 알고 있던 사람을 제외한 전원이 놀라움을 감추지 못했다. 그 사람은 이미 그 집에 발을 들이던 순간부터 그 사실을 알고 있었다.

"지금까지의 결과로만 보면, 프리실라라는 사람은 존재한 적이 없었군." 게블러 박사가 말했다.

그는 밀라를 쳐다보지도 않고 그렇게 단정 지었다. 밀라는 자신의 공과를 남이 가로챈 것 같은 느낌에 자존심이 구겨졌다.

크렙이 말을 이었다.

"한 가지 더……. 저 가죽의자."

"그게 어떤데요?" 밀라는 침묵을 깨고 입을 열었다.

크렙은 처음 보는 저 사람은 대체 누구냐는 표정으로 밀라를 쳐다보더니 붕대가 감긴 손으로 시선을 돌리면서 놀란 표정을 지었다. 밀라는 기괴한 차림을 하고 나타난 그가 고작 붕대를 보고 그런 표정을 짓는다는 게 어처구니없다는 생각을 하지 않을 수가 없었다. 하지만 밀라는 당황하지 않았다.

"저 가죽의자엔 지문이 하나도 나오지 않았어."

"그게 이상한 건가요?" 밀라가 물었다.

"나도 모르지." 크렙은 일단 그렇게만 대답했다. "다른 곳은 온통 지문 천지인데, 저 의자에만 없다는 거야."

"그 외의 것에서는 버먼의 지문을 찾아냈는데 그게 무슨 대수겠어?" 로시 경감이 끼어들었다. "지금 상태로도 엮어 넣기에 충분하다고…….
그리고 솔직한 말로 이 버먼이라는 인간, 점점 더 정나미가 떨어져."

밀라는 오히려 그 반대로 로시 경감이 버먼을 더 좋아해줘야 하는 게 아닌가 생각했다. 경감의 골칫거리를 날려줄 해결책을 제시하는 존재였으니까.

"그럼 저 의자는 어떻게 하지? 계속 분석하고 찾아봐?"

"저 따위 의자가 무슨 상관입니까. 우리 팀원들이 컴퓨터나 확인해보게 그냥 둡시다."

'우리 팀원'이라는 말을 들으며, 팀원들은 터져 나오려는 웃음을 참기 위해 서로를 바라보지 않으려고 애썼다. 로시 반장의 막무가내식 말투가 크렙의 외모보다 훨씬 역설적인 상황을 연출할 때도 간혹 있었다.

로시 경감은 블록 끝 쪽에서 대기하고 있던 자신의 차로 돌아가면서 팀원들에게 "제군들만 믿겠어"라는 격려의 말을 잊지 않았다.

그가 탄 차가 멀어져 가자 게블러 박사가 팀원들을 향해 말했다.

"자, 컴퓨터에 뭐가 들어 있는지 한번 살펴봅시다."

그들은 다시 세 번째 방을 독차지했다. 온통 비닐로 뒤덮인 벽은 거대한 자궁을 연상시켰다. 드디어 알렉산더 버먼의 은신처로 들어갈 문을 열 수 있게 되었다. 적어도, 그럴 수 있기를 희망했다. 팀원들은 전원 멸균장갑을 착용했다. 세라 로사는 의자에 앉았다. 그녀가 진가를 드러낼 차례가 왔던 것이다.

컴퓨터 전원을 켜기 전, 로사는 초소형 장치 하나를 USB 단자에 끼워 넣었다. 스턴은 녹음기를 작동시켜 자판 옆에 내려놓았다. 로사는 자신의 동작을 일일이 구술했다.

"버먼의 컴퓨터에 외장 메모리를 삽입했습니다. 만약 컴퓨터가 다운될 경우, 하드디스크에 들어 있던 기록이 순식간에 메모리로 넘어오게 됩니다."

나머지 사람들은 그녀의 뒤에 서서 아무런 말 없이 지켜보고 있었다.

로사는 컴퓨터의 전원을 켰다.

부팅될 때 가장 먼저 들리는 삑 소리와 함께 하드디스크가 구동되는 전형적인 기계음이 들렸다. 모든 게 정상이었다. 좀 느리긴 했지만 컴퓨터는 가사상태에서 깨어나 점점 의식을 회복하고 있었다. 지금은 구하기도 힘든 구모델이었다. 화면에 컴퓨터 운영체제에 관한 정보가 순서대로 뜨더니 잠시 뒤 초기화면으로 넘어갔다. 별것 없어 보였다. 하늘색 바탕화면에 누구나 일반적으로 사용하는 프로그램 아이콘.

"우리 집 컴퓨터랑 똑같잖아." 보리스가 조심스레 말을 꺼냈다.

하지만 그의 농담에 반응을 보이는 사람은 아무도 없었다.

"자, 이제부터 버먼 선생의 문서함에 뭐가 있는지 들여다보겠습니다……."

로사는 해당 아이콘을 클릭했다. 텅 비어 있었다. 최근 문서함 역시 텅 빈 상태였다.

"문서 파일이 하나도 없다니…… 이상하군." 게블러 박사가 말했다.

"작업이 끝날 때마다 모든 걸 다 휴지통에 버리나 봅니다." 스턴이 대답했다.

"휴지통에 버렸다고 해도 복구가 가능합니다." 로사가 자신 있게 말했다.

그녀는 CD 드라이버에 CD 한 장을 넣더니 빠른 속도로 프로그램 하나를 띄웠다. 지워진 파일을 복구하는 프로그램이었다.

컴퓨터 메모리에 한 번 저장된 정보는 영구삭제가 거의 불가능하다. 인간의 머릿속에 각인된다는 개념과 비슷하다. 밀라는 컴퓨터에 장착된 규소화합물인 반도체가 인간의 뇌와 비슷한 기능을 한다는 말을 들은 기억이 났다. 한 번 들었던 내용을 잊어버렸다고 생각하기 쉽지만, 사실은 머릿속 어딘가에 있는 일련의 세포군이 그 정보를 간직하고 있다가 어느 날 갑자기 일종의 이미지 혹은 본능의 형식으로 제공한다고 했다. 어렸을 때 처음으로 불에 데었던 기억을 예로 들 수 있다. 불에 관한 정보는 그것이 형성되는 모든 전기(傳記)적 과정이 전부 녹아 들어가 있기에 우리의 기억 속에 그대로 각인이 되는 것이고, 그렇기 때문에 뭔가 뜨거운 곳에 가까이 갈수록 그 정보가 다시 되살아나게 되는 것이다. 밀라는 자신의 손에 감은 붕대를 보며 그런 생각을 했다. 아무래도 그녀의 머릿속에는 잘못 입력된 정보가 들어 있는 것 같다고.

"정말 아무것도 없어요."

로사의 유감스런 한마디에 밀라는 다시 현실 속으로 돌아왔다. 컴퓨터는 완전히 빈 깡통 상태였다.

하지만 게블러 박사는 쉬 믿기지 않았다.

"웹브라우저도 살펴봅시다."

"그런데 인터넷에 접속할 수 있는 모뎀도 없습니다." 보리스가 지적했다.

하지만 세라 로사는 범죄학자가 무슨 말을 하는지 잘 알아들었다. 그녀는 자신의 휴대전화를 꺼내 액정화면을 들여다보며 뭔가를 조작했다.

"네트워크가 잡힙니다. 휴대전화로도 접속이 가능하겠어요."

로사는 웹브라우저를 열고 방문한 웹사이트 목록을 열어보았다. 단한 줄의 주소가 남아 있었다.

"버먼이 여기서 했던 게 바로 이 짓거리였어!"

일련의 숫자로 구성된 암호 같은 주소였다.

http://4589278497.89474525.com

"아무래도 개인 전용 서버 주소 같습니다." 로사가 자신의 생각을 내비쳤다.

"그게 뭐 특별한 의미가 있어요?" 보리스가 물었다.

"일반 검색 엔진으로는 찾아 들어갈 수 없다는 얘기야. 접속하려면 비밀번호가 따로 있어야 하고. 컴퓨터 내에 그 비밀번호가 직접 내장되어 있을 가능성은 있어. 하지만 그게 아니라면 서버 접속은 영영 불가능할 수도 있다고."

"그럼 신중히 접근해야겠군요. 버먼하고 똑같은 방식으로 서버에 접속해야 하는데……." 게블러 박사는 그렇게 말하고 스턴을 바라보았다. "우리한테 버먼의 휴대전화가 있나요?"

"차에 있습니다. 그 인간 집에서 가져온 컴퓨터와 함께요."

"그럼 가져오세요."

스턴의 재등장은 모두로부터 소리 없는 환영을 받았다. 모두들 서로 티가 날 정도로 그가 돌아오기를 기다리고 있었기 때문이다. 스턴은 버먼의 휴대전화를 로사에게 넘겨주었고, 로사는 휴대전화와 컴퓨터를 연결시켰다. 그러고는 바로 서버 접속을 시도했다. 서버가 신호를 인식하기까지는 얼마간의 시간이 걸렸다. 일단 데이터 처리가 진행되자 빠른 속도로 로딩이 시작되었다.

"일단은 아무 문제 없이 접속이 가능한 것 같아 보입니다."

그들은 모니터를 뚫어지게 주시하며 조만간 뜰 화면을 초조하게 기다렸다. 밀라는 어떤 화면이 나타날지 별별 상상을 다 해보았다. 팽팽한 긴장감이 팀원들을 한데 묶어주고 있었다. 마치 전류가 몸에서 몸으로 흐르듯 거대한 에너지 자기장이 형성된 것 같은 분위기였다.

화면은 떴지만 픽셀 조각들이 작은 퍼즐처럼 블록을 쌓은 모습이었다. 그들이 기대했던 이미지와는 딴판이었다. 이제껏 주변의 공기까지 질식시켰던 에너지 자기장이 순식간에 사라졌고 수사에 대한 의지마저 연기처럼 날아가 버렸다.

그냥 검은 화면이었다.

"방화벽이 설치된 게 틀림없습니다." 로사가 말했다. "우리의 접속 시도를 서버에 대한 공격으로 인식한 것 같아요."

"신호를 암호화하긴 한 거예요?" 보리스가 걱정스럽게 물었다.

"당연하지!" 로사는 버럭 화를 냈다. "내가 그렇게 멍청한 줄 알아? 또 다른 암호가 있을 거야, 아니면 다른 거라도……."

"개인 계정에 로그인하듯, 비밀번호가 필요하다는 겁니까?" 게블러 박사는 이해하려는 듯 질문을 던졌다.

"비슷한 거예요." 로사는 건성으로 대답했다. "우리가 접속하려는 사이트는 정해진 주소를 통해 직접 접속하는 방식입니다. 로그인이나 비밀번호 등은 안전장치치고는 구식이에요. 흔적이 남아서 역추적이 가능하거든요. 이 사이트에 접속하는 인간들은 그런 흔적조차 남기고 싶지 않은 사람들입니다."

밀라는 단 한마디도 하지 않았다. 모든 상황이 짜증스럽기만 했다. 그녀는 깊게 숨을 들이쉬고는 손가락에서 우두둑 소리가 날 정도로 주먹을 꽉 쥐었다.

앞뒤가 맞지 않는 뭔가가 있었다. 하지만 그게 무언지는 알 수 없었다. 게블러 박사는 마치 그녀의 눈빛에 찔리기라도 한 듯 잠깐 그녀를 바라보았다. 밀라는 그냥 모른 척했다.

그러는 동안 방 안의 실내온도가 점점 높아지고 있었다. 보리스는 칼로 물 베듯 헛수고만 한 분풀이를 세라 로사에게 퍼붓기로 작정하고 달려들었다.

"아니, 버먼이 그런 보안책을 쳐놨을 거라고 미리 생각했었으면, 도대체 왜 똑같은 방식으로 접근하지 않았던 거예요?"

"그걸 다 알고 있었으면 자네가 미리 말해주지 그랬어?"

"왜 그럽니까? 그럼 어떤 일이 벌어지는 겁니까?" 게블러 박사가 물었다.

"보안 프로그램이 한 번 작동하게 되면 영영 그 사이트 안으로 들어가는 게 불가능해진다는 겁니다!"

"다시 한번 새로운 암호를 조합해서 시도해볼 수는 있습니다." 세라 로사가 차선책을 제안했다.

"아, 그래요? 암호 조합이 수백만 개는 나올걸요!" 보리스가 빈정거렸다.

"닥치지 못해? 그래서 지금 내 탓으로 돌리겠다는 거야?"

밀라는 웃기지도 않은 수사관들 사이의 설전을 묵묵히 지켜보기만 했다.

"아이디어나 팁 같은 게 있으면 앞으론 미리미리 좀 말하도록 해!"

"누가 한마디만 하면 이렇게 길길이 날뛰는데, 누가 나서겠어요?"

"보리스, 그만 좀 해! 계속 이런 식이면 나도⋯⋯."

"이건 뭡니까?"

게블러 박사의 말은 마치 거대한 장벽처럼 두 맞수 사이를 막아섰다. 그의 목소리는 밀라의 예상과는 달리 불안하거나 초조하게 들리지 않았다. 그럼에도 불구하고 일시에 주변의 소란을 잠재우는 효과를 가져왔다.

범죄학자는 자신의 앞에 나타난 뭔가를 가리키고 있었다. 그의 오른손이 지목하는 방향을 따라가자 모니터 화면으로 이어졌다.

검은 화면 속에서 뭔가가 나타났던 것이다.

왼쪽 상단부에 한 문장이 보였다.

—들어왔어요?

"세상에!" 보리스가 탄성을 내질렀다.

"뭐가 어떻게 된 겁니까? 누가 설명 좀 해보세요." 게블러 박사가 재차 물었다.

로사는 다시 화면 앞에 앉아 자판으로 손을 뻗고 있었다.

"사이트 접속에 성공한 거예요." 로사가 대답했다.

나머지 사람들은 내용을 제대로 보기 위해 그녀의 주변으로 몰려들었다.

문장이 끝나는 지점에서 무슨 답이라도 기다리듯 커서가 계속해서 깜빡였다. 하지만 대답은 이어지지 않고 있었다.

—온란 상태?

"누가 좀 간단하게 설명해줄 수 없는 겁니까?" 게블러 박사는 점점 인내심을 잃어가고 있었다.

로사가 재빠르게 설명을 던졌다.

"이건 '게이트' 같습니다."

"그게 뭡니까?"

"일종의 출입구예요. 복잡하게 구축한 서버의 내부로 들어왔다는 걸 의미해요. 그리고 지금 이건 대화창입니다. 일종의 채팅 같은 거……. 또 다른 누군가도 서버 안에 있다는 걸 의미합니다, 박사님."

"그리고 그 누군가가 저희와 대화를 하고 싶어 하는 거고요." 보리스가 덧붙여 설명했다.

"아니면 알렉산더 버먼과의 대화를 원하는 거겠죠." 밀라도 끼어들었다.

"그럼 뭘 주저합니까? 일단 대답부터 합시다!" 스턴은 다급한 목소리로 말했다.

게블러 박사는 보리스를 쳐다보았다. 그는 다름 아닌 화술의 달인이었다. 보리스는 고개를 끄덕이고 대답할 내용을 제대로 불러주기 위해 세라 로사의 뒤로 더 바싹 다가갔다.

—들어왔어요.

잠시 침묵이 이어지다가 다른 문장 하나가 화면에 떴다.

—한동안 안 보여서 걱정했어여.

보리스는 뒤이을 말을 세라 로사에게 불러주었다. 화면을 지켜보던 사람들은 한마음으로 상대가 로사의 글을 편안하게 대하기를 바랐다.

—한동안 정신없이 바빴어요. 그쪽 상황은?

—질문을 퍼부어서 시달렸었는데 암 말도 안 했어여.

질문 공세? 무엇에 관한 질문이었을까?

모두가 그렇게 생각했지만, 유독 게블러 박사는 그들의 대화 상대가 석연치 않은 일에 연루되어 있음을 즉각 파악했다.

"경찰의 심문을 받았을지도 모릅니다. 하지만 구속시킬 필요까진 없다고 봤는지도 모르지요." 로사가 말했다.

"아니면, 증거가 부족했을지도요." 스턴이 거들고 나섰다.

그들의 머릿속에 버먼의 공범에 대한 이미지가 그려지기 시작했다. 밀라는 모텔의 자갈밭에서 미행당한 일을 다시 한번 떠올렸다. 혼자만의 착각이었을 가능성도 완전히 배제할 수 없어 그때까지 아무에게도 말하지 않았던 터였다.

보리스는 의문의 대화 상대에게 질문을 던져보라고 했다.

—누가 물어봤는데요?

또다시 침묵.

—그 사람들.

―그 사람들, 누구?

더 이상 답변이 이어지지 않았다. 보리스는 상대의 침묵을 무시하고 다른 질문을 던져 난관을 피해나가기로 했다.

―뭐라고 말했어요?

―쩐에 설명해준 대로 말했더니 제대로 먹혔어여.

모호한 뜻은 둘째 치더라도 맞춤법 오류와 말투가 게블러 박사의 관심을 끌었다.

"서로를 알아보는 일종의 규칙 같은 걸 수도 있습니다." 게블러 박사가 말했다. "저쪽에서도 같은 방식을 기대하고 있을지도 몰라요. 계속해서 정확한 문장만 쓰다가는, 상대가 대화를 일방적으로 중단할 수도 있습니다."

"그럴 수도 있겠네요. 그럼 선배도 똑같은 말투를 흉내 내봐요." 보리스가 로사에게 말했다.

그런 대화를 주고받는 중 또 다른 문장이 화면에 나타났다.

―쩐에 말한 대로 준비는 끝냈어여. 빨리 보고 싶은데 언제가 좋아여?

대화는 더 이상 끌고 갈 곳이 없었다. 결국 보리스는 선배에게 '언제' 인지는 조만간 알게 될 거라고 말하되, 지금으로선 계획에 차질이 없는지 다시 한번 정리해보는 게 더 낫겠다는 내용을 써보라고 했다.

밀라는 그의 아이디어가 제법 훌륭하다는 생각을 했다. 그런 식으로 상대로부터 우리가 모르는 정보를 빼낼 수 있기 때문이다. 잠시 뒤 채팅 상대가 긴 글을 올렸다.

―계획: 밤에 몰래 나감. 새벽 2시, 약속한 길 끝으로 감. 덤불에 숨어 있기. 기다리기. 하이빔 세 번. 그 차 타기.

무슨 뜻인지는 아무도 알 수 없었다. 보리스는 좋은 아이디어를 내놓을 사람이 있는지 주변을 둘러보다가 게블러 박사와 시선이 부딪혔다.

"무슨 내용인 것 같으세요, 박사님?"

범죄학자는 잠시 머리를 굴렸다.

"글쎄…… 뭔가를 놓친 것 같은데, 그게 뭔지를 명확히 모르겠습니다."

"저도 그래요. 뭔가 있는 것 같은 느낌이에요." 보리스가 말했다. "지금 말하고 있는 상대가 아무래도…… 정신지체를 앓고 있거나 혹은 심리적 장애가 있는 사람 같습니다."

게블러 박사는 보리스에게 한 발짝 더 가까이 다가갔다.

"우리 쪽에서 직접 상대의 정체를 드러내게 해야 합니다."

"어떻게요?"

"글쎄……. 더 이상 안전하지 않으니까 모든 계획을 취소하는 건 어떠냐고 물어봅시다. '그들이' 분명 냄새를 맡았을 거라고 말하는 겁니다. 증거를 대보라고……. 아니, 안전한 번호로 전화를 하라고 하는 겁니다!"

로사는 말이 끝나기 무섭게 부리나케 자판을 두드렸다. 하지만 질문을 던지고 답변이 돌아오기까지 한참 동안 커서만 깜빡일 뿐 아무런 반응이 없었다.

드디어 다시 한 문장이 화면에 떴다.

―전하로는 말 못해여. 다른 사람이 들어요.

한 가지는 분명했다. 상대가 아주 영악하거나 혹은 들킬까 봐 두려워한다는 것.

"강하게 밀어붙입시다. 계속 들이파자고요. '다른 사람'이 누군지 알아내야 합니다." 게블러 박사가 말했다. "그들이 지금 어디 있는지 물어봐요."

대답이 바로 이어졌다.

―아주 가까이.

"어느 정도로 가까이 있는지 물어봐요." 게블러 박사가 다그쳤다.

―바로 옆에 있어요.

"도대체 무슨 소리야? 젠장!" 보리스는 양손으로 목덜미를 감싸며 분노의 탄성을 질렀다.

로사는 등받이에 털썩 기대며 김빠진 듯 고개를 절레절레 흔들었다.

"그런데 '그들'이라는 사람들이 바로 옆에 있다면 분명 뭘 하는지 눈으로 볼 수도 있을 텐데, 어떻게 이런 글을 쓰고 있다는 걸 모를 수 있는 겁니까?"

"왜냐하면 그들은 지금 우리가 보고 있는 걸 못 보고 있으니까요."

그 말을 한 사람은 밀라였다. 밀라는 자신의 말에 사람들이 마치 유령을 쳐다보듯 놀란 눈으로 바라보지 않는다는 점을 기쁘게 받아들였다. 오히려 그녀의 말은 팀원들의 호기심을 불러일으켰다.

"그게 무슨 말이지?" 게블러 박사가 물었다.

"대화 상대가 저희처럼 이런 화면을 바라보고 있을 거라고 생각하고 있었잖아요. 하지만 제 생각엔, 저 대화창은 아마 다른 볼거리가 가득한 특정 웹사이트 속에 삽입되어 있는 것 같습니다. 뭐, 애니메이션이나 문서, 혹은 이미지 등 다른 내용 속에 대화창이 몰래 숨어 있다는 겁니다. 그렇기 때문에 '그들'이 그렇게 가까이 있는데도 저 대화상대가 우리와 채팅을 하는지 모르고 있는 겁니다."

"맞아, 그거였어!" 스턴이 거들고 나섰다.

다시 방 안에 승전의 기운이 달아올랐다. 게블러 박사가 세라 로사에게 말했다.

"그럼 저쪽에 있는 사람이 무얼 보고 있는지 확인은 가능합니까?"

"물론입니다." 로사가 대답했다. "이쪽에서 인식신호를 보내면 저쪽 컴퓨터에서 그걸 되돌려 보내는데, 그 신호 속에 상대편의 인터넷 접속 사이트 주소가 실려서 돌아오거든요."

로사는 설명을 하면서 동시에 자신의 노트북을 열고 또 다른 네트워크 연결을 실행했다.

잠시 뒤 상대가 다시 말을 걸어왔다.

—나간 거예여?

보리스는 게블러 박사를 쳐다보았다.

"뭐라고 말할까요?"

"시간을 좀 끌어봅시다. 대신 의심을 사지 않도록 조심해야 합니다."

보리스는 잠시 기다리라면서 누가 벨을 누르니 잠깐 확인하고 오겠다고 적었다.

그러는 동안 세라 로사는 자신의 노트북을 통해 상대가 접속하고 있는 인터넷 사이트 주소를 알아냈다.

"자, 다 됐습니다." 로사가 말했다.

그녀는 주소창에 해당 주소를 쳐 넣고 엔터키를 눌렀다.

몇 초 후 문제의 웹사이트가 모습을 드러냈다.

모두의 말문이 막힌 이유가 경악스러워서인지, 두려워서인지는 아무도 알 수 없었다.

화면에는 곰들이 기린들과 춤을 추었고, 하마들이 리듬에 맞춰 봉고를 두드리고 있었다. 게다가 침팬지 한 마리가 우쿨렐레를 연주하고 있었다. 경쾌한 음악이 방 안에 울려 퍼졌다. 그러더니 주변으로 숲이 펼쳐지고 총천연색 나비 한 마리가 그들을 마중 나와 반겼다.

'그 빌어먹을 년의 이름은 프리실라였어요.'

모두가 자신의 눈을 의심하고 있었고 아무런 말도 할 수 없었다. 보리스는 눈을 들어 깜빡이는 커서와 함께 다시 올라온 채팅 메시지를 쳐다보았다.

—아직 안 나간 거지요?

그제야 보리스가 이를 꽉 깨물며 힘겹게 세 마디만을 뱉어냈다.

"빌어먹을……. 꼬마 아이였어."

10

인터넷 검색창에서 가장 많은 사람들이 찾아보는 단어는 다름 아닌 '섹스'이고 그다음이 '신'이다. 그 생각을 할 때마다 고란 게블러 박사는 왜 사람들은 인터넷에서 신에 대해 검색을 하는지 궁금했다. 두 단어로 구성된 '브리트니 스피어스'와 '죽음'이 공동 3위의 자리를 차지했다.

섹스, 신, 죽음, 그리고 브리트니 스피어스.

그가 검색창에 아내의 이름을 처음으로 써본 것은 불과 석 달 전이었다. 왜 그랬는지는 자신도 알 수 없었다. 그냥 갑자기 본능에 이끌려 검색을 해봤던 것이다. 아내에 관한 정보를 찾을 수 있을 거라 기대하지도 않았고, 실제로 아무것도 찾을 순 없었다. 하지만 그가 아내의 행방을 추적해볼 생각을 했었던 마지막 장소는 공식적으로 인터넷 공간이었다. 자신의 아내에 대해 그토록 아는 것이 없다는 게 말이나 되는 걸까? 그 뒤로, 게블러 박사의 마음속에서 어떤 변화가 일어났다.

그는 왜 자신이 아내를 찾고 있는지 그 이유를 깨달았다.

사실 그는 아내가 어디에 살고 있는지 알고 싶지는 않았다. 내면 깊숙한 곳에서는 그녀가 어디에 살건 아무런 상관 없다는 생각이 지배적이었다. 다만 행복하게 살고 있는지가 궁금할 뿐이었다. 화가 치미는 것은 바로 그런 이유 때문이었다. 자신의 행복을 찾기 위해 남편과 아들 토미를 버려두고 떠나버렸다는 사실. 행복이라는 이기적인 욕망 때문에 누군가의 마음에 이토록 커다란 상처를 남긴다는 게 가능한 걸까? 아무래도 그런 것 같다. 그의 아내는 그렇게 상처를 안겨주었고, 그것도 모자랐는지 잘못을 바로잡기 위해, 자신이 남긴 상처를 치료해주기 위해 뒤도 돌아보지 않았다. 자신이 직접 평생을 함께할 동반자로 선택한 남자의 살을 후벼 파고, 그 자신의 살마저 찢어가면서까지 벌어진 그 상처를 보듬어주려 하지 않았던 것이다. 하지만 인간이라면, 적어도 한 번쯤은 뒤를 돌아보게 된다. 아니, 그래야만 한다. 앞만 보고 달리다 보면 뭔가를 느끼는 순간이 찾아오기 마련이다. 그리고 그 순간, 우리는 잠시 뒤를 돌아보고 모든 게 정상인지, 뒤에 남겨두고 온 모든 상황에 변화가 있었는지, 아니면 우리 자신의 마음속에 어떤 변화가 있었는지를 살펴보게 된다. 인간이라면 누구에게나 그런 순간이 찾아온다. 하지만 왜 그의 아내는 그러지 않았을까? 왜 그런 시도조차 해보지 않았던 걸까? 한밤중에 전화를 걸어 아무 말도 없이 끊는 일도 없었다. 텅 빈 엽서 한 장 날아오지 않았다. 혹시 멀리서 아들의 모습을 몰래 지켜보고 있지나 않을까 생각해서 토미의 학교 근처를 맴돌며 그녀를 놀래주고자 했던 적이 몇 번이었던가. 하지만 아무런 소득도 없었다. 아내는 단 한 번도 모습을 드러내지 않았다. 아니, 아들이 잘 지내는지조차 확인할 생각이 없는 듯했다. 그런 과정을 겪으며, 고란 게블러 박사는 평생 자신의 곁에서 함께 살아갈 사람이라고 믿었던 그 여자의 정체가 의문스러워지기 시작했다.

그런 그의 처지가, 솔직한 말로 베로니카 버먼과 다를 게 뭐가 있겠는가?

버먼의 아내 역시 평생을 속아 지냈다. 남편은 번듯한 외양을 갖추기 위해 그녀를 이용했던 것이다. 자신이 소유하고 있는 이름, 집, 재산 같은 것들을 빛내고 관리해줄 장신구로 이용했던 것이다. 왜냐하면 그가 정작 원했던 건 다른 곳에 있었기 때문이다. 하지만 고란 게블러 박사와는 달리 베로니카 버먼은 완벽하게만 보였던 결혼생활에 균열이 생기고 있음을 간파하고, 거기서 풍겨오는 썩은 악취를 감지했던 것이다. 하지만 그녀는 침묵을 지켰다. 그녀는 비록 주도적인 역할을 한 건 아니지만,

적어도 남편의 사기행각에 동참했었다. 침묵 속의 공범이자 체면 유지의 동반자, 그리고 좋은 일이든 나쁜 일이든, 그의 아내였다.

게블러 박사는 아내가 자신을 떠나고 싶어 할 거라고는 상상도 하지 못했다. 그런 단서, 전조, 심지어 뒤늦게 다시 생각해보니 너무나 자명했지만 멍청하게 자신만 그 사실을 모르고 있었던 사소한 불협화음조차 감지하지 못했다. 차라리 자신이 나쁜 남편이고, 그래서 자책이라도 하면서 자신의 태만과 부주의를 탓할 수 있기를 바랐기 때문일지도 모른다. 아내가 떠나간 이유를 자기 자신에게서 찾고 싶었다. 적어도 그런 이유 하나쯤은 있을 거라 생각했다. 하지만 아무것도. 오직 의구심만 남을 뿐이었다. 주변 사람들에게는 단지 꾸밈없는 사실만을 알렸다. 아내가 떠나갔고, 그게 전부라고. 그렇게 이야기해도 사람들은 저마다의 관점으로 사실을 바라볼 거란 걸 고란 게블러 박사는 잘 알고 있었다. 불쌍한 남편이라고, 아내에게 분명 몹쓸 짓을 했을 거라고, 그래서 떠나간 거라고. 그래서 그는 자신을 그 역할 속으로 밀어 넣었다. 하나하나 돌아가며 거침없이. 왜냐하면 각각의 고통은 나름의 특징을 가지고 있었기 때문이다.

하지만 아내는? 도대체 얼마나 긴 시간 동안 연극을 했던 걸까? 도대체 언제부터 머릿속에 그런 생각이 자라나기 시작했던 걸까? 그런 생각을 밝힐 수 없는 꿈, 숨은 의도로 만들기까지는 도대체 얼마나 많은 시간이 걸렸던 걸까? 매일 밤, 남편이 옆자리에 버젓이 누워 있었는데도. 매일매일을 아이의 엄마로, 남편의 아내로 살면서도 그 욕망의 끈을 잘 엮어가고 있었던 것이다. 꿈같은 일들을 구체적인 계획, 하나의 완성된 그림으로 만들어낼 때까지는 도대체 또 얼마나 많은 시간을 보냈던 걸까? 그 꿈같은 일들이 실현가능하다는 사실을 깨닫고 확신하게 된 것은 또 언제였을까? 그녀는 화려한 변신의 꿈을 속으로만 간직한 채 그날이 올 때까지는 가족의 일원으로, 남편의 아내로, 아이의 엄마로 지냈던 것이다. 그렇게 소리 없이 그 변화를 준비하고 있었던 것이다.

지금은 어디서 살고 있을까? 살아는 있을 테지, 또 다른 평행우주 속의 어딘가에서. 게블러 박사가 매일 그렇듯 남자와 여자들을 만나고, 청소하고 관리할 집도 장만하고, 건사할 남편과 돌보아야 할 아이를 데리고 분명 어딘가에서 살고 있을 것이다. 똑같이 평범하고 무료한 세상. 하지만 고란 게블러와 토미에게는 너무 먼 세상에서 새로운 색깔, 새로운 친구, 새로운 얼굴과 새로운 이름을 지닌 채. 아내는 그 세상에서 무얼 찾으려고 한 걸까? 그녀가 필요로 했지만 이 세상에선 찾을 수 없었던 그건 무엇이었을까? '결국 우리는 저마다 평행우주 속에서 답을 찾으려 하고 있는 거야.' 고란 게블러 박사는 그렇게 생각했다. 인터넷 세상에서 섹스, 신, 죽음 그리고 브리트니 스피어스를 찾아 헤매듯.

알렉산더 버먼, 그는 인터넷 세상에서 어린아이들을 찾아다녔던 것이다.

오래지 않아 모든 정황이 드러났다. 버먼의 컴퓨터에서 '나비 소녀, 프리실라'라는 인터넷 사이트가 개설되었다는 사실부터 운영을 맡고 있던 외국 소재의 서버까지, 모든 게 구체적으로 밝혀졌다.

전국 여러 주에 걸쳐 하부조직을 갖춘 소아성애자들의 네트워크였던 것이다.

밀라의 생각이 옳았다. 명단에는 그녀가 찾아낸 음악 선생도 있었다.

사이버범죄 특수수사대는 백여 명의 가입자 정보를 확보했다. 신원이 파악된 사람들 순으로 줄줄이 철창 신세를 지게 되었고, 조만간 또 다른 범죄자들이 소환될 예정이었다. 가입자 수는 그리 많지 않았다. 하지만 까다롭게 엄선된 사람들이었다. 하나같이 경제적으로 안정된 계층이었고 의심의 눈초리를 받을 구석이 없는 사람들이었다. 전문직에 종사하는 이들로, 익명의 커튼 뒤로 숨기 위해서라면 거금도 마다하지 않을 사람들이었다.

그중에 하나가 알렉산더 버먼이었다.

게블러 박사는 그날 저녁 집으로 돌아오는 길에 버먼의 친구들과 주변 사람들의 묘사를 통해 알게 된 유순하고 다정하며 언제나 잘 웃고 도덕적으로 청렴결백한 한 남자를 떠올려보았다. 아주 완벽한 가면이었다. 그런데 그런 버먼과 자신의 아내를 왜 동일선상에 놓고 비교하는 걸까? 그는 그 이유를 알고 있었다. 하지만 받아들이고 싶지 않았다. 아무튼 집으로 돌아가면 그런 생각은 잠시 접어두고 전화상으로 일찍 들어간다고 미리 알려주며 약속했듯이 아들 토미와 실컷 놀아줘야겠다며 마음을 다잡았다. 토미는 아빠의 이른 귀가소식에 신이 나서 피자를 시켜 먹어도 되느냐고 물었다. 게블러 박사는 사소한 양보 하나만으로도 아들을 기쁘게 해줄 수 있다는 생각에 흔쾌히 그러자고 했다. 아이들은 언제 어디서든 자기 마음이 닿는 곳에서 행복을 찾는 능력이 있다.

고란 게블러 박사는 자신이 먹을 페퍼로니 피자와 토미가 먹을 더블 모차렐라 피자를 주문했다. 피자 주문은 항상 부자가 함께 했다. 시켜 먹는 즐거움이 두 배로 늘어나는 두 부자의 의식과도 같았기 때문이다. 토미가 전화번호를 누르면, 아빠가 전화를 받아 주문하는 식이었다. 주문이 끝나고 아빠와 아들은 식탁 위에 피자 전용으로 구입한 커다란 접시를 준비했다. 토미는 과일주스를, 고란은 맥주를 마실 계획이었다. 음료수 잔은 표면에 성에가 끼고 차가워질 때까지 냉동실에 넣어두었다.

하지만 게블러 박사의 마음은 그리 편치만은 않았다. 그의 생각은 여전히 성범죄자들이 구축한 완벽한 조직에 가 있었다. 사이버범죄 특수수사대의 수사관들은 데이터베이스를 통해 주소와 사진까지 첨부된 3천여 명의 아동 명단을 발견했다. 그들은 피해아동들을 물색하기 위해 가짜 도메인을 이용해 아동용 사이트를 만들어 덫을 쳐놓았다. '나비 소녀, 프리실라'가 그랬다. 애완동물, 비디오 게임, 음악 등에 관한 아기자기한 사이트만 만들어놓으면 나머지 일은 저절로 해결되는 식이었다. 저녁식사 후 게블러 부자가 위성채널을 통해 시청하고 있던 만화영화와 별반 차이 없는 그런 사이트들이었다. 파란 호랑이와 하얀 사자가 나오는 만화. 게블러 박사는 숲속을 헤쳐 나가는 두 마리 동물친구들의 모험 이야기에 정신이 팔린 채 웅크리고 앉아 있는 토미를 바라보았다.

아들을 보호해야 한다는 생각이 들었다.

그런 생각이 들자, 갑자기 가슴에서 원인 모를 두려움이 느껴졌다. 시커멓고 끈끈한 매듭이 가슴을 조이는 것 같았다. 충분히 보호하지 못하리란 걱정, 그것만으로는 부족하다는 두려움이 가슴을 조여왔다. 자신의 노력만으로는 충분하지 않았기 때문이다. 비록 지금의 상황에서도 두 부자는 잘 해내고 있었다. 하지만 만약, 버먼의 시커먼 모니터 화면 속에 이름 모를 아이가 아닌, 바로 토미가 연결되어 있었다면 무슨 일이 벌어졌을까? 누군가가 그의 아들 머릿속으로, 아이의 일상으로 침투하려 했을 때, 과연 아이는 그 사실을 감지할 수 있을까?

토미가 숙제를 하는 동안 게블러 박사는 서재에 들어앉아 있었다. 7시도 지나지 않은 시각이었기에 게블러 박사는 다시 버먼의 서류를 들여다보며 수사에 도움이 될 만한 것들에 대한 여러 갈래의 생각과 방향을 다시 한번 찾아보았다.

무엇보다 밀실 같은 곳에서 발견된 가죽의자, 크렙이 아무런 지문도 찾아내지 못했다는 그 가죽의자가 머릿속에 떠올랐다.

'다른 곳은 온통 지문 천지인데, 그 의자에만 아무것도 없었다……. 왜일까?'

분명 특별한 이유가 있다는 확신이 들었다. 하지만 매번 뭔가 구체적

156

인 생각이 떠오를 것 같은 순간, 그의 생각은 다른 곳으로 날아가 버렸다. 아들의 일상을 둘러싸고 있는 위험에 대한 걱정 속으로.

게블러 박사는 범죄학자였다. 그는 악이 어떤 식으로 형성되는지 잘 알고 있다. 하지만 학자의 입장으로, 멀리서 관찰하기만 했을 뿐이다. 단한 번도, 그 악이라는 존재가 뼈만 드러난 앙상한 손가락을 자신에게까지 뻗쳐올지 모른다는 생각은 해본 적이 없었다. 하지만 오늘은 달랐다. 그의 머릿속에서 그런 생각이 자라나고 있었기 때문이다.

우리는 과연 언제 '괴물'로 변해버리는가?

공식적으로는 머리에서 지워버렸던 그런 개념이 어딘지 모를 머릿속 비밀스러운 곳에서 스멀스멀 기어 나오고 있었다. 어떤 과정을 거쳐 괴물로 변해버리는지 알고 싶었기 때문이다. 과연 어떤 순간에 그런 한계를 넘어섰다고 느끼게 되는지가 궁금했다.

버먼이 속해 있던 집단은 어느 정도의 서열과 그에 걸맞은 지위까지 갖춘, 한마디로 완벽한 구성을 갖춘 조직이었다. 그가 조직에 들어간 건 대학 때의 일이었다. 당시는 인터넷 공간을 사냥터로 삼을 만한 환경이 조성되지 않았던 때였다. 그래서 남들의 시선을 피해 의혹을 일으키지 않고 어둠 속에 숨어 있는 것 자체가 힘든 일이었다. 그랬기 때문에 조직원들은 모범적이고 번듯한 삶의 외관을 가꾸는 일이 권장사항이었다. 그 외관으로 진정한 본성을 뒤덮고 본능을 묶어두어야 했기 때문이다. 이들이 추구하는 전략의 핵심은 숨고, 섞여들고, 사라지는 것이었다.

대학을 졸업한 버먼의 머릿속에는 뭘 해야 할지 뚜렷하게 그림이 그려진 상태였다. 몇 년간 연락 한 번 하지 않았던 옛 여자친구를 찾아가 만나는 일이 우선이었다. 베로니카는 그를 비롯한 여타 남자들에게 호감을 불러일으키는 여성으로 살아본 적이 없었다. 알렉산더는 그런 그녀에게 접근해 옛날부터 몰래 사랑해왔지만 수줍은 마음을 밝힐 수 없어 숨겨두기만 했었다며 감언이설을 늘어놓았다. 그리고 베로니카는 예상대로 즉시, 그의 구혼을 받아들였던 것이다. 결혼생활 초기에는 여타 다른 부부들과 마찬가지로 좋고 나쁜 일들이 반복되었다. 알렉산더 버먼은 잦은 출장 때문에 집을 비울 때가 많았다. 하지만 실상은, 출장을 기회 삼아 자신과 비슷한 부류의 사람들을 만나 정보를 교환하거나 가녀린 사냥감들을 물색하러 다녔던 것이다.

그 후 인터넷 시대가 도래하자 모든 것이 손쉽게 변해버렸다. 소아성애자들은 그 즉시 익명이 보장되고, 갖가지 기발한 덫을 만들어 손쉽게 먹잇감을 구할 수 있는 기적의 네트워크 세상을 잠식해 들어갔다.

하지만 알렉산더 버먼은 완벽한 위장전술을 펼치기엔 부족한 점이 하나 있었다. 베로니카가 유산을 상속해줄 후손을 낳을 수 없었기 때문이다. 알렉산더 버먼의 실체를 완벽히 은폐해줄 최후의 안전장치였지만 유일하게 부족한 부분이기도 했다. 한 가정의 아버지는 다른 집 아이들에게 관심이 없는 법.

범죄학자는 목구멍으로 치솟는 분노를 참으며 지난 몇 시간 만에 제법 두툼해진 사건 보고서를 덮어버렸다. 더 이상 읽고 싶지 않았다. 잠자리에 누워 꿈나라로 도망치고 싶었다.

만약 버먼이 아니라면 과연 앨버트는 누구일까? 물론 팔 무덤과 여섯 명의 실종 피해아동을 알렉산더 버먼과 직접적으로 연관 지을 단서를 찾아내야 하고 시신의 나머지 부분들도 찾아내야 하는 상황이지만 알렉산더 버먼만큼 잔혹한 살인마의 외피가 어울리는 사람은 어디에도 보이지 않았다.

그런데도 그런 생각을 하면 할수록, 게블러 박사는 점점 확신을 잃어갔다.

저녁 8시가 되면, 로시 경감이 대규모 공식 기자회견을 통해 범인 체포소식을 알릴 터였다. 게블러 박사는 알렉산더 버먼의 비밀을 알고 난 뒤부터 어떤 생각 하나가 자신의 머릿속을 맴돌고 있다는 사실을 깨달았다. 확실하지도 않고 안개처럼 모호했지만, 그 생각은 그렇게 어둠 속에 몸을 숨기고 오후 내내 그 자리에서 꿈틀대면서 존재감만 알릴 뿐이었다. 게블러 박사는 조용한 집으로 돌아오고 나서야 모호한 생각의 안개 속으로 들어가 그 실체를 파헤쳐보기로 마음먹었다.

'분명 이 사건에서 뭔가 앞뒤가 들어맞지 않는 부분이 있어……. 버먼이 무고하다고 생각하는 거냐고? 그건 아니지. 그 인간은 분명 유죄야. 소아성애자임은 분명하니까. 하지만 여섯 아이들을 살해한 장본인은 그가 아니야. 그 사건과는 아무런 관련이 없어. 그걸 어떻게 확신할 수 있지?

왜냐하면 알렉산더 버먼이 우리가 쫓는 앨버트라면 그의 트렁크에서 찾아낸 시신은 마지막 피해아동인 여섯 번째 아이가 되어야지 가장 처음에 실종된 데비 고든일 수가 없기 때문이야. 그 아인 이미 오래전에 살해당한 아이였다고……'

범죄학자는 그런 결론을 내리던 순간 무심코 시계를 바라보았다. 몇 분 뒤면 8시로 예정된 기자회견이 시작될 것이다.

로시 경감을 막아야 했다.

경감은 버먼 사건의 수사 진행상황 소식이 나돌기 시작하자마자 주요 일간지 담당기자들을 불러들였다. 공식 출처에서 새어 나간 엉뚱한 정보나 살이 붙은 허위 정보를 차단하기 위해서라는 공식적인 핑계를 달긴 했지만, 사실은 자신의 손을 거치지 않고 다른 루트를 통해 사건 소식이 퍼져나가는 것이 불만스러웠기 때문이다. 자신이 세간의 주목을 받을 수 있는 기회가 멀어지기 때문이었다.

로시 경감이 언론을 다루는 솜씨는 수준급이었다. 그는 상대의 애를 태우는 법을 잘 알고 있으며 언론을 쥐락펴락하는 일을 은근히 즐기는 스타일이었다. 그래서 기자회견장에는 항상 몇 분씩 늦게 나타났다. 팀장의 자리에서 사건과 관련된 최후의 변동상황까지도 살핀다는 인상을 심어주기 위해서였다.

경감은 자신의 사무실과 인접해 있는 기자회견실에서 웅성거리는 소리가 들려올 때마다 회심의 미소를 지었다. 그 소리는 경감의 자아가 먹고사는 에너지원이었다. 로시 경감은 그 소리를 들으며 전임자가 물려준 책상에 다리를 올린 채 차분히 앉아 있었다. 전 팀장 밑에서 적지 않은 기간 동안—그에게는 너무 길었다—2인자의 자리에만 머물러 있다가 8년 전에 전임자를 격침시킬 때는 인정사정 두지 않고 무자비하게 몰아붙였던 그였다.

경감의 전화기에 설치된 모든 회선이 쉴 틈 없이 울려대고 있었다. 하지만 그는 전혀 받을 생각이 없었다. 긴장감을 극도로 끌어올릴 의도였기 때문이다.

누군가 문을 두드렸다.

"들어와요." 로시 경감이 말했다.

밀라가 문을 열자 빈정거리듯 웃고 있는 그의 얼굴이 그녀를 반겼다. 밀라는 경감이 도대체 왜 자신을 보자고 했는지 의문스러웠다.

"바스케스 수사관, 이렇게 부른 이유는 다름이 아니라 이번 수사공조에 많은 도움을 준 점에 대해 개인적으로 고맙다는 말을 전하기 위해서입니다."

만약 그의 말이 그녀를 떼어내기 위해 철저히 계산된 칭찬이란 사실을 모르고 들었다면 몸 둘 바를 모를 정도로 얼굴이 붉어졌을 것이다.

"제 생각엔 별로 한 것도 없는 것 같습니다, 경감님."

로시 경감은 종이칼의 끝부분으로 손톱 소제를 하면서 건성으로 대답했다.

"아니, 귀관 덕에 많은 도움을 받은 건 사실이지."

"하지만 여섯 번째 피해아동의 신원은 아직도 알아내지 못했습니다."

"조만간 알게 되겠지. 나머지 사건의 정황도."

"경감님, 최소한 하루나 이틀 정도 제가 일을 마무리할 수 있도록 허락해주셨으면 합니다. 좋은 성과가 나오리라 확신합니다." 로시 경감은 종이칼을 내려놓고 책상에 올렸던 두 발을 내리며 자리에서 일어나 밀라에게 다가갔다. 그러더니 찬란한 미소를 지으며 오른손을 내밀어 자신이 상대를 아프게 하는지도 모른 채 여전히 붕대가 감겨 있는 밀라의 오른손을 붙잡고 꽉 쥐었다.

"귀관의 상관과는 이미 통화가 끝났어. 모렉수 경사가 적절한 포상을 준비하겠다고 하더군."

그러고는 밀라를 문으로 다시 안내했다.

"잘 돌아가기 바랍니다. 가끔씩 우리 팀원들도 기억해주고 말입니다."

밀라는 알겠다고 대답했다. 더 이상 달리 할 말도 없었기 때문이다. 불과 몇 초 뒤에, 밀라는 자신이 사무실 밖에 나와 문이 닫히는 장면을 보고 있다는 사실을 깨달았다.

갑자기 고란 게블러 박사와 만나 이야기를 더 해보고 싶다는 생각이 들었다. 왜냐하면 그는 밀라의 때 이른 소집해제 명령에 대해 전혀 모르고 있을 것이란 확신이 들었기 때문이다. 하지만 그는 이미 집으로 돌아간 뒤였다. 몇 시간 전, 게블러 박사가 저녁 약속을 잡는 통화 내용을 얼핏 들었었다. 말투로 보아 수화기 너머의 상대는 대략 여덟 살에서 아홉 살 정도의 어린아이 같았다. 두 사람은 피자를 시켜 먹기로 했었다.

따라서 게블러 박사에게는 아들이 하나 있었던 것이다. 부인도 있을 테고, 두 부자가 차린 오붓한 식사자리에는 부인도 참석할 것이다. 왜인지는 알 수 없었지만 질투가 날 정도로 그녀가 부러워졌다.

현관 안내데스크로 가서 배지를 반납하자 집으로 돌아갈 기차표가 들어 있는 봉투를 건네주었다. 이번에는 기차역까지 바래다줄 사람이 아무도 없었다. 밀라는 자신의 부서에서 교통비도 비용으로 처리해주리라는 희망을 갖고 택시를 잡으러 나갔다. 모텔에 들러 짐도 챙겨야 했다.

밖으로 나온 밀라는 주변을 한번 둘러보고 깊게 숨을 들이쉬었다. 갑자기 청명하고 고요한 기운이 느껴졌다. 기상상태의 변화가 임박한 듯 싸늘한 기운이 도시 전체를 감싸 안은 것 같았다. 기온이 1도만 높거나 낮아도 모든 게 달라질 듯한 분위기였다. 공기의 이동이 없는 게 금방 눈이라도 내릴 것만 같았다. 아니, 지금처럼 아무런 변화가 없을지도 모른다.

밀라는 기차표를 다시 봉투 속에 집어넣었다. 출발시간은 세 시간 후. 하지만 밀라가 걱정하는 건 기차시간이 아니었다. 그 세 시간이면 머릿속에 남아 있는 풀리지 않은 매듭을 깔끔하게 정리할 수 있을까? 칼로 물 베기 하듯 허탕 치는 일이 있더라도 아무도 모를 터였다. 하지만 무엇보다, 그렇게 의혹을 품은 채로 발걸음을 돌릴 수는 없었다.

세 시간. 세 시간이면 충분해야 했다.

밀라는 차를 한 대 빌려 한 시간째 달리고 있었다. 저 멀리 산봉우리가 보이기 시작했다. 경사진 지붕을 인 오두막집들도 보였다. 굴뚝에서는 송진 냄새가 나는 연기가 솟아오르고 있었다. 뜰에는 하나같이 장작들이 가지런히 정리되어 있었다. 창문 너머로 들어오는 황토색 햇살이 푸근하게 느껴졌다.

115번 국도를 달리던 밀라는 25번 출구로 나왔다. 그리고 첫 번째 피해아동, 데비 고든이 다니던 학교로 향했다. 아이가 사용하던 방을 두 눈으로 확인해보고 싶었다. 그곳에 가면 여섯 번째 피해아동과 관련된 단서를 찾아낼 수 있을 것만 같았기 때문이다. 그리고 그 아이의 이름까지도. 로시 경감은 쓸데없는 일로 여겼지만 밀라는 피해아동의 이름도 밝혀내지 못한 채 그냥 그렇게 돌아설 수는 없었다. 최소한의 연민이라도 표하고 싶었다. 여섯 번째 피해아동에 관한 소식은 여전히 금기로 묶여 있었다. 그랬기에 더더욱 그 아이를 위해 울어줄 사람조차 없었다. 이름이 없으면 그 누구도 아이를 위해 애도할 수가 없다. 밀라는 그 사실을 아주 잘 알고 있었다. 그렇게 되면, 그 아이는 묘석 위의 하얀 점으로 생을 마감할 수밖에 없게 된다. 수많은 이름이 나열된 리스트의 맨 끝에 말없는 빈칸으로 남아, 단지 냉혹한 사망자 통계에 잡히는 단순한 숫자에 불과한 존재가 되어버릴 터였다. 밀라는 불쌍한 아이를 도저히 그렇게 내버려둘 수 없었다.

사실 또 다른 생각이 밀라의 머리를 괴롭히고 있었다. 그리고 그 생각 때문에 그 먼 거리를 달리는 중이었다. 목덜미에서 느껴지는 오싹한 소름…….

목적지에 도착했을 때는 이미 밤 9시가 넘은 시각이었다. 사립학교는 해발 2백 미터의 작고 아기자기한 마을에 자리 잡고 있었다. 그 시간의 도로는 한산했다. 학교 건물은 마을에서 조금 떨어진 언덕지대에 위치했고 예쁘게 꾸며놓은 공원과 승마연습장, 테니스장, 농구장이 갖춰져 있었다. 거기까지 가려면 제법 긴 오솔길을 올라가야 했다. 마침 아이들이 운동을 마치고 주변에서 노닥거리고 있었다. 아이들의 맑고 깨끗한 웃음소리는 '정숙'이라는 표지판을 무색하게 만들었다.

밀라는 아이들을 지나쳐 건물 앞에 차를 세웠다. 그러고는 서무실로 찾아가 데비 고든의 방을 보러 왔다고 말하며 아무런 잡음 없이 무사통과할 수 있기를 바랐다. 윗사람에게 허가를 받으러 갔던 관리인은 다시 돌아와 밀라에게 방을 둘러봐도 괜찮다고 말해주었다. 데비의 어머니가 밀라와 전화통화를 한 뒤, 다행히 학교에 그녀가 찾아올 거라고 미리 알려두었던 것이다. 관리인은 밀라에게 '방문객'이라고 적힌 배지를 건네며 길을 알려주었다.

밀라는 복도를 지나쳐 기숙생활을 하는 학생들 방이 위치해 있는 별관 건물로 향했다. 데비의 방을 찾는 건 어렵지 않았다. 학교 친구들이 아이의 방문 앞에 스티커를 비롯해 많이 보고 싶을 거고, 영원히 잊지 않을 거란 내용을 담은 색색의 종이들을 붙여놓았기 때문이다. 미리 예견이라도 한 듯 "넌 항상 우리 마음속에 있을 거야"라는 문구도 빠지지 않았다.

밀라는 데비를 떠올렸다. 집에 데려가 달라고 부모님께 전화했던 일, 그 또래의 여자아이가 겪었을 외로움, 수줍음 많고 잘 적응하지 못했을 아이가 이 학교 분위기 속에서 느꼈을 감정들을 떠올려보았다. 그래서였을까? 문 앞에 붙어 있는 종이쪽지들이 역겹게 느껴졌다. 뒤늦은 애정 표현은 위선으로밖에 보이지 않았다.

'있을 때 조금이라도 더 관심을 가져주면 어디 덧나나? 아니, 그렇게 보는 앞에서 잡혀갔는데도 아무도 모르고 있었던 거야?' 밀라는 그런 생각을 했다.

복도 끝에서 웃고 떠드는 소란스러운 소리가 들려왔다. 밀라는 문지방을 따라 늘어선 양초의 잔재를 뛰어넘었다. 누군가 데비를 추억하기 위해 여러 개의 양초를 켜두었었지만 불은 예전에 꺼지고 녹아내린 양초만 남아 있었다. 밀라는 데비가 잠시나마 은신처로 삼았던 방으로 들어갔다.

문을 닫고 나자 조용해졌다. 밀라는 스탠드로 손을 뻗어 불을 켰다.

아담한 크기의 방이었다. 문 반대편으로 정원이 내다보이는 창이 달려 있었다. 벽에 붙어 가지런히 정돈된 책상 위로 튀어나온 책장에는 여러 권의 책들이 빽빽하게 들어차 있었다. 데비는 책 읽는 걸 좋아했다. 오른쪽에는 화장실이 있는데 문은 닫혀 있었다. 밀라는 그곳을 맨 마지막에 둘러보기로 했다. 침대에는 여러 개의 인형들이 생명력 잃은 싸늘한 눈동자로 마치 침입자를 바라보듯 밀라를 노려보고 있었다. 방 안은 온통 데비가 집에서 찍은 사진, 이전 학교 친구들과 찍은 사진, 친구들과 애완견과 같이 찍은 사진들로 뒤덮여 있었다. 상류층 자제들이 다닌다는 그 학교에 들어가는 대가로 데비가 빼앗겼던 전부였다.

데비는 어린 나이에도 불구하고 제법 아름다운 여인의 자태를 지니고 있는 듯했다. 학교 친구들은 아마 뒤늦게 그런 사실을 발견하게 되리라. 그리고 미운 오리새끼들 틈에 숨어 있던 아름다운 백조를 몰라 봤다는 걸 후회하게 되리라. 그렇게 자라날 수만 있었다면, 데비는 커서 그런 친구들을 아무렇지 않게 대할 수 있었을 텐데…….

밀라는 자신이 참관했던 부검 당시의 상황을 떠올렸다. 챙 박사가 아이의 얼굴에 붙어 있던 시커먼 비닐봉투를 떼어낸 후 머리에 꽂힌 하얀 백합 장식 머리핀이 모습을 드러내던 순간을. 살인범은 아이의 머리까지 곱게 빗겨놓았다. 밀라는 그 장면을 보면서 범인이 수사진들을 위해 아이를 살해한 뒤 치장까지 해두었다는 생각을 했다.

'아니야. 알렉산더 버먼에게나 아름다웠겠지…….'

밀라의 시선은 공간 배치상 어색하게 비어 있는 벽면으로 향했다. 가까이 다가가보니 벽면 여러 군데를 뭔가로 긁은 흔적이 남아 있었다. 마치 누군가가 그 자리에 붙어 있던 뭔가를 떼어낸 것처럼 보였다. 또 다른 사진이었을까? 밀라는 누군가 그 방에서 뭔가를 훔쳐갔다는 사실을 직감했다. 누군가의 손, 누군가의 눈이 데비의 세상, 데비의 물건, 데비의 기억을 더듬고 지나갔던 것이다. 어쩌면 엄마가 찾아와 사진을 가져 갔을지도 모를 일이다. 나중에 확인해보기로 했다.

다시 한번 생각을 정리하려던 순간, 밀라는 어딘가에서 들려온 소리에 소스라치게 놀랐다. 문 너머로 들려온 소리였다. 하지만 복도 쪽은 절대 아니었다. 바로 화장실 문 뒤에서 들리는 소리였다.

밀라는 본능적으로 한 손을 벨트로 가져가 권총을 더듬었다. 권총이 손에 잡히자, 밀라는 자신이 있던 자리에서 일어나 신속히 화장실 문 옆으로 다가가 한쪽 뺨에 무기를 갖다 붙였다. 또다시 부스럭거리는 소리가 들렸다. 이번에는 확실했다. 누군가 화장실에 숨어 있었던 것이다. 밀라가 그 방에 들어오리라는 것을 모르고 있었던 누군가, 밀라와 마찬가지로 데비의 방에 몰래 숨어 들어와 뭔가를 훔쳐가기 좋은 시간이라고 판단했던 누군가…….

벌컥 문이 열렸다. 밀라는 손가락을 움직여 안전장치를 풀려고 했다. 하지만 다행히 동작을 멈췄다. 여자아이 하나가 질겁을 하며 손에 들고 있던 물건을 바닥에 떨어뜨리고 두 손을 번쩍 들어 올렸다.

"넌 누구니?" 밀라가 물었다.

"데비 친구예요……." 아이는 우물거리며 대답했다.

거짓말이다. 밀라는 확실히 알 수 있었다. 밀라는 권총을 다시 벨트에 차면서 바닥에 떨어진 물건을 살펴보았다. 미니 향수병과 샴푸, 넓은 챙이 달린 빨간 모자였다.

"데비에게 빌려줬던 물건을 되찾으러 왔었어요." 밀라의 귀엔 핑계로 들렸다. "다른 아이들도 다 가져갔어요. 저보다 먼저……."

밀라는 벽에 붙어 있던 사진 속에서 보았던 그 빨간 모자를 알아보았다. 데비가 쓰던 모자였다. 밀라는 그 아이가 며칠 전부터 자행되었을 기숙사 친구들의 절도행위에 결정적 증인이 되어줄 수 있겠다고 판단했다.

그중 하나가 벽에 붙어 있던 사진을 떼어갔어도 이상한 일은 아니었다.

"좋아." 밀라는 차갑게 말했다. "그럼 얼른 네 방으로 돌아가."

아이는 잠시 머뭇거리다가 바닥에 떨어뜨린 물건들을 주섬주섬 챙겨서 밖으로 나갔다. 밀라는 그냥 내버려두었다. 아마 데비도 그래 주기를 바랐을 것이다. 엄마에게 돌려준들 아무런 소용도 없을 테니까. 딸아이를 그곳으로 보낸 자신을 책망하며 평생을 살아갈 엄마에게 죄책감만 더해줄 뿐이다. 솔직히 데비 고든의 엄마는 '운'이라도 좋은 편이었다. 그걸 운이라고 말할 수 있다면 말이다. 적어도 시신이라도 앞에 두고 목 놓아 울 수는 있을 테니까.

밀라는 우선 공책과 책들부터 훑어보기 시작했다. 이름 하나라도 알고 싶었기 때문이다. 꼭 밝혀내리라 다짐했다. 데비가 써놓은 일기장이라도 찾을 수 있다면 훨씬 수월할 것이다. 분명 어딘가에 있을 것이다. 속내를 털어놓았을 아이의 일기장. 또래의 다른 아이들처럼 비밀스러운 장소에 숨겨놓았으리라. 그리 멀지 않은 곳에, 필요할 때마다 손만 뻗으면 닿을 수 있는 곳에. '가장 소중하다고 느끼는 것을 절실히 찾을 때는 하루 중 언제일까? 그래, 밤이야.' 밀라는 무릎을 꿇고 앉아 침대를 살폈다. 매트리스 아래로 손을 넣어 뭔가가 잡힐 때까지 더듬어보았다.

은빛 토끼들로 장식된 하얀 양철 상자가 하나 나왔다. 상자는 소형 자물쇠로 굳게 잠겨 있었다.

밀라는 상자를 꺼내 침대 위에 올려놓고 다시 주변을 둘러보며 열쇠를 숨겨둘 만한 곳을 찾아보았다. 순간, 어디선가 열쇠를 본 기억이 떠올랐다. 데비 고든의 시체를 부검하던 그 순간. 열쇠는 아이가 손목에 차고 있던 팔찌에 달려 있었던 것이다.

밀라는 팔찌를 아이의 엄마에게 이미 유품으로 돌려주었다. 그 열쇠를 다시 돌려받을 시간이 없다. 미안한 일이지만 그 상자를 부수기로 결심했다. 밀라는 볼펜 하나를 지렛대 삼아 자물쇠 고리를 푸는 데 성공했다. 뚜껑을 열자 안에는 말린 꽃과 향나무의 강한 향을 풍기는 포푸리 하나가 들어 있었다. 의자매를 맺을 때 사용했을 것으로 짐작되는 피 묻은 옷핀 하나도 들어 있었다. 그리고 자수가 들어간 실크 손수건, 귀가 물어뜯긴 곰인형, 생일 케이크에 꽂는 양초 등, 청소년기 여자아이들의 추억이 어린 물건들이 담겨 있었다.

하지만 일기장은 없었다.

이상했다. 상자의 크기와 들어 있던 물건들이 차지한 공간을 비교해 보았을 때 그 안에는 다른 뭔가가 들어 있었던 게 분명해 보였다. 데비가 자물쇠까지 채워서 보관할 필요성을 느꼈다는 것 역시 그런 사실을 입증하는 증거였다. 물론, 일기장을 그곳에 보관하지 않았을 가능성도 있다.

밀라는 실망스러운 마음으로 손목시계를 들여다보았다. 이미 기차는 떠난 뒤였다. 계속 그곳에 남아 신비에 싸여 있는 데비의 친구 이름을 알게 해줄 단서를 찾아야 할 상황이었다. 게다가 방금 전, 아이의 소지품을 뒤져보다가 목뒤로 느껴지는 알 수 없는 그 느낌을 다시 한번 경험했기 때문이기도 했다.

목덜미에 느껴지는 오싹한 소름.

밀라는 그 느낌의 원천을 찾아내기 전까진 그곳을 떠날 수 없었다. 하지만 나올 듯 도망쳐버리는 생각을 꼭 붙들고, 거기까지 밀라를 인도해줄 누군가의 도움, 뭔가의 도움이 절실했다. 늦은 시간임에도 불구하고 밀라는 어렵지만 꼭 필요한 결정을 내렸다.

밀라는 휴대전화로 고란 게블러 박사에게 전화를 걸었다.

"게블러 박사님, 저, 밀라 수사관입니다만……."

범죄학자는 뜻밖이라는 듯 몇 초간 아무런 대답도 하지 않았다.

"내가 도울 일이라도 있는 건가, 밀라 수사관?"

목소리에서 날이 선 반응이 느껴지는 듯했다. 아니, 그냥 그렇게 들렸을 뿐이다. 밀라는 원래 자신은 기차에 올라 있어야 했지만 생각에 이끌려 결국 데비 고든이 다녔던 중학교에 와 있다고 사정을 설명했다. 있는 그대로의 사실만 말하는 게 좋겠다고 판단했고, 게블러 박사는 묵묵히 듣기만 했다. 밀라의 이야기가 끝나자 수화기 너머로 한참 동안 침묵이 이어졌다.

밀라는 볼 수 없었지만, 게블러 박사는 그동안 김이 모락모락 나는 커피 잔을 들고 부엌 천장만 뚫어지게 쳐다보고 있었다. 그는 여전히 잠자리에 들지 못했다. 어떻게 해서든 언론을 상대로 한 자살골을 막아보고자 로시 경감에게 수차례 전화를 걸었지만 그와 통화를 할 수 없었기 때문이다.

"아무래도 알렉산더 버먼 사건을 너무 성급하게 마무리한 느낌이야."

밀라는 게블러 박사가 아주 작은 소리로 말하고 있다고 생각했다. 자신의 입으로 그런 말을 꺼낸다는 게 무척 힘든 일인 듯했다.

"저도 그렇게 생각했습니다." 밀라가 말했다. "박사님은 어떻게 그런 결론에 도달하신 겁니까?"

"트렁크에서 발견된 건 데비 고든이었어. 왜 여섯 번째 아이가 아니었을까?"

밀라는 미심쩍었던 부분에 대한 스턴 수사관의 해명을 되풀이했다.

"버먼이 시체를 숨기려다 실수를 한 것일 수도 있어요. 덜미가 잡힐지 모를 그런 실수였겠지요. 그래서 시체를 더 먼 곳으로 옮기려 했을 수도 있고요."

게블러 박사는 복잡한 심경으로 밀라의 이야기를 들었다. 그의 호흡은 리듬을 타듯 일정했다.

"왜 그러세요? 제 말이 어디가 이상한가요?"

"아니. 하지만 말은 그렇게 해도 믿지는 않는 것 같은데?"

"네, 사실이에요." 밀라는 잠깐 생각하더니 그렇다고 대답했다.

"뭔가가 부족해. 아니, 다른 것들하고 어울리지 않는 뭔가가 있을 수도 있지."

밀라는 능력 있는 경찰이라면 직관의 눈으로 사건을 바라본다는 사실을 잘 알고 있었다. 그들은 공식 보고서에는 절대 언급하지 않지만 오직 '사실' 관계만으로 사건을 바라보는 시각을 가지고 있었다. 하지만 말을 꺼낸 상대가 게블러 박사라는 점을 감안해 밀라는 자신이 경험했던 느낌에 대해 털어놓기로 작정했다.

"처음에는 부검 보고서를 읽다가 느꼈습니다. 마치 음악에서 엉뚱한 음을 들은 듯한 느낌이었어요. 어떤 느낌이었는지 붙잡을 새도 없이 그대로 사라져버렸지만요."

목덜미에서 느껴졌던 소름.

밀라는 게블러 박사가 의자를 끄는 소리를 듣고 자신도 역시 의자에 앉았다. 그가 먼저 입을 열었다.

"지금으로선 가정에 불과하지만 일단 버먼을 제외하고 다시 사건을 들여다보자고……."

"좋습니다."

"이 모든 짓을 벌인 자가 다른 사람이라고 가정해보도록 하지. 예를 들어 어디선가 불쑥 튀어나온 자가 팔이 하나 없는 여자아이의 시체를 버먼의 트렁크에 넣어뒀다고 치자고……."

"그랬다면 버먼이 저희한테 실토했을 겁니다. 자신의 혐의를 벗으려고요." 밀라가 말했다.

"그러진 않았을 거야." 게블러 박사가 자신 있는 투로 반박했다. "버먼은 소아성애자였어. 그에겐 달라질 게 아무것도 없었어. 자신이 막다른 골목에 몰렸다는 걸 알고 있었다고. 빠져나갈 곳이 없어서 자살한 거고, 그 죽음으로 자신이 속해 있던 조직을 보호하려 했던 거지."

밀라는 음악 선생 역시 자살했다는 사실을 떠올렸다.

"그럼 이제 어떻게 해야 합니까?"

"앨버트부터 다시 시작해야지. 맨 처음에 했던 것처럼 앨버트의 프로파일을 백지상태로 돌려놓고 다시 시작하는 거야."

그제야 밀라는 처음으로 자신이 직접 수사에 개입하고 있다는 느낌이 들었다. 팀플레이는 밀라에게 새로운 경험이었다. 그리고 게블러 박사와의 수사공조 역시 나쁠 게 하나 없었다. 게블러 박사를 안 지는 얼마 되지 않았지만 이미 그를 신뢰하고 있었다.

"일단, 여자아이를 납치하고 팔 무덤을 만들어놓은 것에는 분명한 이유가 있다는 전제에서 출발하는 거야. 이해할 수는 없지만 분명히 특별한 이유가 있어. 그 이유를 밝혀내기 위해서는 범인에 대해 알아야 해. 범인의 윤곽을 밝혀낼수록 그 이유에 가까이 다가갈 수 있고, 그럴수록 범인에게 근접할 수 있어. 이제 알겠나?"

"알겠습니다. 그런데 제 역할은 정확히 뭡니까?" 밀라가 물었다.

게블러 박사는 힘이 들어간 저음으로 대답했다.

"범인은 분명 포식자의 일종이야. 안 그런가? 자넨 나한테 녀석의 사냥법에 대해 가르쳐주면 돼."

밀라는 가지고 있던 노트를 펼쳤다. 게블러 박사는 수화기 너머로 밀라가 뭔가의 페이지를 넘기는 소리를 들을 수 있었다. 밀라는 피해자들에 대해 적어둔 내용을 불러주었다.

"데비, 열두 살. 중학교에서 납치됐어요. 학교 친구들은 수업이 끝나

171

고 데비가 밖으로 나가는 걸 봤다고 했어요. 하지만 학교 측에서 아이가 사라진 걸 파악한 건 그날 저녁 점호시간이었다고 해요."

게블러 박사는 커피 한 모금을 마신 뒤 말했다.

"이제 두 번째 피해아동으로 넘어가지."

"에닉은 열 살이에요. 처음에는 아이가 숲에서 길을 잃었다고 생각했었어요. 세 번째 피해아동은 세이바인이에요. 나이가 가장 어린 일곱 살이고요. 토요일 저녁, 부모님과 함께 놀이동산에 갔다가 납치됐어요."

"그 아인 회전목마를 타던 중 부모가 보는 앞에서 납치됐어. 그래서 온 나라가 발칵 뒤집혔고, 우리 수사팀이 투입된 거야. 그리고 바로 네 번째 아이가 납치됐어."

"그 아이 이름은 멀리사예요. 가장 나이가 많은 열세 살이에요. 부모가 아이에게 금족령을 내렸지만 생일 당일 밤, 아이는 몰래 집을 빠져나가 근처 볼링장에서 친구들과 파티를 벌이기로 했었어요."

"다른 친구들은 다 모였지만 멀리사만 없었지." 범죄학자는 네 번째 피해아동과 관련된 이야기를 기억해냈다.

"캐럴라인은 잠자고 있던 침대에서 납치됐어요. 그리고 여섯 번째 피해아동이 발견된 거죠."

"여섯 번째는 나중에 생각하기로 하지. 지금으로선 다섯 피해아동들에게 집중하자고."

게블러 박사는 젊은 여수사관과 믿을 수 없을 정도로 호흡이 잘 맞는다는 생각이 들었다. 그런 느낌은 정말 오래간만이었다.

"이제부턴 나하고 같이 생각하는 거야, 바스케스 수사관. 앨버트는 어떤 식으로 아이를 납치했지?"

"우선, 집에서 멀리 떨어져 살고 사교성이 부족한 여자아이를 납치했어요. 그런 아이를 타깃으로 삼은 건 범행사실이 비교적 늦게 발견되는 걸 노려 시간을 벌 계획이었던 거예요."

"시간을 벌어서 무얼 하려 했던 걸까?"

"일종의 테스트였던 셈이죠. 자신의 계획을 완벽하게 실행에 옮기고 싶었던 거예요. 그렇게 시간을 벌어놓으면 언제든 납치한 아이를 살해하고 도망갈 수도 있으니까요."

"에닉의 경우만 봐도 범인의 긴장이 조금 풀린 상태였어. 그래도 증인의 수를 최소화하기 위해 아이를 숲속에서 납치했어. 그럼 세이바인을 납치할 땐 어떤 식이었지?"

"모두가 보는 앞에서 당당히 납치했어요. 그것도 놀이동산에서."

"왜 그랬을까?" 게블러 박사는 집요하게 다시 물었다.

"멀리사를 납치했을 때와 똑같은 이유 때문이에요. 모든 사람들이 나름의 대비를 하고 있었지만 허를 찌른 거죠."

"그 이유가 무엇이었을까?"

"자신의 능력을 믿게 된 거예요. 자신감이 붙은 거죠."

"좋아." 게블러 박사가 말했다. "계속하지. 이번에는 그 의자매와 관련된 이야기를 처음부터 한번 해보자고……."

"주로 어렸을 때 많이 해요. 옷핀으로 손가락 끝을 찔러서 피가 나오면 그때 손가락을 맞대고 둘이 서로 노래를 부르거나 주문을 외우는 식이죠."

"그 둘은 누구였지?"

"데비와 여섯 번째 아이요."

"앨버트는 왜 그 아이를 선택했을까?" 게블러 박사가 물었다. "이해할 수 없는 부분이야. 경찰당국에 비상이 걸리고 모두가 이미 데비를 찾아 나섰는데, 오히려 그 아이와 가장 친한 친구를 납치하러 온다는 게 말이야! 왜 그런 위험한 짓을 벌인 걸까? 도대체 왜?"

밀라는 범죄학자가 무슨 이야기를 하고 싶은지 알고 있었다. 비록 그
내용을 자신이 말하고 있긴 했지만 거기까지 그녀를 이끌어준 것은 분
명 고란 게블러 박사였다.

"범인은 누군가에게 도전장을 내밀고 있는 것 같습니다……."

밀라가 내뱉은 마지막 말은 범죄학자의 머릿속에서 꽁꽁 닫혀 있던
문 하나를 여는 효과를 가져왔다. 그는 자리에서 벌떡 일어나 부엌을 돌
아다녔다.

"계속하지."

"범인은 뭔가를 입증하려고 했어요. 예를 들면, 자신이 훨씬 더 영악
하다는 걸 보여주려고 했습니다."

"자신이 최고라는 걸 과시하려 했어. 분명 자기도취 성향이 병적으로
심한 자기중심적 인간형일 거야. 그럼 이제 여섯 번째 피해아동으로 넘
어가 보자고."

밀라는 갑자기 방향감을 상실한 느낌이었다.

"아는 게 전혀 없습니다."

"그래도 얘기해봐. 우리가 확보하고 있는 증거자료만으로 해보자
고……."

밀라는 수첩을 내려놓았다. 머릿속에 떠다니는 내용을 즉흥적으로
잡아내야 했다.

"좋아요. 어디 보자……. 일단 나이는 데비와 비슷할 거예요. 그래야
서로 친구가 될 수 있으니까요. 그럼 대략 열두 살 정도. 아, PCR 분석에
서 확인된 내용이네요."

"좋아. 그다음은?"

"부검을 담당했던 법의학 전문가 소견에 따르면 여섯 번째 아이는 나
머지 아이들과 다른 방식으로 살해됐다고 했어요."

"어떻게 달랐지? 다시 한번 얘기해봐."

밀라는 다시 수첩을 뒤적이며 대답했다.

"다른 피해아동과 마찬가지로 팔을 잘라냈지만 혈액과 조직에서 발견된 성분에 따르면, 아이는 여러 가지 약물을 복용한 상태라고 했어요."

게블러 박사는 챙 박사가 열거한 약 이름을 불러보라고 했다. 디소피라미드 같은 항부정맥제, ACE 억제제, 그리고 베타 차단제 역할을 하는 아테놀롤.

바로 그 점이 게블러 박사로서는 이해가 가지 않는 부분이었다.

"바로 그 점이 이해가 가지 않는 부분이에요." 밀라가 말했다. 그 순간 고란 게블러 박사는 상대가 자신의 생각을 읽는 듯한 느낌에 빠졌다. "사건 브리핑 당시, 박사님은 앨버트가 약물을 이용해 혈압을 낮추고 심장 박동수를 줄이려 했다고 지적하셨습니다. 챙 박사님은 그 목적이, 출혈을 최대한으로 늦춰서 서서히 죽이기 위해서라고 말씀하셨고요."

출혈을 최대한으로 늦춘다. 그리고 서서히 죽인다.

"맞아. 그랬었지. 이번엔 부모에 대한 이야기를 해보자고……."

"어느 부모요?" 밀라가 이해할 수 없다는 듯 물었다.

"누구든 해보라고! 적어둔 게 없어도 괜찮아. 내가 듣고 싶은 건 오로지 자네 생각이야!"

노트를 보고 있다는 걸 어떻게 알았을까? 밀라는 그의 반응에 깜짝 놀라 잠시 동요되었다. 하지만 다시 정신을 가다듬고 대답했다.

"여섯 번째 피해아동의 부모는 다른 부모들처럼 DNA 테스트에 참석하지 않았습니다. 누군지도 모르고, 실종신고도 내지 않았으니까요."

"왜 그들은 실종신고를 하지 않았을까? 아직도 딸아이가 사라졌다는 걸 모르고 있단 말인가?"

"그럴 것 같진 않습니다."

출혈을 최대한 늦춘다.

"아니면 부모가 없을 수도 있겠지! 혈혈단신의 몸일 수도 있고! 아니면, 모두가 그 아이에게 일말의 관심도 없거나!" 게블러 박사는 버럭 화를 냈다.

"아니에요. 그 아이에겐 가족이 있습니다. 다른 아이들과 마찬가지예요. 잘 생각해보세요. 외동딸, 40대 후반의 엄마, 아이는 하나만 갖기로 했던 부모들. 범인의 수법은 달라지지 않았어요. 왜냐하면 진짜 피해자는 그 부모들이었으니까요. 그들은 더 이상 아이를 가질 수 없는 부모들이었다고요. 범인은 가족을 피해자로 선택한 거지, 아이들을 노렸던 게 아니에요."

"맞아." 게블러 박사가 대답했다. "그래서?"

밀라는 잠시 머리를 굴렸다.

"범인은 도전장을 내미는 거예요. 과감하게 붙어보자는 식이지요. 의자매를 맺은 두 아이를 납치, 살해한 것처럼요. 수수께끼를 던지는 거죠. 저희가 시험에 빠지도록."

그리고 서서히 죽인다.

"만약 그 아이에게 부모가 있고, 아이가 납치됐다는 사실을 알고 있다면 왜 아직까지 실종신고를 내지 않은 거지?" 게블러 박사는 부엌 바닥을 내려다보며 고집스럽게 되물었다. 그는 자신과 밀라가 뭔가에 근접해 있다는 사실을 감지했다. 어떤 물음에 대한 해답에.

"두렵기 때문입니다."

밀라의 한마디는 머릿속의 어두운 구석을 환하게 밝혀주었다. 그리고 또다시 목덜미 뒤에서 느껴지는 소름, 묘한 전율을 다시 몰고 왔다.

"뭐가 두려워?"

해답은 밀라가 방금 했던 말과 직결된 내용이었다. 사실 그렇게까지 구구절절 대화를 나눌 필요까진 없었다. 하지만 두 사람은 머릿속의 생각으로만 남아 있던 것들이 구체적인 단어로 표현되어 나오기를 기다렸던 것이다. 그 단어가 순식간에 사라져버리지 않게 꽉 붙들기 위해서.

"여섯 번째 피해아동의 부모는 앨버트가 딸아이를 해치지 않을까 두려웠던 거야……."

"이미 죽었다면 그게 무슨 소용이에요?"

출혈을 최대한 늦춘다. 그리고 서서히 죽인다.

게블러 박사는 말을 멈추고 바닥에 무릎을 꿇고 앉았다. 반면 밀라는 자리에서 일어났다.

"출혈을 최대한 늦췄던 게 아니야……. 바로, 지혈을 했던 거라고!"

두 사람은 동시에 같은 결론에 다다랐던 것이다.

"세상에……." 밀라가 말했다.

"그래. 여섯 번째 아이는 아직 살아 있는 거야."

11

소녀는 눈을 뜬다.

그리고 숨이 넘어갈 정도로 공기를 깊게 들이마신다. 보이지 않는 작은 손들이 아래로 끌어당기는 듯한 심연의 액체 속에서 뛰쳐나온 것처럼 헐떡인다. 하지만 깨어 있기 위해 필사적으로 온몸의 균형을 유지하려 한다.

갑작스럽게 왼쪽 어깨에 통증이 느껴지더니 정신이 번쩍 들었다.

무지막지한 통증이었지만 그 덕에 어느 정도 머리가 맑아지긴 했다. 소녀는 자신이 어디에 와 있는지 생각해본다. 방향감각을 완전히 상실한 상태였다. 단지 바닥에 누워 있다는 것만 알 수 있을 뿐이다. 머리는 멍멍하고 주변은 칠흑 같은 암흑의 세계였다. 열이 나는 데다 몸도 가눌 수 없다. 마치 바닥에 짓밟힌 채 처박힌 느낌이다. 반수면 상태의 뿌연 장막을 뚫고 오롯이 느껴지는 단 두 개의 감각은, 오줌 냄새와 바위 냄새였다. 마치 무슨 동굴에 들어와 있는 느낌이었다. 게다가 성가시고 반복적으로 울려 퍼지는 낙수 소리까지 들린다.

어떻게 된 거지?

기억을 하나씩 더듬어본다. 소녀는 울고 싶었다. 눈물이 뺨을 타고 흘러내려 바싹 말라붙은 입술을 적신다. 그제야 타는 듯 갈증이 느껴졌다.

주말에 호숫가로 놀러 갈 예정이었다. 아빠와 엄마, 그리고 소녀. 벌써 며칠째 그 생각만 하며 지내왔었다. 호숫가로 놀러 가면 아빠한테 낚시를 배울 생각이었다. 정원에서 땅을 파고 지렁이를 잡아다 통 속에 미리 넣어두었다. 통 속에 넣어도 지렁이는 꿈틀대며 살아 있었다. 하지만 그다지 큰 관심은 두지 않았다. 아니, 생명이 붙어 있다는 것을 그리 중요하게 생각하지 않았다. 왜냐하면 땅속에 사는 지렁이에게는 감정이란 게 없다고 여겼기 때문이다. 그래서 지렁이는 통 속에 갇히면 어떤 느낌이 들지 전혀 궁금해하지 않았다. 그리고 이제야 소녀는 그런 생각을 한다. 자신이 바로 통 속에 갇힌 지렁이 신세처럼 느껴졌기 때문이다. 지렁이가 몹시 불쌍해졌고 자신의 처지 역시 딱하게 느껴졌다. 그렇게 못되게 굴었던 자신이 창피하기까지 했다. 소녀는, 자신을 데려다 생명력을 앗아간 그 사람이 자신보다는 나은 사람이기만을 간절히 바랐다.

무슨 일이 있었는지 도저히 기억이 나지 않는다.

학교에 가려고 아침 일찍 일어났었다. 평소보다 더 빨리 일어났다. 왜냐하면 그날은 목요일이었기 때문이다. 매주 목요일은 아빠가 고객들과 약속이 많은 날이라 학교까지 바래다줄 수 없었다. 아빠는 이미용 제품 파는 일을 했는데 주말에 손님들이 쇄도하기 때문에 미리 헤어스프레이나 샴푸, 그리고 각종 화장품 등을 준비해야 했다. 그래서 소녀는 혼자 학교에 가야 했다. 아홉 살 때부터 그렇게 지내왔었다. 소녀는 처음으로 아빠가 버스 정류장에 이르는 짧은 구간까지만 배웅해주었던 일을 떠올렸다. 아빠의 손을 꼭 잡고 아빠가 일러주는 주의사항에 귀 기울이던 그때의 기억을. 길을 건널 땐 양쪽을 살펴보아라, 버스 기사는 기다려주지 않으니까 버스 시간에 늦으면 안 된다, 모르는 사람하고는 절대 말하지 마라, 위험할 수도 있다 등등의 충고. 시간이 흐르면서 아빠의 가르침을 얼마나 달달 외우고 다녔는지 그 조언들이 아빠의 입에서 흘러나오는 게 아니라 자기 자신이 터득한 기술처럼 느껴질 정도였다.

문제의 목요일 아침, 소녀는 설레는 마음으로 잠자리에서 일어났다. 호숫가로 캠핑을 가는 일 말고도 행복한 일이 또 하나 있었기 때문이다. 손가락에 난 상처. 소녀는 욕실에서 손가락을 뜨거운 물에 적셔 붕대를 풀어낸 뒤 아프긴 했지만 자랑스런 마음으로 손가락을 바라보았다.

의자매가 생겼던 것이다.

소녀는 한시라도 빨리 그 친구가 보고 싶었다. 하지만 같은 학교를 다니지 않기 때문에 저녁이 될 때까지 기다려야 했다. 두 친구는 새로운 이야깃거리를 주고받는 서로의 약속장소에서 만나기로 했었다. 못 보고 지낸 지 벌써 며칠째였다. 두 친구는 만나서 놀고, 서로의 계획을 세우고, 헤어지기 전에 영원한 친구로 남겠다는 엄숙한 맹세를 다시 한번 다지게 될 터였다.

그랬다. 하루의 시작은 그렇게 행복했다.

소녀는 수학 교과서를 가방에 챙겨 넣었다. 가장 좋아하는 과목이었고 성적이 그 사실을 증명해주었다. 11시에 있는 체육시간을 위해 옷장 서랍에서 꺼낸 타이츠와 면양말, 그리고 운동화를 쇼핑백에 담아놓았다. 침대 정리를 하는 동안 엄마가 아침을 먹으라고 불렀다. 식탁에 앉으면 항상 모든 식구가 부산을 떨었다. 그날 아침 역시 다를 바 없었다. 커피 한 잔으로 아침을 대신하는 아빠는 신문을 읽느라 서 있었다. 한 손으로는 신문을 들고, 다른 손으로는 규칙적으로 커피 잔을 입술로 가져갔다. 엄마는 출근 전부터 회사 동료와 전화통화를 하는데 단 한마디도 빼놓지 않고 집중하며 동시에 소녀에게 계란을 내주었다. 후디니는 자기 집에서 몸을 말고 누운 채 부엌으로 들어온 소녀에겐 눈길도 주지 않았다. 할아버지는 고양이 역시 할아버지처럼 저기압이라 아침 동작이 굼뜨다고 늘 말하셨다. 소녀는 후디니의 무관심에 마음 상했던 게 언제인지 기억도 나지 않았다. 단지 같은 집에서 같이 지내고, 서로 건드리지 않기로 무언의 합의를 맺었을 뿐이다. 그거면 충분했다.

소녀는 아침식사를 마치고 접시를 개수대에 가져다 놓은 다음 부모님을 차례로 끌어안았다. 그리고 등굣길에 나섰다.

밖으로 나간 뒤에도 여전히 뺨에서 아빠의 커피 묻은 입술이 느껴졌다. 그날은 청명한 날이었다. 옥에 난 티처럼 군데군데 하늘에 떠 있는 구름 몇 점은 전혀 걱정스럽지 않았다. 일기예보에 따르면 주말 내내 화창한 날씨가 계속될 거라고 했다. "낚시하기엔 완벽한 날이 될 거야." 아빠가 말했었다. 소녀는 그 약속을 마음에 품고 보도블록 위를 걸어 버스 정류장으로 향했다. 모두 합해 329걸음. 소녀는 주기적으로 발걸음을 세어보았다. 해를 거듭할수록, 그 수는 점점 줄어들었다. 소녀가 자라고 있다는 증거였다. 그날도 소녀는 발걸음 수를 세고 있었다. 그렇게 311번째 발걸음을 내디딜 때 누군가 소녀를 불렀다.

소녀는 절대로 311이란 숫자를 잊을 수 없으리라. 소녀의 삶이 완전히 어긋나버린 바로 그 시점.

소녀는 고개를 돌려 부른 사람을 쳐다보았다. 입가에 미소를 머금고 소녀를 향해 다가온 남자의 얼굴은 낯설었다. 남자는 소녀의 이름을 불렀고, 소녀는 남자가 자신을 알고 있으니 별로 위험하지 않을 거란 생각을 했다. 남자가 소녀를 향해 다가오는 동안 소녀는 남자가 누구인지 기억해내려고 애썼다. 남자는 점점 빠르게 발걸음을 옮겼고, 소녀는 그렇게 기다렸다. 남자의 머리가…… 머리 모양이 이상했다. 어렸을 때 가지고 놀았던 인형 같은 모습이었다. 인형 가발. 남자의 머리가 가발이라는 것을 알아차렸을 땐 이미 늦은 뒤였다. 소녀는 바로 앞에 하얀 승합차가 주차되어 있었다는 사실조차 파악할 틈이 없었다. 남자는 소녀를 둘러메고서 승합차의 문을 연 뒤 안으로 들어갔다. 소녀는 고함을 지르려 했지만 남자가 입을 꽉 틀어막고 있었다. 가발이 머리에서 벗겨졌고, 남자는 축축한 손수건으로 소녀의 얼굴을 덮었다. 그러자 갑자기 주체할 수 없는 눈물이 흘러내렸다. 눈앞의 세상이 검은 점과 붉은 얼룩 뒤로 사라지는 것 같았다. 그러고는 암흑의 세상 속으로 빠져들었다.

남자는 누구일까? 소녀에게 무얼 원하는 걸까? 왜 이 동굴 같은 곳으로 데려온 걸까? 여긴 어딜까?

질문이 꼬리에 꼬리를 물고 떠올랐지만 그 어디에도 해답은 없었다. 소녀가 기억하는 마지막 날 아침의 이미지는 점점 사라지고 있었고 소녀는 다시 동굴 같은 곳으로 돌아왔다. 자신을 집어삼킨 괴물의 축축한 뱃속 세상으로. 보상이라면, 마치 마비된 것 같은 몽롱한 기분이 느껴졌다는 것이다. 이 끔찍한 생각만 사라질 수 있다면 뭐든 할 수 있을 것 같았다. 소녀는 두 눈을 감고, 자신을 감싸고 있는 암흑의 세상 속으로 다시 빠져 들어갔다.

그 암흑 세상의 일부가 자신을 주시하고 있다는 사실도 모른 채.

12

밤새도록 펑펑 쏟아진 함박눈은 적막감을 몰고 와 온 세상을 뒤덮는 듯했다.

영하의 기온이 조금 누그러졌고 미풍이 불어와 거리를 쓸고 지나갔다. 오늘내일, 오늘내일하며 기다려왔던 기상상태의 변화는 모든 걸 더디게 만들었지만 수사에 착수한 팀원들은 새로운 문제에 열중하고 있었다.

결국 그들에게 하나의 목표가 생겼던 것이다. 비록 부분적이긴 했지만 모든 악을 바로잡을 방법. 여섯 번째 아이의 신원을 파악하고 구해내는 것. 그리고 자신들의 체면과 명예를 지키는 일.

"그 아이가 아직까지 살아 있기를 희망해봅시다." 게블러 박사는 한층 고조된 팀원들 분위기의 완급을 조절하기 위해 가정이라는 단서를 말끝마다 반복했다.

챙 박사는 왜 더 빨리 그런 가능성을 타진해보지 못했느냐며 로시 경감으로부터 잔소리를 들었다. 여섯 번째 피해아동에 관한 소식은 여전히 언론에겐 비밀이었다. 하지만 로시 경감은 미리 그럴듯한 핑곗거리를 준비해야 했고 무엇보다 거기에 이용할 희생양이 필요했다.

그러는 동안 경감은 단 하나의 본질적인 물음에 대한 답을 구하기 위해 각기 다른 전문분야로 구성된 의료팀을 불러들였다.

피해아동이 현재와 같은 상처를 입은 상황에서 과연 얼마나 더 버틸 수 있겠는가?

대답은 여러 갈래로 나뉘었다. 가장 낙관적인 측은 적절한 치료가 뒤

따르고 추가감염의 위험만 없다면 적어도 10~20일까지는 버틸 수 있다는 답을 내놓았다. 반면에 비관적인 측은 피해아동이 어리다고 해도 그렇게 팔 하나를 잃게 되면 기대수명이 시간 단위로 줄어버리기 때문에 이미 사망했을 가능성이 높다는 의견을 내놓았다.

로시 경감에게는 모든 결과가 만족스럽지 않았다. 그래서 공식적으로는 알렉산더 버먼을 계속해서 주 용의자로 밀고 가는 결론을 택했다. 고란 게블러 박사도 비록 '평범한' 세일즈맨이 아동 실종사건과는 아무런 연관이 없다는 걸 알고 있었지만 경감의 공식적인 발표를 반박하지는 않았다. 진실규명 차원을 넘어선 문제라는 걸 잘 알고 있었기 때문이다. 로시 경감으로서는 버먼의 혐의에 대해 내놓은 이전의 공식발표를 뒤집음으로써 체면을 구길 순 없었다. 지금까지 쌓아 올린 이미지에 타격을 입을 뿐만 아니라 수사방식에 대한 신뢰도 역시 추락하기 때문이었다.

한편, 범죄학자는 경찰이 지목한 주 용의자는 진범이 미리 '선택한' 일종의 볼모였다는 생각에 이르게 되었다.

앨버트는 또다시 집중 관심의 대상으로 부상했다.

"진범은 버먼이 소아성애자란 사실을 잘 알고 있었습니다." 게블러 박사는 모두가 모인 회의실에서 설명을 시작했다. "우리는 그 점을 잠시 간과하고 지나갔던 겁니다."

새로운 단서가 앨버트의 프로파일에 추가되었다. 팀원들은 챙 박사가 수거된 팔들의 상처에 대해 설명하던 중에 '외과적' 예리함을 갖추고 있어서 거의 치명타와 다름없었다고 묘사했을 때 처음으로 직감을 하긴 했었다. 여섯 번째 피해아동에게 지혈을 하기 위해 사용한 의약품은 그들이 쫓는 범인의 의학지식이 어느 정도인지를 보여주는 단서였다. 따라서 범인이 아이를 여전히 살려두었다는 사실은 범인이 소생술과 집중

치료에 관한 의학지식을 갖추고 있다는 결론을 이끌어냈다.

"의사이거나, 전직 의사일 가능성도 있습니다." 게블러 박사가 생각 끝에 말했다.

"그쪽 명단은 일단 제가 파보겠습니다. 혹시 의학계에서 제명된 인간일지도 모르지요." 스턴이 자청하고 나섰다.

수사에 좋은 진전이 있을 것 같은 분위기였다.

"아이의 생명을 유지하기 위한 약들은 어디서 구입하는 걸까요?"

"좋은 질문입니다, 보리스 수사관. 개인 약국이나 병원 약국 등을 상대로 확인해야 할 겁니다. 그런 약품을 구입한 사람 명단도 확보하고요."

"아마 몇 달 전에 미리 사두었을 가능성도 있습니다." 로사가 끼어들었다.

"특히 항생제 쪽에 집중해야 합니다. 감염을 막으려면 다량으로 필요할 테니까. 더 없습니까?"

더 이상은 없는 것 같았다. 이제 남은 건 생사 여부를 떠나 피해아동의 소재를 파악하는 일이었다.

회의실에 모인 사람들은 모두 밀라를 쳐다보았다. 그들의 수사에 결정적인 방향을 제시해줄 수 있는 최고의 전문가가 바로 실종사건 전문가 밀라 바스케스 수사관이었기 때문이다.

"우선 가족과 연락할 방법을 찾아야 합니다."

사람들은 의아하다는 표정으로 서로를 쳐다보았다. 급기야 스턴이 질문을 던졌다.

"왜 찾아야 합니까? 지금으로선 그 점이 우리가 앨버트보다 유리한 측면인데. 녀석은 우리가 알고 있다는 걸 모르지 않습니까?"

"이 정도까지 일을 꾸민 인간이 정말 우리의 반응을 미리 계산해두지 않았을 거라고 생각하십니까?"

"우리의 추측이 정확하다면, 녀석은 우리를 위해 아이를 살려두고 있는 겁니다."

게블러 박사가 끼어들어 자신의 새로운 가설을 내세워 밀라를 대변해주었다.

"게임을 주도하는 건 앨버트입니다. 그리고 최후의 승자가 여섯 번째 아이를 차지하는 겁니다. 게임의 흐름을 제대로 짚은 쪽이 이기게 되는 겁니다."

"그럼 아이를 죽이지 않을 거란 말입니까?" 보리스가 물었다.

"아이를 죽이는 건 녀석이 아닙니다. 우리가 될 겁니다."

받아들이기 힘든 사실이었다. 하지만 그것이 도전장을 내민 실질적인 이유였다.

"아이를 찾는 데 너무 많은 시간을 허비할 경우, 아이는 그대로 죽을지 모릅니다. 어떤 식으로든 녀석의 성질을 건드려도 역시 아이는 죽을지도 모릅니다. 게임의 룰을 지키지 않을 경우에도 역시 아이는 죽을 수 있습니다."

"규칙? 무슨 규칙 말입니까?" 로사는 두려움을 감추지 못하며 물었다.

"녀석이 정해놓은 규칙입니다. 불행히도 우리가 전혀 알 수 없는 규칙이지요. 우리는 녀석이 만들어놓은 미로 같은 생각을 전혀 알 수 없습니다. 하지만 본인에겐 분명한 규칙이 있습니다. 이런 시각에서 본다면, 우리의 모든 행동이 규칙 위반으로 읽힐 수도 있습니다."

생각에 잠겼던 스턴이 고개를 끄덕였다.

"그렇다면 여섯 번째 아이의 가족에게 직접 연락을 하는 것이 이 게임에 동참하는 길이 되겠군."

"맞아요." 밀라가 대답했다. "현재 앨버트가 기대하고 있는 게 바로 그거예요. 미리 계산에 넣어뒀던 겁니다. 하지만 우리가 실패할 거라고 생각하고 있었을 겁니다. 왜냐하면 여섯 번째 아이의 부모는 겁에 질려 아무런 반응도 보이지 못하고 있으니까요. 아니었으면 벌써 뭐라도 했겠지요. 녀석은 자신의 영향력이 우리가 총동원하는 수사력보다 우월하다는 걸 입증하고 싶은 겁니다. 역설적이게도 녀석은 자신이 납치한 아이의 부모에게, 경찰이 아닌 바로 자신이 '영웅'이라는 걸 입증하려는 겁니다. 마치 아이의 목숨을 구할 수 있는 건 오직 자신뿐이고, 그 부모가 믿을 수 있는 것 역시 자신뿐이라고 이야기하는 셈이지요……. 녀석이 벌이는 심리전이 어느 정도로 고단수인지 아시겠습니까? 하지만 부모를 설득해서 우리에게 연락하도록 만든다면, 우리가 우위를 선점할 수 있게 됩니다."

"그래도 녀석의 기분을 건드릴 위험이 있습니다." 세라 로사 수사관은 전혀 동의할 수 없다는 표정으로 반론을 제기했다.

"그건 감수해야 할 위험입니다. 하지만 그런 이유로 녀석이 아이를 해칠 거라곤 생각하지 않습니다. 대가는 저희가 치르게 될 겁니다. 아마 게임 시간을 단축시키는 식으로요. 하지만 당장 살해하지는 않을 겁니다. 수사진에게 자신이 그린 그림의 전체를 먼저 보여주고 싶어 할 테니까요."

게블러 박사는 밀라가 수사의 체계를 배워나가는 속도에 감탄을 금할 수 없었다. 그녀는 정확하게 수사의 가이드라인을 그리고 있었다. 결국 팀원들이 그녀의 설명에 귀를 기울이는 정도에까지 이르렀지만 수사팀의 일원으로 인정받는 길은 여전히 쉽지 않아 보였다. 처음부터 솔직히 수사에 별로 필요 없는 외부인으로만 여겨져 왔고, 그런 인식은 쉽게 변하지 않기 때문이었다.

그 순간, 로시 경감은 대충 들을 건 다 들었다고 판단하며 결정적인 한마디를 내던졌다.

"일단 바스케스 수사관의 제안대로 수사에 착수한다. 여섯 번째 피해아동이 있다는 소식을 조속히 알리자고. 그리고 동시에 가족에게 직접 알리는 거야. 힘들 내자고! 우리도 호락호락하지 않다는 걸 보여주잔 말이야! 그 괴물 같은 자식이 정말 모든 걸 결정하는 양 사건만 기다리고 있는 것도 지겹다고!"

팀원들 일부는 경감이 보인 뜻밖의 반응에 깜짝 놀랐다. 하지만 고란 게블러 박사만큼은 아니었다. 로시 경감은 자신도 모르게 자신의 책임을 회피하기 위해 남을 앞세운 앨버트처럼 굴고 있었다. 즉 그것은 결과적으로 책임을 전가하는 행동이었다. 만약 경찰에서 아이를 찾아내지 못한다면 그건 아이의 부모가 경찰에 알리지 않고 어둠 속에 숨어 있었기 때문이지 자신들의 탓은 아니라는 소리였다.

그의 말 속에는 진실의 핵심이 담겨 있었다. 사건을 들쑤셔볼 시간이 왔다는 것이다.

"다들 저 의사양반들 하는 소리 들었지? 꼬마한테 남은 시간은 최장 열흘이라는 거." 로시 경감은 진지한 눈빛으로 팀원들 하나하나를 바라보며 말했다. "내 결정은 이래. 본부를 다시 가동시키는 거야."

저녁식사 시간, 뉴스 화면에 유명한 영화배우가 등장했다. 여섯 번째 피해아동의 부모에게 메시지를 전달하는 전령으로 경찰이 선택한 인물이었다. 친숙한 그 얼굴은 사건에 관한 필요한 만큼의 감정을 실어서 부모에게 호소할 터였다. 물론 로시 경감의 아이디어였다. 밀라도 제법 괜찮은 방법이라고 생각했다. 적어도 호소력 덕분에 나쁜 의도를 가진 사람들이나 거짓신고를 밥 먹듯 하는 사람들 일부는 걸러낼 수 있기 때문이었다.

뉴스 시청자들이 두려움과 희망이 교차하는 분위기 속에서 여섯 번째 피해아동이 아직 살아 있다는 소식을 접할 즈음, 행동과학 수사팀 팀원들은 '본부'를 가동하는 일에 착수했다.

그들이 말하는 본부는 시내와 가까운 곳에 위치한 어느 평범한 건물 4층에 자리 잡은 아파트였다. 건물에는 연방경찰이 사용하는 부속 사무실 여러 곳이 들어와 있는데, 주로 행정과 회계에 관련된 부서, 그리고 지금은 다소 활용도가 떨어지지만 디지털화 작업을 거치지 않은 문서기록들을 보관하는 보관실이 있다.

과거에는 증인보호 프로그램의 안가 혹은 경찰의 보호가 필요한 이들을 위한 은신처로 사용되곤 했었다. 본부는 비슷한 크기의 아파트 두 채 사이에 자리했고, 따라서 창문이 하나도 없었다. 에어컨이 상시 가동되었고 유일한 출입구는 정문 하나였다. 두꺼운 벽에는 여러 개의 보안장치가 설치되어 있었다. 본부가 제 기능을 한 지 오래된 관계로 보안장치는 모두 해제된 상태였다. 단지 육중한 방탄문만 제구실을 하고 있었다.

행동과학 수사팀이 창설될 당시, 그곳을 본부로 사용하자고 요구한 것은 게블러 박사였다. 로시 경감으로선 박사를 만족시키는 게 어려운 일은 아니었다. 몇 년 전부터 비어 있는 안가가 머릿속에 떠올랐기 때문이다. 범죄학자는 수사가 진행되는 동안은 밀실 같은 곳에서 기거할 필요가 있다고 주장했다. 아이디어 회전이 용이하고, 그걸 토대로 살을 보태고 서로 나누는 과정을 누군가의 중재 없이 현장에서 즉시 실행할 수 있기 때문이었다. 반강제적인 합숙은 팀원들 간에 일정 수준의 합의가 전제되기 때문에 모두의 머리를 하나의 뇌로 연결시키는 상승작용을 불러일으켰다. 게블러 박사는 업무 분위기 조성에 있어 신경제 이론을 차용했다. 모두에게 평등한 공동구역을 비롯해, 갈등과 반목의 주원인이 되는 서열구조와 전통적인 경찰조직의 수직적 업무체계와 반대되는 수평적 역할 분배체계를 제시했다. 따라서 본부 내에서만큼은 모든 차별이 사라졌고, 보다 향상된 해결책이 나왔을 뿐만 아니라 팀원 각자의 맡은 바 역할이 요구되었고, 그렇게 나온 의견은 모두가 경청하고 합당한 대우를 받게 되었다.

밀라는 그곳에 발을 들이자마자 거기가 바로 연쇄살인범들을 잡아두었던 장소가 아니었을까 하고 생각했다. 그런 일은 현실세계가 아닌, 바로 벽으로만 둘러싸인 그런 곳에서나 벌어지는 일이니까.

본부에서 벌어지는 모든 일은 단순한 인간사냥만은 아니었다. 그곳은 언뜻 봐서는 단지 잔혹하기만 한 사건의 난해한 이면 속에 감춰진 그림을 이해하려는 노력이 담긴 곳이기도 했다. 병든 영혼이 지닌 일그러진 시선을 이해하려는 곳.

밀라는 문지방을 넘어서는 순간, 수사의 새로운 단계로 넘어가는 첫걸음이라는 사실을 깨달았다.

스턴은 부인이 준비해준 밤색 인조가죽 가방을 들고 가장 먼저 안으로 들어갔다. 어깨에 배낭을 걸친 보리스가 그다음, 그리고 로사, 마지막으로 밀라가 차례로 본부에 들어갔다.

방탄문을 넘어가자 방탄유리로 된 일종의 부스 같은 게 나왔다. 과거에 경비원들이 사용했던 곳이었다. 안에는 여러 대의 감시카메라 모니터, 사무실 의자 몇 개, 텅 빈 총기 보관소가 구비되어 있었다. 두 번째 보안장치는 현관과 나머지 공간을 나누는 자동철창이었다. 과거에는 경비원에 의해 작동했지만 지금은 활짝 열려 있었다.

안에서는 환기가 전혀 되지 않아 장기간 들어찬 습기와 담배 냄새가 뒤섞인 찌든 내가 풍겼고 웅웅 에어컨 돌아가는 소리가 퍼지고 있었다. 밀라는 그런 환경에서는 귀마개 없이 수면을 취하는 게 쉽지 않겠다고 생각했다.

제법 긴 복도가 본부를 양쪽으로 가르고 있었다. 벽에는 과거에 진행된 수사와 관련된 메모사항과 사진들이 덕지덕지 붙어 있었다.

아름다운 여인의 얼굴.

다른 팀원들이 서로 주고받는 눈빛을 통해 그 사건이 해피엔딩으로 끝나지 않았으며, 그 뒤로 다시는 본부를 찾지 않았다는 사실을 눈치챌 수 있었다.

말을 하는 사람도 없었고, 그 사건에 대해 설명해주는 사람도 없었다. 단지 보리스만이 짜증스럽다는 듯 한마디를 내던졌다.

"젠장, 적어도 저 사진만큼은 떼어놓았어야지!"

방마다 사무용 가구들의 용도를 독창적으로 변경시킨 옷장과 서랍장들이 가득 들어차 있었다. 부엌에서는 책상이 식탁의 기능을 대신했다. 냉장고는 오존층을 파괴하는 프레온 가스만을 사용하는 낡은 제품이었다. 누군가 냉장고 내부의 성에를 제거하고 문까지 열어놓는 수고는 하였지만 시커멓게 썩은 중국음식 찌꺼기까지 비워주진 않았다. 공동거실에는 소파 두 개, 텔레비전 한 대, 그리고 노트북 컴퓨터와 각종 주변기기들을 사용할 수 있는 공간이 마련되어 있었다. 구석에는 커피머신 하나가 자리를 차지하고 있었다. 여기저기에 지저분한 재떨이와 온갖 종류의 쓰레기가 굴러다녔는데 유명 패스트푸드 상표가 붙어 있는 종이컵이 압도적이었다. 하나뿐인 욕실은 비좁고 악취까지 풍겼다. 샤워실 옆에 설치된 낡은 선반에는 물비누 용기와 반쯤 빈 샴푸 용기, 그리고 다섯 개들이 두루마리 휴지 한 상자가 구비되어 있었다. 문이 닫힌 두 개의 방은 취조용으로 사용되던 곳이었다.

침실은 본부의 맨 끄트머리에 자리 잡고 있었다. 2층 침대 세 개와 접이식 침대 두 개가 벽에 붙어 있었다. 침대 하나마다 의자가 딸려 있어서 가방이나 개인소지품을 내려놓을 수 있었다. 잠은 모두 한 방에서 자게 되었다. 밀라는 다른 팀원들은 이전에 사용했던 자신들의 침대가 있으리란 생각에 다른 사람들이 먼저 침대를 차지할 때까지 기다렸다. 마지막으로 팀에 합류한 입장이니 남는 침대를 쓰겠다는 생각이었다. 결국 밀라에겐 세라 로사 수사관과 가장 멀리 떨어진 접이식 침대가 주어졌다.

보리스는 유일하게 2층 침대의 위층을 골랐다. "스턴은 코를 골아요." 그는 밀라의 옆을 지나가면서 낮게 속삭였다. 비밀 누설에 동원된 장난스런 말투와 미소 덕분에 밀라는 보리스의 화가 풀렸다고 생각했다. 그나마 다행이었다. 그 덕에 그들과의 동거가 좀 더 편해질 것 같았기 때문이다. 밀라는 다른 동료들과 같이 생활했던 경험이 두 번 있었다. 하지만 자연스럽게 행동하는 건 매번 어려운 일이었다. 심지어 같은 여성끼리만 있어도 불편한 건 마찬가지였다. 일정 시간이 지나면 대부분 서로 간에 동료애라는 게 생기기 마련이었지만 밀라는 그럴 때도 항상 주변인으로 남았다. 그들과의 거리를 좁힐 수가 없었다. 처음에는 그런 자신 때문에 고통스러워했었다. 그러다가 '생존영역'을 만드는 법을 배우게 되었다. 생존영역은 자신이 허락하지 않은 그 무엇도 발을 들일 수 없는 일종의 개인적 영역으로, 심지어 잠음이나 소음까지도 완벽히 차단할 수 있고 그녀가 거리를 두는 사람들의 말까지도 거부할 수 있는 곳이었다.

게블러 박사는 이미 하나 남은 접이식 침대에 짐을 내려놓은 뒤였다. 그는 대회의실에서 팀원들을 기다리고 있었다. 보리스의 주도로 '생각의 방'이라 불리는 곳이었다.

팀원들은 조용히 '생각의 방'으로 들어가며 화이트보드에 뭔가를 적고 있는 게블러 박사의 뒷모습을 바라보았다.

'소생술과 집중치료에 관한 의료지식을 갖춘 점: 의사일 가능성.'

벽에는 다섯 아이들의 사진과 팔 무덤, 버먼의 자동차 사진을 비롯해 사건과 관련된 각종 보고서 사본이 붙어 있었다. 구석에 따로 떨어져 있는 상자에서도 아름다운 얼굴의 여인 사진을 볼 수 있었다. 게블러 박사가 새로운 자료들을 활용하기 위해 벽에 붙어 있던 과거 사진을 떼어 상자에 정리해둔 것 같았다.

대회의실 한가운데에는 다섯 개의 의자가 원형으로 배치되어 있었다.

생각의 방.

게블러 박사는 회의실 내에 최소한의 집기만 구비되어 있음을 의아하게 여기는 밀라를 보며 정확한 의도를 설명해주었다.

"최소한의 집기는 집중에 도움이 됩니다. 우선은 우리가 가지고 있는 것에 대해 집중할 필요가 있습니다. 제 개인적인 판단에 최선이라고 생각하는 방식으로 모든 걸 배치했습니다. 하지만 항상 말씀드렸다시피, 마음에 들지 않는 건 언제든 바꾸셔도 좋습니다. 배치 역시 마음대로 바꿔도 좋습니다. 이 대회의실은 우리 머릿속에 생각나는 것들을 자유롭게 풀어내는 곳에 해당합니다. 의자가 부실한 점은 조금 양보한다 하더라도 커피머신과 샤워 시설은 포상이라고 생각하고 지내봅시다. 우리 모두 그 정도 대우는 받을 자격이 있으니까."

"완벽합니다." 밀라가 대답했다. "이제 무얼 해야 합니까?"

게블러 박사는 손바닥을 한 번 맞부딪치고는 연쇄살인범의 성향을 적기 시작한 화이트보드를 가리켰다.

"앨버트라는 인물의 특성을 파악하는 게 급선무입니다. 새로운 정보를 하나씩 발견할 때마다 이 화이트보드에 적어나갈 겁니다. 자네도 연쇄살인범의 머릿속으로 들어가 그들과 똑같이 생각하려고 노력하는 수사기법에 대해 들어봤겠지?"

"물론입니다."

"그럼, 그런 건 싹 잊어. 다 쓸데없는 소리야. 수사는 그런 식으로 진행되는 게 아니야. 우리가 쫓는 앨버트는 자신이 벌인 모든 범행에 대해 비밀스런 이유를 가지고 있어. 녀석의 머릿속에 완벽한 체계를 갖춘 형식으로 말이야. 다년간의 개인적인 경험이나 트라우마, 혹은 공상을 통해 형성된 결과물임이 분명해. 그렇기 때문에 녀석이 무슨 행동을 할까 상상하는 게 아니라 '어떻게' 그런 지경에까지 이르게 되었는지를 파악해야 한다는 거야. 녀석의 소재까지 거슬러 올라갈 수 있기를 희망하면서."

밀라는 살인범이 흘린 단서가 버먼 이후로는 행방을 감췄다고 생각했다.

"녀석은 우리에게 또 다른 시체를 발견하게 만들 겁니다."

"저도 동의합니다, 스턴. 하지만 지금 우리에게 뭔가가 부족하다고 생각하지 않습니까?"

"뭔가요?" 다른 수사관들과 마찬가지로 범죄학자가 어떤 결론을 내리려 하는지 도무지 파악할 수 없었던 보리스가 물었다.

하지만 고란 게블러 박사는 명쾌하고 직선적인 대답을 내놓지 않는 성향을 가지고 있었다. 그는 언제나 팀원들에게 어떤 논리적 연결고리를 이끌어내는 지점까지만 인도한 뒤 나머지는 알아서 풀도록 유도하였다.

"연쇄살인범은 상징의 세계 속에서 움직입니다. 그는 몇 년 전부터 자신의 마음속 은밀한 곳에서 시작된 자신만의 난해한 길을 따라가게 되었는데, 그 길이 이제 우리가 살고 있는 현실세계로 이어지게 된 겁니다. 납치된 피해아동들은 그가 가고자 하는 목적지, 그러니까 어떤 목표로 가기 위한 수단에 불과한 겁니다."

"자신만의 쾌락을 추구하는 방법에 해당합니다." 밀라가 덧붙였다.

게블러 박사는 밀라를 쳐다보았다.

"정확합니다. 앨버트는 지금 자신의 욕구를 충족시키는 길을 걷고 있는 겁니다. '자신의 범행'뿐만 아니라 '자신의 존재'에 대한 일종의 포상을 찾고 있는 겁니다. 그의 본성이 그를 자극하면, 그는 단지 따를 뿐입니다. 그리고 본성의 명령을 따르는 과정에서 우리에게 뭔가를 알리려고 하는 겁니다."

바로 그거였다. 그들에게 부족했던 것. 그건 바로 표식이었다. 앨버트의 은밀한 세상 이면으로 그들을 이끌어줄 표식.

세라 로사 수사관이 입을 열었다.

"첫 번째 피해아동의 시체에는 아무런 흔적도 없었습니다."

"타당한 지적입니다." 게블러 박사도 동의했다. "연쇄살인범과 관련된 문학작품이나 그런 주인공을 내세운 영화 등에서는 범인들이 자신의 '흔적'을 남기거나 수사관들에게 특정 단서를 흘리곤 합니다만……. 앨버트는 그러지 않았습니다."

"아니면, 그가 남긴 표식을 저희가 이해하지 못했을 가능성도 있습니다."

"충분히 가능합니다. 우리는 아직 그의 표식을 제대로 읽어낼 능력을 갖추지 못했으니까요." 게블러 박사도 인정했다. "아직까지 우리가 녀석을 제대로 파악하지 못했다는 사실의 반증이기도 합니다. 그렇기 때문에 수사의 전 과정을 재배치해야 할 필요성이 대두된 겁니다."

그들은 다섯이었다. 그들은 모두 범인의 모두스 오페란디(modus operandi), 즉 범행방식을 검토해보았다. 범죄학 교과서에 따르면 범행방식은 연쇄살인범이 보이는 행동의 바탕선을 그리는 용도로 사용되고, 그 행동을 정확한 경험적 순간으로 나눠서 별도로 분석하는 도구로 사용된다.

연쇄살인범의 꼬리표를 달고 태어나는 사람은 없다는 최초의 가정 아래 수사가 진행되지만 수동적인 경험이나 자극이 누적되면 살인에 관한 성향이 일종의 잠복기를 거쳐 형성되고 결국은 폭력으로 귀결된다는 단서가 따라붙게 된다.

이 과정의 첫 단계는 '상상의 단계'이다.

"범인은 현실세계로 진입하기 전, 상상의 세계에서 욕구의 대상을 오랜 기간 찾아다녔을 겁니다." 게블러 박사가 설명을 시작했다. "우리는 연쇄살인범의 마음속 세상에는 자극과 긴장이 얼기설기 얽혀 있다는 사실을 잘 알고 있습니다. 하지만 그 내면성이 더 이상 억누를 수 없을 정도로 쌓이게 되면 불가피하게 실행에 옮기는 단계로 넘어갑니다. 내면의 세상, 즉 상상의 세계는 결국 현실의 세계로 대체되는 겁니다. 그 순간부터 연쇄살인범은 자신을 둘러싼 현실을 상상 속에서 꿈꿨던 세상으로 맞춰가기 시작하는 겁니다."

"앨버트는 어떤 환상을 가지고 있었겠습니까?" 스턴은 끊임없이 박하드롭스를 먹어가며 물었다. "무엇이 녀석을 흥분하게 만들었을까요?"

"녀석은 도전에 열광합니다." 밀라가 말했다.

"아마 오랫동안 무시당하고 살았거나 자신이 과소평가되었다고 생각하며 지냈을 겁니다. 그리고 이젠, 우리를 상대로 자신이 그 누구보다 월등하다는 사실을 입증하고 싶어 하는 겁니다."

"하지만 앨버트는 단지 '상상'의 단계에만 머물러 있지는 않았습니다. 그렇지 않습니까?" 게블러 박사는 그렇게 되물었다. 확신을 다지기 위해서가 아니라, 이미 그런 단계는 지나갔다고 여겼기 때문이다. "앨버트는 이미 앞서나가고 있습니다. 우리의 반응까지 예측해가며 자신의 모든 행동을 미리 계산해두었던 겁니다. 주도권은 녀석이 쥐고 있습니다. 그리고 우리에게 그 메시지를 전하고 있는 거고요. 녀석은 자기 자신을 잘 알고 있지만, 그만큼 우리까지도 파악하고 있다는 겁니다."

두 번째 단계는 '조직' 혹은 '계획'의 단계라고 할 수 있다. 상상력이 무르익고 실행단계로 옮겨가면 필연적으로 먹잇감, 즉 피해자를 고르는 일을 가장 먼저 하게 된다.

"일단 녀석이 타깃으로 삼은 건 피해아동들이 아니라 바로 그 가족들이라는 건 파악되었습니다. 정확히 녀석이 노렸던 건 바로 그 부모들이었습니다. 자식을 하나만 낳기로 했던 부모들. 그들의 이기심에 벌을 주겠다는 생각이었을 겁니다……. 이 대목에서, 피해아동들 사이에 어떤 유사성이나 상징성 같은 건 드러나지 않았습니다. 비록 얼마 차이가 나지 않는다 해도, 나이도 다들 제각각입니다. 외모 역시 모두가 금발이거나 얼굴에 주근깨가 있다는 식의 공통점은 없습니다."

"그래서 아이들을 건드리지 않았던 겁니다." 보리스가 말했다. "그 아이들에겐 성적으로 아무런 흥미를 느끼지 못했으니까요."

"그런데 왜 여자아이들만 납치했을까요? 남자아이들도 가능했을 텐데?" 밀라가 질문을 던졌다.

그 질문에는 아무도 답을 내놓지 않았다. 게블러 박사는 그 부분을 생각하더니 고개를 끄덕였다.

"저도 그 생각은 했습니다. 하지만 아직까지 우리는 녀석이 꿈꿔왔던 세상의 근원을 파악하지 못한 상태입니다. 간혹 우리가 생각했던 것과는 정반대로 엉뚱하고 지극히 평범한 이유가 있을 수도 있습니다. 예를 들어 학창시절, 같은 반 여학생에게 수모를 당했던 기억 때문일 수도 있겠지요. 누가 알겠습니까. 그 해답을 찾는 일도 꽤 흥미로울 겁니다. 하지만 우린 그 점에 대해 아는 게 전혀 없습니다. 우린 우리에게 주어진 것으로 시작해야 합니다."

자신의 발언을 약간 무시하는 듯한 게블러 박사의 반응에 밀라는 기분이 상했다. 적어도 범죄학자만큼은 자신에게 아무런 감정이 없을 거라고 생각했었기 때문이다. 문제의 답을 알 수 없는 상황에 짜증이 난 것 같기도 했다.

세 번째 단계는 '속이는' 단계였다.

"피해아동들에게 접근한 수법은 뭐였을까요? 앨버트가 아이들을 납치하기 위해 어떤 연출을 벌였던 걸까요?"

"데비는 학교 밖에서, 에닉은 MTB 자전거를 타고 숲에서 놀다가 당했습니다."

"녀석은 모두가 지켜보는 놀이동산에서 세이바인을 납치했습니다." 스턴이 말했다.

"사실 부모들이야 자기 자식만 쳐다보느라 정신이 팔렸던 거지요." 로사는 독살스럽게 쏘아붙였다. "남의 아이들이 어떻게 되건 그런 건 눈에 안 들어오는 게 현실입니다."

"아무튼 모두가 보는 앞에서 그런 짓거리를 벌였다는 건, 그 빌어먹을 녀석의 수완이 대단하다는 겁니다. 젠장!"

게블러 박사는 보리스에게 진정하라는 신호를 보냈다. 박사는 수사관이 노골적인 분노에 휩싸인 채 수사에 임하는 걸 바라지 않았다.

"처음 두 아이의 경우 범인은 외진 곳에서 납치를 시도했습니다. 그 점은 일반적인 반복훈련에 가깝다고 볼 수 있습니다. 그렇게 자신감이 생긴 뒤, 바로 세 번째 피해아동인 세이바인을 납치한 겁니다."

"세 번째부터 도전의 수위를 높였던 겁니다."

"그 사건이 벌어지기 전까지는, 아무도 동일범의 소행이라고 생각하지 않았다는 점을 간과해서는 안 됩니다. 세이바인 사건이 터지고서야 이전의 납치사건과 연관성이 대두되었고 공포 분위기가 조성되기 시작했으니까요."

"그렇지만 부모가 보는 앞에서 감쪽같이 아이를 납치했다는 점은 여전히 미스터리입니다. 마치 마법을 부린 듯 순식간에 사라졌으니까요. 전 세라의 지적대로 다른 부모들이 아무런 관심이 없어서 그랬던 건 아니라고 생각합니다. 놈은 모든 사람을, 현장에 있던 모든 사람들의 눈까지도 속였던 겁니다."

"맞습니다, 스턴. 우린 바로 그 점을 연구해야 합니다." 게블러 박사가 말했다. "앨버트가 과연 어떻게 그 많은 사람들의 눈을 피해갔는지 말입니다."

"알겠어요! 녀석은 투명인간이에요!"

보리스의 농담 덕에 팀원들은 잠깐이나마 웃을 수 있었다. 하지만 게블러 박사는 그의 농담 속에서 일면의 진실을 발견할 수 있었다.

"투명인간이라는 말은 지극히 평범하다는 말로 바꿔 쓸 수 있습니다. 그리고 위장술이 아주 뛰어나다고 할 수도 있습니다. 회전목마를 타고 있는 세이바인을 납치할 때는 분명 평범한 가족의 아빠처럼 보였을 겁니다. 납치에 걸린 시간이 얼마였지요? 한 4초 정도?"

"그 즉시 군중 사이로 끼어들어 사라져버렸습니다."

"그런데 꼬마 아이가 울지도 않았던 겁니까? 저항 한 번 안 하고요?" 보리스는 믿을 수 없다는 듯 버럭 화를 내며 말했다.

"일곱 살짜리 꼬마 중에 놀이동산 가서 떼 한 번 안 쓰는 아이 본 적 있어요?" 밀라가 단순한 사실을 지적했다.

"울고불고 난리를 쳤다 해도 사람들에겐 그냥 대수롭지 않게 보였을 겁니다." 게블러 박사는 설명을 마무리하고 회의의 방향을 다시 잡아나갔다. "그러고 나서 멀리사의 납치로 이어집니다."

"경계경보가 발령된 후의 일입니다. 멀리사는 외출금지 명령을 어기고 몰래 집을 나가 친구들과 볼링장에서 만나기로 약속했었습니다."

스턴은 자리에서 일어나 벽에 걸린 웃는 얼굴의 사진 쪽으로 다가갔다. 졸업앨범에 들어 있던 멀리사의 사진이었다. 멀리사는 피해아동 중 나이가 가장 많았지만 외관상으로는 여전히 앳된 얼굴에 체형도 작은 편이었다. 하지만 곧 사춘기에 이를 나이였기에 작은 체구에 비해 예상 밖으로 성숙한 몸매가 뭇 남학생들의 관심을 충분히 끌고도 남아 보였다. 아이의 사진 아래에는 체육에 소질이 있다는 칭찬의 말과 학보사 편집장으로 활동하고 있다는 소개글이 현재형으로 남아 있었다. 하지만 리포터가 되겠다는 멀리사의 꿈은 영원히 실현 불가능한 꿈으로만 남게 되었다.

"녀석은 멀리사를 기다리고 있었던 거야. 개 같은 자식……"

밀라는 그 말을 한 수사관을 쳐다보았다. 말을 뱉은 당사자도 자신의 말에 놀란 듯한 눈치였다.

"그런데 캐럴라인의 경우 집으로 침입해 침대에 누워 있는 상태로 납치해갔습니다."

"모든 걸 철저히 계산해두었던 겁니다."

게블러 박사는 화이트보드로 다가가 펜을 들고 회의 도중 나온 내용 몇 가지를 재빨리 적어 내려갔다.

"최초의 두 사건은 아무도 모르게 넘어갈 수 있었습니다. 녀석에게 유리하게 작용했던 점은 학교 성적이나 부모님과의 언쟁으로 가출하는 청소년의 수가 하루 10여 명에 달한다는 사실입니다. 그래서 두 사건의 연관성을 아무도 끌어내지 못했던 겁니다. 세 번째 사건부터 전형적인 납치사건의 면모를 갖추게 됩니다. 사람들이 위험성을 인식하도록 말입니다. 그리고 네 번째 사건 역시 놈은 멀리사가 친구들과 생일파티를 벌이기 위해 몰래 집에서 나갈 것이란 사실을 미리 알고 있었던 겁니다. 그리고 다섯 번째 피해아동의 경우, 녀석은 장시간 그 집의 구조와 가족들의 성향, 습관을 관찰했었던 게 분명합니다. 몰래 집으로 침입할 수 있을 때까지……. 이런 정황들로 어떤 결론을 끌어낼 수 있겠습니까?"

"놈은 치밀한 계략을 세웠다고 볼 수 있습니다. 또한 실질적인 피해아동보다는 그 부모들을 타깃으로 삼았습니다. 부모, 그리고 더 나아가 공권력을 상대로 말입니다." 밀라가 말했다. "앨버트는 어린아이들에게 다가가 신뢰를 얻으려고 특별한 공을 들이지도 않았습니다. 그냥 강제로 납치했던 것뿐입니다."

밀라의 머릿속에는 테드 번디라는 살인마가 떠올랐다. 그는 여학생들을 안심시키기 위해 가짜로 깁스를 하고 아픈 사람 흉내를 냈었다. 무거운 물건을 들어달라고 접근해 아이들이 자신의 폭스바겐 비틀 안까지 들어오게 만들었다. 여학생들이 자신이 앉아 있는 쪽에는 열고 나갈 손잡이가 없다는 걸 깨달았을 때는 이미 돌이킬 수 없는 시점이었다.

게블러 박사는 전술된 내용에 대한 정리를 마치자 네 번째 단계로 넘어갔다. 바로 '살인'의 단계.

"연쇄살인범들은 피해자를 살해할 때마다 개인적인 '의식'을 반복합니다. 범행을 거듭하면서 점점 완벽의 단계로 진화하긴 하지만 주요 노선에는 큰 변화가 거의 없는 편입니다. 그게 바로 개인적인 표식, 서명에 해당합니다. 그리고 그런 의식은 특별한 상징적 의미를 갖고 있습니다."

"현재 저희에겐 여섯 개의 팔과 한 구의 시체가 있습니다. 녀석은 단칼에 아이들의 팔을 하나씩 잘라내 살해했습니다. 다 아시다시피 마지막 피해아동만 예외였습니다." 세라 로사가 말했다.

보리스는 법의학자의 보고서를 펼치고 해당 부분을 읽었다.

"챙 박사에 따르면 납치된 뒤 얼마 지나지 않아 바로 살해했다고 합니다."

"왜 그렇게 서둘렀을까?" 스턴의 질문이 이어졌다.

"아이들은 관심 밖이었으니까요. 녀석은 아이들을 살려둘 생각이 없었던 겁니다."

"인간으로 보이지 않았던 거예요." 밀라가 설명을 덧붙였다. "앨버트에겐 그 아이들이 단순한 물건에 불과했던 겁니다."

'여섯 번째 아이까지도.' 모두가 같은 생각을 했다. 하지만 입 밖으로 내뱉을 엄두는 내지 못했다. 그 아이가 고통을 받건 말건, 앨버트는 아무런 관심도 없었던 것만큼은 확실했다. 단지 목적을 이룰 때까지만 살려둘 계산이었다.

마지막 단계는 '뒤처리'의 단계였다.

"먼저 앨버트는 여섯 아이의 팔로 무덤을 만들었고, 그 이후 어느 소아성애자의 차 트렁크에 시체 한 구를 숨겨놓았습니다. 특별한 의도가 있었던 걸까요?"

게블러 박사는 팀원들에게 눈짓으로 질문을 던졌다.

"자신은 알렉산더 버먼 같은 인간과는 다르다는 점을 알리는 것 같습니다." 로사의 말이었다. "그리고 자신 역시 어렸을 때 학대당했던 경험이 있음을 은밀히 말하고 싶어 했을 수도 있습니다. '봐라, 난 이제 이런 사람이 되었다. 왜냐고? 누군가가 나를 이런 괴물로 만들어버렸거든.' 마치 이런 말을 하는 것처럼 말입니다."

스턴은 고개를 가로저었다.

"녀석은 우리에게 도전장 내미는 일을, 이목을 집중시키는 볼거리를 만드는 걸 즐기고 있습니다. 그런데 현재 대부분의 신문에서 버먼이 1면을 차지하고 있는 실정입니다. 녀석이 자신의 영광스런 업적을 누군가와 나누는 걸 그리 좋아할 것 같지는 않습니다. 소아성애자를 단순한 복수의 대상으로 고른 건 아닐 겁니다. 분명, 다른 이유가 있을 겁니다."

"이상한 게 또 있습니다." 게블러 박사는 부검 당시의 상황을 떠올리며 말했다. "앨버트는 데비 고든의 시신을 깨끗이 닦고 단정하게 옷까지 입혀놓았습니다."

'버먼을 위해 예쁘게 꾸며놓았던 거야.' 밀라는 그렇게 생각했다.

"그런 행위가 나머지 시체에도 적용됐는지 알 수 없고, 그게 정말로 녀석의 의식에 해당하는지도 확인할 길은 없습니다. 하지만 이상하긴 이상합니다……."

게블러 박사가 이상하게 여기는 점은—비록 전문가는 아니었지만 밀라도 잘 알고 있었다—대다수의 연쇄살인범들은 피해자의 뭔가를 가져간다는 것이었다. 페티시의 대상 혹은 기념품으로 간직하면서 자기 혼자 은밀히 당시의 상황을 즐길 수 있기 때문이었다.

"녀석은 데비 고든으로부터 아무것도 가져가지 않았습니다."

게블러 박사가 그 말을 마치자마자 밀라는 데비의 팔찌에 걸려 있던 열쇠를 떠올렸다. 그 열쇠는 데비가 몰래 일기장을 숨겨놓았을 것이라고 생각했던 그 양철 상자를 여는 열쇠였다.

"개 같은 자식!" 밀라는 자신도 모르게 큰 소리로 욕설을 내뱉었다.

또다시 모든 사람의 집중 관심 대상이 되어버렸다.

"우리한테도 설명을 해줄 생각인가, 아니면……."

밀라는 눈을 들어 게블러 박사를 바라보았다.

"데비가 다녔던 학교로 찾아가 아이의 기숙사 방에 들어갔을 때, 침대 매트리스 아래에서 하얀 양철 상자를 찾아냈습니다. 그 안에 일기장이 숨겨져 있을 거라 생각했었지만 아니었습니다."

"그래서?" 로사가 자신만만하게 물었다.

"상자에는 자물쇠가 채워져 있었습니다. 열쇠는 데비의 팔찌에 달려 있었고요. 만약 그 상자를 열 수 있는 유일한 사람이 데비라면 일기장이 없는 것도 당연하다고 생각했었습니다만……. 제 생각이 틀렸던 것 같습니다. 분명 일기장은 있었을 겁니다!"

보리스가 자리에서 벌떡 일어났다.

"녀석이 거기 있었던 거예요! 그 개자식이 데비의 방에 들어갔었던 거라고요!"

"뭐하러 그런 위험한 짓을 자처하겠어?" 세라 로사가 반기를 들었다.

그녀는 밀라의 설명이 받아들여지는 상황을 원치 않았기 때문이다.

"왜냐하면 그 정도의 위험은 언제나 감수하는 인간이니까요. 그게 바로 녀석을 흥분시키는 겁니다." 게블러 박사가 설명했다.

"또 다른 이유도 있습니다." 자신의 이론에 점점 자신감이 생긴 밀라가 덧붙였다. "벽에 붙어 있던 사진 몇 장도 사라져버렸습니다. 분명, 데비가 여섯 번째 피해아동과 같이 찍은 사진이었을 겁니다. 앨버트는 무슨 수를 써서라도 우리가 그 아이의 신원을 파악하지 못하도록 막고 싶었던 겁니다!"

"그래서 일기장을 가져갔다. 그리고 상자를 열쇠로 다시 잠가버렸다……. 왜 그랬을까?"

스턴은 그 이유를 모르겠다는 듯 반문한 반면, 보리스는 당연하다는 표정으로 대답했다.

"모르시겠어요, 그 이유를? 일기장은 사라지고 상자는 그 상태로 잠겨 있었는데 열쇠는 그대로 데비의 팔찌에 달려 있다. 뻔한 거잖아요. 녀석은 지금 그 일기장이 자기 수중에 있다는 걸 말하려는 겁니다."

"왜 그걸 우리한테 알리려는 거지?"

"거기에 뭔가를 남겨뒀을 테니까요. 우리에게 전하는 뭔가를!"

그들이 찾아 헤매던 '서명'을.

이번에도 생각의 방은 그에 걸맞은 결실을 맺으며 게블러 박사가 택한 귀납적 방법이 효과가 있음을 입증했다.

범죄학자는 밀라를 향해 말했다.

"자네는 데비의 기숙사를 찾아가 아이의 방이 어떤 상태였는지 보고 왔다고 했지."

밀라는 상황을 상기하며 정신을 집중했지만 머릿속에 떠오르는 뭔가는 보이지 않았다.

"분명 어떤 의미가 담긴 물건이 있었을 거야!" 게블러 박사는 밀라를 다그치면서 동시에 독려했다. "우리는 지금 제대로 된 방향을 잡고 있다고."

"방 구석구석을 다 뒤져보았지만 특별히 눈에 띄는 건 없었습니다."

"너무 뻔한 것일 수도 있어. 그걸 지나칠 수는 없었을 거라고!"

하지만 밀라의 머릿속엔 아무것도 떠오르지 않았다. 스턴은 보다 철저한 조사를 위해 현장으로 다시 가보자는 제안을 내놓았다. 보리스는 자신들의 방문을 알리려고 학교에 전화를 걸었고, 세라 로사 수사관은 지문감식을 위해 크렘에게 전화를 걸어 최대한 빨리 자신들이 가는 곳으로 합류해달라고 연락했다.

그때, 뭔가가 밀라의 뇌리를 스치고 지나갔다.

"소용없어요." 밀라는 사라졌던 자신감을 되찾은 말투로 말했다. "그건 더 이상 그 방 안에 없어요."

그들이 학교에 도착했을 때, 데비의 친구들은 평소 모임이나 학위 수여식을 진행하는 강당 같은 곳에 일렬로 줄을 서서 기다리고 있었다. 사방의 벽이 마호가니 공예장식으로 뒤덮인 곳이었다. 오랜 기간 동안 학교의 명성을 지켜온 엄격한 표정의 교사들은 화려한 안경테 속의 두 눈으로 상황을 살피고 있었다. 표정의 변화 없는 그 얼굴은 마치 그림 속에 갇힌 초상화를 연상시켰다.

먼저 입을 연 건 밀라였다. 이미 겁에 질린 여학생들을 상대로, 밀라는 최대한 친절하게 대하려고 노력했다. 교장 선생님은 어떠한 일을 했어도 처벌받는 일은 없을 거라고 아이들을 안심시켰다. 하지만 아이들의 표정에서는 여전히 두려움이 느껴졌고, 교장 선생님이 약속을 지킬 거라 믿는 아이들도 없어 보였다.

"너희들 중 몇몇이 데비가 죽은 뒤 그 아이 방에 들어갔다는 걸 알고 있어. 아마 너희들의 행동은 무엇보다 비극적인 운명을 맞은 친구를 기억하고 싶은 마음에서 비롯된 것일 거라고 생각해."

밀라는 그렇게 말하면서 눈으로는 지난번 데비의 방 욕실에서 물건을 한 아름 가지고 나오다 밀라에게 걸린 여학생의 시선을 찾았다. 만약 그 일이 없었더라면, 아마 막막한 상태에서 제자리걸음만 하고 있었을 것이다.

세라 로사는 강당 구석자리에서 밀라를 바라보며 아무런 소득도 없을 거라 장담하는 표정을 짓고 있었다. 반면 보리스와 스턴은 밀라의 능력을 기대하는 눈치였다. 게블러 박사는 그냥 가만히 기다릴 뿐이었다.

"너희들에게 많은 걸 요구해야 하는 일은 없었으면 좋겠어. 하지만 너희들이 얼마나 데비를 좋아했는지는 잘 알고 있어. 그래서 부탁하는데, 너희들이 가져갔던 데비의 소지품을 전부 이곳으로 되가지고 오면 좋겠어. 지금 당장."

밀라는 제법 단호한 자세로 나갔다.

"부탁인데, 하나도 빠뜨리지 않았으면 해. 별것 아닌 것처럼 보여도 우리한테는 정말 많은 도움이 될 수 있거든. 지금, 수사에 필요한 단서 하나가 빠져 있어. 너희들도 데비를 살해한 범인이 잡혔으면 좋겠지? 너희들 중에서 증거 인멸이라는 죄를 짓고 싶은 사람은 없을 거라고 생각해. 너희들이 잘해줄 거라 믿어."

마지막의 협박성 발언은 미성년자인 아이들에겐 적용할 수 없는 부분이었지만 아이들의 행동이 얼마나 위험한지를 부각시키기에는 대단히 효과적이었다. 아울러 살아 있을 때는 무관심의 대상이었지만 죽자마자 관심의 대상, 맹렬한 탐욕의 대상이 되어버린 데비를 위한 작은 복수의 역할도 대신해 주었다.

밀라는 아이들 각자가 생각을 고쳐먹기에 충분한 시간을 계산에 넣

206

고 기다리기 시작했다. 침묵은 최고의 설득방법이었다. 그리고 흘러가는 1초, 1초가 아이들에겐 엄청난 중압감으로 느껴진다는 것 역시 잘 알고 있었다. 몇몇 아이가 서로 눈짓을 주고받는 장면이 눈에 들어왔다. 하지만 누구도 선뜻 먼저 나서려 하지 않았다. 당연한 일이었다. 그러던 중, 두 아이가 서로 짜기라도 한 듯 동시에 대열에서 이탈했다. 다섯 아이가 그 뒤를 따랐다. 그리고 나머지 아이들은 그 자리에 그대로 서 있었다.

밀라는 1분여의 시간을 더 주면서 괜히 긁어 부스럼 만들 필요 없다는 생각으로 애써 무시하려 하는 얼굴을 찾아 아이들을 유심히 살폈다. 하지만 그런 아이는 보이지 않았다. 밀라는 부디 일곱 명의 '용의자'가 전부이기를 바랐다.

"자, 나머지는 가도 좋아."

아이들은 기다렸다는 듯 서둘러 돌아갔다. 밀라는 고개를 돌려 동료들을 바라보다가 냉정한 표정의 게블러 박사와 눈이 마주쳤다. 그런데 박사의 뜬금없는 반응이 밀라를 당황하게 만들었다. 그는 밀라에게 윙크를 보냈다. 그녀는 미소로 답을 하려다 꾹 참았다. 모든 이들의 시선이 그녀에게 쏠려 있었기 때문이다.

대략 15분 정도가 지나자 방으로 갔던 일곱 명의 아이들이 다시 강당으로 돌아왔다. 저마다 손에 뭔가를 들고 있었다. 아이들은 평소 공식행사가 있을 때마다 드레스 차림의 교사들이 차지하고 앉는 긴 테이블 위에 물건들을 내려놓았다. 그러고는 밀라와 다른 경찰들이 물건을 훑어보는 동안 기다렸다.

대부분 옷가지와 장신구, 그리고 여자아이들이 주로 가지고 노는 인형이나 장난감이 전부였다. 분홍색의 MP3 플레이어, 선글라스, 향수병, 배스 솔트, 무당벌레 모양의 케이스, 데비가 쓰던 빨간 모자, 비디오 게임기 등이었다.

"제가 고장 낸 건 절대 아니에요……."

밀라는 눈을 들어 그 말을 한 통통한 여학생을 쳐다보았다. 가장 나이가 어린 아이였는데 아무리 많아봐야 여덟 살 정도였다. 길게 땋은 금발 머리에 파란 눈을 가진 아이는 울먹거리며 말하고 있었다. 밀라는 아이에게 미소를 지으며 안심시킨 뒤 가장 가까이 있던 물건을 살펴보았다. 그러고는 손으로 집어 들고 보리스에게 건넸다.

"이건 뭐하는 데 쓰는 거예요?"

보리스는 물건을 받아 들고 이리저리 돌려보았다.

"일반적인 비디오 게임기는 아닌 것 같은데요."

그는 전원 버튼을 눌러보았다.

화면에 빨간 점 같은 불빛이 반짝이면서 규칙적으로 짧은 신호음을 내기 시작했다.

"고장 난 거라고 말씀드렸잖아요. 게임이 실행되지 않는다고요." 통통한 아이는 자신의 혐의를 부인하기 바빴다.

밀라는 갑자기 보리스의 표정이 창백하게 변하고 있다는 사실을 깨달았다.

"이거…… 뭔지 알겠어요! 세상에, 이런 씨발!"

보리스의 말을 듣는 순간, 통통한 아이는 눈을 크게 뜨고 깜빡거렸다. 믿을 수 없다는 듯 놀란 표정이었지만 동시에, 그토록 엄격하고 신성한 장소를 모독하는 듯한 언행이 재미있다는 표정도 숨어 있었다.

하지만 보리스는 그런 아이의 반응은 안중에도 없었다. 그는 자신이 손에 들고 있던 물건의 정체에 몰입하고 있었다.

"이건 GPS 수신기입니다. 어딘가에서, 누군가가 신호를 보내고 있는 겁니다."

13

여섯 번째 피해아동의 가족에게 보내는 텔레비전 호소문은 별 성과를 거두지 못했다.

연민과 성원의 메시지를 전하고 싶은 사람들로부터 걸려온 전화가 대부분이었고, 그 덕에 신고를 받는 전화번호는 언제나 통화중이었다. 거의 신경쇠약증에 가까운 어느 할머니는 자신의 다섯 손자들이 걱정스러운 나머지 적어도 일곱 차례 이상 전화를 걸어 '그 불쌍한 아이에 대한 소식'을 꼬치꼬치 캐묻기도 했다. 끝없이 걸려오는 할머니의 전화에 응대하던 어느 경관은 더 이상 전화를 걸지 말아달라고 정중히 부탁했다가 지옥에 떨어져 악마나 만나고 오라는 욕을 먹어야 했다.

"그 사람들의 행동이 얼마나 몰상식한 일인지 설명하려고 하면 아마 무자비하고 무심한 인간이라고 손가락질을 당할 겁니다." 스턴에게 이야기를 전해 들은 게블러 박사는 그렇게 반응했다.

그들은 이동 수사본부 차량을 타고 GPS 신호를 따라가는 중이었다.

그들 앞으로는 경찰기동대의 장갑차량이 선두를 지키고 있었다. 이번만큼은 전적으로 기동대가 주도하게 될 거라고 목적지로 향하기 전, 로시 경감이 명확히 일러두었다.

무장한 대원까지 동원할 만큼 신중을 기하는 가장 큰 이유는 앨버트가 그들을 어디로 데려가려는지 알 수 없기 때문이었다. 혹시 함정일 가능성도 배제할 수 없었던 것이다. 하지만 게블러 박사의 생각은 달랐다.

"정반대로, 녀석은 우리에게 뭔가를 보여주고 싶어 하는 겁니다. 아마 대단히 자랑스럽게 생각하는 것일 겁니다."

GPS 신호의 위치는 반경 몇 평방킬로미터 지대까지 좁힐 수 있었다. 하지만 그 정도 거리에서 송신기의 정확한 위치를 찾아내는 건 불가능했다. 사람이 일일이 찾아다녀야 했다.

이동 수사본부 내에도 살벌한 긴장감이 감돌았다. 게블러 박사는 스턴과 몇 마디 말을 나누었다. 보리스는 지급된 무기가 제대로 작동하는지 확인해보고는 방탄조끼가 옆구리까지 잘 덮고 있나 둘러보았다. 밀라는 창문으로 고속도로 나들목을 바라보았다. 교각과 아스팔트 진입로가 교차하는 곳이었다.

GPS 수신기는 경찰기동대의 지휘관에게 건네졌지만 세라 로사는 선두의 대원들이 보내는 신호를 통해 노트북 화면으로 그들의 움직임을 살필 수 있었다.

무전으로 연락이 왔다. "목표지점에 근접한 것 같다. 신호의 위치는 전방 1킬로미터 지점이다."

차 안에 있던 사람들은 컴퓨터 화면을 보기 위해 고개를 숙였다.

"여긴 뭐하는 곳이지?" 로사가 물었다.

밀라의 눈에 저 멀리 거대한 붉은 벽돌 건물이 들어왔다. 서로 연결된 여러 개의 별채가 십자가 형태로 이어진 모습이었다. 1930년대의 고딕 양식 건축물로, 수수하면서도 어두운 게 당시의 전형적인 성당 건물 같았다. 한쪽 측면에는 종루가 보였다. 그리고 그 바로 옆에 예배당이 있었다.

장갑차량은 중앙 건물로 향하는 널찍한 비포장도로로 진입했다. 건물 앞 광장에 도착하자 기동대 대원들이 차에서 내려 내부 진입을 위한 준비를 시작했다.

밀라는 다른 동료들과 함께 차에서 내려 세월의 흐름 속에서 시커멓게 변해버린 육중한 건물을 올려다보았다. 문 위에는 돋을새김으로 라틴어 문구가 씌어 있었다.

Visitare Pupillos In Tribulatione Eorum Et Immaculatum Se Custodire Ab Hoc Saeculo.

"세상의 시련 속에서 우리 고아들을 구해주시고 타락한 세상 속에서 그들을 지켜주시옵소서." 게블러 박사는 밀라를 위해 라틴어를 번역해주었다.

과거 그 건물은 고아원이었지만 지금은 문을 닫은 상태였다.

경찰기동대 지휘관이 수신호를 보내자 대원들이 제각각 측면 입구 쪽으로 흩어져 진입 자세를 취했다. 별도의 장비 보급에 관한 계획이 없었던 관계로 어쩔 수 없이 상황에 따라 급조해야 할 처지였다.

1분여 정도 더 기다린 뒤, 밀라와 팀원들은 지휘관과 함께 중앙현관을 통해 건물 안으로 들어갔다.

첫 번째 공간은 널찍했다. 그들 앞에는 위층으로 이어지는 두 개의 계단이 서로 교차하고 있었다. 천장 가까이 스테인드글라스를 통해 희미한 빛이 새어 들어왔다. 유일한 점령자였던 비둘기들이 난데없이 들이닥친 외부인의 존재에 놀라 날개를 퍼덕거리며 사방으로 날아다녔고, 채광창의 빛을 받아 만들어진 새들의 그림자가 바닥에 어지러운 그림을 그리고 있었다. 건물 내부를 조사하고 있는 기동대 대원들의 전투화 소리는 메아리가 되어 실내에 울려 퍼졌다.

"이상 무!" 대원들은 안전상태를 확인할 때마다 큰 소리로 상황을 알렸다.

밀라는 비현실적인 몽롱한 분위기 속에서 주변을 둘러보았다. 앨버트의 작품 속에 포함된 또 하나의 학교기관. 하지만 데비 고든이 다녔던 상류층 사립학교와는 차원이 다른 곳이었다.

"고아원이라……. 적어도 여기 있던 아이들은 잠잘 곳도 주어지고 교육까지 받을 수 있었겠군." 스턴이 말했다.

그러나 보리스는 굳이 토를 달았다.

"여긴 말입니다, 입양조차 불가능한 아이들을 보냈던 곳이에요. 수감자들의 아이나 부모가 자살한 가정의 아이들 말이에요."

팀원들은 뭔가를 발견할 수 있으리라 기대하고 있었다. 공포의 주술을 깰 수 있는 거라면 무엇이라도 환영이었다. 그들을 이곳으로 이끈 이유를 밝혀주기만 한다면. 갑자기 기동대 대원들의 발소리가 멈췄다. 몇 초 뒤 무전이 들려왔다.

"여기, 뭔가 발견한 것 같습니다……."

GPS 송신기가 지하에서 발견되었다. 밀라는 다른 팀원들을 따라 지하로 뛰어 내려갔다. 가는 길에 거대한 양철냄비가 뒹굴고 있는 조리실, 파란 식탁보가 씌워진 합판 재질의 식탁과 의자가 즐비하게 늘어선 큼지막한 공동식당을 지나쳤다. 협소한 나선계단을 밟고 내려가자 천장이 낮고 제법 널찍한 지하층이 나왔다. 채광창을 통해 빛이 들어오고 있었고 대리석으로 깔린 돌바닥은 조금 경사가 졌으며 하수구로 향하는 홈이 파여 있었다. 벽을 따라 늘어선 수도관 역시 대리석으로 만들어져 있었다.

"여긴 세탁장이었겠군." 스턴이 말했다.

경찰 기동대 대원들은 물통 하나에 저지선을 치고 현장을 훼손하지 않기 위해 거리를 두고 서 있었다. 그런데 그중 하나가 헬멧을 벗더니 무릎을 꿇고 엎드려 구토를 하기 시작했다. 아무도 그 물통 쪽을 바라보려 하지 않았다.

보리스가 제일 먼저 경계선처럼 현장을 가리고 있던 무장대원들 틈을 뚫고 안으로 들어갔다. 하지만 형언할 수 없는 그 뭔가를 본 보리스는 즉시 동작을 멈추고 한 손으로 입을 막을 수밖에 없었다. 세라 로사 수사관은 아예 고개를 돌려버렸고, 스턴은 탄식에 가까운 소리를 냈다.

"세상에……. 우리의 죄를 용서하소서……."

게블러 박사는 여전히 냉담한 반응을 보였다. 그다음으로 밀라의 차례가 왔다.

에닉.

시체는 몇 센티미터 깊이의 혼탁하고 정체를 알 수 없는 액체 속에 잠겨 있었다.

피부는 납빛을 띠었고 사후 부패과정이 이미 진행되고 있었다. 사체는 나체상태였다. 그리고 오른손에는 GPS 송신기가 들려 있었다. 송신기는 여전히 인위적인 생명의 신호를 보내고 있었다. 싸늘한 죽음이 알려오는 난해한 생명의 불빛.

에닉 역시 왼쪽 팔이 잘린 상태였기에 상체의 자세가 부자연스러웠다. 하지만 그 광경을 지켜보는 사람들을 경악시킨 건 따로 있었다. 사체의 자세도, 사체의 부패 정도도, 옷을 벗겨놓은 외설적 연출도 아닌 다른 뭔가가 그들을 충격 속으로 몰아넣고 있었다.

사체가 미소를 짓고 있었던 것이다.

14

그의 이름은 티모시, 티모시 신부였다. 나이는 대략 서른다섯 정도. 고운 금발 머리에 가르마가 살짝 옆쪽으로 치우친 모습이었다. 그는 두려움에 떨고 있었다.

티모시 신부는 그곳에 기거하는 유일한 거주자였다.

그는 소성당 옆에 있는 사제관에서 지내고 있었다. 거대한 단지를 이루는 여러 채의 건물 중 유일하게 사용되는 곳이었다. 나머지는 이미 오래전에 버려진 상태였다.

"제가 여기 남아 있는 이유는 예배당은 언제나 신성한 예배당의 역할을 해야 한다고 생각하기 때문입니다." 젊은 신부는 자신이 여전히 폐허의 구석자리에 남아 있는 이유를 설명했다. 일반 신도를 대상으로 한 미사가 아닌 자신만의 개인미사를 집전한다고만 말했다. "여기까지 찾아오는 사람은 없습니다. 너무 외떨어진 변두리인 데다 고속도로가 생긴 뒤로 다른 지역과는 완전히 단절되어 버렸기 때문입니다."

그가 버려진 고아원을 찾은 건 6개월 전이라고 했다. 롤프 신부가 사제직을 떠나면서 자신이 후임으로 왔다는 것이다. 물론 그는 버려진 옛 고아원 건물에서 무슨 사건이 벌어졌었는지 아무것도 모르고 있었다.

"그곳에 발을 들이는 일은 거의 없습니다." 신부가 말했다. "거기 가서 뭘 하겠습니까?"

경찰이 그곳에 들이닥친 이유를 신부에게 설명하는 일은 세라 로사와 밀라가 맡았다. 그리고 거기서 발견한 것까지. 티모시 신부의 존재를 전해 들은 게블러 박사는 두 명의 여자 경찰을 보내는 게 좋겠다고 판단

214

했다. 로사는 수첩을 꺼내 뭔가를 받아 적는 척하긴 했지만 신부의 증언이라고 해봐야 그리 쓸 만한 것도 없어 보여 대충 끼적거리기만 했다. 밀라는 신부를 안심시키면서 그에게 어떤 요구를 하는 사람도 없고 벌어진 사건은 그와 아무런 상관도 없는 거라 설명해주었다.

"세상에, 그렇게 불쌍한 아이가 있다니!" 신부는 탄성을 지르더니 감정이 격해져 눈물을 왈칵 쏟아냈다.

"혹시 마음의 준비가 되신다면, 저 아래 공동세탁장으로 내려와 주시면 좋겠습니다." 세라 로사는 그의 두려움을 자극하며 말을 건넸다.

"왜 그래야 하는 건지요?"

"장소에 관해 여쭤볼 게 있을 것 같아서 그럽니다. 여긴 완전히 미로가 따로 없더라고요."

"방금 말씀드렸다시피 저도 거의 들어가 본 적이 없어서, 제가 도와드릴 수……"

밀라가 신부의 말을 가로막았다.

"몇 분이면 됩니다. 우선 시체부터 치운 뒤에 말씀드리겠습니다."

밀라는 대화 속에 시체를 치운다는 정보를 교묘히 흘렸다. 티모시 신부가 끔찍한 고문 뒤에 살해당한 아이의 이미지를 기억 속에 남겨두고 싶어 하지 않는다는 사실을 감지했기 때문이었다. 어쨌건 그는 계속해서 그 음산한 건물 옆에 살아야 할 처지였다. 그런 사건이 일어났다는 사실을 전해 듣는 것만으로도 계속해서 그곳에 머문다는 건 쉽지 않아 보였다.

"그러도록 하지요." 신부는 결국 고개를 숙이며 경찰의 요구사항에 응하기로 했다.

그는 두 여자 경찰을 문까지 배웅하며 자신의 도움이 필요하면 언제든 돕겠다고 거듭 강조했다.

다시 현장으로 돌아오는 길에 로사는 일부러 밀라보다 몇 걸음 앞서서 걸어갔다. 자신과 그녀 사이에 여전히 거리를 두고 싶다는 분명한 의도였다. 다른 때 같았으면 밀라도 상대의 도발에 적극적으로 응수했을 것이다. 하지만 밀라 역시 팀의 일원이 된 만큼, 지켜야 할 규칙은 지키는 게 낫겠다고 판단했다. 일을 제대로 마무리하기 위해서라도.

'그간의 푸대접은 사건만 마무리되면 꼭 되갚아주겠어.'

그렇게 속으로 다짐하던 밀라는 자기 자신이, 현재 벌어지고 있는 모든 사건에도 분명 끝은 있다고 믿는다는 사실을 깨달았다. 어떤 식으로든, 끔찍한 사건도 과거의 일부가 되리라는 생각에 이르렀던 것이다.

'그게 인간의 천성이라는 것이구나.' 밀라는 생각했다. 무슨 일이 있어도 시간과 함께 삶은 계속된다. 그러나 죽은 자들은 땅속에 묻히고 시간이 흐르면 모든 게 대사활동을 통해 땅속으로 사라지기 마련이다. 그뒤에 남는 것이라곤 어렴풋한 비망록, 필연적인 자기보호 과정을 거친 추억이 전부이다.

모두에게 그러할 것이다. 하지만 그녀는 달랐다. 왜냐하면 오늘밤, 밀라는 그 기억이 잊히지 않도록 가슴에 새길 예정이었기 때문이다.

살해현장을 조사해보면 범행이 발생한 당시의 정황과 피해자, 가해자들의 동선, 그리고 가해자의 성격에 관한 많은 정보를 알아낼 수 있다.

실제 살해현장으로 간주할 수 없었던 버먼의 자동차와 달리, 두 번째 시체가 발견된 공동세탁장은 앨버트와 관련된 여러 가지 추론을 가능하게 해주었다.

그랬기 때문에 범죄현장에 대한 다각도의 심층 분석이 절실했다. 그리고 팀워크의 진가를 발휘하게 해주는 일종의 단체훈련을 통해 그들이 쫓는 살인마의 윤곽을 구체적으로 규명하는 일이 급선무였다.

세라 로사의 계속되는 방해공작에도 불구하고 밀라는 팀원들이 구성하는 '에너지 연결고리'—밀라는 버먼의 자동차에서 첫 번째 시체를 발견했을 때 팀원들 간의 분위기를 비슷한 이름으로 명명했었다—에서 한자리를 차지할 수 있었다. 더 나아가, 보리스와 스턴까지 그녀를 팀의 일원으로 대하고 있었다.

경찰기동대가 임무를 완수하고 해산하자 게블러 박사와 팀원들이 공동세탁장을 독차지하게 되었다.

발전기에 연결하여 사각대에 올려놓은 할로겐 서치라이트는 마치 범죄현장을 가두고 있는 듯한 분위기를 연출했다. 건물에는 전기가 전혀 들어오지 않았다.

챙 박사가 이미 현장에 도착해 시체 주변을 살피고 있었지만 아무것도 발견하지 못했다. 그는 가방 하나에 여러 개의 시험관, 시약 그리고 현미경으로 구성된 도구들을 가져왔다. 박사는 시체가 잠겨 있던 정체불명의 액체 샘플을 채취하는 데 열중하고 있었다. 조만간 크렙이 도착하면 지문 채취작업도 진행될 예정이었다.

과학수사대에게 현장을 넘기기까지 그들에게 남은 시간은 30여 분 정도였다.

"이곳이 1차 범행현장은 분명히 아닐 겁니다." 게블러 박사는 옛 고아원의 공동세탁장이 2차 범행현장이라는 뜻으로 설명을 시작했다. 아이는 분명 다른 곳에서 살해되었기 때문이다.

연쇄살인 사건에서는 피해자가 살해된 장소보다, 피해자가 발견된 장소가 더 큰 의미를 갖고 있다. 한마디로 살해행위는 살인범 자신만을 위한 행동인 반면, 그 이후의 모든 과정은 타인과 경험을 공유하는 수단이 되기 때문이다. 연쇄살인범은 피해자의 시체를 통해 수사관들과 일종의 대화창구를 만드는 것이다.

그런 관점에서 본다면, 그들이 쫓고 있는 앨버트는 '뛰어난' 범죄자였다.

"현장을 읽어야 합니다. 현장이 지니고 있는 메시지를 이해하고, 그 메시지가 누구를 향한 건지 알아내야 합니다. 누가 먼저 시작하시겠습니까? 지난번에도 말씀드렸지만, 어떤 의견이든 상관없습니다. 머릿속에 떠오르는 생각이 있으면 자유롭게 털어놓아 봅시다."

아무도 선봉에 나서지 않았다. 팀원들의 머릿속에는 모든 게 의혹투성이였기 때문이다.

"범인이 어린 시절을 이곳에서 지냈을 가능성이 있습니다. 녀석이 가진 증오와 분노는 이곳에서 비롯되었을 수도 있습니다. 과거 기록을 한번 살펴볼 필요가 있습니다."

"밀라, 솔직히 앨버트가 자신의 신상명세서를 우리에게 고스란히 갖다 바칠 거라곤 생각하지 않습니다."

"왜요?"

"그렇게 쉽게 잡힐 생각은 없을 테니까……. 적어도 지금으로선 말입니다. 사실 이제 겨우 두 번째 시체를 발견했을 뿐이지 않습니까."

"제 생각이 틀렸을 수도 있습니다. 하지만 간혹 연쇄살인범들은 경찰의 손에 붙잡히길 원하는 경우도 있잖아요? 자신이 직접 살해행위를 멈출 수 없어서 말입니다."

"그건 다 개소리야." 세라 로사는 여느 때처럼 빈정거리는 투로 말을 툭 던졌다.

"경찰에 체포되는 일이 연쇄살인범들이 가진 최후의 염원인 경우가 종종 있는 것도 사실입니다. 하지만 자기 자신을 통제할 수 없어서라기보다는 생포될 경우, 만천하에 자기 자신을 드러낼 수 있기 때문입니다. 간혹 나르시스적인 성향이 강한 살인범의 경우 자신의 위대함을 남들에게 인정받고 싶어 합니다. 그렇기 때문에 미지의 인물로 남아 있게 되면 자신의 목적을 달성할 수 없겠지요."

밀라는 고개를 끄덕였지만 상대의 설명을 완전히 이해할 수는 없었다. 게블러 박사도 그런 점을 눈치챘는지 다른 팀원들을 향해 말을 이어나갔다.

"먼저, 범죄현장과 연쇄살인범이 현장에 남긴 흔적 간의 상호관계를 어떤 식으로 재구성하는지 다시 한번 정리해보고 넘어가는 게 좋겠습니다."

그건 밀라를 위한 수업이었다. 그렇다고 자존심 상할 일도 아니었다. 다른 팀원들과 눈높이를 비슷하게 맞춰주자는 게 목적이었기 때문이다. 게다가 보리스와 스턴의 반응은 그녀가 수사에 뒤처지는 걸 바라지 않는 것 같았다.

나이가 가장 많은 수사관이 게블러 박사의 바통을 먼저 이어받았다. 그는 밀라를 직접 바라보지 않고 설명에 나섰다. 그녀를 난처하게 하고 싶지 않았기 때문이다.

"범죄현장의 상태에 따라, 연쇄살인범을 두 가지 유형으로 나눌 수 있습니다. '무질서형'과 '질서형'."

보리스가 뒤를 이었다.

"전자의 경우 그들의 인생 자체가 무질서로 점철되어 있습니다. 인간관계도 실패하고 외로운 데다 지능지수도 평균에 못 미치는 경우가 대부분입니다. 교육수준도 평균 미만이고 특별한 기술을 요하지 않는 직업에 종사합니다. 성적인 부분 역시 경쟁력이 한참 모자랍니다. 성관계만 놓고 보자면, 오래 버티지 못하거나 번지수를 잘못 짚었던 경험만 가지고 있는 경우가 태반입니다."

게블러 박사가 계속해서 설명을 이어받았다.

"연쇄살인범 중에는 어렸을 때 무자비할 정도로 엄한 교육을 받은 사람들이 종종 있습니다. 다수의 범죄학자들은 그런 이유로 그들이 피해자에게 자신이 과거에 견뎌내야 했던 만큼의 고통과 괴로움을 똑같이 전가하려는 경향이 있다고 주장합니다. 살인범들은 분노와 적대감을 가슴속에 품고 사는데 그 감정이 평소에 자주 만나는 주변 사람들의 눈에는 전혀 보이지가 않습니다."

"무질서형은 계획이란 게 없습니다. 불시에 일을 벌이는 스타일이지요." 혼자만 따로 겉도는 건 싫었는지 로사도 불쑥 끼어들었다.

"철저한 범행계획이 없기 때문에 살인범은 범행 순간 상당히 초조해하는 경향이 높습니다." 게블러 박사가 상세한 설명을 달았다. "그래서 자신에게 친숙한 곳을 범행장소로 이용합니다. 무엇보다 마음이 편안해지는 곳 말입니다. 불안과 초조, 그리고 행동반경이 넓지 않다는 점 때문에 실수를 범하게 됩니다. 예를 들어 덜미가 잡힐 만한 흔적을 현장에 남기는 식이지요."

"대부분의 경우 피해자들은 적절치 못한 시간대에 적절치 못한 장소에 있었다는 것뿐, 특이사항은 없습니다. 무질서형 연쇄살인범이 살인을 하는 이유는 오직 그것만이 타인과 관계를 맺는 유일한 방법이기 때문입니다." 스턴이 첫 번째 유형에 대한 설명을 마무리했다.

"질서형은 어떤 식으로 움직이는 겁니까?" 밀라가 물었다.

"첫째, 아주 영악합니다." 게블러 박사가 말했다. "변장술에 아주 능해 신원을 파악하는 것 자체가 난관입니다. 법질서를 아주 잘 지키는 지극히 평범한 사람으로 보일 때가 많습니다. 지능지수도 아주 높은 편이지요. 업무능력도 남들보다 뛰어납니다. 직장이나 혹은 자신이 속한 공동체에서 중요한 직책을 맡고 있는 경우가 많습니다. 어린시절의 특이한 경험으로 인한 트라우마를 지닌 경우가 별로 없고요. 사랑하는 가족도 있고,

성생활에도 능하기 때문에 이성을 대하는 데 아무런 문제도 없습니다. 이런 유형의 살인범들은 순전히 쾌락만을 위해 사람을 죽이곤 합니다."

게블러 박사의 마지막 말에 밀라는 온몸에 소름이 돋았다. 그런 느낌을 받은 사람은 밀라 혼자가 아니었다. 그들의 이야기와는 무관하게 묵묵히 자신의 할 일을 하던 챙 박사 역시 그 마지막 문장에 고개를 돌릴 정도였다. 아마도 그 역시 인간이 어떻게 다른 인간에게 그런 끔찍한 행위를 가하면서 기쁠 수 있는지 의문스러웠을 것이다.

"전형적인 포식자라고 할 수 있습니다. 이런 유형은 일반적으로 자신의 생활반경으로부터 먼 곳에서 피해자를 엄선하는 편입니다. 교활하고 신중하기도 합니다. 자신을 향한 수사가 어느 방향으로 진행될지도 예측할 수 있을 뿐만 아니라 수사관들의 움직임까지 미리 내다보는 능력을 지녔습니다. 경험을 통해 학습하는 부류라고 할 수 있습니다. 질서형은 미행하고, 기다렸다가 살인합니다. 며칠 혹은 몇 주에 걸쳐 범행을 계획하는 끈기까지 지니고 있습니다. 피해자를 고르고 관찰한 뒤 피해자에 관한 정보를 수집하고 생활습관을 파악해서 피해자의 일상 속으로 파고들기까지 합니다. 피해자와 관계를 형성하기 위해 많은 공을 들입니다. 환심을 살 만한 행동을 하고 피해자와 공통점을 지닌 척 연기를 하기도 합니다. 피해자를 통제할 때 완력보다는 말로 상대를 꼼짝 못하게 하는 편이지요. 상대를 유혹하는 기술이 탁월한 부류입니다."

밀라는 범죄현장의 광경을 한 번 쳐다보고는 말을 이었다.

"그런 부류는 범죄현장에 남기는 게 없겠군요. 좌우명이 '상황 통제'일 테니까요."

게블러 박사는 고개를 끄덕였다.

"자넨 지금 앨버트의 특성을 제대로 짚고 있어."

보리스와 스턴도 밀라에게 미소를 지어 보였다. 세라 로사 수사관은 교묘하게 시선을 피해가며 손목시계를 들여다본 뒤 쓸데없는 시간낭비라고 투덜거렸다.

"여러분, 새로운 게 발견됐습니다."

묵묵히 작업에 열중하던 한 사람이 침묵을 깨고 입을 열었다. 챙 박사는 현미경으로 조사를 끝낸 작은 슬라이드 하나를 손에 쥐고 자리에서 일어났다.

"뭐가 나왔습니까?" 게블러 박사는 초조한 듯 물었다.

하지만 법의학자는 자신에게 쏟아지는 관심의 순간을 만끽하고 싶었는지 대답 대신 먼저 승전고를 울린 사람 같은 눈빛을 지어 보였다.

"사체를 처음 봤을 때 왜 저런 액체 위에 누워 있을까 궁금했었는데……."

"여긴 세탁장이지 않습니까." 보리스는 세상에 이보다 더 자명한 사실이 어디 있느냐는 투로 말했다.

"그렇지. 하지만 전기와 마찬가지로 수도시설도 작동을 멈춘 지 아주 오래전이야."

그 말에 모두가 허를 찔린 듯한 표정을 지었다. 게블러 박사는 거의 충격을 받은 얼굴이었다.

"그래서 그 액체가 도대체 뭡니까?"

"놀라지 마요, 게블러 박사. 이건 눈물입니다."

15

인간은 웃을 수도 있고 울 수도 있는 유일한 동물이다.

그건 밀라도 알고 있었다. 그녀가 몰랐던 것은 인간의 눈이 각기 성분이 다른 세 종류의 눈물을 흘릴 수 있다는 사실이었다. 기초눈물은 지속적으로 산소와 영양분을 공급해 안구가 건조해지는 것을 막는다. 반사눈물은 이물질 등 외부의 자극으로 인해 자동적으로 생성되는 눈물이다. 마지막으로 심리적 혹은 감정적 눈물은 감정의 변화에 따른 눈물이다. 특히 세 번째의 경우 화학성분이 다른 두 종의 눈물과 확연히 다르다. 심리적 눈물은 망간이나 프로락틴 같은 호르몬 함량이 상당히 높다고 한다.

지구상에서 발생하는 자연현상은 하나의 공식으로 압축이 가능하지만 고통 등의 감정으로 인한 눈물이 어째서 생리학적으로 다른 성분을 가지고 있는지를 설명하는 것은 거의 불가능하다고 한다.

밀라의 눈물에는 문제의 호르몬, 프로락틴이 함유되어 있지 않았다.

그게 바로 아무에게도 말할 수 없는 그녀만의 비밀이었다.

밀라는 고통이란 감정을 느끼지 못한다. 타인의 심리상태를 이해하는 데 필수적인 '감정이입'이라는 감정의 변화를 경험할 수 없다는 말이다. 다른 사람들과 어울려 지내면서도 나만 혼자 동떨어진 느낌이 들지 않게 만들어주는 그런 감정을.

처음부터 그랬던 것일까? 어떤 충격 때문에 그런 능력을 상실한 것일까? 아니면 누군가가 그런 능력을 앗아간 것일까?

자신이 그렇다는 걸 깨달은 것은 아버지가 돌아가셨을 때였다. 그때

나이 열네 살. 돌아가신 아빠를 발견한 건 밀라였다. 어느 날 오후, 아빠는 숨을 거둔 채 그대로 거실의 안락의자에 앉아 있었다. 마치 잠이 든 것 같은 모습이었다. 적어도 어린 밀라의 눈에는 그렇게 보였던 것이다. 발견하자마자 신고하지 않고 한 시간이나 지나도록 가만히 지켜본 이유가 뭐냐고 물었을 때 그렇게 대답했었다. 하지만 사실은 달랐다. 밀라는 아빠의 상태를 보자마자 이미 돌아가신 뒤라는 걸 알고 있었다. 하지만 그런 비극적인 사건에도 밀라는 전혀 놀라지 않았다. 오히려 자신의 눈앞에 보이는 광경을 감정적으로 어떻게 처리해야 할지 모르고 있다는 사실이 더더욱 놀라울 뿐이었다. 밀라의 인생에서 가장 소중했던 아빠, 밀라에게 모든 걸 가르쳐준 아빠, 평생 닮고 싶었던 그 아빠가 이젠 이 세상 사람이 아니다. 그것도 영원히. 그럼에도 밀라는 미어지도록 가슴이 아프지 않았다.

장례식 날, 밀라는 눈물을 흘렸다. 더 이상 아빠를 볼 수 없다는 생각에 결국 가슴 한구석에 잠자고 있던 절망의 감정이 깨어나서 눈물을 흘린 건 아니었다. 단지 조문객들이 밀라에게 기대한 반응이 바로 그런 거였기 때문이었다. 망자의 딸이 보여야 하는 반응. 염분이 함유된 그 눈물을 흘리기까지 밀라는 피나는 노력에 노력을 거듭해야 했다.

그때는 일종의 장애라고만 생각했다. 일시적인 장애. 스트레스로 인한 단순 장애. 충격을 받았으니까. 다른 사람들도 흔히 겪을 수 있는 거라고. 그래서 극복하기 위해 노력했었다. 온갖 기억을 다 쥐어짜고 자기 자신을 학대해가며 일말의 죄책감이라도 느껴보려 애를 썼다. 하지만 아무런 변화도 없었다.

도저히 납득할 수 없었다. 그래서 밀라는 아무도 뚫을 수 없는 침묵의 장벽 속에 틀어박혀 그 누구도 자신의 감정상태를 묻지 못하도록 철저히 자신을 고립시켰다. 심지어 어머니마저 몇 번의 시도 끝에 대화를 포기하고 딸아이가 철저히 개인적인 애도의식을 치르도록 내버려둘 정도였다.

세상 사람들은 밀라의 마음이 무너져 내리고 더없는 슬픔에 잠겼을 거라고 생각했다. 하지만 밀라는 방구석에 틀어박힌 채, 자신의 머릿속에는 왜 아빠를 그렇게 가슴에 묻어두고 정상적인 일상으로 돌아가고 싶다는 한 가지 생각만 드는지 궁금할 뿐이었다.

시간이 흘러도 변하는 건 없었다. 상실의 고통은 끝끝내 찾아오지 않았다. 그 뒤로도 수차례의 장례식이 있었다. 할머니, 학교 친구, 다른 일가친척들까지. 그때도 마찬가지였다. 밀라는 아무런 감정을 느낄 수 없었다. 단지, 최대한 빨리 죽음에 관한 기억을 저 뒤편으로 밀어내고 싶다는 생각뿐이었다.

그런 비밀을 누구에게 털어놓는단 말인가? 아마 사람들은 그녀를 괴물이나 냉혈한으로 취급하거나, 정상적인 인간으로 바라보지 않을 게 뻔했다. 오직 그녀의 어머니만이 임종 바로 직전, 순간적으로 딸아이의 눈에서 그런 무심함을 읽었을 뿐이었다. 당시 그녀의 어머니는 갑자기 한기라도 느낀 듯 꼭 잡고 있던 딸아이의 손을 뿌리치고 말았다.

일가친척들의 장례식을 치를 만큼 치른 뒤에는 그녀가 도무지 느낄 수 없는 낯선 감정들을 가장하는 일이 전보다 수월해졌다. 그러다 남들, 특히 이성과 인간관계를 지속해야 하는 나이가 되었을 무렵, 또 다른 걱정거리가 생겼다. 밀라는 상대 남성에 대한 감정이입이 불가능한 상태로는 절대 남자와 사귈 수 없다고 다짐했다. 왜냐하면 시간이 흐르면서, 밀라는 자신의 문제를 이렇게 정의 내렸기 때문이다. '감정이입'이라는 단어가—물론 단어의 뜻은 잘 이해하고 있었다—자신의 개인적 감정을 특정 대상에게 투영해 그와 같은 입장이 되어볼 수 있는 능력, 그런 의미를 가지고 있다고. 하지만 자신은 그 능력이 전혀 없다고.

그 결과, 밀라는 난생처음으로 정신과의 심리상담을 받기로 결심했다. 몇몇 의사들은 밀라의 상태를 접하고 뭐라 반응해야 할지 몰라 쩔쩔 맸고, 어떤 이들은 치료가 상당히 길고 어려울 것이라는 의견을 피력했다. 그녀의 마음속 깊은 곳에 숨어 있는 '감정의 뿌리'까지 파고 들어가 어느 부분에서 감정의 흐름이 차단되었는지를 이해해야 한다고 설명해 주었다.

하지만 의사들이 한결같이 하는 말이 있었다. 장애는 꼭 극복해야 하는 거라고.

몇 년이라는 시간 동안, 밀라는 분석의 대상이자 연구의 대상이었다. 하지만 결과는 신통치 않았다. 여러 차례 상담의를 바꿔보기도 했지만 소용이 없었다. 만약 밀라가 만났던 상담의 중 한 사람이―가장 냉소적인 의사였지만 밀라는 평생을 두고두고 그에게 고마워하는 마음을 간직할 생각이었다―이런 진단을 내리지 않았으면 아마 그녀의 헛수고는 평생 동안 계속되었을 것이다. "고통이란 건 존재하지 않습니다. 인간이 느낀다는 다른 모든 감정도 마찬가지입니다. 그건 단순한 화학반응에 불과한 겁니다. 사랑이란 감정은 엔도르핀의 결과일 뿐입니다. 펜토탈 주사 한 방이면 환자분이 가지고 있는 감정의 욕구를 감쪽같이 잠재울 수도 있을 겁니다. 결국 우리 인간은 단순한 살덩어리에 불과하니까 말입니다."

그제야 안도의 한숨이 쉬어졌다. 만족스러운 게 아니라 안도감, 바로 그거였다! 밀라로서도 어쩔 도리 없는 일이란 말이었다. 그녀의 육체는 일종의 '보호단계'에 들어간 거라고, 마치 전자제품에 과전압이 흐르게 되면 내부회로 보호를 위해 안전장치가 작동하듯. 또한 그 상담의는 인생을 살면서 어느 순간 크나큰 고통, 정말 인간으로서 평생토록 도저히 감내할 수 없는 극한의 고통을 경험하게 되는 사람들도 있다고 설명하

며, 그때는 더 이상의 삶을 포기하거나 거기에 익숙해지면 그만이라고
말했다.

밀라는 자신이 스스로의 상태에 잘 적응한 건지는 알 수 없었지만 어
쨌든 지금의 모습을 갖추고 살고 있다. 사라진 아이들을 찾아내는 사냥
꾼으로. 타인의 고통을 치료해줌으로써 자신이 경험해보지 못한 세상
에 대한 보상을 받는다고 생각했다. 그녀의 저주가 또 다른 재주가 된
셈이었다.

밀라는 그렇게 아이들을 구해냈고 집으로 데려다주었다. 아이들은
밀라에게 고마워했다. 그중 몇몇은 밀라를 잊지 않고 성장한 뒤에도 종
종 그녀를 찾아와 자신들의 이야기를 들려주곤 했다. 자신에게 관심을
가져줘서 고맙다는 말도 잊지 않았다.

하지만 밀라는 실제로 자신의 '생각'이 어떠한지에 대해서는 그 아이
들에게 솔직히 고백할 수 없었다. 밀라는 어떤 아이든, 언제나 똑같은
마음가짐으로 실종된 아이들을 찾아다녔다. 그 아이들에게 벌어진 일
에 분노는 할 수 있었지만—여섯 번째 피해아동의 경우도 마찬가지였
다—연민의 정 혹은 동정심은 들지 않았다.

밀라는 자신의 운명을 받아들였다. 하지만 한 가지 궁금한 게 있었
다. 과연 누군가를 사랑할 수는 있을까?

대답을 알 수 없었던 그녀는 오래전에 마음과 머리를 비웠다. 사랑하
는 사람을 만나지도, 남편을 갖지도, 약혼자 아니 아이도 갖지 않으리
라. 심지어 반려동물마저도. 그래야만 잃을 게 전혀 없기 때문이다. 그녀
에게서 빼앗아갈 수 있는 건 아무것도 없었다. 그것만이 그녀가 찾아야
하는 사람들의 머릿속으로 들어가는 유일한 방법이었다. 사라진 사람
들의 주변에 그려지는 공백을 그녀 자신의 주변에 만들어야 했기 때문
이다.

그렇게 지내던 어느 날, 한 가지 의문이 머릿속에 떠올랐다. 한 꼬마 아이를 소아성애자의 손아귀에서 무사히 구해낸 뒤의 일이었다. 그 변태는 단지 주말 동안 어린 사내아이를 납치해 자신의 성노리개로 삼을 계획이었다. 그러고는 사흘 뒤에 풀어줄 생각이었다고 했다. 병든 영혼을 가진 변태로선 단지 그 아이를 '빌린 것뿐'이라는 것이다. 아이의 가족과 그 아이에게 어떤 정신적 피해를 가했는지는 그 변태에게 전혀 중요하지 않았다. 그는 단지 자신이 아이를 절대 해치지 않았을 것이라고 자신의 행동을 정당화했다.

나머진 어떻게 하라고? 납치, 감금, 무자비한 폭력의 충격은 어떻게 감당하라고?

그런데 그 변태는 자신의 행동에 대해 되든 안 되든 지푸라기라도 잡아보겠다는 심정으로 자기합리화를 하는 수준이 아니었다. 정말로 그렇게 믿고 있었던 것이다! 왜냐하면 피해아동의 심리상태를 전혀 느낄 수 없었기 때문이다. 밀라는 그제야 그 이유를 깨달았다. 그 변태도 그녀와 같은 상태였다는 걸.

그날 이후로 밀라는 자신의 마음속에 타인과 생명을 대하는 근본적인 척도라 할 수 있는 연민의 정을 새겨 넣으리라 다짐했다. 그런 감정이 저절로 형성되지 않는다면 인위적으로라도 자극을 주리라 굳게 마음먹었다.

밀라는 행동과학 수사팀 모두와 게블러 박사에게 거짓말을 하고 있던 셈이다. 그녀는 이미 연쇄살인범의 특징을 명확히 알고 있었다. 적어도 그들의 행동방식의 한 단면은 아주 잘 알고 있었다.

가학적 성향.

연쇄살인범의 행동방식 기저에는 언제나 거의 예외 없이 현격히 눈에 띄고 격렬한 가학적 성향이 뿌리 내리고 있다. 피해자들은 단순한

'도구'로 전락하게 되고 그들이 느끼는 고통과 그들의 용도는 살인범 개인의 만족을 위해 존재할 뿐이다.

연쇄살인범은 피해자를 가학적으로 다루며 쾌락을 느낀다.

그들은 대부분 타인과 성숙하고 온전한 인간관계를 유지하는 능력을 지니지 못했다. 그렇기 때문에 타인을 사람이 아닌 사물로 대하게 된다. 그리고 폭력은 자신을 제외한 나머지 세상과 교류할 수 있는 가능성을 발견하는 도구에 지나지 않게 된다.

밀라는 자신에게만큼은 그런 일이 일어나지 않기를 바랐다. 그녀는 동정심이라는 것을 절대 느낄 수 없는 살인마들과 공통분모를 가지고 있었고, 그런 생각 때문에 미쳐버릴 것만 같았다.

에닉의 시체를 발견한 뒤, 로사와 함께 티모시 신부의 사제관에서 나오던 날 밤, 밀라는 다시 한번 자신에게 약속했었다. 그 어린아이에게 가해진 끔찍한 참상을 결코 잊지 않으리라고. 그래서 현장수사를 마친 후 다들 수사보고서를 작성하고 자료를 정리하기 위해 본부로 돌아갈 때 밀라는 두세 시간 정도의 자유시간을 요구했던 것이다.

그전에도 수차례 반복했던 것처럼 밀라는 약국으로 향했다. 필요한 모든 도구를 구입했다. 소독약, 반창고, 탈지면, 붕대, 봉합용 바늘과 실.

그리고 면도칼.

밀라는 전에 묵었던 모텔로 돌아갔다. 머릿속에는 확고한 한 가지 생각밖에 없었다. 본부로 이동한 뒤에도 밀라는 남몰래 방값을 계속 내며 방을 빼지 않았다. 단지 이런 일이 있을 경우를 대비해서였다. 밀라는 커튼을 모두 닫고 침대 머리맡에 놓인 스탠드로만 불을 밝혔다. 그러고는 침대에 앉아 손에 들고 온 종이봉투의 내용물을 매트리스 위에 쏟아부었다.

밀라는 청바지를 벗었다.

그녀는 양손에 약간의 소독약을 묻혀 힘차게 비볐다. 그러고는 똑같은 소독약을 탈지면에 묻힌 뒤 오른쪽 허벅지 안쪽의 살갗에 대고 문질렀다. 약간 위쪽에는 이전에 잘못 건드리는 바람에 생긴 상처가 아물어가고 있었다. 하지만 이번에는 자신 있었다. 잘할 수 있을 것 같았다. 밀라는 입으로 포장을 뜯은 다음 손가락으로 단단히 면도칼을 쥐었다. 밀라는 눈을 감고 손을 내렸다. 셋까지 센 뒤 면도칼을 허벅지 안쪽으로 밀어 넣었다. 살 속으로 파고들어 움직이는 면도날과 뜨겁게 벌어지는 상처가 생생히 느껴졌다.

신체의 고통은 그녀의 소리 없는 절규를 잠재웠다. 새로 난 상처에서 시작된 통증이 온몸으로 퍼져나갔다. 그리고 머리끝까지 다다르면서 죽음에 대한 이미지를 깨끗이 지워버렸다.

'이건 너를 위한 거야, 에닉.' 밀라는 속으로 그렇게 말했다.

그러고는 울음을 터뜨렸다.

눈물 속의 미소.

범죄현장에 남아 있던 상징적 이미지였다. 그리고 또 한 가지 간과할 수 없었던 점은 두 번째 피해아동의 시체는 세탁장에서 알몸으로 발견되었다는 점이다.

"자신이 만들어놓은 걸 눈물로 씻어내겠다는 의도야 뭐야?" 로시 경감이 질문하듯 말했다.

하지만 고란 게블러 박사는 여느 때와 마찬가지로 그런 일차원적인 가능성은 전혀 염두에 두지 않았다. 그렇게 단순하게 치부하기엔 지금까지 앨버트가 보인 살해행각은 상상 이상으로 정교하고 치밀했기 때문이다. 녀석은 스스로도 자신이 역사 속의 그 어느 연쇄살인범보다 탁월하다고 여기는 듯했다.

본부로 돌아오자 피곤이 한꺼번에 몰려들었다. 밀라는 대략 밤 9시경에 모텔에서 돌아왔다. 두 눈은 벌겋게 충혈되고 한쪽 다리까지 살짝절고 있었다. 그녀는 자신의 침상으로 향해 옷을 입은 채로 이불 위에그냥 드러누웠다. 잠시 쉴 생각이었다. 11시경, 복도에서 낮은 소리로 전화통화를 하고 있던 게블러 박사의 목소리에 잠에서 깼다. 밀라는 계속자는 것처럼 보이려고 움직이지 않았다. 하지만 그의 통화내용을 엿듣고 있었다. 루나 부인이라고 말하는 걸로 보아 아내는 아닌 게 분명했다.아마 가사도우미 내지는 아이를 봐주는 사람인 것 같았다. 게블러 박사는 토미가—아들의 이름인 모양이다—밥은 먹었는지, 숙제는 다 했는지, 혹시 까탈을 부리지는 않았는지를 물었다. 게블러 박사는 속삭이듯여러 차례 질문을 던졌고, 루나 부인은 그에게 하루일과를 보고하는 것같았다. 통화가 끝날 무렵, 범죄학자는 다음 날만큼은 일찍 들어가 토미하고 몇 시간 같이 놀아주겠다는 약속을 전해달라고 부탁했다.

밀라는 몸을 웅크린 채 문 쪽으로 등을 돌리고 가만히 누워 있었다.게블러 박사가 통화를 마쳤을 때 문턱에 멈춰 서서 자신이 있는 쪽을바라보는 것 같았기 때문이다. 밀라는 자신의 앞쪽에 그려진 그의 그림자 일부를 보았다. 그 상태에서 돌아눕는다면 어떤 일이 벌어질까? 어둠 속에서 시선이 마주칠 게 뻔했다. 아마도 처음에는 멋쩍은 기분에 다른 행동을 하려 할지도 모른다. 눈으로 나누는 대화? 지금 이 순간, 꼭그럴 필요가 있을까? 밀라는 생각했다. 게블러 박사는 묘한 매력으로밀라를 끌어당기고 있었기 때문이다. 결국 밀라는 마음을 먹고 돌아누웠다. 하지만 게블러 박사는 이미 그 자리에 없었다.

밀라는 순식간에 다시 잠이 들었다.

"밀라…… 밀라……."

마치 어떤 속삭임처럼 보리스의 목소리가 시커먼 나무들 사이로 끝없이 펼쳐진 도로를 걷고 있던 꿈속으로 은근슬쩍 끼어들어 왔다. 밀라는 눈을 떴다. 보리스가 침대 옆에서 몸을 숙여 그녀를 부르고 있었다. 흔들어 깨우진 않고 그저 이름만 부를 뿐이었다. 하지만 그는 미소를 짓고 있었다.

"지금 몇 시예요? 제가 너무 오래 잔 건가요?"

"아니, 지금 새벽 6시예요. 전 지금 나가려고요. 박사님이 과거에 고아원에서 지냈던 사람들을 좀 만나보고 오라고 해서요. 혹시 같이 갈 생각이 있나 해서……."

밀라는 상대의 제안에 놀라진 않았다. 게다가 살짝 난처해하는 분위기로 보아 본인이 직접 생각해낸 아이디어는 아닌 것 같았다.

"좋아요. 저도 갈게요."

거구의 사내는 고개를 끄덕이며 강요하지 않아도 될 상황을 만들어준 점을 고마워했다.

5분 뒤, 두 사람은 본부 건물 앞에 있는 주차장에서 다시 만났다. 미리 시동을 걸어둔 보리스는 차에 기대어 서서 그녀를 기다리며 담배를 피우고 있었다. 그는 거의 무릎까지 내려오는 두툼한 패딩 점퍼를 입고 있었다. 밀라는 언제나처럼 가죽점퍼 차림이었다. 출장길에 나설 때, 이토록 추운 곳에 오리라고는 미처 예상하지 못했었기 때문이다. 소심한 태양이 건물들 사이를 비집고 겨우 얼굴만 내민 채 거리 구석구석에 쌓여 시커멓게 변해가는 눈더미 위를 비추기 시작했다. 하지만 그것도 잠시뿐이리라. 오후에 눈폭탄이 쏟아질 거란 예보가 있었기 때문이다.

"옷을 좀 더 껴입어야 할 거예요." 보리스가 걱정스런 눈빛으로 말했다. "여기는 지금이 1년 중 가장 추울 때거든요."

차 안이 따뜻하고 아늑하게 느껴졌다. 조수석 글러브박스 위에 종이

컵 하나와 종이봉투가 놓여 있었다.

"커피하고 따끈한 크루아상이에요?"

"전부 밀라 거예요!" 그는 게걸스럽게 빵을 집어 먹던 밀라를 떠올리며 대답했다.

밀라는 군말 없이 상대의 평화협정을 받아들였다. 그러고는 빵을 입에 가득 문 채 물었다.

"정확히 어디로 가는 거예요?"

"아까 말했다시피, 고아원 출신들 몇몇을 찾아갈 예정이에요. 게블러 박사님 말이, 세탁장에 시체를 가져다놓은 게 단지 우리에게 보내는 메시지만은 아닐 거라고 해서요."

"뭔가 과거와 연관된 내용일 수도 있겠네요."

"만약 그런 경우라면 아주 오래된 사연일 겁니다. 이런 시설이 사라진 게 벌써 28년도 넘었어요. 그 뒤로 법이 바뀌어버렸거든요. 고아원 같은 곳이 완전히 사라져버렸어요."

그의 목소리엔 왠지 아픔이 서린 것 같았다. 아니나 다를까, 보리스는 속내를 털어놓았다.

"사실 저도 그런 곳에서 얼마간 지낸 적이 있어요. 아마 열 살 때쯤일 거예요. 아버지는 한 번도 본 적이 없었고, 어머니 혼자 저를 키우시는 게 너무 버거웠는지 한동안 고아원에 절 맡겨놓으셨지요."

밀라는 상대의 개인사 고백에 당황해 뭐라고 말을 해야 할지 몰라 쩔쩔맸다. 보리스는 그런 그녀의 반응을 눈치채고 말을 이었다.

"아무 말 안 해도 됩니다. 걱정하지 마요. 나도 왜 그런 말을 했는지 모르겠군요."

"아무튼 미안해요. 사실 제가 외향적인 사람이 아니거든요. 그래서 남들한테 냉담하다는 말을 많이 듣는 편이에요."

"전 아닙니다."

보리스는 전방을 주시하며 차를 몰았다. 아스팔트 위를 뒤덮고 있는 눈 때문에 교통 흐름이 더뎌졌다. 머플러에서 뿜어져 나온 연기만 허공을 맴돌 뿐이었다. 인도로 걷는 행인들은 발걸음을 재촉하고 있었다.

"스턴 선배가 고아원 출신 열두 명의 거처를 파악해냈어요. 그 양반만큼은 치매에 걸리지 않아야 할 텐데! 아무튼 우리는 절반을 맡을 거고, 나머지는 선배와 로사가 맡기로 했어요."

"고작 열두 명이에요?"

"인근에 사는 사람만 추린 거예요. 게블러 박사님이 무슨 생각을 하시는지는 잘 모르겠지만 뭔가 얻어낼 게 있다고 생각하시는 것 같긴 해요……."

사실은 뚜렷한 대안이 없기 때문이었다. 가끔은 수사에 활력을 불어넣기 위해 눈에 보이는 뭔가를 물고 늘어지는 방법도 효과적이었다.

그날 아침, 두 사람은 옛 원생 네 명을 만나 탐문수사를 벌였다. 모두들 스물여덟 살 이상이었고 비슷한 범죄 이력을 지니고 있었다. 중학교, 감화원, 교도소, 집행유예, 다시 교도소, 사회보장 제도에 따른 취업 알선의 길까지. 그런 악의 고리를 끊고 나온 유일한 원생은 교회의 도움을 받은 사람이었다. 그는 인근의 여러 개신교 교회들 중 한 곳에서 목사로 활동하고 있었다. 다른 두 사람은 닥치는 대로 막노동을 하는 이들이었다. 네 번째 원생은 마약밀매 혐의로 가택연금에 처해 있었다. 그들은 하나같이 고아원 시절에 관한 이야기가 나오자 당황하고 두려워하는 듯한 반응을 보였다. 진짜 감옥을 밥 먹듯 드나든 사람들이었지만 고아원에 대한 끔찍한 기억은 절대 지우지 못한 눈치였다.

"그 사람들 얼굴 표정 봤어요?" 네 번째 방문을 마친 뒤 밀라가 보리스에게 물었다. "그 고아원에서 뭔가 끔찍한 일이 있었던 것 같다는 생각 안 들어요?"

"거기라고 여타 비슷한 시설과 뭔가 다르다고는 생각하지 않아요. 내 생각엔, 어린 시절 겪었던 문제와 관련이 있는 것 같습니다. 성장하면서 이런저런 일을 겪게 되고, 때로는 최악의 경험도 하게 되잖아요. 하지만 그 나이 때의 기억은 한 번 각인되면 절대 사라지지 않잖아요."

고아원 세탁장에서 시체가 발견된 점을 언급할 때마다 두 수사관은 최대한 조심스럽게 말을 꺼냈지만 질문을 받은 사람들은 하나같이 고개만 갸우뚱할 뿐이었다. 난해한 상징적 표현은 그들에게 아무런 의미도 없었던 것이다.

반나절을 다 보낸 밀라와 보리스는 간이식당에 들러 부리나케 참치 샌드위치와 카푸치노 한 잔씩을 먹었다.

하늘은 점점 위협적인 색을 띠기 시작했다. 일기예보가 적중하는 듯 보였다. 조만간 또다시 눈이 쏟아질 듯한 분위기였다.

폭설에 발목을 잡혀 발걸음을 되돌리기 전까지 두 사람이 만나야 할 상대는 아직도 둘이나 남아 있었다. 밀라와 보리스는 가장 먼 곳에 사는 사람을 먼저 찾아가 보기로 했다.

"이름은 펠더, 여기서 한 30여 킬로미터 떨어진 곳에 살고 있어요."

보리스는 기분이 좋아 보였다. 밀라는 그 틈을 타서 게블러 박사에 관한 질문을 몇 가지 던져보고 싶었다. 그 남자에게서 묘한 매력이 느껴졌기 때문이다. 고란 게블러 박사 같은 사람에게 사생활, 더 나아가 인생의 반려자와 아들이 있다는 사실이 도무지 믿기지 않았다. 특히 아내란 사람의 정체가 몹시 궁금해지던 터였다. 전날 저녁 게블러 박사의 통화 내용을 우연히 엿들은 뒤로 궁금증은 더더욱 커졌다. 그 여자는 도대체 어디에 있는 걸까? 왜 그 시간에 집에서 아들 토미를 돌보지 않는 걸까? 왜 그 남자 집에 루나 부인이라는 사람이 늦도록 남아 있는 걸까? 보리스라면 그녀의 궁금증을 해소시켜 줄 것만 같았다. 하지만 밀라는 어떻게 말을 꺼내야 할지 몰라 결국 포기하기로 마음먹었다.

두 사람은 오후 2시경에 펠더라는 사람이 사는 곳에 도착했다. 자신들의 방문 사실을 미리 알리기 위해 전화를 걸어보았지만 더 이상 사용하지 않는 번호라는 자동 안내음밖에 들을 수 없었다.

"아무래도 이 친구, 문제가 좀 많은 것 같군요." 보리스는 지나가는 말로 그렇게 말했다.

실제로 그가 살고 있다는 주소지에 도착한 두 사람은 그 말이 사실임을 확인했다. 집은—그렇게 부를 수 있다면—폐차더미에 둘러싸인 쓰레기장 한가운데 놓여 있었다. 마치 사방에 널린 고철더미를 따라 서서히 녹이라도 슨 듯, 시뻘건 털을 가진 개 한 마리가 거칠게 짖어대며 그들을 맞이했다. 이윽고 40대의 남자 하나가 문을 열고 나타났다. 그 추운 날씨에도 꼬질꼬질한 티셔츠에 청바지 차림이었다.

"펠더 씨 되십니까?"

"그렇긴 합니다만……. 댁들은 누구쇼?"

보리스는 대답 대신 오른손으로 신분증을 꺼내 들었다.

"얘기 좀 할 수 있을 까요?"

펠더는 형사의 방문을 달가워하지 않는 눈치였지만 일단은 들어오라고 손짓을 했다.

배는 산처럼 불룩 튀어나왔고 손가락은 니코틴에 찌들어 누런빛을 띠고 있었다. 실내 역시 주인과 닮은꼴이었다. 지저분하고 엉망진창이었다. 펠더는 두 수사관에게 군데군데 이 빠진 잔에 식은 차를 권하고는 담배에 불을 붙인 다음 두 사람에게 소파를 양보하고 자신은 삐걱거리는 기다란 의자를 차지하고 앉았다.

"댁들은 운도 좋습니다. 이렇게 노는 날 찾아오셨으니 말입니다. 평소였다면 일하러 나가고 없었을 텐데."

"오늘은 왜 집에 계십니까?" 밀라가 물었다.

사내는 밖을 쳐다보았다.

"눈 때문입니다. 이런 날엔 그나마 있던 막노동 일자리도 없습니다. 그래서 지금 이렇게 집구석에 앉아서 하루를 까먹고 있는 거 아닙니까."

밀라와 보리스는 찻잔을 손에 들고 있었지만 차를 마시는 사람은 없었다. 펠더는 두 수사관의 반응에 별로 기분이 나쁜 것 같지는 않았다.

"상황이 그 정도면, 직업을 바꿔볼 생각은 안 해보셨습니까?" 밀라는 대화를 풀어가기 위해 상대에게 흥미를 보이는 척하며 질문을 던졌다.

펠더는 한숨을 내쉬었다.

"왜 안 했겠습니까! 설마 이렇게 가만히 앉아만 있었겠습니까? 그런데 끝이 안 좋았어요. 내 결혼생활과 마찬가지로 말입니다. 빌어먹을 여편네, 바라는 게 뭐 그리 많은지! 염병할, 하루도 안 빼놓고 나만 보면 쓸모없는 잉여인간이라나 뭐라나. 그러더니만 어디 종업원으로 취직해서 쥐꼬리만 한 월급 받으면서 자기하고 똑같은 바보 년들 둘이랑 모여 살고 있습디다. 집구석이 어떤가 한번 가봤지요. 다니는 교회에서 마련해준 거라더군요. 잡일하는 그런 여편네한테 천국에 갈 수 있다는 둥 잔뜩 꼬드겨놓았더라고요. 말이나 됩니까? 아니, 이게 정상이에요?"

밀라는 오는 길에 적어도 열두 채의 교회 건물을 지나쳐 온 기억이 났다. 저마다 커다란 네온 간판을 걸어놓고 교구 이름과 슬로건 같은 문장들을 나열해놓은 모습이었다. 몇 년 전부터 그 지역을 파고든 개신교 교회들은 주로 대규모 공장 노동자 출신 실업자나 미혼모, 기존의 교회에 실망한 사람들을 대상으로 신도 모으기에 열을 올리기 시작했다. 각기 종파나 교파는 다르다는 주장을 펼쳤지만 천지창조론에 대한 믿음, 동성애 혐오, 낙태 반대, 개인의 무기 소지 허용에 대한 찬성, 사형제도 유지 등의 가치에 대해서는 무한 신뢰를 보이는 공통점이 있었다.

밀라는 만약 고아원 동기 중 한 사람이 그런 교회의 목사가 되었다는 소식을 전해주면 어떤 반응을 보일지 혼자 생각해보았다.

"솔직히 댁들이 왔을 때, 혹시나 교회에서 나온 건 아닌가 생각했었습니다. 복음을 전파한답시고 여기까지 기어 들어오더라니까요! 지난달에는 전처가 나를 개종시킨답시고 두 명이나 사람을 보냈습니다!"

펠더는 충치를 드러내며 껄껄거리고 웃었다. 밀라는 결혼생활과 관련된 이야기는 그만하고 자연스럽게 다른 주제로 넘어가려고 대화를 유도했다.

"전에는 무슨 일을 하셨습니까?"

"말해도 못 믿으시겠지만……." 사내는 미소를 짓다가 때가 끼고 군데군데 먼지가 내려앉은 주변을 휙 둘러보았다. "전에는 작은 세탁소를 운영했습니다."

두 사람은 펠더가 방금 내뱉은 말이 얼마나 흥미로운 단서를 제공하는지 드러내지 않기 위해 서로 얼굴을 쳐다보지 않으려고 꾹 참았다. 밀라는 보리스가 한 손을 옆구리로 은근슬쩍 가져가 권총집의 버튼을 풀고 있음을 눈치챘다. 그곳에 도착한 뒤로 휴대전화에 신호가 잡히지 않는다는 사실도 떠올랐다. 게다가 자신들 앞에 있는 남자의 정체에 대해 아는 것도 거의 없었다. 무엇보다 신중히 접근해야 할 상황이었다.

"감옥에도 몇 번 가신 적 있으시죠?"

"그냥 단순 경범죄였을 뿐입니다. 아무리 정직한 사람이라도 노숙생활을 할 순 없는 법이니까요."

보리스는 노골적으로 상대의 말을 유념하겠다는 표정을 지어 보였다. 그러면서 동시에 상대를 불안하게 할 의도로 뚫어지게 쳐다보았다.

"그건 그렇고, 오신 용건이나 들어봅시다." 사내는 대놓고 성가시다는 듯 물었다.

"선생께서 과거에, 어느 종교단체가 운영하는 시설에서 어린 시절의 대부분을 보내셨다는 걸 알고 있습니다." 보리스는 살얼음판 위를 걷듯 조심스레 말을 꺼냈다.

펠더는 의혹에 찬 시선으로 보리스를 노려보았다. 다른 원생들과 마찬가지로 펠더 역시 두 수사관이 단지 그 이유 때문에 자신을 찾아왔다는 사실에 전혀 뜻밖이라는 표정을 지었다.

"내 생애 최고의 나날이었지요." 펠더는 짓궂은 말투로 대답했다.

보리스는 자신들이 거기까지 찾아오게 된 이유를 설명해주었다. 펠더는 자신이 언론보다 앞서 사건 소식을 전해 듣는다는 사실을 즐기는 듯 보였다.

"신문사를 상대로 과거 사연만 늘어놓아도 돈깨나 벌겠군." 고작 한다는 말은 돈벌이 얘기가 전부였다.

"한번 해보시죠. 그 즉시 체포해드리겠습니다." 보리스는 상대를 똑바로 노려보며 말했다.

펠더의 얼굴에 번지던 미소가 일순간에 사라져버렸다. 남자 수사관은 사내를 향해 얼굴을 들이밀었다. 밀라도 익히 알고 있는 용의자 취조 기술이었다. 일반적으로 사람들은 특별한 관계이거나 친밀감이 형성되어 있지 않은 타인을 대할 때, 보이지 않는 선을 넘어가지 않는 편이다. 반면, 취조를 하는 사람들은 심문을 당하는 당사자의 영역을 침범하고 상대를 불안하게 만든다.

"펠더 씨. 지금 펠더 씨는 여기까지 찾아온 수사관들에게 웃는 낯으로 반기는 척하면서 침을 뱉었는지, 뭘 섞었는지도 모를 차를 건네고는 당사자들이 그걸 마실 용기가 없어 멍청하게 그저 찻잔만 손에 들고 있다고 속으로 비아냥댈 테죠. 당신이 지금 이 상황을 즐기고 있다는 거,

다 압니다."

펠더는 아무런 대꾸도 하지 않았다. 밀라는 보리스를 쳐다보며 동료의 반응이 과연 상황에 적절했는지 생각해보았다. 답은 조만간 알게 될 터였다. 보리스는 들고 있던 찻잔을 입 한 번 대지 않고 테이블 위에 조용히 내려놓고는 다시 남자를 똑바로 바라보았다.

"지금부터 고아원에서 지냈던 이야기를 좀 해주셨으면 합니다."

펠더는 눈을 내리깔고 중얼거리며 입을 열었다.

"뭐, 거기서 태어났다고 해도 과언이 아닐 겁니다. 부모란 사람은 본 적도 없으니까. 태어나자마자 거기로 데려갔다더군요. 이름도 롤프 신부가 지어준 겁니다. 신부가 아는 사람의 이름이었는데, 전쟁터에서 젊은 나이에 죽었다나 그랬을 겁니다. 지금 생각해보니, 그 정신 나간 양반이 무슨 생각으로 전쟁터에 나가 죽은 사람 이름을 나한테 갖다 붙였나 모르겠군요. 그게 무슨 행운이라도 가져온다고 말이야!"

밖에서 다시 개가 짖어댔다. "닥치지 못해, 코흐!" 펠더는 창가를 향해 소리를 질렀다.

"전에는 개들이 더 많았습니다. 여긴 쓰레기 매립장이었습니다. 사들일 당시엔 아주 깨끗하게 정리됐다고 했는데 막상 살다 보니 별 게 다 땅속에서 튀어나오더군요. 물거름이며 각종 오물에, 비만 오면 아주 장난이 아닙니다. 개들이 그런 걸 먹더니만 배가 점점 부풀어 오르다가 며칠 뒤에 그냥 죽어버리더군요. 남은 건 저 녀석 한 마리입니다. 그런데 저 자식도 오래 못 버틸 겁니다."

펠더는 은근히 다른 쪽으로 화제를 돌리고 있었다. 제아무리 형사들이 찾아왔다 해도 자신의 불운한 운명을 결정지어 버린 그곳으로 다시 돌아가고 싶지는 않은 모양이었다. 개에 관한 이야기를 들먹이며 자신을 내버려두었으면 하는 바람을 내비쳤다. 하지만 두 수사관은 한번 문

걸 놓을 수는 없었다.

"힘들더라도 도와주시면 고맙겠습니다, 펠더 씨." 밀라는 상대를 설득하려고 노력했다.

"좋습니다. 어디, 해봅시다……."

"먼저 '눈물 속의 미소'라는 이미지를 떠올리면 뭐가 연상되는지 말씀해주시면 좋겠습니다."

"거 뭐냐, 심리 상담하는 사람들이 물어보는 뭐 그런 겁니까? 연상게임인지 뭔지 그런 거 말입니다."

"비슷하다고 할 수 있습니다." 밀라는 그렇다고 대답했다.

펠더는 위를 올려다보고 턱을 긁적이며 대단한 생각이라도 하는 것처럼 뻐기고 있었다. 수사에 협조하고 있다는 인상을 심어주고 싶었는지도 모른다. 하지만 자신의 기억을 혼자 '점유'한다고 해서 잡혀갈 일은 없다는 걸 알고 경찰들을 골탕 먹이고 있는지도 모를 일이었다.

"빌리 무어란 녀석이 있었습니다." 생각 끝에 그가 입을 열었다.

"누굽니까? 같은 원생이었습니까?"

"아, 꼬마 녀석이 대단했었어요! 일곱 살에 고아원에 왔는데 언제나 웃고, 항상 즐거워하던 녀석입니다. 순식간에 고아원의 마스코트 같은 존재가 되었습니다. 당시 고아원은 이미 문 닫기 일보 직전의 상태였습니다. 원생들이라고 해봐야 열여섯도 넘지 못했으니까요."

"그렇게 커다란 시설에 고작 열여섯 명이 전부였습니까?"

"신부들도 떠나가는 판이었는데요! 유일하게 남은 사람이 롤프 신부였습니다. 당시 아마 나는 가장 나이가 많은 아이들 축에 끼었을 겁니다. 열다섯 무렵이었으니까……. 그런데 빌리의 사연은 비극적이었습니다. 부모가 모두 목을 매서 자살했다더군요. 시체를 발견한 것도 녀석이었고. 비명 한 번 안 지르고, 누구에게 도움도 청하지 않았답니다. 자기 혼자 의자를 딛고 올라서서 천장에서 시체 두 구를 바닥으로 내려놓았다더군요."

"그런 기억은 평생 씻기 어려웠을 텐데요."

"빌리는 그렇지 않았습니다. 녀석은 항상 즐거워했습니다. 더 끔찍한 일에도 적응해나간 녀석이니까요. 녀석에겐 모든 게 게임과 같았습니다. 정말 그런 경우는 처음이었죠. 거기 있던 대부분의 원생들에겐 고아원이란 감옥과도 같은 곳이었습니다. 하지만 빌리는 전혀 개의치 않았습니다. 언제나 에너지가 넘쳐난다고 해야 하나, 도대체 어디서 퍼오는 건지 모를 정도였습니다. 아무튼 녀석이 유독 좋아하는 게 두 가지였습니다. 롤러스케이트를 신고 텅 빈 복도를 돌아다니는 것과 축구 경기였어요! 직접 경기를 뛰는 건 좋아하지 않았지만 경기 중계만큼은 수준급이었습니다! '저는 지금 월드컵 결승전이 열리는 멕시코의 아즈텍 경기장에 와 있습니다.' 뭐 이런 식이었지요. 빌리의 생일날, 우리들은 십시일반으로 돈을 모아 녀석에게 카세트 녹음기를 선물했습니다! 아주 환장을 하더군요. 몇 시간이 넘도록 자기 이야기를 녹음해서는 몇 번이고 반복해서 듣더라니까요!"

펠더가 이야기에 속도를 내는 만큼 대화는 또다시 다른 곳으로 흘러가고 있었다. 밀라는 그를 출발지점으로 되돌려놓기 위해 다시 끼어들었다.

"고아원에서 보낸 마지막 몇 달에 대해 말씀해주시면 좋겠습니다."

"아까도 말했다시피, 조만간 문을 닫을 예정이었습니다. 우리에게 남은 가능성은 딱 두 가지밖에 없었습니다. 입양되거나 혹은 보육원 같은 비슷한 시설로 옮겨가는 거. 하지만 우리는 대부분 등급이 떨어지는 불량 고아에 속했습니다. 아무도 우릴 입양하려 들지 않았으니까요. 그런데 빌리는 달랐습니다. 데려가려고 아주 줄을 서지 뭡니까! 입양을 원하는 사람들마다 녀석을 보고는 데려가려고 환장을 했어요!"

"빌리는 어떻게 됐습니까? 결국 좋은 가정으로 입양된 건가요?"

"녀석은 죽었어요."

펠더는 마치 자신에게 그런 운명이 떨어지기라도 한 듯 낙담한 투로 대답했다. 조금은 그런 기분이 들 법도 했다. 당시 빌리는 다른 원생들 모두를 대표해서 제대로 '몸값'을 받을 수 있는 고아였기 때문이었을 것이다. 유일하게 그곳에서 탈출할 수 있었던 상징적인 고아.

"어쩌다 그런 일이 벌어진 겁니까?" 보리스가 물었다.

"뇌막염이었어요."

펠더는 눈시울을 붉히며 거의 흐느끼다시피 대답했다. 그러고는 창가로 고개를 돌렸다. 모르는 사람 앞에서 약한 모습은 보이고 싶지 않기 때문이다. 밀라는 자신들이 떠나고 나면 아마 빌리에 대한 기억이 마치 유령처럼 그곳을 떠나지 않고 한동안 머물러 있을 것이라 생각했다. 하지만 그 눈물 덕분에 펠더는 두 수사관으로부터 신뢰를 얻을 수 있었다. 밀라는 보리스가 권총에서 손을 떼는 모습을 보았다. 상대가 위험하지 않다는 판단 때문이었다.

"뇌막염으로 죽은 건 빌리뿐이었습니다. 하지만 전염병의 우려 때문에 우리들은 순식간에 그곳에서 쫓겨나는 신세가 되어버렸습니다. 운도 참 잘 타고난 거지요. 안 그렇습니까?" 펠더는 억지로 웃음을 지으며 말했다. "좋게 보면 형을 감면받은 셈이나 다름없는 거니까요! 그 거지 같은 곳은 예정보다 6개월 일찍 문을 닫아버렸습니다."

이야기를 마치고 자리를 뜨기 위해 일어나려다가 보리스가 다시 한 가지 질문을 던졌다.

"혹시 그 이후에 같은 고아원 출신의 원생들을 만나신 적이 있습니까?"

"없어요. 그런데 한 2년 전쯤에 롤프 신부를 본 적은 있습니다."

"지금은 은퇴하셨습니다."

"빌어먹을 인간! 나가 뒈졌으면 했었는데."

"왜요?" 밀라는 최악의 상황을 떠올리며 물었다. "괴롭히기라도 했었나요?"

"전혀요. 하지만 말입니다, 그런 곳에서 어린 시절을 보내고 나면 당시의 기억을 떠올리게 하는 모든 걸 증오하게 되더군요."

그리 오래되지 않은 기억 때문이었는지 보리스는 자신도 모르게 고개를 끄덕이고 있었다.

펠더는 문까지 배웅을 나오지 않았다. 그는 테이블 앞으로 허리를 숙여 보리스가 입도 대지 않았던 찻잔을 집어 들더니 입술로 가져가 단숨에 마셔버렸다.

그러고는 다시 의기양양하게 두 사람을 쳐다보며 인사말을 건넸다.

"좋은 하루들 되쇼."

롤프 신부가 일하던 집무실에서 낡은 단체사진—고아원이 문 닫기 직전까지 남아 있었던 아이들의 모습이 담긴—한 장이 발견되었다.

신부와 같이 포즈를 취한 열여섯 명의 아이들 중 카메라 렌즈를 향해 미소를 짓고 있는 아이는 단 한 명이었다.

눈물 속의 미소.

생기 있는 두 눈, 헝클어진 머리, 빠진 앞니, 초록색 스웨터에 마치 메달처럼 눈에 확 띄는 기름얼룩.

빌리 무어는 낡은 사진 속에서, 그리고 성당 건물 옆에 마련된 자그마한 공동묘지에서 영원한 안식을 취하고 있었다. 그곳에 묻힌 사람이 빌리 하나만은 아니었지만 빌리의 무덤만 화려하게 장식되어 있었다. 천사 석상이 아이를 보호하듯 날개를 펼치고 있었다.

밀라와 보리스의 탐문수사 내용을 전해 들은 게블러 박사는 스턴에게 빌리의 죽음과 관련된 자료를 찾아봐 달라고 부탁했다. 스턴은 서류를 정리하고 분석하면서 여느 때와 마찬가지로 열정을 갖고 업무에 매달렸다. 그러던 중 우연이라고 넘기기엔 이상한 점을 발견했다.

"뇌막염처럼 전염의 가능성이 높은 질병은 관계당국에 의무적으로 신고를 해야 합니다. 그런데 롤프 신부가 작성한 서류에 따르면, 신고를 했다는 의사가 아이의 사망진단서를 작성한 의사하고 동일인으로 나와 있습니다. 게다가 두 서류 모두 날짜까지 똑같습니다."

게블러 박사는 잠시 생각을 정리했다.

"가장 가까운 병원은 여기서 30킬로미터 떨어진 곳입니다. 아마 직접 와서 확인할 생각도 안 했을 겁니다."

"신부의 말을 그대로 믿었을 겁니다." 보리스가 말했다. "대개 신부는 거짓말을 하지 않으니까요."

'항상 그런 건 아니지만……' 밀라는 그렇게 생각했다.

게블러 박사로서는 의심의 여지가 없었다.

"시체를 다시 꺼내봐야겠습니다."

가느다란 눈송이가 휘날리기 시작했다. 마치 조만간 닥쳐올 기상상태의 변화에 대비하라는 신호를 보내는 것 같았다. 한마디로, 무덤을 파내려면 서둘러야 하는 상황이었다. 챙 박사를 대동한 팀원들은 동력삽을 동원해 작업에 착수했다. 그들은 추위로 굳게 얼어붙은 땅을 파냈다. 말을 하는 사람은 아무도 없었다.

수사진행 방향을 전달받은 로시 경감은 일단 기자들과 거리를 두고 있었다. 귀신같이 냄새를 맡은 기자들이 또다시 개떼처럼 달려들 기세였기 때문이다. 펠더가 정말로 두 수사관들에게 전해 들은 수사상의 비밀을 퍼트리고 다녔던 건 아닐까 의심이 들 정도였다. 게다가 로시 경감은 입버릇처럼 이렇게 말하곤 했다. "자기들이 모르면 만들어서라도 기사를 써내는 게 언론이야."

그런 상황이었기에 더더욱 서둘러야 했다. 정신 나간 기자가 경찰 측의 침묵을 터무니없는 이야기로 채우기로 결심하기 전에. 그런 일이 벌어지면 수습 과정 또한 험난하기 때문이다.

갑자기 묵직한 소음이 들려왔다. 동력삽이 뭔가를 건드렸다는 뜻이었다.

이번에는 챙 박사의 팀원들이 직접 묘혈로 내려가 계속해서 삽으로 땅을 파냈다. 방수용 비닐이 부패를 지연시키기 위해 관 위에 덮어씌워져 있었다. 하지만 비닐은 찢어진 상태였고 그 틈새로 허연 관 뚜껑이 들여다보였다.

"상태가 아주 안 좋습니다." 법의학자가 슬쩍 안을 들여다보더니 말했다. "만약 관 뚜껑을 열어버리면 안에 든 게 모조리 부서질지도 모릅니다. 게다가 눈 때문에 작업이 복잡할 것 같습니다." 챙 박사는 게블러 박사를 향해 말했다. 마지막 결정은 그에게 달려 있었다.

"그렇군요……. 그럼 지금 열어봅시다."

시체를 당장 꺼내보자는 범죄학자의 결정은 그 누구도 예상하지 못한 일이었다. 챙 박사의 팀원들은 묘혈 위로 새로운 방수용 비닐을 펼치고 말뚝을 박아 단단히 고정시켰다. 현장을 보존하기 위한 우산의 용도로 활용할 셈이었다.

법의학자는 어깨에 플래시가 달린 조끼를 입고 천사 석상이 지켜보는 가운데 묘혈로 내려갔다. 기술자 하나가 용접기를 가져와 땜질이 된 금속을 녹이자 관 뚜껑이 움직이기 시작했다.

'20년 전에 죽은 어린아이를 어떻게 깨울 생각이라는 거지?' 밀라는 속으로 그런 생각을 했다. 빌리 무어란 아이를 위해 약식의 장례식, 아니 기도 정도는 해줘야 할 것만 같았다. 하지만 그럴 마음도, 그럴 시간도 없는 듯했다.

챙 박사가 관 뚜껑을 열자 가련한 빌리의 유골이 모습을 드러냈다. 첫 영성체를 모실 때 입었던 옷차림 그대로였다. 클립으로 고정하는 넥타이에 아랫단을 접은 바지 차림의 단정한 모습. 관 귀퉁이에는 녹슨 롤러스케이트와 낡은 녹음기도 들어 있었다.

밀라는 펠더의 이야기를 떠올렸다. "아무튼 녀석이 유독 좋아하는 게 두 가지였습니다. 롤러스케이트를 신고 텅 빈 복도를 돌아다니는 것과 축구 경기였어요! 직접 경기를 뛰는 건 좋아하지 않았지만 경기 중계만큼은 수준급이었습니다!" 그것들은 빌리가 가진 전부였던 것이다.

챙 박사는 유골의 몇몇 부위를 덮고 있던 옷을 메스로 서서히 잘라냈다. 꼼짝없이 불편한 자세로 작업에 임해야 했지만 챙 박사의 손길은 재빠르고 정확했다. 그는 유골의 보존상태를 유심히 살펴보았다. 그러고는 나머지 팀원들을 향해 말했다.

"골절상을 여러 군데 입었습니다. 정확히 언제 발생한 상처인지는 단정할 수 없지만…… 개인적인 소견으로 볼 때 이 아이는 뇌막염으로 사망한 게 아닌 것 같습니다."

16

세라 로사는 티모시 신부를 이동 수사본부로 데려왔다. 게블러 박사는 다른 팀원들과 함께 그를 기다리고 있었다. 신부는 여전히 초조해하는 모습이었다.

"부탁 하나만 드려야겠습니다." 스턴이 설명을 시작했다. "지금 당장 롤프 신부님을 만나 뵈었으면 합니다."

"말씀드렸다시피 성직에서 물러나신 분입니다. 지금은 어디 계신지도 모릅니다. 6개월 전에 처음 왔을 때 몇 시간 뵌 게 전부입니다. 주의사항만 전달받았을 뿐입니다. 두세 가지 정도만 설명해주시고 서류 몇 개와 열쇠 꾸러미만 전달해주신 뒤에 그대로 가버리셨습니다."

보리스는 스턴을 바라보며 말했다.

"우리가 직접 교구를 찾아가 알아봐야겠어요. 선배는 성직에서 물러난 사람들이 어디로 가는지 알아요?"

"요양원 비슷한 곳이 있다고는 들었어."

"아마도……."

모두의 시선이 다시 티모시 신부에게로 쏠렸다.

"뭐 기억나시는 게 있습니까?" 스턴은 젊은 신부를 다그쳤다.

"롤프 신부님께서 떠나시기 전에 여동생분과 함께 사실 생각이라고 말씀하셨던 것 같은데……. 기억이 나네요. 연세도 비슷하신데 결혼은 안 하셨다고 하신 것 같습니다."

젊은 신부는 결과적으로 자신이 수사에 일조했다는 생각에 만족스러운 것 같았다. 그는 처음에는 거절했던 부탁도 도와주겠다고 자청하고 나섰다.

"원하신다면 교구에는 제가 말해볼 수 있습니다. 지금 생각해보니, 어디 계신지 찾는 게 그리 어려운 일은 아닐 것 같습니다. 다른 방법도 있을 것 같고요."

젊은 신부는 방금 전보다 차분해진 분위기였다.

게블러 박사가 대화에 끼어들었다.

"그렇게 해주시면 많은 도움이 될 것 같습니다. 여기서 벌어진 일을 쓸데없이 광고하고 다니는 것도 피할 수 있고 말입니다. 그런 건 교구에서도 반기지 않을 것 같으니까요."

"제 생각도 그렇습니다." 티모시 신부도 진지하게 동의했다.

신부가 이동 수사본부를 떠나자 세라 로사가 난색을 표하며 게블러 박사에게 따지듯 물었다.

"빌리라는 아이의 죽음이 병으로 인한 게 아니란 건 다 아는 사실 아닙니까. 그런데 왜 롤프 신부에 대해 체포영장을 청구하지 않는 겁니까? 그 양반이 뭔가 숨기는 구석이 있는 게 확실하지 않습니까?"

"맞습니다. 하지만 그 신부님이 꼬마 아이를 살해한 가해자라는 증거도 없지 않습니까?"

밀라는 게블러 박사의 입에서 처음으로 '살해'라는 단어가 나왔다는 점에 주목했다. 빌리의 유골에서 골절상의 흔적이 나왔다고 해서 변사 사건이라고 단정 지을 수는 없었다. 하지만 그게 누군가 다른 사람에 의해서 벌어진 일이라는 증거도 없었다.

"무슨 이유로 그 신부가 범인이 아니라고 단정하시는 겁니까?" 로사는 계속해서 다그쳐 물었다.

"롤프 신부는 단지 사실관계를 발견한 것뿐입니다. 그리고 빌리에게 뇌막염이 있었다는 거짓말을 꾸며낸 겁니다. 그래야 전염병에 대한 우려 때문에 더 이상 깊이 파고들지 않을 테니까요. 나머지 일은 바깥세상의 소행입니다. 그 고아들에게 관심 있는 사람은 아무도 없었단 말입니다. 로사 수사관은 그런 생각이 들지 않습니까?"

"게다가 고아원은 문 닫기 직전의 상태였습니다." 밀라도 거들고 나섰다.

"롤프 신부는 진실을 알고 있는 유일한 증인입니다. 그렇기 때문에 직접 만나서 물어봐야 한다는 겁니다. 하지만 영장까지 들고 찾아가야 하는지는 모르겠군요……. 그리고 찾지 못할 가능성이 더 높습니다. 연로한 데다 이미 그 이야기를 무덤까지 가지고 가리라 마음먹었을지도 모르니까요."

"그럼 어떻게 해야 하는 겁니까?" 보리스는 못 참겠다는 듯 질문을 던졌다. "어진 신부님께서 소식을 전해오실 때까지 기다려야 합니까?"

"그건 아닙니다." 범죄학자가 대답했다. 그러고는 스턴이 등기소에서 가지고 온 고아원 건물의 평면도를 내려다본 다음 보리스와 로사에게 각각 한 구역씩을 배정해주면서 설명을 이어나갔다. "두 사람은 동쪽 익랑을 살펴주세요. 여기 보입니까? 그리로 가면 문서보관실이 있을 겁니다. 아마 고아원이 문 닫기 전까지 머물렀던 고아들에 관한 기록이 있을 겁니다. 물론 우리에게 필요한 건 최후의 16인입니다."

게블러 박사는 두 사람에게 빌리 무어란 아이의 환한 미소 덕분에 그나마 밝아 보이는 단체 사진을 건넸다. 뒷면에는 사진에 찍힌 모든 아이들의 이름이 적혀 있었다.

"그 이름과 대조해보세요. 기록이 남아 있지 않은 아이 하나가 누군지 찾아내야 할 겁니다."

보리스와 로사는 깜짝 놀란 눈빛으로 게블러 박사를 쳐다보았다.

"그런 아이가 있다는 건 어떻게 아십니까?"

"빌리 무어란 아이는 같은 고아원생에 의해 살해되었으니까요."

빌리 무어가 웃고 있는 똑같은 단체 사진의 왼쪽에서 세 번째 자리에 로널드 더미스라는 아이가 있었다. 여덟 살짜리 꼬마. 달리 말하면, 빌리가 고아원으로 오기 전까지는 마스코트의 역할을 도맡고 있던 막내였다는 소리다.

그런 아이에게 질투심은 누군가가 죽어 없어지기를 바라기에 충분한 이유가 될 수 있다.

로널드 더미스는 다른 아이들과 똑같은 시기에 고아원을 떠났지만 관료주의적 행정체계 탓에 아이의 행방은 묘연해지고 말았다. 입양이 되었던 걸까? 알 수 없는 일이다. 아마 다른 보육원으로 옮겨갔을 수도…… . 하지만 여전히 미스터리였다. 모든 게 불분명했던 시절, 로널드의 행방과 관련해서도 다시 한번 롤프 신부의 손길이 미쳤다는 건 거의 확실했다.

무슨 일이 있어도 노신부를 찾아내야 했다.

티모시 신부는 교구 담당자가 알아봐줄 거라고 장담했다.

"여동생분이 돌아가신 뒤 성직자 명단에서 제명시켜 달라는 부탁을 했다고 합니다."

한마디로 환속(還俗)의 길을 선택했던 것이다. 살인사건을 덮어주었다는 죄책감 때문이었는지, 사악한 기운이 어린아이의 탈을 뒤집어쓸 수 있다는 사실을 더 이상 견딜 수 없어서였는지, 누구도 알 수 없는 노릇이었다.

그런 가능성과 여러 가설로 인해 수사팀은 동요하고 있었다.

"지금 이거 세기의 인간사냥을 벌여야 하는 건지, 아니면 정반대로, 고맙게도 박사가 제시하는 정답을 받아들여야 하는 건지, 솔직히 난 모르겠소!"

로시 경감의 목소리는 사무실 벽면의 플라스터보드 판까지 울릴 정도로 고성이었다. 하지만 경감의 초조함은 게블러 박사가 내세우는 집요할 정도의 침착함 앞에 무릎을 꿇고 말았다.

"여섯 번째 아이에 관한 이야기 때문에 다들 나만 들들 볶고 있어요. 우리가 제대로 수사를 하지 않는다는 말까지 돌고 있단 말입니다!"

"앨버트가 단서를 제공하기로 결심하기 전까진 여섯 번째 피해아동은 찾을 수 없습니다. 크렙한테 전화를 받았는데 범죄현장은 이번에도 역시 나오는 거 하나 없이 깨끗하다더군요."

"적어도 그 로널드 더미스하고 앨버트가 동일인물이라고 생각하는지 나 좀 압시다!"

"알렉산더 버먼 때 그런 실수를 이미 경험했습니다. 지금으로선 내막이 어떻든 간에 가급적 결론을 내리지 않을 생각입니다."

게블러 박사의 말은 일종의 충고였다. 로시 경감은 사건과 관련된 정치적 입장의 조율에 대해 제삼자의 조언을 귀담아듣는 일이 영 익숙하지 않았다. 하지만 이번만큼은 박사의 충고를 따르기로 했다.

"하지만 그 사이코패스 자식이 어딘가로 끌고 갈 때까지 기다릴 수만은 없다는 거 명심해요. 그런 식으로는 위험에 처한 아이를 구할 수 없습니다! 아직까지 살아 있다면 말입니다."

"그 아이를 살릴 수 있는 사람은 단 한 명입니다. 바로 앨버트."

"정말 그 녀석이 어느 날 갑자기 그 아이를 도로 내놓을 거라고 믿는 겁니까?"

"단지 녀석이 조만간 실수를 하고 싶어질지도 모른다는 말을 드리는 것뿐입니다."

"젠장! 이봐요, 박사. 저 밖에서는 다들 날 잡아먹으려 드는데, 나보고 그런 알량한 희망을 갖고 살라는 소립니까? 난 지금 성과가 필요하다고요. 알았습니까, 게블러 박사!"

고란은 로시 경감의 무례한 언동에 익숙해져 있었다. 특별히 그를 겨냥한 발언은 아니었다. 세상사람 모두에게 화풀이를 하고 있었던 것이다. 책임감에 동반되는 주변효과 같은 것이었다. 서열이 높은 곳에 앉아 있다 보면 언제나 밑바닥으로 끌어내리려는 사람들이 있기 마련이니까.

"최근 며칠 동안 쏟아지는 비난의 화살은 어떻게 잘 피해오긴 했습니다. 하지만 그게 전부 나한테 날아드는 것만은 아니라는 점 명심해요."

고란 게블러는 때를 기다릴 줄 아는 사람이었다. 하지만 로시 경감에게는 그런 방법이 언제나 통하는 건 아니라는 점도 잘 알고 있었다. 그래서 그는 상대를 멀리 떨어뜨리기 위해 주도권을 쥐기로 결심했다.

"도대체 풀리지 않는 단서가 뭔지 알고 싶으신 겁니까?"

"이 막다른 길에서 빠져나갈 수 있는 거라면 뭐든 좋소. 제발 말 좀 해보시오."

"지금까지 그 누구에게도 말하지 않은 겁니다만……. 바로 눈물입니다."

"그래서요?"

"두 번째 피해아동의 사체 주변에서 최소한 5리터가 넘는 눈물이 발견되었단 말입니다! 원래 눈물은 염분을 함유하고 있습니다. 그러니까 순식간에 말라버리는 성향을 가지고 있다는 말입니다. 하지만 현장에서 발견된 눈물은 그렇지 않았어요. 왜 그런가 곰곰이 생각해보았는데……."

"왜 그런 겁니까?"

"인공 눈물이었던 겁니다. 인공 눈물은 인간의 눈물과 정확히 일치하는 화학성분을 지니고 있습니다. 하지만 진짜는 아니지요. 그래서 마르지 않았던 겁니다. 어떻게 인위적으로 눈물을 만들어낼 수 있는지 아십니까?"

"그야 모르지요."

"바로 그겁니다. 앨버트는 그 방법을 알고 있었던 겁니다. 그리고 그걸 만들어낸 겁니다. 그만큼 공을 들였다는 말입니다. 그게 무슨 뜻인지 아시겠습니까?"

"말해봐요."

"모든 걸 치밀하게 준비했다는 소리입니다. 녀석이 우리에게 보여주고 있는 모든 것은, 바로 몇 년에 걸쳐 철저하게 준비한 계획에 따른 거란 말입니다! 그리고 우리 수사팀은 그의 행동에 그 즉시 반응해야 하는 거고요. 이게 바로 그 의미입니다."

로시 경감은 의자 등받이에 몸을 기댄 채 멍하니 다른 곳을 쳐다보았다.

"박사 생각엔 그 뒤에 뭐가 기다리고 있을 것 같습니까?"

"솔직히 말씀드리면, 이보다 더 끔찍한 일들이 여전히 우리를 기다리고 있다는 겁니다."

밀라는 법의학 연구실 지하로 내려갔다. 가는 길에 유명 축구선수의 ─아무튼 파는 사람 말로는 그랬다─스티커 여러 장을 사 가지고 갔다. 일종의 작별의식에 해당하는 작은 호의였다. 부검실에서는 챙 박사가, 빌리 무어를 천사 석상의 품으로 다시 돌려주기 위해 유골 맞추기 작업을 할 예정이었다.

법의학자는 부검을 마무리하고 골절 부위에 대한 엑스레이 촬영도 마쳤다. 사진은 형광등이 빛나는 뷰박스 위에 올려졌고 보리스가 그 앞에 서 있었다. 밀라는 그의 방문에 놀라지 않았다.

보리스는 밀라의 기척을 느끼자, 자신이 찾아온 목적을 해명해야 하는 사람처럼 굴었다.

"뭐 새로운 소식이 있는지 알아보러 왔어요."

"뭐가 좀 나왔어요?" 밀라는 상대를 곤란하게 만들지 않으려고 모른 척 시치미를 떼며 물었다.

보리스가 찾아온 것은 개인적인 이유 때문인 게 분명했다.

챙 박사는 하던 일을 멈추고 밀라의 질문에 직접 대답했다.

"이 아이는 제법 높은 곳에서 떨어진 게 분명합니다. 골절상의 상태와 유골에서 회수한 뼛조각을 맞춰본 결과, 떨어지자마자 거의 동시에 즉사했다는 결론에 이를 수 있기 때문이지요."

'거의'라는 말 뒤에는 희망과 공포가 동시에 숨어 있었다.

"물론 자살을 한 건지, 누군가가 밀었는지 자신 있게 말할 수 있는 사람은 없지만 말입니다."

"그렇겠지요."

밀라는 의자 위에 놓인 상조회사 전단지를 발견했다. 경찰이 변사자를 위해 공식적으로 그런 호의를 베푸는 경우는 없었다. 분명 사비를 털어서라도 빌리에게 제대로 된 장례식을 치러주고 싶은 게 보리스의 심정이었을 것이다. 선반 위에는 번쩍이는 롤러스케이트와 어린 빌리가 한시도 손에서 놓지 않았다는 생일선물인 녹음기가 놓여 있었다.

"챙 박사님이 사고지점이 어딘지 알아내신 것 같아요." 보리스가 말했다.

법의학자는 확대된 건물 사진 앞으로 다가갔다.

"신체가 낙하를 하게 되면 그 속도에 비례해 하중을 받게 됩니다. 중력의 법칙이니까요. 한마디로, 보이지 않는 손에 의해 그만큼의 압력을 받아 뭉개진다는 소리입니다. 따라서 뼈의 칼슘 침착과정과 골절 정도에 관한 정보를 종합해보면 추락한 높이를 대충 추정할 수 있습니다. 이

사건의 경우 최소 15미터는 넘을 겁니다. 그러므로 여러 건물의 평균 높이와 지면의 경사를 고려해본다면, 사고가 발생한 지점은 분명히 여기, 종루라고 거의 확신합니다. 이곳 말입니다."

챙 박사는 사진의 한 지점을 정확하게 짚고 있었지만 이번에도 역시 '거의'라는 단서를 달았다. 그때, 직원 한 사람이 문을 열고 고개를 들이밀었다.

"브로스 박사님, 손님이 찾아오셨습니다."

직원의 말을 들은 밀라는 순간적으로 법의학자의 얼굴과 이름을 따로따로 생각해야 했다. 아랫사람들 중 감히 '챙'이라는 호칭을 사용하는 직원들은 없는 분위기였다.

"실례하겠습니다." 챙 박사는 두 사람을 남겨놓고 밖으로 나갔다.

"저도 그만 가봐야겠어요." 밀라가 말했다.

보리스는 고개를 끄덕였다.

밀라는 롤러스케이트와 녹음기가 놓여 있는 선반을 지나치면서 자신이 가져온 스티커를 슬쩍 내려놓았다. 보리스는 그런 그녀의 행동을 지켜보았다.

"거기에 아이의 목소리가 담겨 있었어요."

"네?" 밀라가 되물었다.

보리스는 고갯짓으로 녹음기를 가리키며 다시 말했다.

"빌리의 목소리 말이에요. 축구 중계방송이었어요."

보리스는 미소를 지었다. 서글픈 미소였다.

"재생이 가능했단 말이에요?"

그는 고개를 끄덕였다.

"네. 첫 부분만 잠깐 들었어요. 더는 못 듣겠더라고요……."

"그 마음 알아요." 밀라는 딱 그렇게만 말했다.

"테이프 상태가 정말 멀쩡하더라고요. 거 무슨 산인가……." 보리스는 정확한 이름을 몰라 헤맸다.

"아무튼 그런 게 있는데, 그것 때문에 손상된 부분이 하나도 없다더라고요. 챙 박사님 말이 흔치 않은 일이래요. 아마도 관이 묻혀 있던 땅속의 자연성분 때문인 것 같아요. 건전지만 없기에 내가 끼워 넣었어요."

밀라는 긴장한 보리스의 기분을 풀어주기 위해 놀란 표정을 지어 보였다.

"그랬더니 녹음기가 작동되었단 말이지요?"

"물론이에요. 일제잖아요!"

두 사람은 한바탕 신나게 웃었다.

"나하고 같이 끝까지 들어볼래요?"

밀라는 대답하기 전에 잠깐 뭔가를 생각했다. 사실 그러고 싶지는 않았다. 굳이 세상 밖으로 끄집어내지 않아도 될 것들이 있다는 생각 때문이었다.

하지만 이번 경우는 동료인 보리스의 부탁이었다. 그리고 거절해야할 이유도 없었다.

"좋아요. 어디 들어봐요."

보리스는 녹음기 앞으로 다가가 재생 버튼을 눌렀다. 싸늘한 부검실을 무대로 빌리가 되살아났다.

"……축구팬 여러분 안녕하십니까. 여기는 그 이름도 유명한 웸블리 경기장입니다! 오늘의 경기, 영국 대 독일전은 스포츠 역사에 길이 남을 경기가 될 것입니다!"

활기가 넘치는 목소리에 휘파람 소리를 내며 말하는 버릇이 있어서 그런지 불분명하게 들릴 때가 많았다. 목소리만으로도 빌리가 미소를 짓고 있는 것 같았고 천진난만한 아이의 얼굴을 실제로 보고 있는 듯한 착각이 들 정도였다. 빌리는 목소리만으로 자신만이 가진 기쁨의 바이러스를 온 세상에 퍼트리고 싶어 하는 것 같았다.

밀라와 보리스도 빌리를 따라 웃었다.

"기온은 포근하며 비록 가을이 성큼 다가온 상태지만 비는 내릴 것같지 않은 날씨입니다. 양국의 국가가 연주되는 가운데 선수들은 경기장 중앙에 일렬로 정렬해 있습니다. 스탠드는 현재 관중으로 꽉 들어찬 상태입니다! 정말 환상적인 광경입니다! 잠시 뒤 여러분께서는 세계 축구의 대격돌이라 할 수 있는 경기를 지켜보시게 될 예정입니다. 하지만 먼저, 오늘 경기에 임하는 선수 명단을……. 주님이시여, 진심으로 제 죄를 뉘우치고 후회합니다. 죄를 짓는 순간 당신의 벌을 받아 마땅합니다. 저는 당신의 뜻을 거역했기 때문입니다. 모든 이의 사랑을 받으시는 한없이 어진 분이시여……."

밀라와 보리스는 멀뚱멀뚱 서로 얼굴만 쳐다보았다. 원래 녹음된 내용 위에 덧씌워진 목소리는 아주 작았다.

"이거, 기도하는 것 같은데요."

"그런데 빌리 목소리가 아니에요……."

"당신의 신성한 도움으로 더 이상 당신을 욕되게 하는 일을 하지 않도록 도와주소서. 그리고 다음번에도 똑같은 죄를 짓지 않도록 구원해주소서. 인자하신 주님이시여, 저를 용서하소서."

"이제 됐다."

남자의 목소리가 들렸다.

"하고 싶은 말을 해보거라."

"최근에 욕을 많이 했습니다. 그리고 사흘 전에는 찬장에서 과자도 훔쳐 먹었습니다. 하지만 조나단도 같이 먹었습니다. 그리고…… 그리고 수학숙제를 베껴 썼습니다."

"다른 할 말은 없느냐?"

"이건 롤프 신부님 목소리일 거예요." 밀라가 말했다.

"잘 생각해보거라, 론."

그 이름이 나오자 부검실에 싸늘한 침묵이 내려앉았다. 이번에는 로널드 더미스가 아이로 환생했던 것이다.

"사실…… 한 가지 더 있습니다."

"그래, 그 얘기를 하고 싶은 게냐?"

"아니요."

"네가 말을 하지 않는다면 어떻게 사면해줄 수 있겠느냐?"

"몰라요."

"빌리한테 무슨 일이 있었는지 넌 알고 있지 않느냐, 론?"

"하느님이 데려가셨어요."

"하느님이 아니잖느냐, 론. 넌 누군지 알고 있지?"

"빌리는 떨어진 거예요. 종루에서 떨어졌다고요."

"하지만 너도 같이 있지 않았느냐?"

"네."

"거기에 올라가자는 건 누구 생각이었느냐?"

"누가 빌리의 롤러스케이트를 거기에 숨겨놨었어요."

"그게 너였느냐?"

"네."

"그럼 네가 빌리를 밀었느냐?"

"……."

"로널드, 부탁이다. 묻는 말에 대답해다오."

"……."

"무슨 일이 있었는지 솔직히 말해도 널 벌줄 사람은 아무도 없다. 그건 내가 약속하마."

"빌리를 밀라고 한 건 그 사람이었어요."

"그 사람? 빌리? 빌리가 네게 자기를 떠밀어달라고 한 거냐?"

"아니요."

"그럼 또 다른 아이가 있었던 거냐?"

"아니요."

"그럼 누구냐?"

"……."

"론!"

"네."

"어서 말해보라니까. 네가 말한 그 사람은 어디에도 존재하지 않아. 너도 알지 않느냐? 네가 상상 속에서 만든 인물이라는 걸……."

"아니에요."

"여긴 그런 사람이 없어. 너와 네 친구들밖에 없지 않느냐."

"저만 찾아오는 사람이에요."

"잘 들어라, 론. 난 말이다, 네가 네 입으로, 빌리에게 벌어진 일이 유감스럽다는 말을 했으면 좋겠다."

"빌리한테 일어난 일이 너무나 유감스럽습니다."

"그 말이 진심이길 바란다……. 어쨌든 이 일은 오직 너와 나, 그리고 하느님만이 아는 비밀이다."

"알겠습니다."

"절대로 누구에게도 말하면 안 된다."

"알겠습니다."

"네 죄를 사하노라. 성부와 성자와 성령의 이름으로, 아멘."

"아멘."

17

"경찰은 현재 로널드 더미스라는 이름의 남자를 찾고 있습니다." 로시 경감은 플래시와 마이크 세례를 받으며 공식발표를 하고 있었다. "나이는 대략 서른여섯, 밤색 머리에 밤색 눈동자, 얼굴은 창백한 편입니다."

경감은 기자들을 향해 사진 한 장을 내밀었다. 고아원 단체 사진에 나온 얼굴을 토대로 컴퓨터 프로그램으로 합성과정을 거쳐 성인이 되었을 때를 추정한 가상의 몽타주 사진이었다. 그는 카메라 플래시 불빛이 사방에서 날아드는 동안 몽타주 사진을 높이 치켜들고 있었다.

"경찰은 이자가 이번 납치사건에 연루되어 있을 가능성이 높다고 판단하고 있습니다. 이 남자를 아시는 분이나, 혹은 이 남자에 대한 정보를 가지고 계신 분, 지난 30여 년 동안 이 남자와 연락을 하고 지내셨던 분은 경찰서로 전화해주시기 바랍니다. 감사합니다."

마지막 감사의 말을 끝으로 거의 애원에 가까운 기자들의 질문 공세가 쏟아져 나왔다. "경감님! 로시 경감님! 질문입니다!"

경감은 모른 척하면서 옆문으로 기자회견장을 빠져나갔다.

피할 수 없는 결정이었다. 경고의 메시지를 던져야 했기 때문이다.

밀라와 보리스가 발견한 내용은 두 시간여 동안 듣는 이의 손에 땀을 쥐게 했다. 상황은 보다 명확해졌다.

롤프 신부는 빌리의 녹음기를 이용해 론의 고해성사를 녹음해두었다. 그러고는 빌리와 함께 관 속에 넣고 땅에 파묻어버렸던 것이다. 땅속에 씨앗을 심으면 언젠가 자라서 결실을 맺게 된다는 진리를 잘 아는 롤프 신부는, 먼 훗날 진실이 밝혀지고 모두가 구원받는 날이 오기를 바라는 마음이었을 것이다. 천진난만한 나이였음에도 불구하고 그런 끔찍한 짓을 벌인 누군가도. 그로 인해 희생되어야 했던 그 누군가도. 그리고 그런 사실을 2미터 깊이의 땅속에 묻어두기 위해 애썼던 그 누군가도. 모두가 구원받는 날이 오기를······.

"어쨌든 이 일은 오직 너와 나, 그리고 하느님만이 아는 비밀이다.' 그런데 앨버트는 어떻게 이 일을 알고 있었을까요?" 게블러 박사는 질문을 던졌다. "오직 롤프 신부와 론만이 알고 있던 비밀이었습니다. 따라서 론과 앨버트는 동일인물이라는 결과가 나와야 앞뒤가 설명이 됩니다."

또한 알렉산더 버먼을 수사 범위에 포함시켜야 할지에 대한 문제를 재고해봐야 하는 상황에 직면해 있었다. 범죄학자는 수사관 중 누군가가 범인이 어렸을 때 학대를 경험했기 때문에 소아성애자를 범행 도구로 삼았을 거라고 지적한 사실을 떠올렸다. 아마 세라 로사였을 것이다. 하지만 스턴은 즉시 그럴 가능성을 배제시켰다. 게블러 박사 역시 같은 생각이었다. 하지만 이제는 자신의 생각이 틀렸을 수도 있다는 사실을 인정해야 할 상황이었다.

"소아성애자들이 주로 노리는 타깃은 고아들이나 혹은 소외된 아이들입니다. 제대로 된 보호자가 없기 때문이지요."

게블러 박사는 좀 더 빨리 그런 생각에 도달하지 못한 자신을 탓했다. 처음부터 모든 퍼즐 조각이 눈앞에 주어져 있었는데도 말이다. 박사는 앨버트가 치밀한 전략가라는 생각에 빠져 있었던 것이다.

"연쇄살인범은 범행을 통해 자신의 내면이 겪었던 갈등이나 투쟁에 관한 이야기를 늘어놓습니다." 그는 항상 학생들에게 그렇게 설명했었다.

그런데 왜 이번에는 전혀 뜻밖의 가능성에 집중했던 것일까?

"녀석이 자존심 싸움에서 이긴 셈입니다. 난 단지 우리에게 도전장을 내미는 거라고만 생각했지, 나보다 더 영악한 상대를 대해야 한다고는 한 번도 생각해본 적이 없으니까요.”

텔레비전을 통해 로시 경감의 기자회견을 지켜본 게블러 박사는 에닉이 발견된 공동세탁장으로 다시 수사팀을 불러들였다. 수사에 재시동을 걸기에 최적의 장소라는 판단 때문이었다. 짧은 자기반성의 시간 덕분에 자신과 수사관들의 관계가 단순한 게블러 박사 범죄 실험 연구소가 아닌, 단단한 하나의 팀으로 연결되어 있다는 확신을 되찾을 수 있었다.

두 번째 피해아동의 사체는 이미 오래전에 치워진 상태였다. 대리석 물통에 담겨 있던 눈물 역시 말끔히 정리되어 있었다. 남은 것이라고는 할로겐 서치라이트와 발전기 돌아가는 소리뿐이었다. 조만간 그것마저도 치워질 터였다.

게블러 박사는 티모시 신부에게도 참석해달라는 요청을 했다. 신부는 숨을 헐떡거리며 한눈에 보아도 불안을 감추지 못하는 표정으로 나타났다. 세탁장이 범죄현장이었음을 떠올리는 물건은 없었지만 그래도 신부는 단단히 겁에 질린 표정이었다.

“롤프 신부님의 행방을 찾을 수가 없습니다.” 젊은 신부는 소식부터 알렸다. “제 생각으로는…….”

“그분은 이미 돌아가셨을 겁니다.” 게블러 박사가 갑자기 신부의 말을 가로막았다. “그게 아니라면, 아마 로시 경감의 기자회견이 끝나자마자 바로 연락이 왔을 테니까요.”

티모시 신부는 당황한 표정을 지었다.

“그럼 제가 또 무엇을 도와드릴 수 있겠습니까?”

게블러 박사는 할 말을 고르기 위해 충분히 뜸을 들였다. 그러고는 모두를 향해 말했다.

“내가 여러분들에게 부탁하려는 일이, 조금은 이상해 보일 겁니다……. 하지만 우리 모두 같이 기도를 했으면 합니다."

로사는 놀라움을 감추지 못했다. 보리스 역시 마찬가지 반응을 보이며 즉각 게블러 박사를 쏘아보았다. 밀라 역시 당황스럽기는 마찬가지였다. 하지만 신앙심이 깊은 스턴은 달랐다. 그는 가장 먼저 고란 게블러 박사의 제안에 찬성했다. 그러고는 세탁장 중앙에 서서 옆사람을 향해 팔을 내밀어 모두가 손을 잡고 원을 그릴 수 있도록 만들었다. 밀라는 제일 먼저 대열에 동참했다. 로사는 억지로 밀라의 뒤를 따랐다. 보리스는 가장 소극적인 자세로 임했지만 게블러 박사의 제안을 끝내 거절하진 못했다. 티모시 신부는 그제야 평정심을 되찾았는지 고개를 끄덕이고 중간쯤에 들어가 섰다.

게블러 박사는 어떤 식으로 기도를 해야 하는지는 몰랐다. 아마 그런 상황에 적합한 기도문 같은 게 있지 않을까 생각도 했다. 박사는 그래도 슬픔이 느껴질 만큼 처량한 목소리로 기도를 시작했다.

"요 며칠 사이, 우리는 참혹한 사건을 목격했습니다. 이곳에서 벌어진 사건은 말로 설명할 수도 없을 만큼 끔찍했습니다. 언제나 신은 있을 거라고 믿고 싶었지만 솔직히 신이 존재하는지는 모르겠습니다. 하지만 악은 분명히 존재합니다. 악은 우리의 눈에 그 증거를 보여주기 때문입니다. 하지만 선은 그렇지 않습니다. 악은 지나가는 길목마다 그 흔적을 남겨놓습니다. 무고한 어린아이들의 시체처럼 말입니다. 선은, 오로지 누군가의 증언을 통해서만 듣게 됩니다. 하지만 확실한 증거를 찾아다니는 우리 인간에겐 그걸로는 부족합니다……." 게블러 박사는 잠시 말을 끊었다. "만약 신께서 이 기도를 듣고 계신다면, 이런 질문을 드리고 싶습니다. 왜 빌리 무어란 아이는 죽어야 했는지요? 로널드 더미스란 아이의 증오심은 어디서 비롯된 것인지요? 고아원에서 지냈던 몇 년 동안 그 아이에게 무슨 일이 벌어졌었는지요? 어떻게 그 어린아이가 남을 죽이는 법을 배우게 되었는지요? 무슨 이유로 그 어린아이는 악의 세력에 동참하게 되었는지요? 왜 그 어린아이가 사악한 행동을 끊을 수 없었는지를 말입니다……"

게블러 박사가 신에게 던진 질문들은 그들을 둘러싼 침묵 속에서 허공을 붕붕 떠다녔다.

"신부님, 준비되면 시작하시지요." 나무랄 데 없는 신자, 스턴이 얼마 뒤 침묵을 깨고 말했다.

티모시 신부는 작은 기도 모임을 주도해나갔다. 그는 두 손을 모으고 성가를 불렀다. 자신감에 차 있고 아름다운 그의 목소리는 그들의 주변에서 울려 퍼지며 마치 연기처럼 하늘로 빨려 올라갔다. 밀라는 두 눈을 감고 그의 노랫소리에 마음을 기댔다. 라틴어 성가였지만 귀가 들리지 않는 사람들에게까지도 정확한 뜻이 마음에 와 닿을 정도로 감정이 실려 있었다. 티모시 신부는 성가를 통해 혼돈이 휩쓸고 간 자리에 평화를 되돌려놓았고 악의 세력이 뱉어놓은 불순물들을 깨끗이 정화시켰다.

편지의 수신인은 행동과학 수사팀이었다. 만약 필체가 로널드 더미스가 어렸을 때 써냈던 과제물과 일치한다는 사실이 발견되지 않았다면 아마 허언증 환자가 보낸 단순 협박편지로 분류되었을 것이다.

공책의 한 페이지에 어디서나 볼 수 있는 평범한 볼펜으로 작성한 편지였다. 편지를 보낸 사람은 종이에 자신의 지문이 남을 수 있다는 사실은 전혀 개의치 않았다.

어느 순간부터 앨버트는 몇몇 부분에 대해서만큼은 조심할 필요성을 느끼지 않는 듯 거침없이 행동했다.

내용은 마치 단 하나의 문장이라도 되는 듯 종이의 가운데 부분에 정렬되어 구두점도 거의 없이 촘촘히 작성되었다.

나를 사냥하려는 사람들에게 빌리는 **개자식**, 빌어먹을 개자식이었다고! 그리고 녀석을 죽인 건 잘한 짓이었어 난 그 자식을 죽도록 미워했으니까 빌리는 우리를 아프게 했어 왜냐고? 녀석은 가족을 갖게 되었으니까 우리에게 없는 가족을 나한테 벌어진 일은 얼마나 끔찍했는지 알아 **아무도** 나를 구하러 오지 않았어 **아무도**. 난 매일같이 여기서 당신들 눈앞에 있었는데 당신들은 나를 쳐다보지도 않더군 그런데 **그 사람**이 찾아왔어 **그 사람**이. **그 사람**은 나를 이해해줬고 내게 가르쳐줬어 나를 이렇게 만든 건 당신들이라고 이제 내가 누군지 눈에 보이나? 보이냐고? 당신들에겐 안된 일이지 결국 모든 게 당신들 잘못이니까 그리고 난 그냥 나일 뿐이고. **아무도** 이 모든 걸 막을 순 없어 **아무도**.

로널드

게블러 박사는 편지를 상세히 분석하기 위해 사본을 하나 챙겼다. 그날은 집으로 돌아가 토미와 함께 지낼 생각이었다. 정말이지 아들하고 하루저녁이라도 보내고 싶었기 때문이다. 아들을 못 본 지 벌써 며칠째인지도 모를 정도였다.

아파트 현관을 넘어서자마자 아들이 달려 나오는 소리가 들렸다.

"오늘 하루는 어떠셨어요, 아빠?"

게블러는 두 팔을 벌리고 아주 좋은 일이라도 있는 듯 힘차게 아들을 안아주었다.

"아빠가 무슨 불만이 있겠냐. 넌 어땠니?"

"전 괜찮아요."

마법의 주문과도 같은 두 마디 말이었다. 그의 아들은 아빠를 대면할 때면 그 말을 적절히 사용하는 법을 배운 듯했다. 마치 아빠는 걱정할 것 하나 없다고 안심시키듯. 왜냐하면 정말 그의 아들은 '잘' 지내고 있었다. 엄마를 보고 싶어 하지도 않았다. 엄마의 빈자리를 느끼지 않는 법을 잘 배워나갔다.

하지만 동시에 그 두 마디 말은 넘지 말아야 할 일종의 경계선과도 같았다. 그 말 두 마디면 더 이상 엄마의 존재에 대한 언급은 없었다. 모두가 평안해지는 것이다. '엄마 없이 우리가 얼마나 힘든지 잘 알고 있지. 이제 우리끼리 계속 해나가는 거야.'

두 부자는 그렇게 지내고 있었다.

토미는 아빠가 들고 온 종이봉투를 초조한 마음으로 뒤적거렸다.

"우와! 중국음식이다!"

"루나 아줌마가 해주는 밥도 좋지만, 메뉴에 약간의 변화를 주면 너도 좋아하지 않을까 생각했거든."

토미는 루나 아줌마의 밥이라는 말에 형편없는 음식을 맛본 사람 같은 표정을 지었다.

"아줌마가 만든 미트볼은 정말 질색이에요! 박하가 너무 많이 들어가서 치약 맛만 난다고요."

웃음이 절로 나왔다. 그러고 보니 아들 말이 맞는 것도 같았다.

"자, 가서 손부터 씻고 와야지."

토미가 화장실로 향하자, 게블러는 식탁을 차렸다. 그는 부엌 집기의 대부분을 아들의 손이 닿지 않는 높은 곳으로 옮겨버렸다. 아들에게 아빠와 단둘이 살면서 지켜야 할 새로운 규칙을 가르쳐주고 싶었기 때문이다. 그들 부자에게, 단둘이 지낸다는 것은 서로가 서로를 챙겨줘야 한다는 것을 의미했다. 즉, 그 누구도 포기해선 안 된다는 말이었다. 아빠도, 아들도, 슬픔 속에 빠져드는 건 절대 용서할 수 없다는 뜻이었다.

토미는 커다란 접시를 들고 와 군만두와 중국식 소스를 올려놓았고 아빠는 볶음밥을 그릇에 담았다. 젓가락도 준비되었다. 게블러는 중국

식당에서 후식으로 나오는 튀김과자 대신 초코 바닐라 아이스크림 한 통을 사 가지고 왔다.

두 부자는 하루를 보낸 이야기로 대화를 이어나갔다. 토미는 보이스카우트 여름캠프 준비에 대한 이야기를 했다. 아빠는 학교생활에 대해 물어보다 아들의 체육점수가 높다는 사실에 기분이 우쭐해졌다.

"아빠는 잘하는 운동이 거의 없었는데." 게블러가 아들에게 고백 아닌 고백을 했다.

"그럼 무슨 운동을 잘했어요?"

"체스."

"에이, 체스가 무슨 운동이에요!"

"어허, 체스도 엄연한 운동이야. 체스 올림픽도 있다고!"

토미는 믿지 않는 눈치였다. 하지만 아빠는 거짓말하는 법이 없다는 걸 잘 알고 있었다. 그렇게 가르치는 건 쉽지 않았다. 토미가 엄마는 어디로 갔느냐고 처음으로 물었을 때, 게블러는 있는 그대로의 진실만을 말해주었다. 에두르지도 않았다. 자신을 정직하게 대해달라는 말을 할 때마다 토미가 가져다 썼던 선의의 거짓말도 없었다. 아빠는 아들의 요구조건을 그대로 들어주었다. 아내에 대한 복수심 때문도 아니었고, 아내를 벌주기 위한 것도 아니었다. 거짓말은—더 끔찍한 선의의 거짓말은—아이의 불안감만 고조시키기 때문이었다. 진실을 말해주지 않을 경우, 토미는 혼자서 두 개의 거짓말에 맞서야 했기 때문이다. 떠나버린 엄마의 거짓말, 그 이야기를 아들에게 들려줄 용기가 없었던 아빠의 거짓말.

"나중에 체스 가르쳐주실 거예요?"

"당연하지."

엄숙한 약속과 함께 게블러는 아들을 잠자리에 눕힌 뒤 서재에 틀어

박혔다. 그는 로널드가 보낸 편지 사본을 꺼내 들고 연거푸 몇 차례 다시 읽기를 반복했다. 처음 편지를 대면했을 때부터 머릿속을 강타하는 뭔가가 있었다. 바로 그 문장. "그런데 그 사람이 찾아왔어 그 사람이. 그 사람은 나를 이해해줬고 내게 가르쳐줬어 나를 이렇게 만든 건 당신들이라고." '그 사람'이라는 단어는 의도적으로 굵게 표시되어 있었다. '그'라는 존재는 이미 한 차례 들은 적이 있다. 롤프 신부가 로널드와의 대화를 녹음해둔 테이프를 통해서였다.

"저만 찾아오는 사람이에요."

전형적인 해리성 정체장애의 특징이었다. 부정적인 '내'가 실제의 '나'와 분리되고 '그'로 발전해나가는 특징. '내'가 했지만 내게 그 일을 시킨 건 '그'였다. 내가 이렇게 된 건 '그'의 잘못이다. 이런 논리라면, 다른 나머지 사람들 모두가 '아무도'가 되어야 한다. 편지에는 '아무도' 역시 굵게 표시되어 있었다.

"아무도 나를 구하러 오지 않았어 아무도."

론은 구원을 받고 싶었다. 하지만 모두가 그의 존재를 잊고 있었고, 더 나아가 그가 단지 어린아이에 불과했다는 사실마저 모두에게 잊혀 있었다.

밀라는 요깃거리를 사러 제법 먼 거리를 걸어 나갔다. 하지만 별 성과가 없었다. 악천후로 슈퍼와 식당이 일찍 문을 닫아버렸기 때문이다. 어쩔 수 없이 동네 구멍가게에서 찾아낸 인스턴트 수프로 만족해야 했다. 본부로 돌아가 부엌에 설치된 전자레인지로 데워 먹어야겠다고 생각하자마자, 제대로 작동은 하는지 확인해보지 않았다는 사실이 뒤늦게 떠올랐다.

밀라는 살을 에는 추위에 근육이 마비되고 걷는 것조차 힘들어지기

전에 서둘러 본부로 돌아왔다. 운동화와 트레이닝복이 그리워졌다. 조
깅을 건너뛴 게 언제부터인지 까마득했고 관절에 축적되는 젖산 때문
에 몸을 움직이는 것도 힘들어졌다.

밀라는 건물로 들어서려는 순간, 세라 로사가 맞은편 보도블록 위에
서 어떤 남자와 격렬한 언쟁을 벌이는 모습을 목격했다. 남자는 로사를
진정시키려 했지만 소용없었다. 남편일 거라는 생각이 들었다. 남자의
심정이 십분 이해되고도 남았다. 밀라는 본의 아니게 엿보게 된 순간을
하르피아(그리스 신화 속에 등장하는 괴물. 여성의 몸과 얼굴을 하고 있으나
날개와 날카로운 발톱을 가지고 있다.─옮긴이)에게 들켜 미움을 살 이유
하나가 더 늘어나기 전에 서둘러 건물 안으로 발걸음을 옮겼다.

올라가는 계단에서 반대로 내려오는 보리스, 스턴과 마주쳤다.

"어디들 가세요?"

"수배범에 관한 수사진행 상황을 살피러 본청으로 가는 길이에요."
보리스가 담배를 꺼내 물며 말했다.

"같이 갈래요?"

"고맙지만 사양할래요."

보리스는 밀라의 손에 들린 인스턴트 수프를 보았다.

"그럼, 저녁 맛있게 먹어요."

밀라는 올라가면서 보리스가 나이 든 선배에게 하는 말을 들었다.

"선배도 다시 담배 피우는 게 나을 겁니다."

"이 기회에 자네가 끊는 게 더 좋지 않겠나."

스턴이 박하 드롭스 상자를 흔드는 소리가 들려오자 밀라는 절로 웃
음이 터져 나왔다.

밀라는 본부에 혼자 남게 되었다. 게블러 박사는 그날 저녁을 아들
과 함께 보내기 위해 집으로 돌아갔다. 약간은 실망스러웠다. 이미 그의

존재에 익숙해진 데다 그의 수사기법에 흥미가 들린 터였기 때문이다. 기도하는 모습만 빼고는. 만약 엄마가 지금도 살아 계시고, 당신의 딸이 그런 말도 안 되는 기도를 올리는 자리에 함께 서 있는 장면을 봤다면 아마 당신의 눈을 믿지 못했을 것이다.

전자레인지는 정상적으로 작동했다. 수프는 생각보다 맛이 괜찮았다. 아니면 시장이 반찬이라 그런지도. 밀라는 수프 그릇과 숟가락을 챙겨 방으로 돌아갔다. 혼자만의 시간을 갖는 것도 나쁘지 않았다.

밀라는 자신의 침대 위에 책상다리를 하고 앉았다. 왼쪽 허벅지에 난 상처가 조금 땅기기는 했지만 회복되는 중이었다. 결국 상처는 아물기 마련인 법.

밀라는 수프를 떠먹으며 더미스의 편지 사본을 집어 들어 한참 동안 들여다보았다. 결과적으로 로널드는 사건이 한창 들끓어오를 때를 노려 수면 위로 등장한 셈이다. 하지만 그 편지에는 어딘가 이상한 구석이 있었다. 엄두가 나지 않아 게블러 박사에게는 굳이 말하지 않았었다. 그에게 충고를 할 위치가 아니라고 여겼기 때문이다. 하지만 오후 내내 의문점이 가시지 않았다.

언론에도 역시 편지가 전달되었다는 점은 다소 이례적이었다. 게블러가 연쇄살인범의 자아를 제대로 건드렸던 것이다. 그의 결정은 마치 이렇게 말하고 있는 듯했다. '이제 알겠어? 우리의 관심은 너를 향하고 있다고!' 하지만 범죄학자의 노림수는 주의를 분산시켜 인질로 잡고 있는 소녀로부터 살인범의 관심을 떼어놓는 것이었다.

"하지만 녀석이 얼마나 오랫동안 살인에 대한 욕구를 참아낼 수 있을지는 알 수 없습니다." 몇 시간 전, 그가 홀리듯 내뱉은 말이었다.

밀라는 그런 생각을 떨쳐내고 다시 편지의 내용에 집중했다. 우선 로널드가 편지를 작성한 형식 자체가 마음에 걸렸다. 그 점이 바로 밀라가 이해할 수 없는 부분이었다. 왜냐고 묻는다면 달리 할 말은 없었지만 종이의 중앙에 마치 거대한 하나의 문장처럼 마침표도 거의 쓰지 않고 편지를 작성했다는 점이 전체의 내용을 파악하는 데 걸림돌이 되고 있었다.

밀라는 문장을 나눠보기로 결심하고는 먹고 있던 수프 그릇을 내려놓고서 노트 하나와 연필을 집어 들었다.

— 나를 사냥하려는 사람들에게

— 빌리는 개자식, 빌어먹을 개자식이었다고! 그리고 녀석을 죽인 건 잘한 짓이었어 난 그 자식을 죽도록 미워했으니까 빌리는 우리를 아프게 했어 왜냐고? 녀석은 가족을 갖게 되었으니까 우리에게 없는 가족을

— 나한테 벌어진 일은 얼마나 끔찍했는지 알아 아무도 나를 구하러 오지 않았어 아무도.

— 난 매일같이 여기서 당신들 눈앞에 있었는데 당신들은 나를 쳐다보지도 않더군

— 그런데 그 사람이 찾아왔어 그 사람이. 그 사람은 나를 이해해줬고 내게 가르쳐줬어

— 나를 이렇게 만든 건 당신들이라고 이제 내가 누군지 눈에 보이나? 보이냐고? 당신들에겐 안된 일이지 결국 모든 게 당신들 잘못이니까

— 그리고 난 그냥 나일 뿐이고. 아무도 이 모든 걸 막을 순 없어 아무도.

— 로널드

밀라는 한 문장, 한 문장을 다시 읽어 내려갔다. 분노와 회한이 표출된 내용이었다. 편지는 너나 구분할 것 없이 세상사람 모두를 향한 내용이었다. 왜냐하면 살인범의 머릿속에 존재하는 빌리는 뭔가 거대한 것,

세상 전체를 차지하는 상징과도 같았기 때문이다. 론이 절대로 가질 수 없는 그 무엇.

행복.

빌리는 항상 즐거운 아이였다. 부모가 자살한 현장을 직접 목격했음에도. 빌리는 입양 1순위 어린이였다. 고작 삼류 고아에 불과한데도. 빌리는 모두에게 사랑을 받았다. 해주는 것 하나 없는데도.

빌리의 목숨을 빼앗으면서 로널드는 위선에 가득 찬 이 세상에서 영원히 웃음을 지워버렸던 것이다.

하지만 로널드의 글을 읽으면 읽을수록, 밀라는 편지를 구성하고 있는 문장들이 참회나 혹은 도전의 내용이 아니라 어떤 대답 같다는 느낌이 들기 시작했다. 마치 누군가가 로널드에게 뭔가를 물어보기라도 한 것처럼 말이다. 그리고 아주 오랫동안 갇혀 있던 침묵의 감옥에서 당장이라도 벗어나고 싶은 듯, 롤프 신부가 강요했던 비밀 속에서 벗어나고 싶은 듯, 성급히 내뱉어버린 대답 같다는 생각이 들었다.

그렇다면 질문의 내용은 과연 무엇이었을까? 그걸 물어본 사람은?

밀라는 게블러 박사가 기도 중에 했던 말을 다시 떠올려보았다. 선은 구체적인 증거를 통해 존재를 입증할 수 없는 반면, 악은 눈앞에 그 예를 들이댈 수 있다는 그 말. '증거.' 로널드는 고아원 친구를 죽음의 길로 이르게 하면서 자신이 세상에 필요한 일종의 선행을 완수했다고 생각했던 것이다. 그에겐 빌리가 악을 대표하는 상징이었기 때문이다. 어린 로널드의 행동이 나쁜 짓이라고 그 누가 증명할 수 있겠는가? 론의 논리는 완벽했다. 빌리 무어란 아이가 성장한 뒤 아주 흉포한 사람이 될 수도 있지 않겠는가? 누가 장담하고 보장할 수 있단 말인가?

어렸을 적 일요일마다 주일학교에 나갔던 밀라는 항상 한 가지 궁금증을 가지고 있었다. 어른이 된 후에도 여전히 그 궁금증은 풀리지 않왔다. 한없이 좋으신 분이라는 그 신은 도대체 왜 어린아이들이 그냥 죽도록 내버려두는 것일까?

자세히 들여다보면, 사랑의 이상향과 복음서에 가득 들어차 있는 정의의 이상향은 정말 대조적이었다.

하지만 단명이란 것은 신이 그분의 자식들 중 가장 못된 아이들에게 정해준 운명과도 같은 것이었다. 그렇게 생각하면, 밀라가 구해낸 아이들 중에는 훗날 성장해서 살인자가 되거나, 연쇄살인범이 될 아이도 있을 수 있다. 다시 말해, 그녀가 하는 일은 올바른 일이 아닐 수도 있다는 말이다. 만약 아돌프 히틀러나 제프리 다머, 혹은 찰스 맨슨(제프리 다머와 찰스 맨슨은 1960년대와 1970년대, 미국을 떠들썩하게 만들었던 연쇄살인범이다.—옮긴이) 등이 유아기의 나이를 벗어나지 못했을 때 누군가 그들을 살해했다면 그는 과연 상을 받아야 할까, 아니면 벌을 받아야 할까? 아마도 살인범이라는 낙인이 찍혀 벌을 받고 형을 살아야 했을 것이다. 절대로 인류를 구원한 유명인사는 될 수 없을 것이다.

밀라는 선과 악이라는 것은 언제든 혼동될 수 있다는 결론을 내렸다. 서로가 서로의 도구로 사용되고 언제든 처지가 뒤바뀔 수 있었고.

'어쩌다 기도문의 내용을 살인범이 지껄인 헛소리와 비교한다는 생각에 이르게 된 걸까?'

첫째, 목덜미에서 느껴진 소름 때문이었다. 등 뒤에 숨은 비밀스러운 곳에서부터 느껴지는 그 기분. 둘째, 마지막 생각을 곱씹던 밀라는 자신이, 로널드가 편지를 통해 대답하려 했던 그 질문을 이미 알고 있다는 사실을 깨달았기 때문이다.

게블러 박사의 기도 속에 모든 게 들어 있었다.

비록 단 한 번 들었을 뿐이지만, 밀라는 범죄학자가 기도하며 했던 말을 떠올리기 위해 기억을 더듬었다. 노트를 펼쳐 수차례 다시 쓰기를 반복했다. 순서가 틀린 것 같으면 또다시 처음부터 시작했다. 그러기를 여러 차례, 결국 전체 내용을 눈앞에 완벽히 복원해내는 데 성공했다. 밀라는 재빨리 편지의 내용과 기도의 내용을 한데 놓고 질의응답을 하듯 한 문장씩 번갈아 읽어가며 재구성해보았다.

마지막으로 전체를 다시 한번 읽어보았는데…….

바로 첫 문장부터 모든 게 명확히 드러나 있었다.

> 나를 사냥하려는 사람들에게

그것은 수사관들을 향한 말이었다. 범죄학자가 침묵 속에서 던진 질문이 있었다. 그리고 그에 대한 답은 다음과 같았다.

- 왜 빌리 무어란 아이는 죽어야만 했을까?

> 빌리는 개자식, 빌어먹을 개자식이었다고! 그리고 녀석을 죽인 건 잘한 짓이었어 난 그 자식을 죽도록 미워했으니까 빌리는 우리를 아프게 했어 왜냐고? 녀석은 가족을 갖게 되었으니까 우리에게 없는 가족을

- 로널드 더미스의 증오심은 어디서 비롯된 것일까?

> 나한테 벌어진 일은 얼마나 끔찍했는지 알아 아무도 나를 구하러 오지 않았어 아무도

- 몇 년 동안 로널드에게 무슨 일이 벌어졌던 걸까?

> 난 매일같이 여기서 당신들 눈앞에 있었는데 당신들은 나를 쳐다보지도 않더군

- 어떻게 사람을 죽이는 법까지 배우게 된 걸까?

> 그런데 그 사람이 찾아왔어 그 사람이. 그 사람은 나를 이해해줬고 내게 가르쳐줬어

- 무슨 이유로 로널드는 악의 편에 서게 된 걸까?

> 나를 이렇게 만든 건 당신들이라고 이제 내가 누군지 눈에 보이나?

보이냐고? 당신들에겐 안된 일이지, 결국 모든 게 당신들 잘못이니까

– 도대체 왜 이런 끔찍한 일에 종지부를 찍지 않았던 걸까?

그리고 난 그냥 나일 뿐이고. 아무도 이 모든 걸 막을 순 없어 아무도.

밀라는 어떻게 생각해야 할지 망설여졌다. 하지만 이미 그 대답은 편지의 맨 하단에 나와 있는 것 같았다.

하나의 이름.

로널드

밀라는 자신이 세운 가설을 그 즉시 확인해야겠다고 마음먹었다.

18

우중충한 하늘을 맴돌던 자색 구름들은 서서히 눈발을 쏟아내기 시작했다.

밀라는 대로에서 40여 분을 기다리다 겨우 택시를 잡아탔다. 목적지를 대자, 택시기사가 운전을 거부했다. 거리도 너무 먼 데다 시간까지 늦어 돌아올 때 빈 차로 올 게 뻔하다는 이유였다. 밀라가 택시비를 두 배로 쳐주겠다고 하자 그제야 차를 몰았다.

벌써 몇 센티미터 두께로 아스팔트 위를 덮어버린 눈 때문에 제설용으로 뿌려놓은 염화칼슘마저 무용지물이 될 판이었다. 타이어에 체인을 장착하지 않고는 앞으로 나아갈 수 없었기에 더 이상 속력을 내기가 어려웠다. 실내공기가 탁해 앞자리를 슬쩍 쳐다보니 조수석에 반쯤 먹다 만 양파 케밥이 눈에 들어왔다. 케밥 냄새는 환풍구 앞에 달려 있는 솔잎향 방향제와 뒤섞이며 역겨운 향을 실내에 풍겼다. 손님으로서는 전혀 반갑지 않은 택시였다.

택시가 시내를 벗어나는 동안 밀라는 조용히 앉아 자신의 생각을 순서대로 명확히 정리할 수 있었다. 그녀는 자신의 이론이 정확하다는 자신감에 차 있었고, 목적지에 가까이 다가갈수록 확신은 점점 굳어졌다. 게블러 박사에게 전화를 걸어 그의 의견을 묻고 싶었지만 휴대전화의 배터리가 거의 바닥난 상태였다. 그래서 전화는 자신이 찾고자 하는 걸 발견하고 난 뒤로 잠시 미뤄두기로 했다.

택시는 고속도로 톨게이트 근처에 다다랐다. 그런데 순찰차에서 내린 교통경찰들이 차들을 왔던 길로 되돌리고 있었다.

"눈이 너무 많이 쌓여서 위험하다니까요!" 경찰들은 운전자들에게 똑같은 말을 반복하고 있었다.

몇몇 대형트럭 운전자들은 다음 날 아침 일찍 다시 길을 나설 수 있기를 바라며 갓길에 차를 세우고 기다렸다.

택시는 바리케이드 앞에서 차를 돌려 다른 길로 향했다. 고속도로를 타지 않고서도 고아원으로 갈 수는 있었다. 아마 과거에는 그녀가 가려는 길이 유일한 길이었을 것이다. 다행히 택시기사가 그 길을 알고 있었다.

밀라는 대형 출입문 앞에서 내렸고, 약속대로 추가요금을 지불했다. 택시기사에게 볼일을 마치고 올 때까지 기다려달라고 말하지 않아도 될 것 같았다. 자신이 틀리지 않았으며, 조만간 팀원들이 들이닥칠 것이란 확신마저 들었기 때문이다.

"볼일 다 보실 때까지 기다리지 않아도 되겠습니까?" 택시기사는 버려진 고아원 건물의 상태를 살펴보더니 밀라에게 물어보았다.

"고맙지만 괜찮습니다. 그냥 가셔도 됩니다."

택시기사는 더 이상 묻지 않고 어깨를 한 번 으쓱하고는 차를 돌려 양파 케밥 냄새를 풍기며 멀어져 갔다.

밀라는 출입문을 넘어 들어가 비포장도로 위를 걸어갔다. 쌓인 눈 아래로 깔려 있던 진흙바닥에 신발이 푹푹 빠졌다. 밀라는 현장을 지키던 경관들이 로시 경감의 명령에 따라 모두 철수했다는 사실을 알고 있었다. 하다못해 이동 수사본부가 차려졌던 캠핑카도 떠나고 없었다. 사건 현장인 고아원에서는 더 이상 수사에 도움이 되는 단서가 나오지 않았기 때문이다.

'오늘까지는 그랬겠지.' 밀라는 그렇게 생각했다.

건물의 중앙현관에 도착해보니 무장대원들이 부수고 들어간 현관문에 새로운 자물쇠가 채워져 있었다. 밀라는 티모시 신부가 아직 취침 전인지 확인해보기 위해 사제관으로 발걸음을 돌렸다.

사제관까지 오긴 왔지만 더 이상의 선택권은 없었다.

밀라는 그냥 사제관으로 찾아가 몇 차례 문을 두드렸다. 잠시 뒤 2층 창문에서 불빛과 함께 티모시 신부가 고개를 내밀었다.

"누구십니까?"

"티모시 신부님, 경찰에서 나왔습니다. 지난번에 찾아왔었는데, 혹시 기억나세요?"

신부는 휘날리는 눈발 사이로 상대를 알아보려고 애썼다.

"아, 네, 기억합니다. 그런데 이 시간에 여긴 웬일이십니까? 이쪽 일은 다 끝내신 줄 알았는데……."

"네, 그렇긴 한데요. 죄송하지만 세탁장에서 몇 가지 확인해볼 게 있어서요. 열쇠 좀 빌려주실 수 없을까요?"

"알겠습니다. 내려가겠습니다."

내려오는 데 왜 이리 오래 걸리나 의아해하기 시작할 무렵, 현관문의 빗장이 풀리는 소리가 들렸다. 신부는 팔꿈치가 해진 낡은 카디건을 걸치고 여느 때처럼 온화한 표정을 짓고 있었다.

"떨고 계셨군요."

"괜찮습니다, 신부님."

"잠시 안으로 들어와 몸 좀 녹이세요. 그동안 열쇠를 좀 찾아보겠습니다. 아시는지 모르겠지만, 경찰분들이 좀 많이 어지르고 가셔서요."

밀라는 신부를 따라 사제관으로 들어갔다. 온기가 느껴지자마자 기분이 좋아졌다.

"막 잠을 청하려던 참이었습니다."

"죄송합니다."

"괜찮습니다. 차 한잔 드릴까요? 저는 잠자기 전에 항상 차를 마시는 편입니다. 긴장이 풀리거든요."

"아니요, 괜찮습니다. 빨리 돌아가 봐야 하거든요."

"한잔 하세요. 몸이 더 따뜻해질 겁니다. 차는 이미 만들어놓았으니까 드시기만 하면 됩니다. 저는 얼른 가서 열쇠를 가져오겠습니다."

신부가 나가자 밀라는 가르쳐준 대로 부엌으로 향했다. 찻주전자는 식탁 위에 놓여 있었다. 김이 모락모락 솟아오르며 향이 퍼져나가자, 밀라도 더 이상 유혹을 견딜 수 없었다. 그녀는 찻잔에 차를 따르고 설탕을 넉넉히 넣었다. 쓰레기 매립장이었던 펠더의 집에 찾아갔었을 때 그가 보리스와 자신에게 건넸던 식어빠진 차가 생각났다. 그런데 대체 물은 어디서 가져와 차를 끓였던 건지 갑자기 궁금해졌다.

티모시 신부는 큼직한 열쇠꾸러미를 들고 다시 나타났다. 하지만 여전히 밀라의 방문지에 맞는 열쇠를 찾느라 애를 먹고 있었다.

"어때요, 좀 나아지셨지요?" 신부는 차를 강권하기 잘했다는 듯 만족스럽게 미소를 지었다.

밀라도 미소로 답했다.

"네, 한결 낫네요."

"아무래도 이 열쇠 같습니다. 중앙현관에 맞는……. 제가 같이 가드릴까요?"

"아니요, 혼자 가도 됩니다." 밀라의 대답에 신부는 안도의 표정을 짓고 있었다. "대신 부탁 한 가지만 드려도 될까요?"

"말씀해보세요."

밀라는 신부에게 명함 한 장을 건넸다.

"만약, 한 시간 뒤에도 제가 돌아오지 않으면 이 번호로 전화를 걸어서 도움을 요청해주세요."

티모시 신부의 낯빛이 창백하게 변했다.

"더 이상 위험한 일은 없을 거라 생각했는데요."

"그냥 예방 차원입니다. 저한테 무슨 일이 일어나진 않을 거예요. 단지 건물 안에서 헤매다가 길을 잃을지 몰라서요. 그러다 사고라도 날까 싶어서……. 게다가 건물 안에는 불이 들어오지 않잖아요."

그 말과 동시에 밀라는 자신이 그 문제에 대한 해결책을 전혀 염두에 두지 않았다는 사실을 깨달았다. 어떻게 해결할까? 전기도 들어오지 않는 데다 할로겐 서치라이트는 경찰병력 철수와 동시에 해체된 뒤 나머지 장비들과 함께 이미 경찰서로 돌아갔을 터였다.

"젠장!" 막말이 절로 튀어나왔다. "혹시 손전등 가진 거 있으세요?"

"죄송합니다. 하지만 휴대전화를 가지고 계시다면 액정화면 불빛으로 대신해보세요."

그것까지는 미처 생각하지 못했다.

"조언 감사합니다."

"천만의 말씀을요."

밀라는 그 즉시, 다시 차가운 바깥세상으로 나갔고 신부는 문을 닫고서 자물쇠를 하나씩 하나씩 채우고 있었다.

밀라는 언덕길을 올라 고아원 건물 중앙현관에 다다랐다. 열쇠를 밀어 넣고 돌리자 철컥하고 빗장 풀리는 소리가 문 뒤로 울려 퍼졌다. 밀라는 문을 밀고 들어간 뒤 커다란 문을 다시 닫았다.

드디어 안으로 들어왔다.

채광창에 모여 있던 비둘기들이 힘차게 날개를 퍼덕이며 그녀의 등장에 인사를 건넸다. 휴대전화 액정화면이 발산하는 초록빛 미광으로는 겨우 전방의 일부만 식별이 가능했다. 고작 풍선 크기의 불빛은 당장이라도 암흑세계가 뒤덮칠 듯 캄캄한 어둠 속에서 겨우 존재감만 드러낼 뿐이었다.

밀라는 공동세탁장으로 향하는 길을 떠올리며 발걸음을 옮겼다.

그녀의 발소리가 정적을 가르고 있었다. 숨을 내쉴 때마다 싸늘한 공기 탓에 입김이 나왔다. 밀라는 순식간에 조리실에 도착했다. 커다란 양철 가마솥이 눈에 들어왔다. 다음으로는 식당으로 옮겨갔다. 식당을 지나칠 때는 나무의자에 걸려 넘어지지 않도록 조심했다. 그러다 식탁 위에 올려져 있던 의자 하나를 골반 쪽으로 쳐서 바닥에 떨어뜨렸다. 메아리로 번지는 소리 때문에 귀가 멍멍해질 정도였다. 의자를 다시 식탁 위에 올려놓다가 아래층으로 이어지는 협소한 나선계단 입구를 발견했다. 밀라는 서서히 돌계단을 밟고 아래로 내려갔다. 시간의 흐름에 따른 마모 때문에 계단은 제법 미끄러웠다.

드디어 세탁장에 도착했다.

밀라는 휴대전화를 이리저리 움직여 주변을 살펴보았다. 에닉의 시체가 발견된 대리석 물통 안에 누군가가 꽃 한 송이를 가져다놓았다. 밀라는 그 자리에서 다 함께 기도했던 일을 떠올렸다.

그러고는 뭔가를 찾기 시작했다.

우선 벽 쪽을 살펴본 뒤 손가락으로 굽도리를 훑어보았다. 아무것도 나오지 않았다. 휴대전화의 배터리가 언제까지 버텨줄지는 일단 신경 쓰지 않으려 했다. 컴컴한 어둠 속을 돌아 나와야 한다는 걱정보다는, 형편없긴 하지만 그나마 액정 불빛이라도 없으면 얼마나 시간이 걸릴지 알 수 없다는 생각 때문이었다. 한 시간이 지나면 티모시 신부가 지원을 대신 요청하게 될 텐데, 그러면 정말 면목이 없을 것 같았다. 그러기에 서둘러야 했다.

'어딜까?' 밀라는 머리를 굴렸다. '분명히 이 근처 어디였던 것 같은데……'

갑자기 어디선가 들려온 커다란 소리에 심장이 가슴 밖으로 튀어나올 정도로 깜짝 놀랐다. 소리의 진원지가 자신의 휴대전화 벨소리라는 것을 깨닫기까지는 얼마간의 시간이 필요했다.

밀라는 액정 화면을 들여다보았다. '게블러 박사.'

그녀는 핸즈프리 이어셋으로 전화를 받았다.

"본부에 아무도 없는 건가? 적어도 열 번 이상 전화를 걸었는데 아무도 받지를 않는군."

"보리스와 스턴 선배는 나갔어요. 아마 세라 로사 수사관은 본부에 있을 텐데요."

"그럼 자넨? 자넨 어딘가?"

밀라는 거짓말하기엔 이미 늦었다고 판단했다. 비록 자신의 가설에 백 퍼센트 확신은 없었지만 게블러 박사에게 털어놓기로 결심했다.

"아무래도 로널드가 지난밤에 우리 얘기를 다 엿들은 것 같습니다."

"무엇 때문에 그런 생각을 하게 된 거지?"

"우리에게 보내온 편지하고 박사님이 했던 기도의 내용하고 한번 비교를 해봤어요. 그런데 기도 중에 던졌던 질문의 대답 같더라고요……."

"제대로 짚었어."

범죄학자는 별로 놀라지 않는 눈치였다. 그 역시 동일한 결론에 도달한 것 같았다. 밀라는 게블러 박사라는 사람을 깜짝 놀라게 할 수 있으리라 상상했던 자신을 한심하게 생각했다.

"그런데 내가 묻는 질문엔 아직 대답을 안 했어. 자네 지금 어디야?"

"도청장치를 찾고 있어요."

"도청장치?"

"로널드가 고아원 공동세탁장에 숨겨놓은 거요."

"자네, 지금 거기 있는 건가?"

게블러는 갑자기 염려스러운 목소리로 물었다.

"네."

"당장 거기서 나와!"

"왜요?"

"밀라, 도청장치 같은 건 없어!"

"하지만 제 생각에는 분명히……."

게블러는 밀라의 말을 가로막았다.

"경찰이 현장을 이 잡듯 뒤져봤다고. 그런 게 있었다면 벌써 찾아냈을 거야!"

바로 그 순간, 밀라는 자신이 얼마나 멍청했는지 깨달았다. 범죄학자의 말이 옳았다. 그 정도 생각도 안 해보고 피상적으로만 문제를 대하는 수사관이 어디 있다고! 도대체 머릿속에 뭐가 들었던 거지?

"그럼, 어떻게 그 내용을……."

밀라는 꺼낸 말을 다 마칠 수 없었다. 갑자기 등골이 서늘해졌다.

'여기 있었던 거야!'

"내가 했던 그 기도는 숨어 있던 녀석을 밖으로 끄집어내기 위한 전략이었어!"

'왜 난 진작 그 생각을 못했던 거지?'

"밀라, 거기서 당장 나오라고, 당장!"

그제야 밀라는 자신이 어떤 위험을 자초하고 있는지 깨달았다. 그녀는 권총을 꺼내 들고 출구 쪽으로 향했다. 적어도 밀라가 있는 자리에서 2백 미터 이상 떨어진 곳이었다. 고아원에 남아 있는 '그의 존재'를 감안하면 만만치 않은 거리였다.

'누구였던 거지?' 밀라는 나선계단을 올라 식당으로 향하면서 생각했다.

그런데 그 순간 갑자기 두 다리에 힘이 빠지더니 땅이 아래로 꺼져버리는 것 같았다. 밀라의 뇌리를 스치고 지나가는 생각 하나. '그 차를 마신 게……'

수신에 문제가 생긴 듯 잡음 같은 게 뒤섞였다. 이어폰에서 자신을 부르는 게블러 박사의 목소리가 들렸다.

"무슨 소리야?"

"티모시 신부가 로널드였던 거군요?"

다시 이어지는 잡음. 어떤 소음. 뒤이은 잡음이 점점 심해졌다.

"그래! 빌리 무어가 죽은 뒤에 롤프 신부는 예정된 날짜를 앞당겨 원생들을 내보냈던 거야. 로널드만 남겨두고. 신부는 로널드를 내보내지 않고 데리고 있었어. 그 아이의 천성이 걱정되었던 거야. 그리고 자신이 그 부분을 통제할 수 있을 거라 기대했었던 거고."

"아무래도 그 인간이 약을 먹인 것 같습니다."

게블러 박사의 목소리가 중간중간 끊겨서 들렸다.

"……라고 하는 거야? 무슨…… 모르겠어……."

"아무래도……." 밀라는 뭐라고 말을 꺼내고 싶었지만 단어가 입안에 달라붙어 떨어지지 않았다.

밀라는 앞으로 넘어지고 말았다. 핸즈프리 이어셋과 함께 전화기도 떨어뜨렸다. 손에서 떨어져 나간 전화기가 식탁 아래로 미끄러져 들어갔다. 두려움으로 인해 심장이 미친 듯이 두방망이질 치기 시작했고, 그 덕에 약효는 온몸으로 빠르게 번져나갔다. 감각이 무뎌졌다. 하지만 몇 미터 앞에서 뒹굴고 있는 이어셋에서 흘러나오는 게블러 박사의 목소리는 여전히 들을 수 있었다. 그는 애타게 그녀를 부르고 있었다.

"밀라! 밀라!……답 좀 해봐!……라고!"

밀라는 두 눈을 감았다. 다시는 눈을 뜰 수 없을지 모른다는 생각에 두려움이 극에 달했다. 그녀는 이런 곳에서 죽을 수는 없다고 마음을 다잡았다.

'아드레날린……. 아드레날린이 필요해……'

밀라는 그 상황에서 아드레날린을 솟구치게 할 방법을 알고 있었다. 그녀의 오른손에는 여전히 권총이 꽉 쥐어져 있었다. 밀라는 자신의 삼각근을 향해 총구를 겨눴다. 그러고는 방아쇠를 당겼다. 총알은 그녀의 가죽점퍼를 찢고 살점을 날려버렸다. 총성은 엄청난 굉음과 함께 암흑 속에 잠긴 건물 내부에 울려 퍼졌다. 밀라는 고통의 비명을 질렀다. 하지만 곧 의식이 돌아왔다.

게블러가 이름을 부르는 소리가 또렷이 들려왔다.

"밀라!"

밀라는 액정화면의 불빛을 향해 기어갔다. 그리고 휴대전화를 쥐어 들고 게블러 박사에게 대답했다.

"괜찮습니다."

밀라는 자리에서 일어나 다시 걷기 시작했다. 한 걸음 옮기는 데에도 엄청난 힘이 필요했다. 마치 꿈속에서 누군가가 뒤따라오는 것 같은데 다리가 무거워 뛸 수도 없는 그런 느낌이 들었다. 끈적거리는 액체 속에 무릎까지 잠긴 것 같은 기분이었다.

상처 부위가 벌렁거리는 것 같았지만 출혈은 생각보다 심하지 않았다. 조준을 잘한 덕분이었다. 밀라는 이를 꽉 물고 한 발 한 발 걸음을 내디뎠다. 출구가 점점 가까워졌다.

"다 알고 계셨으면서 왜 그 개자식을 당장 체포하지 않으신 거예요?" 밀라는 휴대전화에 대고 고래고래 소리를 질렀다. "왜 저만 몰랐던 거냐고요?"

범죄학자의 목소리가 다시 또렷이 들려왔다.

"그건 미안하게 됐어, 밀라. 우린 자네가 계속해서 녀석을 아무렇지 않게 대해주기를 바랐던 거야. 쓸데없는 의심을 사지 않도록 말이야. 녀석의 차에 추적장치를 달아서 움직임을 파악하고 있었어. 녀석이 우리를 여섯 번째 아이에게 인도해주리라 기대했었는데……."

"그러지 않았던 거군요."

"녀석은 앨버트가 아니었거든."

"그래도 위험인물인 건 사실 아닌가요?"

게블러는 대답 대신 한참 시간을 끌었다. 위험인물이었던 것이다.

"비상사태를 발령하고 지원팀을 그곳으로 보냈어. 하지만 시간은 좀 걸릴지 몰라. 감시망이 반경 2킬로미터 정도 떨어져 있어서 그래."

'언제 오든, 이미 늦었어.' 밀라는 생각했다. 기상상태도 끔찍한 데다 약효가 빠르게 온몸으로 번져나가며 기력이 점점 사라지고 있었다. 그 상태로는 희망이 전혀 없다는 걸 밀라는 알고 있었다. 늦기도 하고 너무 멀다면서 승차를 거부했던 택시기사의 말을 들을걸! 게다가, 왜 또 기다리겠다던 택시기사를 그냥 돌려보낸 건지! 이런 불운이 어디 있을까? 양파 케밥 냄새가 끔찍이도 싫었기 때문이야! 단지 그것 때문에! 이제 상대의 덫에 단단히 빠져든 신세가 되고 말았다. 아니, 자신이 직접 그 안에 걸려들어 준 셈이었다. 그녀의 일부가 무의식중에 그러길 원했기 때문일 수도 있다. 밀라는 위험 속으로 뛰어들겠단 생각을 즐겨 했었다. 심지어 죽음에 이르는 길까지!

'아니야, 난 살고 싶어!'

로널드, 일명 티모시 신부는 움직일 기미를 보이지 않았다. 하지만 오래지 않아 모습을 드러내리라는 확신이 들었다.

세 번의 방전 경고음 때문에 상념에서 벗어나 현실로 돌아왔다.

"빌어먹을!" 절로 욕이 튀어나왔다. 그 중요한 순간에 휴대전화 배터리마저 영영 그녀를 외면해버렸던 것이다.

칠흑 같은 어둠은 마치 손가락처럼 그녀의 주위를 옥죄어들었다.

이렇게 난감한 상황을 도대체 몇 번이나 겪어본 거지? 전에도 그런 적이 있었다. 최근에는 음악 선생의 집에서 고비를 맞이했었다. 하지만 지금처럼 절망적인 상황에 놓인 건 몇 번이었지? 자문자답의 결론은 거의 좌절에 가까웠다.

'단 한 번도……. 단 한 번도 이런 적은 없었어.'

약에 취하고 부상까지 입었는데 기력도 없고 휴대전화 배터리마저 나간 상황. 휴대전화 생각에 웃음이 절로 나왔다. 막말로 그런 게 지금 같은 상황에서 무슨 소용이라고? 옛 친구에게 전화 한 통 정도는 걸 수 있을 것 같았다. 그라시엘라 같은 친구. '잘 지내니? 나, 조만간 죽을 것 같아!'라고 안부를 물을 순 있겠지.

보다 끔찍한 건 칠흑 같은 어둠이었다. 하지만 오히려 그 점을 유리하게 이용할 수도 있다. 똑같은 상황이라면 로널드 역시 밀라의 위치를 전혀 알 수 없을 테니까.

'내가 출구로 나오기만을 기다리고 있을 거야…….'

사실 머릿속에는 오로지 나가고 싶다는 생각밖에 없었다. 하지만 본능을 따르지 않는 게 신상에 이롭다는 건 잘 알고 있다. 그러지 않으면 죽임을 당할 테니까.

'숨어 있어야 해. 지원팀이 올 때까지 기다려야 한다고.'

밀라는 그 편이 가장 현명한 결정이라고 생각했다. 당장이라도 수면 상태에 빠져들 것 같았기 때문이기도 했다. 그나마 손에 들려 있는 권총 덕에 어느 정도 안심은 되었다. 상대 역시 무장했을 가능성이 높다. 하지만 로널드는 무기를 그리 잘 다룰 것 같은 인상은 아니었다. 적어도 밀라만큼은 아닐 것이다. 하지만 그는 숫기 없고 두려움 많은 티모시 신부의 역할을 거의 완벽하게 소화했던 인물이다. 그 이면에 또 어떤 모습이 숨어 있을지는 알 수 없는 일이었다.

밀라는 거대한 식당의 식탁 밑으로 기어 들어가 몸을 웅크리고 귀를 기울였다. 하지만 메아리가 울려 퍼지는 건물구조는 전혀 도움이 되지 않았다. 작은 소리 하나만 나도 어둠 속으로 울려 퍼지며 어디서 오는 소리인지, 얼마나 떨어져 있는지 구분할 수가 없었기 때문이다. 눈꺼풀이 막무가내로 감겼다.

'날 볼 수 없어. 그는 날 볼 수 없을 거라고.' 밀라는 속으로 끊임없이 되뇌었다. '분명 내가 무장하고 있다는 걸 알고 있어. 발소리가 들리거나 나를 찾겠다고 손전등을 들고 나타나기만 해봐. 죽은 목숨이 될 테니.'

여러 갈래의 기괴한 빛깔이 눈앞에서 춤을 추듯 흔들거렸다.

'약기운 때문인가 봐.' 밀라는 그렇게 생각했다.

그런데 빛깔은 점점 특정한 형체로 변하기 시작했다. 밀라의 머릿속에서 나온 상상력 때문은 분명 아니었다. 자세히 보니, 갑자기 나타난 빛이 식당 여기저기를 비추고 있었던 것이다.

'녀석이 여기까지 온 거야. 손전등을 들고 나타난 거라고!'

밀라는 권총을 들고 상대를 조준해보려 했다. 하지만 눈부신 빛과 약기운으로 인한 환각증세 때문에 상대의 위치 파악이 불가능했다.

마치 거대한 만화경 속에 갇혀버린 느낌이었다.

밀라는 고개를 흔들어보았지만 자기 자신을 통제하는 건 더 이상 무리인 것 같았다. 잠시 뒤, 팔다리의 근육을 통해 오싹한 기운이 번져나갔다. 도저히 조절할 수 없는 경련이 일어난 듯 몸이 말을 듣지 않았다. 경련을 달래보려 애쓰는 동안 죽음에 대한 생각이 뇌리를 스치며 그녀를 비웃는 듯했다. 만약 여기서 눈을 감는다면 모든 게 끝이라고 장담하듯. 영원히.

시간이 얼마나 지났을까? 30분? 10분? 시간이 얼마나 남은 걸까?

바로 그 순간, 그녀의 귓전을 스치는 소리.

그가 가까이 왔다. 아주 근접해 있었다. 멀어봐야 네다섯 걸음 정도?

그의 모습이 보였다!

순식간이었다. 주위를 비추는 환형(環形)의 불빛 속에서 음산한 미소를 짓고 있는 그의 얼굴이 보였다.

밀라는 조만간 자신의 위치가 발각되리란 걸 알고 있었다. 하지만 그를 향해 방아쇠를 당길 기력조차 없었다. 결국 자신의 위치를 노출시키는 위험을 무릅쓰고라도 선수를 치는 게 낫겠다고 생각했다.

밀라는 상대가 손전등을 들고 다시 나타날 거라 예상한 지점을 향해 총구를 들어 올려 어둠 속을 겨냥했다. 한마디로 우연에 기대보겠다는 생각이었다. 달리 대안이 없었기 때문이다.

밀라가 방아쇠를 당기려던 찰나, 갑자기 로널드가 노래를 부르기 시작했다. 수사관들 앞에서 성가를 불렀던 티모시 신부의 황홀한 그 목소리였다. 그토록 아름다운 선율이 냉혈한 살인자의 음험한 마음속에 숨겨져 있었다니, 너무나 역설적이고 자연을 거스르는 실수 같았다. 바로 그 마음속에서 죽음을 애도하는 선율이 흘러나오고 있다니, 소름 끼칠 만큼 끔찍한 상황이었다.

감미롭고 감동적인 노래였지만 밀라에게는 두려움만 느껴질 뿐이었다. 다리에 힘이 쭉 빠지고, 마찬가지로 양팔의 근육도 축 늘어지기 시작했다. 그렇게 그녀는 바닥에 널브러지고 말았다.

손전등 불빛.

몸이 마비된 듯 무감각한 상태는 마치 차가운 이불을 덮고 있는 느낌이었다. 그녀를 수풀에서 몰아내듯 뒤쫓는 로널드의 발소리가 아주 선명하게 들려왔다.

또 한 번의 불빛.

'끝이야. 나를 찾아낼 거야.'

어떻게 죽이든, 밀라에겐 방법 따윈 중요치 않았다. 그녀는 의외로 침착하게 죽음의 속삭임 속으로 빠져들고 있었다. 마지막으로 머릿속에 떠오른 건 여섯 번째 여자아이였다.

'네가 누구인지 결국은 모르고 이렇게……'

손전등 불빛이 정확하게 그녀를 비추었다.

누군가 그녀의 손에서 권총을 빼앗아 갔다. 그러더니 두 개의 손이 그녀를 꽉 붙잡았다. 누군가 그녀를 일으켜 세우는 것 같았다. 뭐라고 말을 하고 싶었지만 목소리가 나오지 않았다.

그리고 완전히 의식을 잃고 말았다.

민첩한 발걸음에 다시 정신이 들었다. 로널드가 밀라를 둘러메고 계단을 오르고 있었다.

그녀는 또다시 의식을 잃었다.

지독한 암모니아 냄새가 그녀를 인공수면 상태에서 깨웠다. 로널드가 작은 유리병 하나를 밀라의 코에 들이밀고 흔들어대고 있었다. 손은 꽁꽁 묶어두었지만 깨어 있기를 바라는 눈치였다.

칼바람이 얼굴을 때리고 있었다. 두 사람은 밖에 나와 있었다. 도대체 어딜까? 밀라는 높은 곳에 와 있을 거라고 생각했다. 그러고는 챙 박사가 확대된 건물 사진을 보며 빌리 무어가 떨어진 곳일 거라고 지적한 지점을 떠올렸다.

'종루. 지금 종루에 올라온 거야!'

로널드는 잠시 밀라를 제쳐두고 다른 일에 관심을 보이는 듯했다. 그는 난간으로 다가가더니 아래쪽을 내려다보았다.

'날 저기서 밀어버릴 생각인 거야!'

로널드는 다시 밀라에게로 돌아와 그녀의 발을 잡고 처마 쪽으로 끌고 갔다. 밀라는 안간힘을 다해 뒷발질을 해보았지만 소용없었다.

비명을 지르고, 몸부림을 쳤다. 하지만 한없는 절망감만 가슴속에 넘쳐나고 있었다. 로널드는 밀라를 일으켜 상체를 난간 쪽으로 밀어붙였다. 머리가 아래쪽으로 기울었다. 천 길 낭떠러지 같은 암흑세계가 눈에 들어왔다. 뒤이어 사정없이 내리는 눈발을 뚫고 저 멀리 고속도로를 통해 고아원 건물 쪽으로 다가오는 경찰차의 불빛이 보였다.

로널드는 밀라의 귀에 가까이 다가갔다. 뜨거운 숨결과 함께 그가 속삭였다.

"너무 늦었어. 저 사람들에겐 시간이 부족할 거야……."

그 말과 함께 로널드는 밀라를 밀기 시작했다. 손이 뒤로 묶인 상태였지만 밀라는 가까스로 미끄러운 처마의 가장자리를 붙잡을 수 있었다. 그러고는 있는 힘을 다해 저항했지만 오래 버틸 수 없을 거라는 건 자신도 잘 알고 있었다. 유일한 지원군이라면 오직 빙판길이 되어버린 종루의 바닥이었다. 로널드가 밀라를 완전히 밀어 떨어뜨리려고 발을 디딜 때마다 계속해서 미끄러졌기 때문이다. 밀라를 밀어내기 위해 사력을 다하느라 표정이 일그러진 로널드는 상대의 거센 반항에 이성을 잃고 말았다. 그러더니 방법을 바꾸었다. 밀라의 다리 쪽을 난간 아래로 먼저 밀어 넣기로 한 것이다. 로널드는 밀라의 바로 앞에 서 있었다. 바로 그 순간, 절망에서 솟구친 생존 본능에 따라 밀라는 남아 있던 온 힘을 무릎에 집중시켰다. 그러고는 힘차게 상대의 아랫배 하단을 걷어찼다.

로널드는 허리를 숙이고 뒷걸음질 치더니 두 손으로 급소를 가리고 컥컥거렸다. 밀라는 그 순간이, 상대가 다시 일어서기 전까지 남은 마지막 기회라는 것을 깨달았다.

남은 힘은 없었다. 그녀의 마지막 지원군은 오로지 중력뿐이었다.

삼각근을 스치고 간 총상 때문에 타는 듯한 통증이 느껴졌지만 밀라는 그런 고통의 호소에 귀 기울이지 않았다. 그녀는 몸을 일으켰다. 하지만 이번에는 한때의 동지였던 빙판이 적으로 다가왔다. 그래도 밀라는 몸을 움직여 로널드를 향해 달려들었다. 느닷없이 자신을 향해 날아든 밀라 때문에 로널드는 중심을 잃었다. 그는 뭔가를 붙잡기 위해 두 손을 사정없이 휘둘렀지만 그의 몸은 이미 절반 정도 처마 아래에서 대롱거리고 있었다.

자신이 처한 상황에서 벗어날 길이 없다고 판단한 로널드는 손을 뻗어 밀라를 붙잡으려 했다. 그리고 심연처럼 깊은 바닥으로 그녀를 데려가려 했다. 밀라는 자신이 입고 있던 가죽점퍼의 옷자락을 스치고 지나가는 그의 손가락을 똑똑히 보았다. 끔찍한, 최후의 손길. 밀라는 그가 바닥을 향해 떨어지는 장면을 지켜보았다. 새하얀 눈발이 마치 그의 낙하를 지연이라도 시켜주듯, 로널드는 서서히 바닥을 향해 떨어지고 있었다.

그를 반긴 것은 심연처럼 깊은 암흑의 세상이었다.

19

칠흑 같은 어둠.

수면상태와 각성상태가 명확히 구분되기 시작한다. 열이 오르는 것 같다. 볼이 화끈거리고 두 다리에 통증이 느껴지는 데다 뱃속에 불이 난 것같이 온몸에서 열이 난다.

하루하루가 언제 시작되어 언제 끝나는지도 알 수 없다. 그곳에 그렇게 누워 있는 게 몇 시간 전부터인지, 몇 주 전부터인지도 구분할 수 없다. 괴물의 뱃속에서는 시간개념이 존재하지 않는다. 마치 서서히 음식물을 소화시키듯 괴물의 뱃속에 들어온 시간은 녹아버리고 늘었다 줄었다를 반복한다. 하지만 어디에도 사용되지 않는다. 그곳에서 시간은 아무런 쓸모가 없다. 가장 중요한 궁금증을 해결해줄 수 없기 때문이다.

'이 모든 건 대체 언제 끝나는 걸까?'

시간개념의 박탈은 가장 혹독한 처벌이었다. 왼쪽 팔의 통증보다도 더 혹독한 벌. 통증은 간간이 목으로 퍼지고, 관자놀이를 꾹 누르며 참을 수 없는 고통을 전하고 있었다. 이제 소녀에게 한 가지만큼은 명확해졌다.

이 모든 건 벌을 받는 거라는 것.

하지만 정작 무슨 죄를 지었기에 이런 벌까지 받아야 하는지는 자세히 알 수 없다.

'엄마나 아빠한테 너무 버릇없이 굴었을 수도 있어. 짜증만 부리고, 식탁에 얌전히 앉아서 우유 마시는 걸 싫어해서, 거기다가 엄마, 아빠가 안 볼 때 몰래 우유를 버리기도 해서 그런 걸지도 몰라. 고양이 한 마리만 사주면 잘 돌보겠다고 약속해놓고선 후디니가 생긴 뒤로는 강아지를 사달라고 졸라서 그런 걸 거야. 엄마, 아빠가 화가 나서 고양이를 그렇게 버릴 수 없다고 했을 때 후디니가 나를 전혀 좋아하지도 않는다고 변명을 둘러대서 그런 걸 수도 있어. 아니면 이번에 성적이 너무 형편없어서 그런 걸 수도 있고. 올해 첫 성적은 진짜 최악이었으니까. 지리와 미술은 낙제 수준이었잖아. 그것도 아니면 체육실 옥상에서 사촌오빠하고 몰래 숨어서 담배 세 개비를 피워서 그런 걸지도 몰라. 하지만 맹세컨대 담배 연기를 들이마시진 않았다고. 정말로. 쇼핑몰에 갔을 때 무당벌레 머리핀을 훔쳐서 그런 걸 수도 있어. 하지만 진짜로 딱 한 번뿐이었어. 엄마한테 고집을 부려서 그런 걸까? 엄마는 항상 내가 입을 옷을 엄마가 직접 골랐어. 나도 이제 많이 컸는데. 그런데 엄마는 그것도 모르고 내가 입기 싫은 옷만 사주겠다고 했어. 하지만 그건, 엄마하고 나하고 이제 옷 고르는 눈이 달라졌기 때문인걸…….'

잠에서 깨어나면 소녀는 자신이 어쩌다 이런 상황에 놓이게 되었는지 그에 대한 해명을, 합당한 이유를 찾아 헤맨다. 그러다 보면 터무니없는 생각에까지 이르게 된다. 하지만 제법 그럴듯한 이유 하나를 머리 꼭대기에서 찾아내나 싶으면 순식간에 모래성처럼 와르르 무너져 내린다. 왜냐하면 지은 죄에 비해 그 벌이 너무나 고통스럽기 때문이다.

순간순간, 자신을 찾으러 오지 않는 엄마, 아빠에게 단단히 화가 나기도 한다.

'도대체 뭘 기다리느라 나를 찾으러 오지 않는 거지? 아니, 나 같은 딸이 있었다는 것도 벌써 잊은 거야?'

하지만 곧바로 그렇게 생각했다는 것 자체를 후회한다. 그리고 머릿속으로 엄마, 아빠를 다시 불러본다. 자신에게 텔레파시 능력이 있기를 바라면서. 소녀에게 남은 마지막 희망이다.

가끔은 자신이 이미 죽은 사람이라고 체념할 때도 있다.

'그래, 난 이미 죽은 거고, 그래서 여기에 날 묻은 걸 거야. 내가 움직일 수 없는 건, 이미 관 속에 들어가 있기 때문인 거고. 평생 이렇게 있어야 할지도 몰라……'

하지만 끔찍한 통증 때문에 자신이 살아 있음을 깨닫게 된다. 통증은 끔찍한 형벌이자 동시에 해방이기도 했다. 수면상태에서 끌어내 현실의 세계로 데려다주는 해방. 지금처럼.

오른쪽 팔로 따뜻한 액체가 흘러 들어가는 게 느껴진다. 기분이 좋다. 약 냄새가 난다. 누군가 소녀를 돌보고 있는 것이다. 하지만 그 사실을 반겨야 할지, 무서워해야 할지는 모르겠다. 두 가지 이유 때문이다. 첫째, 소녀는 혼자가 아니다. 둘째, 같이 있는 존재가 좋은 사람인지, 나쁜 사람인지 알 수 없기 때문이다.

소녀는 기다리는 법을 배웠다. 같이 있는 존재가 언제 나타나는지 잘 알고 있다. 소녀는 피곤이 몰아닥치는 매 순간, 느닷없이 깊은 잠 속으로 빠져드는 매 순간이, 자신의 신체기관이 신진대사 활동에 따라 자의적으로 반응한 것이 아니라는 걸 깨달았다. 그건 약 때문이었다. 모든 감각을 잠재워버리는.

그 약효가 발휘될 때만 그런 현상이 일어나는 것이다.

누군지 모를 존재는 소녀의 옆에 앉아 있다가 숟가락으로 천천히 음식을 떠먹여준다. 달콤한 맛이 나지만 씹어 먹는 음식은 아니다. 그러고는 물 같은 마실 것을 준다. 간호를 해주지만 소녀를 쓰다듬는 일도 없고 다른 물건을 주는 일도 없다.

소녀는 뭔가를 말하고 싶지만 입술은 단어에 대한 발음을 거부하고, 목구멍은 소리에 대한 발성을 거부한다. 이따금씩 옆에 있는 존재의 움직임이 느껴지기도 한다. 가끔은 그 존재가 가만히 자신을 쳐다보고 있다는 느낌도 든다.

또다시 찌르는 듯한 고통이 느껴진다. 가느다란 신음이 감옥 같은 그곳의 벽을 타고 울려 퍼진다. 그 소리에 다시 정신을 차린다.

그제야 현실로 돌아온다.

어둠 속에서 소녀는 저 멀리 작은 불빛 하나를 발견한다. 갑자기 어디선가 빨간 점 같은 불빛이 나타나 시야를 가린다.

도대체 뭘까?

소녀는 자세히 관찰해보려 하지만 마음대로 되지 않는다. 오른손 아래로 뭔가가 느껴진다. 그 전에는 없었던 뭔가가. 표면이 우툴두툴하고 고르지 못한 물건이다. 무슨 껍질 같은 느낌이 든다.

역겹다. 뻣뻣하다. 죽은 동물임이 분명하다.

소녀는 버리고 싶었지만 뭔가는 손바닥에 단단히 붙어 있다. 얼마 남지도 않은 힘을 동원해 손에서 떼어버리려고 애를 쓴다. 하지만 손목을 흔들다가 뭔가를 깨닫는다. 죽은 동물이 아니라고……. 그 물건이 뻣뻣하게 느껴지는 건 플라스틱이기 때문이다. 손바닥에 꽉 달라붙은 게 아니라 단지 테이프로 살짝 고정되어 있다. 우툴두툴한 껍질 같았던 건 바로 버튼이다.

리모컨.

갑자기 모든 게 명확해진다. 손목만 살짝 들어 올리고 빨간 점을 향하게 한 뒤 아무 버튼이나 누르면 그만인 것이다. 일련의 소리가 이어지더니 소녀의 생각이 틀리지 않았음을 입증해준다. 철컥하는 소리. 테이프가 재빨리 감기는 소리. 비디오가 돌아가는 익숙한 소리이다. 동시에 소녀의 눈앞에 불이 들어온 화면이 펼쳐진다.

처음으로 공간을 밝히는 불을 접한 것이다.

소녀는 높고 시커먼 바위벽에 둘러싸여 있다. 그리고 병원 침대처럼 머리 쪽과 다리 쪽에 손잡이가 달린 침대에 누워 있다. 소녀의 옆에는 지속적으로 약물을 주입해주는 링거가 스탠드에 걸려 있고 끝에 이어진 바늘은 오른팔에 꽂혀 있다. 왼팔은 흉부를 움직이지도 못할 정도로 압박붕대로 칭칭 감겨 있다. 테이블 위에는 아기용 이유식 병 여러 개가 놓여 있다. 그리고 무수히 많은 약들이 보인다. 하지만 텔레비전 화면 뒤쪽으로는 여전히 암흑의 세상이다.

테이프가 끝까지 감긴다. 둔탁한 기계음과 함께 기계가 멈춘다. 그러더니 다시 돌아가는 소리가 들린다. 아주 서서히. 영화의 시작을 알리는 소리가 들린다. 그리고 날카롭지만 흥겨운 음악이 들려온다. 하지만 소리는 일그러지고 뭉개져서 들려온다. 이윽고 총천연색의 화면이 펼쳐진다. 파란색 멜빵바지에 머리엔 카우보이모자를 눌러쓴 키 작은 남자가 나타난다. 옆에는 다리가 아주 긴 말도 한 마리 있다. 남자는 말에 오르려 하지만 번번이 안장에 앉는 데 실패한다. 여러 차례 반복해서 시도해보지만 결과는 매번 똑같다. 남자가 바닥에 떨어지면 말은 비웃듯 쳐다본다. 10여 분 동안 그런 동작이 계속된다. 그러다가 만화영화는 끝나버린다. 끝이라는 자막도 없이. 하지만 테이프는 계속해서 돌아간다. 끝까지 돌아가면 자동적으로 되감긴다. 그리고 처음부터 다시 시작된다. 똑같은 남자. 똑같은 말. 말을 타보려 하지만 성공하지 못하는 남자. 그래도 소녀는 계속해서 화면을 들여다본다. 짓궂은 말과 남자의 이야기가 어떻게 펼쳐지는지 뻔히 알면서도.

소녀는 희망한다.

그건 소녀에게 남아 있는 유일한 것이기 때문이다. 희망이라는 것. 공포 속으로 완전히 빠져들지 않도록 버티는 힘. 소녀를 위해 그 만화를 고른 사람은 정반대의 목적이 있었을 것이다. 하지만 계속해서 떨어지고 실패하면서도 끝까지 포기하지 않고 반복하는 그 남자를 보면서 소녀는 용기를 갖는다.

'힘을 내! 안장에 다시 올라타 보자고!'

만화 주인공은 소녀의 머릿속에 그런 외침을 불어넣고 있었다. 또다시 깊은 잠 속으로 빠져들기 전까지.

XXXX 지청

지방검사 사무실

J. B. 머린 검사

12월 11일

XXXX 교도소

45호 감호구역

앨폰소 베린저 교도소장님

안건: 11월 23일의 '기밀사항'에 대한 회신

베린저 교도소장님

소장님의 요청에 따라 귀 교정시설에 수감되어 있는 죄수번호 RK-357/9번에 대한 추가조사를 실시해봤습니다. 하지만 유감스럽게도 RK-357/9번의 신원 파악에 대한 조사 결과는 매우 부정적이었다는 사실을 알려드립니다.

죄수번호 RK-357/9번이 과거에 중죄를 범하고 그 부분을 감추기 위해 필사의 노력을 하고 있다는 의혹에 대해서는 저 역시 전적으로 동감하는 바입니다. 현재 상황으로는 DNA 검사만이 신원을 파악하고 정체를 밝힐 유일한 방법입니다. 하지만 잘 아시다시피, RK-357/9번에 대한 DNA 검사를 강제로 집행할 수는 없는 처지입니다. 그럴 경우 심각한 수감자 인권침해의 소지가 있기 때문입니다. 이는 현재 신분 확인 거부와 관련한 범법행위에 대한 처벌로는 적법하지 않습니다.

수감자 RK-357/9번이 중죄에 연루되어 있다는 '결정적'이고 '일방적'인 증거가 없거나, 문제의 수감자가 '사회에 위악한 해를 끼칠 수 있다는 충분한 사유'가 없는 이상 실질적으로 손을 쓸 수가 없는 상황입니다.

현재, 위의 두 가지 가능성은 그리 높지 않은 것으로 보입니다.

이전 상황에 비추어보아, 수감자의 DNA 정보를 얻어낼 수 있는 유일한 방법은 수감자의 동의 하에 그의 신체에서 직접 해당 검체를 채취하거나, 수감생활 과정에서 우연히 혹은 무의식적으로 흘린 증거를 얻어내는 길밖에 없습니다.

RK-357/9번의 결벽에 가까운 생활습관을 고려해, XXXX 지검은 교도관들이 예고 없이 해당 수감자의 감방에 들어가 상기한 방법에 의해 DNA 정보를 채취할 수 있도록 허가하는 바입니다.

비록 미봉책에 불과하지만 원하는 목적을 달성할 수 있기를 희망합니다.

검사보
매튜 시드리스

20

2월 16일, R 군병원

"그 인간들이 뭐라고 지껄이든 간에, 그냥 잊어버리라고! 자넨 용맹한 형사야, 알아듣겠어?"

모렉수 경사는 철저한 보헤미안 정신에 입각해 자신의 부하직원에게 강력한 지지의사를 표명했다. 지금껏 단 한 번도 그런 애정을 표현한 적이 없었다. 거의 부성애까지 느껴질 정도였다. 하지만 밀라는 자신이 상사의 비호를 받을 자격이 없다고 생각했다. 모렉수 경사는 한밤의 고아원 나들이에 대한 소식을 전해 듣자마자 이례적으로 밀라에게 전화를 걸어왔다. 모두들 로널드 더미스의 죽음을 밀라의 책임으로 떠넘기는 듯한 분위기였다. 비록 정당방위임이 분명했지만 밀라는 그런 분위기를 느낄 수 있었다.

사건 이후 밀라는 군병원으로 옮겨졌다. 로시 경감은 일부러 민간 병원시설을 피했다. 밀라에게 쏟아지는 언론의 관심을 차단하겠다는 속셈이었다. 그 덕에 밀라는 커다란 병실을 혼자 독차지할 수 있었다. 왜다른 환자는 안 보이는 거냐는 질문에 밀라가 입원한 병동은 바이러스 공격에 노출되었을 가능성이 높은 환자들만 수용한다는 간략한 대답이 돌아왔다.

침상마다 매일 아침 깨끗하게 세탁된 뒤 다림질까지 마친 새 이불이 나왔다. 약국에서 지급되는 약들은 하루만 지나도 즉각 새 약으로 교체되었다. 그런 식의 자원낭비가 이루어지는 이유는 단지 누군가 이 세상 사람들을 멸망의 길로 인도할 바이러스나 유전자 변형 박테리아를 퍼트리기로 했을 수도 있다는 가능성 때문이었다.

밀라는 그런 가정과 정책 자체가 몰상식하다는 생각이 들었다.

왼팔의 총상은 친절한 외과의사가 40여 바늘을 꿰매 잘 봉합되었다. 의사는 회진을 돌 때 다른 상처에 대해서는 아무런 질문도 하지 않았다. "화기로 인한 총상 치료는 저희 병원이 최고입니다." 의사는 그렇게만 말했다.

"그런데 관통상하고 바이러스니 박테리아니, 그런 것과는 무슨 관련이 있는 겁니까?" 밀라는 따지듯 의사에게 물었다.

그는 그냥 웃기만 했다.

잠시 뒤, 다른 의사가 나타나 두세 차례 진찰을 하고 혈압과 체온을 측정했다. 티모시 신부가 차에다 탔던 강력한 수면제의 약효는 몇 시간 만에 말끔히 사라졌다. 나머지는 이뇨제가 해결해주었다.

밀라에겐 곰곰이 생각해볼 시간이 충분했다.

여섯 번째 아이에 대한 생각을 떨쳐낼 수 없었다. 그 아이에겐 치료에 필요한 모든 게 주어지지 않았다. 그저 희망사항이라면 앨버트가 그 아이에게 지속적으로 진통제라도 투여해주길 바라는 것이었다. 로시 경감이 자문을 구했던 의사들은 그 아이의 생존율에 대해 상당히 비관적인 의견을 내놓았었다. 신체에 입은 상처가 심각할 뿐만 아니라 그로 인한 정신적 충격과 스트레스가 주원인이라고 지적했었다.

자신의 팔 하나가 없어졌다는 것도 모르고 있지는 않을까? 신체 일부가 절단된 환자들은 종종 그런 경험을 한다고 했다. 상이군인 중 일부는 사지의 한쪽을 잃었지만 신체에 감각기능이 남아 있어서 간지럼까지 느끼기도 한다는 말을 들은 적이 있다. 의사들은 전문용어로 '환상지'라고 부른다.

그런 생각에 심히 불안해졌다. 병실을 조이는 듯한 숨 막히는 적막감도 한몫을 하고 있었다. 몇 년 만에 정말 처음으로 곁에 누군가가 없다는 사실이 후회스러울 정도였다. 모렉수 경사의 전화를 받기 전까지, 정말 아무도 면회 한 번 오지 않았다. 게블러 박사도, 보리스나 스턴도. 로사는 말할 필요도 없었다. 모든 정황이 한 가지 사실만큼은 분명히 하고 있었다. 수사팀에서 밀라의 자리를 남겨둘 것인지 아닌지에 대한 결심이 선 거라고. 비록 최종 결정권은 로시 경감의 선택에 달려 있긴 했지만 말이 필요 없었다.

어쩌다 그렇게 순진한 행동을 했는지 자신에게 화가 났다. 팀원들에게 신뢰를 잃었다 해도 달리 할 말이 없다. 그나마 그녀를 달래주는 유일한 생각은 로널드 더미스는 앨버트가 아니었다는 확신이 전부였다. 하지만 달리 말하자면, 여섯 번째 아이를 위해 할 수 있는 일은 아무것도 없다는 뜻이기도 했다.

병실에 격리된 밀라는 수사진행 상황에 대해 아무것도 알 수 없었다. 밀라는 아침식사를 가져온 간호사에게 사건 소식을 물었다. 간호사는 잠시 뒤 신문 한 부를 밀라에게 가져다주었다.

여섯 장을 넘길 때까지 변변한 사건 관련 기사는 하나도 보이지 않았다. 어딘가에서 새어 나간 단편적인 소식들이 지나치게 부풀려져 다양한 내용으로 확대 재생산되어 있을 뿐이었다. 사람들은 속보에 목말라하고 있었다. 여섯 번째 피해아동의 생존 가능성에 대한 사실이 알려진 뒤 나라 전체에 일종의 공감대가 형성되었고, 기도의 밤 행사나 무사귀환을 기원하는 모임 등이 결성되는 등 얼마 전까지만 하더라도 전혀 생각할 수 없었던 일들이 벌어지고 있었다. 누군가가 주도한 '한 집마다 희망의 양초 하나' 같은 운동도 많은 호응을 이끌어냈다. '기적'이 일어나기를 기원하는 심정으로 불을 밝힌 양초들은 여섯 번째 아이가 무사히 살아 돌아올 때까지 꺼지지 않을 분위기였다. 평생 서로 모르고 살아갈 사람들이 비극적인 사건 덕분에 인간적 교류라는 새로운 경험을 하게 되었다. 인간관계를 형성하기 위해 굳이 쓸데없는 구실과 핑곗거리를 찾을 필요가 없어졌던 것이다. 그들에겐 하나의 공감대가 형성되어 있었기 때문이다. 불쌍한 아이에 대한 연민의 정. 그 정은 사람들의 마음을 열어주었다. 슈퍼마켓, 바, 직장, 지하철 할 것 없이 어디서나 사람들은 그런 마음으로 타인을 대했다. 텔레비전에서는 무슨 방송을 하건 실종 소녀에 대한 이야기가 주를 이루고 있었다.

하지만 이런 좋은 분위기 속에서도 수사관들을 난처하게 할 정도로 유별난 '사건' 하나가 있었다.

현상금.

여섯 번째 아이를 구할 수 있는 결정적 단서 제보자에게 천만에 달하는 현상금을 주겠다는 내용이었다. 어마어마한 액수의 현상금은 논란의 대상으로 떠오를 수밖에 없었다. 일부 국민들은 자발적인 분위기를 망칠 수 있다는 주장을 하는 반면, 좋은 아이디어라며 반기는 의견도 만만치 않았다. 이타적인 척 말들은 하지만 실질적인 보상이 주어지지 않으면 움직이지 않는 여전히 이기적인 분위기 속에서 가시적인 성과를 이끌어낼 수 있다는 게 그들의 주장이었다.

그렇게 여론은 어느새 양쪽으로 다시 갈리고 있었다.

현상금을 내건 단체는 록포드 재단이었다.

밀라는 간호사에게 이처럼 대단한 선행을 베푸는 단체 뒤에 누가 숨어 있는 거냐고 물었다. 간호사는 놀란 듯한 표정으로 두 눈을 껌뻑이며 말했다.

"누구긴요, 조지프 B. 록포드라고 세상 사람이 다 아는 유명인사잖아요."

간호사의 반응에 밀라는 자신이 그동안 실종아동 사건에만 매달리느라 얼마나 현실세계와 단절된 삶을 살아왔는지 깨달았다.

"미안하지만 전 그가 누군지 몰라요." 밀라는 그렇게 대답했다. 그러면서 재계의 어느 거물과 누군지도 모르는 한 소녀의 운명적 만남이 이토록 부조리하게 느껴질 수도 있구나, 하고 생각했다. 불과 며칠 전까지 두 사람은 너무나 다르고 머나먼 세상에서 서로 만날 일 없이 따로 살아가던 사람들이었기 때문이다. 만약 앨버트가 두 사람 사이에 이런 식의 다리를 놓지 않았다면 아마 죽을 때까지도 그렇게 서로 모르고 살아갔을 것이다.

그런 생각을 하다 스르르 잠이 들어버렸다. 꿈 한 번 꾸지 않는 숙면의 세계는 며칠간 벌어진 공포의 기억을 말끔히 씻어주었다. 푹 쉬고 잠에서 깨어났을 때, 밀라는 혼자가 아니었다.

게블러가 침대 옆에 앉아 있었던 것이다.

밀라는 몸을 일으키며 상대가 도대체 얼마나 저러고 기다린 건지 궁금해했다. 범죄학자는 밀라를 안심시켰다.

"그냥 안 깨우고 기다리는 게 낫겠다 생각했지. 너무 평온해 보여서. 깨울 걸 그랬나?"

"네." 밀라는 거짓말을 했다.

사실 무방비 상태에서 급습당한 기분이었다. 밀라는 난처한 기색을 들킬까 봐 서둘러 말을 돌렸다.

"이곳 사람들은 절 여기 두고 계속 추이를 지켜봐야겠다고 해요. 하지만 오후에 퇴원하겠다고 말했어요."

게블러는 시계를 쳐다보았다.

"그럼 서두르지. 벌써 저녁때야."

밀라는 자신이 그렇게 오래 잤나 싶어 깜짝 놀랐다.

"새로운 소식이라도 있어요?"

"로시 경감하고 장시간 회의를 마치고 오는 길이야."

'드디어 올 것이 온 거로군.' 밀라는 그렇게 생각했다. '더 이상 수사팀에서 나를 필요로 하지 않는다는 말을 개인적으로 전해주러 온 거였어.' 하지만 그건 밀라의 오산이었다.

"롤프 신부의 행방을 찾아냈어."

밀라는 위장이 오그라드는 것 같았다. 순간, 큰일은 아닌가 하는 생각이 들었다.

"1년 전에 사망한 상태였어. 자연사였지."

"어디에 묻혀 있었어요?"

그 질문에 게블러는 밀라가 이미 모든 가능성을 염두에 두고 있었다는 걸 깨달았다.

"성당 뒤편에. 여러 개의 다른 구덩이도 발견되었어. 동물의 뼈하고 함께."

"롤프 신부가 로널드의 고삐를 틀어쥐고 있었던 셈이군요."

"아마 그랬던 것 같아. 로널드는 경계성 성격장애를 겪고 있었어. 무시무시한 연쇄살인범으로 클 수 있었지만 신부는 그걸 미리 알아차렸던 거지. 동물들을 살해하는 행위는 연쇄살인범들이 전형적으로 겪는 단계거든. 거기서 더 이상 만족을 얻지 못하면 자신과 비슷한 종, 즉 인간으로 관심을 돌리는 거야. 로널드 역시 언젠간 인간들을 살해했을 거야. 기본적으로 그런 경험들이 유년기부터 로널드의 감정 관리소에 기록되어 있었으니까."

"우리가 그럴 가능성을 원천적으로 막아낸 거군요."

역설적인 사실이었다.

"하지만 로시 경감은 그런 사실을 인정하느니 차라리 심장마비로 죽는 게 낫겠다고 생각할 인간이야."

밀라는 게블러 박사가 수사팀에서 제외된다는 자신의 신상 변화에 관한 소식을 일부러 뒤로 미루고 있다고 판단한 뒤 정곡을 찌르기로 결심했다.

"그래서 전 팀에서 제외되는 거 아닌가요?"

게블러는 놀란 표정으로 되물었다.

"왜 그런 말을 하는 거지?"

"멍청한 짓을 했으니까요."

"실수는 누구나 하는 거야."

"로널드 더미스를 죽게 만들었잖아요. 결과적으로 앨버트와 로널드 사이의 연관관계를 밝힐 수 없게 되었으니까……."

"로널드는 이미 자신의 죽음을 예견하고 있었던 것 같아. 몇 년 동안 자신의 머릿속을 맴돌던 의혹에 마침표를 찍으려 하고 있었어. 롤프 신부는 로널드를 얼치기 가짜 신부로 만들어놓았어. 노력만 하면 이웃과 신을 섬기는 사람으로 살 수 있을 거라 믿었겠지. 하지만 로널드는 이웃을 별로 사랑하며 지내고 싶어 하지 않았어. 오히려 쾌락을 위해 이웃을 죽이고 싶어 했었지."

"그럼 앨버트는요? 녀석이 어떻게 로널드의 일을 알아낸 거예요?"

"아마 어느 순간, 로널드의 인생에 끼어든 게 분명해. 그것 외에 다른 가능성은 아무리 생각해도 떠오르지 않아. 롤프 신부가 먼저 간파했던 걸 녀석도 알아차렸던 거지. 그리고 그런 식으로 로널드에게 사악한 손길을 뻗쳤던 거야. 둘은 닮은꼴이니까. 앨버트와 로널드. 어떻게 보면, 우연한 계기에 서로 만나게 되었는데, 서로의 성향을 알아봤던 거지."

밀라는 긴 한숨을 내쉬며 운명에 대해 다시 한번 생각해보았다. 평생 로널드 더미스라는 인간을 이해해준 사람은 단 두 명이었다. 그를 세상으로부터 숨기는 방법 외엔 다른 대안을 찾을 수 없었던 신부. 그리고 로널드만의 본성을 깨우쳐준 동종의 살인마.

"자넨 두 번째가 되었을 거야."

"네? 뭐가요?"

"자네가 막지 못했다면, 로널드가 자넬 죽였을 거라고. 오래전 빌리 무어를 살해했던 것처럼."

그 말과 동시에 게블러는 코트 안주머니에서 편지봉투 하나를 꺼내 밀라에게 건넸다.

"자네가 봐도 될 거라고 생각해서 가져온 거야⋯⋯."

밀라는 봉투를 받아 열어보았다. 그 속에는 로널드가 고아원 식당에서 밀라를 찾아다니며 찍은 사진들이 들어 있었다. 그중 한 장의 사진에서 구석에 숨어 있는 자신의 모습이 눈에 들어왔다. 공포에 사로잡힌 눈빛을 한 채 식탁 밑에 웅크리고 있는 자신.

"제가 사진발이 좀 안 받는 편인가 봐요."

밀라는 애써 웃어넘기려 했다.

하지만 게블러는 그녀가 다시 한번 공포의 전율을 느꼈다는 걸 눈치챘다.

"오늘 아침, 로시 경감이 일단 24시간 동안 팀을 해산한다는 명령을 내렸어. 아니면 적어도 다음 시체가 발견되기 전까지거나."

"전 별로 쉬고 싶지 않습니다. 여섯 번째 아이를 찾아야 해요." 밀라가 말했다. "그 아이는 기다릴 여유가 없잖아요!"

"경감 역시 그 사실을 알고 있다고 생각해⋯⋯. 하지만 다른 카드를 꺼내 들 생각인 것 같은데 그게 걱정스러워."

"현상금이군요." 밀라가 즉각 대답했다.

"예상 밖의 결과를 가져오긴 할 거야."

"의사 처방전과 관련된 수사는요? 앨버트가 제명된 의사일 가능성은요?"

"가능성이 낮아. 처음부터 그쪽을 기대한 사람은 거의 없었잖아. 나 역시 처방전과 관련된 쪽은 캐봐야 소득이 없을 거라는 생각이야. 그 약으로 아이를 살려두고 있다고 해도. 녀석은 어떤 방법으로든 약을 구할 수 있는 능력을 가지고 있어. 치밀한 데다 기발한 녀석이라는 걸 잊지 말라고."

"수사진보다 훨씬 위에서 노는 것 같더라고요." 밀라는 비꼬는 듯한 말투로 대꾸했다.

게블러는 그녀의 반응을 부정적으로 받아들이지 않았다.

"자네를 데려가러 온 거지, 언쟁이나 벌이자고 찾아온 건 아니야."

"데려가다니요? 절 어디로 데려가신다는 거예요?"

"저녁 먹으러……. 그건 그렇고, 박사님이란 호칭 빼고 그냥 편하게 이름을 불렀으면 좋겠어."

병원을 나선 밀라는 먼저 본부에 들러야 한다고 강하게 주장했다. 씻고 옷부터 갈아입고 싶었기 때문이다. 안 그래도 사건 당일 입었던 스웨터가 총상으로 찢기진 않았는지, 나머지 옷이 피로 얼룩지지 않았는지 계속 걱정했었다. 웬만하면 그냥 입던 대로 입고 싶었기 때문이다. 그런데 뜻하지 않은 저녁식사 제의는 밀라를 당황스럽게 만들었다. 그래서 더더욱 땀내와 소독약 냄새를 풍기고 싶지는 않았다.

게블러 박사—앞으로는 고란이란 이름으로 부르는 데에 익숙해져야 하지만—와 무언의 합의라도 한 듯, 밀라는 두 사람의 저녁식사가 사적인 자리가 아니라고 생각했고, 그렇기에 식사를 마치자마자 즉시 본부로 돌아와 사건 관련 업무를 보리라 마음먹었다. 그래도—비록 여섯 번째 아이에게는 미안한 일이지만—그의 초대가 반가운 건 어쩔 수 없었다.

밀라는 상처 때문에 샤워를 할 수 없었다. 그래서 남아 있던 온수를 다 써가며 군데군데 조심스럽게 몸을 닦았다.

그녀는 검정색 터틀넥 스웨터로 갈아입었다. 갈아입을 유일한 바지는 너무 달라붙어 다소 도발적으로 보이긴 했지만 선택의 여지가 없었다. 유일한 외투였던 가죽점퍼는 권총을 쏜 부위인 왼쪽 어깨가 찢겨 나갔기에 더 이상 입고 다닐 수 없었다. 그런데 놀랍게도 자신의 침대 위에 두툼한 카키색 파카 하나가 놓여 있었다. 파카 아래에는 이런 메모가 적혀 있었다. "여기는 총상으로 죽는 사람보다 동사하는 사람 수가 더 많답니다. 다시 돌아온 걸 환영합니다. 당신의 친구, 보리스."

동료애가 느껴졌고 한없이 고마운 마음이 들었다. 특히 보리스가 자신을 '친구'로 대하고 있다는 사실이 더 기뻤다. 그건 보리스가 그녀에게 완전히 등을 돌리진 않았다는 것을 의미했기 때문이다. 파카 위에는 박하 드롭스 한 통이 올려져 있었다. 스턴이 보내는 우정의 표시였다.

검정색 이외의 외투를 입는 건 정말 몇 년 만인지 모를 정도로 까마득한 옛날 일이었다. 그래도 카키색 파카가 제법 잘 어울렸다. 뿐만 아니라 사이즈도 딱 맞았다. 본부에서 내려오는 밀라를 본 고란은 달라진 옷차림에 특별한 반응을 보이진 않았다. 그는 언제나 산만한 데다 남들의 외모에는 별 관심이 없어 보였다.

두 사람은 식당까지 걸어갔다. 간만에 나선 산책길은 더없이 좋았다. 그리고 보리스의 선물 덕분에 춥지도 않았다.

'스테이크 하우스'라는 간판에는 육즙이 풍부한 아르헨티나 쇠고기 스테이크가 일품이라고 쓰여 있었다. 두 사람은 창가 쪽 2인용 테이블에 앉았다. 바깥세상은 눈으로 뒤덮여 있었고, 노을로 붉게 물든 데다 뿌연 하늘은 밤새 또다시 눈을 흩뿌릴 분위기였다. 식당 안의 사람들은 아무런 근심걱정 없이 이야기하고 웃고 있었다. 재즈의 선율이 분위기를 은근히 달아오르게 만들었지만 그렇다고 사람들의 대화를 가로막을 정도는 아니었다.

메뉴판에 소개된 음식은 하나같이 다 맛있어 보였다. 요리 하나 고르는 데도 적잖은 시간을 고민해야 할 정도였다. 결국 밀라는 웰던으로 익힌 스테이크에 로즈메리 허브를 추가한 구운 감자요리를 골랐다. 고란은 등심 스테이크와 토마토 샐러드를 주문했다. 두 사람은 음료수로 탄산수를 골랐다.

밀라는 무슨 말부터 해야 할지 몰랐다. 수사와 관련된 이야기, 아니면 자신에 대한 이야기? 후자가 훨씬 더 흥미롭긴 하겠지만 그 얘길 꺼내자니 불안해졌다. 하지만 일단은 궁금했던 문제부터 해결해보기로 했다.

"정말로 어떻게 된 거예요?"

"뭐가 어떻게 돼?"

"로시 경감님은 절 수사에서 빼려고 했었다가 생각을 바꿨어요. 왜 그렇게 된 거죠?"

고란은 잠시 머뭇거리다 결심한 듯 입을 열었다.

"투표를 거쳤어."

"투표라고요?" 밀라는 깜짝 놀라 되물었다. "그럼 찬성표가 다수였군요."

"사실 반대표는 거의 없었어."

"하지만…… 어떻게……?"

"세라 로사 수사관도 자네가 남길 원했어." 고란은 밀라의 반응을 미리 예견한 듯 그렇게 말했다.

밀라는 이해할 수 없었다.

"그 여자가요? 범인보다 절 더 싫어하는 그 여자가요?"

"로사한테 너무 딱딱하게 대하지 않는 게 좋겠어."

"저기, 그런 말을 들어야 할 사람은 제가 아닌 것 같은데요."

"로사는 지금 힘든 시기를 겪고 있어. 남편하고 별거 중이거든."

밀라는 전날 저녁 본부로 들어가던 도중, 언쟁을 벌이고 있던 두 사람을 보았다고 말할까 했다. 하지만 입이 가벼운 사람이 될까 봐 참기로 했다.

"그건 유감이네요."

"자식이라도 있으면 문제가 훨씬 복잡해져."

밀라의 귀에는 아이에 관한 언급이 단지 세라 로사 수사관에 국한된 게 아닌 것처럼 들렸다. 본인의 문제를 직접적으로 거론하고 있는 듯한 느낌이었다.

"로사 수사관의 딸은 부모 때문에 섭식장애까지 생겼어. 결국 두 사람은 일단 한 집에서 같이 살기로 하긴 했는데, 그런 식의 동거가 과연 어떨지에 대해서는 자네 상상에 맡기겠어."

"그렇다고 매번 제 탓을 하는 건 괜찮고요?"

"막차를 타고 수사팀에 들어온 거나, 팀 내에서 자신을 제외한 유일한 여성이기 때문에 그녀에겐 좋은 타깃이 되긴 했지. 몇 년 넘게 같이 일한 보리스나 스턴에게 화풀이할 순 없었을 테니까……."

밀라는 물을 한 잔 따른 다음 호기심의 대상을 다른 동료들로 옮겨나갔다.

"팀원들에 대해 어느 정도는 알고 싶어요. 그래야 자연스럽게 대할 수 있으니까요." 밀라는 핑계를 댔다.

"글쎄, 내 생각에 보리스와 지내는 건 어려울 게 없을 것 같군. 딱 생긴 그대로 행동하는 친구니까."

"그렇긴 해요." 밀라도 인정했다.

"추가로 설명하자면, 그 친구는 군 출신이야. 거기서 취조 전문가가 되었던 거지. 그 친구가 취조하는 모습을 여러 차례 봤지만 정말이지 볼 때마다 놀란다니까. 상대가 누구든 그 사람 머릿속까지 들어갔다 나온 것 같은 인상이야."

"그렇게 대단한 줄은 몰랐어요."

"정말이야. 진짜 대단하지. 2년 전인가, 한 남자가 잡혀 온 일이 있었어. 같이 살던 삼촌하고 숙모를 살해하고 사체를 어딘가에 유기했다는 혐의를 받고 말이야. 자네도 봤으면 좋았을 텐데. 아무튼 그 친구, 싸늘하고 극도로 침착했어. 열여덟 시간이나 취조가 이어졌고 다섯 명의 수사관이 교대로 밀어붙였지만 절대 자신의 혐의를 인정하지 않았지. 그 상황에서 보리스가 도착해 취조실로 들어가더니 단 20분 만에 모든 자백을 받아냈어."

"정말 대단하네요! 스턴은 어때요?"

"그 양반은 정직한 사람이야. '정직한 사람'이란 표현은 스턴 같은 사람을 위해 만들어진 거라고 해도 과언이 아닐 만큼. 37년간 아무런 탈 없이 결혼생활을 유지하고 있고, 쌍둥이 아들들은 둘 다 해병대 출신이야."

"대단히 침착하신 분 같아요. 그리고 신앙이 정말 두터우신 것 같기도 하고요."

"매주 일요일마다 성당에 나가. 성가대 단원이기도 하고."

"그런데 정장 스타일이 정말 인상적이에요. 마치 70년대 영화배우를 보는 것 같다니까요!"

고란은 그 말에 자신도 동의한다는 미소를 지었다. 그러고는 다시 진지한 표정으로 돌아왔다.

"부인인 마리는 5년 넘게 신장투석 치료를 받았었어. 이식을 기다렸는데 도대체 차례가 돌아오지 않았거든. 그래서 2년 전에 스턴이 직접 자신의 신장 하나를 떼어줬어."

놀라움과 경탄이 절로 튀어나와 할 말을 잊고 말았다. 게블러 박사
는 설명을 이어나갔다.

"그 양반은 부인에게 남아 있는 한 가닥 희망을 위해 자신이 살 날의
절반을 뚝 떼어서 나눠준 거야."

"부인에 대한 사랑이 대단하신가 봐요."

"물론이지. 정말 대단해." 고란은 살짝 회한이 느껴지는 말투로 대답
했고, 밀라는 그 뉘앙스를 놓치지 않았다.

그 순간 주문한 요리가 나왔다. 두 사람은 조용히 음식을 먹기 시작
했다. 대화 없는 식사자리가 아무렇지도 않은 분위기마저 감돌았다. 마
치 서로를 너무나 잘 알고 있기에 굳이 대화가 끊어질세라 난감해하며
애써 말을 이어나갈 필요가 없는 사이 같았다.

"꼭 해야 할 말이 있어요." 밀라는 어느 순간 입을 열었다. "제가 수사
팀에 합류한 뒤, 본부로 이동하기 전에 모텔에서 두 번째 밤을 보낼 때
일이에요."

"얘기해봐."

"별것 아닐 수도 있고, 단지 느낌에 불과할 수도 있지만……. 주차장
에서 내려 숙소로 돌아갈 때까지 누군가가 절 미행한 것 같았어요."

"미행한 것 같다니?"

"누군가 제 발걸음을 똑같이 따라 걸었어요."

"왜 누군가가 자넬 미행한 걸까?"

"그래서 아무한테도 말하지 않았던 거예요. 저도 그게 이해가 가지
않았거든요. 그냥 환청이었을 수도 있지만……."

게블러 박사는 밀라의 이야기를 주의 깊게 듣고는 더 이상 묻지 않
았다.

커피까지 나오자, 밀라는 시계를 들여다보았다.

"가고 싶은 데가 있어요." 밀라가 말했다.

"지금 이 시간에?"

"네."

"좋아. 계산은 내가 하지."

밀라는 절반씩 나눠 내겠다고 나섰지만 고란은 식사를 하자고 한 건 자신이었으니 계산도 자신의 몫이라고 엄하게 말했다. 지폐와 동전을 비롯해 뭔가를 적어놓은 메모지 등등, 전형적인 잡동사니—정말 가관일 정도로—와 함께 그의 주머니 속에서는 색색의 풍선까지 나왔다.

"이건 우리 아들 토미 거야."

"아, 결혼을 하셨으리라고는 미처……." 밀라는 모르는 척 반응했다.

"아니, 아니야." 그는 눈을 내리깔며 황급히 대답했다. "더 이상은 아니지."

밀라는 한밤에 이루어지는 장례식은 한 번도 참석해본 적이 없었다. 로널드 더미스의 장례식이 처음이었다. 공공질서 차원에서 그렇게 결정되었다. 복수심에 이끌려 누군가의 무덤에 침을 뱉는 행위는 장례식 그 자체만큼이나 우울한 일인 것 같다는 생각이 문득 들었다.

광중에 둘러선 인부들은 땅을 파는 작업에 한창이었다. 전동삽도 가지고 있지 않은 데다 땅은 꽝꽝 언 상태였기에 애를 먹고 있었다. 네 명이 2인 1조로 나뉘어 5분 간격으로 땅 파는 일과 손전등 비추는 일을 번갈아 하는 식이었다. 간간이 인부 중 누군가가 빌어먹을 추위라고 불평을 내던졌다. 그들은 몸을 녹이기 위해 와일드 터키 위스키 한 병을 돌아가며 마셨다.

고란과 밀라는 묵묵히 그 장면을 지켜보고 있었다. 로널드의 시신이 보관된 관은 여전히 운구차량 안에 남아 있었다. 거기서 조금 더 떨어진 곳에는 맨 마지막에 세워질 비석이 놓여 있었다. 이름도 날짜도 없이 번호 하나만 새겨진 묘비. 그리고 십자가 하나.

그 순간, 밀라의 머릿속으로 종루에서 떨어지던 로널드의 얼굴이 스쳐갔다. 밀라는 아래로 추락하는 그의 표정 속에서 그 어떤 두려움도, 그 어떤 놀라움도 읽을 수 없었다. 마치 죽는다는 것에 아무런 유감도 없는 듯한 표정이었다. 로널드 역시 알렉산더 버먼과 마찬가지로 최후의 수단을 더 원했던 것일지도 모른다. 영원히 자신의 존재를 지워버리겠다는 욕망에 승복하는 길을.

"괜찮은 건가?" 고란은 침묵을 깨고 물었다.

밀라는 그를 향해 고개를 돌렸다.

"괜찮습니다."

그때, 묘지의 나무 뒤편에서 아는 얼굴을 본 듯했다. 밀라는 나무 뒤를 자세히 살피다 펠더를 발견했다. 로널드의 장례식도 그렇게 비밀리에 진행되는 건 아니라는 생각이 들었다.

막노동을 한다는 그는 두툼한 체크무늬 면 점퍼를 입고 손에는 맥주캔 하나를 들고 있었다. 못 보고 지낸 지 몇 년인지도 모르지만 그래도 같은 고아원에서 자란 옛 친구의 마지막 길에 건배라도 하고 싶은 듯 보였다. 밀라는 그 상황을 긍정적으로 생각했다. 비록 사악한 기운을 땅속에 묻는 자리였지만 그곳에도 연민이 차지할 여지가 남아 있었기 때문이다.

펠더가 없었다면, 의도하지 않았던 그의 도움이 없었다면 고아원 사건은 끝끝내 그대로 묻혔으리라. 펠더 역시 무한한 잠재력을 지닌—고란 게블러 박사의 설명에 따르면—연쇄살인범 체포에 일조한 인물이었다. 그들이 죽음에서 구한 잠재적 피해자는 과연 몇 명이나 될까?

펠더는 밀라와 눈이 마주치자 들고 있던 맥주 캔을 눌러 찌그러트리고는 멀지 않은 곳에 주차해둔 자신의 픽업트럭으로 향했다. 그는 쓰레기더미 한가운데 지어진 자신의 쓸쓸한 집을 향해, 이가 빠진 찻잔 속의 식은 차를 향해, 벌겋게 변색된 털을 가진 자신의 개를 향해, 언젠가 그의 집 문턱을 넘어 들어올지 모를 쓸쓸한 최후의 순간을 기다리기 위해 발길을 돌렸다.

군이 장례식에 참관하겠다고 우겼던 이유는 병원에서 고란이 던진 말과도 관련이 있었다. "자네가 막지 못했다면, 로널드가 자넬 죽였을 거라고. 오래전 빌리 무어를 살해했던 것처럼."

그 누가 장담할 수 있을까. 그녀를 죽인 뒤에도 계속해서 살인행위를 이어나갔을지.

"대외적으로 알려지진 않았지만 우리가 집계한 통계에 따르면 현재 이 나라에서 범행을 벌이고 있는 연쇄살인범의 수가 여섯에서 여덟 명 정도는 되는 걸로 추산되고 있어. 하지만 아무도 그들의 정체를 밝히지 못했지." 인부들이 묘혈 안으로 나무관을 내려놓는 동안 고란이 그런 말을 했다.

밀라로서는 충격이 아닐 수 없었다.

"어떻게 그럴 수가 있어요?"

"특정 패턴 없이 무작위로 범행을 저지르기 때문일 수도 있고, 겉보기엔 전혀 다른 사건 같아서 아무도 연관성을 찾아내지 못했기 때문일 수도 있지. 아니면, 살해된 피해자들이 철저한 수사대상이 아니기 때문일 수도 있는 거고……. 예를 들어 우연히 땅속에서 발견된 매춘부의 시체 같은 경우 말이야. 그런 경우 대부분이 금품 갈취 때문이거나 포주 혹은 고객에 의해 살해된 경우거든. 위험이 따르는 직업의 특성상, 매춘부 열 명이 살해당해도 일단은 적정 수준이라고 생각하는 고정관념이 형성되어 있어. 군이 연쇄살인범의 소행일 가능성을 염두에 두지 않는다고. 용납할 수 없는 일이란 건 나도 알지만 세상사가 그런 거야.”

강풍이 눈보라와 먼지를 일으켰다. 밀라는 오싹한 한기가 느껴져 파카 속으로 몸을 잔뜩 웅크렸다.

“도대체 이런 일이 벌어지는 이유가 뭐예요?” 밀라가 물었다.

그녀의 질문은 사실 기도에 가까웠다. 그 질문은 그들이 조사하고 있는 사건과 아무런 관련도 없었고, 그녀가 선택한 직업과도 무관했다. 그건 기원이자 기도였다. 악이 활개 치는 세상을 이해할 수밖에 없음을 인정하는 그녀만의 방식. 하지만 구명튜브를 내려달라는 간절한 기원이기도 했다.

하지만 고란은 이렇게 말했다.

“신은 묵묵히 지켜볼 뿐이야. 악마가 속삭이는데도.”

두 사람은 더 이상 입을 열지 않았다.

인부들은 얼어붙은 흙으로 다시 묘혈을 덮었다. 공동묘지에는 단지 삽 소리만 울려 퍼지고 있었다. 순간 고란의 휴대전화가 울리기 시작했다. 코트 주머니에서 휴대전화를 찾는 동안 밀라의 휴대전화 역시 큰 소리로 울리기 시작했다.

전화를 받지 않아도, 세 번째 피해아동의 사체가 발견되었다는 사실을 직감할 수 있었다.

21

코바시 일가—아버지, 어머니, 열다섯 살 난 아들과 열두 살 난 딸—는 카포 알토의 고급 주택단지에 살고 있었다. 그곳은 녹지대 안에 조성된 60헥타르의 대지에 수영장, 미니 승마장, 골프 연습장과 40세대의 빌라 소유주들을 위한 클럽하우스가 갖춰진 호화 주택단지였다. 대부분 의사나 건축가, 변호사들로 구성된 부유층의 안식처 같은 곳이었다.

교묘하게 울타리로 가린 2미터 높이의 벽이 엄선된 부자들의 천국과 다른 세상 사이에 담을 쌓은 형태였다. 보안장치가 24시간 가동되고, 70대의 감시카메라가 설치되어 인근을 샅샅이 감시할 수 있으며 사설 경호업체가 입주자들의 안전을 책임지는 그런 곳이었다.

코바시는 치과의사였다. 고액의 수입에 마세라티와 벤츠를 각각 한 대씩 소유하고 있으며 산속에 위치한 별장, 요트 한 척을 비롯해 누구나 탐내는 목록으로 구성된 와인 저장고를 보유하고 있었다. 부인은 아이들을 키우며 귀하고 값비싼 소품으로 집 안을 장식하는 일로 시간을 보내는 사람이었다.

"3주간 열대지방으로 여행을 갔다 어제 돌아온 모양입니다." 고란과 밀라가 도착하자 스턴이 설명을 시작했다. "사실 여행을 간 이유도 여자아이 납치사건 때문이었다더군요. 막내 딸아이가 피해아동과 비슷한 또래라고 합니다. 그래서 가사도우미들을 모두 휴가 보내고 잠시 기분전환이나 하러 여행을 갔었다고 합니다."

"지금은 어디 있습니까?"

"호텔에 있습니다. 안전상의 이유로 일단 저희가 보호하고 있습니다.

부인은 바리움 두 알을 찾더군요. 온 가족이 충격에 휩싸인 상태입니다. 물론 당사자들의 기분은 그보다 더 끔찍하겠지만 말입니다."

스턴의 마지막 말은 현장에서 어떤 장면을 보게 될지 마음의 준비를 하는 데 도움이 되었다.

호화별장은 거주지로서의 기능을 상실한 상태였다. 그곳은 수사대상인 새로운 범죄현장이었다. 집 주변은 무슨 일인지 알아보기 위해 몰려드는 이웃들의 접근을 막기 위해 경찰 저지선으로 완벽히 차단된 상태였다.

"적어도 이곳은 언론사가 쉽게 치고 들어올 수는 없겠군." 고란이 말했다.

두 사람은 빌라와 도로의 경계를 나누는 잔디밭으로 걸어 들어갔다. 정원은 가지런히 손질된 상태였고 화려한 겨우살이 식물들이 화단을 장식하고 있었다. 코바시 부인은 여름철마다 그 화단에서 경연대회에 출품하는 장미를 개인적으로 재배한다고 했다.

빌라 현관 앞에 서 있던 경관은 허가된 사람을 제외하고는 모든 출입을 통제하고 있었다. 크렙과 챙 박사는 이미 각자의 팀원들을 이끌고 현장을 조사하는 중이었다. 고란과 밀라는 문턱을 넘어서자마자 밖으로 나오는 로시 경감과 마주쳤다.

"보는 것만으로도 끔찍할 거야⋯⋯." 경감은 하얗게 질린 얼굴로 그렇게 말하며 손수건으로 입을 가렸다. "사건이 갈수록 점입가경이야. 이런 끔찍한 참상만큼은 피했으면 했었는데⋯⋯. 세상에, 그냥 연약한 어린아이들일 뿐이잖아!" 그는 정말로 화가 치미는 듯 분노를 발산했다. "상황이 이런데도, 여기 사람들은 벌써부터 경찰들이 들락거린다고 불평이나 하고 있어. 우리를 당장 여기서 쫓아내려고 선이 닿는 고위직 정치인들을 동원해 압박을 가한다니까! 아니, 이게 말이나 되는 상황이야? 지금도 빌어먹을 상원의원한테 최대한 조속히 수사를 마무리할 테니 안심하라고 전화를 걸어야 할 처지라고!"

밀라는 빌라 앞에서 기웃거리고 있는 소수의 이웃들을 눈으로 살폈다. 그곳은 그들만의 사적인 에덴동산이었고, 수사관들은 그곳을 침범한 침입자에 불과했던 것이다.

하지만 뜻밖에도, 지옥으로 향하는 여정은 바로 그들이 조성해놓은 천국의 한구석에서부터 시작되었다.

스턴은 밀라에게 코 아래쪽에 바르는 허브 연고를 건넸다. 밀라는 신발 위에 비닐 덮개를 씌운 뒤 장갑을 착용하고 사건현장에 들어서기 전에 치러야 할 의식을 완벽히 마쳤다. 문을 지키고 있던 경관이 옆으로 비켜섰다.

들어가는 현관에는 여행가방과 기념품 쇼핑백이 여전히 그대로 놓여 있었다. 열대의 뜨거운 태양으로부터 싸늘한 2월의 땅으로 코바시 가족을 데리고 온 비행기는 밤 10시에 도착했다. 가족은 서둘러 집으로 향했다고 한다. 오랜 습관처럼 익숙한 자신들의 집, 안락하고 편안한 보금자리로. 하지만 이미 안식처로서의 기능을 완전히 상실한 뒤였다. 가사도우미들은 다음 날 돌아올 예정이었다고 한다. 그러지 않았으면 아마 그들이 최초의 발견자가 되었을 것이다.

악취가 코를 찔렀다.

"코바시 일가가 현관문을 열자마자 바로 이 악취부터 느꼈겠군." 고란은 냄새를 감지하자마자 그렇게 말했다.

'얼마간 그들은 이게 무슨 냄새일까 의아해했을 거야.' 밀라는 그렇게 생각했다. '그러고는 불을 켰겠지.'

으리으리한 거실에서는 과학수사대 팀원과 법의학팀 스태프들이 마치 보이지 않는 신비한 안무에 이끌린 듯 묘한 조화를 이루며 분주히 움직였다. 값비싼 대리석 바닥은 잔인할 정도로 눈부시게 할로겐 불빛을 받아 반사시키고 있었다. 현대식 감각의 가구와 고풍스러운 앤티크 소품들이 한자리에 어우러져 있었다. 잿빛의 매끈한 가죽 소파 세 개가 한 면씩을 차지하며 핑크색 벽돌로 만들어진 거대한 벽난로 앞에 배치되어 있었다.

세 번째 피해아동의 시신은 가운데 소파에 앉아 있었다.

시체는 두 눈을 뜬 상태였다. 얼룩덜룩한 파란 눈동자. 그리고 수사관들을 바라보고 있었다.

흉측하게 일그러진 얼굴 속에서, 오직 고정된 시선만이 인간임을 증명하는 유일한 부분이었다. 부패 과정이 이미 한참 진행된 뒤였다. 왼팔이 없는 이유로 시체는 비스듬한 자세로 앉아 있었다. 당장이라도 미끄러질 것 같았다. 하지만 시체는 그대로 앉아 있었다.

시체는 파란 꽃무늬 드레스를 입고 있었다. 재봉이나 단을 마감한 상태로 보아 손으로 직접 재단한 맞춤형 드레스 같았다. 밀라는 손으로 물결무늬를 수놓은 하얀 타이츠, 자개단추로 허리에 채워져 있는 새틴 벨트를 발견했다.

마치 인형처럼 옷을 입고 있었던 것이다. 망가진 인형.

밀라는 몇 초 이상 시체를 쳐다볼 수 없었다. 그렇게 시선을 아래로 내리다가 소파 사이로 양탄자가 있다는 사실을 문득 깨달았다. 양탄자는 페르시아 장미와 다양한 색의 물결무늬로 장식되어 있었다. 그런데 여러 무늬가 마치 살아 움직이는 것 같다는 느낌이 들었다. 밀라는 더 자세히 들여다보았다.

양탄자는 작은 벌레들로 완전히 뒤덮여 있었던 것이다. 득실거리며 서로서로 뒤엉켜 있는 벌레들.

밀라는 본능적으로 한 손을 팔에 난 상처로 가져간 뒤 꾹 눌렀다. 그 장면을 본 사람이 있다면 아마 밀라가 아파서 그런 거라 생각했을 것이다. 하지만 그 반대였다.

언제나 그렇듯, 밀라는 고통을 통해서 위안을 찾았다.

통증은 순식간에 지나갔지만 그 덕에 밀라는 역겨운 장면을 보다 유심히 관찰할 수 있는 용기를 얻었다. 통증의 강도가 적정 수준에 다다르자, 밀라는 상처를 눌렀던 손을 뗐다. 그녀의 귀에 고란과 대화를 나누는 챙 박사의 목소리가 들려왔다.

"식육곤충의 유충들입니다. 따뜻한 곳에 있으면 수명이 상대적으로 짧아집니다. 그리고 먹성이 대단하지요."

밀라는 챙 박사가 무슨 말을 하려는지 잘 알고 있었다. 실종사건을 담당하면서 결국 시체로 발견되는 아이들을 여럿 보았기 때문이다. 그럴 경우 신분 확인 같은 엄숙한 절차와 함께 시신의 부패정도를 추정하는 보다 평범한 절차를 거쳐야 했다. 사망 이후 부패의 단계에 따라 달라붙는 곤충이 각기 다르다고 한다. 특히 시체가 외부에 노출된 경우는 차이가 심하다. '시체처리 전담반'은 대략 여덟 종류로 나뉜다고 한다. 각각의 곤충들은 사망 이후 유기체에 발생하는 변화의 단계에 따라 나타난다. 따라서 발생 당시 시체에 달라붙어 있는 곤충의 종류에 따라 대략의 사망 시간을 추정해볼 수 있다는 것이다.

문제의 식육곤충은 파리과 곤충으로 두 번째 단계에 나타나는 곤충이었을 것이다. 왜냐하면 밀라는 법의학자가, 시체가 현장에 놓인 건 적어도 일주일 전이라고 말하는 걸 들었기 때문이다.

"집주인 일가가 여행을 가 있는 동안 앨버트에겐 시간이 남아돌았을 겁니다. 하지만 이해가 가지 않는 게 한 가지 있습니다." 챙 박사가 말했다. "녀석이 도대체 무슨 수로 70대의 감시카메라와 24시간 내내 순찰을 도는 경비원들 몰래 시체를 이곳에 가져다놓았을까요?"

22

"갑작스런 전기 사용량 증가로 인해 시스템에 과부하가 걸렸었습니다." 카포 알토의 사설 경호업체 책임자는 세 시간여에 걸친 정전의 원인을 묻는 세라 로사의 질문에 그렇게 대답했다. 일주일 전에 발생한 그 정전 사태로 인해 감시카메라의 기록이 남아 있지 않았다. 앨버트는 그 기회를 틈타 코바시의 집에 세 번째 피해아동의 시체를 가져다놓은 것으로 추정되었다.

"그런데도 경보가 울리지 않았다는 말씀입니까?"

"그렇습니다, 수사관님……."

"알겠습니다."

로사는 더 이상 아무것도 묻지 않았다. 대신, 마치 남들에게 과시하고 싶은 듯 유니폼 위에 달아놓은 사령관 계급장으로 슬쩍 눈길을 돌렸다. 그런 걸 달고 있어봐야 그들이 하는 일만큼이나 명목뿐인 견장. 사설 경호업체 경비라면 주민의 안전을 책임져야 할 사람들이었다. 그런데 실상을 들여다보면 그저 제복을 걸쳐놓은 보디빌더에 불과할 뿐이다. 경호업체가 실시하는 유일한 교육은 은퇴한 전직 경찰들을 조교로 고용해 세 달간에 걸친 훈련을 하는 게 고작이었다. 착용하는 장비라고 해봐야 무전기와 연결된 헤드셋, 그리고 최루 스프레이가 전부였다. 따라서 앨버트 정도의 치밀함만 지니고 있다면 얼마든지 경비의 눈을 피할 수 있었다. 게다가 장벽을 가리기 위해 설치된 울타리 사이의 방벽에 1미터 50센티미터에 달하는 구멍이 뚫려 있었다는 사실도 추가로 발견되었다. 결국 화려하게 치장한 외관이 카포 알토의 유일한 안전장치를 무력화시키는 데 일조한 셈이었다.

남은 문제는 앨버트가 어떤 이유로 그 호화 빌라 단지를 선택했고, 특정 가족의 집을 골랐는지를 파악하는 일이었다.

제2의 알렉산더 버먼 사건을 우려한 로시 경감은 코바시와 그의 부인에 대한 수사에 성역을 가리지 말고 모든 방법을 총동원하라는 지시를 내렸다. 심지어 두 부부의 개인사까지 파보게 했다.

보리스는 집주인인 치과의사의 입을 열게 하는 일을 맡았다.

의사는 아마도 몇 시간 뒤 자신에게 제공될 '특별 대접'의 실체를 상상도 못하고 있을 것이다. 취조의 달인과 대면하는 일은 용의자를 잡아놓고 몇 시간이 넘도록 심리적 압박을 가하거나 잠을 재우지 않기, 상대를 진 빠지게 만들기, 혹은 몇 시간에 걸쳐 똑같은 질문만 반복하기 등, 전 세계 어느 경찰서에서나 벌어지는 전형적인 심문과정과는 전혀 다른 양상으로 진행될 예정이었기 때문이다.

보리스는 절대로 자신이 취조하는 상대를 난처하게 몰아붙이는 법이 없었다. 그로 인한 스트레스가 증언에 역효과를 가져오기 때문인데, 법정에서 상대 측 변호사에게 역공을 당할 빌미를 제공하는 경우가 많다고 했다. 뿐만 아니라 그의 앞에서는 혐의의 일부만 인정한다거나, 궁지에 몰렸다고 판단한 용의자들이 협상을 제안하는 경우는 있을 수 없는 일이었다. 절대로.

특별수사관 클라우스 보리스는 어떤 용의자를 대하든 완벽한 자백을 받아냈다.

밀라는 본부로 돌아와 부엌에서 무대에 오를 준비를 하고 있는 그의 모습을 바라보았다. 결국 취조과정은 무대에 올리는 공연과도 같았다. 일종의 발표회, 하지만 역할이 뒤바뀌는 연극. 보리스는 거짓말을 통해 코바시의 방어막을 꿰뚫을 준비를 하고 있었다.

그는 셔츠의 소매를 걷어 올리고 한 손에 물병을 든 채 다리 운동을 하기 위해 이리저리 걷고 있었다. 의자에 앉게 될 코바시와는 달리 보리스는 일어선 채 널찍한 어깨를 무기로 시종일관 상대를 압도할 계획이었다.

한편 스턴은 용의자에 관해 순식간에 알아낸 몇 가지 정보를 보리스에게 브리핑해주고 있었다.

"우리 치과의사 선생님은 버는 돈으로 딴 주머니를 차고 계시는군그래. 병원 몰래 조세 피난처에 차명계좌 하나를 관리하면서 병원 수입의 일부와 매주 세미 프로 자격으로 참가하는 골프 대회 상금 등을 금융소득으로 잡히기 전에 그 계좌에 예치해놓고 있어. 부인의 경우 또 다른 취미활동을 갖고 있지. 매주 수요일 오후 시내 호텔에서 나름 유명한 변호사를 만난다는 거야. 문제의 변호사가 매주 남편과 함께 골프 대회에 나가는 사람이라는 건 굳이 설명하지 않아도 알 거야."

스턴의 정보는 취조에 유용하게 사용될 미끼와도 같았다. 보리스는 그 정보를 노련하게 이용해 적당한 때가 되면 치과의사에게 결정타를 날릴 무기로 사용할 계획이었다.

취조실로 사용될 장소는 이미 오래전에 본부에 마련되어 있었다. 침실 바로 옆이었다. 거의 숨이 막힐 정도로 비좁고 창문도 없는 공간이었다. 유일한 출구는 두 사람이 취조실에 들어가면 보리스가 열쇠로 잠가버리게 된다. 그리고 언제나 그렇듯 그 열쇠를 상대가 보는 앞에서 주머니 속에 넣을 것이다. 파워 게임에서 누가 우위에 있는지를 보여주는 행동이라 할 수 있다.

조명은 적당한 밝기로 유지되지만 스탠드에서는 성가신 잡음이 흘러나왔다. 그 소리 역시 상대를 압박하는 수단이 된다. 반면 보리스는 약간의 솜으로 귀를 틀어막음으로써 상대적으로 영향을 덜 받았다.

한쪽 벽을 차지한 이중거울은 별도의 출입문이 있는 반대편 방에서 다른 수사관들이 취조과정을 지켜볼 수 있도록 제작되었다. 대신 취조의 대상은 항상 거울에서 봤을 때 측면으로 앉아 있어야 했다. 정면을 바라보고 앉게 되면 보이지 않는 시선 때문에 감시당하고 있다는 기분이 들기 때문이다.

테이블과 벽은 흰색으로 칠해져 있었다. 단색조의 배경은 취조 대상이 답변을 꾸며내기 위해 정신을 집중할 지점을 미연에 차단하는 효과가 있다. 의자는 한쪽 다리만 일부러 짧게 잘라놓고 삐걱거리게 만들어 앉는 사람을 불편하게 했다.

밀라는 옆방으로 들어갔다. 세라 로사는 음석 분석장치를 설치하고 있었다. VSA(Voice Stress Analyser)라고 불리는 장치는 목소리의 변화폭에 따라 스트레스 정도를 측정하는 장치이다. 근육의 수축에 따른 미세한 떨림은 분당 10~12헤르츠 범위의 진동을 잡아낸다. 만약 조사 대상자가 거짓말을 할 경우 혈압으로 인해 성대로 몰리는 혈류량이 감소하게 되고 그 결과 성대의 떨림도 줄어들게 된다. 컴퓨터는 코바시의 목소리에서 나오는 미세한 변화를 분석하여 그가 거짓말을 하고 있는지의 여부를 밝히게 되는 것이다.

하지만 클라우스 보리스 수사관이 보여줄 최고의 기술은—그의 전문 분야이기도 하다—바로 상대의 행동을 분석하는 기술이었다.

코바시는 사실관계 규명을 위해 친절한 안내에 따라—하지만 사전 연락 없이 불시에—취조실로 안내되었다. 그가 가족과 머물고 있는 호텔에서 본부까지 호송을 담당한 수사관들은 그를 뒷자리에 혼자 태우고 일부러 먼 길을 돌아서 왔다. 상대의 의혹과 불신을 고조시키기 위한 방법이었다.

단지 비공식적인 면담 요청으로 받아들여졌기 때문에 코바시는 변호사를 대동하겠다는 요구를 하지 않았다. 그로서는 변호사를 부른다는 것 자체가 자신에게 어떤 혐의가 있음을 인정하는 것처럼 보일까 두려웠다. 보리스는 바로 그 점을 노렸던 것이다.

취조실로 들어온 코바시는 괴로운 표정을 지었다. 밀라는 그를 유심히 살펴보았다. 그가 걸치고 있는 노란색 여름용 바지는 아마 이번 휴가 때 입고 갔었던 골프 웨어 중 하나이자 현재 보유하고 있는 유일한 바지일 것이다. 위에는 적자색의 캐시미어 스웨터를 입었고 그 안에는 하얀 터틀넥을 받쳐 입고 있었다.

잠시 뒤 수사관 한 명이 와서 몇 가지 질문을 할 거라고 설명해주었다. 코바시는 고개를 끄덕이고는 두 손을 무릎 위에 올려놓았다. 방어자세였다.

그동안 보리스는 반대편 방에서 거울을 통해 상대를 살펴보았다. 제대로 관찰하기 위해 일부러 기다리게 했던 것이다.

코바시는 테이블 위에 자신의 이름이 붙은 보고서가 올라와 있다는 사실을 발견했다. 보리스가 일부러 올려놓았던 것이다. 치과의사는 보고서를 절대 건드리지도 않았다. 마찬가지로 누군가 자신의 행동을 지켜본다는 걸 알면서도 시선 한 번 돌리지 않았다.

사실 그 보고서는 빈 껍데기뿐이었다.

"치과 대기실 같지 않아?" 세라 로사는 유리 너머로 가련한 치과의사를 노려보며 역설적인 한마디를 내뱉었다.

그러자 보리스가 말했다.

"그럼, 시작해봅시다."

잠시 뒤 보리스는 취조실 문턱을 넘어섰다. 그는 코바시에게 인사를 건네고 열쇠로 문을 잠근 뒤 늦어서 미안하다고 사과를 했다. 그러고는 자신이 질문할 내용은 단순한 사실관계 규명에 관한 것이라고 다시 한 번 설명한 후 테이블 위에 놓여 있던 보고서를 펼쳐 들어 뭔가 읽는 척을 했다.

"코바시 선생님, 나이가 마흔이시군요. 그렇지요?"

"그렇습니다."

"치과의사를 하신 지는 얼마나 되셨습니까?"

"저는 교정 전문의입니다." 의사는 자신의 전공분야를 밝혔다. "이제 15년 정도 됐습니다."

보리스는 아무 내용도 없는 보고서를 읽는 척하며 뜸을 들였다.

"작년 한 해 수입이 총 얼마였는지 여쭤봐도 되겠습니까?"

남자는 뜨끔한 표정을 지었다. 보리스는 첫 공세를 펼쳤다. 수입에 관한 질문은 세금과 직결된 부분이었기 때문이다.

예상대로 치과의사는 자신의 재정상태에 대해 천연덕스럽게 거짓말을 늘어놓았고, 그 모습을 보던 밀라는 상대가 의외로 순진하다는 생각을 하지 않을 수 없었다. 살인사건과 관련하여 단순한 질의응답을 주고받는 자리였다. 재정상태에 관한 질문은 전혀 상황에 맞지도 않았고, 그런 부분이 있다 해도 아무런 혐의도 없는 상태에서 불법적으로 취한 정보인 관계로 세무서에 신고를 할 수도 없었기 때문이다.

치과의사는 손쉽게 둘러대 상대를 속일 수 있다고 믿으며 여러 가지 거짓말을 늘어놓았다. 그리고 보리스는 한동안 상대의 말을 그대로 들어주었다.

밀라는 보리스의 노림수를 잘 알고 있었다. 과거 경찰학교 시절, 다른 동료들의 취조과정을 통해 여러 번 본 적이 있었기 때문이다. 물론 특별 수사관 보리스의 솜씨는 그보다 한 수 위였다.

거짓말을 하는 사람은 그에 따른 혈압의 변화를 관리하기 위해 고강도의 심리적 반응을 보이게 된다. 자신의 답변에 신빙성을 불어넣기 위해 이미 머릿속에 그려둔 사실적 정보만을 추려 내보내려 하고, 동시에 자신이 하고 있는 거짓말과 적절히 섞기 위해 논리체계에 의존하게 된다.

그 과정은 엄청난 에너지와 더불어 가공할 상상력을 요하는 행위이다.

인간은 매번 거짓말을 할 때마다 과연 그게 현실적으로 가능한 것인지에 대해 끊임없이 사실관계를 확인해야 한다. 그런 거짓말의 수가 많아지다 보면 그만큼 복잡한 단계에 이르게 되는 것이다. 서커스에서 동시에 여러 개의 접시를 돌리는 것과 마찬가지의 경우라고 할 수 있다. 한 개의 접시를 추가할 때마다 관리 대상이 점점 늘어나고 또 그만큼 한쪽에서 다른 쪽으로 쉴 새 없이 옮겨 다녀야 하기 때문이다.

그 과정에서 허점이 밖으로 노출되는 것이다.

만약 코바시가 자신의 상상력을 동원해 거짓말을 하면 보리스는 즉시 그 사실을 간파하게 된다. 두려움은 비정상적인 미세 반응을 이끌어내는데, 등을 굽히거나 손바닥을 비비거나 손목 혹은 관자놀이를 누르는 행동이 바로 그런 반응에 해당한다. 대부분 이런 반응은 땀을 많이 흘린다거나 목소리가 올라가거나 눈동자의 움직임이 빨라지는 등의 생리학적 변화를 동반하기도 한다.

하지만 보리스처럼 특수훈련을 거친 전문가는 그런 반응이 단순한 거짓말의 징후라는 정도만 참고할 뿐, 그런 부분에 의존하지 않는다. 상대가 거짓말을 한다는 것을 입증하는 길은 자신의 혐의를 모조리 인정하도록 만드는 것이었다.

보리스는 코바시가 어느 정도 자신감에 차 있다는 판단이 서자 앨버트와 여섯 명의 피해아동과 관련된 질문을 중간 중간에 끼워 넣고 역공을 취하기 시작했다.

두 시간 뒤, 코바시는 점점 사적인 부분으로 집요하게 파고드는 일련의 질문에 완전히 뻗어버렸다. 보리스는 상대의 방어벽을 허물어뜨리며 반경을 점점 더 좁혀나갔다. 그러자 치과의사는 변호사에게 연락할 생각은 떠올리지도 못한 채 한시라도 빨리 그 방에서 나가고 싶어 했다. 심리적으로 완전히 지친 상태를 감안해볼 때 거기서 나갈 수만 있다면, 무슨 말이라도 할 분위기였다. 심지어 자신이 앨버트라고 인정할 수도 있어 보였다.

하지만 그건 사실과 거리가 멀었다.

보리스는 상대의 마음을 꿰뚫어본 뒤 물을 한 잔 가져다주겠다고 말하고 취조실에서 나와 고란과 나머지 팀원들을 만나기 위해 거울 반대편 방으로 돌아왔다.

"저 양반은 이번 사건과 아무런 관련이 없습니다. 그리고 아는 것도 전혀 없어요." 보리스가 말했다.

고란 역시 같은 생각이었다.

세라 로사는 컴퓨터 분석 결과와 코바시의 가족으로부터 받아온 노트북 컴퓨터를 들고 왔다. 의심스러운 건 전혀 발견되지 않았다. 주변 사람들이나 자주 만나는 사람들 중에도 혐의가 있을 만한 인물은 없어 보였다.

"그렇다면 분명, 그 집에 뭔가가 있다는 얘기군." 범죄학자는 그렇게 결론 내렸다.

코바시의 빌라가—고아원과 마찬가지로—끔찍한 일들이 벌어진 장소였지만 지금까지 그 실체가 알려지지 않았던 곳이라는 말일까?

하지만 그럴 가능성은 희박했다.

"문제의 빌라는 단지 내에 마지막으로 남아 있던 부지에 가장 최근 지어진 집입니다. 완공된 건 겨우 세 달 전 일입니다. 그리고 코바시 일가가 최초이자 유일한 소유주입니다." 스턴의 설명이 뒤따랐다.

고란은 뭔가 탐탁지 않다는 표정을 지었다.

"그 집에 분명 어떤 비밀이 숨겨져 있을 겁니다."

스턴은 즉시 말뜻을 이해하고 되물었다.

"어디서부터 시작할까요?"

고란은 잠시 생각하더니 명령을 내렸다.

"우선 정원부터 파봅시다."

먼저 아무리 깊이 묻은 시체라도 냄새를 맡을 수 있도록 훈련된 수색 견을 정원에 풀어놓았다. 그리고 열탐지기까지 동원해 바닥을 훑어보았 지만 초록색 화면에는 의심스러운 물건이 나타나지 않았다.

밀라는 뭔가를 발견하기 위해 일하는 사람들을 살펴보았다. 다양한 시도가 계속해서 이어졌다. 밀라는 챙 박사가 피해아동의 부모들에게서 채취한 DNA와 대조하여 조속히 빌라에서 발견된 아이의 신원을 밝혀 주기만을 기다리고 있었다.

동원된 경찰병력은 오후 3시부터 정원의 땅을 파기 시작했다. 작업에 동원된 여러 대의 소형 전동삽은 정원의 흙을 파내고 적지 않은 정성과 비용이 들어갔음 직한 정원의 우아한 조형물을 철저히 파괴해놓았다. 그리고 파헤쳐진 잔해는 닥치는 대로 트럭에 실려 나갔다.

디젤 엔진에서 터져 나오는 모터 소리는 카포 알토의 평화를 심히 어지럽히고 있었다. 모터 소리만으로는 부족했는지 전동삽이 움직일 때 발생하는 진동으로 인해 코바시의 마세라티에 달린 경보장치가 수시로 울려댔다.

정원에 뒤이어 발굴 작업은 빌라 내부로 이어졌다. 육중한 거실 대리석 제거를 위해 전문업체까지 동원해야 했다. 내벽은 공동이 있는지 확인한 후 해머로 부숴버렸다. 집 안의 가구들도 불운을 피할 수는 없었다. 분해되고 잘려 나간 뒤 내버려지는 운명을 따라야 했다. 수색작업은 지하실을 비롯해 지반까지 이어졌다.

로시 경감은 '학살'을 허가했다. 경찰의 입장에서는 비록 법적으로 수백만에 이르는 손해배상을 해야 하는 위험을 무릅쓰더라도 또다시 체면을 구길 수는 없는 일이었기 때문이다. 하지만 코바시 일가는 다시 그집으로 들어가 살 생각이 조금도 없었다. 모든 소유물이 되돌릴 수 없을만큼 끔찍한 공포로 물든 상태였기 때문이다. 자신들이 들였던 토지 매입 비용과 건축 비용보다 훨씬 낮은 가격에 그 집을 매물로 내놓을 생각이었다. 끔찍한 범죄현장으로 변해버린 그곳이 전처럼 그들의 보금자리가 될 수는 없었다.

오후 6시가 다 되어가자 범죄현장에는 팽팽한 긴장감이 감돌았다.

"누가 저 빌어먹을 경보장치 좀 끌 수 없나?" 로시 경감이 마세라티를 가리키며 고함을 질렀다.

"리모컨 키를 찾을 수 없습니다." 보리스가 대답했다.

"그럼 치과의사를 당장 불러와! 그런 것까지 내가 일일이 챙겨야 하나?"

수사팀은 서로 겉돌고 있었다. 긴장된 분위기는 팀원들을 서로 이어주기는커녕 앨버트가 그들을 위해 꾸며놓은 수수께끼를 풀 수 없다는 좌절감만 불러일으켜 서로를 반목하게 만들었다.

'도대체 무슨 이유로 사체를 인형처럼 입혀놓은 걸까?'

그 질문은 고란을 답답하게 만들었다. 밀라로서는 범죄학자의 그런 모습을 보는 건 처음이었다. 상대의 도전에는 뭔가 개인적인 사연이 얽혀 있는 것 같았다. 범죄학자 본인도 전혀 눈치채지 못한 개인적인 사연. 이성적인 사고력을 끊임없이 방해하는 뭔가가.

밀라는 기다리는 일에 지쳐 일단 거리를 두고 문제를 다시 생각해보았다. 앨버트의 행동에 과연 무슨 의미가 있는 걸까?

수사팀에 합류해 게블러 박사의 수사방법을 접한 기간은 얼마 되지 않았지만 그 짧은 시간 동안 밀라는 많은 걸 배웠다. 그중 하나는, 연쇄살인범은 가늠할 수 없는 시간 차—몇 시간, 혹은 몇 달, 심지어 몇 년에 걸치는—를 두고 강박적으로 범행을 반복하며 절대로 멈추지 않는다는 점이다. 그렇기 때문에 연쇄살인범의 세계에서 분노와 복수의 징후를 발견하기란 거의 불가능하다. 연쇄살인범은 살해행위에 대한 필요성 혹은 그로 인한 쾌락 같은 특정 동기를 반복적으로 되풀이하기 위해 범행을 저지른다.

하지만 앨버트는 그런 정의를 통째로 뒤집어엎고 있었던 것이다.

녀석은 여러 명의 아이를 납치한 뒤 하나씩 죽여가면서 단 한 명만 인질로 잡고 있었다. 도대체 왜? 살인 행위 그 자체를 즐기는 건 아니었다. 단지 관심을 끌기 위해 아이를 잡아간 것이다. 하지만 자신을 향한 관심은 아니었다. 타인을 향한 관심이었다. 소아성애자인 알렉산더 버먼. 자신과 같은 연쇄살인범의 길을 막 밟아가려던 로널드 더미스.

앨버트 덕분에 두 사람의 추가범행은 막을 수 있었다. 따지고 보면, 녀석은 사회를 위해 좋은 일을 한 셈이었다. 역설적이게도 '녀석의 사악함이 선행을 향하고 있다' 라는 말까지 나올 정도였다.

도대체 앨버트는 누구일까?

그는 다른 사람들과 다를 바 없는—왜냐하면 그게 사실이었기 때문이다. 그는 괴물도, 그림자도 아니었다—평범한 소시민으로 지금 이 시각에도 아무렇지 않게 이 세상을 살아가고 있다. 슈퍼에 가서 장을 보고 거리를 거닐면서, 단 한 순간도 그의 실체를 의심해본 적 없는 사람들을 만나고 다닌다.

앨버트는 사람들과 어울려 걷고 있다. 그래서 보이지 않는 것이다.

하지만 그 이면에는 엄연한 진실이 숨어 있었다. 그리고 그 진실은 폭력에 물든 진실이었다. 연쇄살인범으로 하여금 적어도 일시적으로나마,

자신들의 열등감을 깨끗이 지워주는 엄청난 위력을 경험하게 만들어주는 폭력. 계속되는 폭력은 그들에게 두 가지 결과를 가져다준다. 쾌락을 얻고 전능함을 맛볼 수 있다는 것. 굳이 타인과 인간관계를 맺어야 할 필요도 없다. 최소한의 불안감을 담보로 얻어내는 최고의 결과.

'연쇄살인범들은 타인의 죽음을 통해서만 자신의 존재를 느끼는 거야.' 밀라는 그렇게 생각했다.

자정이 넘은 시각에도, 코바시의 차는 여전히 시간은 흐르고 있다는 것을 알리려는 듯 툭하면 경보음을 울려댔다. 그 시간까지 경찰병력이 벌인 모든 일이 헛수고라는 사실을 모두에게 냉혹하게 알리는 것 같았다.

정원에서는 아무것도 나오지 않았다. 빌라 건물은 거의 배가 갈린 것처럼 초토화되었지만 어느 벽면도 은밀한 비밀을 감추고 있지 않았다.

밀라가 빌라 앞 보도블록에 걸터앉아 있을 때 보리스가 휴대전화를 손에 들고 다가왔다.

"전화를 걸어야 하는데 신호가 안 잡히네……."

밀라는 자신의 휴대전화를 들여다보았다.

"그래서 챙 박사님이 DNA 분석 결과를 알려주지 못한 걸 수도 있겠네요."

보리스는 주변을 둘러보았다.

"이 정도 부자들에게도 부족한 구석이 있다는 게 위안이라면 위안이겠네요. 안 그래요?"

보리스는 미소를 지으며 휴대전화를 다시 주머니 속에 집어넣고 그녀의 옆에 앉았다. 밀라는 파카를 선물로 받고 고맙다는 말도 못한 상태였기에 그 참에 감사의 말을 건넸다.

"별것도 아닌데요." 보리스가 대답했다.

그 순간, 두 사람은 카포 알토의 경비원들이 마치 저지선을 형성하듯 빌라 주변을 둘러싸고 있음을 깨달았다.

"무슨 일이에요?"

"언론사에서 몰려올 거예요." 보리스가 설명해주었다. "경감님이 빌라 사진을 내보내기로 결정했다더라고요. 텔레비전 뉴스에 몇 분 정도 나올 예정인데 우리 경찰도 할 수 있는 건 최대한 했다는 걸 보여주려는 거예요."

밀라는 얼치기 경찰 차림의 경호원들을 쳐다보았다. 한마디로 웃기는 풍경이었다. 파란색과 오렌지색이 들어간 그들의 유니폼은 근육을 강조하기 위해 특별히 주문 제작된 듯 보였고, 얼굴은 하나같이 진지하게 굳은 표정인 데다 그럴싸한 프로다운 인상을 심어주려고 귀에다 걸친 이어셋까지, 정말 가관이었다. 밀라는 앨버트가 그런 멍청한 경비들 몰래 벽에 구멍을 만들고 단 한 번의 누전을 일으켜 감시카메라 전체를 무력화시켰다는 사실을 다시 한번 떠올렸다.

"이 시간까지 아무런 소득도 없으니, 로시 경감님 속이 아주 부글부글 끓고 있겠군요."

"그래도 그 양반, 빠져나갈 구멍은 항상 만들어놓는다니까요. 조금도 걱정할 필요 없습니다."

보리스는 말아 피우는 담배 한 줌과 종이를 꺼내 조용히 담배를 말았다. 밀라는 상대가 자신에게 직접적으로 말할 순 없지만, 뭔가를 묻고 싶어 한다는 확신이 들었다. 게다가 자신이 계속 모른 척 넘어갈 경우, 끝끝내 보리스가 입을 열지 않을 거라고 생각했다.

밀라는 그에게 손을 내밀기로 결심했다.

"경감님이 24시간 동안 자유시간을 허락했을 때 뭐 했어요?"

보리스는 그냥 얼버무렸다.

"실컷 자고 사건에 대해 다시 생각해봤어요. 가끔은 생각을 명확하게 정리하는 데 도움이 되거든요. 그런데 어제저녁에, 게블러 박사님하고 단둘이 나갔더라고요."

'이제야 말을 하는군!' 하지만 밀라의 예상은 빗나가고 말았다. 그가 말문을 연 건 질투심 때문이 아니었다. 그 뒤에 이어지는 보리스의 말을 듣고 밀라는 그의 의도가 전혀 다른 방향을 향하고 있다는 것을 깨달았다.

"그 양반, 마음고생이 심했었거든요."

그는 고란 게블러의 부인에 대해 말하고 있었다. 보리스의 목소리에서조차 괴로운 분위기가 느껴질 정도였다. 비록 한 부부에게 일어난 일이었지만 팀원 전체가 자기 일처럼 여기고 있는 것 같았다.

"전 몰랐어요." 밀라가 말했다. "그런 말씀은 안 하셨거든요. 그냥 저녁식사 뒤에 그런 것 같다고 추측만 했어요."

"뭐, 그럼 지금이라도 알아두는 게 좋겠네요……."

설명을 시작하기 전에 보리스는 말아놓은 담배에 불을 붙이고 한 모금 빤 뒤 연기를 길게 내뿜었다. 무슨 말부터 시작해야 할지 고민하는 것 같았다.

"박사님 부인은 대단한 사람이었어요. 미인인 데다 친절하기까지 하셨어요. 박사님 댁에서 다 같이 모여 식사를 한 게 몇 번인지 셀 수도 없을 정도였거든요. 부인도 거의 팀원이나 마찬가지라는 생각이 들 정도로 수사팀에서 단단히 한몫을 하신 분이었습니다. 까다로운 사건을 맡게 되면, 낭자한 피와 사체를 대하면서 하루를 보내다가 박사님 집에 모여 저녁식사를 하는 게 유일한 휴식이기도 했거든요. 뭐랄까, 생명과 다시 재회하는 일종의 의식이라고 해야 하나. 무슨 말인지 알거예요……."

"그러다가 무슨 일이 벌어진 거예요?"

"한 1년 반 정도 됐을 거예요. 아무런 예고도, 아무런 전조도 없이 부인이 그냥 하루아침에 떠나버린 거예요."

"떠났다고요?"

"게블러 박사님뿐만 아니라 외아들 토미까지 버리고 떠났어요. 순한 녀석인데, 지금은 아빠하고 지내고 있어요."

밀라는 범죄학자에게서 어딘가 결별의 아픔을 느끼긴 했었지만 그런 사연이 있을 거라곤 상상도 하지 못했었다. 그러면서 머릿속으로, 엄마라는 사람이 어떻게 자식을 그렇게 버려두고 떠날 수 있는지 의아해했다.

"왜 떠난 건데요?"

"그건 아무도 몰라요. 내연남이 있었을 수도 있고, 그렇게 사는 게 지겨웠을 수도 있고, 그 속을 누가 알겠습니까. 말 한마디 안 남기고 떠났으니까요. 어느 날 가방을 챙겨서 그냥 떠나버린 거예요. 그게 끝이었어요."

"저 같았으면 그 이유를 모르곤 절대 견딜 수 없을 것 같은데요."

"근데 이상한 건, 박사님은 우리에게 부인의 행방을 조사해달라고 단한 번도 부탁한 적이 없다는 거예요." 보리스는 고란이 가청 범위 내에 들어와 있지 않은지 확인하기 위해 주변을 한번 둘러보고 다시 말을 이어나갔다. "그리고 박사님이 모르는 게 한 가지 있어요. 아셔도 안 되는 거지만……"

밀라는 비밀만큼은 꼭 지키겠다는 뜻으로 고개를 끄덕였다.

"그러니까…… 몇 달 뒤에, 스턴 선배하고 같이 게블러 부인의 뒷조사를 한 적이 있었어요. 해변가 마을에서 살고 있더라고요. 직접 찾아가서 만나지 않고 뒤를 따라다니기로 했어요. 우릴 보면 본인이 직접 말을 걸어주길 바라면서요."

"그런데 부인은……"

"우릴 보더니 깜짝 놀라더라고요. 그러더니 그냥 인사하는 시늉만 하고는 눈을 내리깔고 그대로 가던 길을 가더군요."

밀라는 이어지는 침묵을 어떻게 받아들여야 할지 고민이 되었다. 보리스는 담배꽁초를 바닥에 버렸다. 경비원 하나가 못마땅하게 쳐다보고 있었지만 그는 전혀 개의치 않았다. 경비원은 즉시 근처로 다가와 꽁초를 주워 갔다.

"보리스, 그런데 이런 말을 왜 나한테 하는 거예요?"

"게블러 박사님은 제 친구이기도 하니까요. 당신도 그렇고요. 뭐 같이 지낸지는 얼마 안 됐지만……."

보리스는 고란과 밀라가 아직 감지하지 못한 뭔가를 이미 이해한 눈치였다. 두 사람과 관련된 뭔가를. 그는 두 사람 모두를 보호하고 싶었던 것이다.

"부인이 떠난 뒤, 게블러 박사님은 꿋꿋이 견뎌냈어요. 선택의 여지가 없었으니까요. 아들 때문에 더더욱 힘을 냈을 겁니다. 사실상 달라진 건 없었어요. 박사님은 한결같았으니까요. 여전히 예리하고, 성실하고, 유능하게 사건을 해결했어요. 달라진 게 있다면 옷차림이 좀 형편없어졌다는 것 정도지요. 그건 우리가 걱정할 정도로 대단한 일은 아니니까요. 그렇게 지내던 와중에 '윌슨 피켓' 사건이 터졌던 거예요."

"그건 유명한 가수 이름 아닌가요?"

"네. 사건에 그렇게 이름을 붙였어요." 보리스는 그 이야기까지 꺼낸 게 후회스런 표정으로 말을 이어나갔다. "결과가 안 좋았어요. 여러 군데 실수가 있었거든요. 수사팀을 해체시키라는 둥 게블러 박사님을 제외시키라는 둥 외압이 이어졌어요. 하지만 로시 경감님이 자청해서 방패막으로 나섰고 그 덕에 우리는 자리를 지킬 수 있었습니다."

밀라는 정확히 어떤 일이 있었는지 물어볼 참이었다. 보리스를 닦달하면 끝내 말해주리라는 확신이 있었기 때문이다. 그런데 바로 그 순간 코바시의 마세라티가 다시 소란스런 경보음을 울려대기 시작했다.

"아, 빌어먹을 저 소리 때문에 뇌 속에 구멍 나겠네!"

그 말과 동시에, 밀라는 무심코 집 쪽을 바라보았다. 순간적이었지만 그녀의 관심을 끄는 일련의 장면들이 눈에 들어왔다. 경비원 전원의 표정이 하나같이 일그러지더니, 동시에 한 손을 이어셋으로 가져갔다. 마치 통신장치가 갑작스런 전파 교란으로 참을 수 없는 소음을 내는 듯 보였다.

밀라는 다시 마세라티를 바라보았다. 그러고는 주머니에 있던 자신의 휴대전화를 꺼내보았다. 여전히 먹통이었다. 순간, 어떤 생각 하나가 머리를 스치고 지나갔다.

"우리가 아직 찾아보지 않은 곳이 한 군데 있어요……." 밀라는 보리스에게 말을 건넸다.

"어디요?"

밀라는 손가락을 위로 들어 올렸다.

"저기 대기 상태 말이에요."

30분이 채 지나기도 전에 싸늘한 밤공기를 가르며 전파 탐지팀이 인근에 대한 수색작업에 착수했다. 팀원 전원은 헤드폰을 착용하고 한 손에 든 소형 접시 안테나를 하늘 위로 향하도록 들어 올린 채 작업에 임하고 있었다. 그들은 마치 유령처럼 아무런 소리도 내지 않고 서서히 이뤄지는 탐색작업을 통해 무선신호나 의심스런 주파수가 흘러나오는 지점을 찾고 있었다. 그럴 경우 대기 중을 떠돌지도 모를 메시지를 잡아낼 수 있기 때문이다.

결과적으로 대기 중을 헤매는 메시지 하나가 있었다.

바로 '그 신호'가 마세라티의 경보장치를 계속해서 울려댔고 휴대전화 통화를 가로막았던 것이다. 그리고 경비원들의 무선 통신장비를 교란시켜 귀를 찢는 듯한 날카로운 소음을 만들어냈던 것이다.

전파 탐지팀은 신호의 존재를 발견했지만 생각보다 신호의 세기가 약하다고 설명했다.

그리고 바로 뒤이어, 수신기에 신호가 전달되었다.

탐지팀은 장비 주변으로 모여들어, 어둠 속의 대기가 그들에게 꼭 해야 할 말이 무엇인가에 귀를 기울였다.

그 신호는 단어로 이루어진 말이 아니라 소리의 집합이었다.

마치 바다 속에서 허우적대듯 지지직거리는 잡음은 어딘가에 잠긴 듯 잠잠하다가도 수면 위로 떠오르는 것 같은 소리를 반복적으로 내고 있었다. 그런데 문제의 분절음은 상당히 규칙적인 간격으로 이어지고 있었다. 단음, 그리고 장음으로.

"3단점(dot), 3장점(dash), 또다시 3단점." 고란은 사람들에게 그 소리를 해석해주었다. 지구상에서 가장 널리 알려진 무선통신 부호. 이 단순한 소리에 담긴 뜻은 단 하나였다.

S.O.S.

"어디서 나오는 소립니까?" 범죄학자가 물었다.

기술자 하나가 잠시 화면상에 나타났다 사라지는 신호대역을 살펴보더니 도로 쪽으로 눈을 돌리고 손가락을 들어 올렸다.

"맞은편 집에서 나오는 소리입니다."

23

처음부터 바로 그들의 눈앞에 있었던 것이다.

맞은편 집은 그 자리에 서서 경찰이 수수께끼의 해답을 찾기 위해 하루 종일 헛수고를 마다하지 않는 모습을 묵묵히 지켜보고 있었던 것이다. 그 집은 불과 몇 미터 앞에서 기묘하고 원시적인 방법으로 구조신호를 반복하며 그들을 부르고 있었다.

문제의 2층짜리 빌라는 이본 그레스라는 사람의 소유였다. 이웃사람들의 말에 따르면 직업이 화가라고 했다. 그녀는 열한 살짜리 아들과 열여섯 살짜리 딸과 함께 그 집에서 살고 있었다. 세 가족이 카포 알토로 이사 온 것은 이본이 이혼한 뒤였다. 그녀는 홀로 된 후, 전도유망한 젊은 변호사와 결혼하면서 접어두었던 구상예술에 대한 열정을 다시 키워나갔다고 한다.

화가의 길로 들어선 뒤 그녀가 그린 추상화가 처음부터 많은 사랑을 받은 건 아니었다. 첫 전시회를 열었던 갤러리는 그녀의 작품을 단 한 점도 팔지 못했다. 하지만 자신의 재능을 의심하지 않았던 이본은 절대로 화가의 꿈을 포기하지 않았다. 그리고 한 친구가 벽난로 위에 걸어둘 가족 초상화를 부탁했을 때, 그녀는 뜻밖에도 자신에게 소박한 재주 하나가 있다는 사실을 깨닫게 되었던 것이다. 그리하여 단시간 내에 기존의 가족사진에 식상한 사람들, 가족의 모습을 캔버스 위에 영원불멸의 모습으로 남기고 싶은 사람들에게 가장 사랑받는 초상화 전문화가가 될 수 있었다.

모스 신호가 길 건너 반대편 집에서 들려온다는 사실이 밝혀지자 경비원 하나가 사실 이본 일가를 본 지 한참 되었다는 말을 했다.

집은 커튼이 쳐진 상태라 내부를 들여다볼 수 없었다.

로시 경감이 문제의 빌라로 진입 명령을 내리기 전에, 고란은 이본의 집으로 전화를 걸어보았다. 그러자 거리의 적막감을 뚫고 벨 소리가 들려왔다. 희미했지만 확실히 건너편 집에서 들려오는 소리였다. 하지만 아무도 전화를 받지 않았다.

아이들만이라도 아빠와 같이 있기를 바라며 전남편의 연락처를 수소문해보았다. 하지만 정작 연락이 닿은 전남편은 세 가족을 마지막으로 만난 건 아주 오래전 일이라고 대답했다. 스무 살짜리 모델에게 눈이 멀어 가족을 버리고 다달이 양육비만 보내면 아빠의 의무를 다한 거라 여기는 남자였으니 놀랄 일도 아니었다.

기술자들은 혹시 내부에서 발열 반응을 보이는 물체가 있는지 확인하기 위해 열탐지기를 빌라 주변에 설치했다.

"만약 저 안에 살아 있는 생명체가 있다면 당장 확인이 가능할 거야." 첨단기술을 맹목적으로 신봉하는 로시 경감이 말했다.

그동안 전기, 수도, 가스에 대한 검침은 정상적으로 진행되고 있었다. 자동이체 덕분에 체납될 일이 없었으므로 공급을 중단할 이유도 없었다. 하지만 모든 계량기는 이미 세 달 전에 멈춘 상태였다. 즉, 90일 동안 그 집에서 불을 밝힌 사람이 아무도 없었다는 말이었다.

"그러니까 대략 치과의사의 빌라가 완공되고 일가족이 들어와 살기 시작한 때였군요." 스턴이 말했다.

"로사, 감시카메라 기록 좀 조사해야겠어요. 두 집 사이에 분명 무슨 관계가 있을 겁니다. 그걸 찾아내야 해요."

고란이 요청했다.

"이전에는 정전사태가 없었기를 바라야겠네요." 여성 수사관이 말했다.

"진입 준비를 합시다." 게블러 박사가 모두에게 말했다.

보리스는 명령을 기다리면서 이동 수사본부 차량에서 케블라 방탄조끼를 착용했다.

"나도 갈 겁니다." 그는 이동 수사본부 차량으로 올라오려는 밀라를 보자 그렇게 말했다. "말려도 할 수 없어요. 무슨 일이 있어도 저 안에 들어갈 거니까."

보리스는 번번이 경찰 기동대를 앞세우려는 로시 경감의 결정이 불만이었다.

"그 인간들은 현장을 엉망으로 만들 게 뻔해요. 일단 진입하면 어둠 속에서 이동해야 하는데……."

"그 정도는 알아서 할 것 같은데요." 밀라는 그렇게 대답했지만 그 이상으로 상대의 말을 반박하려 들지는 않았다.

"그럼, 저 친구들이 증거 확보 같은 것도 신경 써줄 것 같아요?" 보리스는 비꼬는 투로 대꾸했다.

"그럼 저도 같이 가요. 저도 그럴 자격이 있다고 생각해요. 메시지의 존재를 알아낸 건 바로 저……."

보리스는 밀라의 말을 가로막으며 아무 말 없이 방탄조끼 하나를 건넸다.

잠시 뒤, 두 사람은 이동 수사본부 차량에서 내려 결연한 표정으로 고란과 로시 경감에게 자신들이 들어가야 하는 이유를 설명하러 갔다.

"말도 안 되는 소리!" 경감은 단칼에 거절했다. "이건 경찰 기동대가 나서야 하는 작전이라고. 그렇게 가볍게 생각할 문제가 아니야."

"얘기 좀 들어보세요, 경감님." 보리스는 상대가 시선을 돌릴 수 없게 바로 앞을 가로막고 서서 말했다. "바스케스 수사관과 저를 정찰대로 보내주세요. 경찰 기동대는 정말 필요한 상황에 들어가도 된다니까요. 전 군인 출신입니다. 이런 상황에서 어떻게 대처해야 하는지 훈련까지 받은 사람이란 말입니다. 스턴 선배는 현장 경험 20년 차 베테랑입니다. 만약 온전하게 신장 두 개가 다 달려 있다면 저하고 같이 가겠다고 지원했을 겁니다. 한번 물어보세요. 거기다가 바스케스 수사관도 있지 않습니까? 바스케스 수사관은 어린 꼬마와 10대 소녀를 붙잡아두고 있었던 미친 변태 녀석 집에도 혼자 들어간 사람입니다."

밀라는 쓰린 기억을 떠올리며, 만약 보리스가 당시 실제로 어떤 일이 벌어졌었는지, 자신은 물론이고 인질의 목숨까지 위태롭게 만들 뻔했다는 사실을 알게 되면 지금처럼 열성적으로 자신을 추천하지는 못했을 거라고 생각했다.

"잘 생각해보십시오. 어린 여자아이 하나가 어딘지 모를 곳에서 죽어가고 있습니다. 오래 못 버틸 거라고요. 각각의 범죄현장은 범인에 대한 정보를 알려주는 중요한 단서였습니다. 저기에 앨버트의 실체를 밝힐 수 있는 단서 하나라도 남아 있다면, 무슨 일이 있어도 범죄현장을 훼손시켜서는 안 됩니다." 보리스는 그 말과 함께 이본 그레스의 집을 가리켰다. "유일한 방법은 저희 두 사람이 들어가는 겁니다. 바스케스 수사관과 제가."

"내 생각은 달라." 경감의 대답은 냉랭하기 이루 말할 수 없었다.

보리스는 한 걸음 더 가까이 다가가 두 눈을 똑바로 노려보며 말했다.

"정말 일을 더 복잡하게 만드실 생각입니까? 지금 이 정도로도 충분히 난국인 마당에……."

'거의 협박에 가까운 말이잖아.' 밀라는 그런 느낌이 들었다. 보리스가 상사에게 그런 어조로 대꾸하는 모습은 다소 충격적이었다. 마치 두 사람 사이에 뭔가가 있는 것 같은 느낌이 들었다. 밀라와 고란은 전혀 알 수 없는 무언가가.

　로시 경감은 게블러 박사를 한참 쳐다보았다. 박사의 조언이 필요했던 걸까? 아니면 단순히 그 결정을 내리는 데 책임을 같이 질 '공범'이 필요했던 걸까?

　하지만 범죄학자는 아무런 계산도 하지 않고 그저 고개만 끄덕였다.

　"난 이번 일로 우리가 후회하는 일은 없었으면 좋겠소."

　경감은 일부러 '우리'라는 말로 박사에게도 연대책임이 있다는 점을 강조했다.

　그 순간, 기술자 한 명이 열탐지기 모니터를 들고 가까이 다가왔다.

　"로시 경감님, 열탐지기가 2층에서 뭔가를 발견했습니다. 살아 있는 것 같습니다."

　모두들 집 쪽으로 고개를 돌렸다.

　"여전히 2층에 있다. 움직임은 감지되지 않는다." 스턴이 무전으로 상황을 알려왔다.

　보리스는 카운트다운을 한 뒤 현관문 손잡이를 돌렸다. 비상시를 대비해 모든 빌라의 비상열쇠를 관리하고 있던 경비 책임자로부터 열쇠를 이미 받아놓은 터였다.

　밀라는 집중하고 있는 보리스를 지켜보았다. 두 사람 뒤에는 경찰 기동대 대원들이 만반의 준비를 하고 있었다. 보리스가 맨 처음 집 안으로 들어갔고 밀라가 그 뒤를 따랐다. 두 사람은 권총을 뺨 가까이 세워 들었다. 그들은 방탄조끼를 착용했고, 마이크와 헤드셋, 그리고 오른쪽 관자놀이 위치에 소형 랜턴이 장착된 특수 헬멧을 머리에 쓴 상태였다. 밖에서는 스턴이 열탐지기의 화면에 나타난 물체의 움직임을 살피며 무전으로 두 사람에게 길을 안내하고 있었다. 열탐지기 화면에는 파란색, 노란색, 그리고 빨간색까지 신체 부위의 체온에 따라 각기 다른 색을 띠는 물체가 보였다. 형태는 알아볼 수 없었다.

하지만 바닥에 누워 있는 모습 같았다.

부상자일 가능성도 있었다. 그러나 실체를 확인하기 전에 안전 확보에 관한 절차에 따라 신중히 주변을 탐색하는 게 우선이었다.

빌라 밖에는 건물의 양쪽을 밝히기 위해 두 대의 고성능 서치라이트가 설치되었다. 하지만 가려진 커튼 때문에 내부를 밝히는 건 무리였다. 밀라는 어둠에 눈이 익숙해지도록 집중했다.

"괜찮아요?" 보리스가 낮은 목소리로 물었다.

"괜찮아요." 밀라가 대답했다.

한편, 코바시의 빌라 정원에 서 있는 고란 게블러 박사는 그 어느 때보다도 담배 생각이 간절했다. 불안했기 때문이다. 무엇보다 밀라가 걱정이었다. 그의 옆에 있는 세라 로사는 이동식 책상에 앉아 네 대의 화면을 들여다보며 감시카메라에 녹화된 내용을 살피고 있었다. 서로 마주 보고 있는 두 집 사이에 어떤 연관이 있다면 조만간 드러날 터였다.

이본 그레스의 집 안으로 들어간 밀라가 가장 먼저 주목한 것은 난장판이라는 점이었다.

현관을 넘어서자 왼쪽으로 거실 전체가 보였고 오른쪽으로는 부엌이 있었다. 식탁 위에는 개봉된 상태의 시리얼 상자 여러 개, 반 정도 남은 오렌지 주스 병들, 상한 우유팩들이 널려 있었다. 빈 맥주 캔도 즐비했다. 찬장은 열린 상태였고 바닥에는 음식물의 일부가 쏟아져 있었다.

식탁에는 네 개의 의자가 있었다. 그중에서 움직인 흔적이 있는 의자는 단 하나였다.

개수대는 사용하고 닦지도 않은 접시와 음식물이 덕지덕지 붙어 있는 냄비들로 가득했다. 밀라는 랜턴으로 냉장고를 비춰보았다. 거북이 모양의 자석으로 붙여놓은 사진에는 금발머리의 40대 여인이 미소를 머금은 표정으로 사내아이와 조금 큰 여자아이를 두 팔로 안고 있었다.

거실로 다가서자 대형 PDP 텔레비전이 눈에 들어왔고 그 앞에 놓여 있는 탁자 위에는 빈 술병들을 비롯해 맥주 캔, 꽁초로 넘쳐나는 재떨이가 자리를 차지하고 있었다. 거실 한가운데에는 안락의자 하나가 놓여 있었고 카펫 위로는 진흙 묻은 신발로 돌아다닌 발자국이 남아 있었다.

보리스는 신호를 보내 밀라를 부른 뒤, 집의 평면도를 보여주며 각자 흩어져서 살펴보고 위층으로 향하는 계단 앞에서 다시 만나자고 설명했다. 그러고는 밀라에게 부엌 뒤편의 방을 가리켰다. 자신은 서재 쪽을 맡겠다고 했다.

"스턴, 위층 상황은 어때요? 괜찮아요?"

"아무런 움직임도 없어."

밀라와 보리스는 신호를 주고받았다. 밀라는 자신에게 주어진 방향으로 다시 향했다.

"찾았어요." 그때, 화면을 들여다보던 세라 로사가 말했다. "이걸 좀 보세요."

고란은 로사의 어깨 위로 몸을 숙였다. 모니터 측면에 표시된 날짜에 따르면 영상들은 9개월 전으로 거슬러 올라갔다. 한창 공사 중인 코바시의 빌라가 눈에 들어왔다. 고속으로 재생되는 화면 속에는 인부들이 마치 분주한 일개미들처럼 미완성의 건축물 주변을 오가고 있었다.

"이 부분을 보세요."

로사는 뒷부분으로 화면을 조금 돌렸다. 해거름이 되어 인부들이 현장을 떠나 집으로 돌아갈 시각이었다. 로사는 다시 정상 속도로 화면을 재생했다.

그때, 코바시의 빌라 현관문에서 뭔가가 보였다.

그림자였다. 뭔가를 기다리는 듯, 움직이지 않는. 담배를 피워 문 채로. 간간이 벌겋게 달아오르는 담뱃불 덕분에 그의 존재를 알아볼 수 있었다. 남자는 치과의사의 빌라 안에 들어가 어두운 밤이 되기를 기다리고 있었다. 적당히 어둠이 깔리자, 그는 밖으로 나왔다. 주변을 한번 둘러보더니 맞은편 집으로 이르는 몇 미터 거리를 그대로 걸어가 노크도 하지 않고서 문을 열고 들어갔다.

"내 얘기를 들어주기 바랍니다."

밀라는 이본 그레스의 작업실에 있었다. 그녀의 주변에는 캔버스 여러 개가 쌓여 있었고 이젤과 물감이 사방을 굴러다녔다. 밀라는 헤드셋에서 고란의 목소리를 듣고 동작을 멈췄다.

"그 집에서 어떤 일이 벌어졌는지 대충 파악이 끝났습니다. '기생충' 한 마리가 거기 달라붙어 있었던 모양입니다. 코바시의 빌라를 지을 때 동원된 인부 하나가 매일 밤 작업이 끝난 뒤 맞은편 집으로 숨어 들어갔습니다. 우리가 우려했던 대로……." 범죄학자는 자신의 끔찍한 생각을 정리하려는 듯 잠시 뜸을 들였다. "기생충은 일가족을 그들이 살던 집에 가둬두고 있었던 것 같습니다."

손님이 주인의 집을 차지하고 별종처럼 행동하는 경우였다. 기상천외한 동거를 통해 기생충은 자신도 원가족의 일부라고 여기게 된다. 모든 상황을 자신의 감염된 사랑으로 정당화하는 것이다. 자신이 외부에서 침투한 바이러스로 전락해 거부당하는 일을 받아들일 수는 없는 법. 하지만 그런 상상에 싫증이 나면 새롭게 구성한 가족을 처리하고 감염시킬 또 다른 둥지를 찾아 떠나가게 된다.

이본의 작업실에서 기생충이 남기고 간 썩은 흔적들을 살피던 밀라는 코바시의 집 카펫 위를 수놓았던 식육곤충의 유충들을 다시 떠올렸다.

뒤이어 스턴의 질문이 헤드셋을 타고 들려왔다.

"얼마 동안 그런 겁니까?"

"6개월입니다." 고란이 대답했다.

밀라는 오장육부가 뒤틀리는 것 같았다. 6개월 동안 이본과 두 자녀들은 사이코패스의 인질이 되어 온갖 수모를 겪었던 것이다. 수십여 채의 집들이 둘러싼 단지, 수십여 가족들이 모여 살고 있는 동네의 한가운데에서, 세상에서 벌어지는 끔찍한 일들로부터 멀리 떨어져 완벽한 안전을 보장받으며 살고 있다고 믿는 부자들만의 천국에서 말이다.

6개월. 그런데도 이상한 낌새를 알아차린 사람은 아무도 없었다.

그 기간 동안에도 매주마다 정원 잔디가 손질되고 장미꽃들은 정원사의 애정 어린 손길을 받아왔다. 입주민들의 공동규약에 의해 만들어진 시간 조절장치에 따라 매일 저녁 현관문 앞에 불도 들어왔다. 다른 집 아이들은 문제의 집 앞에서 자전거를 타거나 공을 차며 놀았고, 여자들은 날씨에 대한 잡담을 비롯해 케이크나 과자 굽는 방법을 서로 주고받으며 정겹게 지나다녔다. 남자들은 일요일 아침마다 조깅을 하고 차고에서 세차를 했다.

6개월. 그런데 아무도 본 이가 없었다.

이웃들은 그 집 커튼이 왜 낮에도 그대로 쳐져 있는지 궁금해하지 않았다. 우편함에 쌓여가는 우편물의 존재를 아무도 인식하지 못했다. 이본과 두 자녀가 클럽하우스 파티나 가을 댄스파티, 심지어 12월 23일의 톰볼라 놀이에도 모습을 드러내지 않았을 때조차, 아무도 그들의 부재에 일말의 관심도 기울이지 않았다. 크리스마스트리와 장식품들이 여느 때처럼 관리원들에 의해 각 가정에 배달되어 집 주변에 설치된 뒤 크리스마스가 끝나고 철거되기도 했었다. 전화벨이 울렸을 것이고 누군가 현관 벨을 눌렀을 때 이본과 두 자녀가 문을 열고 나온 적은 단 한 번도 없었을 텐데 그런 점을 이상하게 여긴 사람이 단 한 명도 없었던 것이다.

이본 그레스의 부모는 제법 먼 곳에 살고 있었다. 하지만 그들마저 딸과 어린 손자, 손녀가 장기간 연락이 없었는데도 그런 점을 이상하게 여기지 않았다.

그 긴 시간 동안, 세 가족은 매일매일 누군가의 도움과 관심을 간청하고, 희망하고, 간절히 기도했을 것이다. 하지만 끝끝내 기적은 일어나지 않았다.

'녀석은 분명 가학적인 성향을 가졌을 거야. 이건 녀석만의 게임이자 유희였어.'

'녀석이 만든 인형의 집.' 밀라는 코바시의 소파에 남겨둔 시체에 앨버트가 옷을 입혀놓았던 걸 떠올리며 인형의 집이라는 말이 더 어울리겠다고 생각했다.

밀라는 이본과 두 자녀가 그 긴 시간 동안 당했던 끝없는 폭력행위에 대해 생각해보았다. 6개월간의 학대행위. 6개월간의 고문. 6개월간의 공포까지. 하지만 자세히 들여다보면, 온 세상은 그보다 훨씬 짧은 시간 안에 그들 가족을 완전히 잊어버렸다.

그리고 '법의 수호자'들마저 아무것도 눈치채지 못했다. 문제의 집 앞에 모여들어 24시간 넘게 진을 치고 있었으면서도! 그것도 비상사태로! 그들 모두가 일종의 범인이자 공모자였다. 밀라마저도.

앨버트는 다시 한번 인간 족속들의 위선적인 단면을 적나라하게 보여준 셈이었다. 단지 무고한 여자아이들의 팔을 잘라내고 살해하지 않았다는 것만으로 자신들을 '정상적'이라고 여기는 인간들의 단면을. 하지만 그만큼 심각한 범죄를 저지를 수 있는 사람들의 단면을. 바로 그들의 무관심.

보리스의 무전에 밀라는 생각을 멈췄다.

"스턴 선배, 위쪽 상황은 어때요?"

"일단 장애물은 없어."

"이제 올라갑시다."

두 사람은 약속대로 위층으로 올라가는 계단 앞에서 만났다. 침실로 향하는 길이었다.

보리스는 밀라에게 엄호를 부탁한다는 손짓을 보냈다. 그 순간부터 두 수사관의 위치가 발각될 위험을 미연에 방지하기 위해 모든 무전교 신이 금지되었다. 오직 정체불명의 생명체가 움직일 경우, 스턴만이 그 정적을 깰 수 있었다.

두 사람은 계단을 올라갔다. 계단에 깔린 카펫 위에도 얼룩과 발자 국, 음식물 찌꺼기가 달라붙어 있었다. 벽에는 휴가를 비롯해 생일잔치, 가족 파티 때 찍은 사진들이 걸려 있고, 계단 끝에는 이본과 아이들의 유화 초상화가 자리를 차지하고 있었다. 누군가 그림 속의 눈동자에 모 조리 구멍을 내놓았다. 분명, 움직이지 않는 그 시선이 불편했을 것이다.

위층에 도착하자 보리스는 밀라에게 길을 내주기 위해 측면으로 붙 어 섰다. 그러고는 다시 앞장서 나갔다. 끝부분에서 왼쪽으로 꺾어지는 복도를 따라 반쯤 문이 열린 방이 여러 개 보였다.

그 집의 유일한 생명체는 바로 복도가 꺾어지는 그 끝지점에 위치하 고 있었다.

보리스와 밀라는 서서히 그쪽을 향해 걸어 나갔다. 문 열린 방 하나 를 지나치면서 밀라는 그들이 찾아낸 모스 신호의 일정한 박자를 감지 했다. 밀라는 슬며시 문을 열고 열한 살 남자아이의 방을 살펴보았다. 벽에는 천체를 그려놓은 포스터 여러 장이 붙어 있었고 책장에는 천문 학 관련 서적들이 뒹굴고 있었다. 뭔가로 가려놓은 창문 앞에는 관측용 망원경이 설치되어 있었다.

아담한 크기의 책상 위에서 과학에 관련된 디오라마 하나가 밀라의 시선을 끌었다. 19세기 초반의 전신체계를 축소판으로 재현해놓은 것이었다. 나무판 위에 장착된 두 개의 건전지가 구리선과 이어진 전도체에 연결되어 있고 구멍을 뚫은 원반이 톱니바퀴와 맞물려 일정한 간격으로 돌아가고 있었다. '3단점, 3장점, 또다시 3단점.' 그 모든 장치가 작은 케이블 하나로 공룡 모양으로 생긴 무전기에 연결되어 있었다. 디오라마에는 '대상(大賞)'이라고 쓰인 동판이 붙어 있었다.

그 장치가 신호를 보내고 있었던 것이다.

사내아이는 과학 과제물을 송신기지로 삼아 자신들을 감금한 남자의 감시와 통제를 피해 구조신호를 보냈던 것이다.

밀라는 이불이 헝클어진 침대 쪽으로 랜턴을 돌렸다. 침대 아래쪽에는 지저분한 플라스틱 양동이가 놓여 있었다. 침대 머리맡 양쪽 기둥에는 뭔가에 긁힌 흔적이 역력했다.

반대편에는 열여섯 살짜리 딸아이의 방이 있었다. 방문 앞에는 색종이로 꾸민 아이의 이름이 붙어 있었다. 키이라. 밀라는 문턱에 서서 재빨리 방 안을 훑어보았다. 바닥에는 여러 개의 시트가 둘둘 말린 채 뒹굴고 있었고 속옷을 넣어두었던 서랍장 한 칸이 비어져 나와 바닥에 엎어진 상태였다. 화장대의 거울은 침대를 정면으로 마주 보게 옮겨져 있었다. 그 이유를 상상하는 건 어렵지 않았다. 딸아이 방 침대의 기둥에서도 역시 긁힌 자국이 보였다.

'수갑을 채워놨었어.' 밀라는 그 장면을 상상했다. '낮 동안에 일가족 모두에게 수갑을 채워놨던 거야.'

구석에는 역시 더러운 플라스틱 양동이가 하나가 자리를 차지하고 있었다. 생리현상을 위해 가져다놓았던 게 분명했다.

거기서 2~3미터 떨어진 곳에 이본의 침실이 있었다. 매트리스는 더러운 상태였고 시트 하나만 달랑 남아 있었다. 카펫 위에는 토사물과 사용하고 버린 탐폰이 굴러다녔다. 못을 박아 그림을 걸어두었던 벽에는 가죽 벨트가 대신 걸려 있었다. 누가, 어떤 요구를 했을지는 굳이 보지 않아도 알 수 있었다.

'개자식, 여기가 바로 네 놀이터였구나! 여기서 놀다가 이따금씩 어린 여자아이 방으로 옮겨갔겠지! 여자들을 가지고 노는 게 싫증날 때면 사내아이 방으로 갔을 거야. 그리고 심심풀이로 아이를 두들겨 팼겠지……'

그런 생활 속에서 느낄 수 있는 감정은 오직 분노밖에 없었을 것이다. 밀라는 어두컴컴한 우물 속에 잠겨 있는 그 분노를 미친 듯이 끌어올렸다.

이본 그레스는 도대체 몇 번이나 그 괴물 같은 녀석 앞에서 '얌전히' 굴어야 했을까? 녀석을 자신의 방에 붙들어놓고 아이들에게 화풀이를 하지 못하도록, 도대체 얼마나 많은 것을 감내해야 했을까?

"잠깐! 뭔가가 움직인다." 스턴이 경고 메시지를 보냈다.

보리스와 밀라는 동시에 복도 끝 모퉁이 쪽으로 고개를 돌렸다. 더이상 둘러볼 시간이 없다. 두 사람은 뭔가가 튀어나올 것을 예상하며 권총을 전방으로 겨누고 랜턴으로 길을 비췄다.

"움직이지 마!" 보리스가 소리쳤다.

"그쪽으로 움직이고 있어."

밀라는 방아쇠에 손가락을 올리고 살짝 힘을 주었다. 심장이 미친 듯이 뛰기 시작했다.

"모퉁이 바로 앞까지 왔어."

정체 모를 생명체는 신음 비슷하게 낑낑거리는 소리를 냈다. 그러고는 덥수룩하게 털이 달린 주둥이를 내밀더니 두 사람을 쳐다보았다. 다

355

름 아닌 뉴펀들랜드 개 한 마리였다. 밀라는 권총을 아래로 내렸고 보리스도 총을 거둬들였다.

"상황 종료." 보리스는 무전으로 소식을 알렸다. "개 한 마리였습니다."

개는 털이 까칠까칠 말라붙은 상태였고 두 눈은 벌겋게 충혈된 데다가 다리 한쪽에 상처가 나 있었다.

'개는 안 죽었어.' 밀라는 개에게 다가가며 생각했다.

"이리 올래, 괜찮아. 이리 와봐."

"여기서 적어도 3개월을 혼자 버틴 거 아니야? 아니, 어떻게 그럴 수 있었던 거지?" 보리스가 말했다.

밀라가 가까이 다가갈수록, 개는 뒷걸음질 쳤다.

"조심해요, 녀석이 두려워하고 있어요. 자칫하면 물지도 몰라요."

밀라는 보리스의 말을 듣지 않고 계속해서 서서히 개에게 다가갔다. 그러고는 무릎을 꿇고 개를 안심시키면서 다시 말을 걸었다.

"이리 와. 괜찮으니까 어서 와봐."

가까이 다가가자 목에 달린 이름표가 눈에 들어왔다. 랜턴 불빛으로 비추자 이름이 보였다.

"테리, 이리 오렴. 괜찮으니까······."

개는 결국 밀라에게 경계를 풀었다. 밀라는 한 손으로 개의 주둥이를 쓰다듬으며 냄새를 맡게 했다.

보리스는 초조한 상태였다.

"탐색은 여기서 그치고 다른 팀원들에게 오라고 합시다."

개는 밀라를 향해 한 발을 들어 올렸다. 마치 밀라에게 뭔가를 가리키려는 것 같았다.

"잠깐만요······."

"왜 그래요?"

밀라는 대답 대신 자리에서 일어났다. 그리고 개가 어두운 복도의 구석 쪽으로 가려 한다는 것을 깨달았다.

"우리한테 뭔가 보여주고 싶은 게 있나 봐요."

두 사람은 개의 뒤를 따랐다. 모퉁이를 돌자 복도는 몇 미터 정도 길게 이어졌다. 그 오른쪽 끝에 또 다른 방이 하나 더 있었다.

보리스는 평면도를 확인해보았다.

"뒤쪽으로 연결되긴 하는데 뭔지는 모르겠어요."

문은 잠겨 있었다. 그 앞에는 잡동사니가 쌓여 있었다. 뼈다귀 그림이 수놓인 강아지 매트, 밥그릇, 알록달록한 공, 개줄, 먹다 만 음식 등이었다.

"여기가 네 살림살이가 있는 곳이었구나." 밀라가 말했다.

"도대체 왜 여기다 자기 물건들을 갖다놓은 건지 모르겠군."

개는 문으로 다가갔다. 마치 자신의 보금자리가 거기였다는 것을 말하려는 듯했다.

"녀석이 자기 혼자 여기에 자리를 잡았을까요? 왜 그랬을까?"

밀라의 질문에 대한 대답처럼 개는 나무문을 긁어대며 끙끙거렸다.

밀라는 줄을 들어 라디에이터에 개를 묶었다.

"얌전히 있어, 테리."

개는 말귀를 알아들었는지 한 번 짖었다. 두 사람은 입구의 잡동사니를 밀어냈다. 밀라가 문손잡이를 붙잡자 보리스가 문을 향해 권총을 겨누었다. 열탐지기로는 그 외의 생명체는 감지하지 못했지만 어디에 뭐가 숨겨져 있는지는 알 수 없는 일이었다. 하지만 보리스와 밀라는 나무로 된 장벽 너머엔 그간 벌어졌던 참상의 비극적 결말이 숨겨져 있을 거라 생각했다.

밀라는 손잡이를 끝까지 돌려 철컥 소리가 나자 문을 밀었다. 랜턴 불빛이 어둠을 가르며 안으로 들어갔다. 두 개의 불빛이 한쪽 끝에서 다른 쪽 끝을 훑었다.

텅 빈 곳이었다.

대략 20평방미터 정도 되는 공간이었다. 바닥에는 아무것도 없고 벽은 하얗게 칠해져 있었다. 창문은 두꺼운 커튼으로 가려진 상태였다. 천장에는 전구 하나가 설치되어 있었다. 한 번도 사용한 적 없는 공간 같았다.

"왜 이리로 우리를 데려온 걸까요?" 밀라는 자신에게, 그리고 보리스에게 물었다. "이본과 아이들은 그럼 어디로 간 거죠?"

밀라의 말은 정확하게, 사체가 어디로 사라진 것인지를 알고 싶다는 뜻이었다.

"스턴 선배."

"왜?"

"과학수사대 들여보내세요. 저희 일은 끝났습니다."

밀라가 복도로 나와 개줄을 풀어주자 녀석은 손아귀를 빠져나가 그 방으로 들어갔다. 밀라도 개를 따라 뛰어갔다. 개는 구석에 붙어 섰다.

"테리, 여기 있으면 안 되는 거야!"

하지만 개는 꼼짝도 하지 않았다. 밀라는 개줄을 손에 들고 가까이 다가갔다. 개는 다시 짖었다. 하지만 위협적이지는 않았다. 그러더니 굽도리 쪽의 한쪽 바닥에 고개를 파묻고 킁킁거렸다. 밀라는 개 옆으로 몸을 숙이고 주둥이를 살짝 옆으로 민 다음 랜턴으로 그 지점을 비춰보았다. 아무것도 없었다. 순간, 뭔가가 그녀의 시선을 끌었다.

작은 크기의 밤색 얼룩.

대략 직경 3밀리미터 정도 되는 자국이었다. 얼굴을 더 가까이 대고 살펴보자 사선으로 길쭉한 모양에 표면에 살짝 주름처럼 결이 있었다.

얼룩의 정체에 대해서는 일말의 의심도 들지 않았다.

"여기서 벌어졌던 거예요."

보리스는 무슨 말인지 알아듣지 못했다. 밀라는 그를 향해 돌아서며 말했다.

"여기서 일가족을 몰살한 거라고요."

"사실 누군가 그 집에 드나든다는 건 알고 있었습니다. 하지만 아시다시피 그레스 씨는 홀몸인 데다 매혹적인 여성분이시라……. 늦은 밤에 가끔 이웃 남자분들의 방문을 받으실 때도 있고 해서……."

경비 책임자가 뻔한 거 아니겠느냐는 식의 태도를 보이자 고란은 상대의 눈을 노려보며 말했다.

"그런 식으로 은근슬쩍 끼워 맞출 생각 마십시오."

범죄학자는 무덤덤한 목소리로 말을 했지만 거의 위협에 가까운 기운이 느껴졌다.

얼치기 경찰 행세를 하는 집단의 우두머리와 졸개들은 어떻게든 자신들의 과실을 정당화해야 하는 입장이었다. 그런데 정반대로 그 우두머리는 카포 알토 빌라 단지의 변호사들이 일러준 그대로 따라 했다. 그들의 전략은 이본 그레스를 헤픈 여자로 전락시키겠다는 것이었다. 단지 이혼녀에 돈까지 많이 번다는 이유로.

고란은 기생충—정체를 모르는 상태에서 달리 붙일 이름이 없었기 때문에—이 6개월이 넘는 기간 동안 그녀의 집을 자유롭게 들락거리며 자기가 하고 싶은 대로 행동한 것도 바로 그런 핑계 덕분이었다는 점을 지적했다.

범죄학자와 로사는 제법 장기간에 걸친 녹화기록을 거의 다 살펴보았다. 고속탐색으로 돌려본 결과 매일같이 비슷한 장면이 반복되었다.

간혹 기생충은 저녁에 이본의 집에 가지 않았다. 고란은 그때가 감금된 일가족에겐 휴식 같은 순간이었을 거라 생각했다. 아니, 어쩌면 더더욱 가혹한 시간일 수도 있었을 것이다. 침대에 묶인 채 기생충 없이는 물도 음식도 먹을 수 없었을 테니까.

강간당한다는 건, 일단 생존할 수 있음을 의미했다. 그나마 덜 끔찍한 악의 장난에 끊임없이 유린당하면서.

녹화기록에는 공사장에서 일하는 낮 시간에도 기생충이 그 집을 드나들었던 것으로 나와 있었다. 하지만 항상 챙 달린 모자를 쓰고 다녔기 때문에 얼굴이 포착된 장면은 하나도 없었다.

스턴은 한시적인 계절노동자들을 고용한 시공사에 문의해보았다. 업체 측에서는 문제의 남자 이름이 르브린스키라고 했지만 그 이름은 가명이었음이 곧 드러났다. 공사판에서는 체류 허가증 없는 외국인 노동자들을 주로 고용하기 때문에 가짜 신분증으로 일하는 경우가 빈번했다. 노동법에 따르면 고용주는 일하는 사람들에게 신분증 제출을 요구할 수는 있지만 위변조 여부까지 확인할 의무는 없었다.

당시 치과의사의 빌라 건축현장에서 일했던 다수의 일꾼들이 내놓은 증언에 따르면 기생충은 과묵한 편이었고 언제나 혼자만의 시간을 즐겼다고 했다. 그들의 기억을 토대로 몽타주가 작성되었다. 하지만 용의자 인상착의라고 배포하기엔 인부들의 기억이 제각각이었다.

경비 책임자와 볼일을 마친 고란은 팀원들이 있는 이본 그레스의 빌라로 들어왔다. 그동안 크렙과 과학수사대 대원들이 사건현장을 차지하고 있었다.

지문감식 전문가의 얼굴에 달린 피어싱들은 주인이 마치 마법의 숲을 거니는 엘프처럼 사건현장을 돌아다니는 동안 쩔렁쩔렁 소리를 냈다. 과학수사대가 그 집에 발을 들인 후 사건현장은 마치 마법의 세계처럼 변해버렸다. 카펫은 투명한 비닐로 온통 뒤덮였고 현장을 밝히기 위해 여기저기 설치된 할로겐 서치라이트 불빛이 구석구석까지 세밀히 비추고 있었다. 게다가 하얀 가운 차림에 강화유리로 된 보호안경을 걸친 대원들은 손이 닿았을 만한 표면에 지문검출용 가루를 바르거나 시약을 뿌리고 있었다.

"우리가 찾는 녀석은 그다지 똑똑한 놈은 아닌 것 같군그래." 크렙이 말했다. "게다가 개가 현장을 엉망으로 만들고 다닌 바람에 녀석은 온갖 종류의 쓰레기를 흘리고 다녔어. 맥주 캔, 담배꽁초, 사용한 컵 등등 말이야. DNA 정보가 넘쳐나서 똑같은 사람으로 복제까지 가능할 정도라니까!"

"지문은요?" 세라 로사가 물었다.

"엄청나! 그런데 불행히도 기록이 없는 걸 보니까 전과가 없는 것 같다는 게 문제야."

고란은 고개를 가로저었다. 증거가 넘쳐나는 판에 용의자가 누군지도 밝혀낼 수 없다는 현실이 개탄스러웠다. 코바시의 빌라에 시체를 가져다놓을 때 정전을 일으켜 감시카메라를 무용지물로 만들 정도로 치밀했던 앨버트에 비하면, 기생충은 여러 가지 면에서 허점을 드러내고 있었다. 그런 생각을 하다 한 가지 이해할 수 없는 부분을 발견했다.

"시체는요? 녹화기록을 살펴봤을 때 기생충이 집 밖으로 가지고 나온 건 아무것도 없었습니다."

"왜냐하면 현관문을 통해 밖으로 나간 게 아니었으니까……."

자리에 있던 사람들은 그 말의 뜻을 이해하기 위해 서로를 쳐다보았다. 크렙이 설명을 이어나갔다.

"하수구도 조사해볼 예정인데, 아무래도 그쪽으로 흘려 보낸 것 같다는 생각이 들어."

고란은 기생충이 일가족을 토막 내서 처리했다는 결론을 내렸다. 사이코패스는 착한 남편과 자상한 아빠 놀이를 즐길 만큼 즐긴 뒤에, 어느 날 그게 지겨워졌거나 혹은 그냥 단순히 맞은편 빌라가 완공단계에 이르렀기 때문에 마지막으로 그 집을 찾아 마무리를 했을 수도 있다. 고란은 이본과 그 아이들이 최후가 임박했다는 것을 느끼긴 했을까 생각해보았다.

"그리고 가장 미스터리한 건 마지막으로 남겨두었지……." 크렙이 말했다.

"그게 뭅니까?"

"위층의 빈방 말이야. 파견 나온 우리 여성 수사관이 혈흔을 발견했던 그 방."

밀라는 크렙의 시선에 자신이 뭔가를 잘못한 건 아닌가 하는 느낌이 들었다. 고란은 그녀가 경직된 반응을 보이며 수세적인 자세를 취하는 모습을 보았다. 지문감식 전문가는 그런 분위기를 종종 즐겼다.

"그 방은 뭐랄까, 나한테는 '시스티나 성당'이 될 것 같아." 그는 상세한 설명을 늘어놓았다. "거기서 발견된 혈흔에 따르면 참상은 바로 그 방에서 벌어졌을 거라는 추측이 가능해. 그리고 그 현장을 아주 깨끗하게 청소해놓은 거지. 물론 몇 가지 오점을 남기긴 했지만 말이야. 그런데 녀석은 그보다 한 발 더 나아간 거야. 벽 전체를 다시 칠해놨더라고."

"무슨 이유로요?" 보리스가 물었다.

"당연히 멍청한 녀석이라 그랬을 테지. 이렇게 무수한 증거를 남겨놓고 토막 낸 시체를 하수구에 버렸다는 것만으로도 아마 평생 감옥에서 썩어야 할 거라고. 그런데 무슨 이유로 방 전체를 다시 칠했느냔 말이지?"

고란 역시 그 이유를 이해할 수 없었다.

"어떻게 하실 생각인데요?"

"일단 덧칠한 부분을 벗겨낸 다음 그 안에 뭐가 남아 있는지 확인해볼 생각이야. 시간은 좀 걸리겠지만 나날이 발전하는 신기술 덕분에 이 멍청한 녀석이 유치하게 숨기려고 했던 혈흔을 전부 찾아낼 수 있을 거야."

고란은 초조한 심정이었다.

"현재로선 일가족 감금과 사체유기의 혐의만 있을 뿐입니다. 물론 그것만으로도 무기징역에 처하고도 남겠지만, 그렇다고 그게 정의를 실현한 거라고는 할 수 없습니다. 진실을 규명하고 살인죄까지 적용시키려면 혈흔을 꼭 찾아내야 합니다."

"그렇게 될 거요, 박사."

일단 그들에게 주어진 것은 찾아야 할 용의자에 대한 대략적인 인상착의뿐이었다. 그들은 그 내용을 크렙이 채취한 증거자료들과 함께 비교해보았다.

"제 생각으로는 대략 40~50대 정도의 남자 같습니다." 세라 로사가 말했다. "건장한 체격에 신장은 대략 178센티 정도로 추정됩니다."

"카펫에 남긴 족적이 280밀리미터니까 대략 일치하는 것 같군."

"담배를 피웁니다."

"자기가 직접 말아 피워요."

"나랑 똑같군." 보리스가 끼어들었다. "이런 인간들하고 공통점을 가지고 있다는 건 언제 들어도 반가운 소리라니까요."

"그리고 개를 좋아하는 것 같아." 크렙이 말했다.

"뉴펀들랜드를 그냥 살려뒀기 때문인가요?" 밀라가 물었다.

"그건 아니지요, 막내 아가씨. 잡종견의 털도 발견되었거든."

"하지만 그 털을 이 집으로 옮겨온 게 녀석이라고 단정할 수는 없지 않습니까?"

"털은 카펫에 남긴 발자국에 붙은 진흙에서 묻어 나왔어. 발자국에는 시멘트, 접착제, 용제처럼 공사 현장의 자재 중 접착 성분이 있는 물질에 딸려온 것들도 발견됐는데, 결과적으로 녀석은 자기 집에 있는 것들까지도 이곳으로 옮겨왔다고 볼 수 있는 거야."

크렙은 갑자기 상대에게 도전장을 받아 들고 잠시 놀란 척하다가 교묘히 상대를 따돌리고 우위를 선점한 듯한 표정으로 밀라를 바라보았다. 찰나와도 같은 영광의 순간을 뒤로하고 그는 시선을 돌려 다시 모두가 알고 있는 냉철한 전문가로 돌아왔다.

"한 가지가 더 남아 있기는 해. 하지만 말할 만한 가치가 있는지 아직 결단을 못 내리겠어……."

"당장 말씀해보세요." 고란은 명령하듯 말은 했지만 노골적으로 지대한 관심을 표현했다. 지문감식 전문가가 그런 식의 간청을 즐긴다는 걸 잘 알고 있기 때문이다.

"그 진흙에서 말이지, 그러니까 신발 밑창에 붙어 있던. 거기서 엄청난 양의 박테리아를 발견했어. 일단 믿을 만한 화학자한테 부탁해놓긴 했는데……."

"왜 생물학자가 아니고 화학자입니까?"

"왜냐하면 내 생각엔 이게 '쓰레기를 먹는 박테리아'의 일종인 것 같거든. 자연 속에 존재하지만 플라스틱이나 석유화학 제품 물질을 먹어치우는 등의 다양한 용도로 활용되는 박테리아. 사실 그것들이 뭔가를 먹는 건 아니고 효소를 발생시키는 거야. 주로 과거 쓰레기 매립장으로 사용된 곳들을 정비하는 데 많이 사용해."

그 말에 밀라와 보리스가 서로 눈짓을 주고받는 순간을 고란은 포착했다.

"쓰레기 매립장으로 사용되던 곳이라고요? 이런 제길! 누군지 알겠어요."

24

펠더는 그들을 기다리고 있었다.

기생충은 쌓아 올린 쓰레기더미 꼭대기에 자신만의 '고치'를 만들어 그 속에 바리케이드를 치고 숨어 있었다.

펠더는 온갖 종류의 무기를 보유하고 있었다. 바로 그날 벌어질 최후의 결전을 준비하기 위해 몇 달 전부터 차곡차곡 모아놓았던 것이다. 굳이 어딘가로 숨으려는 계획 따위는 애초부터 없었다. 그는 조만간 누군가 자신을 찾아와 해명을 요구할 것이란 사실을 잘 알고 있었기 때문이다.

밀라는 나머지 팀원들과 경찰 기동대를 따라 현장에 도착했고, 기동대원들은 그 즉시 주변을 포위하고 위치를 잡았다.

쓰레기더미 위에서는 과거 매립지로 사용되었던 그의 은신처로 연결되는 도로가 훤히 내려다보였다. 게다가 그는 성가시게 솟은 나무들을 모조리 베어내 완벽하게 시야를 확보한 상태였다. 하지만 먼저 사격을 가해오진 않았다. 그는 경찰 기동대가 사격 위치를 잡을 때까지 잠자코 기다렸다.

펠더가 먼저 쓰러뜨린 것은 자신이 키우던 개, 코흐였다. 단 한 방으로 정확히 머리에 명중시켰다. 경찰들에게 자신의 행동이 단순한 장난이 아니라는 사실을 입증해 보이고 싶었던 것이다. 하지만 밀라에겐, 자신이 키우던 개였던 만큼 최악의 상황을 면하게 해주고 싶어서였을지도 모른단 생각이 들었다.

밀라는 방탄차 뒤에서 웅크린 채 상황을 주시하고 있었다. 그가 어린 시절을 보냈던 고아원에 관한 정보를 얻기 위해 보리스와 함께 그곳을 찾은 뒤로 얼마의 시간이 흘렀던 걸까? 결국 펠더는 로널드 더미스보다 훨씬 끔찍한 비밀을 숨기고 있었던 것이다.

그는 두 경찰에게 숱한 거짓말을 늘어놓았다.

보리스가 감옥에 간 적이 있느냐고 물었을 때 그렇다고 대답했었다. 하지만 사실이 아니었다. 이본 그레스의 집에서 채취된 지문 조회 결과 단 한 건의 전과기록도 발견되지 않았다는 게 그 증거였다. 하지만 그 거짓말 덕분에, 찾아온 경찰들이 자신에 관한 신상정보조차 조사하지 않았다는 확신을 갖게 되었다. 보리스도 감쪽같이 속아 넘어갔던 건, 대부분의 사람들은 굳이 자신의 나쁜 이미지를 부각시키기 위해 일부러 거짓말을 하지는 않기 때문이었다.

하지만 펠더는 바로 그 점을 역이용했던 것이다. 교활하게도. 밀라는 그렇게 생각했다.

그는 어느 정도 사태를 파악하고 있었고, 그 때문에 두 명의 수사관을 가지고 놀았던 것이다. 그들이 자신을 이본 그레스의 집에서 벌어진 일과 연관 지을 그 어떤 단서도 확보하지 못했다는 확신이 있기 때문이었다. 그 반대의 경우를 의심했다면 두 사람은 분명 살아서 그 집을 나오지 못했을 것이다.

밀라의 생각은 한밤에 처러진 로널드의 장례식에 참석했던 펠더의 모습으로 이어졌다. 그녀는 그 행동이 연민의 정에서 비롯된 선행이라고 믿었지만 그게 아니었다. 그는 사건이 돌아가는 판세를 읽고 있었던 것이다.

"야, 이 개자식들아! 와서 한번 잡아보라고!"

연사된 기관총 총성이 허공을 갈랐다. 방탄차로 날아든 총탄은 둔탁한 소음을 만들어냈고 고철더미에 부딪힌 총탄은 쇳소리를 사방으로 퍼뜨렸다.

"이 새끼들아! 난 살아서 나갈 생각 없단 말이다!"

아무도 대구하지 않았다. 아무도 협상에 나서지 않았다. 밀라는 주변을 살펴보았다. 무기를 버리고 투항하라며 메가폰을 들고 회유를 권하는 협상가는 보이지 않았다. 펠더는 이미 자신의 사형집행 명령서에 사인을 한 셈이었다. 그를 생포하려고 고민하는 사람은 아무도 없어 보였다.

단 한 번이라도 서툰 행동을 하는 그 즉시 지구상에서 존재 자체를 지워버리겠다고 벼르는 분위기였다.

두 명의 저격수가 이미 위치를 확보한 채 타깃이 조금만 고개를 숙이면 당장이라도 발포할 태세였다. 하지만 저격수들은 일단 그가 실컷 분풀이를 하도록 내버려두었다. 그래야 타깃이 실수를 할 가능성이 커지기 때문이었다.

"그년은 내 여자였어, 이 새끼들아! 원하는 대로 다 해줬다고!"

펠더는 경찰들의 화를 부추겼다. 그를 노리는 경찰들의 표정으로 보아 그의 계획이 제대로 먹히고 있음을 알 수 있었다.

"녀석을 생포해야 합니다." 어느 순간 고란이 입을 열었다. "앨버트와의 연결고리를 밝힐 수 있는 유일한 방법입니다."

"기동대 친구들이 그 의견에 동감할 수 있을지 모르겠습니다, 박사님." 스턴이 말했다.

"로시 경감님하고 얘기해야 합니다. 현장으로 협상가를 보내라는 명령을 내려야 합니다."

"펠더는 절대 순순히 잡혀가지 않을 겁니다. 녀석은 이미 모든 걸 예견하고 있었어요. 자신의 최후까지도요." 세라 로사가 범죄학자에게 말했다. "장엄한 최후를 위해 무슨 깜짝쇼를 벌일지 모르는 일입니다."

그녀의 지적은 틀린 말이 아니었다. 마침 그들과 동행했던 폭탄 처리반 대원들이 매립장 주변 지형이 약간 변경된 것을 확인한 터였다.

"대인지뢰가 매설된 것 같습니다." 대원 중 한 사람이 현장에 도착한 로시 경감에게 보고했다.

"땅속에 묻힌 각종 오물 때문에 일대가 통째로 날아가 버릴 수도 있습니다."

지질학자에게 문의한 결과 매립지에서 쓰레기가 분해될 때 발생하는 메탄가스가 산더미처럼 쌓아 올린 쓰레기더미 사이에 침투해 있을 가능성이 매우 높다는 대답을 얻었다.

"즉각 전 대원을 철수시켜야 합니다. 폭발로 인한 화재가 발생하면 대형 참사로 이어질 수 있습니다."

고란은 경감에게 적어도 한 번은 교섭을 시도해야 한다고 강력하게 주장했다. 로시 경감도 결국 손을 들고, 범죄학자에게 30분을 주었다.

범죄학자는 전화를 사용하려 했지만, 밀라는 전화비 연체로 이미 끊긴 상태라는 사실을 떠올렸다. 얼마 전 보리스와 함께 펠더를 만나러 가기 위해 연락을 하려 했지만 전화사의 자동응답 메시지밖에 들을 수 없었던 것이다. 전화사에 연락해 회선을 복구하기까지 7분이라는 시간이 날아갔다. 상대를 설득해 투항하도록 만들기까지 남은 시간은 23분. 하지만 정작 전화벨이 울리자 펠더는 경찰들을 향해 총을 난사하는 걸로 대답을 대신했다.

고란은 물러서지 않았다. 그는 메가폰을 직접 들고 펠더의 은신처에서 가장 가까운 위치에 있는 방탄차 뒤로 자리를 옮겼다.

"펠더, 난 게블러 박사다!"

"닥치고 꺼져!" 상대는 버럭 고함을 지르고 다시 총을 쏴댔다.

"아니, 내 말을 잘 들어. 난 당신이 대수롭지 않은 인물이라고 생각해. 여기 있는 모든 사람들도 마찬가지일 거야."

밀라는 범죄학자가 펠더를 감언이설로 속일 생각이 없다고 판단했다. 그래 봐야 아무런 소용이 없었기 때문이다. 펠더는 이미 죽기로 결심한 상태였다. 그랬기 때문에 범죄학자는 정공법을 택했던 것이다.

"개자식, 듣고 싶지 않다니까!"

또다시 한 발의 총탄이 날아들었다. 이번에는 고란이 서 있는 데서 불과 몇 센티미터밖에 떨어지지 않은 곳이었다. 비록 보호 장비를 착용한 상태였지만 범죄학자도 깜짝 놀랄 정도였다.

"내 얘기를 들어야 해. 왜냐하면 내가 지금 하려는 말을 듣는 게 신상에 유리할 테니까!"

지금 이런 상황에서 도대체 무슨 제안을 하려는 걸까? 밀라는 고란의 전략을 이해할 수 없었다.

"우린 지금 당신이 필요해, 펠더. 당신은 여섯 번째 아이를 붙잡고 있는 녀석의 정체를 분명히 알고 있을 테니까. 우린 녀석을 앨버트라고 부른다. 하지만 내가 확신하건대 당신은 그자의 진짜 이름을 알고 있을 거야."

"난 아무 상관도 없어!"

"아니, 당신도 구미가 당길 거야. 왜냐하면 지금은 그 정보에 대한 대가가 아주 고가거든!"

현상금.

고란의 노림수는 바로 현상금이었다! 납치된 여섯 번째 여자아이를 구하는 데 결정적인 정보를 제공하는 제보자에게 록포드 재단이 내놓겠다고 공언한 천만에 달하는 현상금.

평생 무기수로 지내야 할 범죄자에게 그런 거액이 무슨 소용이 있을까? 밀라는 의아했다. 하지만 범죄학자는 펠더의 마음속에 평생 자신을 박해하며 지금의 그 모습으로 만들어놓고는 가련한 인생, 실패한 낙오자로 낙인찍은 사회에 보기 좋게 한 방 먹이고 불리한 상황에서 빠져나갈 수 있다는 희망을 심어주려 했던 것이다. 그 정도의 거액이면 최고의 변호사를 고용해 돈 많은 범죄자들이 주로 악용하는 심신미약의 이유를 내세워 변론을 펼칠 수 있다. 하지만 경제적 능력이 뒷받침되지 않는 상황에서는 그런 주장을 할 수도, 또 그 사실을 입증해낼 수도 없다. 펠더는 무기징역보다 감형된 처벌을 받게 될지도—더 나아가 20년 정도로 형량이 줄어들 수도 있다—모른다는 희망을 품을 수도 있다. 그것도 일반 감방에서 썩는 게 아니라 사법부가 정해준 정신병원에서 환자 대접을 받으면서 지낼 수 있다. 그리고 퇴원한 후, 그 돈으로 여생을 보낼 수도 있다. 자유의 몸으로.

고란의 예상은 정확했다. 펠더는 평생토록 현재의 자기 자신보다 훨씬 대단한 사람이 되고 싶어 했다. 그랬기 때문에 이본 그레스의 집으로 숨어 들어가 그런 만행을 저질렀던 것이다. 적어도 단 한 번만이라도 부자들이 사는 곳에서 특권을 누리며, 아름다운 여성과 아이들, 값비싼 물건들을 끼고 사는 기분이 어떤 건지 느껴보고 싶었던 것이다.

이제 그는 일석이조의 횡재를 거머쥘 수 있게 되었다. 돈도 챙기고, 최악의 상황에서도 벗어나고.

그는 두 발로 꼿꼿이 그 집에서 걸어 나오게 될 것이다. 그의 죽음을 바라는 백여 명의 경찰들 앞에서 미소를 머금은 표정으로. 무엇보다 부자의 몸으로 모습을 드러낼 것이다. 아니, 어떤 면에서는 '영웅' 대접을 받을 수도 있으리라.

고란의 마지막 말에, 펠더는 욕설도, 발포도, 아무런 반응도 보이지 않았다. 그는 머릿속으로 계산을 하고 있었다.

범죄학자는 침묵을 틈타 그의 기대치를 한껏 끌어올렸다.

"당신이 받게 될 현상금은 고스란히 당신 소유가 될 것이다. 비록 인정하고 싶진 않지만, 우리는 또한 당신의 결정을 고맙게 생각하게 될 것이다. 그러니까 이제 무기를 버리고 밖으로 나와 투항하라."

'다시 한번 악이 선행을 베푸는 일이 벌어지는 거야.' 밀라가 생각했다. 고란은 앨버트와 같은 수법을 사용하고 있었다.

끝이 없을 것 같은 몇 초의 시간이 흘러갔다. 하지만 시간이 흐를수록, 계획이 제대로 먹힌다는 희망은 커지고 있었다. 밀라는 엄폐물로 이용하는 방탄차 뒤에서 경찰 기동대 대원 하나가 펠더의 위치를 파악하기 위해 기다란 막대거울을 꺼내는 장면을 보았다.

잠시 뒤, 거울에 비친 펠더의 모습이 밀라의 눈에도 들어왔다.

한쪽 어깨와 목덜미가 거울에 비쳤다. 그는 얼룩무늬 군복에 사냥 모자 차림이었다. 곧바로 턱수염이 더부룩한 옆모습이 거울에 드러났다.

단 10분의 1초 정도에 불과했다. 펠더는 총을 들었다. 사격을 가하기 위해, 아니면 투항하기 위해서였을 것이다.

낮게 깔린 휘파람 소리가 순식간에 사람들의 머리를 스치고 지나갔다. 밀라가 사태를 파악하기도 전에 첫 번째 탄환은 이미 펠더의 목을 관통했다. 뒤이어 다른 방향에서 두 번째 탄환이 날아들었다.

"안 돼!" 고란이 미친 듯이 고함을 질렀다. "그만! 사격 중지!"

경찰 기동대의 저격수들은 시야를 확보하기 위해 매복된 지점에서 기어 나왔다.

두 발의 총상을 입은 펠더의 목에서는 경동맥의 박동에 따라 피가 뿜어져 나오고 있었다. 그는 입을 쩍 벌린 채 한쪽 다리를 질질 끌며 움직이려 했다. 한 손으로는 절망적으로 자신의 상처를 누르고, 다른 손으로는 대응사격을 하려는 듯 허공으로 총을 들어 올렸다.

고란은 위험을 불사하고 엄폐물에서 뛰쳐나왔다. 시간이라도 멈춰보고 싶었다. 하지만 부질없는 짓이었다.

바로 그 순간, 세 번째로 날아든 탄환은 앞선 두 발보다 정확하게 타깃의 목덜미를 뚫고 지나갔다.

기생충은 그렇게 최후를 맞았다.

25

"세이바인은 강아지들을 좋아해요, 그거 아세요?"

밀라는 그녀가 현재형을 사용하고 있다는 것을 귀담아 들었다. 어쩌면 그게 정상일지도 모른다. 아직 슬픔과 타협하지 못했기 때문일 것이다. 조만간 고통이 그 여인을 무너뜨릴 테고, 그녀는 며칠이 지나도록 안정도, 수면도 취할 수 없을 것이다.

하지만 지금은 아니다. 아직 이르다.

이런 경우, 몇몇 이유 때문에 고통은 어떤 공간을 남긴다. 슬픈 소식과 그 소식을 전해 듣는 당사자 사이에 횡격막 같은 공간을 만들어내고 고무줄처럼 늘어났다 줄어들었다를 반복하는 장벽을 형성해서 '따님의 시체를 찾아냈습니다'라는 소식이 전달되지 못하도록 방해한다. 그 소식은 어느 순간 갑자기 튀어 올라 이상할 정도로 사람을 평온하게 만든다. 무너지기 직전, 체념으로 향하는 짧은 휴식과도 같다.

두 시간여 전, 챙 박사는 밀라에게 DNA 테스트 결과가 담긴 서류를 건넸다. 코바시 빌라의 소파에서 발견된 사체는 세이바인이었다.

세 번째로 납치된 아이.

그리고 세 번째로 발견된 아이.

이제 철저히 계획된 일종의 공식이라는 결론이 내려졌다. '모두스 오페란디', 고란은 그렇게 말했었다. 누구도 발견된 사체의 신원에 대한 의견을 내놓진 않았지만 모두가 세이바인일 거라고 예상하고 있었다.

밀라는 펠더의 집에서 그날 벌어진 참사의 원인을 분석하고 그가 쌓아 올린 쓰레기더미 속에서 앨버트와 연관된 단서를 찾으려는 동료들을 뒤로한 채 발걸음을 옮겼다. 그녀는 서에 차 한 대를 부탁했다. 지금 밀라는 세이바인의 집 거실에서 아이의 부모와 자리를 함께하고 있다. 그곳은 주로 말을 키우거나 일부러 자연친화적인 삶을 선택한 사람들만이 모여 사는 한적한 교외였다. 밀라는 그곳까지 150킬로미터의 거리를 달려갔다. 땅거미가 질 무렵이었기에 장관을 눈에 담을 수 있었다. 수풀 사이로 교차하며 흐르는 시냇물은 호박색으로 빛나는 작은 호수로 흘러 들어가고 있었다. 밀라는 부모들의 입장에서 보면 비록 늦은 시간이기는 하나 그녀의 방문을 받는 게 조금은 안심이 될 거라고 생각했다. 그만큼 누군가가 자신들의 딸에게 신경을 써주고 있다는 증거였기 때문이다. 그녀의 예상은 틀리지 않았다.

세이바인의 엄마는 호리호리하고 체구가 작은 여성이었다. 여러 갈래로 팬 잔주름 때문인지 얼굴에서 어떤 힘 같은 게 느껴졌다.

밀라는 아이의 엄마가 손에 들고 있다 건네준 사진을 유심히 살펴보면서 세이바인이 그동안 살아온 첫 7년이자 마지막 7년에 관한 이야기에 귀를 기울였다. 반면, 아빠는 거실 한쪽 구석에 자리를 잡고서 시선을 내리깔고 뒷짐을 진 채 벽에 기대서 있었다. 그는 심호흡을 하며 앞뒤로 몸을 흔들고 있었다. 밀라는 그 집에서 대소사를 결정하는 건 엄마라는 사실을 감지했다.

"세이바인은 미숙아로 태어났습니다. 예정보다 8주나 일찍 나왔어요. 우리 부부는 아이가 너무나 세상 밖으로 나오고 싶어 했던 거라고 생각했어요. 또 그게 사실이기도 하고요." 세이바인의 엄마는 미소와 함께 남편을 한 번 쳐다보며 말했고, 그 역시 고개를 끄덕였다. "의사 선생님들은 아이의 생존가능성이 매우 낮다고 말했어요. 왜냐하면 심장이 너무 약해서 그렇다고 하더라고요. 하지만 모두의 예상과는 달리 세이바인은 그걸 극복했습니다. 제 손바닥보다 조금 컸고 겨우 5백 그램밖에 나가지 않았지만, 아이는 인큐베이터 속에서 사력을 다해 죽음과 싸웠습니다. 그리고 한 주, 한 주 거듭할수록 심장박동이 점점 강해지기 시작했어요. 결국 의사 선생님들도 부정적인 생각을 버리고 아이가 무사히 고비를 넘길 수도 있겠다는 말을 해주더군요. 하지만 평생 병원 신세에 약을 달고 살아야 하고, 외과수술을 반복해야 할지도 모른다는 단서를 달긴 했어요. 한마디로, 차라리 아이가 그렇게 눈을 감도록 빌어주는 게 더 낫겠다는 생각이 들 정도였습니다……." 그녀는 잠시 말을 멈추었다. "그래서 그렇게 했습니다. 어느 순간부터, 우리 아기가 살아남게 되더라도 평생을 고통 속에서 살아가야 할 운명일 거라는 확신에, 차라리 아이의 심장이 그대로 멈춰주기를 기도했어요. 그런데 세이바인은 제 기도의 힘보다 더 강했습니다. 아이는 정상적인 아이처럼 잘 자랐어요. 태어난 지 8개월이 되던 때, 드디어 집으로 데려올 수 있었으니까요."

그녀는 다시 말을 멈추었다. 그리고 순간적으로 말투가 바뀌더니 갑자기 분노에 찬 어조로 말을 이어나갔다.

"그런데 그 개자식이 우리 가족의 노력을 모두 물거품으로 만들어버렸다고요!"

세이바인은 앨버트의 손에 살해된 최연소 피해아동이었다. 놀이동산에서 회전목마를 타다 납치된 아이. 어느 토요일 저녁, 엄마와 아빠, 그리고 다른 부모들까지 모두가 지켜보는 앞에서.

"사실 부모들이야 자기 자식만 쳐다보느라 정신이 팔렸던 거지요." 세라 로사가 본부에서 가졌던 첫 회의 때 말했었다.

그리고 이런 말을 했던 것도 기억났다. "남의 아이들이 어떻게 되건 그런 건 눈에 안 들어오는 게 현실입니다."

밀라가 세이바인의 부모를 찾은 것은 단지 위로 차원만은 아니었다. 몇 가지 질문을 하고 싶었기 때문이다. 쓰린 고통이 그들의 은신처를 무너뜨리고 모든 걸 돌이킬 수 없을 만큼 지워버리기 전에 뭔가를 알아보고 싶었던 것이다. 밀라는 두 부부가 이미 10여 차례 넘게 아이의 실종 당시 상황을 묻는 수사에 응했다는 사실 역시 감안하고 대했다. 하지만 그들이 만났던 다른 경찰들은 실종이나 유괴사건을 다루는 면에서 밀라만큼의 전문성을 지니지는 못했다.

"사실 두 분은 현재 범행과 관련된 뭔가를 보았거나 느꼈을 유일한 분들이십니다." 밀라는 드디어 용건을 털어놓았다. "나머지 다섯 건의 경우, 납치범은 후미진 곳이나 피해아동과 단둘만 남게 되는 상황을 노렸습니다. 그런데 따님의 경우, 위험을 감수하고 납치를 감행했습니다. 따라서 뭔가 문제가 있었다는 걸 의미할 수도 있다는 겁니다."

"처음부터 모든 걸 다시 말해달라는 말씀이신가요?"

"네, 그렇습니다."

세이바인의 엄마는 기억을 끌어모으더니 이야기를 시작했다.

"그날은 특별한 저녁이었어요. 우리 가족에게는요. 먼저 알아두셨으면 하는 게, 저희는 세이바인이 세 살이 되었을 때 도시의 직장을 버리고 이곳에 정착하기로 결정했다는 겁니다. 자연에 끌리기도 했지만 우리 딸아이를 소음과 공해로부터 해방시킬 수 있다는 가능성 때문이었습니다."

"따님께서 납치되던 그날 저녁이 가족분들에게는 특별한 날이셨다고요?"

"사실……." 그녀는 남편의 눈을 바라보며 대답했다. "사실 저희 가족이 복권에 당첨되었습니다. 적지 않은 액수였어요. 정말 부자처럼 지내기엔 부족할지 모르지만 세이바인과, 또 그 아이가 커서 낳게 될 아이들의 미래까지도 보장해줄 수 있을 정도의 액수였습니다. 그때까지 한 번도 복권 같은 걸 사본 적은 없었어요. 그런데 어느 날 아침, 그냥 무심코 산 복권인데 당첨이 된 거예요." 그녀는 억지로 웃어가며 설명을 이어나갔다. "아마 수사관님도 도대체 복권에 당첨되는 사람들은 어떤 사람들인지 궁금하셨을 거예요."

밀라는 고개를 끄덕였다.

"지금 그런 사람을 보고 계신 겁니다."

"그 일을 기념하기 위해 놀이동산에 가셨던 거군요?"

"그렇습니다."

"그럼 이제 세이바인이 회전목마에 올라탄 바로 그 당시의 순간들을 재구성해주셨으면 합니다."

"모두가 함께 아담한 크기의 파란색 말을 골랐습니다. 두 번은 함께 말을 탔어요. 남편하고 저도 같이요. 그런데 세이바인이 세 번째는 혼자 타겠다고 하더군요. 무척 고집을 피웠어요. 그래서 아이가 좋다니 그렇게 해주었던 거지요."

"그랬군요. 아이들이 혼자 하겠다고 고집을 피우는 게 당연하지요." 밀라는 엄마의 죄책감을 미리 덜어주겠다는 생각으로 그렇게 말했다.

아이의 엄마는 눈을 들어 밀라를 바라보고는 확신에 찬 표정으로 말을 이었다.

"회전목마에는 다른 부모들도 앉아 있었습니다. 각자의 아이 곁에요. 전 우리 딸아이에게서 눈을 떼지 않았습니다. 맹세코 단 한순간도 한눈을 판 적이 없습니다. 세이바인이 회전목마를 타고 반대편을 돌 때만 빼고요."

"마치 마법을 부린 듯 순식간에 사라졌으니까요." 생각의 방에서 회의를 할 당시, 아이 없이 혼자 돌고 있던 회전목마 얘기를 하며 스턴이 그런 말을 했었다.

밀라는 그녀에게 설명을 해주었다.

"저희는 납치범이 이미 회전목마에 앉아 있었을 거라고 생각하고 있습니다. 다른 부모들 틈에 끼어서요. 그리고 용의자는 아주 평범한 외모의 남성이라고 결론을 내렸습니다. 한 가족의 아빠 행세를 하면서 아이를 재빨리 데리고 나가 군중 사이에 끼어들었다고 생각합니다. 아마 세이바인도 울거나 저항했을 겁니다. 하지만 아무도 눈여겨보지 않았겠지요. 다른 사람들 눈에는 아마 떼쓰는 어린아이로밖에 보이지 않았기 때문이었을 겁니다."

앨버트가 아이의 아빠 행세를 했다는 생각이 부모들에게는 다른 어떤 것과도 비교할 수 없을 정도로 마음의 상처가 되었을 것이다.

"바스케스 수사관님, 확실히 말씀드릴 수 있는 건, 만약 그 회전목마에 조금이라도 이상한 사람이 앉아 있었다면 전 분명히 알아봤을 거라는 점이에요. 엄마에게는 육감 같은 게 있기 때문이에요."

강한 확신에 차서 말을 하기에 밀라는 그렇지 않다고 달리 반박할 말도 찾을 수 없었다.

앨버트는 당시의 배경 속에 딱 들어맞는 완벽한 구성요소의 역할을 성공적으로 해냈다.

스물다섯 명의 경찰이 열흘 동안 한 방에서 거의 갇혀 지내다시피 하며 그날 저녁 놀이동산에서 찍힌 수백여 장의 사진을 수도 없이 반복해서 들여다보았다. 뿐만 아니라 당시 현장에서 다른 가족들이 캠코더로 찍었던 영상까지 확보해 꼼꼼히 분석하기도 했었다. 하지만 아무것도 없었다. 그 어느 사진에도 납치범의 손에 이끌려 사라지는 세이바인의 모습은 보이지 않았다. 흔들리는 피사체를 담아놓은 사진조차도. 심지어 멀어져 가는 그림자의 모습으로라도 찍힌 사진 역시 단 한 장도 보이지 않았다.

더 이상 질문할 거리가 없었던 밀라는 돌아가겠다고 작별인사를 건넸다. 그녀가 떠나기 전, 세이바인의 엄마는 밀라의 손에 극구 딸아이 사진을 한 장 쥐여주었다.

"이렇게 해야 수사관님이 그 아이를 잊지 않으실 것 같아서요."

그녀는 밀라가 어떤 식으로든 세이바인을 기억하리라는 걸 모르고 있었다. 몇 시간 뒤면 또 다른 상처를 통해 자신의 몸에 아이의 죽음을 추모하는 흔적을 남기리라는 것을.

"꼭 범인을 붙잡아주실 거지요, 그렇지요?"

아이의 아빠가 던진 갑작스런 말에도 밀라는 놀라지 않았다. 그런 반응을 기대하고 있었기 때문이다. 부모라면 모두가 하는 질문이었다. '우리 딸아이를 찾아주실 거지요? 살인범을 꼭 붙잡아주실 거지요?'

밀라는 항상 하는 대답으로 마무리를 했다.

"가능한 모든 방법을 다 동원하겠습니다."

세이바인의 엄마는 딸아이가 그냥 숨을 거둬주기를 바랐었다. 그리고 그 소원은 결국 이루어졌다. 7년이나 뒤늦게. 밀라는 본부로 돌아가는 차 안에서 그 생각을 떨칠 수가 없었다. 오는 길에는 흥겹게 반겨주던 숲이 가는 길에는 바람에 심하게 흔들리며 하늘을 향해 치솟은 을씨년스런 그림자만 만들어내고 있었다.

밀라는 내비게이션에서 최단거리를 선택했다. 그러고는 화면을 나이트모드로 조절했다. 파란 조명이 들어오자 마음이 조금 편안해졌다.

라디오를 틀어보았지만 AM 주파수 대역만 잡힐 뿐이었다. 채널을 이리저리 돌려보다 간신히 흘러간 옛 노래를 틀어주는 채널을 찾을 수 있었다. 밀라는 조수석에 세이바인의 사진을 내려놓았다. 신의 가호 덕분이었을까, 아이의 부모는 끔찍한 시신확인 절차를 면할 수 있었다. 부패로 인한 훼손이 심하게 진행된 상태였고 식육곤충이 적잖은 부분을 이미 다 파먹은 뒤였기 때문이다. 밀라는 DNA 테스트라는 첨단 과학기술을 축복으로 받아들였다.

짧막했던 대화 때문이었을까, 밀라는 아직 끝나지 않았다는 느낌이

들었다. 뭔가가 어긋나고 제대로 작동하지 않는 데다 어딘가가 꽉 막힌 느낌이 들었다. 그냥 단순한 느낌일 거라 생각했다. 어느 날 세이바인의 엄마는 복권 한 장을 샀고 그 복권이 당첨되었는데, 그만 딸아이는 연쇄 살인범의 희생자가 되어버렸다.

두 가지 상황 모두 한 번 살면서 좀처럼 겪기 힘든 일이다.

가장 끔찍한 건, 그 두 상황이 서로 맞물려 거의 동시에 벌어졌다는 것이다.

만약 복권을 사지 않았다면, 그날 저녁 굳이 놀이동산에 갈 일도 없었을 것이다. 그러면 세이바인 역시 납치된 뒤 무자비하게 살해당할 일도 없었을 것이다. 가족에게 찾아온 뜻밖의 행운이 최종적으로 가져온 건 바로 죽음이었다.

'아니야.' 밀라는 속으로 생각했다. '범인은 가족을 타깃으로 삼았던 거지, 여자아이들을 노린 건 아니었어. 어떤 일이 있었어도 아이를 납치했을 거야.'

하지만 어딘가 이상하다는 생각이 자꾸만 들었다. 본부로 돌아가 마음을 차분히 가라앉히고 다시 생각할 여유가 없었다. 그때까지 도저히 기다릴 수가 없었다.

도로는 여러 개의 언덕을 돌아 나가도록 되어 있었다. 간간이 말 목장 간판이 보이곤 했다. 하지만 각각의 목장은 제법 거리를 두고 떨어져 있었고, 찾아가려면 갓길로 빠진 뒤 어딘지도 모를 허허벌판을 몇 킬로미터 넘게 달려야 했다. 세이바인의 집을 갔다 오는 동안 밀라가 반대편 도로에서 마주친 차는 겨우 두세 대에 불과했고, 그나마 한 대는 뒤따르는 차에게 자신은 서행을 하고 있다고 알리기 위해 비상등을 켜고 가는 콤바인이었다.

라디오에서는 윌슨 피켓의 흘러간 옛 노래 〈유 캔트 스탠드 어론(You

can't stand alone)〉이 흘러나왔다.

밀라는 노래를 부른 가수와, 고란과 그의 부인에 관한 이야기를 하며 보리스가 언급했던 사건 이름 사이에 있을지 모를 연관관계에 대해 잠시 생각해보았다.

"결과가 안 좋았어요. 여러 군데 실수가 있었거든요. 수사팀을 해체시키라는 둥 게블러 박사님을 제외시키라는 둥 외압이 이어졌어요. 하지만 로시 경감님이 자청해서 방패막이로 나섰고 그 덕에 우리는 자리를 지킬 수 있었습니다." 보리스는 그런 말을 했었다.

무슨 일이 벌어졌던 걸까? 본부에 처음 갔을 때 벽에 붙어 있던 사진 속 여인과 관계가 있을까? 그 사건 뒤로 팀원들은 그 건물에 발길을 끊었던 걸까?

어쨌든 그런 의문에 대한 답을 밀라 혼자서 알아낼 수는 없었다. 그래서 머릿속에서 깨끗이 밀어냈다. 그녀는 히터 바람을 약하게 줄였다. 외부기온은 영하 3도였지만 실내는 따뜻했다. 심지어 차를 몰기 전에 두꺼운 점퍼도 벗었고 예열도 충분히 한 상태였다. 강추위 속에서 따뜻한 곳으로 옮겨오자 예민했던 신경이 무뎌졌다.

밀라는 점점 자신을 감싸는 노곤함 속으로 기분 좋게 빠져들었다. 결과적으로 여행 같았던 짧은 방문길은 밀라에게 휴식 같은 시간이 되어주었다. 앞유리 한편으로, 며칠 동안 두툼한 구름 외투 속에 숨어 있던 하늘이 반짝하고 모습을 드러냈다. 마치 누군가가 구름 한 귀퉁이를 북 찢어내고 총총히 뜬 별과 달빛을 보여주는 것 같았다.

그 순간만큼은 외로운 숲속에서 특별대접을 받는 기분이 들었다. 뜻밖의 장관이 마치 그녀만을 위해 준비된 것 같다는 느낌이 들 정도였다. 커브를 돌아 나가자 앞유리에서 달빛 한 줄기가 차의 움직임에 따라 방향을 틀었다. 밀라는 눈으로 달빛을 좇았다. 그런데 잠시 룸미러를 들여다본 순간, 미광 하나가 눈에 들어왔다.

전조등을 끈 채 밀라의 뒤를 따르는 또 다른 차의 보닛 위에 반사된 달빛이었다.

하늘은 어느새 자취를 감췄고 다시 어둠이 찾아왔다. 밀라는 냉정을 잃지 않으려 애썼다. 이번에도 모텔에서와 마찬가지로, 누군가가 그녀의 뒤를 밟고 있었던 것이다. 첫 번째 일은 상상력이 너무 지나쳤던 결과라고 그냥 넘어갈 수도 있었다. 하지만 이번만큼은 전적으로 엄연한 현실이었다.

'냉정을 유지해야 해. 그리고 생각해보자고.'

만약 거기서 속력을 낸다면, 상대에게 미행을 눈치챘다고 알리는 꼴이 될 게 뻔했다. 게다가 상대의 운전솜씨가 어떤지에 대해서는 전혀 아는 바가 없다. 초행인 데다 도로마저 난코스였기에 자칫 도망길이 황천길이 될 수도 있는 상황이었다. 인가라고는 보이지 않았고 가장 가까운 마을이라고 해봐야 30킬로미터 정도는 더 가야 했다. 거기다가 심야의 시간에 문 닫힌 고아원에서 수면제가 든 차를 마시고 로널드 더미스와 사투를 벌인 혹독한 기억 때문에 심리적으로 잔뜩 움츠러든 상태이기도 했다. 그 전까지만 해도 자신의 위축된 심리상태를 인정하려 들지 않았다. 심지어 자신은 아무렇지도 않다고 우기며 충격 같은 것도 받지 않았다고 큰소리까지 쳤던 그녀였다. 하지만 지금의 그녀는 또다시 위험한 상황이 닥치면 어떻게 대처해야 할지 막막할 뿐이었다. 두 팔이 뻣뻣해지고 신경성 혈압이 오르는 것 같았다. 심장이 벌렁거렸지만 어떻게 막을 도리가 없었다. 한마디로 패닉 상태에 빠져버렸던 것이다.

'침착해야 해. 침착해야 한다고. 그리고 생각해보자. 어떻게 할지.'

밀라는 집중하기 위해 라디오 볼륨을 줄였다. 밀라는 뒤따르는 상대가 자신의 승용차 후미에 달린 미등을 길잡이로 이용하고 있다는 사실을 깨달았다. 그녀는 잠시 내비게이션 화면을 쳐다보았다. 그러고는 거치대에 달려 있던 내비게이션을 뽑아 자신의 무릎에 내려놓았다. 그런 다음, 라이트 레버를 조절해 상대와 똑같이 불을 껐다.

밀라는 순식간에 속력을 높였다. 전방에는 어둠의 장막만 보일 뿐이었다. 어디로 향하는지도 모른 채 밀라는 내비게이션이 알려주는 대로 믿고 차를 몰았다. '잠시 뒤 40도 각도로 우회전하세요.' 밀라는 지시대로 따르며 화면상에 나온 자신의 이동점을 살폈다. 계속 직진. 차가 살짝 옆길로 벗어났다. 밀라는 두 손으로 핸들을 꽉 붙잡았다. 주행선이 보이지 않는 상황에서 조금이라도 핸들이 잘못 꺾이면 그대로 도로에서 이탈할 수도 있기 때문이다. '잠시 뒤 60도 각도로 좌회전하세요.' 이번에는 관성에 밀리지 않기 위해 속력을 줄여야 했다. 그리고 핸들을 꺾었다. 또다시 계속 직진. 방금 전에 비해 제법 긴 직선 주로가 나왔다. 전조등 없이 얼마나 더 운전을 할 수 있을까? 꼬리에 붙은 차를 따돌리는 데 성공했을까?

직선 주로에 접어든 틈을 타 슬쩍 룸미러를 들여다보았다.

뒤따라오는 차에 전조등이 켜진 상태였다.

드디어 미행하던 차는 정체를 드러냈지만 추격전은 멈추지 않았다. 이번에는 상향등을 켜고 밀라의 차뿐만 아니라 그 앞으로 뻗은 도로까지 비추고 있었다. 밀라는 갈림길이 나오자 제때에 방향을 전환했고 동시에 전조등을 밝혔다. 그러고는 가속페달을 밟고 3백여 미터를 전속력으로 달렸다.

그런 다음 도로 한가운데 차를 멈춰 세우고 다시 룸미러를 들여다보았다.

밀라의 귀에는 자동차 엔진 돌아가는 소리와 가슴속에서 쿵쾅거리는 심장박동 소리만 들릴 뿐이었다. 뒤따르던 차는 코너를 돌기 전에 멈춰 섰다. 밀라는 아스팔트 위를 밝히고 있는 상대 차의 하얀 상향등 빛

줄기를 확인했다. 포효하듯 들려오는 상대 차의 머플러 소리는 마치 먹이를 완전히 먹어치우겠다는 결심이 선 맹수의 울부짖음 같았다.

'오라고! 어서 와!'

밀라는 권총을 꺼내 총탄 한 발을 밀어 넣었다. 방금 전만 해도 완전히 사라졌다고 생각했던 그 용기가 어디서 다시 튀어나왔는지는 알 수 없었다. 절망은 그녀를 어딘지도 모를 도로 한가운데서 누군지도 모르는 상대와의 결전까지 불사하도록 부추기고 있었다.

하지만 추격자는 끝내 도전장을 받아들이지 않았다. 도로를 비추던 상향등 불빛이 사라지더니 두 개의 작고 빨간 불빛이 나타나 점점 멀어지기 시작했다. 유턴으로 차를 돌렸던 것이다.

밀라는 그대로 가만히 앉아 있었다. 그리고 정상이 될 때까지 호흡을 가다듬었다.

그러고는 옆자리로 눈을 돌렸다. 사진 속 세이바인의 미소를 보며 잠시나마 위안을 찾고자 했다.

그제야 사진 속에서 뭔가 꽉 막힌 듯한 느낌의 정체를 찾아낼 수 있었다.

밀라는 자정이 조금 지나고서야 본부에 도착했다. 여전히 긴장이 풀리지 않은 상태였다. 돌아오는 내내 세이바인의 사진에 대한 생각을 멈출 수 없었다. 그러면서도 어느 순간, 추격자가 이면 도로에서 다시 나타나지는 않을까 쉴 새 없이 주위를 살펴야 했고, 코너를 돌 때마다 숨어서 기다리고 있지는 않은지 조마조마한 마음으로 차를 몰았다.

그녀는 성큼성큼 계단을 올라 본부로 향했다. 고란에게 그 이야기를 하고 팀원들에게도 무슨 일이 있었는지 당장 알리고 싶었다. 그녀를 미행한 건 앨버트일 수도 있었기 때문이다. 가능성은 충분했다. 하지만 왜

하필 밀라의 뒤를? 세이바인과 관련된 미스터리가 있고, 그게 바로 앨버트의 실수일 수도 있으니까⋯⋯.

계단을 다 오른 뒤 스턴이 건네주었던 열쇠로 방탄문을 열고 안으로 들어갔지만 그녀를 반기는 것은 무거운 침묵뿐이었다. 방 여기저기를 재빨리 살피는 동안 그녀의 귓가에 들려온 소리는 오로지 바닥을 밟을 때마다 나는 고무 밑창의 마찰음뿐이었다. 공동 거실을 지나치면서 밀라는 재떨이 한구석에 기다란 회색 재가 기둥처럼 붙어 있는 담배꽁초 하나를 발견했다. 부엌 식탁 위에 남아 있던 음식—접시 옆에 놓인 포크와 겨우 한 입 정도 베어 문 플랜 한 조각—은 마치 누군가가 막 식사를 시작하자마자 방해를 받은 것 같은 분위기가 느껴졌다. 모든 공간에 불이 켜져 있었고, 심지어 생각의 방에도 불이 켜져 있었다.

밀라는 발걸음을 재촉해 공동 침실로 향했다. 무슨 일이 벌어진 게 틀림없었다. 스턴의 침상은 흐트러진 상태였고 베개 근처에 박하 드롭스 통 하나가 굴러다녔다.

순간, 그녀의 휴대전화에서 문자 메시지 도착음이 울리며 화면이 떴다. 밀라는 내용을 읽어보았다.

전원 이본 그레스의 집으로 가는 중이에요.
크렙이 뭔가를 보여준다고 해서요.
이쪽으로 와요. 보리스.

26

이본 그레스의 집에 도착했을 때 밀라는 자신만 늦은 게 아니라는 것을 깨달았다. 세라 로사가 이동 수사본부 차량 근처에서 작업복을 갈아입고 신발에 비닐 덮개를 덧씌우고 있었다. 밀라는 지난 며칠간, 여성 동료의 공격성향이 상대적으로 줄어든 것 같다는 느낌을 받아온 터였다. 항상 혼자 떨어져서 무슨 생각에 잠긴 듯했기 때문이다. 아마도 개인적인 문제 때문일 것이다.

로사는 눈을 들고 밀라를 노려보았다.

"젠장! 도대체 안 끼는 데가 없군그래!"

'그냥 참자. 참아…….' 밀라는 속으로 다짐했다.

밀라는 상대를 무시하고 작업복으로 갈아입기 위해 차에 오르려 했다. 하지만 로사가 계단을 가로막고 먼저 올라섰다.

"당신한테 하는 말이야!"

"원하는 게 뭐예요?"

"학교 선생 노릇 하는 게 그렇게 재미있어?"

두 사람은 불과 몇 센티미터 거리에서 얼굴을 맞대고 있었다. 상대로부터 담배와 껌, 그리고 커피 냄새가 풍겨왔다. 밀라로서는 그냥 무시하거나, 마음에 들지 않는 점을 조목조목 따져 말해주고 싶었다. 하지만 고란이 했던 말이 기억났다. 남편과 이혼한 데다 딸아이는 섭식장애를 겪고 있다는 말. 그래서 다른 해결책을 찾아냈다.

"나한테 못마땅한 게 뭐예요, 로사? 난 그냥 내 일을 하는 중이잖아요."

"제대로 했으면 벌써 여섯 번째 아이를 찾았어야 하는 거 아니야? 안 그래?"

"꼭 찾아낼 거예요."

"그거 알아? 당신은 이 팀에 오래 붙어 있지 못할 거라는 거? 지금은 다른 팀원들한테 인정받고 있다고 생각하겠지만, 조만간 당신 없이 우리끼리만으로도 사건을 해결할 수 있다는 걸 다들 알게 될 거라고."

말을 마친 로사는 상대를 지나쳐 나가려 했지만 밀라는 자리를 내주지 않았다.

"그렇게 나를 싫어하면서, 고아원 사건 뒤에 로시 경감님이 날 제외시키려고 했을 때는 무슨 생각으로 그냥 두자는 쪽에 표를 던진 거예요?"

"누가 그래?"

"게블러 박사님이요."

로사는 피식 웃으며 고개를 가로저었다.

"이봐, 젊은 친구. 바로 그런 점 때문에 당신이 오래 못 버틸 거라는 거야. 박사가 비밀리에 속내를 털어놓은 걸 나한테 말해버린 순간, 당신은 박사를 배신한 거니까……. 그리고 한 가지 더. 박사가 당신을 잘도 속였군그래. 왜냐하면 난 반대표를 던졌거든."

로사는 뻣뻣하게 굳은 자세로 서 있던 밀라를 뒤로하고 당당하게 빌라로 걸어갔다. 밀라는 상대의 말에 당황한 채 멍하니 그녀의 뒷모습만 바라보고 있다가 안으로 들어가 옷을 갈아입었다.

크렙은 이본 그레스의 빌라 2층에서 발견한 방을 두고 자신의 '시스티나 성당'이 될 거라고 장담했었다. 그보다 더 좋은 비유는 없었다.

현대로 넘어온 뒤 미켈란젤로의 걸작은 전면 복구작업을 거쳤다. 그 덕에 그림은 원래의 화려함을 되찾았고, 각종 먼지를 비롯해 지난 몇 세기 동안 사용했던 양초와 화로로 인해 축적된 연기와 동물성 아교 등이 층을 이룬 두툼한 외피도 말끔히 벗을 수 있었다. 복원 전문가들은 그림의 상태를 확인해보기 위해 전체 그림에서 우표 크기 정도의 일부분에 한해 우선적으로 작업을 실행해보았다. 결과는 놀라웠다. 그을음처럼 표면을 덮고 있던 두꺼운 먼지층 뒤로 전에는 상상도 할 수 없었던 황홀한 색이 숨어 있었기 때문이다.

마찬가지로 크렙은 자신의 걸작을 완성시키기 위해 아주 작은 크기의 단순한 혈흔—테리라는 개 덕분에 밀라가 발견한—부터 시작해나갔다.

"하수구를 조사해본 결과, 신체의 일부로 여겨질 만한 유기물은 발견되지 않았어." 과학수사대 전문가는 설명을 시작했다. "하지만 배관도 낡았고, 염산을 사용한 흔적은 찾아낼 수 있었지. 따라서 펠더는 토막낸 사체를 쉽게 처리하기 위해 염산을 사용했다는 추측을 해볼 수 있어. 산은 골조직을 녹이는 데 아주 효과적이거든."

막 2층에 도착한 밀라는 그 마지막 말만 들을 수 있었다. 크렙은 복도 한가운데 서 있었고 그의 앞으로는 고란, 보리스, 그리고 스턴이 서 있었다. 그들 뒤로, 로사가 벽에 기댄 채 서 있었다.

"그러니까 펠더에게 일가족 살해 혐의를 적용시킬 수 있는 유일한 증거는 바로 이 작은 혈흔밖에 없다는 거지."

"혈흔 분석은 끝냈습니까?"

"쳉 박사 말이 이 집 남자아이의 것일 확률이 90퍼센트는 된다더군."

고란은 밀라 쪽을 한 번 쳐다보고 다시 크렙에게 말을 걸었다.

"좋습니다. 이제 다 왔네요. 시작하셔도 되겠습니다."

모두 밀라를 기다리고 있었던 것이다. 기분이 좋을 법도 했지만 세라 로사가 내뱉은 말을 쉽게 받아넘길 수가 없었다. 누굴 믿어야 할까? 처음부터 푸대접만 일삼던 신경질적인 여형사? 아니면 고란 게블러 박사?

그런 생각을 하는 동안 크렙은 수사관들을 방으로 이끌면서 한 가지 주의사항을 알렸다.

"우리에게 주어진 시간은 최대 15분 정도야. 그러니까 질문이 있으면 지금 당장 하라고."

모두들 침묵을 지켰다.

"그럼 시작합시다."

방에는 이미 이중 유리문이 설치되어 있었고 가운데에 출입구가 있어서 한 번에 한 사람씩만 통과할 수 있었다. 유리문은 실내 미기후(microclimate)를 유지하기 위해 설치된 것이었다. 들어가기 전, 크렙의 과학수사대원 한 사람이 적외선 체온기로 각각의 신체 온도를 측정했다. 생긴 게 꼭 유아용 체온기 같았다. 그런 다음 방 안에 설치된 습윤기에 연결된 컴퓨터에 각각의 정보를 기입했다. 외부인의 출입으로 달라질지 모를 미기후를 원상태로 유지하기 위한 작업이었다.

가장 먼저 들어간 크렙은 각종 안전장치를 설치한 이유를 수사관들에게 설명했다.

"가장 큰 문제는, 펠더가 벽을 덧칠할 때 사용한 페인트였어. 일반 용제로는 안쪽에 남아 있는 것까지 지우지 않고는 외벽의 페인트를 걷어낼 수 없거든."

"그래서 어떻게 하신 겁니까?" 고란이 물었다.

"일단 페인트 성분을 분석해보니까 콜라겐 같은 식물성 지방을 혼합한 수성 페인트더라고. 정제된 알코올을 공기 중에 분사하고 몇 시간 동안 현탁상태로 두면 저절로 지방을 분해시킬 수 있지. 결과적으로, 덧칠 두께를 많이 줄여놓은 상태야. 그 칠 뒤에 혈흔이 묻어 있다면 루미놀이 반응을 하겠지……."

3-아미노프탈산하이드라지드, 일명 루미놀.

현대 과학수사의 큰 부분을 차지하고 있는 것이 바로 이 루미놀이라는 화합물질이다. 루미놀은 혈액의 헤모글로빈 속에 포함된 헤민 계열의 촉매제와 결합하면 녹게 된다. 그러니까 루미놀이 헤민과 반응하게 되면 자청색의 발광현상이 일어나는 것이다. 단, 암실 같은 어두운 환경에서만 육안으로 식별이 가능하다. 루미놀 시약을 수용액의 형태로 공기 중에 분사하면 루미놀의 성분이 과산화수소 같은 산화제와 결합하면서 효과를 발휘한다.

하지만 루미놀의 유일한 단점은 발광효과의 지속시간이 30초 정도에 불과하다는 것이다. 그래서 똑같은 장소에 반복적으로 사용할 수가 없다.

그렇기 때문에 루미놀 테스트를 하는 현장에는 언제나 장시간 노출이 가능한 여러 대의 필름 카메라가 동원되어 발광효과가 사라지기 전에 불멸의 사진으로 현장의 모습을 남기는 것이다.

크렙은 특수필터가 장착된 마스크와 보호 안경을 팀원들에게 나눠주었다. 비록 과학적으로 입증된 사항은 아니지만 루미놀이 발암물질일 가능성을 완전히 배제할 수 없기 때문이다. 그러고는 게블러 박사를 향해 말했다.

"여러분이 준비되면 시작하겠습니다."

"시작하시지요."

크렙은 무전기를 통해 밖에 있는 대원들에게 명령을 내렸다.

모든 조명장치가 꺼졌다.

밀라는 주변이 완벽하게 어둠에 잠기자 폐소공포증이 엄습하는 것 같았다. 마스크를 통해 들고 나는 숨소리가 마치 숨넘어가는 소리 같다는 생각 외엔 아무것도 느낄 수 없었다. 밀라의 숨소리는 습윤기가 지속적으로 실내에 수증기를 뿜어낼 때 내는 저음의 기계 소리와 교차했다.

밀라는 가슴속에서부터 솟아오르는 공포심에도 불구하고 침착하려 애썼다. 그러면서 당장이라도 실험이 끝났으면 하고 바랐다.

바로 뒤이어 습윤기와는 다른 소리가 들려왔다. 분사펌프가 벽에 묻은 혈흔의 유무를 밝혀줄 화학물질을 공기 중에 뿜어냈던 것이다. 가벼운 휘파람 같은 소리는 그들 주변으로 작고 푸르스름한 빛을 만들어냈다. 마치 태양빛이 심연을 꿰뚫고 들어온 듯한 분위기였다.

처음에 밀라는 착시현상일 거라고 생각했다. 과호흡증후군에 따른 반응으로 자신의 눈에 신기루 같은 게 보이는 거라고 여겼다. 하지만 발광현상이 점점 다른 곳으로 번져나가자 주변에 서 있던 동료들의 얼굴이 눈에 보인다는 걸 깨달았다. 누군가 불을 비추는 것 같았다. 차가운 할로겐 불빛 대신 남색이 감도는 조명장치로. 어떻게 그런 일이 가능할까 의아해하다가 사태를 파악했다.

혈흔이 튄 자국은 사방으로 뻗어 있었다. 하지만 모든 혈흔과 연결되는 최초의 출발점은 방의 정중앙으로 보였다. 마치 거기에 제물을 바치는 제단이라도 있었던 것 같았다. 천장에는 별이 뜬 것 같은 효과가 일어났다. 화려한 볼거리는 착시현상의 원인을 인식한 순간 여지없이 깨지고 말았다.

펠더는 세 구의 사체를 변기에 넣고 쓸려 보낼 정도로 잘게 토막 내기 위해 전기톱을 사용한 것이 분명했다.

밀라는 다른 동료들 역시 자신과 마찬가지로 경직된 상태임을 눈여겨보았다. 그들은 마치 로봇처럼 뻣뻣한 자세로 주변을 살피고 있었다. 한편, 일정한 간격으로 나열된 카메라는 냉혹한 속도로 끊임없이 셔터를 눌러 사건현장을 불멸의 순간으로 담고 있었다. 15초 정도가 지나자 루미놀은 더욱더 은밀하게 숨어 있던 혈흔들을 보여주었다.

모두들 멍하니 참사의 현장만 지켜볼 뿐이었다.

보리스는 벽 쪽에서 서서히 드러나는 어떤 흔적을 가리키기 위해 한쪽 팔을 들어 올렸다.

"저기……." 그가 말했다.

특정 부위의 벽에서 루미놀이 아무런 효과를 내지 못했던 것이다. 아무것도 검출되지 않고, 일부분만 새하얀 상태였다. 주변으로 튄 파란색 형광점은 그 부위의 윤곽선을 그리고 있었다. 마치 어떤 사물을 벽에 대고 그 위에 페인트를 뿌린 뒤 그 물건을 빼면 테두리가 그려지는 것과 비슷한 상황이었다. 음화사진처럼.

그 장면을 지켜보던 사람들은 그 윤곽선이 사람의 그림자와 엇비슷하게 닮았다는 생각을 했다.

펠더가 끔찍할 정도로 잔인하게 이본과 두 자녀들의 시체를 썰고 있을 때, 그 방 어느 한구석에서는 누군가가 그 장면을 지켜보고 있었던 것이다. 그것도 아주 태연하게.

27

누군가 소녀의 이름을 불렀다.

소녀는 확신했다. 꿈은 아니었다. 이번에는 바로 자신의 이름을 부르는 그 소리에 잠에서 깨어났다. 두려움 때문도, 자신이 너무나 오래 어딘가에 갇혀 있다는 갑작스런 깨달음 때문도 아니었다.

감각을 마비시키는 약기운은 괴물의 뱃속에서 자신의 이름이 울려 퍼지는 소리를 듣는 순간 씻은 듯이 사라져버렸다. 어디서부터 들려오는지 알 수 없지만 소녀를 찾으러 온 메아리 같았다. 그리고 결국 소녀를 찾아냈던 것이다.

'저 여기 있어요!' 소녀는 그렇게 외치고 싶었지만 그럴 수가 없었다. 입이 말라붙어 혀가 돌아가지 않았던 것이다.

이제는 다른 소리도 들린다. 전에는 한 번도 들어보지 못한 소리. 발소리일까? 그렇다. 성큼성큼 걷는 발소리다. 동시에 움직이는 여러 개의 발소리. 사람들이 온 것이다! 그런데 어디 있는 걸까? 소리는 소녀의 위에서, 그리고 주변에서 들린다. 여기저기에서 들려오지만 멀리, 너무 멀리서 들린다. 여기서 무얼 하는 걸까? 소녀를 찾으러 온 사람들일까? 그래, 바로 그 사람들이다. 소녀를 찾으러 이곳에 온 것이다. 하지만 그들은 괴물의 뱃속에 들어가 있는 소녀를 볼 수 없다. 유일한 방법은 그들의 귀에 들리도록 소리치는 것이다.

'도와주세요!' 소녀는 그 말을 하려고 애썼다.

소녀의 목소리는 콱 잠겨 있었다. 죽음에 대한 두려움, 강요된 수면, 그리고 자포자기의 나날로 인해 감염된 뒤 기능을 잃었던 것이다. 소녀는 일정한 처방 기준도 없이 되는대로 주입된 약물에 의해 고분고분하게 지내야 했다. 돌덩어리로 만들어진 괴물의 위장 속에서 소화가 될 때까지. 그리고 바깥세상이 서서히 소녀의 존재를 잊어갈 때까지.

'여기까지 날 찾으러 왔다는 건 사람들이 나를 잊지 않았다는 거야!'

생각이 거기까지 이르자, 전혀 남아 있지 않다고 생각했던 힘이 솟구쳤다. 몸속 어딘가 깊은 곳에 숨어 있던 힘, 비상시에만 발휘되는 힘이 정체를 드러냈던 것이다. 소녀는 생각했다.

'어떻게 내가 여기 있다는 걸 알려야 하지?'

왼쪽 팔에는 여전히 붕대가 감겨 있었다. 두 다리는 무겁기만 했다. 유일한 희망은 오른쪽 팔이었다. 지금까지 삶의 고리와 소녀를 연결시켜주었던 유일한 희망. 리모컨은 여전히 손바닥에 붙어 있었다. 이제는 보기만 해도 미쳐버릴 것만 같은 만화영화를 보여주는 리모컨. 소녀는 리모컨이 붙은 손을 들어 올려 화면을 향하게 한 뒤 재생 버튼을 눌렀다. 볼륨은 적당한 크기였다. 하지만 더 크게 할 수도 있지 않을까? 소녀는 이것저것 닥치는 대로 버튼을 눌러보았지만 볼륨을 키우는 버튼을 찾을 수 없었다. 혹시 모든 버튼이 동일한 기능으로 고정된 건 아닐까? 그동안에도 발소리는 계속되었다. 소녀는 여성의 목소리를 들었다. 그 목소리와 동시에 남성의 목소리도 들렸다. 두 사람의 목소리가 들렸던 것이다.

'저 사람들을 불러야 해! 내가 여기 있다는 걸 알게 해야 해. 안 그러면 난 죽을지도 몰라!'

정말 죽을 수도 있겠다는 생각이 든 건 그때가 처음이었다. 그때까지는 죽는다는 생각을 애써 피해왔었다. 그러는 게 행운의 부적 같은 거라고 여겼었다. 아니, 어린아이는 그런 생각을 하는 게 아니라고 배웠기 때문인지도 모른다. 하지만 이제는 만약 누군가 자신을 구하러 오지 않는다면 죽음이란 게 결국은 자신의 운명이 될 거란 사실을 깨달았다.

더더욱 이해할 수 없었던 건, 소녀의 삶에 종지부를 찍을 그 사람이 현재로선 소녀를 정성껏 치료해주는 바로 그 사람이란 사실이었다. 붕대로 팔을 감아주었고 링거로 약까지 투여해주고 있었다. 그는 성심성의껏 소녀를 돌보고 있는 중이다. 어차피 죽일 거라면 무슨 이유로 치료를 해주는 걸까? 그런 생각을 하면 할수록 오히려 마음이 점점 더 불안해졌다. 이유는 단 하나. 그는 소녀를 산 채로 데리고 있겠다고 생각한다. 그리고 소녀는 그로 인해 더 많은 고통을 겪어야 하지 않을까 심히 걱정스러웠다.

그러던 중에 거기서 벗어날 유일한 기회가 찾아왔던 것이다. 집으로 돌아갈 수 있고, 가족들을 다시 만날 수 있는 기회가. 엄마, 아빠, 할아버지, 후디니까지. 소녀는 마음에도 들지 않는 그 빌어먹을 고양이까지 사랑으로 보듬어주리라 굳게 다짐했다. 지금의 이 악몽이 끝나기만 한다면.

소녀는 리모컨이 붙은 손을 들어 올려 침대의 철제 기둥을 강하게 내리치기 시작했다. 소녀의 신경조차 거스를 정도로 듣기 싫은 소리가 울려 퍼졌다. 하지만 그 소리는 자유를 향한 절규였다. 더 세게, 더욱 강하게. 플라스틱 리모컨이 점점 부서지기 시작한다는 느낌이 들 때까지. 아무래도 상관없었다. 성가신 쇳소리는 점점 더 분노에 차오르고 있었다. 그제야 목에서부터 갈라지는 듯한 소리가 새어나왔다.

"저 여기 있어요!"

리모컨은 결국 손에서 떨어져 나갔고, 소녀는 더 이상 소리를 만들어낼 수 없었다. 하지만 바로 위에서는 여전히 무슨 소리가 들려왔다. 긍정적인 상황인 걸까? 어쩌면 그게 아닐 수도. 갑자기 침묵이 이어졌다. 무슨 소리를 감지한 사람들이 더 자세히 듣기 위해 귀 기울이고 있는 걸까? 그래, 그런 거야! 벌써 돌아갔을 리 없어! 소녀는 팔이 쑤시는 듯 아팠지만 다시 침대 기둥을 세차게 내리치기 시작했다. 통증이 어깨까지 타고 올라와 왼쪽 팔까지 전해졌다. 그래 봐야 결국 절망만 커질 뿐이라고 해도, 소녀는 사력을 다해 소리를 냈다. 왜냐하면, 만약 누군가 소녀의 소리를 듣지 못한다면 그다음엔 어떤 일이 벌어질지 뻔히 눈에 보이기 때문이다. 누군지 모를 그가 복수를 하려 들 것이다. 대가를 치르게 할 것이 뻔하다.

싸늘한 눈물이 뺨을 타고 흘러내렸다. 그때, 위에서 다시 무슨 소리가 들려왔다. 소녀도 다시 힘을 냈다.

그림자 하나가 바위벽 쪽에서 서서히 나타나더니 소녀를 향해 다가온다.

소녀는 그림자의 존재를 눈치챘다. 그렇다고 자신의 행동을 멈추지는 않았다. 그림자가 가까이 다가오자 섬세한 손과 파란 원피스가 눈에 들어왔다. 그리고 찰랑거리는 밤색 머리카락이 소녀의 어깨에 내려앉았다.

그림자는 어린아이의 목소리로 소녀에게 말을 건다.

"이제 그만해." 그림자가 말한다. "누가 듣겠어."

그러고는 한 손을 소녀의 오른손 위에 올려놓았다. 손길이 닿자마자 소녀는 동작을 멈춘다.

"부탁이야." 그림자는 한마디를 덧붙인다.

그만하라고 애원하는 목소리가 너무나 서글프게 들린 나머지 소녀는 다시 소리를 낼 엄두가 나지 않는다. 그림자 소녀가 도대체 무슨 이유로 거기 계속 있고 싶다는 생각을 하는 건지 이해할 수 없다. 하지만 그 즉시 그림자 소녀의 부탁을 들어준다. 자신의 유일한 희망이 사라졌다는 사실에 과연 울어야 하는지, 뱃속에 잡혀 있는 게 자신만이 아니라는 사실에 기뻐해야 하는지 알 수 없다. 그곳에 잡혀 온 뒤, 처음으로 만나게 된 인간의 존재가 또래의 여자아이라는 사실에 감사할 뿐이다. 그래서 더더욱 친구 같은 아이를 실망시키고 싶지 않았던 것이다. 밖으로 나가고 싶다는 생각마저도 까맣게 잊고 말았다.

위에서는 더 이상 발소리도, 이름을 부르는 소리도 들려오지 않았다. 이번에는 완연한 정적이 찾아왔다.

그림자 소녀는 소녀의 손 위에 올려놓았던 자신의 손을 치운다.

"가지 마……." 이번에는 소녀가 애원한다.

"걱정하지 마, 다시 올 거니까."

그림자 소녀는 그렇게 말하고는 어둠 속으로 멀어진다. 소녀는 그림자 소녀를 그렇게 보낸다. 그리고 다시 오겠다는 아무런 의미 없는 그 약속을 생각하며 다시 희망의 불씨를 지핀다.

28

"알렉산더 버먼의 의자!"

생각의 방에 모인 모든 팀원들은 게블러 박사의 말에 집중하고 있었다. 그들은 생각을 통해 과거로 돌아가 소아성애자의 은신처와 그가 인터넷 세상에서 먹잇감을 물색하는 사냥터로 사용했던 컴퓨터를 떠올렸다.

"그곳에서 발견된 가죽의자에서 크렙은 지문 하나 발견하지 못했다고 했습니다."

그 사실은 고란에게 불현듯 그간 드러나지 않았던 비밀처럼 다가왔다.

"온 집안이 지문 천지였지만 의자에는 아무것도 남아 있지 않았습니다! 왜 그랬을까? 바로 누군가가 애써 지문을 다 지워버렸던 겁니다!"

범죄학자는 사건 관련 보고서와 사진, 종결된 고아원 사건 등에 관한 문서를 압정으로 붙여놓은 벽으로 걸어갔다. 그러더니 종이 한 장을 뜯어내 읽기 시작했다. 로널드 더미스가 어린 시절, 롤프 신부에게 고백한 내용의 녹취록이었다. 죽은 빌리 무어의 관 속에서 발견한 녹음기에서 확보한 바로 그 내용.

"'빌리한테 무슨 일이 있었는지 넌 알고 있지 않느냐, 론?' '하느님이 데려가셨어요.' '하느님이 아니잖느냐, 론. 넌 누군지 알고 있지?' '빌리는 떨어진 거예요. 종루에서 떨어졌다고요.' '하지만 너도 같이 있지 않았느냐?' '네.' 그리고 잠시 뒤에 노신부가 이렇게 말했습니다. '무슨 일이 있었는지 솔직히 말해도 널 벌줄 사람은 아무도 없다. 그건 내가 약속하마.' 그러자 로널드가 한 대답에 주목해봅시다. '빌리를 밀라고 한 건 그 사람이었어요.' 이제 느낌이 옵니까? 그 사람이라는 존재."

고란은 하나같이 당황한 표정으로 자신을 바라보고 있는 팀원들의 반응을 살펴보았다.

"이번에는 롤프 신부의 말에 귀를 기울여봅시다. '그 사람? 빌리? 빌리가 네게 자기를 떠밀어달라고 한 거냐?' '아니요.' 로널드는 아니라고 합니다. '그럼 또 다른 아이가 있었던 거냐?' 그렇게 묻자 로널드는 다시 아니라고 합니다. '아니요.' '어서 말해보라니까. 네가 말한 그 사람은 어디에도 존재하지 않아. 너도 알지 않느냐? 네가 상상 속에서 만든 인물이라는 걸…….' 신부가 아니라고 부정해도 로널드는 확신에 차 있었습니다. 하지만 롤프 신부는 로널드를 몰아세웁니다. '여긴 그런 사람이 없어. 너와 네 친구들밖에 없지 않느냐.' 로널드의 마지막 대답은 바로 이랬습니다. '저만 찾아오는 사람이에요.'"

수사관들은 조금씩 상황을 이해하기 시작했다.

고란은 마치 어린아이처럼 들뜬 상태로 다시 자료가 붙어 있는 벽으로 뛰어가, 성인이 된 로널드가 수사관들에게 보내온 편지를 뜯어냈다.

"이 편지에서 뒤통수를 치는 한 문장이 있었던 겁니다. '그런데 그 사람이 찾아왔어 그 사람이. 그 사람은 나를 이해해줬고 내게 가르쳐줬어.'"

그는 편지를 보여주며 문제의 그 대목을 손으로 짚었다.

"이제 알겠습니까? 편지 속에서 '그 사람'이라는 단어가 진하게 표기되어 있습니다. 다분히 의도적이었던 거지요……. 물론 당시에도 그 이유에 대해 곰곰이 생각해보았지만, 잘못된 결론을 내리고 말았던 겁니다. 부정적인 내가 실제의 나와 분리되는 전형적인 해리성 정체장애 케이스라고 단정 짓고 넘어갔으니까요. 그래서 '그건 나야. 하지만 내게 그러도록 시킨 건 그였어. 나를 이렇게 만든 건 그 사람이었어'라고 생각했던 겁니다. 그게 틀렸던 겁니다! 롤프 신부 앞에서 고해성사를 할 당시, 로널드가 '그 사람'을 언급하자, 신부는 그게 아이 자신일 거라고 믿었습니다. 아이가 단지 자신의 책임을 타인에게 전가하려 한다고 여겼던 겁니다. 그 나이 또래 아이들이 흔히 하는 거짓말이니까요. 하지만 우리가 만났던 로널드는 더 이상 아이가 아니었습니다……"

밀라는 고란의 눈빛에서 에너지가 빠져나가는 듯한 인상을 받았다. 실수를 범한 그의 표정에선 언제나 그런 분위기가 느껴졌다.

"로널드가 말하고 있던 '그 사람'은 자신의 행동에 대한 책임을 전가하기 위해 만들어낸 또 다른 자아, 자신의 정신세계를 투영한 허상이 아니었던 겁니다! '그 사람'은 바로 알렉산더 버먼이 아이들을 사냥하러 인터넷 세상을 누비고 다닐 때마다 바로 그 의자에 앉아 있었던 사람이었습니다! 펠더는 이본 그레스의 집에 셀 수 없을 정도로 많은 흔적을 남기고 다녔습니다. 그런데 시체를 토막 낸 바로 그 방만큼은 깨끗하게 덧칠을 해놨습니다. 왜냐하면 바로 그 벽에는 숨기고 싶었던 단 한 가지 증거가 있었기 때문입니다. 아니면 반대로 부각시키고 싶었거나요. 바로 유혈이 낭자한 현장에서 태연히 그 장면을 지켜보고 있던 남자의 모습을 지워내려 했던 겁니다! 그러니까 '그 사람', 그게 바로 앨버트였던 겁니다."

"죄송한 말씀입니다만, 박사님 설명이 쉽게 이해가 가지 않습니다." 세라 로사는 다른 사람들이 놀랄 정도로 차분하고 침착하게 대꾸했다. "카포 알토의 모든 감시카메라 기록을 확인해봤지만 펠더 외에 이본 그레스의 빌라에 들어간 사람은 아무도 없었습니다."

고란은 로사를 향해 고개를 돌리고는 손가락으로 그녀를 가리켰다.

"맞습니다! 왜냐하면 그는 찾아올 때마다 일시적인 정전현상을 일으켜 카메라를 무용지물로 만들었기 때문입니다. 조금만 더 생각해봅시다. 벽에 상자나 마네킹을 세워두고 스프레이를 뿌려보면 똑같은 결과가 일어난다는 걸 알 수 있을 겁니다. 그렇다면, 과연 녀석은 우리에게 무얼 말하고 싶었을까요?"

"눈속임은 얼마든지 가능하다는 자신의 천재성을 드러내고 싶었던 겁니다." 밀라가 말했다.

"그 지적 역시 맞는 말입니다! 녀석은 처음부터 자신의 작품을 해석해보라며 우리에게 도전장을 내밀었습니다. 회전목마에 타고 있던 세이바인을 감쪽같이 납치해간 일을 예로 들어봅시다. 마술에 가까운 일입니다! 수십 명의 사람들, 수십 쌍의 눈이 지켜보는 놀이동산에서 아무도 녀석을 본 사람이 없었단 말입니다!"

고란은 자신이 상대하고 있는 용의자의 능수능란한 솜씨에 완전히 도취된 모습이었다. 그건 게블러 박사가 피해자에 대한 연민의 정이 없어서 그런 건 아니었다. 그렇다고 그가 인간미가 떨어지는 사람이기 때문도 아니었다. 앨버트는 그에게 단순한 연구대상이었다. 그런 상대의 머릿속에서 나온 전략들을 이해하는 행위는 대단한 도전과도 같았기 때문이다.

"앨버트는 분명히 펠더가 시체를 토막 낸 바로 그 장소에 있었다고 전 생각합니다. 종이상자니 마네킹이니, 일단 그런 건 접어둡시다. 왜 그런지 아십니까?" 그는 순간적으로 사람들의 얼굴에 피어오르는 불확실한 느낌을 포착하고 설명을 이어나갔다. "그림자 같은 하얀 부분 주변으로 튄 혈흔의 패턴을 분석한 크렙은 '지속적 변화'가 읽힌다고 했습니다. 그 말은, 튀기는 피와 벽 사이에 어떤 장애물이 있었든 간에, 그 장애물은 정지 상태가 아니라 계속해서 움직이고 있었다는 것을 의미한단 말입니다!"

세라 로사는 입이 쩍 벌어졌다. 더 이상 덧붙일 말도 없었다.

"다시 생각해봅시다." 스턴이 재차 생각을 정리해보려 했다. "만약 앨버트가 어린 시절의 로널드 더미스를 알고 있었다면 과연 그때 나이가 몇 살이었을까요? 스물? 서른? 그렇다면 현재 나이로 추산한다면 50~60세는 될 것 같습니다."

"맞아요." 보리스가 말했다. "참사가 벌어졌던 방 벽의 그림자 크기로 보았을 때 대략 170센티미터 정도로 보였습니다."

"169센티야." 이미 크기를 확인해본 세라 로사가 말했다.

"이제 우리가 쫓는 범인의 부분적이지만 확실한 인상착의 하나를 건진 셈입니다. 이것만으로도 대단할 겁니다."

고란은 다시 말을 이어나갔다.

"버먼, 로널드, 펠더. 이 인간들은 동물로 비유하자면 늑대와 같은 종에 해당합니다. 늑대는 주로 무리를 지어 몰려다니는 편입니다. 각각의 무리에 따로 우두머리를 두고 있습니다. 그게 바로 앨버트가 우리에게 전하고 싶었던 메시지인 겁니다. 자신이 바로 그 우두머리라는 사실을. 이 세 사람은, 인생의 어느 순간에 따로 혹은 동시에 앨버트를 만났던 겁니다. 로널드와 펠더는 같은 고아원에서 자랐기 때문에 서로를 알고 있었습니다. 하지만 그들은 아마 알렉산더 버먼이란 사람은 모르고 있었을 겁니다……. 그들 사이의 유일한 공통점은, 바로 '그 사람'이었습니다. 그래서 매 범죄현장마다 자신의 표식을 남겨두었던 겁니다."

"그렇다면 이제 어떤 일이 벌어지는 겁니까?" 세라 로사가 물었다.

"그건 여러분들 각자가 충분히 상상할 수 있을 겁니다. 둘입니다, 둘. 아직 찾아내야 할 아이들의 시체는 둘입니다. 따라서 두 마리의 늑대가 더 있다는 추론이 가능합니다."

"여섯 번째 아이도 있습니다." 밀라가 지적했다.

"그렇습니다……. 하지만 앨버트는 분명히 그 아이를 끝까지 살려둘 겁니다."

벨을 누를 용기가 나지 않아 벌써 30분째 맞은편 보도블록에서 발만 동동 구르고 있었다. 그녀는 자신이 찾아온 이유를 설명할 적절한 말을 찾고 있었다. 그동안 거의 인간관계를 끊고 살았던 터라 단순한 용건 때문에 다른 사람을 만나는 것도 불가능한 일처럼 느껴졌다. 추위에 벌벌 떨면서도 결정을 내리지 못해 계속 기다리기만 했다.

'파란색 차 한 대만 더 지나가면 벨을 누를 거야. 정말로.'

밤 9시가 조금 넘은 시각이었지만 도로 위를 달리는 차가 거의 보이지 않았다. 3층에 있는 고란 게블러 박사의 집 창문에는 환하게 불이 밝혀져 있었다. 눈 녹은 물에 젖은 거리는 낙숫물 떨어지는 소리와 하수구로 쓸려 내려가는 물소리, 철제 간판이 삐걱거리는 소리가 어우러져 공연장을 방불케 했다.

'좋아. 올라가겠어.'

밀라는 호기심 많은 동네 사람들의 주목을 끌까 봐 그동안 몸을 숨기고 있던 어둠 속에서 걸어 나와 재빨리 정문으로 향했다. 대형 유리창이 달린 낡은 건물은 20세기 중엽에 지어진 것 같았는데, 널찍한 처마와 여러 개의 굴뚝이 지붕을 장식하고 있었고 공장 시설을 끼고 있었다. 근처에는 비슷하게 생긴 건물이 여럿 보였다. 동네 전체가 오래된 산업지대를 주거지로 바꾼 어느 건축가의 손에 의해 리모델링된 것 같았다.

밀라는 인터폰을 누르고 초조하게 기다렸다.

지지직거리는 잡음과 함께 고란의 목소리가 들려오기까지 족히 1분은 기다린 것 같았다.

"누구십니까?"

"밀라예요. 죄송하지만 드릴 말씀이 있어서요. 직접 말씀드리고 싶었는데 아까 본부에서 너무 바쁘신 것 같아서 이렇게……."

"올라오지. 3층이야."

전동 잠금잠치가 풀리는 소리와 함께 문이 열렸다.

화물용 승강기가 엘리베이터를 대신하고 있었다. 작동시키려면 미닫

이 문을 손으로 직접 닫고 작동도 손수 해야 했다. 밀라는 그냥 천천히 계단을 올라 3층까지 갔다. 층계참에 오르자 유일한 현관문이 그녀를 위해 살짝 열려 있는 게 보였다.

"들어와서 앉지그래."

고란의 목소리가 집 내부에서 들려왔다. 밀라는 목소리를 따라 대형 응접실로 걸어 들어갔다. 응접실은 여러 개의 방으로 이어져 있었다. 바닥에는 원목 마루가 깔려 있었다. 스테인리스 라디에이터는 들보 역할을 하는 기둥을 감싸 안은 식으로 설치되어 있었다. 대형 벽난로는 타닥거리는 소리를 내며 호박색 조명 효과를 연출하고 있었다. 밀라는 안으로 들어가 문을 닫으며 고란이 어디 있는지 두리번거렸다. 부엌에 딸린 방에서 그의 모습이 보였다.

"잠깐만. 금방 갈게."

"서두르지 마세요."

밀라는 주변을 둘러보았다. 집 안은 범죄학자의 너저분한 외모와 대조적으로 깔끔히 정돈된 모습이었다. 먼지 하나 보이지 않았고 곳곳에서 자신의 아들이 균형 잡힌 생활을 할 수 있도록 공을 들인 기색이 묻어나왔다.

"죄송해요. 불쑥 찾아와서."

"상관없어. 어차피 잠도 늦게 자니까. 토미를 재우던 중이었거든." 그는 손에 들고 있던 물컵을 가리키며 말했다. "오래 걸리지 않을 거야. 거기 앉아서 뭐라도 마셔. 저 끝 쪽에 가면 보일 거야."

밀라는 고개를 끄덕이고 다시 방으로 향하는 그의 모습을 바라보았다. 어색함을 떨쳐내기 위해 밀라는 보드카 한 잔을 따라 얼음을 띄웠다. 벽난로 옆에 선 밀라는 반쯤 열린 문틈으로 보이는 토미의 방에서 범죄학자가 침대 머리맡에 앉아 한 손으로 아들을 쓰다듬으며 뭐라고 중얼거리고 있는 모습을 물끄러미 바라보았다. 침대에 누운 토미는 피에로 모양의 취침등만 켜진 어스름한 분위기 속에서 아빠의 손길에 가려 이불에 폭 파묻힌 형체만 보일 뿐이었다.

아들을 대하는 고란 게블러 박사는 사뭇 다른 모습이었다.

밀라는 자신이 처음으로 아빠가 일하는 사무실에 갔던 일을 떠올렸다. 그곳은 정장에 넥타이 차림으로 매일 아침 집을 나서는 한 남자가 자상한 아빠에서 거칠고 엄한 인간으로 변하는 장소였다. 밀라는 아빠의 그런 모습에 적잖은 충격을 받았던 기억이 났다.

고란은 정반대였다. 아빠의 역할에 충실한 그 모습은 거의 감동적이었다.

그런 양면성이 밀라에게는 이상하기만 했다. 그녀에겐 단 한 가지 모습밖엔 없었기 때문이다. 그녀의 삶에는 쉬어가는 곳이 없었다. 단 한 순간도, 실종된 사람들을 찾아다니는 경찰의 모습에서 벗어난 적이 없었다. 언제나 그들을 찾아다녔다. 법적으로 주어진 자유시간에도, 장을 보면서도 언제나 같은 생각이었다. 낯선 얼굴을 뜯어보는 일은 하나의 습관이 되어버렸다.

실종된 아이들은 다른 사람들과 마찬가지로 저마다의 이야기를 지니고 있다. 그런데 어느 순간, 그 이야기가 뚝 끊겨버리는 것이다. 밀라는 어둠 속에서 길 잃은 아이들의 발자취를 뒤쫓는다. 그리고 그 아이들의 얼굴을 절대 잊지 않는다. 세월이 흘러 얼굴이 변한다 해도, 밀라에게는 사라진 아이들의 얼굴을 알아볼 수 있는 능력이 있다.

'왜냐하면 그 아이들은 우리 주변에 있기 때문이지. 가끔은 성인으로 성장한 아이들의 얼굴을 떠올려보는 것만으로도 충분히 알아볼 수 있어.' 밀라는 그렇게 생각했다.

고란은 아들에게 동화를 들려주고 있었다. 밀라는 두 부자의 은밀한 시간을 행여 눈길로라도 방해하고 싶지 않았다. 그녀가 공유할 수 있는 장면이 아니었기 때문이다. 밀라는 고개를 돌리다가 사진 속에서 웃고 있는 토미와 눈이 마주쳤다. 만약 아이와 마주쳤다면 어색함을 넘어서 불편한 심정이 들었을 것이다. 그래서 아이가 잠들었길 바라며 일부러 늦게까지 기다렸던 것이다. 토미는 아직까지 밀라가 넘어서지 말아야 할 고란 게블러의 고유 영역이었다.

잠시 뒤 고란은 미소 짓는 표정으로 방에서 나오며 말했다.

"이제 잠들었어."

"죄송해요. 방해하고 싶지 않았지만 중요한 문제라서요."

"사과는 이미 했잖아. 무슨 일인지나 말해보라고……."

고란은 소파 하나를 차지하고 앉으며 밀라에게 옆자리에 앉으라고 권했다. 벽난로의 불은 벽에 춤추는 그림자를 만들어내고 있었다.

"이번에도 똑같은 일을 당했어요. 누군가 절 미행했어요."

범죄학자는 눈썹을 찌푸렸다.

"확실한 거야?"

"먼젓번 경우는 몰라도 이번에는 확실합니다."

밀라는 그에게 가급적 상세하게 그날의 일을 설명해주었다. 전조등을 끈 채 뒤따른 차, 보닛에 비친 달빛 덕분에 존재를 알게 되었고, 자신의 정체가 발각되자 곧바로 차를 돌려 사라져버린 이야기까지.

"도대체 다른 사람도 아닌 자넬 미행해야 할 이유가 뭐지?"

지난번 식당에서 모텔 미행건에 대해 이야기했을 때도, 그는 똑같은 질문을 던졌었다. 하지만 이번에는 밀라가 아닌 자기 자신에게 물어보는 것 같았다.

"그럴듯한 이유를 찾을 수가 없어." 잠시 생각에 잠겼던 그가 내놓은 결론이었다.

"미행하는 자를 현행범으로 잡자고 저한테 경호원까지 붙일 필요는 없을 것 같습니다."

"이번엔 자네한테 미행 사실을 들켰으니 또다시 그런 짓은 안 하겠지."

밀라는 고개를 끄덕였다.

"제가 찾아온 건 단지 그 이유 때문만은 아닙니다."

고란은 다시 밀라를 쳐다보았다.

"뭐 새로운 거라도 찾아낸 건가?"

"찾아냈다기보다 발견한 게 맞을 것 같네요. 뭔가를 이해한 것 같거든요. 앨버트의 눈속임 마술의 수법을요."

"어떤 건데?"

"사람들이 지켜보는 가운데 어떻게 감쪽같이 회전목마에 앉아 있던 여자아이를 납치했는지에 대해서요."

범죄학자의 눈은 흥미로 반짝거렸다.

"어디 들어보지."

"지금까지 유괴범이 앨버트라고 가정하고 수사에 임해왔습니다. 그러니까 남자라고 말입니다. 그런데 만약, 반대로 여자라면요?"

"왜 그런 생각을 한 거지?"

"사실 그런 생각을 하게 된 건 세이바인의 어머니를 만나 대화를 나눈 덕분입니다. 굳이 처음부터 그렇게 묻지도 않았는데, 아이 엄마가 만약 회전목마 주변에 이상한 사람, 그러니까 아빠가 아닌 누군가가 앉아 있었다면 한눈에 알아봤을 거라고 하더군요. 그러면서 엄마들에겐 육감이란 게 있기 때문에 그런 게 눈에 보인다고 했습니다. 저도 그 말을 믿고요."

"왜지?"

"왜냐하면 경찰이 그날 찍힌 수백 장의 사진을 일일이 확인하고, 캠코더 영상까지 확보해 살펴보았지만 의심스러운 행동을 한 남자는 전혀 찾을 수 없었습니다. 게다가 우리는 앨버트가 지극히 평범한 인상을 가진 용의자라고 결론 내렸었잖아요. 그래서 여자라면 여자아이를 납치하는 게 훨씬 쉬웠을 거란 생각에 이르게 된 겁니다."

"자네 생각에, 녀석에게 공범이 있다는 건가⋯⋯." 고란으로서는 그런 가정이 마음에 안 드는 건 아니었다. "하지만 그럴 가능성을 입증할 증거는 전혀 없는 상황이잖아."

"저도 압니다. 그게 문제라는 거죠."

고란은 자리에서 일어나 거실을 돌아다니기 시작했다. 그는 덥수룩한 턱수염을 만지작거리며 생각에 잠겼다.

"그런 사건이 처음은 아니지. 과거에 이미 그런 케이스가 있었어. 영국 글로스터에서 검거된 프레드, 로즈메리 웨스트 부부의 경우였지."

범죄학자는 부부 연쇄살인마의 이야기를 간략하게 언급했다. 남편 프레드는 벽돌공이었고, 부인 로즈메리는 가정주부였다. 슬하에 열 명의 자식을 두었는데 두 부부는 무고한 젊은 여자들을 꼬드겨 자신들만의 은밀한 애정행각에 끌어들인 뒤 잔인하게 살해했다. 그러고는 글로스터의 크롬웰 25번가에 있는 자신들의 집 주변에 시체를 매장했다. 후에 발견된 희생자 중에는 열여섯 살이었던 그들의 딸아이도 포함되어 있었다. 아마 반항에 대한 대가였을 것이다. 다른 피해자들의 사체는 여러 곳에 나뉘어 묻혀 있었지만 모두 프레드와 연관이 있는 장소였음이 밝혀졌다. 그의 집 주변에서만 총 열두 구의 사체가 발견되었다. 하지만 경찰은 집이 무너져 내릴 위험 때문에 더 이상의 발굴을 하지 않았다.

그 사건을 떠올린 게블러는 앨버트의 공범에 관한 밀라의 이론이 완전히 터무니없는 것만은 아니라고 생각했다.

"여섯 번째 여자아이는 여성으로 추정되는 공범이 데리고 있을 수도 있어요."

고란은 밀라의 의견을 상당히 흥미롭게 여겼다. 하지만 밀라의 지나친 수사 열정에 휩쓸리지 않으려 했다.

"내 의도를 오해하지 않았으면 좋겠어, 밀라. 자네 직관은 정말 대단해. 하지만 일단은 그럴 가능성을 확인해봐야 해."

"다른 팀원들에게도 말씀하실 거예요?"

"생각해봐야지. 그동안 우리 쪽 사람들 중 한 명에게 당시 납치현장에서 찍었던 사진과 영상물을 다시 한번 보라고 해야겠어."

"제가 할게요."

"좋아."

"한 가지 더 있어요……. 단순한 개인적 호기심과 관련된 건데, 혼자서 답을 찾아보려 했지만 도저히 모르겠어요."

"그게 뭔데?"

"부패과정에서 사체의 눈동자도 어떤 변화를 겪게 되지 않나요? 그렇죠?"

"대개 시간이 흐르면서 홍채가 변색되는 걸로 아는데……."

고란은 밀라를 빤히 쳐다보았다. 무슨 말을 하려는 건지 감을 잡을 수 없다는 표정이었다.

"그건 왜 물어보는 거지?"

밀라는 주머니에서 세이바인의 엄마가 작별인사를 나눌 때 건네주었던 사진을 꺼내놓았다. 돌아오는 내내 옆자리에 고이 모셔왔던 사진이었다. 한밤의 미행과 추격전으로 인한 공포가 사라진 뒤 찬찬히 다시 살펴보다 한 가지 의문점을 남겼던 바로 그 사진.

'어딘가 이상해.'

고란은 사진을 받아 들고 살펴보았다.

"코바시의 빌라에서 발견된 여자아이 시체의 눈은 파란색이었어요."

밀라가 설명해주었다. "그런데 세이바인의 눈은 밤색이거든요."

택시를 타고 가는 동안 고란은 단 한마디 말도 꺼내지 않았다. 밀라는 눈동자에 관한 자신의 설명을 전해 들은 범죄학자가 갑자기 정색을 하는 모습을 지켜보았다. 그런 상태에서 그가 던진 한마디에 밀라는 적잖이 놀랐다.

"누군가를 자주 접하다 보면, 그 사람에 대해 잘 알고 있다는 생각이 들지만 알고 보면 아는 게 하나도 없는 법이지……. 그 인간, 우릴 감쪽같이 속였어."

처음에는 범죄학자의 그 말이 앨버트를 두고 하는 말이라고 생각했었다. 하지만 그게 아니었다.

고란은 재빨리 팀원들에게 전화를 걸고 토미를 봐주는 베이비시터에게도 연락했다. 그러고는 다짜고짜 아무런 설명도 없이 이렇게 말했다.

"우리도 가지."

"아드님은요?"

"20분 뒤에 루나 부인이 올 거야. 어쨌든 지금은 자고 있잖아."

그리고 두 사람은 콜택시를 불렀다.

그 늦은 시각에도 연방경찰서 사무실에는 불이 켜져 있었다. 건물 내에는 경관들이 교대 근무를 위해 분주히 오가고 있었다. 며칠 전부터 의도는 좋지만 시민들의 지나친 신고 정신 덕분에 의심 인물이나 의심스런 장소에 대한 수색이 대대적으로 펼쳐지고 있었다. 여섯 번째 아이가 감금된 곳을 찾아내기 위해.

택시 요금을 낸 뒤 고란은 겨우 뒤쫓아 오는 밀라는 아랑곳하지 않고 그대로 연방경찰서 현관으로 향했다. 행동과학 수사팀의 사무실에 도착하자 로사와 보리스, 그리고 스턴이 그들을 기다리고 있었다.

"무슨 일입니까, 박사님?" 스턴이 물었다.

"명확히 밝혀야 할 사안이 생겼습니다." 고란이 대답했다. "지금 당장 로시 경감을 만나야겠습니다."

경감은 한창 회의를 진행하던 중 거의 쳐들어오다시피 난입한 범죄학자를 마주 대했다. 그는 몇 시간 전부터 연방경찰의 수뇌부를 모아놓고 앨버트 사건에 관한 수사진행 상황을 보고 중이었다.

"우리 얘기 좀 합시다."

로시 경감은 자리에서 일어났다.

"모두들 게블러 박사님을 잘 알고 계실 겁니다. 몇 년 전부터 저희 수사를 돕고 있는 분이시죠."

고란은 귓속말로 속삭였다.

"지금 당장요."

경감의 얼굴에서 예의상 짓고 있던 미소가 싹 사라졌다.

"여러분 죄송합니다만, 사건과 관련된 새로운 소식이 들어온 것 같습니다. 이만 가봐야겠습니다."

로시 경감은 자신의 소지품을 챙기는 동안 자신에게 쏟아지고 있는 모두의 시선을 느꼈다. 고란은 조금 떨어진 자리에서 그를 기다렸고, 다른 팀원들은 문 앞에서 기다리고 있었다.

"대단히 중요한 사안이길 바랍니다." 경감은 서류가 잔뜩 들어찬 파일을 책상 위에 던지다시피 내려놓으며 말했다.

고란은 팀원 모두가 방 안으로 들어올 때까지 기다렸다가 문을 닫고 로시 경감에게 싸울 듯한 기세로 말을 걸었다.

"코바시 빌라의 거실에서 발견된 사체는 세 번째로 실종된 피해아동이 아닙니다."

목소리에서 느껴지는 말투나 단호함은 상대에게 반박의 여지조차

줄 생각이 없는 듯했다. 경감은 자리에 앉아 팔짱을 끼었다.

"계속해보시오……."

"그건 세이바인이 아니라, 멀리사의 사체였습니다."

밀라는 네 번째 피해아동을 떠올렸다. 여섯 아이들 중 가장 나이가 많았지만 사춘기 이전의 아이 같은 특징을 지니고 있어서 다른 아이와 혼동이 가능했던 것이다. 그리고 그 아이의 눈은 파란색이었다.

"어디 더 들어봅시다." 경감이 다시 말을 했다.

"이 일은 두 가지 의미를 갖습니다. 하나, 앨버트가 자신의 범행수법을 변경했다는 것입니다. 왜냐하면 지금까지 녀석은 납치해간 순서대로 아이들의 시체를 우리 쪽으로 인계했으니까요. 둘, 챙 박사가 DNA 분석과정에서 실수를 했을 수도 있습니다."

"두 가지 모두 가능성이 충분한 것 같군그래." 로시는 자신에 찬 말투로 대꾸했다.

"저는 정반대라고 생각합니다. 첫 번째 가능성은 있을 수 없다고 봅니다. 그리고 두 번째 가능성의 경우, 챙 박사가 밀라에게 DNA 검사 결과를 통보해줄 때 조작된 자료를 보내게끔 경감님이 명령을 내린 거라 생각합니다!"

로시의 얼굴이 벌겋게 달아올랐다.

"이봐요, 박사. 난 지금 한가하게 앉아서 얼토당토않은 당신의 비난이나 들을 여유가 있는 사람이 아니야!"

"세 번째 피해아동의 사체는 어디서 발견된 겁니까?"

"뭐요?"

경감은 상대의 공격에 정말 깜짝 놀란 것처럼 보이려 갖은 애를 다 썼다.

"경감님이 세 번째 사체를 찾아낸 게 분명합니다. 그게 아니었다면 앨버트가 네 번째 사체를 공개하지도 않았을 테니까요."

"사체는 일주일 이전부터 코바시 빌라에 있었단 말이오! 물론, 당신 말대로 우린 세 번째 사체를 먼저 찾아야 했을지도 모르지. 그게 아니면 단순히, 네 번째 사체를 우연히 먼저 발견하게 된 거고. 챙 박사가 실수를 한 것인지, 그 속사정을 내가 어떻게 알 수 있겠소?"

범죄학자는 두 눈을 똑바로 노려보며 말했다.

"그래서 고아원 사건 이후에 팀원들에게 24시간 해산 명령을 내렸던 거 아닙니까? 우리 같은 외부사람이 끼어들지 못하게 말입니다!"

"고란, 웃기지도 않은 소리 그만합시다. 아니, 증거도 없으면서 나한테 자꾸 이럴 겁니까!"

"월슨 피켓 사건 때문이 아닙니까? 안 그렇습니까?"

"과거사는 과거사일 뿐입니다. 이번 사건하고 아무런 관련 없어요. 그건 내가 장담하지."

"아니, 반대로 나를 더 이상 믿지 못하겠다는 뜻일 수도 있겠지요. 그 판단이 완전히 틀리지 않았을지도 모를 일이고요……. 하지만 경감 생각에, 이번 사건 수사에서 내가 헛다리를 짚고 있다고 생각한다면 직접 나한테 말을 하세요. 그리고 당신이 벌이는 정치놀음에서 나는 빼주면 좋겠습니다. 어디 한번 말해봐요. 그럼 우리 모두 뒤로 한 발짝 물러나서 당신이 곤란한 일은 만들지 않을 테니까. 책임도 우리가 다 지겠습니다."

로시는 즉시 대답을 하지 못했다. 두 손으로 턱을 괴고 의자에서 몸만 앞뒤로 왔다 갔다 흔들 뿐이었다. 그러다가 아주 침착하게 입을 열었다.

"솔직히 박사가 무슨 말을 하려는 건지……."

"그냥 말해버려요."

스턴이 경감의 말을 가로막았다. 로시는 그를 무섭게 노려보았다.

"자네들은 빠져 있어!"

고란은 스턴을 바라보았다. 그러고는 보리스, 로사를 차례대로 바라보았다. 그제야 자신과 밀라를 제외한 나머지 팀원들은 그 사실을 알고 있었다는 것을 깨달았다.

'그래서 자유시간에 뭘 했느냐고 물었을 때 보리스가 대충 얼버무리고 넘어간 거였어.' 밀라는 그때 일이 기억났다. 밀라와 함께 이본 그레스의 빌라에 먼저 진입하겠다고 경감에게 요청한 뒤 거절당하자 다소 위협조의 말투를 사용했던 그의 모습 또한 떠올랐다. 말투는 거의 협박에 가까웠다.

"그래요, 경감님. 다 말하고 털어버립시다." 세라 로사는 스턴을 위한 지원사격에 가담했다.

"이대로 박사님을 제외시킬 순 없습니다. 불공평하잖아요." 보리스는 범죄학자를 가리키며 한마디 거들었다.

세 사람은 박사를 사건에서 잠시 제외시켰던 일에 대해 사과를 하고 싶어 하는 눈치였다. 그리고 직속상관의 적절치 못한 명령에 따랐던 것에 대해 죄책감을 느끼는 듯했다.

로시는 그렇게 얼마 동안 가만히 있다가 고란과 밀라를 차례로 쳐다보았다.

"좋소⋯⋯. 하지만 이 사실이 조금이라도 새어 나가는 날엔, 당신들 둘 다 끝장이야."

29

여명이 수줍은 듯 들판을 비추기 시작했다.

거대한 파도처럼 연속적으로 물결을 이룬 언덕이 겨우 모습을 드러내는 것 같았다. 눈 외투를 벗어 던진 들판은 잿빛 하늘에게 보란 듯이 진한 초록빛을 발산하고 있었다. 춤추듯 계곡을 따라 이어지는 아스팔트 도로는 마치 절경의 흐름에 따라 만들어지기라도 한 듯 조화를 이룬 모습이었다.

뒷자리에서 이마를 유리창에 대고 앉아 있던 밀라는 이상할 정도로 마음이 차분해졌다. 피곤해서이기도 했지만, 체념 때문이기도 한 것 같았다. 짧은 여행의 끝에서 발견하게 될 것이 무엇이건 간에 전혀 놀라지 않을 것이다. 로시 경감은 자세한 설명을 해주지 않았다. 밀라와 고란에게 절대로 발설해선 안 된다고 단단히 일러둔 뒤 그는 한동안 범죄학자와 단둘이 사무실에 남아 밀담을 나눴다.

밀라가 복도에서 기다리는 동안 보리스는 그녀에게 경감이 왜 두 사람을 믿을 수 없다는 결정을 내렸는지에 대해 설명을 늘어놓았다.

"박사님은 민간인 신분이고, 당신은……. 당신은 외부사람이라서……."

더 이상 갖다 붙일 말도 없었다. 로시 경감이 감추려고 했던 게 얼마나 대단한 비밀인지는 알 수 없었지만 당시에는 상황 통제가 급선무였던 것이다. 따라서 수사팀 이외의 사람들에게 정보가 새어 나가는 걸 전적으로 차단해야 했다. 로시 경감이 선택한 유일한 방법은 자신의 명령을 따르는 직통 라인의 수사관들에게만 사실을 알려주는 것이었고, 그들 역시 다른 사람에게 말해선 안 된다는 위협에 가까운 지시를 따랐던 것이다.

더 이상은 밀라도 아는 게 없었다. 그리고 별다른 질문도 하지 않았다.

두어 시간 정도가 지나자 경감의 사무실 문이 다시 열렸다. 경감은 보리스와 스턴, 그리고 로사에게 게블러 박사를 세 번째 사건현장으로 데려다주라는 명령을 내렸다. 굳이 밀라를 호명하지 않은 건 그녀가 동행해도 좋다는 뜻이었다.

그들은 건물에서 나와 멀지 않은 곳에 있는 주차장으로 향했다. 그리고 두 팀으로 나뉘어 경찰차가 아닌 일반 세단에 각각 올라탔다. 경찰서 앞에서 장사진을 치고 있는 기자들의 시선을 따돌리기 위해서였다.

밀라는 스턴과 게블러 박사와 같은 차를 탔다. 의도적으로 세라 로사를 피하기 위해서였다. 자신과 고란을 이간질하려 했던 그녀의 행동을 더 이상은 참아낼 수 없을 것 같았기 때문이다. 그런 상황이 계속되면 조만간 자신이 폭발하지 않을까 두려울 정도였다.

한참 달리는 동안 밀라는 깜빡 잠이 들었다. 정신을 차렸을 때는 거의 도착할 무렵이었다.

도로는 한산했다. 갓길에 주차되어 있던 세 대의 차량이 밀라의 눈길을 끌었다. 각각 두 사람이 타고 있었다.

'파수꾼이야. 호기심에 이끌려 찾아온 사람들을 막기 위해 자리를 잡고 있는 사람들이라고.' 밀라는 그렇게 생각했다.

그들의 차는 대략 1킬로미터 남짓 높다란 빨간색 벽돌 담장을 따라가다 육중한 철문 앞에 도착했다.

도로는 거기서 끝이었다.

누르는 벨이나 인터폰 같은 건 보이지 않았다. 우뚝 선 기둥 위에 감시카메라가 달려 있었고, 그들이 문 앞에서 차를 세우자 카메라에 달려 있던 자동 조리개가 그들 쪽으로 향했다. 그렇게 1분여 정도를 기다리자 자동으로 철문이 열렸다. 그러자 도로가 다시 이어졌고, 과속 방지턱 하나를 지나자마자 다시 사라져버렸다. 철문의 경계를 넘어 들어가자 아무것도 보이지 않았다. 광활한 풀밭이 전부였다.

또다시 그렇게 10분여를 달리자 오래된 건물 하나가 눈에 들어왔다. 그들의 시선을 사로잡은 건물은 마치 땅속에서 솟아오른 것 같은 느낌이었다. 건물은 거대하지만 간결한 분위기가 느껴졌다. 대략 20세기 초반에 주거용으로 지어진 전형적인 건물이었는데 제철이나 정유업계의 거물들이 자신의 부를 과시하기 위해 지은 건물 같은 냄새가 났다.

밀라는 건물 정면에 붙어 있는 석조 문장을 발견했다. 돋을새김으로 제작된 거대한 알파벳 R이었다.

그곳은 조지프 B. 록포드의 저택이었다. 여섯 번째 실종아동의 정보를 제공하는 사람에게 천만에 달하는 현상금을 내걸었던 같은 이름의 재단 이사장.

그들은 저택을 지나쳐 마구간 근처에 차를 세웠다. 사유지 서쪽 경계선 근처에서 발견된 세 번째 범죄현장으로 가려면 거기서 골프 카트 같은 전기차로 갈아타야 했다.

밀라는 스턴이 모는 차에 다시 올라탔다. 그는 운전을 하면서 조지프 B. 록포드에 대한 신상정보를 비롯해 집안 내력, 그리고 그가 소유하고 있는 막대한 부에 대한 설명을 간략히 들려주었다.

록포드 '왕국'의 시작은 백여 년 전, 조지프 B. 록포드 1세인 할아버지 대로 거슬러 올라간다. 역사적 기록에 따르면 록포드 1세는 이민 온 이발사의 아들로 태어났다고 한다. 이발이나 면도에 흥미가 없었던 그는 아버지에게 물려받은 이발소를 처분하고 그 돈으로 떼돈을 벌 궁리를 했다. 당시, 사람들이 갓 태동한 석유산업에 앞다퉈 투자하기 시작하자 록포드 1세는 모아둔 돈을 쏟아부어 찬정(鑽井) 뚫는 기업을 세웠다. 석유는 원래 인간을 반기지 않는 험한 지대에 잠들어 있다는 예상에서 출발한 록포드 1세는 그런 분위기로 나간다면 일확천금의 꿈을 품은 사람들에게 부족한 상품이 하나 생길 거라는 결론에 이르게 되었다. 그건 바로 물이었다. 주요 유정의 근처에서 파 올린 지하수는 관련 사업을 벌이는 사람들에게 오히려 석유의 두 배 가격으로 팔려나갔다. 그런데 조지프 B. 록포드 1세는 쉰이 되기 직전에 백만장자의 삶을 마감하게 되었다. 급성 희귀성 위암이 원인이었다.

조지프 B. 록포드 2세는 아버지로부터 막대한 재산을 물려받아 물불 가리지 않고 닥치는 대로 투기를 감행해 유산을 두 배로 부풀려놓았다. 그가 손댄 분야는 인디언들의 대마에서부터 건축 분야, 목축업, 전자산업까지 실로 전 방위적이었다. 그는 자신의 성공을 과시하기 위해 아름다운 왕비 같은 여자와 결혼했고, 부인은 그에게 두 명의 아이를 안겨주었다. 하지만 쉰의 문턱을 목전에 둔 나이에 처음으로 위암 증세가 나타나기 시작했고, 두 달도 채 넘기지 못하고 눈을 감아버렸다.

그의 장남 조지프 B. 록포드 3세는 어린 나이에 아버지의 뒤를 이어 거대 제국의 총수 자리에 오르게 되었다. 그가 처음이자 마지막으로 경영권을 행사한 사안은 거추장스러운 부속물 같았던 로마 숫자를 자신의 이름에서 떼어내는 일이었다. 선친에 버금가는 경제적 야망도 없었고, 호화 사치를 일상으로 즐겨도 아무런 문제가 되지 않는 생활을 영위할 수 있었던 그는 목적의식 없는 생활 속으로 빠져들었다.

가족 이름을 딴 재단을 설립하자는 아이디어는 그의 여동생 라라로부터 나왔다. 재단은 록포드 가문의 자제들이 단 한 번도 겪어보지 못했던 문제에 시달리던 불행한 아이들에게 먹을 것을 나눠주고 잠자리와 의료서비스, 그리고 교육의 기회를 제공해주었다. 라라는 재단 설립과 동시에 자신의 재산 절반을 뚝 떼어 재단에 출연했다. 록포드 사의 회계사들에 따르면, 그런 거액의 기부행위에도 불구하고 록포드 집안 사람들은 적어도 향후 1백 년간 넉넉하게 살고도 남을 재산을 보유하고 있다고 했다.

라라 록포드는 서른일곱인데, 5년 전 심각한 교통사고를 겪고 기적적으로 살아남은 인물이었다. 그녀의 오빠 조지프는 마흔아홉. 할아버지와 아버지를 데려간 유전성 위암은 11개월 전, 결국 그를 찾아오고 말았다. 조지프 B. 록포드는 34일 전부터 혼수상태에 빠져 생사의 기로에 서 있었다.

밀라는 스턴의 설명을 주의 깊게 들었다. 전기차는 지형의 기복에 따라 수시로 덜컹거렸다. 수사관들은 지난 이틀간, 그들이 타고 있는 똑같은 전기차가 수시로 들락거리는 바람에 자연스럽게 만들어진 오솔길로 접어들었다.

그렇게 30여 분을 더 간 뒤에야 세 번째 사건현장 근처에 도달할 수 있었다. 밀라는 멀리서부터 하얀 작업복을 입고 범죄현장을 누비는 과학수사대 대원들을 알아보았다. 앨버트가 준비한 실제 사건현장을 두 눈으로 직접 보기도 전에 단지 그 장면만으로도 아찔했다.

현장 발굴에 동원된 대원들이 무려 백여 명도 넘었기 때문이다.

마치 하늘이 통곡이라도 하듯 쉴 새 없이 비가 쏟아져 내렸다. 거대한 규모로 땅을 파고 있는 사람들 사이를 뚫고 지나가는 밀라는 마음이 불편해졌다. 뼛조각 하나가 발견될 때마다 과학수사대원은 증거물을 분류하여 투명한 비닐봉투에 담고 그 위에 이름을 쓴 다음 증거물 보관 상자에 집어넣었다.

한 상자에 담긴 대퇴골의 수만 30여 개가 넘었다. 다른 상자에는 골반뼈가 담겨 있었다.

스턴이 고란에게 말을 걸었다.

"여자아이는 대략 저 지점에서 발견됐습니다……."

그는 폭우로부터 현장을 보호하기 위해 비닐천이 씌워진 지역을 가리켰다. 바닥에는 유액으로 누워 있던 사체의 윤곽선을 그린 흔적이 남아 있었다. 하얀 테두리가 어린아이의 모습을 그리고 있었다. 하지만 왼쪽 팔은 보이지 않았다.

세이바인.

"풀밭에 누운 채로 발견되었습니다. 발견 당시 부패가 심하게 진행된 상태였습니다. 외부에 오랫동안 노출된 관계로 들짐승들이 냄새를 맡고 몰려왔다고 합니다."

"누가 발견했습니까?"

"이 지역을 관리하는 밀렵 감시인입니다."

"발견하자마자 땅을 파낸 겁니까?"

"처음에는 수색견을 동원했습니다. 하지만 녀석들이 아무런 냄새도 잡아내지 못하더군요. 그래서 헬리콥터를 띄워 이 지역 일대에 지형 변화가 있었는지 확인 작업을 실시했습니다. 그랬더니 사체가 발견된 지점을 중심으로 식생상태가 다른 양상을 보인다는 걸 알게 됐습니다. 사진을 찍어 식물학자에게 문의한 결과 식생의 변화가 있었다는 것은 그 아래에 뭔가가 묻혀 있음을 뜻한다고 하더군요."

밀라는 그런 식의 발굴에 대해 이미 들어본 적이 있다. 과거 보스니아에서 인종청소로 인한 희생자들이 집단으로 묻힌 곳을 찾아내기 위해 비슷한 기술이 동원되었다고 했다. 땅속에 사체가 묻혀 있을 경우 그 위를 덮고 있는 식생에 영향을 끼치는데, 그 이유는 사체가 부패될 때 발생하는 유기물로 인해 토양 성분이 변하기 때문이라고 한다.

고란은 주변을 살펴보았다.

"얼마나 나왔습니까?"

"글쎄요. 30~40구 정도 될 것 같은데 장담은 못하겠습니다."

"묻힌 지는 얼마나 된 것 같습니까?"

"상당히 오래된 유골도 발견된 반면 최근에 묻힌 것도 있습니다."

"어떤 사람들입니까?"

"젊은 남성들의 사체였습니다. 대부분 열여섯에서 스물두셋 정도입니다. 치열 분석을 통해서 밝혀냈습니다."

"사건이 공개되면 지금까지 걸려 있던 모든 사건들을 한꺼번에 덮어버릴 한 방이군." 범죄학자는 이미 결과를 예상한 듯 말했다. "설마 경감은 이 사건을 그대로 덮어둘 생각은 아니겠지요? 현장과 관련된 사람들이 이렇게 많으니……."

"아닙니다. 단지 발표 시기를 늦추고 있을 뿐입니다. 모든 정황이 다 규명된 뒤로 말입니다."

"그나저나 록포드 집안의 소유지 한가운데서 공동묘지에 버금갈 정도의 시신들이 집단 매장된 이유를 아는 사람은 한 명도 없겠군요." 고란은 날 선 분노가 담긴 한마디를 뱉어냈다. 그 말을 들은 사람들도 그 뉘앙스를 느낄 수 있었다. "제 생각에는, 그 이유에 대해 경감님은 알고 계실 것 같은데……. 여러분들도 그렇게 생각하지 않습니까?"

스턴은 뭐라고 말해야 할지 몰라 쩔쩔매고 있었다. 보리스와 로사 역시 난감하기는 마찬가지였다.

"스턴, 한 가지 궁금한 게 있는데……. 현상금을 내건 시점이 여기서 사체가 발견되기 이전입니까 이후입니까?"

"이전입니다." 스턴은 기어 들어가는 목소리로 대답했다.

"그럴 것 같았습니다."

다시 차를 세워둔 마구간 근처로 돌아오자 로시 경감은 자신이 타고 온 경찰차 옆에서 그들을 기다리고 있었다. 고란은 전기차에서 내려 단호한 표정으로 그에게 다가갔다.

"내가 이 사건 수사에 여전히 관여해도 된다는 생각이십니까?"

"물론이고말고! 무슨 생각을 하는 겁니까? 아니, 솔직한 말로 당신을 수사에서 잠시 제외시킨다는 결정이 쉬웠을 것 같소?"

"간단히 말해, 아니었겠지요. 결국 이렇게 다 알아냈을 테니까. 쉽다기보다는 그렇게 하는 게 편하셨겠지요."

"그게 무슨 말이오?"

경감은 점점 화가 달아오르는 것 같았다.

"누구의 소행인지 다 밝혀냈을 거란 말입니다."

"어떻게 범인에 대해 그렇게 확신하는 겁니까?"

"이 짓을 벌인 장본인이 록포드라고 생각하지 않았다면, 일단은 사건을 덮어두기 위해 경감님이 이렇게 애쓰진 않았을 거 아닙니까."

로시는 범죄학자의 팔을 붙들고 말했다.

"이봐요, 박사. 박사는 내가 이번 결정을 혼자 내린 거라고 생각하겠지만, 절대 그렇지 않아요. 저 위에서 내려오는 압박이 얼마나 심한지 알기나 합니까?"

"비호해야 할 대상이 누굽니까? 도대체 얼마나 많은 사람들이 이 끔찍한 사건에 연루되어 있느냐냔 말입니다!"

로시는 운전기사를 향해 자리를 비켜달라는 손짓을 한 뒤 다시 수사팀 모두에게 말을 했다.

"좋아. 이참에 모든 걸 명확하게 하고 넘어가야겠군. 이 사건만 생각하면 정말 구역질이 치밀어 오르니 말이야. 이번 사건의 경우 철저한 보안 유지가 관건이라는 건 굳이 협박까지 곁들이지 않아도 다들 알 고 있겠지. 왜냐하면 단 한마디라도 세상에 알려지는 날엔 순식간에 모든 걸 폐허로 만들어버릴 테니까. 지금까지 쌓아 올린 경력부터 은퇴 후의 생활까지 전부 다 말이야. 나나 여러분이나 마찬가지야."

"그런 건 다 이해했습니다. 도대체 내막이 뭡니까?" 고란이 재촉했다.

"조지프 B. 록포드는 태어나서 지금까지 이곳을 벗어난 적이 없었다고 하더군."

"어떻게 그런 일이 가능합니까? 평생을 여기서만 지냈다고요?" 보리스가 의아해하며 물었다.

"단 한 번도 없었다고 해." 경감이 대답했다. "처음에는 미인대회 출신의 엄마로부터 시작된 그릇된 사랑 때문이었을 거야. 그 여자는 아들을 병적인 사랑으로 대했고, 유년기를 비롯해 청소년기까지 정상적인 삶을 줄곧 방해만 하고 살았으니까."

"하지만 그런 엄마가 돌아가시고 나면……." 세라 로사가 끼어들려고 했다.

"엄마가 죽은 뒤에는 너무 늦어버렸던 거지. 성인으로 성장했지만 록포드는 그 누구와도 제대로 된 인간관계를 맺을 수가 없었던 거야. 그때까지 록포드는 집안일을 돌봐주는 사람들에게만 둘러싸여 살았으니까. 게다가 록포드 가문의 상속자들은 모두 쉰 살이 되기 전에 위암으로 사망한다는, 소위 록포드 가문의 저주가 머릿속에 박혀 있었을 거야."

"엄마라는 사람이 무의식중에 자신의 아들만큼은 그 운명에서 벗어나게 하려고 했을지도 모르겠군요." 고란이 설명을 거들었다.

"여동생은요?" 밀라가 물었다.

"저돌적인 친구였지." 로시가 한마디로 압축했다. "나이는 오빠보다 어리지만 적절한 나이에 엄마의 집착에서 벗어날 수 있었어. 그러고는 자신이 살고 싶은 대로 살았어. 끝없이 여행을 하고 재산을 탕진하면서 온갖 종류의 사람들과 어울려 지냈지. 안 해본 마약, 안 해본 경험이 없을 정도로 정말 자신의 몸을 불살라가며 자유를 만끽했어. 왕국에 간혀 사는 자신의 오빠와 차별될 수 있는 거라면 물불을 가리지 않고 뛰어들었지. 5년 전, 교통사고를 당하기 전까지는 말이야. 그 사고 후로 그녀 역시 오빠처럼 집 밖으로 나가는 일이 거의 없어."

"조지프 B. 록포드는 동성애자였습니다." 고란이 말했다.

"그렇소." 로시도 인정했다. "저 현장에서 발견된 사체만 봐도 그 사실을 부인할 수는 없을 겁니다. 시신이 하나같이 남성이니까."

"아니, 근데 왜 죽인 겁니까?" 세라 로사가 물었다.

대답은 고란이 대신했다.

"내 말이 틀리면 경감님이 바로잡아 주시기 바랍니다. 아마 그가 파트너들을 살해한 건 자신의 모습을 본인도 받아들일 수 없었기 때문일 겁니다. 아니면, 어렸을 때 그의 남다른 성적 취향을 알아차린 누군가가 그를 절대 용서하지 않았거나."

비록 입 밖으로 말은 하지 않았지만 모두가 그의 어머니를 떠올리고 있었다.

"매번 그런 관계를 가질 때마다 죄책감에 시달렸을 겁니다. 하지만 자신을 단죄하는 대신 자신의 파트너들에게 벌을 내렸던 겁니다. 그들을 죽여가면서까지." 밀라는 그렇게 결론 내렸다.

"시체는 여기 묻혀 있고, 그는 단 한 번도 바깥세상으로 나간 적이 없습니다." 고란이 말했다. "따라서 바로 이곳이 살해현장에 해당합니다. 그런데 관리인들이나 정원사, 하다못해 경비원까지 아무도 이런 일에 대해 모를 수 있습니까?"

로시는 답을 알고 있었다. 하지만 팀원들이 알아서 추리하도록 내버려두었다.

"모를 순 없었을 겁니다. 분명, 돈으로 매수한 거예요!" 보리스는 단언했다.

"침묵의 대가로 거금을 치른 거라니, 그 긴 세월 동안……." 스턴도 역 겹다는 듯 한마디 거들었다.

'인간의 영혼을 사려면 도대체 얼마나 많은 돈이 필요한 걸까?' 밀라 는 그게 궁금해졌다. 왜냐하면 그 사건에서 중요한 건 바로 그런 문제였 기 때문이다. 한 인간이 자신의 사악한 천성을 깨닫게 되고, 자신과 똑 같은 인간을 살해할 때에만 쾌락을 느끼는 경우가 있다. 이런 인간들을 지칭하는 이름이 하나 있는데, 그것은 바로 쾌락살인자 혹은 연쇄살인 범이다. 하지만 그런 인간의 옆에 붙어살면서, 그 사실을 알고서도 막지 않는 사람들, 심지어 그 사실로 득을 보려는 사람들, 이런 사람들은 뭐 라고 정의를 내려야 할까?

"저 많은 젊은이들을 어떻게 이곳으로 끌어들였던 겁니까?" 고란이 물었다.

"그것까지는 아직 밝혀내지 못했소. 록포드의 개인비서에 대한 체포 영장을 발부받긴 했지만 여자아이의 사체가 발견된 뒤 홀연히 종적을 감추고 말았으니까."

"나머지 사람들은요? 집에서 일하는 나머지 사람들은 어떻게 처리할 예정입니까?"

"일단 기다려봐야지. 그들이 정말 돈을 받았는지, 정확히 뭘 알고 있 는지도 모르는 마당에 뭘 하겠소."

"록포드는 아마 끊임없이 주변 사람들을 돈으로 매수했을 겁니다. 안 그랬겠습니까?"

고란은 로시의 생각을 미리 읽고 그렇게 말했다. 경감 역시 그 부분 은 인정했다.

"몇 년 전, 형사 한 명이 수상한 점을 발견하긴 했소. 그는 가출 청소 년이 벌인 슈퍼마켓 강도 사건을 담당하고 있었는데 수사과정에서 여기까지 오게 된 거요. 록포드는 고위층에 압력을 넣었고, 담당 형사는 결국 다른 곳으로 발령이 났지요. 또 한 번은, 어느 커플이 록포드 저택의 담장을 따라 난 길에서 산책을 하다가 거기서 담을 넘어 나오던 남자와 마주친 일이 있었소. 반라의 몸에 다리 한쪽을 부상당한 젊은 남자였는데 쇼크 상태로 반쯤 미쳐 있었다고 하더군요. 두 사람은 남자를 차에 태워 병원으로 데려갔습니다. 몇 시간 뒤에 경찰이라는 사람이 병원으로 찾아와 그를 데려갔다는데, 그 뒤로 그 남자를 봤다는 사람은 단 한 명도 없었습니다. 의사나 간호사 모두 침묵의 대가로 돈을 받았던 겁니다. 남자를 발견한 커플은 불륜 사이였기에 각자의 배우자에게 사실을 알리겠다는 협박만으로도 입을 다물게 할 수 있었던 거요."

"끔찍하네요." 밀라가 말했다.

"맞는 말이야."

"여동생은요? 여동생은 어떻습니까?"

"라라 록포드 역시 제정신은 아닌 것 같소. 교통사고 후유증으로 고생이 많았을 거요. 여기서 멀지 않은 곳에서 발생한 사고였는데 가해자도 피해자도 본인이었지. 차를 몰고 나가서 그대로 떡갈나무를 들이받았으니까."

"그래도 일단 말은 해봐야겠습니다. 록포드 본인하고도요." 고란이 말했다. "그는 앨버트가 누구인지 분명히 알고 있을 겁니다."

"그 인간하고 무슨 수로 대화를 한다는 거요? 지금 혼수상태 속을 헤매고 있는데!"

"암을 핑계로 잘도 빠져나가는군요!" 보리스는 분노에 찬 말투로 목소리를 높였다. "수사에 아무런 도움도 주지 않고 그것도 모자라, 그런 짓을 벌여놓고도 감옥에 갈 일조차 없다니, 이게 말이나 됩니까!"

"그렇진 않아. 자네가 잘못 생각한 거야." 로시 경감이 말했다. "만약 지옥이라는 게 있다면, 거기서는 두 팔 벌려 환영해줄 거라고. 하지만 그 인간에겐 거기까지 가는 길이 아주 더디고 고통스러울 거야. 그 빌어먹을 자식이 모르핀에 알레르기 반응을 보이거든. 그러니까 한마디로, 통증을 달래줄 진통제는 전혀 쓰지 못하고 있어."

"그런데 왜 억지로 살려두는 겁니까?"

로시는 눈썹을 살짝 치켜세우며 빈정거리는 듯한 미소를 지어 보였다.

"여동생이 계속 살려두는 거지."

록포드 저택의 내부는 의도적으로 성을 연상시키는 구조로 지어졌다. 바닥과 벽은 검은 대리석으로 장식되어 있었고 돌결은 모든 빛을 흡수하도록 고안되었다. 육중한 벨벳 커튼은 창문을 빈틈없이 차단하고 있었다. 벽화와 태피스트리는 대부분 목가적인 풍경이나 사냥 장면을 담아낸 것들이었다. 천장에는 거대한 크리스털 샹들리에가 달려 있었다.

건물 안으로 들어서는 순간, 밀라는 오싹한 느낌이 들었다. 화려한 조명으로 빛나는 집이었지만 그곳에는 무너져 가는 분위기가 이미 오래전부터 자리 잡고 있는 듯했기 때문이다. 지나간 세월 속의 침묵이 시간의 흐름과는 반대로 사라지지 않고 그 집에 차곡차곡 쌓여서 지금처럼 냉담하고 숨이 막힐 정도의 적막감을 이루고 있는 듯, 정적의 메아리가 울려 퍼지는 것 같았다.

라라 록포드는 그들의 방문을 '허락'했다. 물론 자신에게 선택의 여지가 없다는 건 잘 알고 있었을 것이다. 하지만 굳이 '허락'이라는 단어를 사용해 수사관들에게 전달했다는 점만으로도, 그들은 곧 만나게 될 사람의 성향을 대충은 파악할 수 있었다.

라라 록포드는 서재에서 수사관들을 기다리고 있었다. 그녀를 만나는 일은 밀라, 고란, 그리고 보리스가 맡기로 했다.

밀라는 가죽 소파에 앉아 마치 우아한 포물선을 그리는 듯한 손동작으로 담배를 입술로 가져가는 그녀의 옆모습을 바라보았다. 아름다운 얼굴이었다. 세 사람은 멀리서도 느껴지는 그녀의 미모에 놀라움을 감출 수 없었다. 이마에서부터 시작된 섬세한 곡선은 가는 코를 따라 내려와 도톰한 입술까지 이어졌고, 기다란 속눈썹은 사람을 끌어당기듯 매혹적이고 강렬한 초록빛 눈동자를 감싸고 있었다.

하지만 정면에서 그녀를 마주 대하자 세 사람은 나머지 절반의 얼굴을 보고 또다시 충격을 받았다. 앞머리 선에서부터 시작된 거대한 흉터는 한쪽 이마를 파먹으면서 눈동자가 없는 눈구멍으로 내려간 뒤 마치 흘러내린 눈물이 고랑을 파놓은 것처럼 계속 연결되며 턱 선까지 이어져 있었기 때문이다.

자신의 장애를 감추려고 다리를 꼰 자세로 앉아 있었지만 밀라는 대번에 그녀의 한쪽 다리가 잘 움직이지 않는다는 사실을 간파했다. 옆에는 책 한 권이 놓여 있었다. 표지가 아래쪽으로 내려가 있어 제목이나 저자를 확인할 수는 없었다.

"안녕하십니까." 라라가 세 사람을 향해 인사말을 건넸다. "여러분들을 위해 해드릴 일이 뭐가 있겠습니까?"

그녀는 앉으라는 말도 하지 않았다. 그들은 서재의 절반을 덮고 있는 커다란 양탄자 위에 선 채로 말을 했다.

"몇 가지 질문 드릴 게 있습니다." 고란이 말했다. "물론, 답하실 의향이 있다면 말입니다……."

"말씀해보시지요."

라라 록포드는 하얀 대리석 재떨이에 피우던 담배를 눌러 끈 뒤 무릎 위에 올려놓았던 가죽 케이스에서 새 담배를 꺼냈다. 케이스 안에는 담배와 금장 라이터가 들어 있었다. 담배에 불을 붙이는 손은 보일 듯 말 듯 떨리고 있었다.

"여섯 번째 실종아동과 관련된 현상금을 직접 내거신 걸로 압니다."

고란이 말을 시작했다.

"해야 할 최소한의 것이라고 생각했으니까요."

라라는 진실의 장으로 걸어 나와 응대했다. 수사관들을 흔들어놓을 충격요법으로 정공법을 택한 것일 수도 있다. 아니면 어쩔 수 없이 기어 들어와 칩거할 수밖에 없는 처지였지만 숨 막힐 정도로 엄격한 집안 분위기에 대한 반발심 때문일지도 모를 일이었다.

고란은 상대의 정공법을 받아들이기로 했다.

"오빠분의 비밀은 알고 계셨습니까?"

"공공연한 사실입니다. 모두가 입을 닫고 있을 뿐이지."

"이번에는 왜 그러지 않으신 겁니까?"

"무슨 말씀을 하시려는 겁니까?"

"밀렵 감시인이 여자아이의 시체를 발견했다고 들었습니다. 그 사람 역시 돈을 주고 쉽게 매수할 수도 있었을 텐데……."

밀라도 고란이 던진 질문의 뜻을 이해하고 있었다. 라라로서는 손쉽게 사건을 덮어버릴 수도 있었지만 그녀는 그러길 원치 않았던 것이다.

"혹시 영혼의 존재를 믿으세요?"

질문을 던진 라라는 옆에 놓여 있는 책을 쓰다듬었다.

"그러는 본인은 믿습니까?"

"영혼에 대해 생각은 해봤어요……."

"그것 때문에 오빠분의 생명 유지장치를 떼어내지 못하도록 하는 겁니까?"

라라는 즉답을 피했다. 그녀는 천장을 한 번 바라보았다. 조지프 B. 록포드는 바로 위층에 누워 있었다. 어렸을 때부터 한결같이 지내온 방,

자신의 침대에서. 그의 방은 최첨단 현대식 병원의 집중치료실을 방불케 하는 장비들로 가득 차 있었다. 그의 몸은 대신 숨을 쉬어주고 약물과 수액을 공급해주며 혈액을 청소해주고 장을 비워주는 여러 개의 기계와 관에 연결되어 있었다.

"제 뜻을 오해하지 마세요. 전 오빠가 죽기를 바랍니다."

진지한 모습이었다.

"오빠분께서는 다섯 명의 아이를 납치한 후 살해하고 여섯 번째 아이를 인질로 잡고 있는 용의자를 잘 알고 계실 겁니다. 혹시 그게 누구인지……"

라라는 하나밖에 없는 눈을 고란에게 돌렸다. 드디어 그를 정면으로 바라본 것이다. 아니, 의도적으로 그의 시선이 자신을 향하도록 연출했던 것이다.

"누가 알겠습니까? 혹여 이 집에서 일하는 사람 중 하나인지도 모르지요. 지금도 일하는 사람이거나, 아니면 과거에 여기서 일했던 사람일 수도 있겠고요. 그건 직접 조사해보시지요."

"이미 수사에 착수했습니다. 하지만 저희가 찾는 용의자는 워낙 교활한 놈이라 그렇게 쉽게 잡혀주는 호의를 베풀 것 같지는 않습니다."

"아시게 되겠지만, 이 집에는 조지프 오빠가 돈을 주고 살 수 있는 사람만 들어올 수 있습니다. 오빠의 손에 의해 고용되고, 돈을 받고, 명령을 따르는 사람들이지요. 그 이외의 사람들은 본 적이 없습니다."

"집 안으로 끌어들인 젊은 남자들은 누구였습니까?" 밀라가 불쑥 질문을 던졌다.

라라는 대답까지 한참 동안 뜸을 들였다.

"그 사람들 역시 돈을 주고 산 거죠. 가끔은, 특히 말년에 심해졌는데 오빠는 그들에게 일종의 계약을 제시하는 걸 즐겼습니다. 자신에게 영혼을 팔라는 계약이었죠. 제안을 받은 당사자들은 단순한 놀이거나 미치광이 백만장자가 돈 쓸 곳이 없어 장난을 치는구나 하고 생각했습니다. 그래서 계약서에 서명을 했지요. 모두가 서명을 했습니다. 계약서 사본이 사무실 금고에 보관되어 있습니다. 서명된 부분도 대부분 알아볼 수 있습니다. 비록 정상적인 잉크를 사용한 건 아니지만 말입니다."

라라는 섬뜩한 분위기를 내며 웃었다. 밀라에겐 그 웃음이 기분 나쁠 정도로 이상하게 들렸다. 아주 깊은 곳에서부터 울려 나오는 소리였다. 오랫동안 폐 속 깊숙한 곳에 담아두었다가 이제야 뱉어낸 듯했다. 니코틴에 찌들어 걸걸하게 쉰 데다 고통마저 스며 있는 웃음소리. 라라는 옆에 펼쳐놓았던 책을 두 손으로 집어 들었다.

《파우스트》

밀라는 라라에게 한 걸음 가까이 다가갔다.

"저희가 오빠분에게 몇 가지 물어보고 싶은 게 있는데 혹시 반대하진 않으시겠지요?"

고란과 보리스는 마치 정신 나간 사람 보듯 밀라를 바라보았다. 라라는 다시 웃었다.

"어떻게 하시려고요? 이미 죽은 거나 다름없는 사람을 가지고 말이에요. 가망이 없습니다." 라라는 진지한 자세로 돌아와 싸늘하게 대답했다.

하지만 밀라도 지지 않았다.

"그건 저희가 알아서 하겠습니다."

30

첫인상만 보면, 니클라 파파키디스는 연약해 보이는 여성이었다.

왜소한 체구에 골반이 살짝 뒤틀린 듯 보이기 때문일 것이다. 애수와 환희가 교차하는 듯한 그 눈빛 때문인지도 모른다. 프레드 애스테어(미국의 무용가이자 가수 겸 배우—옮긴이)가 등장하는 뮤지컬 속의 노래를 떠오르게 하는 그 눈빛, 신년맞이 파티를 벌이고 있는 옛 사진의 분위기 혹은 여름의 마지막 날을 연상시키는 듯한 그 눈빛 때문인지도.

하지만 그녀는 누구보다 강인한 여자였다.

니클라 파파키디스는 세월의 흐름 속에서 겪었던 크고 작은 시련과 역경을 통해 차곡차곡 힘을 키워나간 사람이었다. 그녀는 어느 작은 마을에서 7남매 중 맏이이자 외동딸로 태어났다. 어머니가 돌아가셨을 때는 겨우 열한 살이었다. 그 뒤로 집안 살림을 꾸리며 아버지와 여섯 형제를 돌봐야 했다. 큰누나 덕분에 남자 형제들은 모두 대학을 무사히 졸업했고 번듯한 직장까지 얻을 수 있었다. 철저한 자기희생과 꾸준한 저축으로 모은 돈 덕분에 남자 형제들은 부족한 것 하나 없이 지냈다. 큰누나는 여섯 동생들이 참한 신부를 만나 가정을 꾸리고 아이를 낳아 스무 명이 넘는 조카들이 자라나는 모습을 묵묵히 지켜보았다. 그녀에겐 남동생과 그 가족들이 기쁨이자 자부심이었다. 막내 동생까지 장성하여 정든 집을 떠난 후, 그녀는 연로한 아버지를 요양원에 보내자는 가족의 권유를 뿌리치고 자신이 직접 수발을 들며 아버지를 모셨다. 니클라 파파키디스는 항상 이렇게 말했다. "내 걱정들은 하지 마라. 너희들에게는 부양해야 할 가족이 있지만 난 혼자 아니냐. 이런 건 희생도 아니야."

그녀는 아버지의 연세가 아흔이 될 때까지 마치 갓난아이 보살피듯 아버지를 모셨다. 그리고 아버지가 돌아가시자 형제들을 불러들였다.

"난 이제 마흔일곱 살이다. 난 평생 결혼할 생각이 없어. 자식이 생길 일도 없으니, 내게는 조카들이 내 자식과 마찬가지란다. 난 그거면 족해. 모두들 같이 살자고 나를 반겨준 점은 정말 고맙다. 그런데 비록 오늘에서야 하는 말이지만 이미 몇 년 전부터 마음의 결정을 내린 상태였단다. 사랑하는 동생들아, 우린 앞으로 평생 만나지 못하게 될 거야……. 난 남은 생을 예수님을 위해 헌신할 생각이란다. 내일부터 수녀원에 들어가 내 삶이 끝나는 날까지 은수자로 살기로 했다."

"그러면 수녀님이시네요!" 운전을 하면서 밀라가 하는 이야기를 듣던 보리스가 말했다.

"수녀님 그 이상이세요."

"게블러 박사님을 설득했다는 게 아직도 믿기지 않아요. 게다가 그 양반이 로시 경감님까지 설득했다는 건 정말 충격이었어요!"

"그냥 한번 시도해보는 거잖아요. 잃을 것도 없고요. 그리고 비밀 보장 문제는 절대 걱정할 일 없을 거예요."

"아, 그건 확실히 해야지요!"

뒷자리에는 커다란 빨간색 리본으로 장식된 상자 하나가 놓여 있었다.

"니클라가 유일하게 거절하지 못하는 게 바로 초콜릿이에요." 밀라는 보리스에게 제과점에 들러달라고 부탁하며 그렇게 말했었다.

"그런데 은수생활을 하시는 수녀님이라면 속세로 나와 수사를 도울 수는 없잖아요?"

"그게, 사실 좀 설명하기 복잡해요……."

"왜요?"

"니클라는 수녀원에서 몇 년을 보내긴 했어요. 하지만 니클라가 어떤 사람인지 알게 된 수녀원 사람들이 결국 속세로 돌려보내야 한다는 결정을 내렸거든요."

두 사람이 목적지에 도착한 건 정오가 조금 지난 시각이었다. 그곳은 혼돈이 휩쓰는 도심의 빈민가였다. 자동차 소음에다 별별 음악 소리, 언쟁을 벌이는 아파트 주민들의 고성을 비롯해 비교적 합법적인 일을 하는 사람들의 외침이 거리를 메우고 있었다. 그곳에 사는 사람들은 거의 외출을 하지 않았다. 지하철로 겨우 몇 정거장만 가면 시내—우아한 레스토랑, 고급 부티크, 카페 등—가 나오지만 그곳 사람들에게는 화성만큼이나 머나먼 곳이었다.

대로를 벗어나 목적지가 가까워질수록 내비게이션마저 정확한 방향을 잡지 못해 먹통이 되는 그런 곳이었다. 유일한 이정표는 조직폭력배들이 자신들의 영역을 표시해놓은 그라피티뿐이었다.

보리스는 막다른 길로 이어지는 골목길로 접어들었다. 몇 분 전부터 차 한 대가 그들의 뒤에 붙어 보리스와 밀라의 이동경로를 따라다니고 있었다. 낯선 경찰 두 명이 모는 차가 동네 구석구석을 지키고 있는 파수꾼들의 시선을 피할 수는 없는 법이다.

"손이 잘 보이게 운전대를 잡고 서서히 운전해요." 여러 차례 그곳을 찾았던 밀라가 말했다.

그들이 가고자 하는 건물은 골목 끝에 있었다. 두 사람이 차를 세운 곳은 불에 타서 뼈대만 앙상하게 남은 차들 한가운데였다. 차에서 내린 보리스는 주변을 살펴보았다. 리모컨 키로 차 문을 잠그려 하자 밀라가 말렸다.

"그거 쓰지 마세요. 열쇠는 그냥 계기반 위에 올려둬요. 단지 기분 나쁘다는 이유로 문짝에 구멍을 낼지도 모르거든요."

"차를 훔쳐가지 않는다는 보장도 없잖아요?"

밀라는 운전석 쪽으로 옮겨 앉은 뒤 주머니에서 플라스틱으로 만들어진 빨간 묵주 하나를 꺼내 룸미러에 달아놓았다.

"여기선 이게 고성능 도난방지기 역할을 해요."

보리스는 황당하다는 표정으로 밀라를 쳐다보다가 그녀를 따라 건물로 향했다.

건물 입구에 세워진 종이로 만든 팻말에는 이렇게 쓰여 있었다. "식사시간 줄서기는 11시부터." 그리고 대부분 글을 읽지 못하는 동네 사람들을 위해 그 옆에는 김이 모락모락 올라오는 접시 위에 11시를 가리키는 두 개의 시곗바늘을 그린 그림이 있었다.

건물에 들어서자 음식 냄새와 소독약 냄새가 뒤섞인 악취가 풍겼다. 입구에는 낡은 잡지가 펼쳐져 있는 작은 테이블을 중심으로 짝도 맞지 않는 플라스틱 의자 몇 개가 놓여 있었다. 뿐만 아니라 어린아이들을 위한 충치 예방 관련 책자를 비롯해 성병 예방에 관한 홍보물 등 실로 다양한 주제의 전단지와 팸플릿도 돌아다니고 있었다. 그곳은 일종의 대기실 역할을 하도록 만들어진 장소 같았다. 벽에 달린 게시판은 각종 광고와 공지사항으로 넘쳐났다. 여기저기서 목소리가 들려왔지만 정확히 어디서 들려오는 소리인지는 구분할 수 없었다.

밀라는 보리스의 소매를 잡아당겼다.

"가요, 니클라는 위층에 있어요." 두 사람은 계단으로 올라갔다. 계단은 단마다 훼손된 상태였고 난간은 위험할 정도로 흔들거렸다.

"여긴 도대체 뭐하는 곳이에요?"

보리스는 정체 모를 바이러스에 감염될까 두려웠는지 손으로 뭔가를 만지지 않으려고 했다. 그는 그렇게 위층으로 올라갈 때까지 투덜거렸다.

유리문 앞에 도착하고 보니 20대의 아리따운 아가씨가 누더기 차림에 술 냄새와 찌든 땀내를 풍기는 노인에게 약병을 건네주고 있었다.

"하루에 꼭 한 번은 드셔야 해요. 아시겠죠?"

아가씨는 그런 악취가 전혀 느껴지지 않는 듯 상대를 대하고 있었다. 상냥한 말투와 큰 소리로 마치 아이에게 설명하듯 또박또박 말해주고 있었다. 노인은 고개를 끄덕였지만 별로 그러고 싶어 하지 않는 눈치였다.

"챙겨 드시는 게 제일 중요한 거예요." 아가씨는 거듭 강조했다. "절대로 잊어버리시면 안 돼요. 또 약을 안 드시면 지난번처럼 이곳에 다시 실려 오시게 된단 말이에요. 죽기 직전의 상태로요."

아가씨는 주머니에서 손수건을 꺼내 노인의 손목에 묶어주었다.

"이렇게 하면 안 잊어버릴 거예요."

노인은 만족스럽다는 미소를 지었다. 그러고는 약병을 받아 들고 손목에 걸린 선물을 흡족하게 바라보며 다른 곳으로 갔다.

"뭘 도와드릴까요?" 아가씨가 그들에게 물었다.

"니클라 파파키디스 씨를 찾아왔습니다." 밀라가 말했다.

보리스는 뭔가에 홀린 듯한 표정으로 아가씨를 바라보고 있었다. 방금 전까지 늘어놓던 온갖 불평을 깨끗이 잊은 듯한 분위기였다.

"아마 저 끝에서 두 번째 방에 계실 거예요." 아가씨는 자신의 뒤쪽에 있는 복도를 가리키며 대답했다.

두 사람이 그녀를 지나쳐 갈 때 보리스는 눈을 내려 은근슬쩍 그녀의 가슴 쪽을 쳐다보다가 젊은 아가씨가 목에 걸고 있는 금십자가 목걸이를 포착했다.

"아니, 저건……."

"네, 맞아요." 밀라는 웃음을 억지로 참으며 대답했다.

"거참 유감스럽네."

두 사람은 복도를 따라가며 지나치는 방마다 슬쩍 들여다보았다. 철제 침대, 접이식 침대, 심지어 휠체어만 있는 방도 있었다. 그곳에는 나이를 불문하고 소위 삶의 변방에 사는 사람들이 모여 있는 곳이었다. 에이즈 환자, 마약중독자, 알코올중독자, 말기 간염 환자를 비롯해 단순한 노환 환자들이 그곳의 '주인'이었다.

그들에게는 두 가지 공통점이 있었다. 지친 눈빛, 그리고 그렇게 살지 말았어야 했다는 회한. 일반 병원에서는 그런 상태의 환자들을 절대 받아주지 않는다. 가족이 없거나, 그 가족으로부터 내쳐진 사람들이었기 때문이다.

그곳은 사람들이 죽기 위해 찾아오는 곳이었다. 그게 바로 그곳의 특징이었다. 그래서 니클라 파파키디스는 그곳을 '항구'라고 불렀다.

"오늘은 정말 날이 좋아요, 노라."

수녀 한 사람이 창문 앞에 놓인 침대에 누워 있는 노부인의 긴 머리를 정성스레 손질해주고 있었다. 수녀는 머리를 빗겨주면서 상대를 편하게 해주는 말도 곁들였다.

"오늘 아침에는요, 공원을 지나는 길에 새들에게 빵조각을 나눠줬어요. 눈이 이렇게 많이 쌓인 날에는 추위를 쫓기 위해 둥지에서 서로서로 꼭 붙어서 시간을 보내요."

밀라가 열려 있는 문에 노크를 했다. 니클라는 뒤를 돌아보더니 밀라를 보자 환한 표정을 지었다.

"우리 귀염둥이!" 니클라는 밀라에게 다가와 꼭 끌어안았다. "이렇게 다시 보니 정말 좋구나!"

니클라는 옥색 스웨터 차림이었는데 항상 더위를 타기 때문에 소매를 팔꿈치까지 걷어붙인 상태였다. 그리고 무릎 아래로 내려오는 검정 치마에 운동화를 신고 있었다. 하얀 피부 때문에 짙은 푸른색 눈동자가 도드라져 보였다. 전체적으로 수수하면서 단정한 분위기가 풍겼다. 보리스는 그녀의 목에 걸린 빨간색 묵주를 눈여겨보았다. 밀라가 차에 걸어둔 것과 똑같은 묵주였다.

"이쪽은 보리스, 동료 형사예요."

보리스는 수줍어하며 앞으로 다가갔다.

"반갑습니다."

"방금 메리 수녀님을 보고 오셨지요?" 니클라는 악수를 하며 물었다.

"어, 그게……. 네." 보리스는 홍조를 띠며 대답했다.

"걱정 마세요. 처음 보는 사람들은 항상 그런 반응을 보이니까요. 그나저나 항구에는 웬일이니, 우리 귀염둥이?" 니클라가 물었다.

"실종된 여자아이들에 대해 들어보셨을 거예요." 밀라는 진지한 표정으로 대답했다.

"매일 밤 그 아이들을 위해서 기도한단다. 하지만 별다른 소식은 없더구나. 뉴스나 신문이나."

"저도 마찬가지예요. 그 정도 말고는 더 가르쳐드릴 수도 없어요."

니클라는 밀라를 똑바로 쳐다보더니 말을 이었다.

"여섯 번째 아이 때문에 온 거지, 그렇지?"

"그 아이에 대해 아시는 거 있으세요?"

니클라는 한숨을 내쉬었다.

"한번 알아보려고는 했지. 하지만 쉽지 않더구나. 예전 같지가 않아. 내 능력이 많이 감퇴된 것도 같고 말이야. 오히려 반가워해야 할 일인지도 모르겠구나. 능력이 완전히 사라지고 나면 수녀원에서 날 다시 받아주지 않겠니? 그러면 사랑스러운 수녀님들도 다시 만날 수 있고 말이야."

니클라 파파키디스는 사람들이 자신을 영매로 여기는 것을 달가워하지 않았다. 그녀는 영매라는 말이 '신이 주신 재능'을 정의하는 단어로는 결코 적절하지 않다고 강조했다. 니클라는 자신이 특별하다고 느낀

적은 없었다. 단지 그녀가 가진 재능이 특별할 뿐이라고 했다. 자신은 단지 그 재능을 전달받아 올바른 곳에 쓰라고 신이 정해준 중개인일 뿐이라고 말했다.

밀라는 차를 타고 오면서, 다른 이야기와 함께 니클라가 자신에게 숨겨져 있던 초자연적인 능력을 발견하게 된 사연을 보리스에게 들려주었다.

"여섯 살 때, 니클라는 이미 동네의 유명인사였어요. 잃어버린 물건들을 기가 막히게 찾아주었거든요. 반지, 열쇠, 너무 깊숙이 숨겨놓은 고인의 유언장 등등. 그런데 어느 날 저녁, 지역 경찰서장이 그녀를 찾아왔대요. 다섯 살짜리 남자아이가 실종되었는데 그 엄마가 절망적으로 찾고 있다고요. 경찰은 어린 니클라를 아이 엄마에게 데려갔고, 엄마는 니클라에게 제발 아들을 찾아달라고 사정사정했어요. 그런데 니클라는 한동안 엄마를 쳐다보다가 이렇게 말했대요. '이 아줌마는 거짓말을 하고 있어요. 아들을 죽여서 뒷마당에 있는 밭에다 묻었거든요.' 그런데 정말 거기서 아이의 시체를 찾아낸 거예요."

그 이야기를 들은 보리스는 적잖이 동요되었다. 얼마나 두려웠는지, 직접 만나는 자리에서는 밀라에게 전적으로 일임하고 자신은 뒤로 살짝 물러나 있을 정도였다.

"이번에는 평소와 조금 다른 부탁을 드리려고 찾아왔어요." 밀라가 말했다. "저희랑 함께 가서서 죽어가는 남자와 대화를 시도해주셨으면 해요."

밀라는 과거에도 자신의 수사에 니클라의 도움을 여러 차례 받았었다. 그리고 실제로 그 덕에 사건을 해결할 수도 있었다.

"너도 알다시피, 나는 여기를 떠날 수가 없잖아. 이곳 사람들은 항상 날 필요로 해."

"저도 알아요. 하지만 모셔가지 않으려야 않을 수가 없어요. 여섯 번째 아이를 구할 수 있는 유일한 희망이 니클라거든요."

"아까도 말했지만, 그 '재능'이 예전 같지 않아."

"제가 니클라 생각을 한 이유가 또 한 가지 있어요……. 여섯 번째 아이를 찾는 데 결정적 제보를 한 사람에게 어마어마한 현상금이 걸려 있거든요."

"그래, 나도 그건 들었지. 그런데 그 많은 돈을 내가 어디에 쓰겠니?"

밀라는 현상금으로 받을 돈을 그곳 환경 개선에 쓰는 게 당연하다는 듯한 의미로 주변을 쭉 둘러보았다.

"제 말 믿으세요. 그간의 사정을 다 알게 되면 그 현상금을 이곳 환경 개선에 쓰는 게 최선이라고 생각하시게 될 거예요. 어때요, 같이 가실 거죠?"

"오늘은 베라가 올 거야."

침대에 누워 있던 노부인의 말이었다. 지금껏 아무런 말 없이 가만히 누워 있던 노부인은 멍하니 창가를 바라보았다.

니클라는 노부인의 곁으로 다가갔다.

"그래요, 노라. 베라는 나중에 올 거예요."

"온다고 약속했어."

"맞아요, 저도 알아요. 베라는 약속을 했으니까 꼭 지킬 겁니다. 기다려보세요."

"그런데 저 남자가 베라 의자에 앉아 있어." 노부인은 보리스를 가리키며 말했다. 그러자 보리스는 자리에서 일어나려 했다.

니클라는 보리스를 다시 앉히며 말했다.

"그냥 앉아 있어요. 베라는 저 부인의 쌍둥이 자매인데 70년 전에 죽었어요. 아주 어렸을 때." 니클라는 낮은 목소리로 설명했다.

은수자 수녀는 보리스의 얼굴이 창백해지는 걸 보고 큰 소리로 웃었다.

"이런, 형사 양반, 내가 하늘에 있는 사람하고도 대화할 수 있는 줄 착각하셨군요! 노라는 이따금씩 여동생이 자신을 만나러 온다는 이야기를 듣는 걸 좋아해요."

보리스는 밀라가 들려준 이야기를 곧이곧대로 믿은 자신이 바보 같다는 생각이 들었다.

"같이 가실 거죠?" 밀라가 거듭 졸랐다. "오늘 저녁 무렵까지 다시 이곳에 모셔다 드리겠다고 약속할게요."

니클라 파파키디스는 다시 생각에 잠겼다.

"나한테 뭐 가지고 온 거 있니?"

밀라는 미소를 지었다.

"차에 가면 초콜릿이 기다리고 있답니다."

니클라는 만족스럽게 고개를 끄덕이고는 다시 진지한 얼굴로 돌아왔다.

"내가 만나봐야 할 그 남자에 대한 사연은 그리 좋은 내용이 아니겠지? 안 그래?"

"네, 그럴 것 같아요."

니클라는 목에 걸고 있던 묵주를 손으로 꽉 쥐었다.

"좋아. 가보자."

무질서 속에 놓인 이미지에서 우리에게 친숙한 형태를 찾아내는 본능적 성향을 '파레이돌리아(pareidolia)'라고 부른다. 구름이나 별자리, 심지어 우유잔 위를 떠도는 콘플레이크에서도 어떤 형태를 발견하곤 한다.

마찬가지로 니클라 파파키디스는 자신의 머릿속에 뜬금없이 나타나는 장면들을 보곤 했다. 니클라는 그 장면들을 환영이라고 단정 짓지 않았다. 대신, 파레이돌리아라는 단어를 즐겨 썼는데 그 이유는 자신과 마찬가지로 파레이돌리아라는 단어의 어원이 그리스에서 비롯되었기 때문이라고 했다.

뒷좌석에 앉은 니클라는 초콜릿을 연달아 먹어가며 보리스에게 그런 이야기를 들려주었다. 은수자 수녀의 이야기만큼이나 특별 수사관 클라우스 보리스를 놀라게 한 것은 그런 험한 동네에 세워둔 자신의 차가 흠집 하나 없이 제자리에 멀쩡히 세워져 있다는 사실이었다.

"왜 이곳을 항구라고 부르시는 겁니까?"

"그건 말이에요, 무엇을 믿느냐에 따라 다른 거예요, 보리스 수사관. 어떤 이들은 항구를 도착지로 생각해요. 그런데 또 어떤 이들은 출발점으로 생각하거든요."

"그럼 수녀님은요?"

"두 가지 다라고 봐요."

그들은 막 오후에 접어들 무렵 록포드 소유지에 도착했다.

고란과 스턴이 저택 앞에서 그들을 기다리고 있었다. 세라 로사는 위층에서 죽어가는 환자를 돌보는 의료진과 필요한 부분에 대한 논의를 하는 중이었다.

"적절할 때 아주 잘 왔어." 스턴이 말했다. "오늘 아침부터 병세가 심각해졌어. 의사들 말이 이제부터는 남은 생이 시간 단위라는군."

게블러 박사는 니클라에게 자신을 소개하고 그녀가 해야 할 일들을 간략히 설명은 했지만 회의적인 분위기만큼은 감추지 못했다. 과거에도 영매를 자청하는 온갖 부류의 사람들이 수사에 동원된 경우를 여러 차례 봤기 때문이다. 그들이 수사에 개입한 대부분의 경우 별 효과가 없었고, 오히려 수사에 혼선을 빚어 엉뚱한 단서를 쫓아다니거나 쓸데없는 희망으로 상처받는 사람만 생길 뿐이었다.

은수자 수녀는 당혹감을 감추지 못하는 범죄학자의 표정에도 전혀 놀라는 기색이 없었다. 사람들의 얼굴에서 그런 불신의 표정을 수도 없이 본 그녀였다.

독실한 신자인 스턴은 니클라의 재능을 좀처럼 믿지 못했다. 그에겐 단지 사기극에 지나지 않았다. 하지만 그런 일을 하는 사람이 수녀라는 사실에 적잖이 놀라는 눈치였다. "적어도 돈 때문에 하는 일은 아니잖아." 니클라가 도착하기 전에 스턴은 그렇게 말했다. 자신보다 더 회의적인 세라 로사에게.

"저 양반 마음에 드는구나, 범죄학자라는 사람." 니클라는 위층으로 올라가는 계단에서 낮은 소리로 밀라에게 속삭였다. "사람을 잘 믿지 않지만 그런 점을 굳이 감추려 들지도 않고 말이야."

니클라의 그 말은 그녀가 가진 재능에서 비롯된 말이 아니었다. 밀라는 그게 니클라의 진심에서 우러나온 말이라는 것을 깨달았다. 가장 아끼는 사람의 입에서 그런 말을 듣게 되자 밀라는 안심이 되었다. 그 한마디는 세라 로사가 고란과 그녀 사이를 이간질하기 위해 심어놓았던 의혹을 불식시켜 주기에 충분했다.

조지프 B. 록포드의 방은 태피스트리로 장식된 널찍한 복도의 끝에 위치하고 있었다.

커다란 창문은 태양이 떠오르는 동쪽으로 나 있었고, 발코니에 서면 계곡의 절경이 한눈에 들어왔다.

캐노피가 달린 사주식 침대가 방 한가운데 놓여 있고 그 주변으로는 백만장자의 남은 시간을 함께하게 될 의료기구들이 즐비하게 늘어서 있었다. 그것들은 록포드를 대신하여 뚝뚝 끊어지는 기계박동 소리를 전달해 심전도 모니터가 지속적으로 정상 신호음을 내도록 도왔고 인공호흡기의 들숨과 날숨을 관리하면서 주기적으로 약물을 주입해주었다.

그렇게 전자장비의 속삭임은 저음으로 깔려 계속 이어지고 있었다.

　록포드는 여러 개의 쿠션을 받쳐 상체를 세우고 두 팔은 수를 놓은 이불 속에 숨겨진 신체를 따라 늘어뜨린 상태였다. 두 눈은 감겨 있었다. 그는 핑크 계열의 실크 잠옷을 입었는데 목 부분은 단추가 풀려 있었다. 그리고 그곳으로 기도삽관이 이루어져 있었다. 몇 가닥 남지 않은 머리는 완전히 백발이었다. 얼굴은 매부리코를 중심으로 움푹 들어갔고, 그 외 나머지 신체는 이불 속에서 겨우 형체만 드러날 정도로 앙상해진 상태였다. 갓 50이 된 사람의 몸이었지만 보는 사람들 눈에는 백 살은 넘어 보였다.

　간호사 한 명이 계속해서 목에 난 상처를 치료하고 있었다. 그녀는 호흡을 도와주는 삽입관 끝에 붙어 있는 거즈를 수시로 갈아주었다. 24시간 동안 계속해서 침실을 지키는 직원들 중에서 오직 주치의와 그의 간호사만이 록포드의 곁에 머물 수 있었다.

　니클라를 대동한 수사관들은 록포드의 방 문턱을 넘어서면서 라라 록포드의 모습을 발견했다. 무슨 일이 있어도 그 장면을 놓치지 않을 사람이었다. 라라는 침대와 조금 떨어진 곳에 있는 의자에 앉아 환자의 건강상태는 아랑곳하지 않고 담배를 피우고 있었다. 간호사가 오빠의 상태를 봐서라도 흡연은 그리 좋은 행동이 아니라고 말해주었지만 그녀의 대답은 간단했다. "이깟 담배연기 때문에 저 양반이 아파하겠어요?"

　니클라는 당당한 걸음으로 침대로 다가가며 호화로운 죽음의 과정을 살펴보았다. 그녀가 항구에서 매일같이 접하는 가련하고 터무니없는 그런 죽음과는 사뭇 다른 임종의 순간이었다. 조지프 B. 록포드 곁에 서자 니클라는 성호를 그은 뒤 고란을 향해 말했다.

　"이제 시작하겠습니다."

　그 어떤 배심원도 이 과정을 통해 얻은 증거를 인정해주지 않을 것이다. 무슨 일이 있어도 이번 실험에 대한 언론의 관심을 차단해야 했다.

모든 과정은 사각의 방 안에서 시작되고 그 안에서 끝나야 했다.

보리스와 스턴은 굳게 닫힌 문 옆에 자리를 잡고 서 있었다. 세라 로사는 구석으로 가서 팔짱을 끼고 벽에 기대섰다. 니클라는 사주식 침대 옆에 있는 의자에 앉았다. 밀라는 그녀의 바로 옆에 앉았다. 은수자 수녀와 록포드의 변화를 살피고 싶었던 고란은 반대편에 자리를 잡았다.

영매는 정신을 집중했다.

의사들은 혼수상태에 놓인 환자들의 상태를 측정할 때 글래스고 코마 스케일(GSC)이라는 등급을 사용한다. 세 가지 기본적인 테스트 반응—구두로 의사표현이 가능한지를 알아보는 언어 반응, 직접 눈을 뜰 수 있는지를 알아보는 개안 반응, 신체부위를 움직일 수 있는지를 알아보는 운동 반응—을 통해 의식장애의 중증도를 측정하는 것이다. 각각의 반응은 다시 네 단계 혹은 여섯 단계로 세분화되는데 계단을 내려가듯 아래쪽으로 내려갈수록 완전 혼수에 가까워 회복이 거의 불가능하다.

자신의 주변을 둘러싼 세계를 자각하면서도 동시에 물속에서 유영하듯 아무런 고통 없이 평온한 상태로 잠들어 있다 갑자기 의식을 회복한 일부 혼수상태 환자들의 증언을 제외하면, 솔직히 생존과 사망 간에 어떤 간격이 얼마만큼 벌어져 있는지는 아무도 모르는 일이다. 게다가 혼수상태에서 깨어난 환자들 중 가장 많은 '계단'을 내려간 사람들은 두세 계단 정도에 불과했다고 하는데, 일부 신경학자들은 아래로 내려가는 의식의 계단이 무려 백여 개가 넘는다는 주장을 내놓고 있다.

밀라는 조지프 B. 록포드가 실제로 그 의식의 계단에서 어디까지 내려가 있는지는 알 수 없었다. 어쩌면 수사관들의 존재를 인식하고 그들의 목소리를 듣고 있을 수도 있지만, 자신을 따라붙는 유령을 떨쳐내기 힘들 정도로 깊은 곳까지 내려간 상태인지도 모를 일이었다.

하지만 한 가지만큼은 확신할 수 있었다. 니클라가 그를 찾아 나서리라는 것, 깊고 은밀한 심연 속으로 직접 헤엄쳐 들어가 그를 만나고 오리라는 것만큼은 확신할 수 있었다.

"됐어요, 목소리가 들립니다."

니클라는 두 손을 무릎 위에 곱게 올려놓았다. 밀라는 긴장 때문인지 그녀의 손가락에 힘이 들어가고 있다는 사실을 알아차렸다.

"조지프는 지금도 여기 있습니다." 영매가 말을 시작했다. "그런데…… 심하게 거리를 두고 있네요. 그래도 여전히 뭔가를 느낄 순 있는 것 같아요……."

세라 로사는 보리스를 향해 혼란스러운 표정을 지었다. 보리스는 난처하다 못해 하마터면 웃음을 터뜨릴 뻔했지만 간신히 참아 넘겼다.

"고민이 많군요. 그런데 굉장히 화가 난 상태입니다. 자신이 아직도 이곳에 남아 있다는 사실을 참을 수 없어 하는데……. 빨리 떠나고 싶은데 마음대로 안 된다고 하네요. 뭔가가 자신을 붙잡고 있다고……. 냄새가 너무 싫다고 하는군요."

"무슨 냄새요?" 밀라가 물었다.

"시들어버린 꽃향기. 그 향기를 견딜 수 없다고 해요."

방 안에 있던 사람들은 그 말의 진위 여부를 확인해보기 위해 동시에 코를 킁킁거렸다. 하지만 은은한 향수 냄새 외에는 아무것도 느낄 수 없었다. 창틀에 놓인 커다란 꽃병에는 싱싱한 꽃들만 꽂혀 있었다.

"말을 하도록 유도해보세요, 니클라."

"좋아할지 모르겠어……. 아니래, 나하고는 말하기가 싫다는군."

"그래도 설득하셔야 해요."

"미안해……."

"뭐가요?"

하지만 영매는 문장을 마치지 못했다. 대신, 자신이 직접 설명을 했다.

"나한테 뭔가를 보여주고 싶어 하는 것 같은데……. 그래, 그거였군. 나한테 방 하나를 보여주고 있어. 이 방. 그런데 우리들은 보이지 않아. 조지프의 생명을 유지해주는 의료장비들도 하나도 없어." 니클라는 온몸이 뻣뻣해지며 덧붙였다. "조지프가 누군가와 함께 있는데……."

"그게 누구예요?"

"여자야. 아주 미인이고……. 조지프의 어머니인 것 같아."

밀라는 곁눈질로 라라 록포드를 쳐다보았다. 의자에 앉아 있던 그녀는 줄담배를 피우다가 그 말에 몸을 뒤척였다.

"그 여자가 뭘 하고 있어요?"

"조지프는 아주 어린 아이야. 엄마가 안아서 무릎에 올려놓고 뭔가를 설명해주고 있어. 주의를 주고 경고를 하고……. 바깥세상은 너무나 위험해서 그곳으로 나가면 나쁜 일만 일어날 거라고 얘기해주고 있어. 하지만 이곳에 있으면 안전할 거라고……. 엄마 곁에 있으면 엄마가 보호해주고 보살펴줄 거라고 약속하고 있어. 그리고 엄마는 절대 떠나지 않을 거라고……."

고란과 밀라는 서로를 바라보았다. 조지프의 황금감옥은 그렇게 시작된 것이었다. 엄마는 아들을 세상으로부터 멀리 떨어뜨렸던 것이다.

"엄마는 바깥세상의 모든 위험요소 중에서도 여자들이란 존재가 가장 치명적이라고 가르치고 있어. 바깥세상에 득실거리는 여자들은 하나같이 아들이 가진 것들을 빼앗아갈 생각만 하는 존재들이라고……. 여자들은 조지프의 재산만을 탐내고, 조지프를 실망시키고 이용하기만 할 거라고……. 미안해." 수녀는 다시 미안하다는 말을 했다.

밀라는 다시 고란을 쳐다보았다. 그날 아침, 범죄학자는 로시 경감 앞에서 록포드가 가진 분노의 원천―시간의 흐름에 따라 그를 연쇄살인범으로 만들어놓은―은 자기 자신의 모습을 그대로 받아들일 수 없었기 때문이라고 강하게 주장했었다. 왜냐하면 어느 날 누군가, 즉 추측에 따르자면 어머니가 조지프의 남다른 성적 취향을 발견하게 되었고, 그 일을 절대 용서해주지 않았기 때문이라고 설명했었다. 자신의 성관계 파트너를 살해하는 것은 자신의 잘못을 지워 없애는 행위를 의미한다는 것이었다.

고란의 추측은 빗나갔다.

영매가 전해준 이야기는 그의 이론과 부분적으로 반대되는 내용이었기 때문이다. 조지프의 동성애 성향은 어머니가 가지고 있던 기피증과 관련이 있었다. 어머니는 아들의 그런 성향을 알았지만 누구에게도 말하지 않았을 것이다.

그렇다면 도대체 조지프는 왜 자신의 파트너들을 살해하게 된 것일까?

"전 단 한 번도 여자친구를 집으로 초대할 수 없었어요……"

모두의 시선은 라라 록포드에게로 쏠렸다. 그녀는 부들부들 떨리는 손가락으로 담배를 꽉 쥔 채 바닥을 내려다보며 말하고 있었다.

"그건 어머니였어! 이곳으로 남자들을 끌어들인 장본인 말이야." 고란이 말했다.

"맞아요. 엄마가 돈을 주고 젊은 남자들을 불러들였어요." 라라가 그의 의견에 힘을 실어주었다.

그녀의 온전한 한쪽 눈에서 눈물이 흘러내렸다. 그 덕에 얼굴은 더더욱 기괴한 가면처럼 보였다.

"엄마는 절 싫어했어요."

"왜죠?" 범죄학자가 물었다.

"왜냐하면 전 여자이니까요."

"미안해……" 니클라는 또다시 사과의 말을 꺼냈다.

"닥쳐!" 라라는 자신의 오빠를 향해 고함을 질렀다.

"미안하다, 사랑하는 내 동생……."

"닥치라니까!"

라라는 분노에 찬 소리로 고함을 지르며 발로 바닥을 내리쳤다. 턱까지 부르르 떨고 있었다.

"여러분들은 상상도 못할 거예요. 절대 모를 거라고요. 어디를 돌아봐도 자신에게 날아드는 뜨거운 시선, 시종일관 그걸 느껴야 하는 그 기분, 당신들은 모를 거라고. 어딜 가든 따라다니는 그 눈빛, 무슨 의미인지 너무나 자명한 그 눈빛. 인정하고 싶지 않아도 느껴야 하는 그 눈빛을 당신들은 알 수 없을 겁니다. 생각만 해도 구역질이 났으니까. 오빠는 그 눈빛의 의미를 이해하려고 했던 것 같아요……. 왜냐하면 나한테 끌리고 있었으니까."

니클라는 여전히 영혼과 연결된 최면상태를 유지하고 있었다. 부들부들 떨면서. 밀라는 그녀의 손을 꼭 잡았다.

"그래서 이 집을 나간 거군요. 그렇지요?" 고란은 어떻게든 대답을 얻어내겠다는 일념으로 라라 록포드를 똑바로 쳐다보며 질문을 던졌다. "그리고 그때 이후로 그의 살인행각이 시작된 거고요."

"그래요. 그랬던 것 같아요."

"그러고 나서 5년 뒤에 다시 이 집으로 들어온 거군요."

라라 록포드는 소리 내어 웃었다.

"전 아무것도 몰랐어요. 오빠는 날 속였어요. 혼자 너무나 외롭고 모두에게서 버림받은 것 같다고 거짓말을 했어요. 나는 자기 여동생이고 가족인 나를 사랑하니까, 나와 평화롭게 지내고 싶다고 했어요. 안 좋았던 모든 것들은 다 내가 만들어낸 상상 때문이라고 했어요. 그래서 그 말을 믿었던 거죠. 이곳으로 다시 돌아온 뒤로, 처음 며칠간은 오빠도 정상적으로 행동했어요. 상냥하고 다정다감하고, 제 걱정을 해주고 편의를 봐주고 그랬어요. 어렸을 때 봤던 조지프 오빠가 아닌 것 같았어요. 그 일이 벌어지기 전까지는……."

라라는 또다시 너털웃음을 터뜨렸다. 그 웃음은 그 어떤 말보다 상세한 의미를 지니고 있었다. 그녀가 겪어야 했던 그 끔찍한 폭력을 묘사하기에는.

"당신을 지금의 그런 몰골로 만든 건, 단순한 교통사고가 아니었던 거군요." 고란은 은근슬쩍 상대를 떠보았다.

라라는 고개를 아래위로 흔들었다.

"그래야, 제가 더 이상 도망가지 않을 거라고 생각했던 거예요."

자리에 있던 사람들은 젊은 여성이 느꼈을 끔찍한 고통을 상상으로나마 같이할 수 있었다. 그녀는 자신의 집이 아니라, 자신의 외모에 갇혀 살고 있었던 것이다.

"실례하겠습니다." 라라는 절뚝거리는 다리를 끌며 문으로 향했다.

스턴과 보리스는 그녀가 나갈 수 있도록 비켜선 뒤 다시 고란을 쳐다보며 그의 결정을 기다렸다. 범죄학자는 니클라에게 말을 걸었다.

"계속 진행할 수 있으십니까?"

"괜찮습니다." 수녀는 비록 기력을 소진하여 피곤한 모습이 역력했지만 계속하겠다고 대답했다.

이어지는 질문은 그 무엇보다도 중요했다. 그들에게는 마지막 기회나 다름없었다. 여섯 번째 아이의 목숨뿐만 아니라 그들의 목숨까지도 그 대답에 걸려 있었다. 왜냐하면 지난 며칠간 벌어졌던 일들이 의미하는 것을 찾아내지 못할 경우 이 사건에 관련된 수수께끼를 평생 동안 저주처럼 떠안고 살아야 하기 때문이었다.

"니클라, 조지프에게 그 남자를 만났을 때 이야기를 하게 해보세요. 자신과 비슷했던 그 남자……."

31

밤마다 고통의 절규를 들어야 했다.

엄마는 고문에 가까운 두통에 시달렸고 잠도 제대로 이루지 못했다. 어느 순간부터는 진통제마저 시시때때로 찾아오는 격통을 달래지 못하는 지경에 이르렀다. 엄마는 침대에서 길길이 날뛰고 목이 완전히 쉴 때까지 비명을 질러댔다. 그 옛날의 미모, 냉혹한 시간의 흐름 앞에서 그토록 공들여 가꾸어왔던 미모는 온데간데없이 사라져버렸다. 그리고 어느 순간, 엄마는 저속한 인간이 되어 있었다. 언제나 때와 장소에 따라 말을 가려 하고 사리분별이 밝았던 그 엄마가, 상상 속에서나 가능할 법한 상스러운 존재로 전락하고 말았다. 엄마는 모두를 향해 욕설을 퍼부었다. 너무 일찍 자신의 곁을 떠나버린 남편에게도, 자신으로부터 멀리 도망가 버린 딸에게도, 자신을 그 지경으로 만든 신에게도.

오직 그만이 엄마를 달랠 수 있었다.

그는 엄마의 방으로 찾아가 실크 스카프로 엄마의 손을 침대 기둥에 묶어 자해행위를 하지 못하도록 막았다. 다 잡아 뽑은 머리카락은 몇 가닥 남지 않았고, 틈만 나면 손톱으로 뺨을 할퀴고 잡아 뜯어서 얼굴은 말라붙은 핏자국과 상처로 덮여 있었다.

"조지프." 엄마는 아들이 자신의 이마를 쓰다듬어 줄 때면 아들의 이름을 불렀다. "이 엄마가 너한테 좋은 엄마였다고 말해주지 않겠니? 제발 그렇게 말해줄래?"

그러면 그는 눈물이 가득 고인 엄마의 두 눈을 똑바로 쳐다보며 그 말을 해주었다.

조지프 B. 록포드는 서른두 살이었다. 죽음과 만나기까지 18년이라는 시간이 남아 있었다. 얼마 전, 유명한 유전학자의 도움을 받아 자신도 역시 아버지나 할아버지와 같은 운명을 따라야 하는지를 알아보았다. 질병의 유전성에 대한 지식과 정보가 여러모로 부족한 상황이었기에 정확한 가능성은 밝혀낼 수 없었다. 그가 태어날 때부터 희귀성 질환을 앓게 될 가능성은 대략 40~70퍼센트 사이였다.

그날부터 조지프는 만기일을 기준으로 살기 시작했다. 나머지 것들은 단지 그 끝지점으로 향해가는 '단계'일 뿐이었다. 엄마의 병처럼. 거대한 저택은 밤마다 끔찍한 비명으로 몸살을 앓았다. 그 소리는 메아리가 되어 온 방을 돌아다녔다. 몇 달간 강요된 불면의 밤을 보내야 했던 조지프는 형벌에 가까웠던 비명을 듣지 않으려고 귀마개를 끼고 잠자리에 들었다.

하지만 그것만으로는 부족했다.

어느 날 새벽 4시경, 조지프는 잠에서 깼다. 꿈을 꾸었지만 내용이 기억나지 않았다. 하지만 그를 잠에서 깨운 건 꿈이 아니었다. 조지프는 침대에 앉아 자신을 잠 속에서 끄집어낸 게 무엇인지 이해하려고 애썼다.

집 안이 기괴할 정도로 고요했던 것이다.

조지프는 뒤늦게 그 사실을 깨달았다. 그는 침대에서 일어나 바지와 터틀넥 니트, 그리고 초록색 레인코트를 차례로 입었다. 그러고는 방에서 나가 문이 잠긴 엄마의 방을 그대로 지나쳤다. 육중한 대리석 계단을 내려간 조지프는 몇 분 뒤 밖에 나와 있었다.

그는 집안 사유지의 진입로를 따라 걷다가 서쪽 경계벽에 도달했다. 그곳은 원래 배달 온 물건을 가져온 사람이나 하인들이 사용하는 출입문이었다. 하지만 조지프에겐 세상을 가르는 국경이나 마찬가지였다. 어렸을 때 라라와 함께 그 경계벽까지 같이 놀러 가곤 했었다. 하지만 휠

썬 나이 어린 여동생은 그보다 더 멀리 가보고 싶어 했다. 부러울 정도로 용기가 넘쳐나는 여동생이었다. 반면 조지프는 항상 그곳에 도착하면 뒷걸음질부터 쳤다. 그렇게 라라가 떠나간 지 어느덧 1년이 되었다. 경계를 뛰어넘을 정도로 힘을 모은 뒤 실행에 옮긴 라라는 그 후로 아무런 소식도 전해오지 않았다. 여동생이 너무나 보고 싶었다.

11월 새벽의 추위 속에서, 조지프는 몇 분간 그 벽을 바라보며 가만히 서 있었다. 그러고는 그 문을 넘어버렸다. 두 발이 세상의 반대편 땅을 밟는 순간, 완전히 새로운 감각이 느껴지는 것 같았다. 상체에서 시작된 전율은 온몸으로 퍼져나갔다. 태어나서 처음으로 쾌감을 맛본 것이다.

조지프는 아스팔트 도로를 따라 걸었다.

지평선에서부터 여명이 피어오르기 시작했다. 주변을 둘러싼 자연은 자신이 살던 곳과 다를 바 없었다. 얼마나 똑같은지, 자신이 바깥세상으로 나온 게 맞는지조차 순간 의심스러웠다. 심지어 경계벽에 있던 문은 단지 허상에 불과했고 모든 것은 거기서 다시 시작되고 소멸되는 것이라고, 매번 그 경계를 넘어서면 처음부터 다시 시작되어 언제나 같은 식으로 끝없이 반복되는 거라는 생각마저 들었다. 판박이 같은 평행의 세계가 무한으로 반복되는 거라고. 조금만 더 걸어가면 골목길 끝에 자신의 집이 나타날 것만 같았고 그 모든 게 허상이라는 확신마저 들었다.

하지만 그런 일은 벌어지지 않았다. 그래도 계속 앞으로 걸어가면 갈수록, 분명히 그런 일이 벌어질 거라는 확신도 커져갔다.

주변에는 아무도 없었다. 차 한 대, 집 한 채도 보이지 않았다. 동이 트는 것을 반기며 지저귀는 새소리와 어우러지는 인간의 화답송은 아스팔트 위를 걷는 그의 발소리가 전부였다. 나무를 흔드는 바람 한 줄기 없었고, 나무는 꼿꼿이 서서 마치 이방인을 바라보듯 길을 걷는 자신을 노려보는 것 같았다. 반면 그는 나무들에게 인사말을 건네고 싶었다. 공기가 생동하는 듯했고 맛까지 느껴졌다. 서리, 낙엽, 그리고 초록색 풀들까지도.

태양은 여명, 그 이상의 것이었다. 서서히 들판 위로 올라서면서 마치 잔잔한 바다처럼 늘어지고 넓어졌다. 조지프는 자신이 몇 킬로미터나 걸어왔는지 알 수 없었다. 뚜렷한 목적지도 없었다. 하지만 그 자체가 대단한 일이었다. 아무런 걱정도 없다는 사실 그 자체가. 젖산이 두 다리의 근육을 심하게 압박했다. 통증이 그토록 기분 좋으리라고는 단 한 번도 상상해본 적이 없었다. 힘은 넘쳐났고 숨 쉴 공기도 충분했다. 나머지 일은 가변적인 이 두 요소가 결정해주리라. 평생 처음으로 뭔가를 생각하거나 고민하고 싶지 않았다. 그날이 오기 전까지, 그의 머릿속은 항상 각기 다른 고민거리와 걱정, 두려움으로 가득 차서 숨어 들어갈 곳이 없었다. 누군가가 주변을 맴돌며 계속해서 지켜보고 있었다 해도, 그 순간들은 조지프에게 바깥세상에는 위험만큼이나 소중한 것들이 숨어 있다는 사실을 깨우쳐주기에 충분했다. 두려움만큼이나 경탄할 것도 많았다.

바로 그 순간, 조지프는 색다른 소리를 들은 것 같았다. 미약하고 아득했지만 뒤쪽에서부터 어떤 소리가 들려왔다. 그건 자동차 소리였다. 조지프는 뒤를 돌아보았다. 작은 언덕 뒤로 차 한 대가 눈에 들어왔다. 그 차는 내리막길로 사라지더니 다시 눈앞에 나타났다. 낡은 베이지색 라이트밴이었다. 차는 조지프를 향해 다가오고 있었다. 앞유리가 더러워서 누가 앉아 있는지 보이지도 않았다. 조지프는 모른 척하기로 마음먹고 다시 뒤를 돌아 제 갈 길을 갔다. 차는 가까이 다가오면서 속력을 줄이는 것 같았다.

"이봐!"

조지프는 돌아볼까 망설였다. 모험을 방해하러 온 사람일까? 그래, 맞아! 엄마가 깨어나서 고함을 지르며 아들을 찾았을 것이다. 그런데 침대에 아들이 보이지 않자 하인들을 시켜 집 안으로, 집 밖으로 그를 찾아 나서게 한 것이다. 그를 부른 남자는 아마 보상금이 탐나서 직접 자신의 차를 몰고 찾아 나선 정원사 중 한 명이리라.

"어이 친구, 어디 가는 거야? 내가 데려다줄까?"

남자가 말을 걸자 안심이 되었다. 일단 집에서 자신을 찾으러 온 사람은 아니라는 생각 때문이었다. 남자는 서서히 차를 몰았다. 조지프는 운전자의 얼굴을 볼 수 없었다. 걸음을 멈추자, 차도 따라 멈췄다.

"난 북쪽으로 가는 중이야." 운전석에 앉은 남자가 말했다. "내가 걸어갈 거리를 조금 단축시켜 줄 수 있어. 한 몇 킬로미터 정도는. 이런 기회는 별로 없을 거야. 특히 이런 곳에서는 말이지."

상대의 나이는 알 수 없었다. 대략 마흔 정도, 그보다 적을 수도 있다. 불그스름하고 긴 턱수염은 제대로 다듬지 않았고 긴 머리는 가운데 가르마를 타서 뒤로 넘긴 모습이었다. 그리고 잿빛 눈을 가지고 있었다.

"어떻게 할래? 탈 거야?"

조지프는 잠시 생각하다 대답했다.

"고마워요."

그는 낯선 이의 차에 올라탔고 차는 다시 출발했다. 밤색 천으로 된 시트는 곳곳에 구멍이 생길 정도로 낡아서 안이 들여다보였다. 룸미러에 걸린 방향제는 몇 년 넘게 사용한 건지 이상한 냄새를 풍기고 있었다. 뒷자리는 공간 확보를 위해 접은 상태였는데 그곳에는 여러 개의 종이상자, 가방, 연장을 비롯해 다양한 크기의 물통이 자리를 차지하고 있었다. 모든 게 깔끔하게 정리되어 있었다. 계기반 위에는 오래된 스티커들이 덕지덕지 붙어 있었고 낡은 카스테레오에서는 컨트리 음악이 흘러나왔다. 운전자는 그에게 말을 걸기 위해 낮추었던 볼륨을 다시 높였다.

"얼마나 오래 걸어온 거야?"

조지프는 상대가 자신의 거짓말을 눈치챌까 두려워 일부러 쳐다보지 않았다.

"어제부터 걸었어요."

"히치하이크도 한번 안 했어?"

"하긴 했어요. 트럭을 얻어 타긴 했는데 방향이 반대라서요."

"그래? 넌 어디로 가는데?"

전혀 예상치 못한 질문에 조지프는 사실대로 말했다.

"잘 모르겠어요."

남자는 웃음을 지었다.

"어디로 갈 건지도 모르는데 그냥 트럭을 타고 가지 왜 내린 거야?"

조지프는 고개를 돌려 그를 쳐다본 뒤 대단히 진지하게 대답했다.

"질문을 너무 많이 해서요."

남자는 방금 전보다 더 심하게 웃었다.

"야, 이거 굉장히 직설적인 친구군그래! 마음에 드는글."

남자는 소매가 너무 짧은 붉은색 바람막이 점퍼를 입고 있었다. 바지는 밝은 밤색이었고 마름모무늬가 들어간 터틀넥 니트를 입고 있었다. 신발은 밑창이 이중고무로 된 작업용 신발이었다. 남자는 두 손으로 운전대를 잡고 있었는데, 왼쪽 손목에는 싸구려 시계를 감고 있었다.

"이봐, 네 계획이 뭔지도 모르고 굳이 알려달라고 조를 마음도 없어. 근데 내가 이 근처에 사는데, 혹시 생각 있으면 들러서 아침이나 먹고 가는 건 어때? 좋지 않아?"

조지프는 싫다고 말하려 했다. 모르는 사람의 차를 얻어 탄 것만으로도 충분히 경솔한 행동이었다. 그래서 남자를 더 이상 따라가지 않을 생각이었다. 가진 걸 다 털리거나, 더한 경우도 당할 수 있기 때문이다. 그런데 그 순간, 그런 생각은 지금까지 가지고 있었던 쓸데없는 두려움의 단면에 불과할 뿐이라는 사실을 깨달았다. 미래는 알 수 없을 뿐, 위협적인 게 아니라는 것. 그날 아침 깨달은 진리였다. 그리고 그 진리의 열매를 맛보기 위해선 얼마간의 위험을 무릅써야 한다.

"좋아요."

"메뉴는 계란, 베이컨, 그리고 커피야." 낯선 이는 그렇게 말했다.

20분 뒤, 두 사람은 큰길을 벗어나 비포장도로로 들어섰다. 움푹 파인 도로 때문에 흔들거리며 천천히 차를 몰아 경사진 지붕이 달린 오두막집에 도착했다. 외관상으로는 여기저기 흰 칠이 벗겨진 상태였다. 현관문은 간신히 붙어 있을 만큼 상태가 안 좋았고 나무 틈새로 풀들이 자라나고 있었다. 두 사람은 집 옆에 차를 세웠다.

'이 남자는 도대체 뭐 하는 사람이지?' 조지프는 그가 사는 집을 보자 그런 의문이 들었다. 하지만 직접적인 대답보다는 그가 사는 세상을 구경해볼 수 있다는 게 더 흥미롭게 느껴졌다.

"방문을 환영합니다." 남자는 조지프와 집 안으로 들어가며 말했다.

첫 번째 방은 거실로 사용되는데 중간 정도의 크기였다. 가구라고는 식탁과 의자 셋, 서랍이 몇 개 빈 찬장, 그리고 찢어진 소파가 전부였다. 한쪽 벽면에는 어딘지 모를 풍경을 담은 그림이 액자도 없이 그대로 걸려 있었다.

유일한 창문 옆으로 그을음이 묻은 석재 벽난로가 설치되어 있었는데, 그 안에는 검게 그을린 장작이 싸늘하게 식은 채 놓여 있었다. 스툴 대신으로 사용하는 통나무 위에는 시커먼 기름때가 잔뜩 긴 냄비 여러 개가 올려져 있었다. 방 끝 쪽에는 두 개의 방이 더 있었는데 문이 닫혀 있었다.

"미안하지만 여기는 화장실이 없어. 대신, 밖으로 나가면 나무들이 많아." 남자는 웃으며 말했다.

전기도, 수도도 없었다. 하지만 남자는 조지프가 차에 올라타면서 봤던 물통을 꺼내 왔다.

남자는 낡은 신문지와 밖에서 주워 온 나뭇가지에 불을 붙여 벽난로에 집어넣었다. 그러고는 프라이팬 하나를 대충 닦고 버터를 얹어 녹인 뒤 계란과 베이컨을 굽기 시작했다. 그토록 평범한 음식에서 식욕을 돋우는 냄새가 풍겨왔다.

조지프는 호기심 어린 눈초리로 남자의 행동을 바라보며 끝없는 질문을 던졌다. 마치 소년이 어느 정도 세상의 이치를 깨닫게 되면서 어른에게 던지는 질문 같았다. 하지만 남자는 전혀 불편한 기색을 보이지 않았다. 오히려 대화를 즐겼다.

"여기서 오래 살았어요?"

"한 달 정도? 그런데 여긴 내 집이 아니야."

"그게 무슨 말이에요?"

"내 진짜 집은 저기, 밖에 있어." 남자는 주차된 차를 가리키며 말했다. "난 말이지, 온 세계를 돌아다니거든."

"그런데 왜 여기서 멈춘 거예요?"

"왜냐하면 난 이곳이 좋거든. 언젠가 도로를 따라가다가 아까 그 길이 눈에 들어왔어. 그래서 차를 돌려서 이곳에 도착했지. 이 집은 언제인지도 모를 정도로 오래전에 버려진 집이었어. 아마 이곳에 살던 농부의 집이었을 거야. 뒤편에는 연장들을 두던 헛간도 있어."

"그 사람들은 어떻게 된 거예요?"

"나야 모르지. 아마 다른 사람들과 똑같은 결정을 내렸겠지. 흉년이 이어지자 더 나은 삶을 찾아 도시로 갔겠지 뭐. 시골에는 그런 식으로 버려진 농가들이 적지 않아."

"왜 자신이 가지고 있던 농경지를 팔지 않은 거죠?"

"누가 돈까지 내고 이런 곳에 들어와 살겠어?" 남자는 웃으며 대답했다. "게다가 이 땅은 돈 한 푼 건져 올릴 수 없는 땅이라고, 이 친구야."

그는 완성된 음식을 식탁에 놓여 있던 접시에 쏟아 담았다. 조지프는 상대가 준비될 때까지 기다리지도 않고 노란 계란 범벅을 포크로 찍었다. 아사 직전이었기 때문이다. 맛은 일품이었다.

"맛은 괜찮아? 천천히 먹으라고. 저기 많이 남아 있으니까."

조지프는 게걸스럽게 먹었다. 그러고는 음식물을 입에 가득 문 채 질문을 던졌다.

"여기 오래 머물 예정이에요?"

"주말쯤에 다시 떠날 생각이야. 여기 겨울은 혹독하거든. 그동안 필요한 비상식량도 챙기고 버려진 농가를 돌아다니면서 쓸 만한 물건들을 수집할 거야. 오늘 아침엔 이 토스트기를 발견했지. 고장 나긴 했는데 고칠 수 있을 것 같아."

조지프는 마치 갖가지 아이디어를 집대성한 교본이라도 만들듯, 그를 통해 경험하는 모든 내용을 머릿속에 기입했다. 어떻게 계란과 버터, 그리고 베이컨만으로 그토록 훌륭한 아침식사를 준비할 수 있는지, 식수는 어떻게 장만하는지. 언젠가 새로운 삶을 시작하게 되면 자신에게 꼭 필요할지도 모른다는 생각이 들었다. 낯선 이의 생활은 조지프에게 어떤 욕구 같은 것을 불러일으켰다. 거칠고 험난하기는 해도 지금껏 자신이 살아온 일상과는 비교할 수 없을 만큼 즐거워 보였다.

"그러고 보니 우리 아직 자기소개도 하지 않은 것 같은데?"

조지프는 음식을 먹으려고 들어 올리던 포크를 그대로 멈췄다.

"이름을 굳이 밝히고 싶지 않으면 그렇게 해. 괜찮으니까. 아무튼, 넌 괜찮은 녀석 같아."

조지프는 다시 음식을 먹었다. 상대는 굳이 강요하지 않았지만 왠지 괜한 의무감이 들었다. 썩 화려한 대접은 아니었지만 그래도 고마운 마음은 표시해야 할 것 같았다. 그래서 자신에 관해 약간만 밝히기로 결심했다.

"난 쉰 살에 죽을 거예요. 그건 거의 확실해요."

그러면서 자신의 집안 대대로 남자들이 겪었던 저주를 설명해주었다. 상대는 주의 깊게 조지프의 이야기를 경청했다. 조지프는 이름은 절대 밝히지 않은 채, 자신이 부유한 집 자식이라는 사실과 어떻게 부를 얻게 되었는지에 대해 남자에게 이야기해주었다. 과감하고 선견지명이 있었기에 막대한 재산의 초석이 되는 씨앗을 뿌린 할아버지, 탁월한 사업 감각으로 물려받은 유산을 몇 배로 불린 아버지에 대한 이야기를. 그리고 자신에 대한 부분으로 넘어갔다. 이미 모든 게 갖춰져 있기에 자신은 뚜렷한 목표도 없다고, 자신은 두 가지를 물려받기 위해 이 세상에 태어났다고 말했다. 막대한 유산, 그리고 치명적 유전자를.

"너희 할아버지와 아버지를 돌아가시게 한 그 병을 피할 수 없다는 건 알겠어. 하지만 돈 문제라면 언제든 해결책이 있다고 생각해. 그 엄청난 돈 때문에 자유롭지 못하다고 생각한다면, 왜 그 돈을 포기하지 않는 거지?"

"왜냐하면 지금까지 그 돈에 둘러싸여 자라왔고, 단 하루라도 그 돈 없이는 어떻게 살아야 하는지 배우지 않았으니까요. 말했다시피, 어느 길을 선택하든 내 운명은 어차피 죽는 길밖에 없어요."

"그건 거짓말이야!" 그렇게 말하며 남자는 프라이팬을 닦기 위해 자리에서 일어났다.

조지프는 좀 더 명확하게 자신의 생각을 이해시키고 싶었다.

"난 원하는 건 무엇이든 손에 넣을 수 있어요. 하지만, 바로 그렇기 때문에 욕구라는 게 뭔지를 모르겠어요."

"무슨 말도 안 되는 소리를 하는 거야? 돈만으로는 모든 걸 살 수 없어."

"아니, 그렇지 않아요. 장담하는데, 돈으로는 뭐든 살 수 있어요. 만약 당신을 죽이고 싶다면, 사람들에게 돈을 주고 사주해서 당신을 죽게 만들 수도 있어요. 그리고 그 사람들의 침묵까지도 돈을 주고 살 수 있다고요."

"그래 본 적은 있어?" 남자는 갑자기 진지하게 물었다.

"뭘 그래 봐요?"

"정말 돈을 주고 사람을 사서 누군가를 죽여본 적 있느냐고?"

"난 없지만, 우리 아버지나 할아버지가 그랬다는 건 알아요."

두 사람 사이에 침묵이 흘렀다.

"건강은 돈을 주고 살 수 없잖아."

"맞아요. 하지만 언제 죽게 되는지 미리 알고 나면 문제는 해결되는 거예요. 부자들이 불행한 건 언젠가는 자신이 가지고 있는 그 모든 걸 포기해야 하는 순간이 온다는 걸 알기 때문이에요. 무덤까지 돈을 들고 갈 순 없으니까. 난 반대의 경우죠. 죽음에 대한 고민은 나 대신 남이 다 해줬기 때문에 적어도 언제 죽을지 몰라 고민하며 시간을 허비할 필요가 없어졌거든요."

남자는 말을 멈추고 잠시 생각에 잠겼다.

"네 말이 맞긴 해." 남자는 말을 이었다. "그런데 너무 슬프군. 원하는 게 뭔지도 모른다는 건. 그래도 정말 네 마음에 드는 뭔가가 있지 않을까? 안 그래? 그것부터 시작해봐."

"일단, 걷는 걸 좋아해요. 오늘 아침부터 계란과 베이컨이 좋아졌고요. 남자아이들도 좋아해요."

"남자아이들을 좋아하는 건, 그러니까 네가······."

"사실 그건 잘 모르겠어요. 남자아이들과 잘 놀긴 하는데, 내가 그걸 정말로 원한다고는 할 수 없을 것 같아요."

"그럼 왜 여자들하고 잘 지내보지 않는 거야?"

"아무래도 그래야 할 것 같아요. 하지만 그 전에, 우선 그러고 싶어야 하잖아요. 안 그래요? 그걸 어떻게 설명해야 할지 모르겠어요."

"이해했어. 네 생각을 아주 명확하게 잘 설명했어."

남자는 프라이팬을 다른 잡동사니가 쌓여 있는 통나무에 내려놓고 손목에 차고 있던 시계를 들여다보았다.

"지금 10시인데, 난 시내에 좀 나가봐야 할 것 같아. 토스트기 고치는 데 필요한 부품을 구해야 하거든."

"그럼 전 가볼게요."

"아니, 왜? 그냥 여기 있으면서 더 쉬어도 괜찮아. 네가 원한다면. 난 금방 올 거야. 같이 식사라도 하면서 조금 더 수다를 떠는 것도 괜찮잖아. 넌 진짜 멋진 녀석인 것 같아. 그거 알아?"

조지프는 군데군데 찢긴 낡은 소파를 물끄러미 쳐다보았다. 사실 소파와 친해지고 싶은 마음이 간절했다.

"좋아요. 폐가 안 된다면 여기서 조금 잘 게요." 조지프가 말했다.

남자는 웃음을 지었다.

"좋았어!" 그러고는 나가기 전에 한마디 덧붙였다. "그건 그렇고, 저녁 식사로는 뭐가 먹고 싶어?"

"모르겠어요." 조지프는 남자를 바라보며 대답했다. "깜짝 메뉴가 좋을 것 같네요."

누군가의 손이 가볍게 그를 흔들었다. 눈을 뜬 조지프는 벌써 저녁이 되었음을 깨달았다.

"이야, 진짜 죽도록 피곤했나 보군!" 새 친구는 웃으며 말했다. "아홉 시간을 연달아 잔 거야!"

조지프는 일어나서 기지개를 켰다. 그렇게 푹 쉬어본 건 정말 처음이었다. 뱃속에서 지진이라도 일어난 듯 우렁찬 소리가 났다.

"벌써 저녁 먹을 시간인 거예요?" 조지프가 물었다.

"불만 피우고 바로 요리할 거야. 저녁 메뉴는 숯불구이 통닭에 감자야. 어때, 마음에 들어?"

"완벽해요. 배가 고파 죽겠거든요."

"그동안 맥주나 좀 마시고 있어. 창문 옆에 올려놨거든."

크리스마스 때나 먹는 펀치 음료에 엄마가 살짝 맥주를 넣어준 것을 제외하곤, 조지프는 평생 단 한 번도 맥주를 직접 마셔본 적이 없었다. 그는 여섯 개들이 묶음에서 캔 하나를 꺼내 뚜껑을 땄다. 그러고는 알루미늄 캔에 입술을 대고 길게 한 모금 들이켰다. 차가운 음료가 순식간에 식도를 따라 내려갔다. 느낌도 괜찮았고 무엇보다 상쾌했다. 두 모금을 마시고 나자 트림이 나왔다.

"그게 맥주 마시는 맛이지!" 집주인은 크게 웃으며 말했다.

밖은 추웠지만 집 안은 난롯불이 훈훈하게 데워주고 있었다. 식탁 가운데에 놓인 호롱불이 희미하게 거실을 밝혀주었다.

"철물점 주인이 내가 가지고 간 토스트기가 쓸 만하다고 하더군. 어떻게 고쳐야 하는지 설명도 해주더라고. 잘됐지 뭐. 다 고치면 다시 내다 팔 생각이야."

"그렇게 해서 먹고사는 거예요?"

"음, 가끔은 그런 식으로 돈을 벌기도 해. 사람들은 멀쩡히 쓸 수 있는 물건도 버릴 때가 있거든. 난 그런 걸 수거해서 수리한 다음에 그걸로 약간의 돈도 벌어. 가끔은 그냥 내가 갖기도 해. 저 그림처럼 말이야."

남자는 액자 없이 벽에 걸린 그림을 가리켰다.

"저 그림은 왜 보관하는 거예요?" 조지프가 물었다.

"몰라, 그냥 마음에 들어서. 꼭 내가 태어난 고향을 떠올리게 하거든. 아니면 내가 한 번도 가보지 못한 곳 같기도 하고. 아무튼 왜 그런지는 잘 모르겠어. 난 여행을 정말 많이 하는 편이야……."

"정말 그렇게 많은 곳을 돌아다닌 거예요?"

"그럼, 많이 다녔지." 남자는 그렇게 대답하며 생각에 잠겼다가 다시 말을 이어나갔다. "내가 만드는 닭고기 요리는 좀 특별할 거야. 그건 그렇고, 너한테 깜짝 선물을 가져왔어."

"깜짝 선물요? 뭔데요?"

"아직은 가르쳐줄 수 없어. 저녁 먹고 나서."

두 사람은 식사를 시작했다. 닭고기와 감자는 양념이 제대로 배어들어 먹음직스러웠다. 조지프는 여러 차례 닭고기를 잘라 먹었다.

'그치'—그때부터 조지프는 머릿속으로 상대를 그렇게 불렀다—는 입을 쩍 벌리며 음식을 먹고 맥주도 세 캔이나 비웠다. 식사를 마치고 그치는 손으로 깎아 만든 파이프와 담뱃잎을 꺼냈다. 그치는 담뱃잎을 눌러 담으며 말했다.

"있잖아, 아까 아침에 네가 했던 말에 대해서 곰곰이 생각해봤어."

"정확하게 뭘 말이에요?"

"네가 말했던 네 '욕구'에 대해서. 사실 나한테는 좀 충격이었어."

"그래요? 왜죠?"

"난 내 생의 마지막이 언제 찾아오는지 미리 아는 게 불행이라고는 생각하지 않아. 반대로 그건 특권에 가까운 거야."

"어떻게 그런 말을 할 수 있어요?"

"그건 네가 사물을 어떻게 바라보느냐에 따라 달라지는 거야. 컵에 물이 반이나 남아 있다고 생각하느냐, 반밖에 안 남아 있다고 생각하느냐와 마찬가지야. 한마디로, 그냥 가만히 앉아서 살날을 손꼽으면서 지낼 수도 있지만, 그 기한에 따라 남은 인생을 네 맘대로 결정할 수도 있어."

"무슨 말인지 잘 모르겠어요."

"내가 볼 때, 너는 쉰 살이 되면 죽는다는 생각 때문에 네 자신이 네 인생을 좌지우지할 능력이 전혀 없다고 여기고 있는 것 같아. 하지만 그건 잘못된 생각이야, 친구."

"'능력'이라는 건 무슨 뜻이에요?"

그치는 벽난로 속에서 작은 나뭇가지 하나를 꺼내 불씨가 있는 쪽에 파이프를 대고 불을 붙였다. 그러고는 길게 한 모금 내뿜고 난 뒤에 대답했다.

"능력과 욕구는 같이 짝을 이루는 거야. 그 둘은 똑같이 저주받은 본질에서 탄생한 거거든. 후자는 전자에 따라 달라지고, 그 반대도 가능해. 이건 무슨 개똥 철학자가 한 말이 아니라 원래 자연적으로 그렇게 만들어진 거야. 오늘 아침, 네가 지적한 건 정확했어. 우리는 스스로 갖지 못한 것에 대해 갖고 싶다는 욕구가 발동된다는 거 말이야. 넌 무엇이든 손에 넣을 수 있는 힘을 가졌다고 생각하고 있어. 그래서 넌 원하는 게 아무것도 없어. 하지만 그건 네 능력이 바로 네가 가진 돈에서 비롯된 것이기 때문이야."

"그럼, 그런 능력이 다른 곳에서 올 수도 있다는 거예요?"

"당연하지. 예를 들어 네 의지에서 비롯된 능력도 있어. 그걸 이해하기 위해서는 네 의지를 시험해봐야 하는 거야. 하지만 내 생각에, 넌 그걸 원하지 않는 것 같아……."

"왜 그렇게 생각하죠? 그렇지 않아요. 난 내 의지를 시험해볼 수 있어요."

그치는 조지프를 뜯어보았다.

"확신할 수 있어?"

"당연하죠."

"좋아. 저녁 먹기 전에 내가 너한테 깜짝 선물을 가져왔다고 말했었지? 지금이 그 선물을 공개할 시간이야. 나를 따라와."

그치는 일어나서 거실 구석의 닫혀 있는 하나의 방으로 향했다. 조지프는 비틀거리며 방으로 따라 들어갔다.

"저길 봐."

조지프는 어둠 속으로 한 걸음 더 들어갔다. 그때, 방 안에서 무슨 소리가 들렸다. 거친 숨소리였다. 조지프는 순간 동물이 있다고 생각하고 뒤로 한 걸음 물러섰다.

"두려워하지 마." 그치는 조지프를 안심시켰다. "잘 들여다봐."

조지프는 어둠에 눈이 익숙해질 때까지 몇 초간 기다렸다. 식탁에 놓인 호롱불의 희미한 불빛은 방 안에 있는 어느 소년의 얼굴만 겨우 비쳐주고 있었다. 침대에 누워 있는 소년은 굵은 밧줄로 손발이 침대 기둥에 묶인 채였다. 체크무늬 셔츠와 청바지를 입고 있었지만 발은 맨발이었다. 입에는 소리를 지르지 못하도록 손수건이 재갈처럼 물려 있어서 마치 동물이 그르렁대듯 알아들을 수 없는 소리만 내고 있었다. 이마를 가린 머리는 온통 땀으로 젖었고 창살에 갇힌 짐승처럼 온몸을 흔들어댔다. 동그랗게 뜬 눈은 두려움에 가득 차 있었다.

"누구예요?" 조지프가 물었다.

"널 위한 깜짝 선물."

"이 아이로 뭘 어떻게 해야 하는 건데요?"

"네가 원하는 대로 해."

"누군지도 모르는 아이잖아요."

"나도 누군지 몰라. 차를 태워달라기에 오는 길에 데리고 온 거야."

"묶인 걸 풀어주고 그냥 돌려보내는 게 좋을 것 같아요."

"네가 그걸 원한다면 그렇게 해."

"왜 내가 그거 말고 다른 걸 원해야 하는 거예요?"

"그게 바로 능력이라는 걸 과시하는 행동이니까. 그리고 그 능력이 어떻게 욕구와 연결되어 있는지를 보여주는 거니까. 네가 이 소년을 풀어주길 원하면 그렇게 해. 하지만 이 아이에게서 다른 걸 원한다면, 넌 자유롭게 선택할 수 있어."

"그러니까 섹스를 말하는 거예요? 그런 거냐고요?"

그치는 실망스럽다는 듯 고개를 가로저었다.

"친구, 네가 보는 건 너무 제한적이야. 지금 인간의 목숨이 네 손에 달려 있어. 신이 만들어낸 가장 위대하고 놀라운 피조물을 앞에 두고 고작 한다는 생각이 섹스라니……"

"인간의 목숨으로 뭘 어쩌라는 거예요?"

"오늘 네가 네 입으로 그랬잖아. 누군가를 죽이고 싶다면 사람을 돈으로 사서 죽여버릴 수 있다고. 하지만 그렇게 하면 정말로 누군가의 목숨을 앗아갈 수 있다는 힘을 느끼게 해줄까? 그런 능력은 네 돈이 가진 것이지 네가 가지고 있는 건 아니야. 네 손으로 직접 경험하지 않는 한, 넌 그게 무엇을 의미하는지 절대로 알 수 없는 거야."

조지프는 다시 한번 소년을 쳐다보았다. 언뜻 보기만 해도 공포에 질린 분위기였다.

"그렇다고 해도 난 그런 걸 굳이 알고 싶진 않아요." 조지프가 말했다.

"왜냐하면 두렵기 때문이지. 그 결과가 두렵고, 벌을 받는 게 두렵고, 죄책감을 느끼는 게 두려워서 그러는 거야."

"뭔가를 두려워하는 건 정상이에요."

"아니, 그건 정상이 아니야, 조지프."

조지프는 상대가 자신의 이름을 불렀다는 사실도 전혀 눈치채지 못했다. 그치와 소년을 번갈아 쳐다보느라 넋이 나간 상태였기 때문이다.

"만약 내가, 넌 그럴 수 있고, 넌 누군가의 목숨을 앗아갈 수 있고, 그걸 아무도 모를 거라고 말한다면 어떻게 할래?"

"아무도? 당신은요?"

"나? 이 아이를 잡아서 여기까지 데려온 건 나야. 벌써 잊은 거야? 게다가 시체를 같이 묻어줄 사람도 나라고."

조지프는 시선을 내리깔았다.

"정말 아무도 모를까요?"

"절대로 네가 벌받을 일은 없다고 하면, 그래 볼 욕구가 생기긴 하는 거야?"

조지프는 한동안 자신의 두 손을 내려다보았다. 호흡이 가빠지더니 전에는 한 번도 느껴보지 못한 전혀 색다르고 묘한 도취감이 몸속에서 끓어오르는 듯했다.

"칼이 필요해요." 조지프가 말했다.

그치는 부엌으로 갔다. 기다리는 동안 조지프는 아이를 쳐다보았다. 아이는 눈으로 통사정을 하며 눈물을 흘렸다. 소리 없는 눈물 앞에서 조지프는 자신이 아무런 감정도 느끼고 있지 않다는 걸 깨달았다. 50이 되어 아버지와 할아버지를 데려갔던 그 몹쓸 병으로 죽게 된다 해도, 아무도 자신을 위해 울어주지 않을 것이다. 세상 사람들에게 그는 언제나 돈 많은 부자로만 비칠 테고, 연민과 동정을 받을 자격이 없는 사람일 뿐이었다.

그치는 날카로운 칼을 하나 들고 와서 조지프의 손에 쥐여주었다.

"생명을 앗아가는 것만큼 만족감을 주는 일도 없어." 남자가 말했다.

"철천지원수나 혹은 너를 괴롭혔던 그런 사람의 목숨이 아니라, 그냥 지나가는 누군가의 목숨을 빼앗는 일 말이야. 그건 신과 똑같은 능력을 지닌 듯한 느낌을 주지."

그치는 조지프를 그 자리에 남겨둔 채 문을 닫고 방에서 나갔다.

부서진 덧창 사이로 들어오는 달빛이 조지프의 손에 들린 칼을 환하게 비추고 있었다. 소년이 미친 듯이 몸부림치자, 소년의 공포, 두려움이 소리와 냄새의 형태로 변해 조지프에게 고스란히 느껴졌다. 숨결에 신맛이 배어나고 겨드랑이에 땀이 찼다. 조지프는 서서히 침대로 다가가며 이제 벌어질 일을 소년도 알고 있으라는 듯 일부러 바닥을 질질 끄는 소리를 냈다. 조지프는 칼날을 소년의 흉부에 가져다 댔다. 소년에게 뭐라고 말을 해줘야 하나? 머릿속에 아무런 생각도 들지 않았다. 전율이 온몸을 휘감는 동시에 꿈에도 기대한 적 없는 변화가 일어나고 말았다. 발기가 되었던 것이다.

조지프는 칼끝을 세운 다음 서서히 소년의 몸을 따라 배가 있는 지점까지 죽 긁어내렸다. 그러고는 동작을 멈추고 호흡을 가다듬은 후 칼끝이 셔츠를 뚫고 들어가 맨살에 닿을 때까지 서서히 밀어 넣었다. 소년은 비명을 지르려 했지만 고통의 절규를 닮은 듯한 비장한 괴성만 나올 뿐이었다. 조지프가 다시 칼을 더 깊숙이 밀어 넣자, 마치 뭔가가 찢어지듯 살이 갈라지며 칼끝이 깊숙이 밀려 들어갔다. 허연 피하지방이 보이는 것 같았다. 하지만 아직까진 피바다가 형성되지 않았다. 그래서 조지프는 손에 뜨거운 피가 느껴지고 내장이 내뿜는 시큼한 피맛이 코를 자극할 때까지 칼날을 힘주어 눌렀다. 소년은 등을 구부리며 본의 아니게 조지프의 작업을 수월하게 만들어주었다. 조지프는 계속해서 칼을 눌렀다. 칼끝이 척추에 맞닿는 느낌이 들 때까지. 아래에 있는 소년은 단지 근육과 살로 뭉쳐진 덩어리에 불과했다. 소년은 등을 구부린 자세를 얼마간 유지하고 있었다. 그러더니 침대 위로 무겁게 떨어졌다. 마치 무생물처럼 아무런 힘 없이. 그리고 바로 그 순간.

경보음이 동시다발적으로 울리기 시작했다.

의사와 간호사는 응급구조 장비가 구비된 카트를 밀고 환자 곁으로 뛰어왔다. 바닥에 거의 엎드리다시피 몸을 구부린 니클라는 호흡을 가다듬으려 애썼다. 직접 지켜본 충격적인 장면 때문에 최면에서 깨어났던 것이다. 밀라는 두 손으로 니클라의 등을 쓰다듬으며 심호흡을 도와주었다. 의사는 단호한 동작으로 조지프 B. 록포드의 파자마를 열어젖히고 상체에 붙어 있던 버튼들을 잡아 뽑아 땅바닥에 던져버렸다. 보리스는 밀라를 돕기 위해 뛰어들다가 하마터면 거기에 걸려 넘어질 뻔했다. 의사는 간호사가 건넨 제세동기를 순식간에 환자의 가슴에 대고 소리쳤다. "지금!" 그러자 전기충격이 조지프의 몸을 뒤흔들었다. 고란은 밀라에게 다가갔다.

"여기서 모시고 나가." 고란은 은수자 수녀가 일어나도록 도와주며 말했다.

그들이 로사와 스턴과 함께 방에서 나가던 순간, 밀라는 고개를 돌려 마지막으로 조지프 B. 록포드를 바라보았다. 그의 몸은 전기충격으로 부르르 떨리고 있었다. 밀라는 이불 아래에서 발생한 그의 신체 변화를 똑똑히 목격했다. 발기된 상태라는 것을.

'저주받을 개자식!'

심전도 모니터가 멈추면서 길게 이어지는 신호음이 들려왔다. 하지만 바로 그 순간, 조지프 B. 록포드는 번쩍 두 눈을 떴다.

입술이 부르르 떨리기 시작했지만 뭐라고 말은 하지 못했다. 호흡장치를 달기 위해 기관 절개술을 할 때 성대가 손상을 입었기 때문이었다.

그 남자는 죽었다. 주변을 둘러싼 의료장비들이 그가 단지 생명의 불이 꺼진 살덩어리에 불과하다는 사실을 알려주고 있었다. 하지만 그는 뭔가를 말하고 싶어 했다. 단말마의 헐떡임은 마치 물에 빠져 허우적거리면서 마지막으로 숨 한 번만 더 쉬어보겠다고 몸부림을 치는 모습과 너무나 닮은꼴이었다.

그 순간은 오래 지속되지 못했다.

결국, 보이지 않는 손이 다시 찾아와 그를 데려갔다. 조지프 B. 록포드의 영혼은 육신이라는 빈 껍데기만 남긴 채 죽음의 세계로 빨려 들어가고 말았다.

32

제정신이 들자, 니클라는 연방경찰의 몽타주 작성 전문가에게 조지프와 함께 있었던 남자의 인상착의를 설명해주었다.

조지프가 '그치'라고 불렀던 신원 미상의 남자이자 수사관들이 앨버트라고 추정하는 바로 그 인물이었다.

긴 턱수염과 무성한 머리털 때문에 정확한 이목구비를 짚어내는 건 무리였다. 니클라는 그의 턱선의 유형을 기억하지 못했고, 코는 얼굴에 진 그늘 때문에 형체를 알아볼 수 없었다고 말했다. 눈동자 형태 역시 그녀의 시선에서 빠져나갔다.

니클라가 확신하는 유일한 것은 단지 눈동자가 잿빛이었다는 것뿐이었다.

여러모로 부족했지만 그렇게나마 만들어진 결과물은 항만과 공항, 그리고 국경지대를 관할하는 각 경찰서로 배포될 터였다. 로시 경감은 몽타주를 언론 쪽에 흘렸을 때의 상황을 가정해보았다. 그렇게 되면 어떤 수사경로를 통해 그런 결론에 다다랐는지에 대한 논리적 설명이 필요할 것이다. 그리고 언론이 영매의 수사개입 사실을 알아낸다면 기자들은 아무런 단서도 확보하지 못한 경찰이 답보상태를 거듭하다 절망의 끝에서 영매를 찾아갔다는 기사를 낼 게 뻔했다.

"그 정도의 위험은 떠안고 가셔야 합니다." 고란이 충고의 한마디를 던졌다.

경감은 록포드 저택으로 돌아와 다시 수사팀에 합류한 상태였다. 그는 일부러 수녀와의 대면을 피하고 싶어 했다. 처음부터 그와 관련된 시도에 대해서는 아무것도 알고 싶지 않다고 못을 박아두었기 때문이다. 항상 그렇듯, 책임은 고스란히 고란 게블러 박사에게로 넘어갔다. 범죄학자는 기꺼이 그 책임을 받아들였다. 언젠가부터 밀라의 직감을 믿기 시작했기 때문이다.

"우리 귀염둥이, 내가 한 가지 생각한 게 있어." 니클라는 이동 수사본부 차량에 올라 게블러 박사와 로시 경감이 저택 앞 잔디밭에서 대화를 주고받는 모습을 지켜보며 자신이 아끼는 여형사에게 말을 걸었다.

"뭔데요?"

"난 그 현상금을 받고 싶지 않구나."

"하지만 그 남자가 저희가 찾는 범인이라면 니클라가 당연히 그 돈을 받아야 해요."

"그러고 싶지 않다."

"그 돈으로 매일 보살피는 사람들에게 해줄 수 있는 것들을 생각해 보세요."

"그 사람들에게 부족한 건 또 뭐가 있겠니? 그들은 우리의 사랑과 보살핌을 받고 있어. 괜한 말이 아니라, 신의 피조물에게 생의 마지막 날이 찾아오면 따뜻한 관심과 배려 외에 더 필요한 게 없는 법이야."

"전 그 돈을 니클라가 쓰게 된다면, 이 끔찍한 악몽에서도 선행이 이루어질 수 있겠다고 생각했었는데……."

"악은 악을 부를 뿐이야. 그게 바로 악이 지닌 가장 큰 특징이거든."

"누군가 그런 말을 했어요. 악은 항상 우리 눈앞에 자신의 존재를 입증한다고요. 그런데 선은 절대로 그런 일이 없다고 해요. 악은 지나가는 길목마다 그 흔적을 남겨놓는 데 반해, 선은 오로지 누군가의 증언을 통해서만 듣게 된다고요."

니클라는 그제야 미소를 지었다.

"그건 바보 같은 소리야." 니클라가 말했다. "선이라는 건 눈 깜짝할 사이에 지나가는 법이야. 그래서 주변에 잔재를 남기지 않는 거지. 선은 아주 깨끗하거든. 악은 더러운 데 반해……. 난 말이지, 선이라는 걸 눈으로 보여줄 수 있어. 왜냐하면 난 항상 그걸 보면서 지내거든. 내가 돌보는 병들고 가난한 사람들에게 생의 마지막이 찾아왔을 때, 나는 가급적이면 그 사람들하고 많은 시간을 보내려고 노력해. 손을 잡아주고, 그 사람들이 하고 싶은 이야기에 귀를 기울여주고, 자신이 잘못한 이야기를 고백한다고 해도 난 그들의 죄를 판단하지 않아. 그들은 자신의 삶을 뒤돌아보다가, 자신이 살아오면서 그래도 제법 괜찮은 사람이었거나 혹은 크게 잘못한 일이 없다는 사실을 깨닫는 순간, 비록 지은 죄가 있지만 깊이 뉘우치고 있다는 사실을 깨닫는 그런 순간이 되면…… 언제나 미소를 지어. 왜 그런지는 모르겠다만 언제나 그랬어. 정말이란다. 선이 존재한다는 증거는 바로 그 미소 속에 있어. 죽음에 맞서는 그들의 미소 속에."

밀라는 안심한 듯 고개를 끄덕였다. 더 이상 니클라에게 현상금을 가져가라고 강요하고 싶지 않았다. 어쩌면 그녀의 생각이 옳을 수도 있으니까.

오후 5시가 다 되어가는 시각, 은수자 수녀는 기진맥진한 상태였다. 하지만 해야 할 일이 한 가지 더 남아 있었다.

"버려진 집의 위치를 확실히 찾을 수 있으시겠어요?" 밀라가 물었다.

"그럼. 정확히 어딘지 알고 있어."

영매로부터 전해 들은 정보의 진위 여부를 확인하기 위해, 본부로 돌아가기 전에 거치는 단순한 조사에 불과했다.

하지만 수사관 전원이 함께 그 장소로 향했다.

운전대를 잡은 세라 로사는 니클라가 알려주는 대로 차를 몰았다. 일기예보에 따르면 또다시 눈이 내릴 것이라 했다. 한쪽 하늘은 청명한 상태에서 해가 빠른 속도로 지고 있었다. 하지만 반대편 하늘에선 구름이 지평선 너머로부터 세를 불리기 시작해 조만간 번개라도 칠 듯한 분위기를 조성하고 있었다.

그들은 정확히 그 중간 지점을 달리고 있었다.

"서둘러야 해." 스턴이 말했다. "조만간 밤이 될 거라고."

비포장도로 주변에 도착한 그들은 대로를 벗어났다. 타이어 밑으로 깔리는 자갈들이 소리를 냈다. 많은 세월이 흐른 뒤였지만 통나무 오두막은 그 자리에 그대로 남아 있었다. 외벽의 하얀 페인트는 완전히 벗겨져 이제는 몇 군데만 남아 있었다. 비바람을 그대로 견뎌내야 했던 오두막의 나무들은 썩어가고 있었다. 그 모습이 마치 충치와 닮은꼴이었다.

수사관들은 차에서 내려 오두막집 현관으로 향했다.

"조심해요. 무너질지도 몰라요." 보리스가 경고했다.

고란이 처음으로 계단을 밟았다. 주변 분위기는 은수자 수녀가 말한 것과 정확히 일치했다. 문은 잠겨 있지 않았기에 범죄학자가 살짝 밀자 그대로 열렸다. 안에는 부식토가 드러난 상태였고 누군가의 침입에 놀란 쥐들이 천장에서 이리저리 뛰어다니는 소리가 들렸다. 게블러 박사는 녹슨 용수철에 앙상한 뼈대만 남은 소파를 단번에 알아보았다. 찬장은 그 자리에 그대로 있었다. 석재 벽난로는 반 정도 무너져 내린 상태였다. 고란은 주머니에서 손전등을 꺼내 끝 쪽에 있는 방을 비춰보았다. 그동안 보리스와 스턴이 따라 들어와 현장을 살폈다.

고란은 첫 번째 방문을 열었다.

"여긴 침실로 썼던 방이야."

하지만 침대는 없었다. 대신, 침대 크기만 한 흔적이 그림자처럼 선명하게 남아 있었다. 조지프 B. 록포드가 피의 세례를 받았던 곳이 바로 그 방이었다. 20년 전, 그곳에서 살해당한 소년은 과연 누구였을까?

"백골이라도 찾아내려면 인근 지역을 다 파보는 수밖에 없겠군요." 게블러 박사가 말했다.

"현장조사가 끝나는 대로 인부들과 챙 박사 팀에게 연락하겠습니다." 스턴이 대답했다.

밖에 남아 있던 세라 로사는 추위 때문인지 양손을 외투 주머니 속에 찔러 넣은 채 불안한 듯 시종일관 서성거렸다. 니클라와 밀라는 차에 앉아서 그녀의 행동을 바라보고 있었다.

"넌 저 여자가 마음에 들지 않는구나?" 은수자 수녀가 말했다.

"저 여자가 저를 마음에 들지 않아 해요."

"왜 그러는지 이해해보려고는 했니?"

밀라는 상대를 흘겨보며 대답했다.

"지금 그게 제 탓이라는 말씀이에요?"

"아니, 난 단지 남을 탓하기 전에 그럴 만한 확신을 가져야 된다고 말하는 거야."

"제가 도착한 날부터 계속 그래 왔어요."

니클라는 진정하라고 손사래를 치며 말했다.

"흥분하지 마라. 네가 떠나면 정상으로 돌아갈 거야."

밀라는 고개를 가로저었다. 가끔은 수녀님의 바른 말도 거슬릴 때가 있다.

고란은 침실에서 나와 자연스레 닫혀 있는 다른 방문으로 향했다.

영매는 두 번째 방에 대해서는 아무런 언급도 하지 않았다.

고란은 손전등으로 손잡이를 비춘 뒤 문을 열었다.

옆방과 거의 비슷한 크기의 공간이었다. 그리고 텅 비어 있었다. 습기가 온 벽을 뒤덮었고 구석마다 곰팡이가 피어 있었다. 고란은 손전등 불빛을 여기저기로 뿌리며 살폈다. 그렇게 벽을 살피다가 한쪽 벽면에서 반사되어 나오는 불빛을 포착했다.

손전등을 끄자 다섯 개의 빛나는 사각틀이 그의 눈에 들어왔다. 길이가 대략 10여 센티미터 정도 되는 크기였다. 가까이 다가간 고란은 온몸이 굳어버리는 줄 알았다. 압정으로 벽에 고정시켜 놓은 것은 바로 사진들이었다.

데비. 에닉. 세이바인. 멜리사. 캐럴라인.

사진 속의 아이들은 생존 당시의 모습이었다. 앨버트는 아이들을 죽이기 전에 그곳으로 데려와 방 벽을 배경으로 사진을 찍어두었던 것이다.

아이들은 하나같이 헝클어진 머리를 하고 있었다. 냉혹한 플래시 불빛은 눈물로 충혈된 두 눈과 공포로 가득한 시선을 한 번 더 놀라게 했던 것이다.

아이들은 '웃는 표정'으로 인사를 건네고 있었다.

앨버트는 아이들에게 카메라를 바라보며 억지로 그런 기괴한 표정을 연출하도록 강요했던 것이다. 공포심을 조장해 강제로 표현시킨 기쁨은 끔찍할 뿐이었다.

데비는 억지로 환한 표정을 짓느라 입이 일그러진 모습이었는데 사진 속의 모습만 보면 당장이라도 눈물을 쏟아낼 것 같은 분위기였다.

에닉은 한쪽 팔을 들고 다른 쪽 팔은 몸을 따라 내린 상태였는데 생명력을 잃고 체념한 듯한 자세였다.

세이바인은 주변을 둘러보는 장면이 포착되었다. 꼬마 아이의 머리로는 도대체 이해할 수 없는 자신의 처지를 이해하려고 애쓰는 모습이었다.

멜리사는 잔뜩 긴장한 채 당장 싸움이라도 할 기세였다. 하지만 멜리사 역시 순식간에 상대에게 복종할 듯한 눈빛이었다.

캐럴라인은 웃고는 있었지만 질겁한 표정으로 두 눈을 둥그렇게 뜨고 부동자세로 서 있었다. 믿을 수 없다는 표정으로.

고란은 사진을 하나하나 유심히 살핀 후에야 다른 수사관들을 불렀다.

어처구니가 없었다. 이해할 수도 없었다. 아무 이유 없이 잔혹할 뿐이었다.

사진 속의 분위기를 보고 그런 표현 외엔 달리 설명할 말이 없었다. 본부로 돌아오는 내내, 누구도 차 안에 무겁게 내려앉은 적막감을 깰 엄두를 내지 못했다.

밤이 길어질 것 같았다. 그런 하루를 보내고 난 다음 잠을 자고 싶은 사람은 없을 것이다. 밀라는 벌써 48시간째 논스톱으로 깨어 있는 상태였고, 그 시간 동안 정말 일련의 사건이 꼬리에 꼬리를 물고 연속적으로 발생했다.

이본 그레스의 빌라에서 발견된 앨버트의 그림자. 전날 저녁, 고란의 집에서 자신이 미행당한 이야기를 하며 범인에게 공범이 있을지 모른다는 가설을 제기한 일. 세이바인 사체의 눈동자 색깔에 대한 진실로 인해 드러난 로시 경감의 순간적인 배신행위. 록포드 가 방문. 다량의 백골 사체 발굴. 라라 록포드의 존재. 니클라 파파키디스의 개입. 연쇄살인마의 마음속을 몰래 들여다본 모험.

그리고 대미를 장식한 다섯 장의 사진까지.

밀라는 사건 수사를 하면서 무수히 많은 사진을 봐왔다. 미성년 아동들의 모습을 담은 사진, 바다에서 찍은 사진, 연말의 각종 행사장에서 찍은 사진. 밀라가 사건을 해결하기 위해 찾아갔을 때 부모나 가족들은 그녀에게 사진들을 보여주었다. 사진 속 아이들은 홀연히 사라졌다가 다른 사진 속에 다시 나타났다. 종종 알몸의 사진으로, 혹은 성인의 옷을 입고 소아성애자들의 수집 목록이나 시체안치실의 신원미상 사체의 명단에 등장했다.

하지만 그 버려진 집에서 발견된 다섯 장의 사진에는 그보다 더한 뭔가가 담겨 있었다.

앨버트는 그들이 언젠가 그곳까지 찾아오리라는 것을 알고 있었다. 그리고 그들을 기다렸던 것이다.

수사관들이 영매의 도움을 얻어 자신의 '제자'였던 조지프의 머릿속까지 수색할 거란 사실을 미리 알고 있었단 말인가?

"녀석은 처음부터 우리를 지켜보고 있었어." 고란은 딱 한마디로 상황을 정리했다. "녀석은 항상 우리보다 한발 앞서나가고 있었던 거야."

밀라는 자신들이 항상 먼 길로 돌아가야 했고, 수를 읽히거나 손도 쓸 수 없는 상황에 놓였었다는 사실을 떠올렸다. 그리고 이제는 뒤까지 돌아봐야 할 처지라는 생각이 들었다. 바로 그것 때문이었다. 본부로 돌아오는 동안 동료 수사관들의 어깨를 무겁게 짓누르던 것은 바로 그 중압감이었다.

찾아내야 할 아이들은 여전히 둘이나 남아 있었다.

한 명은 사체의 형태로 찾게 될 게 분명했다. 나머지 한 아이 역시 시간상으로 봤을 때 비슷한 운명에 처해질 것 같았다. 누구도 그 사실을 인정할 엄두가 나지 않았다. 하지만 그들은 여섯 번째 납치사건이 살인사건으로 변질될 가능성을 막을 수 없을 거라는 절망감 속에 빠져들었다.

한편 어린 캐럴라인은 또 어떤 공포를 그들에게 선사할지 아무도 알수 없었다. 지금까지 그들이 발견했던 것보다 더 끔찍한 일이 있을 수 있을까? 만약 그렇다면, 앨버트는 여섯 번째 아이를 수단으로 그 누구도 상상하지 못한 장엄한 대단원의 막을 준비하고 있을 게 틀림없었다.

보리스가 밴을 본부 아래층에 주차한 시각은 밤 11시였다. 그는 사람들을 먼저 내려준 다음 자동차 문을 잠그고 돌아섰지만 동료들은 먼저 올라가지 않고 그를 기다리고 있었다. 그들은 보리스를 혼자 남겨두고 가지 않으려 했던 것이다.

그들이 목격한 공포는 팀원들 간의 유대관계를 더욱 돈독히 다져주었다. 왜냐하면 그들이 믿을 수 있는 최후의 보루는 오직 수사팀밖에 없었기 때문이다. 밀라 역시 그 팀의 일원으로 여겨졌고, 고란 게블러 박사 역시 마찬가지였다. 잠시였지만 그 두 사람은 팀에서 제외될 뻔했었다. 하지만 그런 상황은 오래가지 않았다. 그건 단지 모든 걸 혼자 힘으로 해보겠다는 로시 경감의 엉뚱한 행동에서 비롯된 일이었다. 잠시 벌어졌던 빈틈은 다시 채워졌고 모든 게 용서된 상황이었다.

수사관들은 서서히 계단을 올라갔다. 스턴은 한 손을 뻗어 로사의 어깨를 짚었다.

"자넨 오늘밤 그냥 집으로 돌아가." 스턴이 말했다.

하지만 그녀는 대답 대신 힘주어 고개를 가로저을 뿐이었다. 밀라는 그녀의 심리상태를 이해할 수 있었다. 로사는 자신들을 이어주는 연결고리를 끊을 수 없었던 것이다. 만약 자신이 그런 '만행'을 저지르면 세상에 종말이 찾아오고 세상을 안전하게 지켜주던 장벽이 허물어져서 결국엔 악이 이 세상을 지배할지 모른다는 불안감이 서려 있었다. 팀원들은 그 싸움에서 최후의 보루였다. 비록 그 순간에는 방향감각을 잃고 잠시 헤매고 있었지만 팀원들은 절대로 포기할 마음이 없었다.

그들은 모두 함께 본부로 들어갔다. 마지막으로 들어온 보리스는 문을 닫고 돌아서면서 마치 최면에라도 걸린 듯 부동자세로 복도에 멈춰 선 동료들을 발견했다. 다른 사람들의 어깨 너머로 시체 한 구가 바닥에 널브러져 있는 것을 발견하기 전까지 무슨 일인지 의아해할 뿐이었다. 세라 로사는 비명을 질렀다. 밀라는 고개를 돌렸다. 그 장면을 바라볼 엄두가 나지 않았기 때문이다. 스턴은 성호를 그었다. 게블러 박사는 아무런 말도 할 수 없었다.

캐럴라인, 다섯 번째 피해아동.

여자아이의 시체가 그들을 기다리고 있었던 것이다.

XXXX 교도소
45호 감호구역

제2차 보고서
교도소장, 앨폰소 베린저
12월 16일

지방검사 사무실
매튜 시드리스 검사보님

안건: **수색 결과 ─ 기밀사항**

시드리스 검사보님

죄수번호 RK-357/9번의 독방에 대한 수색이 어제저녁 기습적으로 실시되었기에 그 결과를 보고드립니다.

'문제의 수감자가 우연히 흘렸거나 무의식중에 처리하지 못한' 생체정보를 수거해 유전자 감식의 증거로 확보하기 위해 다수의 교도관들이 감방을 기습했습니다. 그 절차는 검찰에서 지시한 권고사항을 그대로 따랐음을 미리 알려드립니다.

하지만 교도관들이 급습했을 당시, 감방은 놀랍게도 '무균'의 상태에 가까워 아무것도 찾아낼 수 없었습니다. RK-357/9번이 마치 저희를 기다리고 있었다는 생각이 들 정도였습니다. 추측건대, 문제의 수감자는 현재 24시간 경계를 늦추지 않는 상태이며 저희의 행동을 미리 예측하고 계산까지 해놓은 게 아닌가 싶습니다.

아무래도 문제의 수감자가 실수를 하거나, 혹은 우발적인 기회로 상황이 달라지지 않는 이상, 구체적인 결과를 얻어내는 건 무리가 아닐까 심히 우려됩니다.

문제의 수감자에 관한 수수께끼를 풀기 위한 방법은 이제 단 한가지만이 남아 있습니다. 저희가 조사한 바에 따르면 RK-357/9번은 종종 독방이라는 환경 때문인지 '혼잣말을 하는 행위'를 일삼았습니다. 낮은 소리로 중얼거리기 때문에 헛소리를 지껄이는 것이라 생각되지만 검찰에서 허가해 주신다면 이런 버릇을 이용하여 독방에 도청장치를 설치해 그 내용을 녹취하는 것이 정체를 밝히는 좋은 방법이 될 것이라고 생각합니다.

물론 DNA 정보를 확보하는 날까지 감방에 대한 기습수색은 계속 진행할 예정입니다. 마지막으로 알려드리고자 하는 바는, 문제의 수감자가 언제나 침착하고 용의주도하다는 것입니다. 실수를 유발하기 위해 아무리 압박을 가하고 기습적으로 감방을 수색해도 흥분하는 법이 없습니다.

이제 남은 시간이 얼마 없습니다. 86일 뒤면 문제의 수감자를 자유의 몸으로 풀어주어야만 합니다.

교도소장
앨폰소 베린저

33

'본부'에서 '다섯 번째 사건현장'으로 변한 건물, 2월 22일

모든 게 이전과 같지 않으리니…….

이제는 어두운 그림자가 그들 위에 드리워졌다. 챙 박사와 크렙이 각각의 대원들을 이끌고 사건현장으로 뒤바뀐 사무실에서 증거를 확보하는 동안 수사관들은 침실로 사용하는 방에서 기다렸다. 즉각 상황 보고를 받은 로시 경감은 벌써 한 시간 전부터 고란과 대화를 나누고 있었다.

스턴은 자신이 사용하던 접이식 침대에 누워 한 손으로 팔베개를 하고 멍하니 천장만 바라보고 있었다. 그 모습이 마치 카우보이 같았다. 완벽하게 잡아놓은 양복 주름은 지난 몇 시간의 스트레스에도 전혀 굴하지 않고 빳빳했다. 넥타이의 매듭조차 느슨하게 풀지 않은 차림이었다. 보리스는 옆으로 누워 있었지만 잠을 자는 건 아니었다. 왼발로 이불을 신경질적으로 걷어차고 있었다. 로사는 휴대전화로 누군가에게 전화를 하려 했지만 신호가 잡히지 않아 고생하고 있었다.

밀라는 말없이 기다리고 있는 동료들을 차례차례 살펴보다가 자신의 무릎에 올려놓았던 노트북 컴퓨터 화면을 들여다보았다. 세이바인이 납치되던 날 놀이동산에서 찍힌 사진들을 파일로 부탁해놓았었다. 비록 여러 명의 경관들이 매달려 충분히 확인해본 사진들이었지만 밀라는 고란에게 이미 설명했듯이, 당시의 범인은 여자일 수 있다는 시각에서 다시 한번 사진을 들여다보고 싶었기 때문이다.

"정말이지, 녀석이 캐럴라인의 시체를 어떻게 여기까지 들여다 놓을

수 있었는지 알고 싶군그래……." 스턴은 모두가 답을 알고 싶어 혈안이 된 문제를 큰소리로 제기했다.

"저도 그걸 알고 싶어요." 로사도 따라 말했다.

건물은 거의 비어 있었고 보안 시스템도 해제된 상태이긴 했지만 본부의 출입문은 방탄문이었다.

"현관문으로 들어온 거예요." 자는 듯 누워 있던 보리스는 짧은 한마디를 던졌다.

하지만 그 무엇보다 수사관들의 신경을 곤두서게 만드는 문제가 하나 있었다. 과연 이번에는 앨버트가 무슨 메시지를 보내고자 했던 걸까? 자신을 쫓는 추격자들에게 무슨 이유로 경고 메시지를 알리려 했던 걸까?

"제 생각에는, 단지 수사의 고삐를 늦추려는 수작 같아요." 로사가 자신의 의견을 말했다. "우리가 자신의 숨통을 아주 가깝게 조여오자 꺼내 들었던 카드를 다시 아무렇게나 섞어버린 거라고요."

"아니요. 앨버트는 그런 식으로 되는대로 행동하지 않아요." 밀라가 치고 나왔다. "지금까지 그가 벌인 모든 범행은 미리 계획된 것이었다는 걸 입증해 보인 녀석이라고요."

세라 로사는 밀라를 쏘아보았다.

"그래서? 하고 싶은 말이 뭔데? 우리 중에 괴물 같은 인간이라도 있다는 거야 뭐야?"

"밀라 수사관 말은 그게 아니잖아." 스턴이 대답을 대신했다. "단지 앨버트가 그려놓은 그림과 연관된 특별한 이유가 있다는 말이잖아. 이건 녀석이 처음부터 주도한 게임의 일부라는 거……. 어쩌면 이 장소와 관련이 있는지도 모르지. 과거에 이곳이 사용되었을 때와 관련이 있는 건지도."

"과거의 사건과 관련이 있을 수도 있어요." 밀라는 그렇게 덧붙였지만 그런 가설을 내놓아봐야 소용없다는 걸 알고 있었다.

대화가 다시 재개되려는 순간, 고란이 나타나 문을 닫고 들어왔다.

"모두 집중해주기 바랍니다."

다급한 목소리였다. 밀라는 노트북을 내려놓고 경청했다.

"수사는 여전히 우리가 맡게 되지만 상황이 조금 복잡해졌습니다."

"무슨 뜻이에요?" 보리스가 투덜거리며 말했다.

"무슨 뜻인지는 말 안 해도 알 겁니다. 다만, 지금부터 흥분하지 말고 침착하게 행동해주면 좋겠다는 겁니다. 설명은 나중에 하겠습니다."

"나중에라니요?"

고란이 뭐라고 대답도 하기 전에 문이 열리고 로시 경감이 들어왔다. 그는 건장한 체구에 50대로 보이는 남자를 대동하고 있었다. 구겨진 외투, 굵직한 목덜미에 어울리지 않는 앙증맞은 넥타이, 그리고 불 꺼진 담배를 입에 물고 있는 모양새였다.

"좋아, 좋아. 인사는 나중에 하자고." 로시 경감은 수사관들 중 아무도 인사말을 건넬 기미조차 없었음에도 불구하고 그렇게 포문을 열었다. 그러고는 수사팀을 안심시키기 위해 억지로 미소를 지었지만 그 모습이 오히려 더 신경을 자극했다.

"제군들! 현재 상황이 조금 복잡해졌지만 우린 잘 헤쳐나갈 거라고 생각한다. 우리 수사팀 내부에 불신을 조장하려는 사이코패스는 절대 용납할 수 없다!" 그는 언제나 그렇듯 '우리 수사팀'이라는 말을 지나칠 정도로 강조하며 힘주어 말했다. "그래서 전적으로 제군들의 편의를 도모하기 위한 예방책의 일환으로, 수사력 보강 차원에서 추가인원을 투입하게 되었다. 현재, 우리 수사팀을 해체하라는 상부의 압력이 어느 정도인지는 제군들도 다들 알고 있으리라 생각한다. 그 이유는 너무나도 자명하다. 앨버트라는 녀석의 정체도 알아내지 못했는데 녀석은 수사본부를 제집 드나들듯 했으니 우리 체면이 말이 아니다! 따라서 게블러 박사와의 합의하에, 여기 와 있는 모스카 팀장에게 수사가 종결될 때까지 제군들을 지원하는 임무를 맡기고자 한다."

모두들 팀장의 '지원'을 받는다는 말이 어떤 뜻인지 알고 있었지만 뭐라고 대꾸하는 사람은 아무도 없었다. 즉, 모스카 팀장이 지휘권을 넘겨받게 되고, 수사관들에게는 단 하나의 선택권을 주겠다는 소리였다. 그의 편에 서서 조금이나마 신뢰 회복을 노리거나, 아니면 팀을 떠나거나.

테렌스 모스카 팀장은 경찰계에선 제법 유명인사였다. 그는 6년이 넘는 기간 동안 마약 밀매조직에 잠입해 위장요원으로 활동한 비밀작전으로 명성을 다졌다. 또한 백여 건이 넘는 체포 실적을 올렸고 여러 차례 위장 잠입작전에서 탁월한 공과를 인정받기도 했다. 하지만 그는 연쇄살인 사건이나 엽기 범죄는 단 한 번도 맡아본 적이 없었다.

로시가 그를 팀장의 자리에 앉힌 건 단 한 가지 이유 때문이었다. 모스카는 몇 년 전, 경감 자리를 놓고 혈전을 벌였던 라이벌이었다. 하지만 수사 진척상황에 비춰보았을 때, 지금이 바로 정적을 끌어들여 실패에 대한 책임을 나눠 갖기에 적기라고 판단했던 것이다. 수사는 어차피 실패로 끝날 가능성이 농후했기 때문이다. 독배를 드는 것과 마찬가지로 위험이 따르는 결정이었다. 그것만으로도 아찔한 외줄 타기를 자청할 만큼 로시 경감이 얼마나 초조한 상태인지 알 수 있었다. 만약 테렌스 모스카가 앨버트 사건을 해결한다면, 로시 경감은 그에게 자리를 내주고 서열상 뒤로 물러나야 할 게 뻔했기 때문이다.

모스카는 소개말을 이어받기 전에 자신의 권위를 내세우려는 듯, 로시 경감보다 한 발짝 앞으로 나선 뒤에 팀원들을 향해 말했다.

"법의학팀과 과학수사팀에서는 아직까지 결정적인 증거를 발견하지 못한 상태이다. 우리가 알고 있는 유일한 정황 증거는 범인이 이곳에 침입하기 위해 방탄문을 직접 부수고 들어왔다는 사실이다."

"도대체 어떻게 그 방탄문을 부수고 들어온 건지……."

본부에 도착해 방탄문을 열었던 보리스는 강제로 문을 부순 흔적을 발견했었다.

"놈은 우리를 교란시키기 위해 철저히 준비했다. 여러분들에게 보여줄 깜짝쇼를 아주 제대로 준비했던 것이다."

모스카 팀장은 담배를 꼬나문 채 양손을 주머니 속에 찔러 넣고 팀원들을 뚫어져라 쳐다보았다. 그는 엄한 사람처럼 보이려고 애를 쓰지는 않지만 벌써부터 그런 분위기가 조성되고 있었다.

"현재, 목격자가 나타나기를 희망하며 건물 주변에 대한 탐문수사를 시작한 상태다. 근처를 배회한 자동차 번호판이라도 건질 수 있다면 다행이겠지만……. 놈이 이곳까지 와서 시체를 놓고 간 이유와 동기를 찾아내야 하는 상황이다. 생각나는 게 있다면 주저하지 말고 얘기하도록. 현재로선 그게 전부다."

테렌스 모스카는 자신의 말을 마치자마자 상대가 질문이나 어떤 반응을 보일 틈도 주지 않고 발걸음을 돌려 바로 사건현장으로 돌아갔다.

반면, 로시는 그대로 남아 있었다.

"제군들에게 남은 시간이 별로 없다. 어떻게든 그 이유를 찾아내야 해. 신속하게."

그러고는 자신도 사건현장으로 향했다. 고란이 문을 닫자 팀원들이 그의 주변으로 몰려들었다.

"이게 도대체 어떻게 된 일입니까?" 보리스는 이해할 수 없다는 듯 물었다.

"왜 우리가 이제 와서 경비견의 통제를 받아야 하는 겁니까?" 로사가 큰 소리로 말했다.

"일단 냉정해집시다. 여러분들이 아직 이해 못한 게 있어요." 고란이 대답했다. "수사의 진행상황으로 볼 때 현재로선 모스카 팀장만큼 이번 일에 적격인 사람도 없습니다. 그 사람을 투입하자는 의견은 내가 낸 겁니다."

수사관들은 자신들의 귀를 의심했다.

"여러분들이 무슨 생각 하는지 다 압니다. 하지만 그렇게 해서 로시 경감에게 빠져나갈 구멍을 만들어줄 수 있었습니다. 사건 수사에 대한 우리 역할도 확보하고 말입니다."

"공식적으로, 수사는 우리가 진행하는 걸로 알려져 있습니다. 하지만 테렌스 모스카 팀장이 독단적인 행동을 하리라는 건 모두가 아는 사실 입니다." 스턴이 설명했다.

"그래서 그 사람을 추천했던 겁니다. 내가 아는 한 모스카 팀장은 남 위에 군림하려는 성향도 별로 없고, 우리가 수사하는 내용에 대해 꼬치 꼬치 캐물을 사람도 아닙니다. 우리는 단지 팀장에게 새로운 소식을 알 려주기만 하면 그만인 겁니다."

최선의 선택 같아 보였지만 그렇다고 수사관들의 어깨를 짓누르는 의혹의 무게는 덜어낼 수 없었다.

"모두의 시선이 우리에게로 집중될 거야." 스턴은 고개를 흔들며 성 가신 듯 말했다.

"우린 모스카가 앨버트 검거에 열을 올리는 동안 여섯 번째 아이 사 건에만 집중하면 그만입니다."

언뜻 보기엔 제법 그럴싸한 전략 같았다. 만약 아이를 무사히 구출해 낼 수 있다면 그들에게 드리워진 의혹의 시선을 일시에 걷어낼 수도 있 기 때문이었다.

"내 생각엔 앨버트가 캐럴라인의 사체를 이곳에 유기한 이유는 단지 우리를 곤란하게 만들기 위해서입니다. 왜냐하면 우리 쪽에서 털어봐 야 나올 게 없더라도, 의혹의 시선은 계속 이어질 테니 말입니다."

어떻게든 침착한 분위기를 유지하려 애를 썼지만, 고란 역시 자신의 확신만으로는 긴장된 분위기를 바꿀 수 없다는 사실을 잘 알고 있었다. 다섯 번째 사체가 발견된 뒤로, 서로가 서로를 다른 시선으로 보기 시작했기 때문이다. 팀원들은 오랜 기간 동안 서로를 알고 지내왔다. 하지만 그렇다고 그중 누군가가 비밀을 숨기고 있다는 가정을 원천적으로 배제할 수는 없는 상황이 되고 말았던 것이다. 그게 바로 궁극적으로 앨버트가 노렸던 목표였다. 팀을 와해시키는 것. 범죄학자는 그런 불신의 분위기가 과연 팀원들 사이에서 얼마 만에 뿌리를 내리게 될지 생각해보았다.

"마지막 피해아동을 찾아내기까지 남은 시간이 별로 없습니다." 고란은 자신에 찬 목소리로 말했다. "앨버트는 자신이 그리는 그림의 완성 단계에 거의 와 있습니다. 이제 피날레를 준비하고 있을 겁니다. 그러기 위해서는 어느 정도의 자유가 필요할 것이고, 그렇기 때문에 우리의 추격을 잠시 따돌려야 했던 겁니다. 지금의 상황에서, 우리가 녀석을 붙잡을 수 있는 가능성은 단 한 가지밖에 없습니다. 그 한 가지 가능성은 우리에게 드리워진 의혹에서 완전히 자유로운 사람이 쥐고 있습니다. 앨버트가 이 모든 걸 계획한 뒤에 우리 수사팀에 합류했기 때문입니다."

모두의 시선을 느낀 그 한 가지 가능성, 밀라는 갑자기 몸 둘 바를 몰라 쩔쩔맸다.

"자넨 우리보다 훨씬 자유롭게 움직일 수 있을 거야." 스턴은 밀라에게 힘을 실어주었다. "전적으로 직관에 따라 움직여야 한다면, 자넨 어떻게 할 것 같아?"

사실 밀라에겐 한 가지 생각이 있었다. 하지만 혼자만의 생각으로 남겨두고 있었다.

"왜 여자아이들만 골라 이런 짓을 벌였는지 알 것 같습니다."

본격적인 수사 초기에 그들은 생각의 방에 모여 그런 질문을 던진 적이 있었다. 앨버트는 왜 남자아이들은 납치하지 않았을까? 그의 행동은 성적인 동기와는 상관이 없었다. 살해된 아이들을 전혀 건드리지 않았기 때문이다.

그는 살해 그 자체가 목적이었다. 그렇다면 왜 여자아이들만 골랐던 걸까?

밀라는 나름대로 그 이론을 세워놓은 상태였다.

"피해아동들이 모두 여자아이였던 이유는 여섯 번째 아이 때문이었습니다. 녀석은 여섯 번째 아이를 최초의 타깃으로 골랐던 겁니다. 경찰 쪽에는 그 아이가 마지막으로 납치된 거라고 착각하도록 일부러 연출을 했습니다. 나머지 피해아동들도 모두 여자아이로 고른 이유 역시 그 점을 드러내지 않기 위한 연막에 불과한 겁니다. 여섯 번째 아이가 녀석이 그리는 판타지의 출발점이었습니다. 왜냐고요? 그건 우리도 모릅니다. 그 아이에게 다른 아이들과 차별되는 뭔가가 있기 때문일 수도 있겠지요. 그랬기 때문에 끝까지 그 아이가 누구인지 밝히지 않고 있는 겁니다. 녀석에겐 우리에게 납치된 아이 중 한 명이 살아 있다는 사실을 알려주는 것만으로는 성에 차지 않았던 겁니다. 그 아이가 누구인지에 대해 우리가 전혀 몰라야 했던 거지요."

"그걸 알았다면 우리가 녀석에게까지 바로 치고 올라갈 수 있었을 테니까." 고란이 결론을 대신 맺어주었다.

제법 그럴듯한 추측이었지만 그런 상황에선 별 도움이 되지 않았다.

"다만……." 밀라는 동료들의 생각을 미리 읽은 듯 말을 이었다. "다만, 우리 중 누군가가 앨버트와 직접적인 관련이 없다면 말이지요." 팀원들은 더 이상 잃을 것도 없는 상황이었기에 밀라는 주저하지 않고 자신이 미행당했던 사실을 털어놓았다. "두 번이나 그런 일이 있었습니다. 두 번째 미행은 전적으로 확실하지만, 첫 번째 미행은 단지 그런 느낌에 불과했었는지도 모릅니다."

"그래서?" 스턴은 그 뒤가 궁금한 듯 물었다. "그게 무슨 관련이 있지?"

"누군가가 제 뒤를 밟았습니다. 그 전에도 그런 일이 있었을 수도 있습니다. 제가 몰랐으니 있었다 없었다, 뭐라고 확신할 순 없습니다만……. 왜 미행을 했을까요? 저를 제압하려고 했던 걸까요? 무슨 목적으로요? 전 수사에 관한 핵심정보를 가지고 있지도 않았고, 수사팀 내에서도 솔직히 헌신짝 취급을 받고 있었는데 말입니다."

"수사에 혼선을 주기 위해 그런 건 아닐까요?" 보리스가 말했다.

"그것도 마찬가지예요. 혼선을 빚을 만큼 제대로 된 수사방향을 세운 적도 없었잖아요. 단, 제가 뭔가 결정적인 단서에 너무 가까이 다가갔다면 모를까요. 저도 모르는 사이에 중요한 인물이 되어버렸다거나."

"첫 번째 미행의 경우, 자네가 이곳에 온 지 얼마 안 되는 시점에 일어났어." 고란이 말했다. "그러니 수사에 혼선을 주려고 자네를 미행했다는 가설은 의미가 없지."

"그렇다면 한 가지 설명밖에 남지 않아요……. 절 미행했던 사람의 의도는 단순한 위협이었다는 거죠."

"무슨 이유로?" 세라 로사가 물었다.

그건 밀라도 알 수 없었다.

"두 번의 경우 모두, 절 미행했던 자는 끝까지 자신의 정체를 숨기지 않았어요. 뜻하지 않게 발각된 거라고 할 수도 있겠지만 제 생각은 반대예요. 일부러 자신이 미행하고 있다는 걸 알리려 했던 것 같아요."

"좋다고, 거기까진 이해했어." 세라 로사는 또다시 똑같은 질문을 던졌다. "하지만 도대체 왜, 무슨 이유로 미행을 했느냐는 거지. 말이 안 되잖아!"

밀라는 갑자기 그녀를 향해 고개를 돌리며 중요한 차이점을 부각시켰다.

"왜냐하면 처음부터, 수사팀에서 여섯 번째 아이를 찾아낼 수 있는 사람은 저밖에 없었으니까요. 잘난 척하는 거라고 오해하진 마세요. 하지만 오늘까지 얻어낸 결과만 보더라도 제 말이 맞아 들어갔잖아요. 여러분들은 연쇄살인범을 쫓는 일에 탁월한 능력을 갖고 계세요. 하지만 제 전문은, 실종된 사람을 찾아내는 일이에요. 언제나 그 일을 했었고, 제가 잘하는 것도 그 일이에요."

아무도 밀라의 말에 이견을 달지 못했다. 그런 관점에서 보자면, 밀라는 앨버트에겐 가장 위협적인 존재였다. 왜냐하면 그의 계획을 수포로 만들어버릴 유일한 인물이었기 때문이다.

"다시 정리해보자면, 녀석은 여섯 번째 아이를 가장 처음에 납치했어요. 그런데 제가 그 아이를 초기에 찾아냈다면, 녀석의 계획은 물거품이 되어버렸을 겁니다."

"하지만 당신은 그 아이를 찾아내지 못했잖아." 로사가 말했다. "생각보다 실력이 별로였던 거겠지."

밀라는 상대의 도발을 무시했다.

"모텔에서 저한테 근접했을 당시, 앨버트는 분명 어떤 실수 같은 걸 했을 거예요. 그때로 다시 되돌아가 봐야 해요!"

"어떻게? 설마 타임머신이라도 몰래 숨겨 온 건 아니겠지."

밀라는 미소만 지을 뿐이었다. 로사는 자신도 모르게 진실에 가까이 다가가 있었다. 왜냐하면 시간을 거슬러 올라가는 방법이 있긴 있었기 때문이다. 상대의 역한 담배 냄새에도 불구하고 밀라는 보리스를 쳐다보며 말했다.

"최면 상태에서도 심문을 할 수 있겠죠?"

"이제 긴장을 풀어요……."

보리스의 목소리가 속삭이듯 들렸다. 밀라는 접이식 침대에 누워 두 손은 몸을 따라 쭉 편 상태로 두 눈을 감았다. 보리스는 그녀의 옆에 앉아 있었다.

"이제 백까지 천천히 세어봐요."

스턴은 스탠드 불빛을 수건으로 살짝 가려 어두우면서도 은은한 분위기를 만들어냈다. 로사는 혼자 자신의 침대로 돌아가 있었다. 고란은 구석에 서서 최면과정을 유심히 지켜보고 있었다.

밀라는 서서히 숫자를 셌다. 그러자 잠시 뒤 호흡이 규칙적인 박자를 유지하기 시작했다. 백까지 다 세자 긴장이 싹 가라앉았다.

"이제 머릿속에 떠도는 이미지를 들여다보면 좋겠어요. 준비됐어요?"

밀라는 고개를 끄덕였다.

"당신은 지금 넓은 들판에 나와 있어요. 시간은 아침이고 찬란한 햇살이 얼굴을 따갑게 간질이고 있어요. 풀냄새도 나고 꽃향기도 나요. 당신은 지금 걷고 있는데 맨발이에요. 당신은 흙을 밟는 상쾌한 기분을 느낄 수 있어요. 시냇물 소리가 당신을 부르고 있네요. 가까이 다가가서 물에 젖은 흙을 밟고 고개를 숙여요. 시냇물 속에 손을 집어넣어 보세요. 그리고 양손으로 떠서 마셔봅니다. 물맛이 좋네요."

한적한 자연의 분위기를 담아낸 이미지를 선택한 것은 나름의 이유가 있었다. 보리스는 최면 속의 영상을 통해 밀라의 오감을 일깨운 뒤 그 감각을 제어하고 있었던 것이다. 그런 식으로 밀라를, 그녀가 모텔 앞 자갈길을 걸어가던 시점으로 돌려보낼 수 있기 때문이었다.

"이제 갈증이 풀렸네요. 그럼 부탁을 하나 할게요. 며칠 뒤로 돌아가 봅시다. 저녁이에요……."

"네." 최면상태의 밀라가 대답했다.

"주변이 캄캄하네요. 차 한 대가 당신을 모텔에 내려줬어요."

"추워요." 밀라는 즉시 반응을 보였다.

고란은 그녀가 떨고 있다는 느낌을 받았다.

"뭐가 보이죠?"

"저를 데려다준 경관이 고개를 끄덕이며 인사를 하고는 차를 돌려 나갔어요. 주차장엔 저 혼자밖에 없어요."

"주변에 뭐가 보이죠? 한번 얘기해볼래요?"

"조명이 거의 없어요. 바람 때문에 삐걱거리는 네온 간판이 전부예요. 앞에는 여러 채의 방갈로가 보이는데 창문에 불이 들어온 곳은 하나도 없어요. 제가 유일한 투숙객인 것 같아요. 방갈로 뒤로 높이 솟은 방풍림이 바람에 따라 일렁이고 있어요. 바닥은 자갈길이에요."

"앞으로 걸어가 보세요."

"제 발소리만 들려요."

밀라는 정말로 자갈 밟는 소리가 들리는 것 같았다.

"지금은 어디에 있어요?"

"방으로 가고 있어요. 관리인 사무실 앞을 지나가는데 아무도 없어요. 텔레비전이 켜져 있어요. 제 손에는 치즈 샌드위치 두 개가 든 봉투가 들려 있어요. 저녁거리예요. 숨을 쉴 때마다 입김이 나와서 발걸음을 재촉하는 중이에요. 제가 자갈밭을 걷는 발소리가 유일한 주변 소음이에요. 제 방갈로는 맨 끝줄에 있어요."

"잘하고 있어요. 계속 그렇게 해요."

"몇 미터만 더 가면 숙소예요. 제 발걸음에 유의하면서 걷고 있어요. 그런데 바닥이 움푹 패어 있는데 그걸 못 봐서 발걸음이 꼬이며 넘어질 뻔하다가……. 잠깐, 무슨 소리가 들려요."

고란은 자신도 모르게 본능적으로 밀라의 침대를 향해 상체를 숙였다. 마치 그녀를 위험한 상황에서 보호해주려고 현장으로 뛰어들 듯한 분위기였다.

"무슨 소리를 들었어요?"

"제 뒤에서 자갈을 밟는 발소리예요. 누군가 저와 보조를 맞춰서 걷고 있었어요. 몰래 뒤를 따라왔는데 제 발걸음이 엉키면서 어긋나버린 거예요."

"당신은 무얼 하고 있어요?"

"냉정해지려고 노력하는데 겁이 나요. 그래도 같은 보폭으로 계속 방갈로로 걸어가고 있어요. 뛰고 싶지만 그냥 걸어요. 동시에 생각을 해요."

"무슨 생각을 해요?"

"권총을 꺼내봐야 소용없다는 생각요. 왜냐하면 상대가 무장한 상태라면 먼저 총을 쏠 수도 있잖아요. 관리인 사무실에 켜져 있던 텔레비전이 떠올라요. 관리인을 벌써 해치웠다는 생각이 들어요. 그리고 이젠 내 차례라고……. 너무 무서워요."

"무서울 거예요. 하지만 당신은 냉정을 잃지 않고 잘하고 있어요."

"주머니에서 열쇠를 꺼내고 있어요. 그 상황을 모면할 유일한 방법은 일단 방에 들어가 숨는 거니까……. 상대가 그렇게 내버려둔다면요."

"자, 방갈로 문에 집중하고 있어요. 이제 몇 미터만 가면 되는 거죠?"

"네. 시야에 보이는 건 문밖에 없어요. 다른 건 눈에 보이지도 않아요."

"자, 그럼 이제 방금 전으로 다시 돌아가 봅시다."

"노력 중이에요……."

"혈관으로 피가 몰리고 아드레날린이 꿈틀거리면서 모든 감각에 비상이 걸렸어요. 미각이 느끼는 걸 말해볼래요?"

"입이 바싹 마르고 침에서 신맛이 나요."

"촉각은요?"

"땀에 젖은 손에 차가운 방 열쇠가 들려 있어요."

"후각은요?"

"바람에 날려 온 쓰레기 냄새가 나요. 오른쪽에 쓰레기통이 늘어서 있어요. 솔방울 냄새도 나고 송진 냄새도 나요."

"시각은요?"

"제 그림자가 보여요."

"또 뭐가 보이죠?"

"방갈로 문이 보여요. 노란색인데 칠이 벗겨졌어요. 문으로 연결되는 계단 세 칸이 보여요."

보리스는 의도적으로 가장 결정적인 감각을 맨 끝으로 남겨두었다. 왜냐하면 밀라가 자신이 미행당하고 있다는 사실을 알아채게 만든 것은 상대의 발소리였기 때문이다.

"그럼 청각은요?"

"아무것도 안 들려요. 제 발소리 외엔."

"자세히 귀를 기울여보세요."

고란은 밀라가 뭔가를 떠올리기 위해 애를 쓰느라 미간에 주름이 잡히는 모습을 바라보았다.

"들려요! 이제 들었어요! 분명 발소리예요!"

"잘하고 있어요. 하지만 그 소리에 조금 더 집중해보면 좋겠어요."

밀라는 주문에 따랐다. 그러더니 다시 말을 이었다.

"무슨 소리였죠?"

"잘 모르겠어요." 보리스가 대답했다. "거긴, 당신 혼자 있어요. 난 아무것도 못 들었어요."

"분명 무슨 소리가 들렸어요!"

"무슨 소리 말이에요?"

"그 소리."

"그 소리라니요?"

"뭔가…… 금속 같은데. 맞아요! 금속 같은 게 떨어졌어요! 바닥에 떨어졌어요. 자갈밭 위에!"

"좀 더 정확하게 설명해볼래요?"

"잘 모르겠어요……."

"노력해봐요."

"그게…… 동전 소리예요!"

"동전이라고요? 확실해요?"

"확실해요! 노란색 동전! 그걸 떨어뜨렸는데 정작 본인은 그걸 몰랐던 거예요!"

뜻밖의 결과였다. 모텔 자갈밭에서 그 동전을 찾아낼 수 있다면 지문을 채취할 수 있고, 그 지문으로 미행했던 자의 정체를 밝힐 수 있는 것이다. 그게 앨버트이기를 희망하면서.

밀라는 여전히 눈을 감은 채 계속해서 같은 말을 반복하고 있었다.

"동전이요! 동전이라고요!"

보리스는 다시 최면 과정을 이끌어나갔다.

"좋아요, 밀라. 이제 당신을 깨울 겁니다. 내가 다섯까지 셀 거예요. 그리고 손바닥으로 박수 소리를 내면 당신은 눈을 뜨는 겁니다. 하나, 둘, 셋, 넷……. 다섯!"

밀라는 번쩍 눈을 떴다. 혼란스러운 듯한 표정에 멍한 상태였다. 밀라는 몸을 일으키려 했지만 보리스가 그녀의 어깨를 짚으며 만류했다.

"조금 더 누워 있어요. 머리가 어지러울 거예요."

"효과가 있었어요?" 밀라가 물었다.

보리스는 미소를 지었다.

"결정적인 단서를 찾아낸 것 같아요."

'무슨 일이 있어도 찾아내야 해.' 그녀는 손으로 자갈밭을 파헤치며 생각했다. '내 신뢰가 걸린 문제라고……. 내 인생까지도!'

그녀는 온 신경을 바닥에만 집중했다. 신속하게 움직여야 했다. 남은 시간이 별로 없었기 때문이다.

사실 샅샅이 뒤져야 할 면적은 불과 몇 평방미터에 지나지 않았다. 그날 밤, 그녀가 방갈로의 문과 떨어져 있었던 바로 그만큼의 거리. 그녀는 청바지가 더러워지는 일 따위는 아랑곳하지 않고 바닥에 엎드려 자갈밭을 뒤졌다. 돌멩이를 뒤적거리다 손가락 마디마디에 상처를 입고 먼지가 잔뜩 달라붙었지만 계속해서 하얀 자갈밭 속에 손가락을 집어넣고 마구 뒤집어엎었다. 아픔 따위는 느껴지지 않았다. 오히려 정신을 집중하는 데 도움이 될 정도였다.

'기껏해야 동전 하나야.' 그녀는 머릿속으로 계속해서 되뇌었다. '어떻게 그걸 모를 수 있었던 거지?'

누군가 다른 사람이 벌써 발견해서 가져갔을지도 모를 일이었다. 다른 투숙객이나 관리인이.

그녀는 다른 동료들보다 먼저 모텔로 왔다. 누구도 믿을 수 없었기 때문이다. 게다가 다른 동료들마저 자신을 믿지 않는 눈치였다.

'빨리 찾아내야 한다고!'

그녀는 입술을 꼭 깨문 채 자갈을 파헤쳤고 뒤집어엎은 자갈은 뒤로 던져냈다. 온 신경이 곤두선 상태였다. 자신이 원망스럽고 이 세상이 원망스러웠다. 흥분을 가라앉히기 위해 여러 차례 크게 심호흡을 했다.

이상하게 경찰학교를 졸업하자마자 시작한 신참 경관 시절의 일이 머릿속에 떠올랐다. 그녀는 그 시절부터 폐쇄적인 성격에 사교성까지 부족해서 남들과 잘 어울리지 못했다. 그러던 중, 그녀의 성격을 별로 좋아하지 않는 선배 경관과 순찰을 나가게 되었다. 순찰 도중 두 사람은 차이나타운 인근의 골목길에서 어떤 용의자를 쫓게 되었는데, 용의자가 너무 빨리 도망가는 바람에 따라잡을 수가 없었다. 그런데 선배 경관은 범인이 도망가던 중에 어느 식당 뒤편에 있던 굴이 담긴 커다란 대야에 뭔가를 버린 것 같다고 말했다. 그러고는 그녀에게 무릎까지 빠지는 대야에 들어가 찾아보라고 명령했다. 그녀는 흐물거리는 굴 사이에 손을 넣고 그 뭔가를 찾아보았다. 당연히 아무것도 나오지 않았다. 분명 신참 길들이기의 일환이었던 것이다. 그녀는 그날 이후로 굴은 입에도 댈 수 없었다. 하지만 중요한 교훈 하나는 깨달았다.

그녀가 미친 듯이 파헤치는 우툴두툴한 자갈들 역시 그때와 마찬가지로 일종의 테스트에 불과할 뿐이었다.

자신은 어떤 상황에서든 최선의 결과를 만들어낼 능력이 있다는 것을 스스로에게 입증해 보이고 싶었다. 그게 바로 그녀의 능력이었다. 아주 오랫동안. 하지만 그렇게 속으로 자신을 칭찬하던 순간, 한 가지 생각이 뇌리를 스치고 지나갔다. 신참 경관 시절의 선배처럼, 이번에도 누군가가 그녀를 가지고 놀았다는 생각.

사실 동전 따위 애초부터 있지도 않았다. 그건 하나의 전술에 불과했다.

바로 그 순간, 세라 로사는 깨달았다. 그녀는 눈을 들어 자신에게 다가오는 밀라를 바라보았다. 정체가 드러나 무기력한 상태로 그녀는 후배 수사관 앞에 그렇게 서 있었다. 분노는 수그러들고 두 눈에는 눈물이 그렁그렁 맺히고 있었다.

"녀석이 따님을 데려간 거죠, 그렇죠? 여섯 번째 아이가 따님이었던 거예요."

34

꿈에 엄마가 나왔다.

엄마는 '마법'의 미소를 지으며 소녀에게 말을 하고 있다. 소녀는 엄마의 미소를 마법의 미소라고 불렀다. 아름다운 미소인 데다가 화를 내지 않을 때의 엄마는 세상에서 가장 사랑스러운 사람이기 때문이다. 하지만 그런 엄마의 얼굴을 보는 날이 점점 줄어들고 있었다.

꿈속에서 엄마는 엄마 자신과 아빠에 대한 이야기를 들려주었다. 엄마와 아빠는 다시 사이가 좋아졌고 더 이상 싸우지도 않는다고 했다. 소녀가 없는 동안 어떻게 일을 하고 있고 어떻게 생활하고 있는지도 말해주었다. 심지어 집에서 무슨 영화를 빌려 보았는지 목록까지 열거해주었다. 하지만 소녀가 좋아하는 영화는 없었다. 그 영화는 소녀가 돌아오면 보려고 기다리는 중이라고 엄마는 말했다. 그 말에 소녀는 기분이 좋아졌다. 소녀는 엄마에게 언제 돌아갈 수 있는지 묻고 싶었다. 하지만 꿈속에서 엄마는 소녀의 이야기를 들을 수 없다. 마치 소리가 통과하지 않는 화면 앞에서 말을 하고 있는 것 같았다. 아무리 애를 써도 상황은 나아지지 않았다. 그러다가 갑자기 엄마의 미소가 무자비한 얼굴로 바뀌기 시작한다.

머리를 쓰다듬는 부드러운 손길에 소녀는 잠에서 깨어났다.

고사리손 하나가 위에서 아래로, 머리에서 귀까지 머리를 쓰다듬으며 감미로운 목소리로 노래를 불러주고 있었다.

"너구나!"

소녀는 자신이 어디에 있는지도 잊어버릴 정도로 기뻤다. 그 순간, 중요한 건 다른 소녀의 존재가 꿈에서 본 환영이 아니라는 사실이었다.

"널 기다리고 있었어." 소녀가 말했다.

"나도 알아. 하지만 올 수가 없었어."

"넌 여기 오면 안 되는 거야?"

다른 소녀는 검은 눈을 둥그렇게 뜨고 소녀를 쳐다보았다.

"아니, 해야 할 일이 있었어."

무슨 일을 하느라 자신을 보러 올 수 없었던 걸까? 하지만 지금 그런 건 중요하지 않았다. 소녀는 물어보고 싶은 게 한두 가지가 아니었다. 우선 가장 알고 싶었던 질문을 던졌다.

"우린 여기서 뭘 하는 거야?"

소녀로서는 다른 소녀 역시 자신처럼 그곳에 잡혀 있는 게 분명하다는 생각이 앞섰다. 비록 침대에 묶여 있는 건 자기 혼자였고 다른 소녀는 괴물의 뱃속에서 자유롭게 돌아다닐 수 있었지만 그럴 거라고 생각했다.

"여긴 우리 집이야."

대답은 끔찍했다.

"그럼 나는? 난 왜 여기 있는 건데?"

다른 소녀는 아무런 대답 없이 다시 소녀의 머리를 쓰다듬기 시작했다. 소녀는 상대가 자신의 질문을 피하고 있다고 생각했다. 그래서 더 이상 대답을 강요하지 않기로 했다. 분명 그 대답을 들을 기회가 올 것이다.

"넌 이름이 뭐야?"

다른 소녀는 미소를 지으며 대답했다.

"글로리아."

뭔가가 이상했던 소녀는 상대를 유심히 살펴보았다.

"아니야……."

"아니라니, 뭐가?"

"너…… 누군지 알겠어. 네 이름은 글로리아가 아니야……."

"맞아, 글로리아야."

소녀는 기억을 되짚어보았다. 분명 어딘가에서 본 적이 있다. 분명 본 적이 있는 소녀였다. 확신이 들었다.

"맞아! 우유병에 붙어 있던 사진에서 널 봤어!"

다른 소녀는 소녀가 무슨 말을 하는 건지 의아하다는 눈빛으로 쳐다보았다.

"그래! 네 사진이 실린 포스터도 봤어. 동네 전체에 그 포스터가 붙어 있었어. 학교에도, 슈퍼마켓에도. 그게……." 그게 언제였을까? 초등학교 때의 일이었다. "3년 전이었어!"

다른 소녀는 여전히 무슨 말인지 모르겠다는 얼굴이었다.

"내가 여기 온 건 얼마 안 됐어. 길어야 4주 정도야."

"아니, 절대 아니야! 적어도 3년은 넘었어."

다른 소녀는 그 말을 믿지 않았다.

"그렇지 않아."

"아니, 맞아! 너희 부모님은 텔레비전에 나와서 너를 찾아달라고 하셨어!"

"우리 엄마, 아빠는 돌아가셨어."

"아니야, 살아 계셔! 그리고 너는…… 네 이름은…… 린다야! 린다 브라운!"

다른 소녀는 화를 냈다.

"내 이름은 글로리아야! 네가 말하는 린다라는 아이는 다른 아이라고. 네가 잘못 본 거야."

상대의 언성이 높아지는 것을 감지한 소녀는 더 이상 몰아붙이지 않기로 했다. 다른 소녀가 다시 자신을 혼자 남겨두고 가버릴까 봐 두려웠기 때문이다.

"그래, 알았어, 글로리아. 네가 원하면 그렇게 불러줄게. 내가 틀렸을 수도 있지. 미안해."

다른 소녀는 만족스럽다는 듯 고개를 끄덕였다. 그러고는 아무렇지도 않게 다시 노래를 부르며 소녀의 머리를 쓰다듬어 주었다.

소녀는 다른 이야기를 시도해보기로 했다.

"글로리아, 난 너무 아파. 팔을 움직일 수가 없어. 열도 나고. 게다가 자꾸 기절도 하는 것 같아……."

"조금 있으면 괜찮아질 거야."

"의사 선생님이 필요해."

"의사들은 다 협잡꾼들이야."

소녀의 입에서 나오는 말이라고 하기엔 어딘가 이상했다. 마치 긴 시간 동안 반복적으로 듣다 자동으로 외우게 된 그런 말 같았다. 그러다 이제는 자기 자신의 말인 것처럼 사용하는 어색한 말.

"이러다가 나 죽을 것 같아."

소녀의 눈에서 눈물이 커다랗게 방울지며 흘러내렸다. 글로리아는 뺨의 눈물을 닦아주다가 자신의 손가락만 쳐다보며 소녀를 모른 척했다.

"내 말 이해한 거야, 글로리아? 네가 도와주지 않으면 난 죽을지도 모른다고."

"스티브가 넌 괜찮아질 거라고 했어."

"스티브는 누구야?"

다른 소녀는 잠시 딴청을 부리다가 대답했다.

"널 여기로 데려온 게 스티브야!"

"데려온 게 아니라 납치한 거잖아!"

글로리아는 다시 소녀의 얼굴을 노려보았다.

"스티브는 널 납치하지 않았어."

또다시 상대를 화나게 할지 모른다는 두려움도 있었지만 소녀는 자신의 생각을 굽히지 않았다. 생존이 걸린 문제였기 때문이다.

"납치한 게 맞아. 너한테도 똑같은 짓을 한 거야. 장담할 수 있어."

"아니, 틀렸어. 스티브는 우릴 구해준 사람이야."

글로리아의 대답에 버럭 신경질이 났다.

"도대체 무슨 말을 하는 거야? 뭐로부터 구해줬다는 거야?"

글로리아는 주춤거렸다. 초점이 흐려지더니 묘한 공포감에 사로잡히는 듯한 분위기였다. 글로리아가 한 발 뒤로 물러서려 했지만 소녀는 상대의 팔목을 붙잡았다. 글로리아는 그대로 도망가려 했고 손길을 뿌리치려 했지만 소녀는 대답 없이는 상대를 돌려보내지 않겠다고 다짐한 터였다.

"누구한테서 구해줬다는 거야?"

"프랭키한테서."

글로리아는 입술을 꾹 깨물었다. 그건 해선 안 될 말이었던 것이다. 하지만 그 말을 하고 말았다.

"프랭키가 누군데?"

글로리아는 소녀의 손길을 뿌리쳤다. 소녀는 더 이상 붙잡을 힘이 없었다.

"다음에 다시 올게, 알았지?"

글로리아는 멀어져 갔다.

"안 돼! 기다려! 가지 마!"

"넌 이제 쉬어야 해."

"아니야, 가지 마! 제발 부탁이야, 돌아와!"

"약속해. 다시 올게."

504

글로리아는 그렇게 멀어져 갔다. 소녀는 눈물을 쏟아냈다. 목구멍에서 절망이라는 쓰린 감정이 치솟아 오르더니 가슴으로 퍼져나갔다. 소녀는 오열을 토해냈다. 목이 갈라져라 고함을 지르며 물어보았지만 소녀의 목소리는 허공만 맴돌 뿐이었다.

"가르쳐줘! 프랭키가 누구야?"

하지만 아무 대답도 들려오지 않았다.

35

"아이 이름은 샌드라입니다."

테렌스 모스카는 노트의 위쪽에 이름을 적어 넣었다. 그러고는 다시 눈을 들어 세라 로사를 쳐다보았다.

"납치된 시점은?"

로사는 대답하기 전에, 보다 편안한 자세로 의자에 앉아 머릿속에 떠도는 생각들을 차분하게 정리해보려고 했다.

"47일 됐습니다."

밀라의 추측은 정확했다. 샌드라는 다섯 명의 아이들보다 '먼저' 납치되었던 것이다. 그리고 앨버트는 샌드라를 이용해 아이와 가장 가까웠던 데비 고든을 유인했다.

두 소녀는 어느 날 오후, 공원의 같은 장소에서 말들이 노는 모습을 지켜보았다. 몇 마디 말을 주고받던 두 소녀는 급속도로 친해지게 되었다고 한다. 데비는 집에서 멀리 떨어진 학교 기숙사 생활에 지쳐 있었고 샌드라는 부모의 이혼 문제로 고민이 많은 때였다. 각자의 고민거리를 털어놓으며 가까워진 두 소녀는 그렇게 친구가 되었던 것이다.

두 아이 모두 공원에서 말을 탈 수 있는 상품권을 선물로 받았었다. 하지만 그건 우연이 아니었다. 두 소녀의 만남을 주선했던 것은 바로 앨버트였다.

"샌드라는 어떤 상황에서 납치된 거지?"

"등굣길에 납치되었습니다." 로사가 대답했다.

밀라와 고란은 고개를 끄덕이는 모스카 팀장을 바라보았다. 수사팀원들 모두 연방경찰서 건물 1층에 있는 거대한 문서보관실에 모여 있었다. 의외의 장소를 취조실로 고른 것은 모스카 팀장이었다. 그는 정보가 새어 나가는 일을 미리 차단하고, 그들의 대화가 본격적인 취조의 양상을 띠지 않도록 하기 위해 일부러 그곳을 골랐던 것이다.

그 시각, 문서보관실은 텅 빈 상태였다. 팀원들은 문서로 가득 들어찬 기다란 책장이 통로처럼 연결되는 시작점에 모여 있었다. 그들이 둘러앉은 책상에 설치된 스탠드가 유일한 조명이었다. 그들이 내는 목소리와 각종 소음은 메아리가 되어 어둠 속으로 사라지고 있었다.

"앨버트에 대해 아는 게 뭐가 있지?"

"본 적도 없고, 목소리도 들은 적 없습니다. 누군지는 더더욱 모르고요."

"그러시겠지." 테렌스 모스카는 세라 로사의 상황이 더욱 난처해지고 있다는 듯 비아냥거렸다.

세라 로사 수사관은 공식적으로 그 어떤 행동의 제약도 받지 않는 상태였다. 하지만 조만간 미성년자 납치 및 살해에 대한 공범 혐의로 공식 수사를 받게 될 터였다.

그 사실을 밝혀낸 장본인은 밀라였다. 밀라는 놀이동산에서 납치된 세이바인의 사건을 조사하던 중 그 사실을 알게 되었던 것이다. 세이바인의 엄마와 대화를 나눈 뒤 밀라는 앨버트가 모든 사람이 보는 앞에서 버젓이 아이를 납치했을 당시 여성 공범의 도움을 받은 게 틀림없다는 생각에 이르게 되었다. 하지만 공범이라고 모두 똑같을 순 없었다. 자신의 명령을 고분고분 따를 수밖에 없는 공범의 소행일 가능성이 매우 높았다. 예를 들어, 여섯 번째 아이의 엄마처럼.

밀라는 그런 확신을 가지고 사건 당일 현장에서 찍힌 수백여 장의 사진을 다시 들여다보았다. 그러던 중 어느 가족의 아빠가 찍은 사진 한 귀퉁이에서 머리를 휘날리는 상태로 옆모습의 일부가 포착된 인물을 보다가 목덜미에서 오싹한 소름을 느끼기에 이르렀다. 뒤이어 아무런 거리낌 없이 이름 하나가 튀어나왔다. 세라 로사!

"왜 세이바인이었지?" 모스카가 물었다.

"저도 모릅니다." 로사의 대답이었다. "아이의 사진 한 장을 보내온 뒤 놀이동산에 가면 만날 수 있을 거라고만 했습니다. 그게 답니다."

"그런데 아무도 몰랐다는 거고."

생각의 방에서 로사가 했던 말이 생생하게 떠올랐다. "사실 부모들이야 자기 자식만 쳐다보느라 정신이 팔렸던 거지요. 남의 아이들이 어떻게 되건 그런 건 눈에 안 들어오는 게 현실입니다." 로사는 그 현실을 아주 잘 알고 있었다. 본인이 직접 경험한 일이었기 때문이다.

"그렇다면 용의자는 가족들의 동선을 미리 파악하고 있었다는 거군." 모스카는 취조를 이어나갔다.

"그랬던 것 같습니다. 지시사항은 언제나 칼같이 정확했으니까요."

"녀석이 지시사항은 어떤 방식으로 전달했지?"

"항상 이메일을 사용했습니다."

"IP 주소 추적은 해볼 생각도 안 했던 거야?"

팀장의 질문은 이미 그 답이 나온 상황이었다. 세라 로사는 컴퓨터 전문가였다. 로사가 실패했다는 것은 불가능하다는 것을 의미했기 때문이다.

"어쨌든 녀석이 보낸 이메일은 모두 보관하고 있습니다. 아시다시피, 대단히 용의주도한 놈입니다. 막강하기도 하고요." 로사는 자신의 행동을 정당화하려는 듯 상대를 추어올리는 발언을 했다. "그리고 제 딸아이를 데리고 있습니다."

로사는 밀라를 똑바로 바라보지 못했다.

첫 만남부터 적대감을 대놓고 드러낸 자신이었다. 밀라가 여섯 번째 피해아동의 신원을 밝혀내고 아이의 생명을 위태롭게 하지 않을까 너무나 두려웠던 것이다.

"밀라 바스케스 수사관을 즉시 팀에서 제외시키라고 한 건 놈의 명령이었나?"

"아닙니다. 그건 제가 단독으로 벌인 일입니다. 방해가 될 것 같았기 때문입니다."

세라 로사는 여전히 밀라에 대한 반감을 숨기지 않았다. 하지만 밀라는 그런 상대를 이미 용서한 상태였다. 밀라는 샌드라가 걱정이었다. 섭식장애를—고란이 해준 말에 따르면—겪고 있으며, 현재 사이코패스의 손아귀에 잡혀서 한쪽 팔까지 잘린 채 감당할 수 없는 고통을 겪고 있을 어린 소녀가 걱정될 뿐이었다. 밀라는 몇 날 며칠 동안 그 아이의 신원을 밝힐 수 없어 발만 동동 구르고 있었다. 하지만 이제 아이가 누구인지 그 이름을 알게 되었다.

"그래서 바스케스 수사관의 뒤를 두 차례나 미행했고, 겁을 주어서 수사를 포기하게 만들려고 했다 이거지."

"그렇습니다."

밀라는 추격전에서 벗어나 텅 빈 본부로 돌아왔던 날의 기억을 떠올렸다. 보리스가 문자를 통해 팀원 모두 이본 그레스의 집에 있다는 연락을 보내왔었다. 뒤늦게 현장에 합류한 밀라는 이동 수사본부 차량 옆에서 옷을 갈아입고 있던 세라 로사를 발견했었다. 그때는 그녀가 왜 다른 팀원들과 함께 빌라에서 기다리고 있지 않았는지 궁금해하지도 않았다. 그녀 역시 뒤늦게 도착했다는 사실을 의심스럽게 여기지 않았던 것이다. 아니면, 상대가 생각할 틈을 주지 않기 위해 일부러 시비를 걸고 의혹의 불씨를 고란 쪽으로 교묘히 돌릴 만큼 용의주도했었는지도 모른다.

"그리고 한 가지 더. 박사가 당신을 잘도 속였군그래. 왜냐하면 난 반대표를 던졌거든."

사실 세라 로사는 반대표를 던지지 않았다. 괜한 의심을 불러일으킬 위험이 있었기 때문이다.

테렌스 모스카 팀장은 서두르지 않았다. 그는 자신의 노트에 세라 로사의 답변을 받아 적은 뒤 뭔가를 생각하고 다음 질문으로 넘어갔다.

"앨버트의 지시를 받아 한 다른 행동은?"

"데비 고든의 기숙사 방에 몰래 숨어 들어갔습니다. 양철 상자의 자물쇠를 따고 아이의 일기장을 훔쳤습니다. 그런 다음 제 딸아이와 함께 찍은 사진을 벽에서 떼어왔습니다. 그리고 두 번째 사체로 수사팀을 이끌어줄 GPS 수신장치를 숨겨두고 나왔습니다. 고아원으로 향하는……."

"머지않아 누군가에게 발각될 거란 생각은 한 번도 안 해본 건가, 자네?"

모스카가 따끔한 한마디를 날렸다.

"저한테 선택의 여지가 있었겠습니까?"

"다섯 번째 피해아동의 사체를 본부로 옮겨온 건 자네였지."

"그렇습니다."

"자네 열쇠로 열고 들어온 다음 방탄문이 부서진 것처럼 꾸몄다……."

"그래야 모두로부터 의심을 피할 수 있었기 때문입니다."

모스카는 한참 동안 세라 로사를 쳐다보았다.

"왜 아이의 사체를 이곳 본부에 갖다 놓으라고 했던 걸까?"

모두가 궁금해하는 대목이었다.

"저도 모릅니다."

모스카는 코로 긴 한숨을 내쉬었다. 그 행동은 마치 대화가 종료되었다는 것을 의미하는 듯했다. 팀장은 고란 게블러 박사에게 말을 걸었다.

"이 정도면 충분한 것 같습니다. 박사가 직접 더 물어보실 게 있다면 또 모를까⋯⋯."

"없습니다." 범죄학자의 대답이었다.

모스카 팀장은 다시 로사를 향해 말했다.

"세라 로사 특별수사관. 10분 뒤에 검찰에 보고를 할 예정이네. 아마 그쪽에서 자네에 대한 공식 기소절차를 밟을 거야. 이미 예고했던 대로 오늘 이 대화는 우리끼리만 알고 넘어가게 될 걸세. 하지만 기소된 뒤에는 제대로 된 변호사를 대동하고 증언하는 게 신상에 유리할 거야. 마지막으로 한 가지만 더 묻지. 이번 사건에 자네 말고 또 연루된 제3의 인물이 있나?"

"남편을 염두에 두고 하시는 말씀이라면, 그 사람은 아무것도 모르고 있습니다. 저흰 지금 이혼 절차를 밟는 중이니까요. 샌드라가 납치되었을 때, 제가 일부러 남편을 집에서 내몰았습니다. 가급적 사건에서 떨어뜨려 놓기 위해서였습니다. 최근 들어 심하게 언쟁을 벌이기도 했습니다. 남편이 딸아이를 만나겠다고 고집을 부렸기 때문입니다. 아마 제가 일부러 딸아이를 못 만나게 하는 거라고 생각하고 있을 겁니다."

밀라는 두 사람이 본부 건물 건너편에서 언쟁을 벌이는 장면을 본 기억이 났다.

"좋아." 모스카 팀장은 자리에서 일어나더니 로사를 가리키며 보리스와 스턴에게 말했다. "지금 즉시 연행하라고 사람을 보낼 걸세."

두 수사관은 고개를 끄덕였다. 팀장은 허리를 숙여 가죽 서류가방을 집어 들었다. 그가 자신의 노트를 가방에 집어넣을 때 그 옆에 있던 노란색 파일이 밀라의 눈에 들어왔다. 표지에는 타자기로 친 제목이 붙어 있었다. '윌⋯⋯ 피켓.'

'윌슨 피켓 사건.' 밀라는 즉시 그 이름을 떠올렸다.

테렌스 모스카는 서서히 출구로 향했다. 고란도 그 뒤를 따랐다. 밀라는 보리스, 스턴과 함께 세라 로사 곁에 남아 있었다. 두 남자는 아무런 말 없이 애써 여성 수사관의 눈을 피했다. 그녀는 팀원들을 배신했던 것이다.

"미안해요." 로사는 눈물을 흘리며 말했다. "달리 뭘 어떻게 할 수가 없었어요……."

보리스는 아무런 대답도 하지 않았다. 치미는 분노를 참기 힘들었기 때문이다. 스턴은 한마디 말만 건넬 뿐이었다.

"괜찮아."

하지만 꼭 그런 것 같지는 않아 보였다.

세라 로사는 애원하는 시선으로 그들을 바라보며 말을 이었다.

"우리 딸…… 꼭 찾아주세요. 제발 부탁드려요……."

많은 사람들은 생각한다. 물론 그릇된 생각이지만. 연쇄살인범은 항상 성관계와 관련된 살해동기를 가지고 있다고. 밀라 역시 그렇게 생각했었다. 앨버트 케이스를 접하기 전까지는.

연쇄살인범은 최종 목적에 따라 여러 가지 유형으로 나뉠 수 있다.

우선 '망상가'의 집단이 있다. 그들은 자신과 끊임없이 대화하고 자신에게 명령을 내리는 또 다른 나에 의해 지배당하며 살인행각을 저지른다. 가끔은 환영이나 단순한 환청에 이끌리는데, 그들의 범행은 종종 정신질환에 의한 심신미약으로 여겨지기도 한다.

'선교자'형도 있다. 그들은 무의식중에 자리 잡은 목표를 가지고 있는데, 주로 자기 자신이 부과한 책임감에 의해 범행을 저지르고, 살인을 통해 보다 나은 세상을 만들 수 있다는 생각을 가지고 있다. 이런 유형

512

은 필연적으로 특정 부류의 계층을 타깃으로 삼는다. 동성애자나 매춘부, 바람을 피우는 사람들, 변호사, 세무사 등이 바로 그 타깃에 속한다.

'권력 추구형'은 자기 자신을 한없이 못난 인간이라고 비하하는 경향이 있다. 그래서 피해자를 살리고 죽이는 생사여탈권을 자신의 손으로 직접 결정하고 통제한다는 사실에 만족감을 느낀다. 살해행위에 주로 성폭행이 동반되는데, 이는 단지 피해자에게 수치심을 자극하기 위한 도구에 지나지 않는다.

마지막으로 '쾌락 추구형'이 있다. 이들은 단지 살해행위가 전해주는 쾌락을 위해 사람을 죽인다. 이들 중에는—물론 하위범주에 지나지 않지만—성적인 동기를 지닌 범죄자들도 포함된다.

벤자민 고르카는 이 네 가지 유형에 동시에 속하는 희대의 살인마였다.

그는 자신을 끊임없이 자극하는 환영에 시달려 살인행위를 일삼았다. 주로 매춘부를 살해했고 죽이기 전에 성폭행을 시도했는데, 정상적인 상황에서는 성관계를 가질 수 없었기 때문이었다. 그리고 피해자를 살해함으로써 극도의 쾌락을 느낀다고 했다.

그는 서른여섯 명의 피해자를 일일이 구분하기까지 했지만 그중 전적으로 자신이 살해한 피해자는 여덟 명에 불과하다는 주장을 펼쳤다. 하지만 경찰에서는 피해자의 수가 그보다 훨씬 더 많을 것이라고 추정했으며 나머지는 아무도 모르는 곳에 유기했을 거라고 판단했다. 왜냐하면 체포되기 전까지 25년간 살인행각을 벌여왔기 때문이다.

그의 검거가 어려웠던 이유는 크게 두 가지 이유 때문이었다. 동일범이라고 보기 어려울 정도로 네 가지 성향을 고루 갖춘 데다가 범행을 저지른 반경이 너무 광범위하기 때문이었다.

게블러와 수사팀은 3년간의 수사 끝에 그의 신원을 파악하는 데 성공했다. 그들은 각기 다른 살인사건 파일을 컴퓨터에 넣어 반복되는 패턴을 추려냈다. 그리고 그 결과를 도로 지도와 대조한 뒤 그 패턴의 주기가 화물 배차의 주기와 정확하게 일치한다는 사실을 찾아냈던 것이다.

벤자민 고르카는 트럭 운전사였다.

그는 크리스마스 밤, 고속도로 휴게소에서 검거되었다. 그런데 재판과정에서 검찰 측의 준비 부족으로 인해 정신질환을 이유로 형법적 책임을 면하고 치료감호 처분을 얻어내고 말았다. 물론 정신병원에서 평생 벗어날 수 없는 신세였다.

그의 체포 소식에 온 나라는 역사상 가장 끔찍한 연쇄살인범의 이름을 알게 되었다. 하지만 고란과 그의 팀원들에겐 영원히 '윌슨 피켓'으로 남게 될 사건이었다.

두 명의 경관이 와서 세라 로사를 데려간 뒤, 밀라는 보리스와 스턴이 먼저 나가기를 기다렸다. 혼자 남아 자료를 찾아볼 계획이었기 때문이다. 밀라는 사건 파일을 뒤지다 관련 서류 사본을 찾아냈다.

보고서를 들여다보면서도 범죄학자가 왜 희대의 연쇄살인범 사건에 유명 가수의 이름을 갖다 붙였는지 그 이유를 알아낼 수 없었다. 대신 본부에 처음으로 발을 들였던 날, 벽에 붙어 있던 젊은 여자의 사진을 발견할 수는 있었다.

그녀의 이름은 레베카 스프링거였다. 고르카에 의해 살해된 최후의 피해자.

사건 보고서에는 사실 대단한 내용이 담겨 있지도 않았다. 밀라는 도대체 왜 그 사건이 여전히 팀원들에게 아물지 않은 상처로 남아 있는 건지 알 수 없었다. 그리고 그 내용에 대해 질문했을 때 보리스가 했던 대답이 떠올랐다.

"결과가 안 좋았어요. 여러 군데 실수가 있었거든요. 수사팀을 해체시키라는 둥 게블러 박사님을 제외시키라는 둥 외압이 이어졌어요. 하지만 로시 경감님이 자청해서 방패막이로 나섰고 그 덕에 우리는 자리를 지킬 수 있었습니다."

어딘가 이상했다. 하지만 밀라의 손에 들린 보고서 그 어디에도 실수에 관한 부분은 나와 있지 않았다. 오히려 작전은 '모범적'이었고 '완벽한 성공'이었다는 찬사로 가득했다.

테렌스 모스카 팀장이 그 사건에 흥미를 보이는 이유가 있다면, 그건 실제 벌어진 일과 보고서의 내용이 다르다는 것을 의미했다.

밀라는 재판 과정에서 고란 게블러 박사가 했던 증언 내용을 살펴보았다. 당시 범죄학자는 벤자민 고르카를 두고 "자연 상태에서 백호(白虎)를 접하듯, 아주 보기 드문 완벽한 사이코패스"라고 증언했다.

덧붙인 설명은 다음과 같았다. "이런 부류의 사람들은 정체를 알 수가 없습니다. 외부에서 봤을 땐 지극히 정상적이고 평범한 인간으로 보입니다. 하지만 그 정상이라는 외피를 조금만 벗겨내면 그들이 가진 진정한 '나 자신'이 드러납니다. 그들 대부분은 그런 모습을 '짐승'이라고 부릅니다. 고르카는 꿈으로 그 짐승을 키우고 욕망으로 그 짐승을 성장시켰습니다. 그는 간혹 그 짐승과 조우하곤 합니다. 심지어 순간순간, 그 짐승에 맞서 싸우기도 합니다. 하지만 결국 그 짐승에게 손을 들고 맙니다. 자신의 안에 기거하는 짐승을 잠재우는 방법은 단 하나밖에 없다는 것을 깨닫기 때문입니다. 그건, 그 짐승을 만족시키는 것입니다. 그래 주지 않으면 짐승이 속을 갉아먹게 될 테니까요."

그 문장을 읽으며 밀라는 마치 고란의 목소리를 듣는 것 같았다.

"어느 날, 현실과 꿈 사이에 균열이 생겼던 겁니다. 벤자민은 그 틈새로 그때까지 자신이 꿈으로만 가지고 있던 것들을 투영하기 시작했습니다. 살인 본능은 우리 인간 모두가 가진 본능입니다. 하지만 하늘의 도움으로, 우리는 그런 본능을 통제하고 잠재우는 법을 터득하게 되었습니다. 하지만 언제나 그렇듯 한계점이라는 게 있기 마련입니다."

밀라는 그 한계점에 대해 생각해보았다. 그러고는 다시 보고서로 눈을 돌렸다가 어느 부분에서 멈췄다.

"……조금 지나면, 그 행위는 분명 반복됩니다. 왜냐하면 효과는 줄어들고 행위에 대한 기억만으로는 충분치 않기 때문입니다. 욕구불만과 역겨움이란 감정이 동시에 공존하게 됩니다. 꿈속에서 그리는 것만으로는 성에 차지 않고 그 의식을 다시 반복해야 한다는 강박관념에 사로잡히게 됩니다. 욕구는 충족되어야 하기 때문입니다. 영원히."

영원히!

밀라는 밖으로 나오다 그를 만났다. 그는 철제 방화계단에 앉아 있었다. 담배에 불을 붙이더니 손가락에 수직으로 끼워 입으로 가져갔다.

"우리 집사람한테는 말하지 말아줘." 스턴은 비상구로 나오는 밀라를 발견하고 그렇게 말했다.

"걱정 마세요. 비밀은 지켜드릴게요." 밀라는 상대를 안심시키고는 옆자리에 앉았다.

"내가 뭘 도와주면 될까?"

"부탁드리러 온 건 어떻게 아셨어요?"

스턴은 대답 대신 눈썹을 치켜세웠다.

"앨버트는 절대 이대로 잡히지 않을 거예요. 그건 스턴도 저만큼이나 확신하고 있을 테죠." 밀라가 말했다. "벌써 자신의 죽음에 대한 계획도 세워놓았을 거예요. 그 부분 역시 그림의 일부에 속할 테고요."

"그런 새끼 뒈지거나 말거나 알 바 아니야. 신앙인이 이런 험한 말을 하면 안 된다는 거, 나도 알아. 하지만 그 말 외엔 할 말이 없어."

밀라는 진지한 표정으로 스턴을 바라보았다.

"녀석은 팀원들을 잘 알고 있어요, 스턴. 다른 사람들에 대해 많은 걸 알고 있다고요. 그러지 않았으면 시체를 본부로 옮겨다 놓지 않았을 거예요. 분명 과거의 특정 사건들을 연구했을 거예요. 녀석은 수사관들이 어떤 식으로 일을 하는지 알고 있었어요. 그래서 저희보다 항상 앞서 나갔던 거예요. 그리고 무엇보다 게블러 박사님에 대해 뭔가를 알고 있는 것 같아요……."

"어쩌다 그런 생각을 하게 된 거지?"

"과거 사건에 대한 박사님의 법정 진술서를 읽어봤어요. 그런데 앨버트는 정확하게 그 내용을 반박하기 위한 행동을 하고 있거든요. 녀석은 '탁월한' 연쇄살인범이에요. 자아도취 성향도 전혀 없는 것 같아요. 왜냐하면 자기 자신보다 다른 살인범들에게 관심이 돌아가는 걸 즐기는 편이잖아요. 게다가 억누를 수 없는 본능이나 욕구에 끌려 다니는 것도 아니에요. 자기 자신을 철저히 통제하고 있잖아요. 그렇다고 그가 쾌락을 추구하는 행동을 하느냐, 그것도 아니에요. 다만, 경찰들에게 도전장을 내미는 것 외엔 다른 특징이 없어요. 이런 걸 어떻게 설명하실 거예요?"

"대답은 간단해. 나라면 설명 안 하지. 관심도 없으니까."

"어떻게 그런 말씀을 하세요?" 밀라는 버럭 화를 냈다.

"어떻게 되거나 말거나 상관없다고 한 게 아니야. 다만 '관심이 없다'고 했을 뿐이지. 그건 엄연히 다른 말이야. 우리 쪽에서 보자면, 우린 단한 차례도 녀석의 '도전'에 응한 적이 없어. 우리가 안절부절못하고 있는건 단지 여섯 번째 아이를 살려야 하기 때문이야. 그리고 녀석이 자아도취 성향이 없다는 것도 틀렸어. 왜냐하면 녀석은 다른 그 누구도 아닌우리의 관심을 원하고 있어. 우리 수사팀. 무슨 말인지 알겠어? 만약 기자들의 관심을 끌 생각이었다면 아마 그쪽에 손짓을 했겠지. 하지만 앨

517

버트는 그런 건 안중에도 없는 거야. 적어도 지금으로선 말이지."

"왜냐하면 녀석이 마지막에 준비해놓은 게 뭔지 알 수 없으니까요."

"맞는 말이야."

"제가 볼 땐, 앨버트가 수사팀에게 관심의 초점을 맞추고 있는 것 같아요. 그리고 그 대상은 벤자민 고르카 사건이 아닐까 싶어요."

"윌슨 피켓."

"그 사건에 대해서 말씀 좀 해주세요."

"보고서 읽어보면 되잖아."

"보리스한테 들었어요. 당시 결과가 좋지 않았다고……."

스턴은 남은 담배를 버렸다.

"보리스 그 친구, 가끔 무슨 말인지도 모르고 할 때가 있어."

"스턴, 얘기 좀 해주세요! 지금 그 사건에 주목하는 게 저 혼자만이 아니라고요."

밀라는 테렌스 모스카가 서류가방에 관련 사건 파일을 가지고 다닌다고 말해주었다. 그 말에 스턴의 표정이 어두워졌다.

"좋아. 하지만 듣고 나면 썩 기분이 좋지 않을 거야."

"무슨 이야기든 들을 준비가 됐어요."

"우리는 고르카를 체포한 뒤에 녀석의 모든 걸 샅샅이 훑었어. 주로 자신의 트럭에서 생활했는데, 거기서 다량의 음식물을 구입한 영수증을 발견했지. 처음에는 포위망이 좁혀지자 녀석이 위협을 느끼고 잠잠해질 때까지 안전한 곳에 숨어 잠수를 타려 했다고 생각했었어."

"그런데 그게 아니었군요……."

"체포된 지 대략 한 달 후에, 매춘부 실종신고가 있었다는 걸 발견했지."

"레베카 스프링거."

"맞아. 아마 크리스마스 무렵이었을 거야……."

"벤자민 고르카가 체포된 시점이네요."

"그래. 실종된 매춘부가 주로 영업하던 곳이 트럭의 이동경로와 겹쳤던 거야."

밀라는 스스로 결론에 다다랐다.

"고르카가 그 여자를 인질로 삼았던 거군요. 그래서 먹을 게 필요했던 거고."

"레베카 스프링거가 어디에 감금되어 있는지, 시간은 얼마나 남아 있는지 알아낼 방법이 없었어. 그래서 녀석에게 직접 물어봤지."

"당연히 대답을 거부했겠죠."

"아니, 전혀 그렇지 않았어." 스턴은 고개를 가로저으며 말했다. "모든 혐의를 인정하더라고. 하지만 감금 장소를 가르쳐주는 대신 한 가지 조건을 내걸었어. 게블러 박사가 참석한 자리에서만 말을 하겠다는 거였지."

밀라는 상황을 이해할 수 없었다.

"그게 뭐가 문제였어요?"

"문제는 게블러 박사의 행방이 묘연했다는 거야."

"고르카가 그걸 어떻게 알고 있었던 거지요?"

"녀석도 모르고 있었어, 그 사악한 자식! 우리는 미친 듯이 박사를 찾아다녔지만 그동안에도 시간은 속절없이 흘러갔지. 보리스는 별별 수단을 다 동원해서 녀석을 쥐어짰어."

"그런데도 실토하게 만들지 못했던 거예요?"

"실패였지. 그런데 보리스가 취조과정을 녹화한 자료를 다시 돌려 보던 중에 고르카가 낡은 창고와 우물에 관해 이야기한 부분을 의심스럽게 여겼고, 보리스는 결국 혼자 힘으로 레베카 스프링거를 찾아낼 수 있었어."

"그런데 레베카는 영양실조로 이미 사망한 상태였군요."

"아니. 고르카가 식량으로 넣어줬던 통조림 캔 뚜껑으로 손목을 긋고 자살해버렸어. 그런데 그게 다가 아니었어……. 더 참을 수 없었던 건, 부검의의 소견에 따르면 보리스가 찾아내기 바로 두 시간 전에 자살했다는 거지."

온몸에 오싹한 소름이 돋았다. 하지만 묻고 싶은 건 그냥 넘길 수 없었다.

"그럼 게블러 박사님은요? 그 시간 동안 어디에 있었던 거예요?"

스턴은 미소를 지었다. 속마음을 숨기기 위한 위장술이었다.

"일주일 뒤에 고속도로 휴게소 화장실에서 발견됐어. 운전자들이 앰뷸런스를 불렀지. 술 취한 상태에서 정신을 잃었더라고. 아들은 애 보는 사람에게 맡겨놓고 정처 없이 길을 나섰던 거야. 자신을 떠난 부인을 잊기 위해서. 병원에 찾아갔을 땐, 몰라볼 정도로 망가진 상태였어."

그 사연은 경찰 수사팀과 민간인인 고란 게블러 박사의 특별한 관계를 설명해줄 수 있는 내용이었다. 왜냐하면 대부분의 경우, 인간이 겪는 비극은 관련된 사람들 사이에 유대관계를 형성시켜 주기 때문이다. 밀라는 그렇게 생각했다. 그러고는 고란의 집에 찾아갔을 때 로시 경감이 조지프 B. 록포드와 관련된 수사내용을 두 사람에게 숨겼다는 사실을 알아낸 뒤 고란이 했던 말을 떠올렸다. "누군가를 자주 접하다 보면, 그 사람에 대해 잘 알고 있다는 생각이 들지만 알고 보면 아는 게 하나도 없는 법이지……."

밀라는 두고두고 맞는 말이라고 생각했다. 억지로 상상하려 해도, 밀라로서는 수사팀이 찾아냈다는 그 상태의 고란을 도저히 상상할 수 없을 것 같았다. 술에 찌들어 정신을 잃은 모습을. 그 생각을 하자 마음이 불편해졌다. 밀라는 다른 이야기를 꺼냈다.

"그런데 왜 그 사건을 윌슨 피켓 사건이라고 부르게 된 거예요?"

"괜찮은 이름이지, 안 그래?"

"제가 아는 바로는, 게블러 박사님은 본인이 담당한 사건은 주로 범인의 실명을 사용하는 것 같거든요. 보다 구체적인 실체를 부여하기 위해서요."

"원래는 그렇지." 스턴이 대답했다. "하지만 그 사건만큼은 예외였어."

"왜요?"

특별수사관은 밀라를 빤히 쳐다보았다.

"골머리 썩이면서 들이파 봐야 좋을 것도 없어, 정말로. 원하면 말해 줄 수는 있어. 하지만 정말 그 내막을 알고 싶다면 직접 알아보는 게 좋을 거야."

"그럴 준비도 다 되어 있어요."

"그렇군. 고르카 사건의 경우 정말 흔치 않은 일이 있었어. 자네, 연쇄 살인범의 손아귀에서 살아남은 사람 본 적 있나?"

36

연쇄살인범의 손아귀에 잡혀 들어가면 살아나올 수 없는 법이다.

울어봐도, 체념해도, 빌어봐도 소용없다. 오히려 살인범이 느끼는 악마적인 쾌락만 고조시킬 뿐이다. 먹잇감이 살아남을 수 있는 유일한 방법은 도망치는 것뿐이다. 하지만 두려움과 공황상태, 상황 파악에 허비하는 시간은 포식자에게 유리하게 작용될 뿐이다.

하지만 아주 드물게 연쇄살인범이 자신의 목적 달성을 중도에 포기하는 경우도 발생한다. 실행에 옮기기 바로 직전, 뭔가가—피해자의 행동이나 말에서 비롯된 뭔가가 급제동을 걸기 때문이다—그 행위를 멈추게 만든다.

그런 식으로 신시아 펄은 살아남을 수 있었다.

밀라는 그녀를 만나기 위해 공항 근처에 위치한 작은 아파트로 찾아갔다. 간소한 살림살이였지만 새롭게 태어난 신시아에게는 그보다 더 큰 성공은 없는 듯했다. 과거의 신시아는 부정적인 경험과 반복되는 실수, 그리고 끔찍한 선택으로 점철된 삶을 살았었다.

"마약을 사기 위해 매춘을 시작했어요."

신시아는 마치 남 이야기를 하듯 거리낌 없이 자신의 과거를 털어놓았다. 그토록 끔찍한 경험을 한 사람이라고는 믿을 수 없을 정도로 무덤덤한 반응이었다.

신시아는 갓 스물넷을 넘긴 나이였다. 그녀는 직장 유니폼을 입은 채로 여형사를 맞이했다. 몇 달 전부터 슈퍼마켓 계산대 점원으로 일하고 있다고 했다. 수수한 차림새와 뒤로 넘겨 묶은 빨간 말총머리, 화장기 없는 얼굴을 하고 있었지만 어쩔 수 없이 발산되는 매력을 동반한 야성미는 감출 수 없었다.

"스턴 형사님과 부인께서 이 집을 얻어주셨어요." 신시아는 자랑스럽게 말했다.

밀라는 자랑스러워하는 상대의 마음을 기쁘게 해주기 위해 일부러 집 안을 둘러보았다. 각양각색의 가구들은 본연의 기능을 수행한다기보다는 빈자리가 느껴지지 않도록 공간을 채우고 분위기를 조성하는 도구처럼 보였다. 하지만 신시아는 그런 가구를 좋아하고 정성스럽게 살림을 하는 것 같았다. 모든 게 깔끔하게 정리 정돈된 상태였다. 여기저기에 자질구레한 골동품이 놓여 있었는데, 주로 도자기로 만든 작은 동물 장식품이었다.

"제 취미활동이에요. 그런 걸 수집하거든요."

아이의 사진도 여럿 눈에 띄었다. 신시아는 미혼모였다. 아들은 현재 사회복지 사무소에서 위탁가정으로 보낸 상태였다.

아이를 되찾기 위해 신시아는 여러 번에 걸쳐 약물중독 치료를 받았다. 뿐만 아니라 스턴과 부인이 다니는 성당에도 열심히 나갔다. 그 모든 역경을 거친 뒤에야 결국 신을 만나게 되었던 것이다. 최근의 일이지만, 신앙을 갖게 된 자신을 자랑스럽고 대견하게 여기는 듯했다. 그래서인지 목에다 순교성인인 성 세바스티아누스의 메달을 달고 있었다. 약지에 끼고 있던 묵주반지와 함께 그녀가 달고 있는 유일한 장신구였다.

"저기, 펄 씨. 벤자민 고르카에게 잡혀 있는 동안 무슨 일이 있었는지 자세하게 설명해달라고 강요할 생각은 없지만……."

"아니요, 괜찮아요. 이젠 편하게 말할 수 있어요. 처음에는 힘들었어요. 하지만 이젠 괜찮은 것 같아요. 모르시겠지만 그 사람에게 편지까지 보냈었거든요."

밀라는 고르카가 그 편지를 받고 어떤 반응을 보였을지 알 수 없었다. 하지만 그의 성향을 감안할 때 아마 야밤에 그걸 읽고 자위행위 용도로 사용했을 게 뻔하다고 생각했다.

"답장도 받으셨습니까?"

"아니요. 하지만 편지는 계속 보낼 생각이에요. 그 남자는 필사적으로 말씀에 매달려야 하는 사람이거든요."

신시아는 말을 하면서 블라우스의 오른쪽 소매를 아래쪽으로 자꾸 잡아당겼다. 과거사에 지나지 않는 문신 같은 걸 애써 숨기고 싶어 하는 거라고 생각했다. 문신을 없앨 정도로 넉넉한 여윳돈을 만들어놓지 못했기 때문에.

"그날 무슨 일이 있었던 겁니까?"

신시아의 표정이 어두워졌다.

"몇몇 우연의 일치 때문에 만나게 되었어요. 전 원래 길거리에서는 매춘을 하지 않았어요. 주로 바에서 영업을 했거든요. 훨씬 안전하고, 최소한 추위는 면할 수 있어서요. 같은 일을 하는 여성들은 바 종업원에게 항상 팁을 건네요." 그녀는 잠시 말을 멈추었다. "전 원래 시골마을에서 태어났어요. 예쁘게 태어난 게 저주와 같은 곳이죠. 전 상대적으로 어린 나이에, 그 시골에서 벗어나면 제 미모를 이용할 수 있겠다는 걸 깨달았어요. 대부분의 아이들은 그냥 그렇게 거기 남아서 자기들끼리 결혼하고 평생을 우울하게 살아가는 데 반해서요. 친구들은 절 대단히 특별한 아이로 여겼어요. 그래서 자신들의 모든 기대를 저한테 걸고 있었죠. 전 그 친구들의 희망이었어요."

밀라는 그 상황을 이해할 수 있었다. 그 뒤로 이어지는 순차적인 사연이 눈앞에 그려질 정도였다. 신시아는 고등학교를 졸업하고 도시로 나갔지만 기대했던 삶을 살 수 없었다. 대신, 자신과 비슷한 처지에 있던 수많은 여자아이들을 알게 되었다. 당황스러운 마음과 두려움에 떨고 있던 아이들. 매춘은 예상치 못한 불행이 아니었다. 그녀가 지나온 과거에서부터 자연스럽게 귀결되는 결과일 뿐이었다.

밀라는 그런 이야기를 들을 때마다 신시아 펄처럼 겨우 스물네 살밖에 안 된 아가씨가 젊음이라는 에너지를 이미 모두 소진한 상태라는 생각에 무엇보다 가슴이 아팠다. 너무나 어린 나이에 가파른 언덕에 올랐고, 벤자민 고르카는 그저 그 내리막길에서 그녀를 기다리고 있었던 것이다.

"그날 밤, 남자 손님 한 명을 받았어요. 결혼반지를 낀 유부남이었는데 겉보기엔 멀쩡했죠. 그 사람 차를 타고 시내를 벗어났어요. 그런데 일을 다 치르더니 돈을 주지 않겠다며 저를 사정없이 패기 시작했어요. 그러고는 길에다 버려놓고 가버리더라고요. 지나가는 차를 얻어 탈 수도 없었어요. 누가 매춘부를 그냥 태워주겠어요. 그래서 어쩔 수 없이 길에서 호객 행위를 하게 된 거예요. 시내로 돌아가는 손님이 나타나길 바라면서요."

"그때 고르카가 나타난 거군요……."

"아직도 그가 몰던 대형 트럭이 멈춰 서던 순간이 기억나요. 차에 타기 전에 먼저 흥정을 했어요. 제법 친절해 보였어요. '추운데 왜 그러고 있어요? 일단 올라타요.' 그러더라고요."

신시아는 시선을 아래로 떨어뜨렸다. 먹고살기 위해 했던 자신의 과거사를 이야기하는 건 아무렇지도 않았다. 하지만 그토록 순진하고 멍청했던 자신이 수치스러웠던 것이다.

"대형 트럭이라 뒷자리를 잠도 자고 쉬기도 하는 집처럼 꾸며놨더라고요. 그런 거 아시죠? 그래서 일단 거기로 들어갔어요. 없는 게 없더군요. 심지어 포스터도 붙어 있었는데……. 그런 걸 처음 본 건 아니었어요. 트럭 운전사들은 누드 사진 같은 걸 많이 붙이고 다니거든요. 그런데 그 트럭에서 본 사진들은 어딘가 이상해 보였어요……."

밀라는 보고서에서 읽었던 대목이 떠올랐다. 고르카는 피해자들을 대상으로 외설적인 포즈를 연출한 뒤 사진을 찍어 포스터처럼 가지고 다녔다고 했다.

그런데 그 포스터가 남다른 점은 사진 속의 인물들이 모두 시체였다는 점이다. 하지만 신시아는 당시 그 사실을 알 수 없었다.

"남자가 위로 올라탔고 전 그냥 그렇게 누워 있었어요. 냄새가 너무 나서 빨리 끝내기만을 바라고 있었거든요. 머리를 제 목에 파묻고 있었기 때문에 저는 별 힘을 들이지 않아도 됐었어요. 그냥 간간이 신음 몇 번만 내면 그만이었거든요. 기다리는 동안 전 눈을 뜨고 있었는데……." 신시아는 한참 동안 말이 없다가 다시 설명을 이어나갔다. "어둠에 눈이 적응할 때까지 얼마나 걸렸는지 모르지만 어느 순간인가 천장에 뭐라고 쓰여 있는 게 보였어요……."

형광 싸인펜으로 쓰인 문구, 보고서 속의 사진자료로 이미 본 문구였다.

'널 죽여버릴 거야.'

"전 비명을 지르기 시작했고, 남자는 웃음을 터뜨렸어요. 거기서 빠져나오기 위해 발길질을 하고 몸부림을 쳤지만 완력으로는 제가 당할 수가 없었어요. 남자는 칼을 꺼내더니 저를 찌르기 시작했어요. 첫 번째는 팔뚝으로 막았지만 두 번째는 옆구리를 찔렀고, 세 번째는 배를 관통했어요. 피가 흐르는 게 생생히 느껴졌고 그렇게 죽는구나 싶었어요."

"그런데 그가 멈췄던 거죠……. 왜 그랬던 거예요?

"왜냐하면 어느 순간, 제가 뭐라고 한마디를 했거든요……. 저도 모르게 입에서 튀어나온 말이었어요. 아마도 질겁해서 그랬던 것 같은데, 잘 모르겠어요. '제발 부탁할게요. 제가 죽거든 제 아들을 보살펴주세요. 이름은 릭이고 다섯 살이에요.' 전 그렇게 말했어요." 신시아는 쓴웃음을 짓고는 머리를 부르르 떨었다. "그게 이해가 되세요? 절 죽이려는 살인범한테 제 아들을 돌봐달라고 한다는 게……. 도대체 무슨 생각이었는지 모르겠어요. 하지만 그때는 그게 정상이라고 생각했던 것 같아요. 남자는 제 목숨을 앗아가려고 했고, 전 그 목숨을 내줄 판이었거든요. 하지만 일종의 대가는 치러야 하는 거잖아요, 저한테. 진짜 이해할 수 없지만, 아무튼 전 그때 남자가 저한테 빚을 지는 거라고 생각했어요!"

"쉽게 이해할 수 있는 상황은 아니지만 그 덕분에 살인범의 분노를 멈출 수는 있었잖아요."

"맞아요. 하지만 당시의 저 자신을 도저히 용서할 수 없어요."

신시아 펄은 눈물을 삼키며 말하고 있었다.

"윌슨 피켓은……." 밀라는 궁금했던 질문을 던졌다.

"그래요, 기억나요……. 트럭 뒷자리에서 반쯤 실신한 상태였는데 남자는 그대로 차를 몰기 시작했어요. 잠시 뒤 남자가 저를 주차장에 내려놓더라고요. 그때까지도 도대체 무슨 의도인지 알 수 없었어요. 출혈이 심해서 거동도 불가능했고 정신도 혼미했거든요. 거기까지 가는 동안 라디오에서 그 빌어먹을 노래가 흘러나오고 있었어요. 〈인 더 미드나이트 아워(In the Midnight Hour)〉 말이에요. 전 곧바로 기절했고 깨어보니 병원이었어요. 그런데 아무것도 기억이 안 나는 거예요. 경찰이 어쩌다 다쳤느냐고 물었지만 대답할 말이 없었어요. 퇴원한 뒤에 친구 집에서 한동안 지냈어요. 그런데 어느 날 저녁, 뉴스를 보다가 벤자민 고르카라는 사람이 체포되었다는 소식이 전해지더라고요. 화면에 사진까지 나왔는데 그 얼굴을 보고도 기억이 나지 않았어요……. 일은 어느 화요일 오후에 터졌어요. 혼자 집에 있다가 라디오를 틀었죠. 그런데 거기서 윌슨 피켓의 그 노래가 흘러나오는 거예요. 그 순간, 모든 게 기억났어요."

밀라는 사건 이름이 고르카가 체포된 뒤에 붙여졌다는 사실을 깨달왔다. 그리고 수사팀이 그 이름을 붙인 이유는 자신들의 실수를 기억하기 위해서였다는 것도 알게 되었다.

"끔찍했어요." 신시아는 설명을 이어나갔다. "그 일을 또다시 겪는 것만 같았으니까요. 그러다 이런 생각을 했어요. 만약 더 일찍 기억해냈더라면, 다른 여자들을 살릴 수도 있었을 텐데……."

그 마지막 말은 순간적으로 그냥 나온 말이었다. 밀라는 상대의 달라진 어조를 통해 알 수 있었다. 다른 피해자의 목숨이 그녀에게 중요하지 않아서가 아니라, 자신과 다른 피해자들의 운명 사이에 일종의 장벽을 쳐놓았기 때문이다. 비슷한 경험 뒤에 나름대로 살아가기 위해 지니게 되는 행동방식으로, 일종의 생존수단의 하나라고 볼 수 있었다.

"한 달 전에 레베카 스프링거의 부모님을 만났어요. 마지막으로 살해된 여자요." 신시아는 밀라의 생각을 읽은 듯 말을 이어나갔다.

'살해당한 게 아니야. 더 끔찍한 최후를 맞이했지. 자살을 강요당했으니까.' 밀라는 그런 생각을 했다.

"벤자민 고르카에게 희생당한 피해자들을 추도하는 미사를 같이 올렸어요. 알고 보니 그분들도 저와 같은 교구 신자들이셨더라고요. 미사 내내 저를 바라보고 계시는데 죄책감까지 들었어요."

"무슨 죄책감요?" 밀라가 물었다. 물론 답은 잘 알고 있었지만.

"살아남았다는 죄책감 같아요."

밀라는 고맙다는 말을 하고 현관문으로 향했다. 배웅하는 발걸음이 왠지 무거워 보였다. 이상하게 말이 없는 게 꼭 뭔가를 부탁하고 싶지만 어떻게 말을 꺼내야 할지 모르는 눈치였다. 그래서 밀라는 잠시 더 기다려보기로 하고 화장실을 사용해도 되겠느냐고 물었다. 신시아는 화장실 위치를 가르쳐주었다.

화장실은 환기가 제대로 되지 않았다. 샤워실에는 타이츠와 팬티스

타킹이 걸려 있었다. 대부분 분홍색이었다. 거기에도 도자기로 만든 동물인형이 자리를 차지하고 있었다. 밀라는 세면대 앞에서 얼굴을 씻었다. 피곤하고 마음이 쓰렸다. 소독약과 상처를 내는 데 필요한 물건은 이미 사두었다. 다섯 번째 아이의 기억을 몸에 새겨 넣어야 했기 때문이다. 지금까지 미루어왔지만 그날 밤은 꼭 하리라 다짐했다.

그 고통이 필요한 시점이었다.

수건으로 얼굴과 손을 닦은 밀라는 선반에서 구강청정제 병 하나를 발견했다. 액체의 색이 진하다는 생각에 냄새를 한번 맡아보았다. 버번위스키였다. 신시아 펄에게도 그녀만의 비밀이 하나 있었던 것이다. 어두웠던 과거의 잔재에 해당하는 못된 습관. 밀라는 머릿속으로, 조그만 공간에 들어와 변기 위에 앉아서 그 술을 한두 모금 홀짝거리며 멍하니 타일 바닥만 바라보고 있을 그녀의 모습을 떠올려보았다. 신시아는 많은 변화를 겪었다. 물론 좋은 쪽으로. 하지만 여전히 어두운 구석도 같이 간직하고 있었던 것이다.

'인간의 본성이 원래 그런 건가.' 밀라는 생각했다. '하긴 내 못된 습관도 아주 오래된 거니까……'

밀라가 정말로 떠나려 했을 때 문 발치에 서 있던 신시아는 드디어 용기를 내어 밀라에게 나중에 시간이 되면 영화도 같이 보고 쇼핑도 함께 해줄 수 있느냐고 물었다. 밀라는 그녀가 필사적으로 친구를 만들고 싶어 한다는 사실을 깨달았다. 그런 모습에 작지만 꿈같은 상대의 소원을 마다할 수 없었다.

밀라는 신시아의 소소한 기쁨을 위해 그녀의 휴대전화에 자신의 번호를 입력해주었다. 비록 다시 보게 될 일이 없다는 걸 잘 알면서도.

20분 뒤, 밀라는 연방경찰서 건물 앞에 도착했다. 입구에서 사복차림의 수사관이 배지를 내밀고는 여러 명의 경관들과 함께 동시에 안으로 들어가는 모습을 포착했다. 누군가가 그들을 불러들인 것이다.

무슨 일이 생긴 게 틀림없었다.

밀라는 엘리베이터 앞에 줄을 서서 차례를 기다리느라 시간을 허비하지 않으려고 계단을 이용했다. 순식간에 3층 사무실에 도착했다. 본부에서 시체가 발견된 뒤 본거지를 그곳으로 옮긴 터였다.

"모스카 팀장이 전원 집합하래." 밀라는 형사 한 명이 전화하는 소리를 들었다.

그녀는 즉시 회의실로 향했다. 자리를 잡으려던 사람들이 현관에서부터 몰려 있었다. 누군가 친절하게도 자리를 내주었다.

밀라는 마지막 줄에 있는 빈자리에 앉았다. 몇 줄 앞, 측면으로 보리스와 스턴이 앉아 있었다. 스턴은 밀라를 알아보고 고갯짓을 했다. 밀라는 신시아와 만난 일에 대해 이야기하려 했지만 스턴은 손짓으로 나중에 이야기하자는 신호를 보냈다.

날카로운 스피커 소리가 일순간에 웅성거림을 잠재웠다. 기술자 하나가 연단에 마이크를 준비하고 작동이 잘되는지 손으로 톡톡 두드려보고 있었다. 추가로 의자를 놓기 위해 빔 프로젝터용 화이트 스크린과 커피 머신은 옆으로 치워진 상태였다. 그래도 자리는 여전히 모자랐기에 여러 명의 경찰관들은 벽을 따라 그냥 서 있어야 했다.

이런 자리는 심상치 않은 일이 발생했음을 의미했다. 밀라는 분명 대형사건일 거라고 생각했다. 그런데 고란이나 로시 경감은 보이지 않았다. 아마 사무실에 모여 앉아 공개 수위 결정을 위해 회의를 하고 있을 거라 생각했다.

기다리는 게 점점 초조해지던 찰나, 로시 경감이 모습을 드러냈다. 그는 안으로 들어왔지만 바로 연단에 서지 않았다. 그러더니 눈치 빠른 형사가 잡아놓은 맨 앞줄 빈자리에 그대로 앉았다. 얼굴 표정에서는 아무런 감정도 드러나지 않았다. 침착한 모습이었다. 그는 다리를 꼬고 앉아, 다른 사람들과 마찬가지로 발표를 기다리고 있었다.

고란과 모스카 팀장이 동시에 도착했다. 문 옆에 있던 형사들은 옆으로 비켜섰고, 두 사람은 즉시 연단으로 향했다. 범죄학자는 벽에 붙어 있던 책상으로 향해 그 위에 앉았고 팀장은 스탠드에 걸려 있던 마이크를 들고 선을 풀며 발표를 시작했다.

"잠깐 여기를 주목해주기 바란다." 침묵이 내려앉았다. "좋아. 우리가 여러분들을 소집한 건 중대 발표사안이 있어서이다." 모스카는 우리라는 말을 쓰고 있었지만 '우리'의 주역은 본인이었다. "이번 수사본부에서 발견된 여아 사체와 관련된 일이다. 불행히도 예상했던 대로 범죄현장에선 아무것도 발견할 수 없었다. 하지만 우리도 익숙해진 상황이다. 지문도, 타액도, 외부에서 묻어온 흔적도……."

모스카는 느긋하게 자신의 리듬을 탔다. 그걸 느낀 건 밀라 혼자만이 아니었다. 주변 형사들 모두 초조해하는 눈치였다. 유일하게 느긋한 표정을 짓고 있는 사람은 고란이었다. 그는 팔짱을 끼고서 형사들을 바라보고 있었다. 이제 그의 역할은 단지 구색을 갖추는 병풍으로 전락하고 말았던 것이다. 팀장이 모든 상황을 이끌어나가고 있었다.

"그런데 이번 조사에서 연쇄살인범이 왜 여아의 사체를 그곳에 유기했는지에 대한 궁금증이 풀린 것 같다. 그건 여러분들이 다 알고 있는 과거의 사건과 연관이 있다. 바로 벤자민 고르카 사건……."

회의실에 모여 있던 사람들이 동시에 웅성거리기 시작했다. 모스카는 손짓으로 형사들의 입을 다물게 만들고는 자신의 설명을 끝까지 들으라는 주문을 했다. 그러고는 주머니에 한쪽 손을 넣고 설명을 이어나갔다. 하지만 어조가 사뭇 달라져 있었다.

"아무래도 몇 달 전, 우리가 실수를 한 것 같다. 그것도 엄청난 실수를."

그는 실수의 책임자를 거론하는 대신 '우리'라는 총칭을 사용했다. 하지만 일부러 그 단어에 힘을 주어 말했다.

"다행히 그 실수를 우리 손으로 바로잡을 수 있을 것 같다……."

그 순간, 밀라는 무심코 곁눈질을 하다가 뭔가 이상한 분위기를 감지했다. 자리에 앉아 팀장의 브리핑을 경청하던 스턴이 서서히 오른쪽 옆구리로 손을 가져가더니 총집의 버튼을 풀고 권총을 꺼낼 자세를 취하고 있었던 것이다.

밀라는 순간적으로 무슨 일이 벌어질 거라 직감했다. 두려웠다.

"고르카에 의해 희생당한 마지막 피해자, 레베카 스프링거는 범인이 아니라…… 바로 우리 경찰 중 한 명에 의해 살해된 것으로 밝혀졌다."

불평으로 웅성거리던 장내에 혼돈이 초래되었다. 밀라는 팀장이 자리에 앉아 있는 누군가를 응시하고 있다는 사실을 발견했다. 바로 스턴. 특별수사관 스턴은 자리에서 일어나 권총을 빼 들었다. 무슨 일이 벌어질지 모른다는 생각에 사로잡힌 밀라 역시 총을 꺼내 들려던 순간, 스턴은 총구를 자신의 왼쪽으로 돌려 보리스를 겨냥했다.

"선배, 왜 그래요? 미쳤어요?" 보리스는 당황해하며 동료 수사관에게 물었다.

"좋게 말할 때 양손이 보이게 올려, 이 친구야. 똑같은 말 두 번 하게 만들지 말라고. 부탁이야."

37

"그날 거기서 실제로 무슨 일이 있었는지 솔직히 털어놓는 게 신상에 이로울 거야."

그들은 군 취조전문가 세 사람을 불러 쉬지 않고 교대로 보리스를 심문했다. 보리스 역시 군에서 자백을 받아내는 모든 기술을 연마한 전문가였기에, 아예 쉴 틈을 주지 않고 몰아치기 공세로 진을 빼겠다는 게 경찰 측의 의도였다. 여타 다른 전략보다도 잠을 재우지 않는 방법이 가장 효과적이라는 판단이었다.

"전 아무것도 모른다고 했잖습니까!"

밀라는 취조실 유리 너머로 심문받고 있는 동료를 살펴보았다. 그 광경을 지켜보는 사람은 밀라 혼자였다. 그녀의 옆에는 디지털 카메라가 촬영한 영상을 폐쇄회로로 전송하고 있었다. 그 덕에 고위급 간부들—로시 경감을 포함한—은 최정예 요원 중 하나라고 여겼던 부하직원이 하루아침에 죄인으로 전락해 취조당하는 장면을 직접 지켜봐야 하는 곤혹스러운 상황을 모면할 수 있었다. 자신들의 사무실에 편히 앉아서 모니터 화면을 통해 볼 수 있었기 때문이다.

밀라는 직접 지켜보겠다고 고집을 부렸다. 동료에게 씌워진 혐의를 도저히 믿을 수 없었던 것이다.

"결국 보리스는 혼자 힘으로 레베카 스프링거를 찾아낼 수 있었어."

스턴을 통해 자신이 지켜보고 있는 취조실과 비슷한 방에서 벤자민 고르카가 낡은 창고와 우물이 있는 장소에 대한 단서를 무의식중에 보리스에게 털어놓았다는 이야기를 들은 바 있다.

그때까지 유효했던 공식기록에 따르면, 특별수사관 클라우스 보리스가 단독으로 그 장소에 찾아갔고, 거기서 이미 사망한 상태인 레베카 스프링거를 발견했다고 했다.

"고르카가 식량으로 넣어줬던 통조림 캔 뚜껑으로 손목을 긋고 자살해버렸어. 그런데 그게 다가 아니었어……. 더 참을 수 없었던 건, 부검의의 소견에 따르면 보리스가 찾아내기 바로 두 시간 전에 자살했다는 거지." 스턴의 설명이었다.

두 시간.

밀라는 보고서를 꼼꼼히 읽어보았다. 당시 부검을 담당했던 부검의도 레베카의 위 속에 남아 있던 음식물과 사후에 소화기관이 정지한 시점을 분석하면서 정확한 사망시각을 추정하기란 불가능하다는 단서를 달아놓았었다. 따라서 소화기능의 정지는 사망한 지 두 시간 뒤에 일어났을 가능성도 배제할 수 없다는 내용이 포함되어 있었다. 그리고 오늘, 불확실했던 그 대목이 결정적인 증거로 부각되었던 것이다.

보리스는 레베카 스프링거의 숨이 붙어 있을 때 도착한 혐의로 기소되었다. 즉, 선택권을 가지고 있었다는 것이다. 그녀를 구하고 영웅이 되는 길. 아니면 모든 살인자가 꿈꾸는 위대한 이상향을 실현하는 길.

완전범죄. 의혹은커녕 처벌도 따르지 않는 상황. 왜냐하면 보리스에겐 살해동기가 전혀 없기 때문이었다.

단 한 번만이라도, 인간의 운명을 좌지우지할 수 있는 생사여탈권을 직접 가져보겠다는 욕구. 동시에 아무런 의심도 받지 않고 유유히 빠져나갈 수 있다는 확신. 왜냐하면 혐의는 다른 살인범이 대신 뒤집어쓰게 될 테니까. 보리스를 기소한 쪽은 그게 바로 보리스가 레베카 스프링거를 살해하게 된 동기라고 주장했다.

벤자민 고르카의 재판정에서 행해진 게블러 박사의 진술도 한몫 거든 셈이었다. "살인 본능은 우리 인간 모두가 가진 본능입니다. 하지만 하늘의 도움으로, 우리는 그런 본능을 통제하고 잠재우는 법을 터득하게 되었습니다. 하지만, 언제나 그렇듯 한계점이라는 게 있기 마련입니다."

보리스는 무기력한 상태의 가련한 여인을 홀로 마주 대하자 바로 그 한계점에 다다랐다는 것이다. 그래 봐야 한낱 매춘부에 지나지 않는 인생이라고 여겼기 때문에. 하지만 밀라는 그런 주장을 도저히 받아들일 수 없었다.

하지만 처음에는 단지 수사의 일환으로 행해진 보리스의 집에 대한 가택 수색에서 결정적인 증거가 발견되자 혐의는 구체적인 사실이 되어 버렸다. 그의 집에서 페티시의 대상이 되는 전리품이 발견되었던 것이다. 젊은 수사관은 그 기념품을 통해 당시의 상황을 반복적으로 음미했다는 정황이 사실로 밝혀지고 말았다. 수사 종결 후 증거물 보관소로 옮겨졌던 레베카 스프링거의 레이스 달린 팬티가 그의 집에서 나왔던 것이다.

"빠져나갈 구멍이 없다니까, 보리스. 우린 필요하다면 여기서 밤을 새워도 상관없어. 내일도, 그다음 날도."

보리스를 취조하는 수사관은 침까지 튀겨가며 말했다. 그런 방법은 취조당하는 사람을 심리적으로 위축시키는 효과를 가져온다고 했다.

밀라가 있는 작은 방의 문이 열리더니 테렌스 모스카 팀장이 모습을 드러냈다. 그의 외투 옷깃에는 큼직한 기름얼룩이 묻어 있었다. 패스트 푸드로 때운 점심식사의 흔적이었다.

"어떻게 되어가는 중인가?" 팀장은 버릇처럼 주머니에 손을 넣은 채 밀라에게 질문을 던졌다.

밀라는 그에게 시선을 돌리지 않고 대답했다.

"여전히 답보상태입니다."

"조만간 불게 될 거야."

자신만만한 분위기였다.

"어떤 근거로 그렇게 확신하시는 겁니까?"

"시기의 문제일 뿐이지, 다 불게 돼 있어. 저 친구도 그 사실을 잘 알고 있어. 조금의 시간이 더 필요한 거겠지. 결국 최악의 상황을 피해가면 뭐든 불게 될 거야."

"왜 모든 사람이 다 보는 앞에서 체포하신 겁니까?"

"손쓸 틈을 주지 않기 위해서지."

밀라는 평소 셋째 아들처럼 아끼던 후배 수사관의 두 손에 수갑을 채우던 스턴의 부리부리한 눈빛을 쉽게 지워내지 못할 것 같았다. 보리스의 집에 대한 가택 수색 결과를 전해 듣자 노수사관은 자신이 직접 보리스를 체포하겠다고 나섰다. 로시 경감이 만류하려 했지만 들으려고 하지도 않았다.

"만약 보리스 수사관이 이번 사건과 아무런 관련이 없다면 어쩌실 겁니까?"

모스카는 밀라와 유리 사이에 육중한 체구를 들이밀고는 주머니에 찔러 넣었던 손을 빼고 말을 이었다.

"형사 경력 25년에 내가 무고한 사람을 잡아넣은 건 딱 한 번뿐이야."

쓴웃음이 절로 튀어나왔다.

"세상에, 지구상에서 가장 유능한 형사님이 여기 계셨군요."

"배심원들은 언제나 내가 맡은 사건의 피의자들에게 실형을 선고했어. 그건 내가 일을 잘했기 때문이 아니야. 진짜 이유를 알고 싶나?"

"정말로 궁금하네요."

"이 세상이 역겹기 때문이야, 바스케스 수사관."

"그런 확신은 개인적인 경험에서 우러난 건가요? 그런 건지 정말 궁금해지네요."

모스카는 전혀 기분 나빠 하지 않았다. 오히려 상대가 빈정거리면 그 상황을 즐기는 사람이었다.

"요즘 벌어지는 일이나, 자네들이 쫓는……. 이름이 뭐였지?"

"앨버트요."

"그래. 아무튼 그 미치광이가 거창하게 벌여놓은 짓을 보면 묵시록의 축소판과 너무나 닮은꼴이라는 생각이 들어……. 묵시록이 뭔지는 당연히 알고 있겠지, 바스케스 수사관? 성서에서 그건 인간의 죄가 낱낱이 드러나 단죄를 받는 최후의 순간에 해당하는 거야. 그 빌어먹을 앨버트라는 녀석은 우리에게 그런 끔찍한 행위를 목격하게 하면서 지금 이 순간, 이 나라뿐만이 아니라 전 세계가 다 같이 멈춰 서서 함께 고민해야 한다는 경고 메시지를 보내고 있는 거야. 적어도 고민은 해봐야 한다는……. 그런데 정반대로 어떤 일이 벌어지고 있는지 자네는 알고 있나?"

모스카는 바로 말을 잇지 않았다. 결국 밀라가 질문을 던졌다.

"무슨 일이 벌어지고 있습니까?"

"아무것도. 아무런 변화도 일어나지 않아. 밖에서는 사람들이 여전히 살인을 하고 도둑질하고 아무렇지도 않게 주변 사람들을 짓밟고 있다고! 살인범들이 살인을 멈추고 절도범이 잡혀 들어가면 양심을 돌아보고 뉘우칠 거라고 생각하나? 내가 구체적인 예를 하나 들어주지. 오늘 아침, 교도관 두 명이 최근에 모범수로 형기를 마치고 풀려난 한 수감자의 집을 방문했어. 왜냐하면 관할 서에 찾아와 주기적으로 신고를 해야 하는데 약속날짜를 잊었는지 나타나지 않았거든. 그런데 그 녀석이 무슨 짓을 벌였는지 알아? 문을 두드린 사람들을 향해 총을 갈겨버렸어. 그냥, 아무런 이유도 없이. 교도관 중 하나가 중상을 입었고, 그 미친놈은 자신의 집에다 바리케이드를 쳐놓고는 접근하는 사람이 있으면 누구든 가리지 않고 총질을 해대고 있어. 자네 생각엔, 왜 그러는 것 같아?"

"그건 저도 모릅니다." 밀라는 솔직히 대답했다.

"나도 몰라. 하지만 그 일 때문에 한 친구는 생사의 기로에 서서 사경을 헤매는 중이야. 그리고 난 내일 아침까지 자신의 남편이 무슨 이유로 그렇게 어처구니없는 개죽음을 당해야 했느냐고 묻는 가련한 과부에게 둘러댈 타당한 변명거리를 만들어내야 한다고! 그래서 세상이 역겹다는 거야, 바스케스 수사관. 그리고 클라우스 보리스 수사관은 유죄야. 더 볼 것도 없다고. 내가 자네 처지였다면, 그런 상황에 익숙해졌을 거야."

테렌스 모스카는 그 말을 끝으로 등을 돌리고 다시 주머니에 손을 찔러 넣은 뒤 문을 쾅 닫고 나가버렸다.

"난 아무것도 모른다니까요. 이게 도대체 뭐하는 짓거리들입니까?" 보리스는 그렇게 항변하고 있었다.

하지만 그는 침착했다. 처음에는 불같이 화를 내더니 다가올 힘든 시간에 대비하는 건지 힘을 아끼기 시작했던 것이다.

밀라는 그런 상황에 이제 진저리가 났다. 사람들에 대한 개인적인 생각을 끊임없이 뒤바꿔야 하는 상황에 몸서리가 쳐졌다. 그녀의 눈앞에 있는 보리스 수사관은 처음 만났을 때 자신의 환심을 사려고 애쓰던 바로 그 모습 그대로였다. 따끈한 크루아상과 커피를 아침식사로 가져다주고 추운 날 입으라며 두툼한 점퍼까지 선물했던 바로 그 수사관이었다. 유리 반대편에 있는 보리스는 앨버트 사건을 수사하며 굵직굵직한 퍼즐을 같이 풀어왔던 바로 그 동료였다. 쾌활한 성격의 거구로, 여자 대하는 게 다소 서툴지만 다른 동료의 일에 눈물을 흘릴 수 있는 바로 그런 동료였다.

고란 게블러의 수사팀은 그렇게 공중 분해되고 말았다. 그간 진행되어 왔던 수사도 마찬가지 운명이었다. 아울러, 어딘지 모를 곳에서 얼마

남지도 않은 힘으로 버티며 살아 있을지도 모를 샌드라를 구할 수 있다
는 희망도 물거품처럼 사라져버렸다. 결국 샌드라는 가상의 이름을 가
진 연쇄살인범의 손이 아니라 다른 남자, 다른 여자, 즉 인간의 이기심
과 그들이 범한 죄로 인해 비극적인 최후를 맞이하게 되리라.

그게 바로 앨버트가 상상했던 최고의 피날레였던 것이다.

밀라는 그런 생각에 잠겨 있다가 유리에 비친 고란의 얼굴을 발견했
다. 그는 밀라의 뒤에 서 있었다. 하지만 그의 시선은 반대편 취조실로
향해 있지 않았다. 그는 유리에 비친 밀라의 두 눈을 바라보고 있었다.

밀라는 뒤를 돌아보았다. 두 사람은 아무런 말 없이 한참을 쳐다보았
다. 두 사람은 똑같은 이유로 낙담하고 똑같은 이유로 비탄에 빠져 있었
다. 밀라는 자연스럽게 그에게 기댔고, 두 눈을 감고 그의 입술을 찾았
다. 그리고 자신의 입술을 상대의 입속으로 밀어 넣으며 똑같이 반응하
는 상대의 입술을 느꼈다.

눈 녹은 더러운 물이 도시를 휩쓸고 다녔다. 거리 곳곳을 누비며 맨
홀 뚜껑을 틀어막을 기세로 미친 듯이 흘러 들어갔고 도랑은 오수를 집
어삼켰다 뱉어냈다를 끊임없이 반복하고 있었다. 택시는 두 사람을 역
근처의 호텔에 내려주었다. 건물 정면은 공해에 찌들어 시커멓게 변색된
모습이었고 덧문은 항상 굳게 닫혀 있었다. 그곳을 드나드는 사람들은
덧문까지 열 시간적 여유가 없는 사람들이었기 때문이다.

그곳은 사람들이 수시로 오가는 곳이었고 밤낮으로 새 침대 시트가
깔리는 곳이었다. 피곤에 찌든 얼굴을 한 여종업원들이 복도에서, 각종
침구와 목욕용품이 가득 실린 카트를 끽끽거리는 소리를 내며 밀고 있
었다. 아침식사를 담은 접시가 수시로 도착했다. 어떤 손님들은 목적지
에 도착해 목욕을 하고 옷을 갈아입기 위해 들르기도 하지만, 또 어떤

손님들은 사랑을 나누기 위해 그곳을 찾기도 한다.

프런트 직원은 그들에게 23호실 열쇠를 건네주었다.

두 사람은 계단을 올라가며 한마디 말도 나누지 않았지만 두 손은 꼭 잡고 있었다. 하지만 그건 연인의 모습이 아니었다. 마치 서로를 잃어버릴까 두려워하는 사람들의 모습이었다.

방 안의 가구들은 서로 짝이 맞지 않았고, 스프레이 방향제와 찌든 니코틴 냄새가 풍겼다. 그래도 두 사람은 서로를 꼭 끌어안았다. 이번에는 보다 강렬하게 서로를 끌어당겼다. 옷을 벗기도 전에 머릿속에 들어 있던 온갖 생각들을 날려버리고 싶은 사람들 같았다.

그는 한 손을 그녀의 한쪽 가슴 위에 얹었다. 그녀는 눈을 감았다.

창문 틈새로 스며 들어온 중국식당의 네온 불빛이 빗물에 반짝이며 어둠 속에 두 사람의 그림자를 만들어주었다.

고란은 그녀의 옷을 벗기기 시작했다.

밀라는 남자의 손길을 기다리며 그가 하는 대로 따랐다.

그는 밀라의 배를 시작으로 가슴 쪽으로 입을 맞추며 올라갔다.

허리춤에서 첫 번째 상처가 드러나기 시작했다.

그는 은근한 손길로 밀라의 스웨터를 벗겨주었다.

그러면서 나머지 상처들을 바라보았다.

하지만 그의 눈은 거기에 멈춰 있지 않았다. 대신 입술이 움직였다.

그는 밀라의 옛 상처들을 입술로 보듬어주었다. 밀라는 놀랄 수밖에 없었다. 마치 상처 하나하나를 치료해주는 것 같은 입맞춤이었다.

그는 밀라의 바지를 내리고는 다리에 난 상처 역시 입맞춤으로 보듬어주었다. 그곳은 아직 피가 마르지 않았거나 얼마 전에 엉겨 붙은 상처가 있는 곳이었다. 불과 며칠 전 칼날이 파고들어 생살을 벌려놓은 곳이었다.

밀라는 온몸을 통해 영혼에 벌을 내렸을 때와 마찬가지의 고통을 다시 느끼고 있었다. 하지만 친숙한 통증 뒤로 은은한 뭔가가 느껴졌다. 그 느낌은, 마치 아물어가는 상처를 간질이듯 짜릿하면서도 동시에 감미로웠다.

다음에는 남자가 옷을 벗을 차례였다. 그녀는 마치 꽃잎을 떼어내듯 조심스레 남자의 옷을 벗겼다. 남자 역시 고통의 상처를 지니고 있었다. 비쩍 마른 가슴은 절망이 서서히 파먹어 들어가고 있었다. 불거져 나온 골격은 슬픔이 야금야금 살을 파먹어 앙상하게 드러나 있었다.

두 사람은 이상할 정도로 강렬하게 사랑을 나누었다. 분노와 화로 가득 차 있었고, 또 그만큼 절박한 마음이었다. 마치 그 행위를 통해 각자의 몸속에 들어 있는 것을 상대의 몸속으로 모두 쏟아내고 싶어 하는 것 같았다. 그리고 두 사람은 순식간에 모든 걸 깨끗이 잊고 행위에 집중할 수 있었다.

모든 게 끝난 후, 두 사람은 나란히 침대에 누웠다. 몸은 떨어져 있었지만 마음은 하나로 이어져 있었다. 그 순간, 침묵을 가장한 질문 하나가 다가왔다. 밀라는 마치 까마귀 한 마리가 두 사람 위를 날아다니듯 질문이 맴돌고 있음을 깨달았다.

그 질문은 고통의 근원, 그가 가진, 그리고 그녀가 가진 고통의 근원에 대한 물음이었다.

살 속에 새겨 넣고는 다시 옷으로 덮어 숨기고 싶었던 그 고통.

필연적으로 그 고통에 대한 물음은 어린 여자아이 '샌드라'의 운명과 겹쳐지고 말았다. 두 사람이 그런 감정을 나누고 있는 동안, 그 어린아이는 가까운지 먼지도 모를 어딘가에서 죽어가고 있을 것이다.

밀라는 자신의 질문을 먼저 던졌다.

"제 일은 실종된 사람들을 찾는 거예요. 특히 미성년자들. 그중에는 몇 년간 실종상태로 남아 있다가 아무것도 기억 못하는 아이들도 있어요. 그런데 그게 좋은 건지, 나쁜 건지는 잘 모르겠어요. 아무래도 제 직업의 특성이 가장 큰 문제인 것 같아요……."

"왜지?" 고란이 물었다.

"왜냐하면 누군가를 데리고 나오기 위해 어둠 속으로 들어갈 때마다 다시 빛의 세계로 나와야 하는 이유를 찾으려고 노력해야 했거든요. 아주 강력한 이유를. 그건 다시 되돌아 나오는 데 사용할 구명로프 같은 거예요. 거기서 깨달은 건, 어둠이 우리를 부른다는 거였어요. 현기증이 나도록 강하게 끌어당기고 있다는 거. 그 유혹을 떨치기가 너무나 힘들다는 거예요……. 그리고 어둠 속에서 구해야 할 사람을 데리고 나왔을 때, 우리만 빠져나온 게 아니란 사실을 깨닫게 돼요. 항상 그 어둠 속에서 우리를 따라 나오는 게 있었어요. 신발 밑창에 착 달라붙어 떨어지지 않는 그 뭔가. 절대로 떼어놓기 힘든 그 뭔가."

고란은 밀라의 눈을 바라보았다.

"왜 나한테 그런 얘길 하는 거지?"

"왜냐하면 제가 바로 그 어둠 속에서 걸어 나온 사람이거든요. 그리고 가끔씩, 그 어둠 속으로 다시 들어가야 하고요."

38

그 소녀는 벽에 기대어 있다. 어둠 속에서 뒷짐을 진 채로. 얼마나 오랫동안 그렇게 소녀를 바라보고 있었던 걸까?

그래서 소녀는 다른 소녀를 불러보기로 한다.

"글로리아……"

다른 소녀가 다가온다.

항상 호기심 어린 눈빛이었지만 이번만큼은 어딘가 달라 보였다. 의혹의 눈빛이었다.

"기억나는 게 있어……. 나한테, 전에 고양이 한 마리가 있었어."

"나도 고양이가 있어. 이름은 후디니야."

"예뻐?"

"심술이 많아." 하지만 소녀는 상대가 자신에게 듣고 싶은 대답이 그게 아니라는 사실을 깨닫고 정정했다. "어, 예뻐. 하얀색과 밤색 털이 섞여 있어. 하루 종일 잠만 자고, 하루 종일 배고프다고 그래."

글로리아는 뭔가를 생각하더니 다시 묻는다.

"네 생각엔, 내가 왜 내 고양이를 잊고 있었던 것 같아?"

"잘 모르겠어."

"내가 생각해봤는데……. 내가 그걸 잊고 있었다는 건, 그만큼 다른 것들도 기억하지 못하는 걸 수도 있는 것 같아. 내 진짜 이름까지도 말이야."

"왜, 난 글로리아란 이름이 좋은데." 소녀는 자신이 상대의 진짜 이름이 린다 브라운이라고 말해주었을 때 보였던 반응을 떠올리며 상대를 안심시킨다.

"글로리아……."

"왜?"

"스티브에 대해 말 좀 해줄래?"

"스티브는 우리를 사랑해. 그리고 너도 좋아하게 될 거야. 두고 보라고."

"너는 왜 그 사람이 우릴 구했다고 생각하는 거야?"

"그게 사실이니까. 스티브가 우릴 구해줬어."

"스티브가 나까지 구해줄 필요는 없었는데."

"네가 몰라서 그런 거야. 넌 위험에 처해 있었어."

"프랭키야? 그 위험이라는 게?"

글로리아는 그 이름을 듣자마자 질겁한다. 거기다가 갈팡질팡하고 있다. 계속 대화를 해야 할지 말아야 할지 고민하는 눈치다. 글로리아는 상황을 재어보더니 침대 옆으로 다가와 낮은 소리로 말한다.

"프랭키는 우리한테 나쁜 짓을 하려고 해. 그리고 우릴 찾아다녀. 그래서 여기에 숨어 있어야 하는 거야."

"난 프랭키가 누구인지도 몰라. 나한테 왜 화를 내는 건지도 모르고."

"우리한테 화를 내는 건 아니야. 우리 부모님한테 화를 내는 거지."

"우리 부모님한테? 무슨 이유로?"

소녀는 믿을 수 없었다. 말도 안 되는 이야기 같았지만, 글로리아는 그 말을 굳게 믿고 있었다.

"우리 부모님이 프랭키한테 갈취해갔어. 돈 말이야." 이번에 글로리아의 입에서 나온 말 역시 오랜 시간 동안 누군가에게 들어 수동적으로 외운 문장 같았다.

"우리 부모님은 누군가에게 빚을 진 적이 없어."

"우리 엄마하고 아빠는 죽었어. 프랭키가 이미 죽여버렸거든. 그리고 나를 죽이려고 찾아다니고 있어. 하지만 스티브는 내가 여기 숨어 있으면 절대로 찾지 못할 거라고 했어."

"글로리아, 내 말 잘 들어……."

글로리아는 말을 하다 말고 중간중간 멍하니 있었다. 그래서 생각에 잠긴 글로리아를 다시 불러내야 했다.

"글로리아, 내 말 듣는 거니?"

"어? 어, 무슨 말 했어?"

"너희 부모님은 살아 계셔. 난 분명히 기억나. 텔레비전에서 봤어, 얼마 전에. 토크쇼 같은 방송에 출연해서 네 얘길 하셨어. 네 생일까지 축하해주셨다고."

글로리아는 별 감흥이 없는 눈치다. 하지만 자신을 둘러싼 모든 이야기가 거짓은 아닌지 의심하기 시작하는 것 같다.

"난 텔레비전을 볼 수 없어. 스티브가 틀어주는 비디오만 보거든."

"스티브야. 나쁜 짓을 한 건 스티브라고, 글로리아. 프랭키란 사람은 없어. 스티브가 널 여기 붙잡아두기 위해 만들어낸 사람이라고."

"아니, 프랭키는 있어."

"잘 생각해봐. 직접 본 적이 있어?"

"그건 아니야."

"그런데 어떻게 있다고 믿는 거야?"

글로리아는 소녀와 동갑이었다. 하지만 같은 열두 살치고는 발달이 느렸다. 마치 뇌가 성장을 멈춘 것 같았다. 즉, 스티브가 린다 브라운을 납치했던 아홉 살의 나이에 정지한 상태 같았다. 그래서 무슨 생각을 해도 한참이 걸렸던 것이다.

"스티브는 나를 좋아해." 글로리아는 다시 한번 스티브의 편을 든다. 하지만 자기 자신을 설득하기 위한 주문처럼 들렸다.

"아니야, 글로리아. 스티브는 너를 좋아하지 않아."

"네 말은, 내가 여기서 나가도 프랭키가 나를 죽이지 않는다는 거야?"

"절대로 그런 일은 일어나지 않아. 그리고 우린 같이 나가는 거야. 너 혼자가 아니라고."

"너도 나랑 같이 가는 거야?"

"물론이지. 하지만 스티브를 피해 달아날 수 있는 방법을 찾아내야 해."

"그런데 넌 아프잖아."

"나도 알아. 팔 한쪽을 움직일 수가 없어."

"부러졌어."

"어쩌다 그렇게 된 거야? 난 기억이 안 나……."

"스티브가 너를 여기 데려올 때 같이 계단에서 굴러떨어졌어. 그래서 스티브가 화를 많이 냈어. 스티브는 네가 죽을까 봐 걱정을 많이 했어. 네가 죽으면 스티브를 사랑하는 방법을 가르쳐줄 수 없거든. 그거 되게 중요한 거야. 넌 몰랐지?"

"난 스티브를 절대로 사랑하지 않을 거야."

글로리아는 몇 초간 다시 생각에 잠긴다.

"린다라는 이름, 마음에 들어."

"마음에 든다니 다행이다. 왜냐하면 그게 네 진짜 이름이거든."

"그럼, 그렇게 불러도 좋아."

"그래, 린다……." 소녀는 힘주어 이름을 부르고는 다른 소녀를 향해 미소를 짓는다. "우린 이제 친구야."

"정말로?"

"서로의 이름을 불러주면 친구가 되는 거야. 그런 거 아무도 안 가르쳐줬어?"

"난 네 이름, 벌써 알고 있는걸. 넌 마리아 엘레나잖아."

"맞아. 그런데 내 친구들은 다들 밀라라고 불러."

39

"그 개자식 이름은 스티브였어요, 스티브 스미티."

밀라는 경멸에 찬 어조로 그 이름을 발음했다. 고란은 호텔의 퀸 사이즈 침대에 같이 누운 채 밀라의 손을 잡고 있었다.

"평생 변변한 직업 하나 없던 백수였어요. 단순노동직에 취직하기라도 하면 언제나 한 달도 못 채우고 잘리곤 했었어요. 대부분의 인생을 실업자로 지냈죠. 부모님이 돌아가시자 우릴 가둬두었던 바로 그 집 하고 보험금을 유산으로 물려받았어요. 많지는 않지만 '원대한 계획'을 실현하기엔 충분했어요!"

밀라는 '원대한 계획'이라는 말에 힘을 주어 말했다. 그러고는 베개에 얼굴을 파묻으며 이해할 수 없었던 당시의 일을 다시 떠올렸다.

"스티브는 여자들을 좋아했지만 가까이 다가갈 엄두를 못 냈어요. 왜냐하면 물건이 새끼손가락만 해서 여자들이 보고 비웃을까 봐 두려웠던 거죠." 순간, 조롱과 복수의 의미가 담긴 미소 덕분에 밀라의 표정이 잠깐이나마 밝아졌다. "그래서 여자아이들에게 관심을 돌렸던 거예요. 어린 소녀들하고는 가능성이 높다는 걸 깨달았던 거죠."

"린다 브라운 사건은 나도 기억이 나." 고란이 말했다. "그때가 처음으로 대학에 임용된 해였거든. 그 사건을 담당했던 경찰들이 몇몇 실수들을 범했다고 생각한 적이 있었어."

"실수라고요? 맞아요, 실수. 아마 그런 실수는 일부러도 하기 힘들 정도였으니까요! 스티브는 전과 한 번 없었던 얼치기라서 곳곳에 숱한 단서와 증인들을 남기고 다녔어요! 그런데 경찰은 그런 인간이 어디 숨어 있는지도 찾아내지 못하더니 급기야 녀석이 약삭빨라서 검거가 힘들다는 말까지 하더라고요. 하지만 스티브는 진짜 멍청한 바보 그 자체였어요! 운이 좋은 개자식……."

"그런데 린다를 설득시키는 데 성공했지."

"아이의 공포심을 자극하면서 환심을 샀던 거예요. 프랭키라는 나쁜 놈을 만들어내고선 악역을 맡긴 거죠. 자기는 착한 역할을 하면서 '구세주'가 된 거고. 멍청한 자식, 상상력도 지지리 없었는지 프랭키라는 이름은 자기가 어렸을 때 키웠던 거북이 이름이라더라고요!"

"그런데 그게 먹혀들었던 거지."

밀라는 흥분을 가라앉혔다.

"두려움과 충격 속에 빠져 있던 어린 여자아이한테나 먹혔던 거죠. 그런 상황의 아이한테서 현실감을 박탈하기란 쉬운 일이잖아요. 전 그 거지 같은 지하실에 갇혀 있는 동안 제가 '괴물의 뱃속'에 갇힌 거라고 생각했었어요. 그 위로는 집이 서 있었는데, 그 집은 변두리에 있는 다른 집들하고 똑같이 생긴 아주 평범한 집이었어요. 매일같이 사람들이 지나다녔지만 제가 거기 갇혀 있으리라곤 아무도 상상하지 못했죠. 더 끔찍했던 건 린다, 스티브가 글로리아—그 이름을 붙인 이유도 글로리아라는 아이가 처음으로 자신을 거부했던 여자아이라서 그랬다네요—라고 불렀던 아이는 자유롭게 돌아다닐 수 있었다는 거예요. 그런데도 도망칠 생각 한번 안 하더라고요. 현관문까지 거의 항상 열어두고 지냈었다는데! 밖에 나갈 때도 열쇠로 문을 잠그지 않았어요. 프랭키 이야기가 제대로 먹힌 거라고 자신만만했던 거죠!"

"이렇게 무사히 살아 나올 수 있었잖아."

"부러진 팔이 거의 기능을 상실한 상태였어요. 한동안 의사들이 신경을 살려내느라 갖은 애를 다 썼죠. 게다가 영양실조로 고생도 좀 했어요. 그 미친놈이 아기들 이유식만 먹이고 약국 쓰레기통을 뒤져 유효기간이 지난 약들만 가져다 썼다더라고요. 마취약도 먹일 필요가 없었다는 거예요. 그런 비위생적인 환경 속에서 혈액까지 오염된 터라 솔직히 의식이 있었다는 게 기적이라고 하더군요."

밖에는 여전히 장대비가 쏟아지며 눈더미에 파묻혀 있던 각종 쓰레기들을 깨끗이 쓸어 내려가고 있었다. 갑자기 불어닥친 돌풍이 간간이 창을 두드리곤 했다.

"어느 날, 혼수상태 속에서 갑자기 깨어났어요. 누군가 제 이름을 부르는 소리를 들은 것 같았거든요. 그래서 주의를 끌려고 별별 짓을 다 해봤어요. 그런데 그 순간, 린다가 와서 그러지 말아달라고 통사정을 하는 거예요. 결국 혼자 있고 싶지 않다는 작은 소망 때문에 구출될 기회를 차버린 셈이었어요. 그때 제가 헛소릴 들은 건 아니었어요. 주변을 살살이 뒤지던 경관 두 명이 그 집까지 찾아왔었어요. 계속해서 절 찾아다니고 있었다는 거예요! 만약 거기서 아주 큰 소리로 비명을 질렀다면 그 경관들한테까지 들렸을지도 몰라요. 겨우 널빤지 한 장으로 가려진 곳이었으니까요. 그런데 어떤 여자도 한 명 있었어요. 그 여자가 제 이름을 불렀던 거예요. 직접 소리를 내서 부른 게 아니라, 영혼의 목소리로요."

"그 여자가 니클라 파파키디스 수녀님이었지. 안 그래? 그분과는 그렇게 만나게 된 거였고……."

"맞아요. 하지만 그때, 비록 대답은 하지 않았지만 니클라는 뭔가를 들었던 거예요. 그래서 며칠 뒤에 다시 왔다고 해요. 뭔가를 다시 감지할 수 있기를 바라면서 집 주변을 맴돌았다고……."

"그럼 자네를 구해준 건 린다가 아니었다는 거야?"

"린다요?" 밀라는 한숨을 내쉬었다. "린다는 매번 스티브에게 고자질을 했어요. 자신도 모르게 스티브의 공범이 되어 있었던 거예요. 3년간

스티브는 린다가 사는 세상의 전부였어요. 린다가 아는 한, 스티브는 이 세상에 남은 유일한 어른이었거든요. 그리고 아이들은 언제나 어른들을 믿잖아요. 하지만 린다와 달리 스티브는 그때부터 절 제거할 생각을 하고 있었어요. 제가 조만간 죽을 거라고 믿었죠. 그래서 집 뒤에 있는 헛간에다 구멍까지 파놨더라고요."

당시 신문기사에 사진으로 공개되었던 구덩이는, 밀라의 머릿속에 다른 그 어느 것보다도 큰 충격으로 남아 있었다.

"그 집에서 나왔을 땐, 살아 있다기보다는 죽었다고 보는 게 맞을 정도였어요. 간호사들이 들어와 절 들것에 싣고, 스티브와 뒤엉켜 넘어졌다는 그 계단을 올라갈 땐 이미 의식을 잃은 상태였어요. 집 안을 수색하는 경찰들이 몇십 명이나 있었다는데 눈에 보이지도 않았어요. 동네 사람들이 주변에 몰려들어 제가 자유를 찾는 모습을 보며 환호성을 질렀다는데 전 하나도 들리지 않았어요. 하지만 니클라가 보내는 영혼의 목소리가 계속해서 제 머리를 두드렸어요. 니클라는 당시의 주변상황을 하나하나 묘사해주면서 절대로 빛을 향해 다가가지 말라고 설득했어요."

"무슨 빛?" 고란은 궁금하다는 듯 물었다.

밀라는 미소를 지어 보였다.

"니클라는 저세상으로 가는 길을 빛이 인도한다고 생각했어요. 아마 신앙 때문이었을 거예요. 책이나 뭐 기사에서 읽었을지도 모르죠. 사람이 죽으면 영혼이 육체에서 이탈하고 긴 터널을 지나는데 거기서 찬란한 빛을 보게 되는 거라고…… 하지만 전 니클라에게 당시 아무것도 보이지 않았다고 말하진 않았어요. 빛이 아니라 암흑의 세계였거든요. 니클라를 실망시키고 싶지 않았어요."

고란은 밀라에게 몸을 밀착하고 어깨를 쓰다듬어 주었다.

"정말 끔찍했겠어."

"그래도 운은 있었던 거죠." 밀라가 말했다. 그러고는 여섯 번째 아이, 샌드라에게로 생각을 돌렸다. "벌써 구해줬어야 하는 건데, 그러지 못했어요. 샌드라에게 남은 시간은 이제 얼마나 될까요?"

"자네 잘못이 아니야."

"아뇨. 제 잘못이에요."

밀라는 몸을 일으켜 침대 모서리에 앉았다. 고란은 다시 밀라를 향해 팔을 뻗었지만 그녀를 만질 수는 없었다. 그의 손길은 단지 밀라의 외피에 닿았을 뿐, 그 느낌을 전달할 수 없었다. 왜냐하면 그녀가 다시 냉담한 반응을 보였기 때문이다.

고란은 그 사실을 깨닫고 그녀를 놔주었다.

"샤워 좀 해야겠어." 그가 말했다. "이제 돌아가야 해. 토미한테는 지금 아빠가 필요한 시간이야."

밀라는 움직이지 않고 가만히 앉아 있었다. 옷을 벗은 채로. 샤워실의 물소리가 들릴 때까지 그렇게 앉아 있었다. 밀라는 머릿속에 자리 잡고 있던 악몽 같은 기억을 모두 털어내고 싶었다. 머릿속을 다시 백짓장처럼 만들어 아이들의 천진난만한 생각들로 다시 채워 넣고 싶었다. 강제로 짓밟히고 빼앗겨야 했던 아이들만의 특권을 누리고 싶었던 것이다.

스티브의 집 뒤편에 있던 헛간 구덩이는 텅 비어 있지만은 않았다. 밀라는 그곳에 희로애락을 느끼는 법을 고스란히 묻어두고 나왔던 것이다.

밀라는 탁자로 손을 뻗어 텔레비전 리모컨을 집어 들었다. 그러고는 고란이 샤워하는 물소리처럼 텔레비전에서 나오는 아무 의미 없는 잡담과 이미지들이 머릿속에 남아 있던 사악한 기운들을 깨끗이 씻어내려 주기를 바랐다.

화면에는 어느 여자가 비바람을 맞아가며 마이크를 들고 뭐라고 말을 하고 있었다. 오른쪽에는 방송사 로고가 떠 있었다. 그리고 화면 하단에

'속보'라는 자막이 지나가고 있었다. 화면 뒤로 멀리 10여 대의 경찰차가 포위한 집 한 채가 보였다. 번쩍이는 경광등이 밤하늘을 가르고 있었다.

"……앞으로 한 시간 뒤면 이번 사건을 담당하고 있는 로시 경감의 공식 발표가 있을 예정입니다. 다시 한번 말씀드리겠습니다. 속보로 전해진 기사 내용은 사실로 확인되었습니다. 무고한 여자아이들을 납치하고 살해하면서 온 나라를 충격과 공포로 몰아넣었던 살인마의 신원이 밝혀졌습니다."

밀라는 미동도 하지 않고 두 눈을 화면에 고정시켰다.

"범인은 최근 형기를 마치고 모범수로 풀려난 보호관찰 대상자였으며, 오늘 아침 확인차 찾아온 두 명의 교도관에게 무차별적으로 총기를 난사했습니다."

보리스가 취조당하던 모습을 지켜보던 방에서, 테렌스 모스카 팀장이 말해준 바로 그 사건이었다. 밀라는 그 사실을 믿을 수 없었다.

"부상당했던 교도관은 결국 병원에서 사망했으면 현장에 급파된 경찰 기동대는 진압작전을 감행했습니다. 기동대는 총기 난사범을 사살한 뒤 집 안으로 들어가 뜻하지 않은 충격적인 현장을 발견했다고 합니다."

'아이는 어떻게 된 거냐고! 아이 얘기를 해줘야지!'

"방금 텔레비전을 켜신 시청자분들을 위해 다시 한번 알려드립니다. 연쇄납치 및 살인범의 이름은 빈센트 클라리소로…….'

'앨버트.' 밀라는 속으로 범인의 이름을 바꿔 불렀다.

"경찰에서 알려온 소식에 따르면, 여섯 번째 납치아동은 지금 제 뒤로 보이는 저 집 안에서 발견되었다고 합니다. 사건 발생 이후 몇 시간이 지난 현재, 아이는 현장에 급파된 긴급의료팀의 치료를 받고 있을 것으로 여겨집니다. 아직까지 확인된 바는 없지만, 여섯 번째로 납치되었던 샌드라는 무사한 것으로 보입니다."

녹취록 제7번

12월 23일, 새벽 03시 25분

분량: 1분 35초

죄수번호 RK-357/9

……알고, 준비, 준비해서 (이어지는 단어는 필사자도 이해할 수 없는 단어임) 우리 분노의 대가를 치러야…… 뭔가를 해야…… 무엇보다 신뢰가……. (이해할 수 없는 문장) 너무 좋고, 관대해서…… 거기에 넘어가선 안 된다는 거……. 알고, 준비, 준비해서 (이해 불가) 항상 우리를 등쳐먹는 인간들이……. 필요한 처벌…… 죄를 씻기 위해……. 사물을 이해하는 것만으로 충분하지 않아. 가끔은 결과적으로 행동해야 해……. 알고, 준비, 준비해서 (이해 불가) ……죽여야 해. 죽여, 죽여, 죽여, 죽여, 죽여, 죽여, 죽여, 죽여, 죽여, 죽여, 죽여, 죽여, 죽여.

40

행동과학 수사팀 사무실, 2월 25일.

빈센트 클라리소가 앨버트로 판명 났다.

그는 무장강도로 형을 치르고 모범수로 출소한 지 두 달이 채 안 되는 전과자였다.

자유의 몸이 되자 즉시 범행을 계획했다는 것이다.

강력범 전과도 없었다. 정신병력도 없었다. 그를 전대미문의 연쇄살인범으로 여길 만한 단서는 거의 없었다.

재판정에서 빈센트를 변호한 변호사들은 무장강도 사건이 '우발적 범행'이었다고 주장했었다. 코카인에 의지해 살던 젊은이의 치기 어린 행동이라는 것이었다. 클라리소는 부유한 가정에서 태어났다. 아버지는 변호사였고 어머니는 교사였다. 대학에서 간호학을 공부했고 간호사 자격증도 취득했다. 한동안 어느 병원에 취직해서 집도를 보조하는 수술실 간호사로 일하기도 했었다. 샌드라의 한쪽 팔을 절단하고도 적절한 치료로 아이를 살려둘 수 있었던 것은 간호사로 일할 때 얻은 의료 지식이 있었기에 가능한 것으로 받아들여졌다.

앨버트가 의사일 가능성이 있다고 했던 게블러 팀의 추측은 사실에서 그리 벗어나지 않았던 것이다.

빈센트 클라리소는 자신이 겪었던 모든 경험을 자신의 인간성 속에 하나의 막을 둘러 차곡차곡 쌓아두었고, 그 결과 추악한 괴물이 되었다는 결론이 내려졌다.

하지만 밀라는 그 사실을 믿을 수 없었다.

'범인은 그자가 아니야.' 밀라는 연방경찰서로 향하는 택시 안에서 그렇게 되뇌었다.

텔레비전을 통해 소식을 접한 고란은 스턴에게 전화를 걸었다. 스턴은 20여 분에 걸쳐 전화로 정황을 설명해주었다. 범죄학자는 밀라가 근심스러운 눈빛으로 바라보는 가운데, 전화 통화를 하며 호텔 방을 서성거렸다. 그 뒤로 두 사람은 헤어져 각자의 길로 향했다. 그는 루나 부인에게 전화를 걸어 하룻밤만 더 토미와 같이 있어달라고 부탁한 후 샌드라가 발견된 현장으로 부리나케 뛰어갔다. 밀라도 따라가고 싶었지만, 공식적인 밀라의 임무는 이미 종료된 상태였기에 그럴 수도 없었다. 두 사람은 나중에 행동과학 수사팀 사무실에서 다시 만나기로 했다.

자정이 넘은 시각이었지만 도로마다 엄청난 정체현상이 빚어졌다. 악천후에도 불구하고 온 도시 사람들이 악몽의 끝을 기념하기 위해 거리로 쏟아져 나왔던 것이다. 마치 새해 첫날 새벽을 연상시키듯, 자동차들이 경적을 울려댔고 사람들은 서로를 끌어안고 기뻐했다. 교통상황이 더 혼잡했던 이유는 혹시 있을지 모를 공범의 도주로를 차단하고 괜한 호기심에 사건 현장으로 몰려드는 인파의 접근을 막기 위해 경찰이 곳곳에 바리케이드를 설치했기 때문이다. 사건은 대단원의 막을 내린 상황이었다.

거북이걸음으로 가는 택시 안에서 밀라는 라디오를 통해 관련 소식을 듣고 있었다. 테렌스 모스카 팀장은 그날의 영웅이 되어 있었다. 사건은 기적적인 한 방의 운에 의해 깔끔히 해결되었다. 하지만 언제나 그렇듯, 유일하게 그 덕을 보는 사람은 작전을 성공리에 마친 수사진의 수장이었다.

언제 뚫릴지 모를 도로 사정에 짜증이 난 밀라는 차라리 장대비를 뚫고 길을 가로지르는 게 낫겠다고 판단한 뒤 택시에서 내렸다. 연방경찰서 건물은 몇 블록 떨어지지 않은 곳에 있었다. 밀라는 점퍼 뒤에 달린 모자를 뒤집어쓰고 생각에 잠긴 채 발걸음을 옮겼다.

빈센트 클라리소라는 인물은 게블러 박사가 작성한 앨버트의 프로파일에 전혀 들어맞지 않았다.

범죄학자의 정리에 따르면, 그들이 쫓는 범인은 납치하고 살해한 아이들의 사체를 하나의 단서로 활용하고 있었다. 자신이 알고 있는 다른 중범죄자들의 존재를 드러내는 장소에 가져다놓았었다. 수사팀은 앨버트가 다른 범죄자들과 은밀한 공범관계를 구성하고 있다고 추정했고, 다른 범죄자들은 분명 인생의 어느 시점에서 모두 앨버트를 만난 적이 있다는 결론을 내렸었다.

"이 인간들은 동물로 비유하자면 늑대와 같은 종에 해당합니다. 늑대는 주로 무리를 지어 몰려다니는 편입니다. 각각의 무리에 따로 우두머리를 두고 있습니다. 그게 바로 앨버트가 우리에게 전하고 싶은 메시지인 겁니다. 자신이 바로 그 우두머리라는 사실을." 고란은 그렇게 말했었다.

빈센트가 진범이 아니라는 확신은 연쇄살인범의 나이가 밝혀졌을 때 더욱 확고해졌다. 서른 살. 고아원 시절의 어린 로널드 더미스와 조지프 B. 록포드를 살인자의 세계로 밀어 넣기엔 터무니없는 나이였다. 사실 수사팀은 앨버트가 50~60세 사이일 거라고 추정했었다. 게다가 그는 니클라가 묘사한 인물과 어느 한구석 닮은 데가 없었다.

빗속을 걸어가던 밀라는 빈센트가 진범이 아니라는 자신의 생각을 뒷받침해주는 심증 하나를 더 찾아냈다. 클라리소는 펠더가 카포 알토 건축현장에서 일하며 이본 그레스와 두 자녀를 살해할 때 감옥에 있었다. 따라서 피 튀긴 벽에 자신의 흔적을 남기면서 살해현장을 지켜볼 수는 없었던 것이다!

'이건 아니야. 지금 엄청난 실수를 하는 거라고! 고란도 아마 눈치챘을 거야. 분명 다른 사람들에게 설명하고 있을 거야.'

목적지에 도착한 밀라는 복도마다 축제 분위기가 물씬 풍긴다는 사실을 감지했다. 형사들은 서로의 등을 다독이고 있었다. 진압작전 당시 착용했던 유니폼 차림으로 현장에서 돌아오는 형사들도 많이 보였다. 그들은 마지막에 벌어졌던 사건에 대한 소식을 주고받고 있었다. 그 소식은 입에서 입으로 전해지며 새살이 붙어 점점 불어나고 있었다.

밀라는 어느 여성 경관과 마주쳤다. 그녀는 로시 경감이 밀라를 찾고 있다고 말해주었다.

"나를 찾는다고요?" 밀라는 깜짝 놀라 되물었다.

"네. 사무실에서 기다리고 계십니다."

밀라는 계단을 올라가면서 로시 경감이 자신을 부르는 이유는 사건과 관련된 내용 중 뭔가가 사실에 들어맞지 않는다는 것을 깨달았기 때문일 거라고 생각했다. 그렇다면 이 축제 분위기는 조만간 사그라지거나 순식간에 반감될지도 모른다.

행동과학 수사팀 사무실에는 제복 차림의 수사관 몇 명만 남아 있을 뿐, 축제 분위기와는 거리가 멀었다. 밤이라는 점과 모두가 남아서 여전히 근무를 하고 있다는 것 외엔, 평일 낮과 별반 차이가 없어 보였다.

밀라는 한참 기다린 후에야 로시 경감의 비서로부터 들어가 보라는 말을 들을 수 있었다. 기다리는 동안 경감이 누군가와 통화하는 소리를 듣기는 했다. 하지만 문을 열고 들어가자마자, 그가 혼자가 아니라는 사실에 깜짝 놀랐다. 고란 게블러 박사가 그와 함께 있었던 것이다.

"들어오게, 바스케스 수사관."

로시는 밀라에게 의자 하나를 권했다. 고란과 그는 사무실 반대편에 서 있었다.

밀라는 앞으로 걸어가 게블러 박사에게 가까이 다가갔다. 그는 살짝 몸을 돌려 그녀에게 어정쩡한 손인사만 건넬 뿐이었다. 불과 한 시간 전에 주고받았던 친밀함은 어느새 완전히 사라진 상태였다.

"안 그래도 이 양반한테 두 사람 모두 내일 오전에 진행되는 기자회견에 참석해달라고 말하던 중이었지. 모스카 팀장도 같은 생각이고. 두 사람 도움이 없었으면 절대로 찾아내지 못했을 거야. 그 부분에 대해서 정말 고맙게 생각하네."

밀라는 당혹감을 감출 수 없었다. 그런 밀라의 반응에 로시 경감이 오히려 더 황당해했다.

"경감님, 대단히 죄송한 말씀이지만……. 이번 사건 해결에 커다란 판단 착오가 있었던 것 같습니다."

로시는 고란을 보며 물었다.

"지금 이 친구가 무슨 말을 하는 거요, 박사?"

"밀라, 사건은 무사히 종결된 거야." 범죄학자는 침착하게 밀라에게 대답했다.

"아니요, 하나부터 열까지 다 틀렸어요. 사살된 사람은 앨버트와 아무런 관련이 없습니다. 정황과 들어맞는 게 하나도 없어요. 제 생각에……."

"설마 기자회견장에서 그런 말을 할 생각은 아니겠지?" 경감이 강하게 치고 나왔다. "만약 그럴 생각이라면 자네의 참석은 철회해야겠어."

"스턴 수사관도 저와 같은 생각일 겁니다."

로시는 책상 위에 있던 종이 한 장을 흔들며 말했다.

"스턴 특별수사관이 제출한 사직서야. 즉시 효력이 발생하는 사직서."

"네? 아니, 도대체 이게 다 무슨 일이에요?" 밀라는 깜짝 놀라 되물었다. 도대체 영문을 알 수 없었기 때문이다. "빈센트는 프로파일에 전혀 들어맞지 않는단 말입니다."

고란이 사정을 설명하려 들었다. 그 순간 밀라는 그의 눈에서 자신의 상처를 보듬어주던 그윽한 눈빛을 다시 느꼈다.

"놈이 우리가 찾던 범인임을 입증하는 증거만 수십여 개야. 납치에 대한 사전 계획, 시체를 문제의 장소에 순서대로 가져다놓을 방법, 카포 알토 빌라 단지의 보안시스템을 무력화하는 방법과 설계도, 데비 고든 이 다녔던 사립학교의 평면도 등이 빼곡하게 적힌 다수의 노트를 비롯해, 감옥에서부터 공부하기 시작한 컴퓨터와 각종 전자장비에 대한 매뉴얼과 관련 서적까지……."

"그러면 놈이 알렉산더 버먼과 로널드 더미스, 펠더, 록포드, 보리스 와 모종의 관계였다는 연관성도 찾아내셨어요?" 밀라는 격분한 채로 물었다.

"지금 수사팀이 집 안을 수색하고 있어. 우리도 증거를 수집 중이고. 조만간 그 연관성 역시 드러나게 될 거야."

"그걸로는 부족합니다. 제 생각에……."

"샌드라가 범인임을 확인해줬어." 고란이 말을 막고 나섰다. "자신을 납치한 건 빈센트 클라리소라고 증언했다고."

밀라는 다소 누그러진 반응을 보였다.

"아이 상태는 어때요?"

"의사들 말로는 상태가 호전될 거라더군."

"자, 이제 만족하신가?" 로시 경감이 끼어들었다. "계속 문제를 일으 킬 생각이라면 지금 당장 자네 관할서로 돌아가는 게 나을 거야."

바로 그때, 비서가 인터폰으로, 시장이 급히 만나고 싶어 한다며 서두 르는 게 좋겠다는 메시지를 전해왔다. 로시는 의자 팔걸이에 걸려 있던 외투를 들고 고란에게 경고하듯 말했다.

"저 친구한테 여기 있는 이 공식 발표 자료에 대해 설명 좀 해주시게, 박사. 끼든가, 아니면 꺼져버리든가!"

그러고는 문을 쾅 닫고 나가버렸다.

밀라는 다시 단둘이 남게 되자 제발 고란이 다른 말을 해주기만을 바랐다. 하지만 그는 주장을 굽히지 않았다.

"불행하게도, 실수를 한 건 우리 둘밖에 없어."

"어떻게 그런 말을 할 수가 있어요?"

"완전한 실패작이었어, 밀라. 우리가 방향을 잘못 잡고 너무 맹목적으로 따라간 거야. 내 책임이 가장 커. 모든 억측이 나로부터 시작된 거니까."

"빈센트 클라리소가 다른 범죄자들을 정말 어떻게 알게 되었는지에 대해서는 왜 생각 안 해본 거예요? 우리에게 그들의 존재를 밝힌 게 바로 앨버트였어요!"

"그게 문제가 아니야……. 문제는, 우리가 그 긴 시간 동안 그런 범죄자들을 그냥 지나쳤다는 거지."

"당신은 지금 상황을 객관적으로 보고 있지 않아요. 왜 그런지 알 것 같아요. 윌슨 피켓 사건 당시, 로시 경감이 당신의 명성에 금이 가지 않도록 비호해주고, 팀을 해체하라는 상부의 압력도 막아준 일 때문인 거죠? 그래서 당신도 이번 사건에서 똑같이 하고 있는 거고요. 만약 지금 이 공식 발표 자료를 받아들인다면, 당신은 테렌스 모스카 팀장의 입지를 아주 조금만 깎는 셈이 되고, 로시 경감은 경감 자리를 유지할 수 있는 거니까요!"

"이제 그만!" 고란은 버럭 고함을 질렀다.

두 사람은 몇 초간 아무런 말도 하지 않았다. 그러다가 범죄학자가 먼저 문을 향해 걸어갔다.

"한 가지만 말해줘요. 보리스는 자백을 한 거예요?" 밀라는 그가 나가기 전에 간신히 질문을 던졌다.

"아직." 그는 뒤도 돌아보지 않고 대답했다.

밀라는 사무실에 혼자 남게 되었다. 두 주먹을 불끈 쥐고 허리춤에 손을 올린 그녀는 자기 자신과 그 순간을 향해 저주를 퍼부었다. 그녀의 눈이 스턴의 사직서로 향했다. 밀라는 내용을 읽어보았다. 몇 줄 되지 않는 그 글에는 그런 결심을 하게 된 실질적인 이유가 적혀 있지 않았다. 하지만 밀라에겐 자명한 이유가 보였다. 특별수사관은 일종의 배신감을 느꼈던 것이다. 보리스에게, 그리고 고란 게블러 박사에게.

사직서를 책상 위에 내려놓다가 빈센트 클라리소라는 이름이 적힌 통화목록 한 장이 눈에 들어왔다. 로시 경감이 혹시 그와 통화한 사람 중에 뒤를 봐줘야 하는 중요 인물이 있는지 확인차 통화기록을 뽑아보라고 시켰을 것이다. 조지프 B. 록포드 같은 거물이 포함된 마당에, 그 안에 또 누가 걸려 있을지 알 수 없는 상황이었기 때문이다.

하지만 연쇄살인범은 그다지 사교적이지 않았다. 전날 날짜로, 딱 한 통의 전화만 걸었던 것이다.

밀라는 번호를 읽어보았다. 왠지 익숙한 느낌이 들었다.

그녀는 주머니에서 휴대전화를 꺼내 그 번호를 눌러보았다. 그러자 이름이 하나 떴다.

41

신호음이 계속 이어졌지만 아무도 받지 않았다.

'받아, 일어나라고, 빌어먹을!'

세차게 돌아가는 택시 바퀴는 아스팔트 위에 고여 있던 빗물을 사방으로 튀기고 있었다. 다행히 비는 멈춘 뒤였다. 도로는 마치 뮤지컬 공연장의 무대만큼이나 번쩍거렸다. 턱시도 차림에 젤로 머리를 빗어 넘긴 배우들이 갑자기 튀어나올 것 같은 분위기였다.

연결이 끊겼다. 밀라는 다시 전화를 걸었다. 벌써 세 번째 시도였다. 신호음이 열다섯 번째에 이르러서야 누군가 전화를 받았다.

"여보세요? 이 시간에 누구세요?"

신시아 펄의 목소리는 깊은 잠에 취한 사람 같았다.

"밀라 바스케스 수사관입니다. 저 기억하시죠? 그저께 만났었는데……."

"네, 기억해요……. 그런데 내일 얘기하시면 안 될까요? 수면제를 먹은 상태라……."

연쇄살인범의 손아귀에서 빠져나온 사람이 술이나 약 없이 제대로 잠을 이룰 수 없다는 건 그리 놀랄 일도 아니었다. 하지만 밀라는 내일까지 기다릴 수가 없었다. 지금 당장 그 이유를 알고 싶었기 때문이다.

"안돼요, 신시아. 미안하지만, 그럴 수가 없어요. 지금 당장 당신의 도움이 필요해요. 오래 걸리진 않을 거예요."

"좋아요."

"어제 오전 8시쯤에 전화 한 통을 받은 적 있죠?"

"네, 막 일하러 나가려던 참에 받았어요. 그 남자 때문에 지각했다고 상사한테 질책당했었죠."

"전화 건 사람이 누구였어요?"

"보험 조사위원이라고 했어요. 제가 당했던 일 때문에 보상금을 신청했었거든요."

"혹시 이름이 뭐라고 말하던가요?"

"스펜서였던 것 같아요. 적어놓을걸 그랬나 봐요."

아무 소용 없는 질문이었다. 빈센트 클라리소는 가명을 대고 의심을 사지 않을 내용을 구실로 삼아 그녀에게 전화를 걸었던 것이다. 밀라는 질문을 이어나갔다.

"괜찮아요. 그 남자가 뭘 물어보던가요?"

"전화상으로 당시의 일을 좀 설명해달라고 하기에, 벤자민 고르카 사건에 대한 이야기를 들려줬어요."

밀라는 놀라지 않을 수 없었다. 빈센트 클라리소가 무슨 이유로 윌슨 피켓 사건에 관심을 보였던 것일까? 현재까지 밝혀진 내용을 보자면 그가 다섯 번째 피해아동의 시체를 본부에 가져다 놓았던 이유는, 레베카 스프링거를 살해한 진범이 벤자민 고르카가 아닌 보리스라는 사실을 만천하에 알리고 싶어서였는데…….

"왜 그 이야기를 듣고 싶다던가요?"

"그 사람 말에 의하면, 결재 보고서를 보완해야 된다고 했어요. 보험회사 사람들이 깐깐하게 굴어서요."

"다른 건 묻지 않았어요?"

신시아는 잠시 뜸을 들였다. 밀라는 그녀가 잠든 게 아닌가 걱정했지만, 다행히 뭔가를 생각하는 중이었다.

"아니요, 다른 건 없었어요. 그 남자, 상당히 친절했어요. 끊기 전에 제 보고서를 가장 먼저 올리겠다고 말했거든요. 머지않아 보상금을 받을 수 있을 것 같아요."

"잘된 일이네요. 이렇게 늦은 시간에 깨워서 정말 미안해요."

"만약 제 대답이 형사님이 구해내려는 그 여자아이를 찾는 데 도움이 된다면 이런 것쯤은 아무것도 아니에요."

"사실 그 아이는 찾았어요."

"네? 정말이에요?"

"텔레비전 안 봐요?"

"밤 9시만 되면 잠자리에 들어서요."

신시아는 좀 더 자세히 알고 싶어 했지만 밀라에겐 시간이 별로 없었다. 그래서 다른 전화가 걸려왔다는 핑계를 대고 전화를 끊었다.

신시아에게 전화를 걸기 전에, 밀라에겐 또 다른 직감이 떠올랐다.

보리스는 분명 함정에 빠졌던 것이다.

"여기서부턴 갈 수가 없습니다." 택시기사는 밀라를 돌아다보며 말했다.

"괜찮습니다. 다 온 셈이니까."

밀라는 요금을 지불하고 차에서 내렸다. 그녀는 다시 한번 경찰 저지선과 경광등을 번쩍이는 수십여 대의 경찰차가 있는 범죄현장을 찾았다. 각 방송사에서 나온 이동 중계차가 도로를 따라 줄지어 서 있었다. 촬영기자들은 뒷배경에 집이 잡히도록 방송장비를 설치해두고 있었다.

밀라는 모든 사건의 출발점에 도착했던 것이다. '영점'이라고 불리는 범죄현장.

빈센트 클라리소의 집.

밀라는 수많은 경찰들의 제지를 뚫고 어떻게 집 안으로 들어가야 할지에 대해서는 아무런 대비책도 없었다. 그녀는 가지고 있던 경찰서 출입증을 꺼내 목에 걸고 아무도 자신이 외부인이라는 사실을 눈치채지 않기를 바라며 현장으로 향했다.

가까이 다가갈수록 사무실 복도에서 봤던 형사들의 얼굴이 눈에 들어왔다. 일부는 경찰차 트렁크 주위에 모여 회의를 하고 있었다. 또 다른 일부는 샌드위치와 커피를 먹으며 쉬고 있었다. 밀라는 법의학팀의 차량을 발견했다. 챙 박사는 발판에 앉아 보고서를 작성하고 있었다. 밀라가 코앞으로 지나가는데도 보고서 쓰는 일에 정신이 팔려 눈도 들지 않았다.

"거긴 출입금지입니다!"

밀라는 뒤를 돌아보았다. 포동포동한 경관 한 명이 숨을 헐떡거리며 달려와 밀라를 멈춰 세웠다. 적당한 핑곗거리도 생각지 못한 상황이었다. 미처 준비를 못했던 것이다. 그리고 둘러대기엔 너무 늦어버렸다.

"우리 쪽 사람이야."

크렙이 두 사람 앞으로 다가왔다. 과학수사팀의 전문가는 목에 붕대를 감은 모습이었다. 붕대 위로 날개를 펼친 용의 대가리와 발톱이 삐져나와 있었다. 최근에 한 문신인 것 같았다. 그가 경관에게 말했다.

"들여보내도 돼. 허가받은 친구니까."

경관은 그 말에 그대로 발걸음을 돌렸다.

밀라는 뭐라고 해야 할지 몰라 멀뚱멀뚱 크렙을 쳐다보고만 있었다. 그는 윙크를 하고는 밀라를 지나쳐 갔다. 밀라는 그가 자신을 돕는 것도 놀랄 일은 아니라고 생각했다. 두 사람 모두—비록 방법은 다르지만—피부나 살에 자신들의 개인사를 새겨 넣는 공통점을 가지고 있었기 때문이다.

현관까지 가려면 완만한 경사로를 올라가야 했다. 가는 길목에 빈센트 클라리소의 목숨을 앗아간 총격전의 흔적인 탄피가 여전히 굴러다니고 있었다. 현관문은 출입상의 편의를 위해 아예 떼어놓은 상태였다.

집 안에 발을 들이자마자 소독약 냄새가 진동했다.

거실을 차지하고 있는 가구들은 60년대 포마이카 양식이었다. 아라베스크 무늬가 들어간 소파는 비닐커버가 그대로 씌워져 있었다. 장식용 벽난로도 붙어 있었다. 이동식 선반대는 카펫과 비슷한 계열의 노란색이었다. 벽지에는 금어초로 보이는 큼지막한 밤색 꽃무늬가 화려하게 그려져 있었다.

평소에 사용하던 할로겐 서치라이트 대신, 탁자용 스탠드가 현장을 비추고 있었다. 테렌스 모스카가 적용시킨 자신만의 색깔 내기였다. 모스카 팀장의 사전에 '연출'이란 없었다. 간소화하는 걸 미덕으로 삼고 있었기 때문이다. 밀라는 구세대 경찰학교 출신들의 스타일이라고 생각했다. 부엌에서 자신의 측근들과 뭔가 이야기를 주고받는 모스카 팀장이 보였다. 밀라는 그쪽으로 가까이 가지 않는 게 좋겠다고 생각했다. 가급적이면 눈에 띄지 않고 행동하는 게 유리했기 때문이다.

집 안에 있는 모든 사람들은 신발 커버와 장갑을 착용하고 있었다. 밀라도 장비를 착용하고 주변을 둘러본 다음 수사관들 사이로 끼어들어 갔다.

형사 한 명이 서재에 꽂혀 있던 책을 꺼내고 있었다. 한 번에 한 권씩. 그는 책을 꺼내 들고 대강 훑어본 뒤에 바닥에 내려놓았다. 다른 형사는 서랍장을 뒤지고, 또 다른 형사는 장식품들의 목록을 작성하는 중이었다. 감식을 위해 수거해 갔거나 치우지 않은 물건들은 완벽할 정도로 가지런히 정렬되어 있었다.

먼지 하나 보이지 않았고 둘러만 봐도 한눈에 모든 집기의 목록을 작성할 수 있을 정도로 각각의 물건들은 '정확히' 각자의 자리에 붙어 있었다. 마치 집 전체가 하나의 직소퍼즐 같은 느낌이 들었다.

밀라는 자신이 무얼 찾아야 할지도 모르는 상태였다. 그곳까지 찾아온 이유는 그곳이 바로 모든 사건의 최초 발원지였기 때문이다. 빈센트 클라리소가 신시아 펄에게 전화를 걸었던 진짜 이유가 궁금하기도 했다.

그가 한 명의 생존자를 통해 자신의 이야기를 세간에 알리고 싶어 했는지는 모르지만 클라리소는 분명, 벤자민 고르카가 누구인지 모르고 있었음에 틀림없다. 그리고 고르카를 모른다면, 본부에서 발견된 시체가 보리스를 향하고 있는 게 아닐 가능성이 높았다.

하지만 그런 논리적 확신만으로는 동료 경찰의 결백을 입증할 수 없었다. 그의 발목을 잡는 결정적인 물증 때문이었다. 법정에 제출되었다가 증거물 보관소로 가 있어야 하는 레베카 스프링거의 팬티가 그의 집에서 발견되었던 것이다.

그래도 어딘가 들어맞지 않는 구석이 있었다.

밀라는 복도 끝에 있는 방에 이르러서야 소독약 냄새가 어디서 풍겨 오는지 깨달았다.

그곳은 산소 텐트를 쳐놓은 병원 침대처럼 소독시설이 구비되어 있었다. 게다가 각종 의약품과 소독 가운, 간단한 의료장비들도 진열되어 있었다. 빈센트가 '환자'들의 팔을 잡아 뽑을 때는 수술실로, 마지막으로 남은 샌드라에겐 입원실로 사용하던 방이었다.

다른 방을 지나치던 밀라는 형사 한 명이 디지털 캠코더가 연결된 PDP 텔레비전 앞에서 뭔가를 조작하고 있는 모습을 포착했다. 화면 앞에는 의자 하나가 놓여 있고 주변으로는 다채널 서라운드 시스템이 갖춰진 곳이었다. 텔레비전 옆쪽에는 캠코더용 미니 DV 테이프가 날짜순으로 정리되어 있었다. 형사는 그 테이프를 하나하나 집어넣어 그 안에 든 영상을 확인하고 있었다.

정확히 그녀가 방 앞을 지나가던 바로 그 순간, 화면 속에 비친 영상은 어느 놀이터였다. 겨울 햇살을 받으며 뛰어노는 아이들의 웃음소리가 여기저기서 들려왔다. 밀라는 한 아이를 알아보았다. 앨버트의 손에 마지막으로 희생된 아이, 캐럴라인.

빈센트 클라리소는 피해자들을 치밀하게 연구하고 관찰했던 것이다.

"누구 나 좀 도와줄 사람 없어? 난 전자제품 다루는 건 영 소질이 없어서 말이야!" 그는 일시정지 버튼을 찾으려고 애쓰고 있었다.

그는 문 앞에 서 있던 밀라를 보자, 누군가가 자기 부탁에 관심을 기울여주었다는 사실에 만족해하다가, 갑자기 한 번도 본 적 없는 얼굴이라는 반응을 보였다. 밀라는 그가 뭐라고 말하기도 전에 옆방으로 옮겨갔다.

세 번째 방이 가장 중요한 곳이었다.

안에는 제법 높은 철제 테이블 하나가 놓여 있었고 각양각색의 포스트잇과 메모지 등으로 구성된 일종의 게시판이 벽 전체를 가득 차지하고 있었다. 마치 본부에 있는 생각의 방과 비슷한 분위기였다. 빈센트가 세워놓은 모든 계획이 상세하게 기록되어 있었다. 도로지도, 시간표, 이동장소, 데비 고든이 다녔던 학교의 평면도와 고아원 건물 평면도. 알렉산더 버먼의 자동차 등록증과 그의 출장 이동경로도 적혀 있었다. 이본 그레스와 두 자녀들의 사진을 비롯해 펠더가 기거했던 쓰레기 매립장 사진도 한 장 있었다. 조지프 B. 록포드에 관한 신문기사를 스크랩한 자료도 눈에 보였다. 납치되었던 여자아이들의 사진은 물론이었다.

철제 테이블에는 내용 파악이 불가능한 암호 같은 도표가 몇 장 올려져 있었다. 마치 작성 도중에 멈춘 듯한 느낌이 들었다. 연쇄살인범이 상상했던 대망의 피날레가 그 종이 어딘가에 숨겨져 있는 게 분명했다. 하지만 영원히 그 상태로 묻힐 가능성도 있었다.

밀라는 뒤를 돌아보다가 온몸이 얼어붙는 듯했다. 조금 전까지 그녀가 등지고 있던 벽면은 현장에서 한창 작업 중인 행동과학 수사팀, 즉 특별수사팀의 수사관들 사진으로 도배되어 있었기 때문이다. 밀라의 모습도 보였다.

'이제야 정말 제대로 된 괴물의 뱃속에 들어온 거군.'

빈센트는 수사관들의 모든 동선을 유심히 관찰하고 있었던 것이다. 하지만 그의 거처에서는 윌슨 피켓 사건이나 보리스와 연관 지을 뚜렷한 단서는 보이지 않았다.

"빌어먹을! 진짜 여기 좀 도와줄 사람 없는 거야?" 옆방에 있던 형사가 큰 소리로 투덜거렸다.

"무슨 일인데 그래, 프레드?"

누군가 결국 그를 도우러 왔다.

"아, 이거 도대체 뭘 보고 뭘 확인해야 하는 거야? 아니, 내용이 뭔지도 모르는 영상물을 어떻게 분류해야 하는 거냐고?"

"어디 봐……."

밀라는 사진으로 가득 찬 벽에서 시선을 돌리며 현장을 떠날 준비를 하고 있었다. 결과는 만족스러웠다. 그녀에겐 현장에서 발견된 증거물보다 현장에 없는 '증거물'이 더 큰 의미가 있었다.

그곳에는 벤자민 고르카와 연관된 내용이 전혀 없었다. 보리스 역시 마찬가지였다. 그것만으로 충분했다.

다섯 번째 시체의 단서를 잘못 해석한 결과였다. 아니면, 걸려들어도 아주 제대로 걸려들었던 것이다. 수사의 방향이 영 엉뚱한 곳으로 흘러가고 있음을 깨달은 빈센트 클라리소가 신시아 펄에게 전화를 걸어 뜬금없이 과거 사건을 캐물었다는 것이 바로 그 증거였다.

밀라는 그런 증거자료를 가져다 로시 경감을 설득하면, 오히려 그가 나서서 보강수사를 지시하고 보리스의 혐의를 벗겨줄 방법을 강구함과 동시에 테렌스 모스카의 공과를 다소 축소시킬 묘안을 짜낼 것이라는 확신이 들었다.

텔레비전이 있던 방을 지나치던 밀라는 무심코 화면을 들여다보았다. 프레드라는 형사와 동료가 도대체 무슨 내용인지 확인할 길 없었던 바로 그 화면이었다.

"이건 그냥 아파트잖아. 아파트가 아파트지, 뭐 어떻게 불러야 해?"

"그래, 좋다 이거야. 그런데 보고서에다 뭐라고 쓰냐고?"

"그냥 '장소 불명'이라고 써."

"그래도 되는 거야?"

"당연하지. 나중에 누가 알아서 찾아보겠지."

하지만 밀라는 그 장소를 알고 있었다.

두 형사는 문 앞에서 인기척을 느끼고 뒤를 돌아보았다. 밀라는 화면에 나오는 이미지에서 시선을 떼지 못하고 멍하니 서 있었다.

"뭐 필요한 거라도 있습니까?"

밀라는 아무런 대답 없이 발걸음을 옮겼다. 황급히 거실을 지나치면서 밀라는 주머니에서 휴대전화를 꺼냈다. 그리고 고란의 단축번호를 눌렀다.

그가 전화를 받았을 때, 밀라는 벌써 집 밖으로 나와 있었다.

"무슨 일이지?"

"지금 어디예요?"

밀라는 다급한 목소리로 말하고 있었지만 고란은 전혀 눈치채지 못하고 있었다.

"아직 사무실이야. 세라 로사 수사관의 딸아이 병원 방문건을 정리하느라고."

"당신 집에 지금 누가 있어요?"

고란은 순간 걱정스러운 목소리로 대답했다.

"루나 부인하고 토미. 왜 그러는데?"

"당장 집으로 가봐요!"

"왜 그러는 거야?"

고란은 근심스럽게 다시 물었다.

밀라는 모여 있는 경찰들 틈바구니를 뚫고 나갔다.

"빈센트 클라리소의 집에 당신 아파트를 촬영해놓은 비디오가 있었어요!"

"그게 무슨 소리야? 비디오라니?"

"당신 집을 답사했다는 말이에요. 만약 공범이라도 있다면요?"

고란은 순간 아무런 말도 할 수 없었다.

"지금 현장에 있는 거야?"

"네."

"자네가 나보다 더 가까운 거리에 있어. 테렌스 모스카 팀장에게 경관 두 명만 붙여달라고 해서 우리 집으로 먼저 가줘. 난 일단 루나 부인에게 전화해서 문단속을 철저히 하라고 알릴 테니까."

"그럴게요."

밀라는 전화를 끊고 모스카 팀장에게 사정을 설명하기 위해 다시 발걸음을 되돌렸다.

'제발 많은 걸 캐묻지는 않았으면 좋겠는데⋯⋯.'

42

"밀라, 루나 부인이 전화를 받지 않아!"

시간은 동이 틀 무렵이었다.

"걱정 마요. 지금 거의 다 왔어요."

"나도 지금 가는 중이야. 몇 분 뒤면 도착해."

경찰차를 운전하는 경관은 고요한 주거지의 도로에서 타이어가 터질 듯한 마찰음을 내며 차를 세웠다. 동네 사람들은 한창 단잠에 빠져 있을 시간이었다. 단지 새들만이 주변의 나무와 창틀에 앉아 새날을 반기고 있을 뿐이었다.

밀라는 건물 정문으로 다급하게 뛰어갔다. 여러 차례 인터폰 벨을 눌러보았지만 아무도 받지 않았다. 밀라는 이웃집 벨을 눌렀다.

"누구세요? 무슨 일입니까?"

"죄송하지만 경찰에서 나왔습니다. 여기 정문 좀 열어주시겠습니까?"

문은 그 즉시 열렸다. 밀라는 황급히 계단을 뛰어올라 3층으로 향했다. 두 명의 경관도 그녀의 뒤를 따랐다. 그들은 신속한 이동을 위해 승강기를 이용하지 않았다.

'제발 아무 일도 없어야 하는데……. 아이만큼은 무사해야 할 텐데……'

밀라는 이미 오래전에 결별을 고했던 신이란 존재를 불러내 속으로 기도했다. 니클라 파파키디스라는 중개인을 통해 그녀를 감옥에서 구해준 신이었지만 밀라는 그 신을 외면했었다. 신앙을 지켜가기엔, 자신보다 더 불운한 아이들을 너무나 많이 보아왔기 때문이다.

'다시는 이런 일이 없어야 해. 더 이상 이런 일이 일어나선 안 된다고……'

3층에 도착하자 밀라는 세차게 문을 두드렸다.

'루나 부인이 잠귀가 어두워서 못 듣는 걸 거야.' 밀라는 그렇게 생각했다. '이제 일어나서 문을 열어줄 거야. 다 잘될 거라고……'

하지만 달라지는 건 없었다.

경관 하나가 밀라에게 다가섰다.

"강제로 열고 들어갈까요?"

대답할 틈도 없이 헐떡이던 밀라는 간신히 고개만 끄덕였다. 밀라는 두 명의 경관이 뒤로 물러섰다 동시에 발로 문을 걷어차는 광경을 지켜보았다. 문이 활짝 열렸다.

정적이 감돌았다. 하지만 정상적인 적막감은 아니었다. 사위를 억누르는 듯한 절대 침묵이었다. 생명이 느껴지지 않는 그런 분위기.

밀라는 권총을 꺼낸 다음 경관보다 앞장서서 들어갔다.

"루나 부인!"

그녀의 목소리가 온 집안에 울려 퍼졌지만 아무런 대답도 들려오지 않았다. 밀라는 두 경관에게 흩어져서 찾아보라는 수신호를 보냈다. 밀라는 서서히 침실로 다가갔다.

권총 손잡이를 붙들고 있는 오른손이 부들부들 떨리고 있었다. 두 다리는 무거워지고 얼굴 근육이 바짝 경직되었다. 두 눈마저 화끈거렸다.

밀라는 토미의 침실 앞에 다가섰다. 문은 열려 있었다. 밀라는 살짝 문을 밀고 방 안을 확인해보았다. 덧창은 내려와 있었지만 탁자에 올려놓은 피에로 모양의 취침등이 빙글빙글 돌아가면서 서커스단의 동물 형상을 벽에 비춰주고 있었다. 벽 쪽으로 붙은 침대 위에는 이불을 뒤집어쓰고 있는 어린아이의 형체가 보였다.

태아처럼 모로 누워 있는 자세였다. 밀라는 조용히 다가갔다.

"토미." 밀라는 나지막이 아이를 불렀다. "토미, 일어나 볼래……."

하지만 아이는 움직이지 않았다.

침대 가까이 온 밀라는 권총을 취침등 옆에 내려놓았다. 기분이 이상해졌다. 이불을 들춰보고 싶지 않았다. 이미 직감한 사실을 다시 두 눈으로 확인할 자신이 없었기 때문이다. 모든 걸 다 때려치우고 그 방에서 당장 뛰쳐나가고 싶었다. 또다시 그런 상황을 맞닥뜨리고 싶지 않았다. 그 빌어먹을 저주 같은 상황을! 너무나 많이 지켜봐야 했기 때문이다. 그리고 이제는 매번 그런 식으로 끝나지 않을까 두려웠기 때문이다.

하지만 밀라는 죽을힘을 다해 이불을 향해 손을 뻗었다. 그리고 한 귀퉁이를 붙잡고 확 잡아당겼다.

밀라는 이불자락을 손에 쥐고 한동안 멍하니 눈앞에 펼쳐진 광경을 바라보았다. 행복에 겨운 표정을 한 곰인형이 가만히 누워 밀라를 향해 미소를 짓고 있었기 때문이다.

"죄송합니다만……."

어안이 벙벙했던 밀라는 깜짝 놀랐다. 경관 두 명이 문 앞에 서서 그녀를 지켜보고 있었던 것이다.

"저쪽에 자물쇠로 잠긴 방이 하나 있습니다."

밀라가 그들에게 강제로 열어보라고 명령하려던 찰나, 집으로 들어오며 아들의 이름을 부르는 고란의 목소리가 들렸다.

"토미! 토미!"

밀라는 방에서 나와 고란에게로 갔다.

"토미는 방에 없어요."

고란은 망연자실한 표정이었다.

"없다니? 방에 없다니? 그럼 어디 있는 거야?"

"저기 자물쇠가 채워진 방이 있는데, 원래 그런 건가요?"

혼란과 공포에 사로잡힌 고란은 무슨 말인지 알아듣지 못했다.

"뭐라고?"

"자물쇠가 채워진 방이……."

범죄학자는 순간 동작을 멈췄다.

"자네도 들었어?"

"뭘요?"

"토미야……."

밀라는 무슨 말인지 이해할 수 없었다. 고란은 밀라를 밀어 젖히고 부리나케 자신의 서재로 달려갔다.

마호가니 책상 아래서 자신의 아들을 발견한 고란은 눈물을 참을 수 없었다. 그는 책상 밑으로 엎드려 아들을 품 안으로 꼭 끌어안았다.

"아빠, 무서웠어요……."

"그래, 아빠도 알아. 이제 다 끝났어. 이제……."

"루나 아줌마는 집에 가셨어요. 일어나 보니까 아무도 없었어요……."

"대신 아빠가 있잖아. 그렇지?"

밀라는 문턱에 서서 들고 있던 권총을 집어넣고 있었다. 책상 아래 웅크리고 앉은 고란이 뭐라고 중얼거리는 소리에 안심이 되었기 때문이다.

"아빠가 가서 아침식사로 먹을 거 갖고 올까? 뭐 먹고 싶지? 팬케이크는 어때?

밀라는 미소를 지었다. 광풍같이 일어났던 공포는 가라앉았다.

고란은 아들에게 한마디를 덧붙였다.

"이리 와. 아빠가 안아줄게."

밀라는 책상 밑에서 기어 나와 힘겹게 몸을 일으켜 세우는 범죄학자, 고란 게블러 박사를 쳐다보았다.

하지만 그의 품속에는 아이가 보이지 않았다.

"아빠 친구를 소개시켜 줄게. 이름은 밀라야."

고란은 밀라가 아들의 마음에 들기를 바랐다. 평소 같았으면 낯선 사람을 보고 거부반응을 일으켰을 아들이었다. 그런데 이번에는 토미가 아무런 말도 하지 않았다. 그저 앞에 서 있는 여자의 얼굴을 바라볼 뿐이었다. 고란은 밀라의 반응을 유심히 살폈다. 그녀가 울고 있었기 때문이다.

아무런 대책도 없이, 하염없이 눈물만 흘러내렸다. 하지만 이번만큼은 달랐다. 눈물샘을 자극한 고통은 신체의 기계적인 반응이었다. 인위적으로 살갗에 낸 상처와는 아무런 상관이 없었다.

"무슨 일이야? 왜 그러는 거야?" 고란은 마치 품속에 뭔가 무거운 걸들고 있는 사람처럼 행동하며 물었다.

밀라는 도무지 뭐라고 대답해야 할지 몰랐다. 연기를 하고 있는 분위기가 전혀 아니었기 때문이다. 고란은 정말로 자신이 아들을 품 안에 안고 있다고 여겼다.

뒤늦게 합류한 두 경관은 놀란 표정으로 그들을 바라보다가 조치를 취하려 했다. 밀라는 그들에게 움직이지 말라는 신호를 보냈다.

"내려가서 기다리세요."

"하지만 저흰……."

"내려가서 서에 전화를 걸어주세요. 그리고 당장 스턴 수사관을 이리

보내달라고 말해주세요. 혹시 총소리가 들리더라도 걱정하지 마시고요. 쏴도 내가 쏘게 될 테니까."

두 경관은 마지못해 시키는 대로 따랐다.

"왜 그러는 거야, 밀라?"

고란의 목소리에는 자기방어의 느낌이 전혀 느껴지지 않았다. 그는 자신이 손도 쓰지 못하고 아들을 잃을까 봐 정말로 두려움에 떨고 있었던 것이다.

"왜 스턴 수사관을 이리로 부른 거야?"

밀라는 검지를 들어 그의 입술 위에 올려놓았다. 더 이상 아무 말도 하지 말라는 뜻이었다.

그러고는 서재에서 나왔다. 밀라는 자물쇠가 채워진 방으로 향했다. 권총을 꺼내 방아쇠를 당기자 자물쇠가 산산조각이 났다. 밀라는 문을 발로 차고 들어갔다.

방은 어두웠다. 그리고 부패할 때 발생하는 가스 냄새가 났다. 침대 위에는 두 구의 시신이 놓여 있었다.

성인, 그리고 그보다 작은 아동.

검게 퇴색된 뼈 주위에는 아직도 천쪼가리처럼 군데군데 살점이 붙어 있었다. 두 시신은 서로 얼싸안은 자세였다.

고란이 뒤따라 그 방으로 들어왔다. 그는 악취를 느꼈다. 그리고 두 시신을 쳐다보았다.

"이런, 세상에⋯⋯." 그는 자신의 침실에서 발견된 두 구의 시신이 누구의 것인지 의아해하며 말했다.

그러고는 토미가 들어오지 못하게 하려고 다시 복도로 나왔는데⋯⋯. 토미의 모습은 보이지 않았다.

그는 다시 침대로 시선을 돌렸다. 아이의 시신. 순간, 진실은 무자비하게 그의 정면을 강타했다. 모든 기억이 되돌아왔다.

밀라는 창가에 앉은 고란을 발견했다. 그는 밖을 내다보고 있었다. 계속해서 이어지던 눈비 끝에 찬란한 태양이 모습을 드러내기 시작했다.

"바로 이거였어요. 앨버트가 다섯 번째 여자아이를 통해 말하려고 했었던 게."

고란은 아무런 대답도 하지 않았다.

"그리고 당신은 초점을 보리스에게로 돌렸던 거고요. 테렌스 모스카 팀장에게 어떻게 가야 할지 살짝 귀띔만 해주면 그만이었을 테니까. 그의 가방 속에서 봤던 윌슨 피켓 사건 파일은 당신이 직접 건네준 거였어요……. 고르카 사건과 관련된 증거품을 손댈 수 있는 사람도 당신이었고요. 그래서 증거물 보관소에서 레베카 스프링거의 속옷을 훔쳐 가택 수색이 진행되기 전에 보리스의 집에 갖다놓았던 거고요."

고란은 고개를 끄덕였다.

숨을 쉴 때마다 깨진 유리조각을 폐 속에서 건져 올리는 것처럼 고통스러웠다.

"왜 그랬던 거예요?" 밀라는 목 끝에서 막혀 겨우 들릴 듯 말 듯한 소리로 물었다.

"집을 나갔던 아내가 다시 돌아왔기 때문이었어. 그런데 집으로 돌아온 게 아니었기 때문이었지. 내가 사랑할 수 있는 유일한 존재를 빼앗아가려고 왔기 때문이었다고. 그리고 그 '유일한 존재'도 아내를 따라나서겠다고 했기 때문이었어."

"하지만 왜……?" 밀라는 눈물을 삼키며 되물었다. 눈물은 그치지 않고 하염없이 흘러내렸다.

"어느 날 아침, 잠에서 깨어났는데 부엌에서 나를 부르는 토미의 목소리가 들리는 거야. 그래서 부엌으로 가봤더니 평소처럼 식탁에 앉아 있더라고. 내게 아침을 먹겠느냐고 묻는데, 너무나 행복했어. 그 순간부터, 아이가 없다는 걸 완전히 망각하게 된 거야……."

"왜 그렇게 한 거예요, 왜?" 밀라는 애원하듯 물었다.

"왜냐하면 난 아내와 아들을 너무 사랑했거든."

그 말과 함께, 밀라가 붙잡을 틈도 없이 고란 게블러 박사는 창을 열고 허공으로 몸을 던졌다.

43

그녀는 항상 조랑말 한 마리만 있었으면 하고 바랐다.

얼마나 부모님을 졸라댄 끝에 말을 선물받았었는지 그때의 기억이 생생히 남아 있다. 가족이 살던 집은 말을 키울 마땅한 공간이 없었다. 뒷마당은 너무 비좁았고 헛간 옆으로 남아 있는 작은 땅뙈기는 할아버지가 가꾸는 텃밭이 차지하고 있었다.

그럼에도 불구하고 그녀는 고집을 꺾지 않았다. 부모님은 딸아이가 결국엔 터무니없는 꿈을 포기하리라 생각했지만 그녀는 매년 생일마다, 그리고 매해 크리스마스 때마다 산타 할아버지에게 보내는 편지에 똑같은 선물을 요구했다.

밀라가 21일에 달하는 납치생활 끝에 괴물의 뱃속에서 빠져나와 세 달에 걸친 입원 기간을 무사히 마친 뒤 집으로 돌아왔을 때, 흰색과 밤색이 어우러진 환상적인 조랑말 한 마리가 마당에서 그녀를 기다리고 있었다.

드디어 소원을 성취한 것이다. 하지만 마음껏 즐길 수는 없었다.

아빠는 조금이라도 싼값에 조랑말을 구하기 위해 그나마 없는 지인들에게 갖은 부탁을 해야 했다. 그녀의 가족은 경제적으로 넉넉한 형편이 아니었기에 항상 희생을 감수하고 근검절약을 철칙으로 삼았었다. 그런 경제적인 이유 때문에 외동딸 밀라 외에는 더 이상 아이를 낳을 수도 없었던 것이다.

그녀의 부모는 밀라에게 남동생이나 여동생을 만들어줄 수 없었다. 대신 조랑말 한 마리를 사주었다. 그런데 막상 말이 생기자 전혀 행복하지 않았다.

몇 년을 그렇게 바라고 고대했던 선물이었는데도 말이다. 밀라는 시종일관 조랑말을 사달라는 말을 입에 달고 살았었다. 직접 말을 돌보고, 갈기에 리본도 달아주고 씻겨주는 상상을 하며 지냈었다. 고양이를 데려다가 강제로 말을 돌보듯 괴롭히기도 했었다. 그런 이유로 고양이 후디니가 밀라를 멀리하고 별로 좋아하지 않게 되었는지도 모를 일이었다.

조랑말이 어린아이들을 즐겁게 하는 이유는 딱 한 가지였다. 조랑말은 어릴 때 그 모습 그대로, 더 이상 성장하지 않는다는 것. 그건 한없이 부러운 조건이었다.

그런데 자유의 몸이 된 뒤, 밀라는 어서 빨리 어른이 되고 싶다는 마음밖에 없었다. 자신에게 일어났던 그 사건에서부터 멀리 떨어지고 싶었기 때문이다. 운이라도 좋으면 영영 기억에서 지워버릴 수도 있을 것 같았다.

하지만 더 이상 자랄 수 없는 한계를 지닌 조랑말은 밀라에겐 시간과의 타협일 뿐이었고, 도저히 그런 상황을 받아들일 수 없었다.

살아 있다기보다는 거의 죽은 상태에 가까웠던 밀라가 스티브의 지하실에서 바깥세상으로 나오던 날, 밀라에겐 새로운 삶이 시작되었다. 왼팔의 재활을 위해 세 달간의 입원 기간을 거친 뒤 밀라는 이 세상에 대한 믿음을 처음부터 다시 쌓아 올려야 했다. 집에서 보내는 일상뿐만 아니라 감정의 기복에도 다시 익숙해져야 했다.

악마의 구렁텅이로 빠져들기 전까지만 해도, 손가락을 찔러 피를 나누는 의식을 함께 했던 가장 절친했던 친구, 그라시엘라는 사건 이후 밀라를 다른 사람처럼 대했다. 하나 남은 껌을 반씩 나누어 씹었고, 서로 보는 앞에서 소변을 봐도 창피하지 않았고, 남자아이들과 경험하기 전에 실전연습 차원에서 서로 진한 키스를 해도 아무렇지 않았던 예전의 그 친구가 하루아침에 달라져 버렸던 것이다. 정말이지, 그라시엘라는 다른 사람처럼 굴었다. 미소를 짓는 얼굴로 자신을 대했지만 언제나 경직된 표정이었다. 계속 그렇게 웃다간 양 볼이 모두 굳어버릴지도 모른다는 걱정이 들 정도로 가식적이었다. 그라시엘라는 억지로 친절한 척했고, 욕도 일절 하지 않았다. 불과 얼마 전까지만 해도 밀라라는 이름으로 부른 적이 없는 그라시엘라였다. 두 아이들은 서로를 '늙은 암소' 내지는 '주근깨투성이 왈가닥'이라는 별명으로만 부르며 지냈었다.

녹슨 못을 가지고 손가락에 피를 내면서까지 서로의 우정만큼은 변치 말자고, 남자친구나 약혼자 때문에라도 서로에게 등을 돌리지 말자고 굳게 맹세까지 한 사이였다. 하지만 둘 사이에 영원히 메울 수 없는 골이 생기기까지는 몇 주만의 시간으로도 충분했다.

곰곰이 생각해보면, 손가락의 상처는 밀라에게 최초의 상처였던 것이다. 하지만 그 상처가 완전히 아물었을 때가 더 아팠다.

'더 이상 날 화성인 취급하지 말라고!' 밀라는 세상을 향해 그렇게 외치고 싶었다. 그런 표정으로 자신을 바라보는 사람들에게도 똑같이 말해주고 싶었다. 참을 수가 없었다. 밀라가 지나갈 때마다 사람들은 고개를 푹 숙이고 입술을 굳게 닫았다. 심지어 학교에서도, 특별히 무얼 잘하는 학생은 아니었음에도 모든 잘못이 너그럽게 용서되었다.

밀라는 가식적인 남들의 태도를 더 이상 참을 수 없었다. 마치 야심한 시각에 방영하던 흑백영화 속 주인공이 된 듯한 느낌이었다. 영화 속 배경은 모든 지구인들이 화성인의 복제인간이 되어버린 세상. 하지만 어딘지 모를 따뜻한 동굴에 머물고 있었던 탓에 유일하게 생존한 지구인이 된 밀라.

그렇게 된 배경에는 두 가지 가능성이 있었다. 첫째, 세상이 정말로 뒤바뀌어버렸을 가능성. 둘째, 21일에 걸친 감금기간 동안 괴물이 정말 밀라에게 새로운 삶을 '선사'했을 가능성.

밀라의 주변에는 당시의 사건에 대해 언급하는 사람이 아무도 없었다. 마치 거품 속에 갇혀 사는 듯 밀라를 대했다. 그녀가 유리라도 되는 듯, 언제라도 순식간에 깨져버릴 수 있다는 듯 조심스레 대했다. 그들은 거짓말 같은 세상 속에서 시달렸던 밀라가 진정 원하는 것은 그저 진정성 하나라는 사실을 이해하지 못했다.

11개월이 지난 후, 스티브에 대한 재판이 시작되었다.

밀라는 오랫동안 그 순간을 기다렸다. 신문과 텔레비전에서 온통 그 사건에 대해 떠들고 있었지만 밀라의 부모는 딸아이가 그 소식을 접하지 못하도록 애를 썼다. 밀라를 보호하기 위해서라고 했다. 하지만 밀라는 틈만 나면 몰래 뉴스를 보고 신문을 읽었다.

린다와 밀라는 법정에서 증언을 해야 했다. 검사는 밀라에게 많은 기대를 걸고 있었다. 같이 잡혀 있었던 린다는 자신을 감금했던 납치범을 여전히 변호해주고 있었기 때문이다. 태연자약하게 앉아 있던 그놈을. 게다가 자신을 글로리아로 불러달라고 했다. 의사들은 린다가 심각한 착란증세를 보인다고 했다. 그래서 스티브를 꼼짝 못하게 하기 위해선 밀라의 증언이 결정적이었다.

체포된 뒤 여러 달이 흐르면서 스티브는 심신미약자로 보이기 위해 별별 수단을 다 동원했다. 특히, 가상의 공범이 있었다는 이론을 꾸며내고는 자신은 그의 명령을 따랐을 뿐이라고 항변했다. 거기다가 린다에게 들려주었던 이야기도 끌어들였다. 프랭키라는 사악한 인간이 있었다고. 하지만 검찰 측에서 그 이름은 스티브가 어렸을 때 키웠던 거북이 이름임을 밝혀내자, 그에 관한 증언은 완전히 신빙성을 잃고 말았다.

그런데도 사람들은 그의 이야기를 믿고 싶어 했다. 스티브는 괴물로 취급하기엔 너무나 '멀쩡해' 보였기 때문이다. 평범한 자신들과 너무나 닮은꼴이었기 때문이다. 역설적이게도 그의 뒤에서 누군가가 조종하고 있다는 생각, 정체를 알 수 없는 미지의 인물이자 정말로 사악한 존재가 있다는 생각이 오히려 그들을 안심시키는 결과를 가져왔던 것이다.

밀라는 자신에게 쏟아지는 원망은 모두 스티브의 잘못이고, 자신을 그 지경으로 만든 것 역시 스티브였다는 사실을 입증해 보이겠다는 결연한 의지로 법정에 섰다. 스티브를 감옥에 보낼 수 있다면, 그때까지 완강히 거부했던 불쌍한 피해자 역할을 완벽하게 해낼 자신도 있었다.

밀라는 증인석에 앉아 수갑을 찬 채 창살 속에 앉아 있던 스티브를 정면으로 노려보았다. 그를 똑바로 노려보며 모든 증언을 마치리라는 다짐이었다.

하지만 그를 쳐다보는 순간 전혀 예상하지 못했던 감정의 벽에 부딪히고 말았다. 목까지 단추를 채운 초록색 죄수복은 피골이 상접한 그에게 너무 커서 헐렁거렸고, 수갑을 찬 두 손은 뭔가를 받아 적으려던 순간 부들부들 떨고 있었으며, 자신이 직접 깎은 머리는 한쪽만 길게 남은 모양새였다. 어이없게도 측은한 감정이 들었다. 그 비루한 인간에 대한 분노와 함께 불쌍하다는 생각이 들었던 것이다. 왜냐하면 스티브가 그런 느낌이 들게 만들었기 때문이다.

그때가 밀라에겐 다른 인간을 보며 감정을 이입하고 공감하고 느낄 수 있었던 마지막 순간이었다.

고란 게블러의 비밀을 알게 된 순간, 밀라는 눈물이 터져 나왔다.

대체 왜?

잊혔던 기억이 되살아나며, 그 눈물이 바로 상대의 감정을 느끼는 눈물이라는 사실을 일깨워주었다.

갑자기 어딘가를 막고 있던 둑이 터져버린 듯 그간 느껴보지 못했던 실로 수많은 감정들이 봇물처럼 밀려들었다. '남들이 느끼는 게 이런 것이었구나.' 그런 생각까지 들 정도였다.

로시 경감이 현장에 도착했을 때, 밀라는 그가 자신의 화려한 이력도 이젠 끝이라는 생각을 얼마나 절실히 하고 있는지 느낄 수 있을 정도였다. 그는 가장 우수한 자신의 인적자원이라고 생각했던 전문가가 독이 든 요리를 자신에게 바쳤다는 생각에 몸서리를 치고 있었다.

테렌스 모스카는 확실한 승진 기회가 자신에게 찾아왔다는 기쁨과 함께 그 승진의 이유가 꺼림칙하다는 생각이 교차하는 표정이었다.

집 안으로 들어오는 스턴의 표정에서는 혼란스러움과 서글픔이 진하게 느껴졌다. 그 즉시, 스턴이 두 팔을 걷어붙이고 사태 해결에 나설 거라는 사실을 밀라는 절감했다.

감정이입.

아무것도 느낄 수 없었던 유일한 사람이 바로 고란 게블러였다.

밀라는 린다처럼 스티브가 파놓은 함정에 걸려들지 않았다. 그녀는 프랭키의 존재를 절대로 믿지 않았다. 대신 토미라는 어린아이가 그 집에 살고 있다고 믿었다. 분명 아이의 목소리를 들은 것 같았다. 아이의 아빠가 루나 부인이라는 사람에게 전화를 걸어 아이가 잘 지내는지를 묻고 몇 가지 부탁을 하는 걸 분명히 들었다. 심지어 아들을 재우는 고란의 모습을 보며 토미라는 아이를 직접 본 것 같은 착각이 들 정도였다. 그 모든 행동들. 밀라는 그의 행동을 도저히 용서할 수 없었다. 왜냐하면 자신을 멍청한 인간으로 만들어버렸기 때문이다.

고란 게블러는 12미터 아래로 추락하고도 목숨은 건졌다. 대신 집중치료실에 누워 생사의 기로를 오가는 상황이었다.

가택 수색이 이루어졌지만 형식적으로만 진행되었다. 집 안에는 오직 두 사람만이 남아 있었다. 임시로 사직서가 반려된 특별수사관 스턴과 밀라.

두 사람은 딱히 뭔가를 찾으려 하지는 않았다. 단지 그간 일어났던 일련의 사건들을 시간순으로 재배치할 뿐이었다. 고란 게블러처럼 침착하고 균형 잡힌 삶을 살았던 사람이 과연 어느 순간부터 살인을 계획했었을까? 그의 마음속에 언제부터 복수에 대한 충동이 싹트기 시작했을까? 언제부터 그 분노를 행동에 옮기기 시작했을까?

서재를 차지한 밀라는 스턴이 옆방에서 뭔가를 뒤적이는 소리를 듣고 있었다. 그동안의 경찰 생활을 통해 수없이 수색을 벌인 그였다. 그런 가택 수색을 통해 속속들이 드러나는 개인사의 단면은 정말 놀라울 정도였다.

고란이 자신의 생각을 정리하기 위해 숨어들었던 '은신처'를 뒤지면서 밀라는 어느 정도 거리를 유지하려고 애썼고, 세세한 것들을 비롯해 우연히라도 뭔가 중요한 사실을 드러내줄 고란의 작은 습관까지도 참고했다.

고란은 유리 재떨이에 클립을 보관해두었다. 연필은 직접 쓰레기통에 대고 깎아 썼으며 책상 위에는 사진이 들어 있지 않은 작은 액자를 올려두었다.

그 빈 액자는 밀라가 사랑할 수 있을 거라 생각했던 한 남자가 빠져들었던 심연의 입구였다.

밀라는 자신도 그 안으로 빨려 들어갈까 두려워 얼른 시선을 돌렸다. 그러고는 책상 서랍을 열어보았다. 안에는 서류 하나가 들어 있었다. 밀라는 종이 뭉치를 꺼내 이미 읽어본 자료들 위에 올려놓았다. 그런데 서랍에 든 뭉치는 조금 달라 보였다. 날짜로 보아 게블러가 실종된 소녀들에 대한 사건을 맡기 직전에 담당했던 내용이었기 때문이다.

문서자료 외에도 테이프 녹음자료까지 딸려 있었다.

밀라는 서류를 읽어보았다. 그리고 만약 들어볼 필요가 있다면 녹음

자료도 들어보겠다고 생각했다.

서류는 앨폰소 베린저라는 교도소장과 어느 검사가 주고받은 서신이었다. 그리고 오직 죄수번호로만 식별이 가능한 어느 수감자의 기이한 행동에 관한 내용이었다.

RK-357/9.

문제의 수감자는 몇 달 전, 한밤중에 한적한 어느 시골길에서 알몸으로 혼자 돌아다니다 순찰을 돌던 두 명의 경관에게 붙들려 왔다. 그런데 신분 확인을 완강히 거부했다. 지문 조회를 통해서도 전과기록이 나오지 않았다. 그런데 어느 판사가 그에게 법정모독죄를 적용해 수감시켜버렸다.

그는 지금도 형을 치르는 중이었다.

밀라는 녹음자료인 테이프를 손에 들고 과연 무슨 내용이 들어 있을까 상상해보았다. 겉면에는 단지 정확한 날짜와 시간만 적혀 있을 뿐이었다. 밀라는 스턴을 불러 자신이 방금 읽었던 내용을 간략하게 설명해 주었다.

"여기 교도소장이 쓴 부분을 들어보세요. '교정시설로 이송된 뒤부터, 죄수번호 RK-357/9번은 규율 위반 한 번 없이 수감시설 내부수칙을 모범적으로 따르고 있습니다. 게다가 혼자 있기를 좋아하는 성향이 있으며 사교성도 거의 없습니다. 바로 이런 이유들 때문에 그의 특이한 행동이 눈에 드러나지 않았었는데, 최근 교도관 한 명이 그의 행동에서 이상한 점을 발견했습니다. 죄수번호 RK-357/9번은 펠트 소재의 헝겊으로 자신이 만지는 모든 물건들을 닦을 뿐만 아니라 매일 자신의 체모를 주위 담고 있으며 수도꼭지나 변기 등도 사용할 때마다 광이 나도록 철저하게 소제하고 관리하고 있습니다.' 어떻게 생각하세요?"

"글쎄, 모르겠는걸. 우리 집사람도 약간 결벽 증세가 있긴 있어."

"그다음 내용을 들어보세요. '위생에 관한 극단적인 결벽증 환자라고 볼 수도 있지만 무슨 일이 있더라도 자신의 생체정보를 유출하지 않으려는 소행일 가능성이 농후한 것으로 사료됩니다. 따라서 죄수번호 RK-357/9번은 과거에 중죄에 해당하는 특정범죄를 저질렀으며 그로 인해 자신의 신분이 드러날 수 있는 DNA 정보 유출을 사전에 차단하려는 의도가 있다고 의심되는 바입니다.' 이거는요?"

스턴은 밀라의 손에 들려 있던 서류를 받아 들고 찬찬히 읽어보았다.

"11월에 일어난 일이라……. 뭐야? 그 뒤에 DNA 검사 결과 뭘 알아냈다는 내용은 없는 거야?"

"아마 강제로 DNA 테스트는 못할 거예요. 임의로 채취하는 것도 불가능할걸요. 헌법이 보장하는 재소자 권리를 침해하는 거라서요."

"뭘 하긴 했을까?"

"털이나 머리카락을 찾아내기 위해 감방을 급습하긴 했대요."

"독방에 수감시키고 있다고?"

밀라는 그와 관련된 내용을 찾아보기 위해 서류를 다시 훑어보았다.

"여기 있네요. 소장이 이렇게 썼어요. '해당 수감자는 오늘까지 다른 수감자와 공동으로 감방을 사용했으며, 그 덕분에 자신의 생물학적 정보를 감추는 일이 수월했던 것으로 여겨집니다. 따라서, 일차적 조치로 문제의 당사자를 2인실에서 독방으로 옮겼음을 알려드리는 바입니다.'"

"그래서 DNA 자료를 얻어냈다는 거야 뭐야?"

"이 자료만으로 보면 그 죄수가 교도관들보다 한 수 위에 있는 것 같네요. 독방에서조차 아무것도 발견할 수 없다는 걸 보면요. 하지만 혼잣말을 한다는 걸 포착하고 무슨 소리를 지껄이는지 확인하기 위해 도청장치를 설치했대요."

"근데 이게 게블러 박사하고 무슨 상관이 있었던 거지?"

"뭐, 전문가 의견을 듣고 싶었던 거겠죠. 저도 자세히는 모르겠어요……."

스턴은 잠시 생각에 잠겼다.

"그 테이프, 한번 들어보는 게 좋겠어."

두 사람은 서재의 탁자 위에 있는 낡은 녹음기 한 대를 쳐다보았다. 아마 게블러 박사가 평소에 자신이 적어놓은 수사 관련 내용을 녹음할 때 사용하던 것 같았다. 밀라는 테이프를 스턴에게 건넸고, 스턴은 테이프를 받아 녹음기로 향해 데크에 밀어 넣고 재생 버튼을 누를 참이었다.

"잠깐만요."

깜짝 놀란 스턴은 밀라를 돌아보았다. 그녀의 얼굴은 창백하게 질려 있었다.

"세상에!"

"무슨 일인데 그래?"

"이름요."

"무슨 이름?"

"여기 나온 문제의 수감자가 독방으로 이송되기 전까지 같은 방을 썼던 죄수 이름이……."

"이름이 뭐기에 그래?"

"이름이 빈센트예요……. 빈센트 클라리소."

44

앨폰소 베린저는 예순을 넘긴 나이였지만 훨씬 젊어 보였다.

얼굴 혈색은 모세혈관이 촘촘한 망을 형성한 듯 불그레했다. 웃음을 지을 때마다 두 눈은 쫙 찢어진 상처를 연상시키는 두 개의 선처럼 보였다. 그는 지난 25년간의 교도소장 생활을 마감하고 은퇴를 앞두고 있었다. 낚시광인 그의 사무실 한구석에는 언제나 낚싯대와 낚싯바늘, 그리고 미끼상자가 구비되어 있었다. 조만간 그의 유일한 소일거리가 될 물건들이었다.

주변 사람들은 베린저 소장을 선량한 사람으로 여겼다. 그가 소장으로 재임하는 동안 교도소에서는 심각한 폭력사건 한 건 없었다. 항상 수감자들을 인간적으로 대했고 교도관들 역시 무력을 사용하는 일이 거의 없었다.

앨폰소 베린저는 성서를 완독한 무신론자였다. 하지만 인생에 있어 두 번째 기회가 있다고 믿었고, 모든 개인은 간절히 원한다면 용서받을 수 있다고 입버릇처럼 말하곤 했다. 무슨 죄를 지었건 간에.

그는 성실한 사람이라는 평판을 얻었고 모든 사람과 화목하게 지냈다. 그런데 얼마 전부터 밤마다 불면증에 시달리기 시작했다. 부인은 은퇴가 다가와서 초조해진 거라고 말을 했지만 그게 아니었다. 그의 수면을 방해하는 것은 죄수번호 RK-357/9번이 누구인지, 그리고 그가 무슨 잔혹한 범죄를 저질렀는지도 모른 채 그냥 그렇게 풀어줄 수밖에 없다는 생각 때문이었다.

"도대체…… 이해할 수 없는 인간입니다." 독방으로 향하는 안전문을 넘어가며 그가 밀라에게 말했다.

"어떻게 이상한데요?"

"상상을 초월할 정도로 침착하고 냉정합니다. 수도를 끊어서 씻지 못하게 한 적도 있어요. 그런데도 헝겊으로 계속해서 닦는 겁니다. 그래서 그 헝겊도 압수를 했어요. 그랬더니 죄수복을 사용하지 뭡니까. 교도소 전용 식기만 사용하도록 했더니 음식을 아예 거부하더란 말입니다."

"그래서요?"

"그렇다고 굶어죽게 방치할 순 없지 않겠습니까! 우리가 취했던 모든 방법은 한마디로 끝없이 무장해제를 당한 셈이지요. 뭐, 좋게 표현하자면 끈질긴 결단력의 승리라고 해야 하나……."

"과학수사대 쪽은요?"

"꼬박 사흘 동안 감방을 조사했는데 DNA 테스트를 할 만한 증거자료를 확보하지는 못했습니다. 아니, 도대체 그게 가능하기나 한 건가 싶더군요. 인간이라면 누구나 매일 수천 개가 넘는 세포조직을 흘리게 됩니다. 속눈썹이라든지, 외피라든지……."

베린저 소장은 불운한 낚시꾼처럼 끝없는 인내심을 보여주었다. 그것만으로도 월척을 낚을 수 있기를 바라면서. 하지만 그런 끈기만으로는 충분하지 않았다. 그의 마지막 희망은 난데없이 찾아온 여자 형사였다. 그녀는 어느 날 아침 뜬금없이 찾아와 도저히 믿기지 않는 이야기를 들려주며 자신의 방문 배경을 설명했다.

두 사람은 긴 통로를 지나 하얀색으로 칠해진 철문 앞에 도착했다. 그곳이 바로 15호 독방이었다.

소장은 밀라를 쳐다보았다.

"자신 있으십니까?"

"사흘 후면 이 사람은 여기서 나가게 됩니다. 그러고 나면 아마 다시는 찾아내지 못할 겁니다. 그러니, 당연히 자신 있어야지요."

육중한 철문은 열리자마자 즉시 그녀의 등 뒤로 닫혔다. 밀라는 죄수
번호 RK-357/9번의 영역 안으로 한 걸음 가까이 다가갔다.

조지프 B. 록포드를 통해 간접적으로 실체를 경험한 니클라 파파키
디스의 설명과는 다소 상이한 인상착의였다. 다만, 눈빛만큼은 닮았다.
잿빛의 두 눈.

그의 체구는 왜소했다. 어깨는 좁고 쇄골이 불거져 나와 있었다. 오렌
지색 죄수복은 헐렁할 정도로 커서 소매와 밑단을 접어 입어야 했다. 머
리도 다 빠져 옆머리만 겨우 남아 있었다.

그는 쇠그릇 하나를 무릎에 얹은 채 침대에 앉아 있었다. 그리고 노
란색 천으로 그릇을 닦고 있었다. 침대 위 그의 옆에는 식기도구, 칫솔,
그리고 플라스틱 빗이 정리되어 있었다. 방금 전에 광이 나도록 닦은 듯
보였다. 그는 살짝 눈을 들어 밀라를 쳐다보았지만 계속해서 헝겊으로
그릇을 문질렀다.

밀라는 상대가 자신의 방문이유를 잘 알고 있다는 확신이 들었다.

"안녕하세요." 밀라가 먼저 말을 걸었다. "앉아도 될까요?"

그는 가볍게 고개를 끄덕이며 벽에 붙어 있는 스툴을 가리켰다. 밀라
는 자리에 앉았다.

지속적이고 규칙적인 헝겊의 마찰음만이 비좁은 감방을 메우는 유
일한 소리였다. 독방은 교도소 특유의 소음이 차단되는 곳이었다. 죄수
들의 외로움을 자극하기 위해서였다. 하지만 죄수번호 RK-357/9번은
전혀 개의치 않는 분위기였다.

"여기 있는 사람들이 당신의 정체를 너무나 궁금해합니다." 밀라는
말을 시작했다. "제가 보기엔 거의 집착에 가까운 것 같더군요. 뭐, 교도

소장님이 가장 그러시긴 하지만 말입니다. 아, 검찰 쪽도 마찬가지겠군요. 다른 죄수들은 당신을 두고 거의 전설 같은 이야기를 자기들끼리 수군거리고요."

그는 계속해서 침착한 표정으로 밀라를 바라보고 있었다.

"그런데 전 그게 궁금하지 않습니다. 답을 이미 아니까요. 당신은 우리가 앨버트라고 불렀던 장본인입니다. 우리가 뒤쫓았던 바로 그 사람."

남자는 아무런 반응도 보이지 않았다.

"알렉산더 버먼이 애용했던 소아성애자 소굴의 의자에 앉았던 사람, 고아원으로 찾아가 소년에 불과했던 로널드 더미스를 만났던 사람도 당신이었어. 당신은 펠더가 이본 그레스 일가를 무참히 토막 낼 당시, 그 현장에 있었어. 피가 튀기지 않았던 벽면에 당신의 윤곽이 고스란히 남아 있었지. 그리고 당신은 조지프 B. 록포드가 처음으로 살인이라는 행위를 경험할 때 그 폐가에 같이 있었어⋯⋯. 다들 당신의 제자들이라고 할 수 있겠지. 당신은 그들의 비열한 단면을 부추겼고, 그들의 사악한 마음에 불을 질렀어. 언제나 어둠 속에 가만히 앉은 채로 말이지⋯⋯."

남자는 단 한순간도 균형을 잃지 않고 규칙적으로 쇠그릇을 닦을 뿐이었다.

"그리고 대략 4개월 전쯤, 체포되기로 결심했던 거야. 고의적이었다는 건 의심의 여지가 없어. 당신은 감옥에서 빈센트 클라리소를 만났지. 감방 동기 말이야. 꼬박 한 달 동안 당신은 클라리소를 교육시켰어. 그가 형기를 마치기 전에 말이야. 그리고 클라리소는 출소하자마자 당신의 계획을 실천에 옮겨준 거야. 여섯 명의 여자아이들을 납치하고 왼쪽 팔을 자른 뒤 아무도 알아내지 못한 끔찍한 범죄자들의 존재를 알리면서 말이야. 빈센트 클라리소가 당신의 일을 대신해주는 동안 당신은 여기서 느긋하게 지내고 있었고. 그 누구도 당신의 범죄 사실을 의심할 수 없었지. 이 사각의 공간이 완벽한 알리바이가 돼주었으니까……. 하지만 당신이 완성하려고 했던 걸작은 고란 게블러 박사였어."

밀라는 주머니를 뒤적거려 범죄학자의 서재에서 찾아낸 카세트테이프 하나를 꺼내 그의 침대 위로 던졌다. 남자는 포물선을 그리며 자신의 왼쪽 다리 몇 센티미터 옆으로 떨어지는 테이프의 움직임을 눈으로 좇았다. 하지만 움직이지도, 피하려 들지도 않았다.

"게블러 박사는 한 번도 당신을 만난 적이 없어. 알지도 못하고. 하지만 당신은 그를 알고 있었어."

밀라의 심장박동이 점점 빨라지고 있었다. 분노, 적개심이 치솟고 있었다. 또 다른 감정 역시.

"당신은 여기 있으면서도 그와 접촉할 방법을 고안해냈어. 정말 천재적이야. 독방으로 옮겨오자 혼잣말을 하기 시작했어. 미친 사람처럼 말이지. 그러면 분명 도청장치를 설치해 당신이 말하는 내용을 녹음한 뒤 전문가에게 보낼 거라고 확신했던 거겠지. 어중이떠중이가 아닌 진짜 최고의 전문가한테로……."

밀라는 테이프를 가리키며 말을 이었다.

"나도 그걸 다 들어봤어. 몇 시간이고 계속해서……. 그냥 되는대로 지껄인 내용은 아니더라고. 그건 고란 게블러라는 인물을 향한 메시지였어. '죽여, 죽여, 죽여…….' 그는 당신의 메시지를 전해 들었던 거야. 그리고 아내와 아들을 살해했지. 그의 심리상태를 장악하는 과정은 정말 오랜 기간이 걸렸을 거야. 그런데 한 가지가 너무 궁금해. 도대체 당신, 어떻게 그럴 수 있었던 거지? 어떻게 그 모든 걸 가능하게 만들 수 있었던 거야? 정말 대단해."

남자는 상대의 빈정거림에 아무런 대꾸도 하지 않았다. 감정조차 드러내지 않았다. 오히려 그 뒷이야기가 궁금하다는 표정을 지어 보였다.

그는 여전히 그녀에게서 눈을 떼지 않고 쳐다보고 있었다.

"그런데 남들의 머릿속으로 들어가는 능력을 지닌 사람이 당신 혼자만은 아니야. 최근에 연쇄살인범들에 대해 많은 걸 배우게 됐어. 네 가지 부류로 나뉜다는 것도 말이야. 망상가, 선교자, 권력 추구형, 쾌락 추구형. 그런데 하나가 더 있더라고. 사람들은 그들을 '잠재의식 속의 연쇄살인범'이라고 불러."

밀라는 주머니를 다시 뒤적거려 네 번 접은 종이를 꺼내 펼쳤다.

"가장 유명한 게 찰스 맨슨이야. '맨슨 패밀리'로 하여금 시엘로 드라이브(Cielo Drive) 학살을 자행하도록 만들었지. 그런데 대단히 상징적인 사건 두 개가 또 있어." 밀라는 종이에 적힌 내용을 읽었다. "2008년, 후지마쓰라는 일본인은 인터넷 채팅으로 만난 전 세계 사람들 중 열여덟 명을 골라 밸런타인데이에 동시에 자살하게 만들었다. 자살자들은 나이, 성별, 경제적 여건, 사회적 배경 등이 전혀 다른 사람들로, 피해 남성이나 여성은 아무런 문제 없는 지극히 정상적인 시민으로 알려져 있었다." 밀라는 다시 남자를 향해 눈을 들어 올렸다. "도대체 어떻게 이 사람들을 전부 통제할 수 있었던 걸까? 지금도 여전히 미스터리로 남아 있어……. 하나가 더 있어. 아주 흥미로운 내용이지. '1999년, 오하이오 주의 애크런에 살고 있던 로저 블레스트란 사람은 여섯 명의 여성을 살해했다. 그는 체포 당시, 수사관들에게 루돌프 믹비라는 이름의 제삼자가 자신에게 그 행위를 권했다고 해명했다. 판사와 배심원은 그가 심신미약자로 판명받아 법망을 빠져나가려는 속셈이라고 판단, 약물 투입에 의한 사형을 선고했다. 2002년, 뉴질랜드에서는 글을 읽지 못하는 노동자 출신의 제리 후버라는 사람이 네 명의 여성을 살해한 뒤 경찰 조사에서 루돌프 믹비라는 이름의 제삼자가 자신에게 그 행위를 권했다고 해명했다. 당시 검찰 측 증인으로 나왔던 심리학자는 1999년 사건을 떠올리고—후버가 당시의 사건을 알 수 없다는 판단하에—조사 끝에, 그와 같은 직장의 동료 중에 루돌프 믹바라는 사람이 있었음을 발견했다. 그런데 그는 1999년, 오하이오 주 애크런에 거주하고 있었다.' 어떻게 생각해? 연관성이 보이나?"

남자는 아무런 대꾸도 하지 않았다. 쇠그릇은 반짝반짝 윤이 났지만 그는 여전히 만족스럽지 않은 듯했다.

"잠재의식 속의 연쇄살인범들은 실제로 범행에 가담하지 않아. 죄를 물을 수도 없고, 처벌도 불가능해. 찰스 맨슨의 경우, 재판과정에 약간의 트릭을 이용했어. 그래서 사형선고도 여러 차례의 무기형으로 감형되었고……. 일부 심리학자들은 심신이 미약한 사람들을 교묘히 조종하는 능력을 가진 당신 같은 인간들을 '속삭이는 자들'이라고 지칭하지. 난 '늑대'라는 말이 더 좋은데 말이야……. 늑대들은 떼로 몰려다니거든. 그리고 각각의 무리마다 우두머리가 있어. 그런데 종종 나머지 늑대들은 우두머리를 위해 대신 사냥을 하곤 하지."

죄수번호 RK-357/9번은 쇠그릇 손질을 마친 후 자신의 곁에 내려놓았다. 그러고는 두 손으로 무릎을 감싸 안고는 상대의 이야기가 이어지기를 기다렸다.

"그런데 당신, 당신은 정말 최고였어……." 밀라는 웃음을 지었다. "제자들이 벌인 범죄행각에 연루된 사실을 입증할 만한 증거를 하나도 남기지 않았거든. 당신을 꼼짝 못하게 할 증거가 없는 한, 당신은 또다시 자유의 몸이 되는 거야. 그건 그 누구도 막을 수 없을 테고 말이야."

밀라는 긴 한숨을 내쉬었다. 두 사람은 서로의 눈을 똑바로 쳐다보고 있었다.

"유감이야. 당신이 누구인지, 뭐 하는 사람인지, 당신의 정체가 알려진다면 당신은 유명해질 테고, 역사 속에 길이 남는 인물이 될 텐데 말이야. 농담 아니라고."

밀라는 그를 향해 몸을 기울이며 교묘하게 위협적인 어조로 말했다.

"어쨌든 난 네 정체를 알아내고 말 거야."

밀라는 자리에서 일어나 있지도 않은 먼지가 묻은 척, 양손을 털고 나갈 준비를 했다. 그러다 몇 초 정도의 시간을 남자에게 더 할애하기로 했다.

"그런데 마지막 제자가 모든 걸 망쳐버렸어. 빈센트 클라리소는 당신의 계획을 완벽히 실행에 옮기지 못했거든. 여섯 번째 아이는 죽지 않고 아주 잘 살아 있어. 즉, 너도 조만간 무너지게 될 거란 소리야."

밀라는 상대의 반응을 유심히 살폈다. 순간적으로, 상대의 표정에 미묘한 변화가 이는 것 같은 느낌을 받았다. 그 전까지는 절대 꿰뚫어볼 수 없는 표정이었다.

"그럼, 바깥세상에서 다시 보자고!"

밀라는 한 손을 건넸다. 그는 상대의 반응을 전혀 예상하지 못한 듯 살짝 놀란 기색이었다. 그는 한동안 밀라를 쳐다보았다. 그러고는 힘없이 팔을 들어 올려 상대와 악수를 나누었다. 축축한 손가락이 자신의 손바닥에 와 닿자, 밀라는 역겨운 반감이 치밀었다.

그는 미끄러지듯 악수한 손을 뺐다.

밀라는 그대로 등을 돌려 철문 앞에 섰다. 그리고 세 번을 두드리고 기다렸다. 어깨뼈가 위치한 곳에 여전히 그의 따가운 시선이 느껴졌다. 밖에 대기하고 있던 간수가 빗장을 푸는 장치를 작동시켰다. 문이 열리기 전, 죄수번호 RK-357/9번이 처음으로 입을 열었다.

"여자아이군." 그가 말했다.

밀라는 자신이 방금 잘못 들은 줄 알고 그를 향해 돌아보았다. 남자는 다시 헝겊을 주워 들고 다른 그릇을 꺼내 꼼꼼히 닦고 있었다.

밀라가 밖으로 나오자 철문이 다시 닫혔다. 베린저가 그녀를 기다리고 있었다. 크렙도 함께였다.

"어떻게 됐습니까…… 성공하신 겁니까?"

밀라는 고개를 끄덕였다. 그러고는 죄수와 악수를 나누었던 손을 내밀었다. 과학수사대의 전문가는 핀셋을 꺼내 들고 조심스럽게 그녀의 손바닥에서 얇은 투명막 하나를 분리시켰다. 거기에는 남자의 피부세포가 고스란히 묻어 있었다. 크렙은 정보를 온전히 보관하기 위해 즉시 알칼리 용액이 든 용기에 담았다.

"드디어 저 개자식의 정체를 밝히게 되겠군요."

9월 5일

청명한 하늘색을 두드러지게 해주는 흰 구름이 여기저기 떠다니고 있었다. 한자리로 모이면 태양의 흔적도 보이지 않게 꽁꽁 숨길 것 같았지만 구름들은 조용히 바람을 따라 흘러가고 있었다.

기나긴 계절이었다. 겨울은 중간 단계도 거치지 않고 어느 날 갑자기 여름에게 자리를 내주었다. 그리고 여전히 더운 날이 지속되었다.

밀라는 창문을 활짝 열고 머리칼을 흩날리는 산들바람을 느끼며 차를 몰고 있었다. 그녀는 머리를 길게 기르고 있었다. 최근 그녀의 삶에 나타난 여러 가지 변화 중 일부일 뿐이었다. 또 다른 변화는 복장이었다. 늘 입고 다녔던 청바지 대신 꽃무늬 치마가 그 자리를 대신하고 있었다.

옆자리에는 큼지막한 붉은 리본으로 포장된 상자 하나가 놓여 있었다. 아무런 고민 없이 고른 선물이었다. 왜냐하면 본능을 믿기 시작했기 때문이다.

밀라는 인생이란 예측 불가능한 것들로 가득하다는 사실을 새롭게 깨달았다.

그렇게 새롭게 달라진 삶이 아주 마음에 들었다. 하지만 문제는, 동시에 감정 곡선이 들쭉날쭉 변덕을 부리기 시작했다는 것이다. 한창 대화를 나누던 도중 갑자기 말문이 뚝 끊길 때가 있는가 하면, 한창 바쁜 와중에 느닷없이 울음이 터져 나오기도 하는 것이다. 별 이유 없이, 낯설고도 아련한 옛날이 그리워지기도 했다.

밀라는 때로는 파도처럼, 때로는 경련처럼 주기적으로 자신을 덮쳐오는 감정의 변화가 어디서 오는 걸까 한동안 궁금했었다.

그리고 이제는 그 이유를 알고 있다. 하지만 굳이 아이의 성별을 알고
싶지는 않았다.

"여자아이군."

밀라는 가급적 그 생각을 떠올리지 않으려 했다. 당시의 한마디를 잊
으려고 애썼다. 신경 써야 할 다른 일들이 많았기 때문이다. 우선 시도
때도 없이 갑작스럽게 식욕이 일었다. 그 덕에 보다 여성적인 몸매가 갖
춰지고 있었다. 그리고 역시 시도 때도 없이 화장실을 들락거리는 일이
발생했다. 마지막으로, 뱃속을 차는 귀여운 발길질을 몇 번 경험했다. 그
모든 변화 덕분에 밀라는 앞만 바라보고 사는 법을 배우게 되었다.

그럼에도 불구하고, 때때로 그녀의 마음은 어쩔 수 없이 지난 일들로
향했다.

죄수번호 RK-357/9번은 결국 그해 3월, 어느 화요일에 출소했다. 이
름도 없이.

밀라의 악수는 일단 성공적이었다. 크렙은 상피세포에서 DNA를 채
취해 가능한 모든 데이터베이스에 넣고 돌려보았다. 심지어 진행 중인
다른 사건에서 신원이 파악되지 않은 자료들까지 대조해보았다.

하지만 나오는 건 아무것도 없었다.

'아마 놈의 마지막 계획이 뭔지 알아낼 수 없어서 그런 걸 거야.' 밀라
는 그렇게 생각했다. 그러자 두려움이 엄습했다.

이름 없는 남자가 자유의 몸이 되자 경찰은 그를 지속적인 감시대상
으로 관리했다. 그는 사회보장 단체가 제공하는 거처에서 생활했고—운
명의 장난이었는지—대형 유통매장에서 청소 용역 직원으로 일하게 되
었다. 그는 경찰에서 알고 있는 것 이상의 정보나 단서를 절대 흘리는 법
이 없었다. 그렇게 시간은 흘러갔고 경찰의 감시망은 초기에 비해 느슨

해져 갔다. 관할 경찰서에서는 미행에 따라붙는 경관들에게 추가수당을 지불할 여유가 점점 줄어들기 시작했고, 자발적인 미행 업무에 지원하는 경관들도 겨우 몇 주 만에 포기하기 일쑤였다.

밀라 역시 계속해서 그를 눈여겨보았다. 하지만 그녀 역시 몰려오는 피로를 감당할 수는 없었다. 게다가 임신 사실을 알게 된 뒤로, 감시를 소홀히 하기에 이르렀다.

그러던 5월 중순의 어느 날, 그는 홀연 종적을 감추었다.

흔적은커녕 목적지를 유추할 만한 그 어떤 단서도 남기지 않고 사라졌던 것이다. 처음에 밀라는 분노를 참을 수 없었다. 하지만 이상하게도 자신이 안도하고 있다는 사실을 뒤이어 깨달았다.

실종된 사람들을 찾아다니는 여자 수사관의 마음속 한구석에서는, 그가 영영 사라져주기를 바라고 있었던 것이다.

주택단지로 가려면 방향을 틀어야 한다는 이정표가 눈에 들어왔다. 밀라는 시키는 대로 핸들을 꺾었다.

아름다운 곳이었다. 길가에 늘어선 나무들은 마치 누구 하나 차별하지 않겠다는 듯 똑같은 높이의 그늘을 만들어주었다. 비슷비슷하게 생긴 아담한 주택들이 앞마당에 아름다운 정원을 하나씩 두고 적당한 간격을 유지하며 붙어 있는 곳이었다.

스턴이 보내준 지도에 따르면 그녀의 눈앞에 보이는 분기점이 끝나는 곳에 위치한 집이었다. 밀라는 주변을 살펴보기 위해 속력을 줄였다.

"스턴, 도대체 어디예요?" 밀라는 그에게 전화를 걸었다.

스턴이 대답도 하기 전에 그를 발견한 밀라는 휴대전화를 든 손을 멀리서부터 흔들었다.

밀라는 스턴이 가르쳐준 장소에 주차한 뒤 차에서 내렸다.

"어떻게 지냈어?"

"입덧이 좀 있고 발이 퉁퉁 붓는다는 것, 그리고 소변 때문에 시도 때도 없이 화장실을 들락거린다는 것만 빼면 잘 지낸다고 해야 할 것 같은데요."

스턴은 밀라와 어깨동무를 했다.

"가자고. 다들 저 뒤에서 기다리고 있어."

정장에 넥타이 차림이 아닌 파란 면바지에 꽃무늬 셔츠를 가슴까지 풀어 헤친 그의 모습은 왠지 낯설게 느껴졌다. 언제나 달고 다니는 박하 드롭스만 아니었다면 아마 몰라볼 만큼 딴사람 같았다.

밀라는 스턴의 안내에 따라 정원으로 향했다. 그곳에는 전 특별수사관의 부인이 식탁을 차리고 있었다. 그녀는 뛰어와 밀라를 반갑게 맞아주었다.

"잘 지내셨어요, 마리? 얼굴이 좋아 보이시네요."

"당연히 그래야지. 하루 종일 집에서 나만 보고 있는데!" 스턴이 껄껄 웃으며 큰 소리로 대답했다.

마리는 남편의 등을 한 대 치며 말했다.

"가서 식사 준비나 신경 써요."

스턴이 소시지 구이와 옥수수 구이를 준비하러 바비큐 그릴을 향해 가는 동안 반쯤 빈 맥주병을 한 손에 든 보리스가 나타났다. 그는 밀라를 꼭 끌어안은 뒤 위로 번쩍 들어 올리며 말했다.

"이야, 살찐 것 좀 봐요!"

"누가 할 소린데요!"

"오는 데 얼마나 걸린 거예요?"

"어머, 내 걱정 해주는 거예요?"

"아니요. 기다리는 동안 얼마나 배가 고팠는데요."

모두들 웃음을 터뜨렸다. 보리스는 언제나 밀라를 배려해주고 걱정해주었다. 밀라 덕분에 감방 신세를 면한 것 때문만은 아니었다. 보리스는 최근 테렌스 모스카 팀장에게 발탁되어 승진한 뒤 사무 보는 일만 하느라 체중이 불어난 상태였다. 새롭게 경감 자리에 앉게 된 모스카는 자신의 '오류'를 말끔히 지우고 싶었고, 보리스에게 도저히 거절할 수 없는 제안을 했다. 로시는 수사가 공식적으로 종결된 뒤 자리에서 물러났다. 물론 언제나 그랬듯, 훈장 수여와 찬사를 포함한 퇴임식 같은 절차는 절대 빼놓지 않았다. 사람들은 그가 정치판에 뛰어들 거라고 생각했다.

"이런 멍청할 데가! 차에다 선물상자를 그냥 두고 왔네!" 밀라는 깜빡 잊었던 사실을 떠올렸다. "대신 가서 좀 가져다줄래요?"

"분부대로 하겠습니다."

보리스가 육중한 체구를 일으켜 세우자 나머지 손님들이 눈에 들어왔다.

휠체어에 앉은 샌드라는 벚나무 아래에 자리를 잡고 있었다. 소녀는 더 이상 걸을 수가 없었다. 병원에서 퇴원하고 한 달 뒤에 벌어진 일이었다. 의사들은 충격으로 인해 신경기능에 장애가 생겼다고 설명했다. 그래서 고강도의 재활치료를 받는 중이었다.

없어진 팔은 의수가 대신하고 있었다.

소녀의 옆에는 아빠, 마이크가 서 있었다. 샌드라에게 병문안을 갔을 때 처음으로 아이의 아빠를 만나게 되었다. 괜찮은 아빠였다. 비록 부인과 이혼한 사이였지만 애정과 헌신으로 세라 로사와 자신의 딸아이를 대했다. 세라 로사 역시 그들과 함께 있었다. 그녀는 많이 달라진 모습이었다. 수감생활을 하면서 살도 빠졌고 머리는 어느새 백발이 되어 있었다. 그녀에게는 7년이라는 제법 중형이 선고되었다. 게다가 경찰에서 강제 해임되었고 퇴직연금까지 취소되었다. 그녀는 특별휴가를 얻어 그 자리에 참석할 수 있었다. 조금 떨어진 곳에 서 있던 도리스가 밀라의 시야에 들어왔다. 도리스는 세라 로사를 대동한 교도관이었다. 그녀는 밀라에게 고개를 숙여 인사를 건넸다.

세라 로사는 밀라를 보자 그녀에게 다가왔다. 애써 웃음을 지으려는 표정이었다.

"어떻게 지내? 견딜 만해?"

"가장 불편한 건 옷 고르는 거예요. 도대체 걷잡을 수 없이 몸이 불어나더라고요. 그럴 때마다 옷을 살 만큼 벌이는 시원치 않거든요. 이러다간 앞으로 잠옷차림으로 외출해야 할지도 모르겠어요!"

"경험해봐서 하는 말인데, 지금 이 순간을 즐기라고. 끔찍한 건 그 뒤에 시작될 테니까. 태어나서 한 3년간, 진짜 샌드라 때문에 잠을 제대로 자본 적이 없었어. 안 그래, 마이크?"

마이크는 고개를 끄덕였다.

그들은 이전에도 몇 번 만날 기회가 있었다. 하지만 그 누구도 밀라에게 아이 아빠가 누군지 물어보지 않았다. 그녀가 고란의 아이를 뱃속에 품고 있다는 사실을 알았다면 과연 어떤 반응을 보였을까?

문제의 범죄학자는 여전히 혼수상태에 빠져 있었다.

밀라는 딱 한 번 그를 보러 갔었다. 유리창 너머로 지켜보았지만 몇 초 이상 그를 쳐다볼 수 없었기에 도망치듯 뛰어나왔다.

그가 허공으로 몸을 던지기 전에 남겼던 마지막 말은, 자신이 아내와 아들을 죽인 이유는 '그들을 너무나 사랑했기' 때문이라는 말이었다. 사랑이라는 이름으로 사악한 행위를 정당화하려는 사람들이 언제나 빼놓지 않고 하는 말이었다. 밀라는 그 말을 받아들일 수 없었다.

언젠가 고란은 그런 말을 했었다. "누군가를 자주 접하다 보면, 그 사람에 대해 잘 알고 있다는 생각이 들지만 알고 보면 아는 게 하나도 없는 법이지……"

고란이 자신의 아내를 염두에 두고 했던 말이라고 밀라는 생각했었다. 그리고 그저 평범한 진리일 뿐, 그것이 그의 생각과 직접 관련이 있으리라고는 전혀 생각하지 못했었다. 그가 했던 말을 자신이 직접 체험하기 전까지는. 그 누구보다도 그 말을 이해해야 했던 건 그녀였다. 그에게 이런 말을 던졌던 그녀였으니까. "왜냐하면 제가 바로 그 어둠 속에서 걸어 나온 사람이거든요. 그리고 가끔씩, 그 어둠 속으로 다시 들어가야 하고요."

고란 역시 수시로 그 어둠 속에 빠져들었었다. 그런데 어느 날, 거기서 나와 보니 뭔가가 그를 따라붙었던 것이다. 절대로 떼어낼 수 없었던 뭔가가.

보리스가 그녀에게 선물상자를 가져다주었다.

"왜 이렇게 오래 걸렸어요?"

"고물차 문 닫는 게 쉽지 않았다고요. 차 좀 바꿔요."

밀라는 상자를 받아 샌드라에게 건네주었다.

"생일 축하해!"

그녀는 몸을 숙여 샌드라를 안아주었다. 소녀는 밀라를 볼 때마다 즐거워했다.

"엄마하고 아빠가 아이팟을 선물해주셨어요."

샌드라는 아이팟을 꺼내 보였다. 밀라는 그걸 보며 말했다.

"이야, 멋진걸! 거기다가 추억의 록 음악만 채워 넣으면 되겠구나."

마이크는 밀라와 생각이 달랐다.

"전 모차르트가 나을 것 같은데요."

"그럼 전 콜드플레이로 채울래요." 샌드라가 말했다.

그들은 모두 같이 밀라의 선물상자를 열어보았다. 예쁜 주름과 다양한 단추 장식이 달린 벨벳 재킷이었다.

"우와!" 샌드라는 유명 디자이너 상표를 보자 탄성을 질렀다.

"그 '우와'는 마음에 든다는 소리니?"

소녀는 함박웃음을 지으며 고개를 끄덕였다. 그러면서도 옷에서 눈을 떼지 못했다.

"이제, 식사합시다!" 스턴이 외쳤다.

모두들 정자 그늘에 있는 식탁으로 모여 앉았다. 밀라는 스턴과 부인이 마치 갓 연애를 시작한 젊은 커플처럼 수시로 손을 잡고, 눈을 맞춘다는 사실을 깨달았다. 그런 모습이 조금 부러워 보였다. 세라 로사와 마이크는 딸아이에게 부끄럽지 않은 모범적인 부모의 역할을 다하고 있었다. 마이크는 전 부인인 세라에게도 각별한 애정을 과시했다. 보리스는 시종일관 웃기는 이야기들을 쏟아냈고 그 덕에 모두가 함께 웃음꽃을 피울 수 있었다. 도리스 교도관은 너무 웃다가 입안에 있던 음식물을 씹지도 못하고 삼킬 뻔했다. 근심 걱정 없는 평화로운 시간이었다. 샌드라는 잠시나마 자신의 처지를 잊을 수 있었다. 산더미 같은 선물 꾸러미를 받았고, 코코넛을 얹은 초콜릿 케이크 위에 올린 열세 개의 촛불도 불어서 껐다.

점심식사는 그렇게 화기애애한 분위기에서 3시까지 지속되었다. 때마침 불어온 산들바람은 잔디밭에 드러누워 낮잠을 청하고 싶을 정도로 감미로웠다. 여자들은 식탁을 정리했지만 제법 배가 부른 밀라는 스턴의 아내 덕분에 설거지에서 제외되었다. 밀라는 그 시간을 벗나무 아래 앉아 있던 샌드라와 함께 보냈다. 밀라는 휠체어 옆에 쪼그리고 앉아 보았다. 배가 불렀는데도 신기하게 그 자세로 바닥에 앉는 게 가능했다.

"여긴 참 아름다운 곳이에요." 10대 소녀는 설거지할 접시를 나르는 엄마를 바라보며 말했다. "오늘이 끝나지 않으면 좋겠어요. 전 엄마가 많이 그리웠어요……." 소녀는 웃으며 한마디를 덧붙였다.

샌드라가 사용하는 과거형 문장에는 숨은 의미가 담겨 있었다. 샌드라는 엄마가 감옥으로 돌아갔을 때 느끼는 감정을 이야기하는 것이 아니었다. 아이는 자신에게 일어났던 일에 대해 이야기하고 있었던 것이다.

밀라는 그런 숨은 의미들이 아이가 과거의 사건을 순서대로 배열하기 위해 들이는 노력이라는 사실을 아주 잘 알고 있었다. 자신의 감정을 잘 새겨두어야 하고 모든 일이 끝났음에도 불구하고 여전히 느껴지는 두려움에도 맞서야 하기 때문이었다. 그러지 않으면, 호시탐탐 수면으로 떠오를 기회만 노리는 두려움 때문에 몇 년을 더 고생해야 할지 알 수 없는 노릇이었다.

먼 훗날, 샌드라와 밀라는 그날의 기억을 다시 떠올릴 날이 있을 것이다. 밀라는 아이에게 먼저 자신의 이야기를 들려주리라 마음먹었다. 아마 그게 아이에게 도움이 될 것 같다는 생각 때문이었다. 샌드라와 밀라에겐 공통점이 많았다.

'하고 싶은 말이 뭔지 먼저 찾아봐, 샌드라. 대화를 할 시간은 얼마든지 있는 법이거든……'

밀라는 샌드라를 보면 볼수록 정이 들었다. 한 시간 뒤면, 세라 로사는 교도소로 돌아가야 했다. 언제나 그렇듯, 작별은 엄마나 딸에게나 모두 고통스러운 시간이었다.

"내 비밀을 가르쳐줄게." 밀라는 그런 생각을 털어내기 위해 샌드라에게 말을 걸었다. "이건 너한테만 말해주는 거야. 너한테만 뱃속의 아이 아빠가 누군지 가르쳐주고 싶거든."

샌드라는 건방진 미소를 지어 보였다.

"다들 아는데요."

밀라는 순간 당혹감에 온몸이 굳어버리는 줄 알았다. 잠시 후 그녀는 샌드라와 함께 깔깔거리며 웃었다.

보리스는 이해할 수 없다는 표정으로 멀리서 두 사람을 바라보았다.

"여자들이란 참……." 그는 스턴에게 말했다.

한바탕 웃어넘기고 진정이 되자, 밀라는 기분이 한결 나아졌다. 밀라는 다시 한번, 자신을 위해주는 사람들을 과소평가하면서 쓸데없는 고민거리만 달고 살았다는 생각을 했다. 사실 세상사라는 게 너무나 간단하게 풀리는 경우가 종종 있는 법이다.

"그 아저씨는 누군가를 기다렸어요……." 샌드라가 갑자기 진지한 얼굴로 말을 이었다.

밀라는 '그 아저씨'가 빈센트 클라리소라고 생각했다.

"나도 알아." 밀라는 단순히 그렇게 대답했다.

"그 아저씨는 우리를 찾아왔어야 했어요."

"감옥에 있었잖아. 우린 그 사람이 누군지도 몰랐어. 우리가 별명까지 붙여줬던 거 모르지? 우린 그를 앨버트라고 불렀어."

"아니에요. 빈센트는 그 아저씨를 다른 이름으로 불렀어요."

산들바람에 나뭇잎이 소리를 내며 흔들거렸다. 하지만 밀라는 한기가 느껴질 정도로 오싹한 기분이 들었다. 등골이 서늘해졌던 것이다. 밀라는 서서히 샌드라 쪽으로 고개를 돌렸고 둥그렇게 뜬 눈으로 자신을 바라보고 있던 아이와 눈이 마주쳤다. 샌드라는 자신이 무슨 말을 하고 있는지 전혀 모르는 눈치였다.

"앨버트는 아니었어요."

아이는 차분하게 말을 이었다. "빈센트는 그 아저씨를 프랭키라고 불렀거든요……."

완벽한 오후의 찬란한 태양. 나무에 앉은 새들이 지저귀고 꽃가루와 꽃향기가 사방으로 퍼지며 향기로운 분위기를 전하고 있었다. 잔디밭의 풀들이, 그 위에 드러눕고 싶을 정도로 마음을 잡아끄는 그런 오후의 시간이었다. 밀라는 자신이 생각했던 것 이상으로, 샌드라와 자신에게 공통점이 있다는 사실을 발견한 바로 그 순간을 평생 잊을 수 없을 것 같았다. 그런데 그 공통점은 예나 지금이나 바로 그녀의 눈앞에 있었던 것이다.

그는 언제나 여자아이들을 납치했지, 남자아이들은 건드리지 않았다.

스티브 역시 어린 소녀들을 좋아했었다.

그는 특정한 구성의 가족을 타깃으로 삼았다.

밀라 역시 샌드라와 마찬가지로 외동딸이었다.

그는 납치한 아이들의 왼쪽 팔을 잘라냈다.

밀라는 스티브와 계단에서 구르면서 왼쪽 팔에 골절상을 입었었다.

최초의 두 희생자는 아주 가까운 사이였다.

샌드라와 데비. 그 옛날, 밀라와 그라시엘라처럼.

"연쇄살인범들은 자신들의 범행을 통해 우리에게 뭔가를 이야기하고 있어." 언젠가 고란은 그렇게 말했었다.

그 이야기는 바로 그녀의 이야기였다.

모든 정황이 순식간에 밀라를 이끌고 과거 속으로 들어가 눈앞의 끔찍한 진실을 정면으로 바라보게 강요하고 있었다.

"그런데 마지막 제자가 모든 걸 망쳐버렸어. 빈센트 클라리소는 당신의 계획을 완벽히 실행에 옮기지 못했거든. 여섯 번째 아이는 죽지 않고 아주 잘 살아 있어. 즉, 너도 조만간 무너지게 될 거란 소리야."

결국, 처음부터 우연은 그 어디에도 없었다. 그랬다. 프랭키가 그려놓았던 대단원의 막은 바로 그것이었다.

모든 게 밀라를 위한 작품이었다.

밀라는 뱃속의 움직임 덕분에 다시 현실세계로 돌아왔다. 그녀는 시선을 내려 둥글게 부풀어 오른 배를 바라보았다. 그것 역시 프랭키가 계획한 작품의 일부라는 생각을 하지 않으려고 필사적으로 부인했다.

'신은 묵묵히 지켜볼 뿐이야.' 밀라는 생각했다. '악마가 속삭이는데도……'

완벽한 그날 오후의 태양은 여전히 눈부시게 빛났다. 나무에 앉아 있던 새들은 지치지도 않고 노래하고 있었다. 꽃가루와 꽃향기가 여전히 향기로운 분위기를 사방으로 전하고 있었다. 잔디밭의 풀들이 그 위에 드러눕고 싶을 정도로 마음을 잡아끌고 있었다.

어디를 둘러보아도, 밀라의 주변 세상은 똑같은 메시지를 전하고 있었다.

모든 게 전과 다를 바 없다는.

모든 게.

프랭키마저도.

다시 돌아왔다. 드넓게 드리운 어둠 속으로 또다시 사라져버린 그 프랭키마저도.

범죄소설은 최근 들어 사이비단체의 교묘한 진화 현상에 맞추어 '속삭이는 자들'에 대해 관심을 갖기 시작했다. 이 소재는 다루기가 쉽지 않고 여러 가지 문제점을 지니고 있다. 가장 큰 난점은 재판 과정에서 '속삭이는 자들'을 과연 어느 범주까지 포함할 수 있느냐는 법적인 해석의 문제다. 왜냐하면 그 해석에 따라 형법의 책임소재나 기소의 내용이 달라지기 때문이다.

만약 용의자의 범죄행위와 속삭이는 자들 간에 존재하는 인과관계를 규명하지 못한다면, 후자는 그 어떤 처벌도 받지 않게 된다. 교사 및 사주의 개념으로는 이런 부류의 범죄자들에게 그에 응당하는 법적 책임을 지우는 일이 매우 힘들다. 왜냐하면 '속삭이는 자들'에 의한 범죄행위는 단순한 복종과는 다른 양상을 지니고 있기 때문이다. 이들은 대상의 잠재의식 속으로 들어가 행동하기 때문에 직접적인 범행동기를 '부여'하지는 않는다. 대신, 실제 범행 당사자의 어두운 면—모든 인간이 잠재적으로 지닌 측면—을 '부각'시킴으로써 그들을 범죄행위로 내몰고 있는 것이다.

1986년의 오펠벡(Offelbeck) 사건은 아주 상징적인 예에 해당한다. 어느 날 누군가로부터 한 통의 전화를 받은 가정주부는 아무런 이유 없이 음식에 죽은 쥐를 집어넣어 온 가족을 독살해 버렸다.

이와 더불어, 잔혹한 범죄를 저지른 자들이 종종 환청이나 환영, 혹은 상상 속의 인물과 도의적인 책임을 나누려 드는 경향 역시 같은 범주로 분류해야 한다. 따라서 이런 성향이 정신적인 문제가 있는 심신미약의 상태에서 비롯된 경우인지, 실제로 제삼자의 조종에 의해 자행된 경우인지를 구분하는 작업은 극도로 민감한 주제이다.

이 소설은 범죄학 교과서와 법심리학 교과서, 법의학 문서를 비롯해 연쇄살인범과 강력범죄에 관한 유일무이한 데이터베이스를 구축해놓은 미 연방수사국, FBI의 사건 자료를 참고하였다.

소설 속에서 인용된 사건의 다수는 실제 사건이기는 하나 수사와 재판이 아직까지 끝나지 않은 일부 사건의 경우 이름과 지역은 작가의 재량으로 변경되었다.

소설 속에 기술된 수사기법과 과학수사에 관한 대목은 사실에 해당하지만 소설의 흐름에 맞춰 자의적으로 변경한 부분도 있음을 밝혀둔다.

| 감사의 말 |

    많은 사람들은 글 쓰는 일이 외로운 모험이라고 생각한다. 하지만 하나의 이야기를 탄생시키기까지는 적지 않은 사람들이 자신의 의도와 상관없는 경우까지 포함해 많은 도움을 주기 마련이다. 몇 달간 소설을 쓰는 과정에서 그들의 도움과 성원은 내게 많은 힘을 주었고, 내 삶의 일부가 되었다.

    그들의 성원이 오랫동안 필자의 곁에 머물러주기를 희망하면서 그들에게 감사의 말을 전하고 싶다.

    이 소설과 필자에게 시간과 헌신을 아끼지 않은 루이지와 다니엘라 베르나보에게 감사의 말을 전한다. 그들의 소중한 조언 덕분에 소설가로서 한층 더 성숙할 수 있었고 소설 구성의 여러 측면에서 많은 지원을 받을 수 있었다. 두 사람의 조언은 언제나 내 가슴속에 남아 있을 것이다. 독자들이 이 글을 읽고 있는 것은 전적으로 두 사람의 노력 덕분이다. 고맙고, 감사하고, 또 감사한다.

    끝까지 필자를 믿어주고 이름을 걸게 해준 스테파노와 크리스티나 마우리에게 감사의 말을 전한다. 페이지 하나, 단어 하나를 두고 단호하면서도 무자비한 '조언'을 전해준 파브리지오에게 감사의 말을 전한다.

    평생을 두고 보고 싶은 친구, 오타비오. 항상 특별한 친구인 발렌티나. 필자를 애정으로 감싸주는 클라라와 가이아에게도 감사의 말을 전한다.

지안마우로와 미켈라에게, 두 사람이 중요한 순간마다 항상 필자 곁에 있어주기를 희망하며 감사의 말을 전한다. 그리고 내게 빛이 되어준 클라우디아에게 감사의 말을 전한다. 지원과 성원을 아끼지 않고 진정한 우정을 보여준 마시모와 로베르타에게 감사의 말을 전한다.

가장 친한 친구, 미켈레에게 감사의 말을 전한다. 필요할 때마다 언제나 그 자리에 있어주는 친구를 가졌다는 건 감사한 일이다. 필자 역시 그 자리에 있다는 걸 알아주기 바란다.

전염성 강한 미소를 지녔으며 로마의 밤, 차, 거리를 가리지 않고 언제나 고성방가로 노래하는 루이사에게 감사의 말을 전한다.

다리아와 다리아가 내게 선물한 운명에 감사의 말을 전한다. 다리아가 세상을 바라보는 눈, 다리아의 눈으로 세상을 바라보는 법을 가르쳐준 점에 대해 진심으로 감사의 말을 전한다.

필자의 어릴 적 꿈을 정성껏 간직해준 마리아 데 벨리스에게 감사의 말을 전한다. 필자가 소설가가 된 건 마리아 데 벨리스 덕분이기도 하다. 그 누구와도 바꿀 수 없는 '동료' 우스키에게 감사의 말을 전한다.

수많은 모험을 함께 했던 화산 같은 친구, 알프레도에게 감사의 말을 전한다.

이 세상에는 없지만…… 언제나 함께 있는 아킬레에게 감사의 말을 전한다.

피에트로 발세키와 카밀라 네스비, 그리고 타오두의 모든 일원에게 감사의 말을 전한다. 이 소설의 발자취를 따라와 준 베르나보 에이전시의 모든 직원들, 출간 전에 이 소설을 검토해준 모든 친구들, 필자가 더 큰 사람이 될 수 있도록 이끌어주고 소중한 조언을 아끼지 않은 모든 이에게 감사의 말을 전한다.

필자가 사랑하는 온 가족에게 감사의 말을 전한다. 현재의 구성원, 지난날의 구성원……, 미래의 구성원 모두에게 감사의 말을 전한다.

이 소설을 가장 먼저 읽어주었고, 평생 동안 가장 가까운 거리에서 처음으로 많은 걸 공유했던 동생, 비토에게 감사의 말을 전한다. 독자 여러분들은 들을 수 없지만, 페이지마다 서려 있는 음악의 숨결은 전적으로 비토 덕분이다. 그리고 그런 동생을 행복하게 만들어주는 바르바라에게도 감사의 말을 전한다. 필자를 교육시키고 홀로 터득하는 법을 가르쳐주신 부모님께 감사의 말을 전한다. 현재의 필자 자신과, 미래의 필자의 모습을 만들어주신 두 분께 감사의 말을 전한다.

이 소설의 마지막 페이지까지 읽어주신 여러분께 감사의 말을 전한다. 여러분들에게 어떤 감동을 선사할 수 있었기를 희망하며…….

도나토 카리시

표창원 〈표창원범죄과학연구소〉 대표

소설《속삭이는 자》는 실제 사건 내용과 수사과정이 소설의 형식과 작가의 문학적 상상력을 통해 가공되고 재탄생된 작품이다. 이탈리아의 유명한 범죄학자로 경찰수사에 분석과 자문을 제공해 온 저자가 자신의 경험과 범죄수사 현실을 문학의 세계로 끌고 들어왔다고 할 수 있다. 그 덕에 이 소설은 그 어떤 작품보다 범죄수사 기법과 과정, 수사관들의 심리묘사가 사실적이고 치밀하다. 책을 읽는 동안 독자는 마치 수사진의 일원이 되어 미스터리를 풀어나가는 듯한 긴장과 흥분, 실수와 실패에 대한 두려움, 범인이 드리운 짙은 어둠의 공격을 받을지 모른다는 공포를 느끼게 된다.

상상하기에도 끔찍한 사건으로 이야기는 시작된다. 어린이들의 것으로 추정되는 왼쪽 팔 여섯 개가 각기 작은 무덤에 묻혀 원을 이룬 형태로 발견된다. 법의학적 검사 결과, 그 중 한 명은 아직 살아 있을 가능성이 제기되고. 사망한 다섯 아이의 신원은 모두 밝혀졌지만 살아 있을 여섯 번째 아이의 신원은 알 수가 없다. 보호자가 실종신고조차 하지 않은 것이다. 수사진을 조롱하듯 사망한 어린이들의 시신은 차례로 발견되는데, 사건의 유사성에도 불구하고 사건마다 가해자들은 각기 다르다. 누군가 이들을 조종해 범행을 저지르게 한 것이다.

최고의 범죄학자와 각 분야 수사전문가들이 모여 팀을 이룬 특별수사팀은 늘 범인보다 한발 늦고, 범인이 낸 숙제 풀기에 바쁘다. 게다가 수사팀원들끼리도 이런저런 갈등과 역학관계가 얽히고설켜 문제와 난관에 봉착하기 일쑤다.

과연 수사팀은 늦기 전에 여섯 번째 아이를 발견해 구해낼 수 있을까? 베일에 싸여 있는 악마, 오랜 세월에 걸쳐 모든 범행을 설계하고 계획하고 치밀하게 진행시켜 온 범인의 정체를 밝혀낼 수 있을까? 과연 범인은 누굴까? 그는 왜 이런 끔찍한 범행을 저지르는 것일까?

범인을 밝힌다 해도 또 하나의 심각한 문제가 남아 있다. 범인 스스로 실제로는 살인을 저지르지 않고, 약점을 가진 인간들을 찾아가 그들 내면에 있는 악한 본성을 이끌어내, 그들로 하여금 살인을 저지르도록 유도만 했다면……. 그 악의 원천, 배후 인물을 과연 처벌할 수 있을까?

1960년대 미국, 찰스 맨슨이라는 미치광이가 이끌던 사이비 종교집단의 신도들이 저지른 살인사건으로 사회는 커다란 충격에 빠졌었다. 피해자는 세계적인 영화감독 로만 폴란스키의 아내 샤론 테이트. 교주 찰스 맨슨은 자신은 범행현장에 가지 않았으며 직접적이고 구체적인 살인지시를 내리지도 않았다고 주장, 자신의 범행을 부인하였다. 하지만 미국 법원은 범인들이 맨슨을 절대적으로 추종하며 그의 가르침과 지시에 따라 범행을 저질렀다는 검찰의 주장을 받아들여 살인의 '공범'으로 그에게 사형을 선고했다.

우리나라에서도 유사한 사건이 발생했지만 결과는 달랐다. 2004년 5월, 서울고등법원은 신도살해를 지시한 혐의(살인교사)로 1심에서 사형이 선고됐던 사이비 종교집단 영생교의 조희성 총재에 대해 법원은 증거가 불충분하다며, 살인교사 혐의에 대해서는 무죄를 선고하고 살인을 저지른 신도들을 숨겨준 범인도피 혐의만 인정하여 징역 2년을 선고했다.

최근에는 고민과 갈등에 시달리는 사람들의 자살 충동을 부추기고 자살 방법을 알려주거나 자살에 사용할 약품 등을 건네주는 '자살교사범'들이 사회문제가 되고 있다. 2011년 1월 7일 경남 합천 경찰서는 남녀 세 명의 동반자살을 방조하고 이들에게 자살 정보를 제공한 혐의로 인터넷 자살카페 개설자이자 운영자인 39살 이모 씨에 대해 구속영장을 신청했다. 하지만 실제로 이들을 처벌하기는 그리 쉽지 않다. 2005년 인터넷 자살사이트를 운영하면서 자살을 결심한 사람들에게 독극물 구매에 관한 정보 등을 제공해 자살방조 등의 혐의로 기소된 자살사이트 운영자에 대해 대법원이 무죄 확정판결을 내린 것이다.

저자는 소설《속삭이는 자》를 통해 이러한 '살아 있는 악마'의 존재를 고발하고 이들의 해악에 무방비로 노출된 우리 사회에 경종을 울리고 있다. '눈에 보이는' 것에만 집중하고 치우치는 경찰과 사법당국, 그리고 언론. 순진하고 미숙한 사회 시스템을 비웃으며 악마들은 다음 범행을 준비하고 있다.

어쩌면 이런 악마의 출현은 이미 19세기에 대문호 도스토옙스키에 의해 예견되었는지도 모른다. 오직 자신이 '보통 인간'의 한계를 넘어서는 우월한 존재임을 증명하기 위해 전당포 노파와 그 여동생을 도끼로 살해한 라스콜니코프. 자수하고 자백한 뒤 선처를 받아 8년간의 시베리아 유형생활이라는 벌을 받았지만 끝까지 자신의 잘못과 죄를 진정으로 참회하지 않은 라스콜니코프. 아마《죄와 벌》의 속편이 있었다면, 유형생활을 끝내고 사회로 돌아온 라스콜니코프가 자신의 손에는 피를 묻히지 않은 채 인간의 악한 본성을 자극해 살인을 저지르게 한《속삭이는 자》의 '앨버트'가 되지 않았을까?

유럽과 세계 문학계에서 호평을 받은 수준 높은 범죄소설 《속삭이는 자》는 단순한 추리 소설을 넘어서는 깊이 있는 생각거리들을 담고 있다. 그 깊이와 생각거리들이 빠른 전개와 숨 막히는 긴장감 속에 전혀 부담스럽지 않게 소화되어 있다는 점이 더욱 놀랍다. 오랜만에 재미와 의미를 동시에 갖춘 좋은 소설을 만난 것 같다.

이승재

　이 작품은 이탈리아의 어느 범죄학자가 쓴 그의 첫 번째 장편소설이다. 1992년과 1993년에 걸쳐 잔인한 방법으로 여자아이들을 살해한 루이지 키아티라는 이탈리아의 연쇄살인범에 대한 논문을 작성하던 중, 관련 사건에서 모티브를 얻어 전 세계에서 벌어진 여러 다양한 케이스를 연구한 뒤 지금의 이 소설로 엮어내게 되었다.

　우리나라에 출판되는 대부분의 장르소설, 특히 스릴러소설 중에는 유독 '국내 총판매 몇십만 부', '몇 개국에 번역 소개', '한 번 잡으면 놓을 수 없는 소설', '실화를 바탕으로 한 소설', '할리우드 영화화' 등의 화려한 수식어를 달고 소개되는 작품들이 적지 않다. 하지만 정작 뚜껑을 열면 대부분 장르소설계의 열혈 마니아들의 무료함을 달래줄 순 있지만, 대중적으로 성공할 수 있는 요건을 지닌 소설은 그리 많지 않다는 게 현실이다. 그런데 장르소설, 그것도 스릴러소설과는 그리 큰 인연이 없었던 이탈리아의 무명작가가 완성한 이 소설은 순식간에 이탈리아 반도를 휩쓸고 유럽을 넘어 미대륙, 그리고 이제 한국에까지 이르게 되었다.

　이 소설이 거대한 타이틀을 휘감고 출간된 여타 다른 소설들과 차별화되는 첫 번째 이유는, 범죄학을 전공한 범죄학자가 쓴 소설이라는 것이다. 그만큼 범죄와 수사에 관한 부분에서는 그 어떤 작품보다 전문성이 보장된 소설이라는 점을 꼽을 수 있다. 뿐만 아니라 범죄학자로 활동하면서도 시나리오 작가의 꿈을 키우며 영화 및 TV 드라마 작가로도 활동한 저자는, 다양한 사례를 씨줄 날줄 엮듯 치밀하게 연결해 하나의 이야기로 끌어내는 힘을 지닌 준비된 작가이기도 하다.

두 번째 이유는, 역사상 가장 기억에 남는 반전이라 할 수 있는 나이트 샤말란 감독의 영화, 〈식스센스〉 이후 쉽게 볼 수 없었던 반전의 묘미를 기승전결의 구조 속에 하나씩 적절하게 끼워 넣어 독자들의 예상을 어긋나게 하는 것으로도 부족해 "뒤통수를 후려갈긴다"는 말의 뜻을 절감하게 하는 대단원의 결말을 지니고 있다는 것이다. 스릴러소설계에서는 반전의 대가 할런 코벤에 버금갈 정도로 경탄이 절로 날 정도다. 이 두 가지 관전 포인트만으로도 충분히 장르 마니아를 비롯해 모든 독자에게 자신 있게 권할 수 있는 소설임은 틀림없다.

그런데 여기 한 가지를 더 보태자면, 도나토 카리시의 소설은 단지 팔리고 읽히기 위해 내놓은 흥미 위주의 소설에 그치지 않는다는 점이다. 이 작품은 어떤 범죄와 그 처벌의 심각한 문제에 대해 공감대를 형성하자는 제안에 가까운 사회참여적인 소설이다.

실제로 우리 주변에는 소설 속 이야기 같은 일들이 너무 많이 일어난다. 파렴치한 무속인에서부터 저열한 피라미드 회사, 더 나아가 어처구니없는 교리로 신도들을 갈취하는 사이비 종교단체까지. 손 하나 까딱하지 않고 '주둥아리' 하나로 선량한 사람들의 피를 빨아먹는 인간들이 적지 않다는 것은 사실이다. 하지만 더 심각한 것은 바로 이렇게 저열한 자들의 '속삭임'에 넘어가 평범한 사람들이 자신도 모르게 범죄의 나락으로 빠져들고, 더 나아가 정말로 무고한 피해자들이 발생하고 있다는 것이다. 하지만 정작 범죄의 커다란 밑그림을 그리고 타인을 조종하는 사람들은 법 심판의 사각지대에 교묘히 몸을 숨기고 있다. 그리고 저자는 소설을 통해 그 사각지대를 낱낱이 파헤치자고 제안한다.

최근 들어 물밀듯 밀려 들어오는 범죄 관련 외화시리즈 덕분에 장르소설을 접할 때 독자들이 느끼는 생소함이나 이질감은 많이 줄어들었다. 그런 상황에서 도나토 카리시라는 걸출한 신인이 펴낸 첫 소설은 거리상으로나 정서상으로나 가깝지 않은 나라인 이탈리아의 어느 범죄학자의 고민에서 출발한 한 소설이지만, 스릴러 마니아들에게는 신선한 경험을, 지금까지 스릴러소설을 많이 접해보지 않았던 일반 독자들에게는 스릴과 서스펜스, 그리고 반전의 재미를, 그리고 언제든 피해자가 될 수 있는 무고한 우리 모두에게 범죄에 관한 최소한의 상식을 제공하는 책이라고 할 수 있다.

범죄학자 출신으로 다년간 수많은 범죄를 직접 경험하기도 했고, 사건을 분석하고 범인 검거에 일조하는 등 현장에서 얻은 경험과 첨단장비가 동원되는 과학수사분야, 범죄인의 심리를 꿰뚫는 범죄심리학 연구 등, 종합적이고 다각도로 조명된 범죄학자의 손에서 탄생한 이 소설은 지금까지 등장한 그 어느 스릴러소설보다 진화한 모습을 보여주고 있다. 프랑스의 어느 스릴러 작가는 이렇게 말했다. "장르소설을 좋아하는 독자들은 허구의 세계 속에 구축된 소설의 배경과 묘사가 극도로 현실적으로 그려져야 한다는 강박관념에 사로잡혀 있는 것 같다."라고. 이렇게 까탈스러운 독자들을 두루 만족시킬 수 있는 작품을 쓰는 건 쉽지 않다. 하지만 도나토 카리시는 바로 그런 소설에 근접한 작품을 써낸 작가라고 할 수 있다.

번역 원고가 마무리될 즈음, 몇 가지 의문사항을 풀기 위해 저자에게 직접 연락을 하고 이메일로 서신을 교환하면서 유명한 국내 범죄학자 한 분의 얼굴이 문득 떠올랐다. 대형 사건 이후 뉴스나 혹은 범죄관련 고발 프로그램에 자주 얼굴을 접할 수 있는 국내 범죄학자와 마찬가지로, 도나토 카리시 역시 현재 범죄학자로서 이탈리아 방송 및 언론에 등장해 전문가로 활동하는 동시에, 기회가 있을 때마다 외국으로 직접 날아가 제프리 디버와 같은 스릴러소설의 대가 등과 만나 대담을 나누는 등 작가로서의 경력도 탄탄히 다지고 있다. 가능하다면 두 범죄학자를 한 자리에 모으고 싶다는 옮긴이의 간절한 소망이 언젠가는 이루어지기를 바라며, 독자 여러분께 즐거운 시간이 되기를 희망한다.

속삭이는 자

초판   1쇄 발행일 2011년 4월 8일
개정판 1쇄 발행일 2020년 2월 5일
개정판 4쇄 발행일 2021년 10월 22일

지은이 도나토 카리시
옮긴이 이승재

발행인 박헌용, 윤호권
편집 김혜정 **디자인** 김지연
발행처 ㈜시공사 **주소** 서울시 성동구 상원1길 22, 6-8층(우편번호 04779)
대표전화 02-3486-6877 **팩스(주문)** 02-585-1755
홈페이지 www.sigongsa.com / www.sigongjunior.com

ISBN 978-89-527-6209-2 04880
ISBN 978-89-527-6148-4 (세트)